D1930697

Das Buch

Anfang des 17. Jahrhunderts brennen überall in Europa die Scheiterhaufen. In diesem Klima des Argwohns und Aberglaubens, in dem alles Fremdartige als Teufelsspuk erscheint, wächst das Findelkind Antonia in einem norditalienischen Bauerndorf bei seinen Adoptiveltern auf. Durch ihre Schönheit und selbstbewußte Klugheit erregt sie Neid und Argwohn bei den anderen Dorfbewohnern. Eben 20 Jahre alt, trifft sie sich auf dem »verhexten« Hügel am Dorfrand heimlich mit ihrem Geliebten Gasparo, einem rebellischen Außenseiter. Daraufhin wird sie als Hexe denunziert, die angeblich mit dem Satan nächtliche Orgien feiere. Der Inquisitor Manini, ein mystischer Frauenhasser, befiehlt die Verhaftung der unbequemen »Fremden« …

Der Autor

Der Bestseller-Autor Sebastiano Vassalli wurde 1941 in Genua geboren und lebt seit seiner Jugend in der Nähe von Novara.

Mit *Die Hexe aus Novara* gelang ihm der internationale Durchbruch. Der Roman wurde von Kritik und Publikum mit Begeisterung aufgenommen und 1990 mit dem begehrten *Premio Strega* ausgezeichnet.

SEBASTIANO VASALLI

DIE HEXE AUS NOVARA

Historischer Roman

Aus dem Italienischen
von Ragni Maria Gschwend

WILHELM HEYNE VERLAG
MÜNCHEN

HEYNE ALLGEMEINE REIHE
Nr. 01/9642

Titel der Originalausgabe
LA CHIMERA
Erschienen 1990 bei Giulio Einaudi, Turin

Umwelthinweis:
Dieses Buch wurde auf
chlor- und säurefreiem Papier gedruckt.

Copyright © 1990 by Giulio Einaudi editore s. p. a., Turin
Copyright © 1993 der deutschen Ausgabe
by R. Piper GmbH & Co. KG, München
Wilhelm Heyne Verlag GmbH & Co. KG, München
Printed in Germany 1996
Umschlagillustration: © Fitzwilliam Museum/University of Cambridge
Umschlaggestaltung: Atelier Ingrid Schütz, München
Gesamtherstellung: Elsnerdruck, Berlin

ISBN 3-453-09628-2

Für die Nacht der Zeiten [...]
Der Weltenseele, unersättlich.

DAS NICHTS

Von den Fenstern dieses Hauses aus sieht man das Nichts. Vor allem im Winter: Die Berge verschwinden, der Himmel und die Ebene verfließen zu einem unbestimmten Ganzen, es gibt keine Autobahn mehr, es gibt überhaupt nichts mehr. An den Sommermorgen und an den Herbstabenden ist das Nichts dagegen eine dampfende Ebene, mit ein paar Bäumen da und dort und einer Autobahn, die aus dem Nebel auftaucht, um über zwei andere Straßen zu führen, zweimal: Dort unten, auf diesen Überführungen, bewegen sich winzige Autos und Lastwagen, nicht größer als die Modelle in den Schaufenstern der Spielzeugläden. Hin und wieder – sagen wir zwanzig-, dreißigmal im Jahr – kommt es auch vor, daß sich das Nichts in eine schattenlos klare Landschaft verwandelt, in eine leuchtend bunte Postkarte. Das ist vor allem im Frühling der Fall, wenn der Himmel blau ist wie das Wasser der Reisfelder, in dem er sich spiegelt; die Autobahn ist so nah, daß man meint, man könne sie berühren, und die schneebedeckten Alpen stehen auf eine Weise da, daß einem das Herz aufgeht, wenn man sie bloß anschaut. Man blickt dann auf einen fast unermeßlichen Horizont, Dutzende und Hunderte von Kilometern weit: mit den Städten und den Dörfern und den Werken des Menschen, die sich die Hänge der Berge hinaufziehen, und den Flüssen, die dort ihren Anfang nehmen, wo die Schneefelder aufhören, und den Straßen und dem Funkeln nicht mehr erkennbarer Autos auf diesen Straßen: eine Kreuzung von Leben, von Geschichten, von Schicksalen, von Träumen; eine Bühne, groß wie eine ganze Region, auf der seit jeher die Geschicke und die Taten derer, die in diesem Teil der Welt leben, aufgeführt werden. Ein Trugbild...

Vor diesen Fenstern und vor diesem Nichts ist es mir oft passiert, daß ich an Zardino denken mußte: Das war ein Dorf wie die anderen, die man dort unten sieht, ein wenig links von der zweiten Überführung und noch ein wenig dahinter: unter dem größten und mächtigsten Gebirgsstock in diesem Teil Europas, dem Monte Rosa. An den Postkarten-Tagen wird die Landschaft dieser Orte ganz und gar von der Präsenz dieses Massivs aus Granit und Eis beherrscht, das sich über die umstehenden Gipfel erhebt wie diese über die Ebene: ein »weißer Felsen« – so beschrieb ihn zu Beginn des Jahrhunderts mein verrückter Papa im Geiste, der Dichter Dino Campana –, um den »die Gipfel kreisen / nach rechts nach links hin ins Unendliche / wie in den Augen des Gefangenen«. Campana war an einem Septemberabend nach Novara gekommen, im Zug, ohne irgend etwas zu sehen, weil es draußen schon dunkel war, und am Morgen des nächsten Tages erschien ihm, durch die Gitterstäbe eines Gefängnisses, der Monte Rosa, vor einem »Himmel voller weißer / kreisender Gipfel«: ein nicht greifbares, fernes Bild – wie jene Liebe, der er damals nachlief und die er nie einholen sollte, weil es sie nicht gab ... Eine Schimäre! Von dort oben, vom Scheitelpunkt der Schimäre, ergießt sich auf einem gewundenen und an mehreren Stellen in den lebenden Fels gegrabenen Weg der Fluß Sesia ins Tal – in der Sprache der Einheimischen ein Name von sanftem, weiblichen Klang: *la* Sesia, und dabei ist es der launischste und unberechenbarste unter all den Flüssen, die aus den Alpen geboren werden, und auch der heimtückischste, der verheerendste für die Menschen und die Dinge entlang seinem Lauf. Auch heute noch kommen seine jähen Hochwasser in schlammigen, meterhohen

Wellen in der Ebene an: Und wer weiß, wieviel Schaden sie anrichten würden, wenn nicht, Jahrhundert um Jahrhundert, die Arbeit der Menschen dem Fluß zwei lange, lange Zügel aus Erdreich und Schotter, und an einigen Stellen aus Zement, angelegt hätte, die ihn zähmen und bis zu seiner Mündung in den Po begleiten. In den früheren Jahrhunderten dagegen geschah es alle paar Jahre, daß der Sesia über die Ufer trat und seinen Lauf veränderte, hier um hundert Meter, dort um eine Meile, Teiche und Sümpfe bildend, wo vorher bebautes Land war, ganze Besitzungen und Dörfer von der Landkarte tilgend und selbst die Grenzen zwischen den Staaten verändernd: Das waren in diesem Teil Italiens zu Beginn des siebzehnten Jahrhunderts im Westen das Herzogtum Savoyen, ein südliches Anhängsel Frankreichs, und im Osten das Herzogtum Mailand, damals dem König von Spanien untertan. Und auf solche Weise ist vielleicht auch Zardino verschwunden. Ungefähr Mitte des siebzehnten Jahrhunderts oder kurz zuvor, sagen die Historiker: ein Dorf von etwa dreißig *fuochi*, Herdstellen, samt seinen Bewohnern weggefegt von den Fluten des Sesia und nie wieder aufgebaut; doch die Sache ist alles andere als erwiesen. Weitere mögliche Ursachen für das Verschwinden des Dorfes – dessen Namen die mittelalterlichen Urkunden oft zu »Giardino« verfeinern – könnten die Pest von 1630 gewesen sein, die Dutzende von Dörfern überall in der Poebene entvölkerte, oder eine Schlacht oder eine Feuersbrunst – oder wer weiß was sonst.

In dieser Landschaft, die zu beschreiben ich versucht habe und die heute – wie so oft – nebelverhangen ist, liegt eine Geschichte begraben: eine grandiose Geschichte von einem Mädchen, das zwischen 1590 und 1610 gelebt hat und Antonia hieß, und von Menschen, die zur selben Zeit wie sie lebten und die sie gekannt hat – und zugleich eine Geschichte über jene ganze Zeitspanne und über die Gegend. Schon lange hatte ich die Absicht, diese Geschichte wieder ans Licht zu bringen: indem ich sie erzähle, sie aus dem Nichts heraushole, so wie es die Aprilsonne mit der Postkarte von der Ebene und dem Monte Rosa macht; und ich wollte auch von der Gegend erzählen und von der Welt, in der Antonia gelebt hat. Aber dann hielten mich immer wieder die Ferne dieser Welt von der unseren und das Vergessen, das sie umhüllt, davon ab. Wer – fragte ich mich – weiß denn in unserem zwanzigsten Jahrhundert noch etwas von dem Bischof Bascapè, von dem Banditen Caccetta, dem Henker Bernardo Sasso, dem Kanonikus Cavagna, von den *risaroli*, den Reisarbeitern, und den *camminanti*, den Vagabunden, des siebzehnten Jahrhunderts? Über Antonia schließlich wußte man gar nichts: nicht daß es sie gegeben hat, daß sie die »Hexe von Zardino« war, daß man ihr in Novara den Prozeß gemacht und sie verurteilt hatte, im Jahr des Herrn 1610 … Ein zu seiner Zeit aufsehenerregendes Ereignis war aus dem Lichtkreis der Geschichte geglitten, und es wäre unrettbar verlorengegangen, wenn nicht die Unordnung der Dinge und der Welt es auf die allerbanalste Weise gerettet hätte, nämlich indem sie bestimmte Papiere von ihrem rechten Platz verschwinden ließ, die, dort verblieben, jetzt unzugänglich wären oder gar nicht mehr existierten … Italien, das weiß man, ist ein unordentliches Land, und es findet sich immer etwas, das nicht am rechten Platz liegt, und einer Geschichte, die der Vergessenheit hätte anheimfallen sollen, gelingt es für gewöhnlich doch, sich zu retten. Aber ich, der ich zwar das Glück gehabt hatte, auf die Geschichte von Antonia und von Zardino und der Novareser Ebene in den ersten Jahren des siebzehnten Jahrhunderts zu stoßen, zögerte, wie gesagt, sie zu erzählen, weil sie mir zu fern erschien. Ich fragte mich: Wie kann uns denn etwas helfen, die Gegenwart zu verstehen, wenn es nicht schon in der Gegenwart ist? Doch dann habe ich verstanden …

Im Anblick dieser Landschaft und dieses Nichts habe

ich verstanden, daß es in der Gegenwart nichts gibt, das erzählt zu werden verdient. Die Gegenwart ist Lärm: Millionen, Milliarden von Stimmen, die schreien, alle gleichzeitig und in allen Sprachen, und dabei versuchen, einander zu übertönen, mit dem Wort »ich«. Ich, ich, ich ... Um die Schlüssel zur Gegenwart zu suchen und um die Gegenwart zu verstehen, muß man aus dem Lärm heraustreten, in die Tiefe der Nacht gehen oder zum Grund des Nichts; vielleicht dort hinunter, ein wenig links von der zweiten Überführung und noch ein wenig dahinter, unter den »weißen Felsen«, den man heute nicht sieht. In das Geisterdorf Zardino, in die Geschichte Antonias. Und das habe ich getan.

1. Kapitel

ANTONIA

In der Nacht vom 16. auf den 17. Januar 1590, den Tag des heiligen Antonius Eremita, legten unbekannte Hände auf den *torno*, das große hölzerne Drehrad am Eingang der Milden Stiftung San Michele vor der Stadtmauer von Novara, ein Neugeborenes, weiblichen Geschlechts, dunkel von Auge, Haut und Haar: für den Geschmack der Zeit fast ein Monster. Es war ein eiskalter Winter, das Monster nur in einen Fetzen Decke gewickelt, ohne andere Hüllen, die seine Hände und Füße hätten schützen können. Und es wäre sicherlich gestorben, wenn nicht eine *bayla*, eine Amme, die gerade in der Stiftung Dienst tat, eine gewisse Giuditta Cominoli aus Oleggio, am Bellen der Hunde und an anderen Anzeichen gemerkt hätte, daß sich jemand dem *torno* genähert hatte; und wenn sie nicht aufgestanden wäre, um nachzuschauen, trotz der Polarkälte dieser mondlosen Nacht; und wenn sie nicht die Glocke geläutet hätte, bei deren Klang die Dienstmägde des Hauses aus dem Bett mußten, was nicht ohne alle möglichen Schimpfereien abging, wie Leuteschinder, Unglücksmenscher und derlei Freundlichkeiten mehr.

Das Monster lebte. Zwei Tage, nachdem man es gefunden hatte, wurde es (an einem Sonntag) im mittelalterlichen Kirchlein San Michele, das zu der Milden Stiftung gehörte, getauft und hieß von nun an Antonia Renata Giuditta Spagnolini: Antonia und Renata, weil es, an welchem Tag auch immer es tatsächlich das Licht der Welt erblickt haben mochte, am 17. Januar, dem Tag des heiligen Antonius, neu geboren (*renata*) worden war; Giuditta zur Erinnerung an die Amme, die es vor dem Erfrieren gerettet und sich seiner angenommen hatte; und schließlich Spagnolini, weil die schwarze Farbe der Augen und der dunkle Teint auf eine Abkunft von einem der nicht wenigen spanischen Offiziere und gemeinen Soldaten schließen ließen, die die Garnison von Novara bildeten und, im Süden der Stadt, in dem Kastell innerhalb des Festungsgürtels einquartiert waren. Zu jener Zeit konnte man einem mit der Taufe außer dem Vornamen auch noch den Familiennamen verpassen: In Ermangelung eines nachgewiesenen oder mutmaßlichen Vaters durfte man sich also den Spaß erlauben, irgendeinen Familiennamen zu erfinden, entweder nach Lust und Laune oder nach dem herrschenden Sternzeichen oder nach den eigenen, privaten Vermutungen über die Herkunft des Kindes – oder was einem sonst noch in den Sinn kam. In Antonias Fall fiel die Erfindung leicht, auch wenn die Farbe der Augen und der Haut und das frühe Sprießen der Haare genaugenommen überhaupt nichts bewiesen und Antonias Abkunft womöglich eine ganz andere war als die, auf die ihr Nachname anspielte. Für die Manufaktur der *esposti*, der Ausgesetzten, das heißt der auf dem *torno* abgelegten Findelkinder, arbeiteten viele in Novara und keineswegs nur die Soldaten der spanischen Garnison. Zu Ehren der letzteren muß vielmehr gesagt werden, daß sie, sei es aus Stolz des Blutes, aus religiösen Skrupeln oder aus wer weiß was für Gründen sonst, ihre unehelichen Kinder hin und wieder vor dem Taufbecken und dem Altar offiziell anerkannten; ja der Burgvogt von Novara selbst, Don Juan Alfonso Rodriguez de la Cueva, Feldmeister des Fünften Hellebardierregiments Seiner Katholischen Majestät des Königs von Spanien, der größte Schürzenjäger und Hurenbock vor Gottes Angesicht, hatte höchstpersönlich ein halbes Dutzend seiner männlichen und weiblichen Bastarde in den Dom getragen, damit sie nach dem Ritus der Heiligen Römischen Kirche getauft würden, und zwar alle auf den sanften Namen Emmanuele (oder Emmanuela), was soviel bedeutet wie »von Gott geschickt«. Die anderen Schürzenjäger und Hurenböcke, die es außer den Spaniern noch in Novara gab, hätten sich auf solch halb couragierte, halb unverschämte Weise nicht im hellen Tageslicht zeigen können: Und daher waren zweifelsohne sie es, die den *torno* am häufigsten zum Drehen brachten.

Novara war zur Zeit von Antonias Geburt vielleicht die allerunseligste Stadt unter den vielen höchst unseligen im unseligen Reich Philipps II. von Spanien, das – wie bereits jenes seines Vaters, Karls V. – so groß und so weit über die Welt verstreut war, daß man mit Recht sagte, die Sonne gehe darin nie unter. Die Unglücke Novaras – das heißt die großen Unglücke, denn an kleineren war, wie überall, nie Mangel gewesen – hatten im Jahr 1550 begonnen, als dem damaligen kommandierenden General der kaiserlichen Truppen, Don Ferrante Gonzaga, bei der Betrachtung der Landkarte eine Erleuchtung kam und er beschloß, daß ausgerechnet Novara, und keine andere Stadt, die Feste des Imperiums gegen Frankreich und die diesem verbündeten Staaten im südlichen Zentrum Europas werden sollte: eine Festungsstadt, von uneinnehmbaren Mauern umgeben, ein Bollwerk, gefeit gegen Belagerung und Kanonen, das den Zugang zur Po-Ebene vom Herzogtum Savoyen wie von den Alpentälern aus versperrte. Aus dem Hauptquartier der kaiserlichen Truppen gingen dem damaligen Stadtvogt von Novara, dem Edelmann Giovan Pietro Cicogna, ebenso strikte wie unsinnige Befehle zu: Er solle unverzüglich die äußeren Quartiere (in denen drei Viertel der Zivilbevölkerung wohnten) abreißen lassen und die Trümmer zur Verstärkung des Mauerrings verwenden: durch den Bau neuer Stützpfeiler, neuer Bastionen, neuer Befestigungen; außer Cicognas persönlicher Karriere stünden das Kriegsglück, die Zukunft, das Reich, die ganze Welt auf dem Spiel. Cicogna, ein äußerst ehrgeiziger Mann, stürzte sich kopfüber in die Arbeit, ohne auf irgend jemanden, weltlich oder kirchlich, Rücksicht zu nehmen. Er riß alles ab, was abzureißen war, und begann dann damit, den alten Festungsgürtel zu verstärken, wie man es ihm befohlen hatte. Doch an diesem Punkt der Unternehmung angelangt, wurde ihm dreierlei klar: Das erste war, daß der relativen Leichtigkeit des Abreißens keine ebensolche des Wiederaufbauens entsprach und daß man für die von Gonzaga gewünschten Befestigungsarbeiten Geld brauchte: eine Unmenge Geld. Die zweite Erkenntnis, die Cicogna aufging, war die, daß sich, während er mit der Einebnung der Vorstädte von Novara befaßt war, das Spannungsfeld ein für allemal in andere Gegenden Europas und der Welt verlagert hatte. Und so gelangte er von dieser zweiten Einsicht zur dritten und letzten: daß nämlich Novara und seine Verteidigungsbauten, falls sie in der Vergangenheit wirklich jemanden hätten interessieren können, jetzt garantiert uninteressant waren. Die Arbeiten wurden eingestellt, und es existieren heute keine Spuren mehr davon; im übrigen handelte es sich um Mauern aus Schotter, Ziegelsteinen und Mörtel, die ohnehin kaum einer wirklichen Belagerung hätten standhalten können, sondern beim ersten direkten Artilleriebeschuß wie Pappkulissen zusammengefallen wären: also auch vom rein militärischen Standpunkt aus kein sonderlich glückliches Projekt.

Novara ruhte, erschöpft, in einem Meer von Trümmern. Von den sechzig- oder siebzigtausend Menschen, die dort gelebt hatten, ehe die Ungücke in ihrer ganzen Kraft hereinzubrechen begannen, war der größere Teil aufs Land ausgewichen oder in andere Städte gezogen; aber die Unglücksserie war noch nicht zu Ende. Es hätte für die zivile und militärische spanische Obrigkeit eine unerträgliche Blamage bedeutet, den Novaresen schlicht und einfach zu erklären: »Entschuldigt, aber wir haben uns geirrt. Baut eure Häuser wieder auf, und Gott steh' euch bei. An den Mauern wird nichts mehr getan.« Ganz im Gegenteil, die Spanier untersagten aufs feierlichste und strengste, irgend etwas auf dem Terrain, das man von den Häusern befreit hatte, zu errichten, und sei es auch nur eine Hundehütte oder ein Schuppen, um die Werkzeuge für die Arbeit in einem Obstgarten darin unterzustellen. Sie ließen etwas Zeit verstreichen, und dann rückten sie, als ob nichts gewesen wäre, mit neuen und saftigen Sondersteuern heraus: »auf daß man die begonnenen Festungsarbeiten zu ihrem Abschluß bringe«, »auf daß man zum Wohle der Bürger und zu ihrem alleinigen Nutz und Frommen die begonnenen Verteidigungswerke gänzlich fertigstelle«, und so weiter. Novara entvölkerte sich endgültig. Innerhalb des Mauergürtels verblieben, außer den spanischen Soldaten der Garnison, vielleicht noch sechs- oder siebentausend Einwohner. Und das waren zum größten Teil Priester und Nonnen, die aufgrund eines uralten Privilegs keine Steuern zu zahlen brauchten, oder Leute, die einen Weg gefunden hatten, sich, legal oder illegal, so schnell wie möglich auf Kosten ebenjener geistlichen Personen und der Soldaten zu bereichern: Abenteurer jeder Rasse und Art, Makler jedweder Ware, Händler, Huren. Vor allem diese letzteren waren sehr zahlreich. Trotz Cicogna und seinem Zerstörungswerk und trotz der Vorschriften des Konzils von Trient konnte sich die Stadt Novara noch Ende des sechzehnten Jahrhunderts mit gutem Recht rühmen, den lebenslustigsten und unbeschwertesten Klerus in ganz Europa zu haben: die intrigantesten Klosterbrüder, die mondänsten Nonnen, die fettesten Kanoniker, die vergnügtesten Weltgeistlichen, die reichsten Pfarrer. Einige den Novaresen wohlbekannte Herbergen nahmen mit Liebenswürdigkeit und Diskretion die Landpfarrer auf, wenn sie in die Stadt kamen, *per romper l'aria*, »um die Luft zu brechen«, wie man damals sagte: das heißt, um sich den giftigen Dünsten der Reisfelder zu entziehen – und um sich privaten Geld-

und Herzensangelegenheiten zu widmen. Und es gab äußerst gastfreundliche Privathäuser, in denen man jede Art menschlicher Wärme zu einem vernünftigen Preis finden konnte; männliche und weibliche Personen, Erwachsene wie Kinder, befleißigten sich, dem Besucher alle erbetenen Aufmerksamkeiten zu erweisen. Und dann gab es Glücksspiele; es wurde gewettet; man investierte Geld in Wuchergeschäfte. Der Mangel an weltlichen Einwohnern hatte – so seltsam das erscheinen mag – die Aktivitäten des Klerus in keiner Weise reduziert, im Gegenteil, er hatte sie stimuliert. Es gab geistliche Advokaten, geistliche Wucherer, geistliche Bordell- und Spielhöllenbesitzer, geistliche Gastwirte; und es gab, und zwar in großer Anzahl, die *quistoni:* Abenteurer, die, als Geistliche verkleidet, über Land zogen, predigend, Ablaßzettel oder falsche Reliquien verkaufend, Wunder wirkend und auf vielerlei Weisen (aber immer im Namen Gottes) Handel treibend. Die Nonnen, und vor allem die Oberinnen und Äbtissinnen, führten das Leben großer Damen, inner- und außerhalb der Klöster. War es da also, um wieder auf San Michele und Antonia und die Milde Stiftung für die Findelkinder zurückzukommen, war es also, so wie die Dinge in der Stadt lagen, verwunderlich, daß das Rad der Barmherzigkeit, der berüchtigte *torno*, fortfuhr sich zu drehen, ja daß er sich immer schneller drehte?

Das Monster wuchs heran, wurde zu einem kleinen Mädchen mit tiefschwarzen Augen und Haaren. Von dem Haus mit dem Drehrad und den Ammen kam es ins eigentliche Waisenstift: Das war ein in zwei Sektionen, eine für die Knaben und eine für die Mädchen, unterteiltes Gebäude und wurde, zur Zeit unserer Geschichte, von den Nonnen des Ursulinenordens geleitet. Hier schor man Antonia das Haar – wie es die Regeln vorschrieben – und zog ihr den grünen Leinenkittel an, der bis zu den Knöcheln reichte und die spezielle Tracht der *esposti* bildete: ihr Gewand für alle Gelegenheiten und alle Jahreszeiten. Mit fünf Jahren fing sie an, zusammen mit den Schwestern und den Kameradinnen das Haus zu verlassen, um in den Prozessionen mitzuziehen – am Karfreitag, an Fronleichnam, an Mariä Himmelfahrt, an allen Heiligen- und sämtlichen sonstigen Kalenderfesten –, bei welcher Gelegenheit die Findelkinder, Knaben wie Mädchen, mit ihren kahlgeschorenen Köpfen und den Kerzen in den Händen der Welt die unwiderlegbare Demonstration eines herrlichen und wunderbaren Phänomens lieferten: der menschlichen Güte! Der menschlichen Güte, dazu ausersehen, über den Egoismus, über die Bosheit und über all die anderen schändlichen Neigungen zu triumphieren, die freilich – in jener Epoche – die wahren Zeichen der Zeit zu sein schienen. Und damit nicht genug. Das öffentliche Auftreten der von der Mildtätigkeit der Novaresen unterhaltenen und von den Nonnen versorgten und betreuten *esposti* bot nicht nur ein erhebendes Schauspiel von großer moralischer Erbauung: Es diente auch dazu, den, der ihm beiwohnte, daran zu erinnern, daß jedweder Sünder, wenn er der Milden Stiftung eine Gabe zukommen ließ, im Jenseits mit einem kräftigen Strafnachlaß rechnen konnte, bemessen nach Jahren und Jahrhunderten Fegefeuer. Und wenn jemand gar per Testament sein Hab und Gut der Manufaktur der *esposti* vermachte, dann flog die Seele des Wohltäters ohne Zwischenaufenthalt direkt hinauf in Gottes Schoß: um so strahlender an Glorie und Seligkeit, je opulenter der Nachlaß gewesen war.

So, zwischen einer Prozession und der anderen, zwischen einem Gottesdienst und dem nächsten, vergingen die ersten Lebensjahre der Antonia Renata Giuditta Spagnolini in der Wohltätigkeitsanstalt San Michele zu Novara: im wesentlichen eins wie's andere, mit ihren Wintern und den *esposti*, die husteten, vor Fieber rot wurden und dann starben und hinter der Kirche zwischen dem Hühnerstall und dem Haus mit dem Drehrad begraben wurden; und mit ihren Sommern und den *esposti*, die anschwollen, gelb wurden, zwei oder drei Tage oder auch länger mit dem Tod rangen – wegen des verseuchten Wassers, sagten die Ärzte. Ohne diesen raschen Wechsel zwischen den Lebenden und den Toten hätte die Milde Stiftung nie all die Kinder aufnehmen können, die auf dem Weg über den *torno* hereinkamen oder von den Verwandten, den Pfarrern oder von irgend jemandem, der sie zufällig auf der Straße gefunden hatte, gebracht wurden. Und so war der Tod eines Findelkinds keine Tragödie: im Gegenteil! Das waren die Glücklicheren – sagten die Nonnen –, die, denen der liebe Gott in seiner Barmherzigkeit und seiner unendlichen Güte die ganz besondere Gnade gewährte, aus der Welt zu gehen, noch ehe sie das Alter der Sünde erreicht hatten, direkt ins Paradies zu fliegen, ohne all die Versuchungen und Bedrängnisse erdulden zu müssen, die später das Leben der Erwachsenen bedrücken. Je größer sie wurden, desto mehr verlagerte sich die Hauptbeschäftigung der *esposti* tatsächlich auf die Beerdigungen: fröhliche und kurze Beerdigungen von Kameraden, für die ein paar Tropfen Weihwasser genügten, auf dieselben Erdschollen gesprengt, auf denen für gewöhnlich die Hühner scharrten, hinter dem Haus mit dem Drehrad; und feierliche Beerdigungen von Wohltätern, die im Gegensatz zu den ersteren Stunden um Stunden dauerten, in San Gaudenzio oder in den lichterfunkelnden Schiffen des Doms. Aber das bedeutete nicht, daß die *esposti* nicht auch Zeit für die Spiele ihres Alters gefunden hätten oder daß sie trauriger gewesen wären, als es ihren Lebensumständen entsprach. Ganz im Gegenteil: Es gibt nichts, was bei jungen Menschen, und nicht nur bei jungen, den Lebensdrang so fördert wie der gewohnte Umgang mit dem Tod!

In Novara hatten sich nach dem Abriß der Vorstädte keine außergewöhnlichen Dinge mehr ereignet. Man lebte ohne Dramen, ganz normal; den Leuten ging es gut oder schlecht, je nach ihrem Geschick und ihrem Geldbeutel, und es wäre überhaupt nicht der Mühe wert, sich darüber auszulassen, wenn nicht ausgerechnet zu der Zeit, als Antonia in San Michele weilte, ein anderes Ereignis eingetreten wäre, das in diesem Teil Italiens und des Staates Mailand ebenso tiefe und bleibende Spuren hinterlassen sollte wie die von Don Ferrante Gonzaga, der spanischen Herrschaft und Cicogna gezogenen. Dieses weniger sensationelle als bedeutende Ereignis war die seit langem angekündigte und immer wieder hinausgeschobene Ankunft des neuen Bischofs Carlo Bascapè: Über den kursierten Gerüchte, die Priester und Nonnen erschaudern und viele Leute nicht mehr ruhig schlafen ließen – in der Stadt und in der ganzen Diözese Novara. Dieser Bascapè – hieß es in den gutunterrichteten Kreisen – sei der Schützling von Karl Borromäus gewesen, dem verrückten Erzbischof von Mailand, der aus seinen Priestern und Nonnen unbedingt Heilige habe machen wollen, und dazu auch noch Berater zweier Päpste und auf dem besten Weg, selbst Papst zu werden. Doch zum Glück habe beim letzten Konklave die Fraktion der Fanatiker den kürzeren gezogen, und der neue Papst befreie sich nun von diesen, indem er sie als Bischöfe in die entlegensten und unangenehmsten Orte schicke und so in die vier Himmelsrichtungen der christlichen Welt zerstreue. Im Fall Bascapè erwies es sich freilich weder als ein einfaches noch als ein kurzfristiges Unterfangen, ihn ins Exil nach Novara zu schicken, denn zu dem Zeitpunkt, zu dem er in Ungnade fiel, war er »General« eines der mächtigsten Orden der neuen Kirche, nämlich der Barnabiten, und er widersetzte sich mit all seinen Kräften. Aber zum Schluß mußte er sich doch beugen und sich dareinfinden, von seinem Orden und Rom und den hohen Kreisen, in denen er bis dahin gelebt hatte, Abschied zu nehmen, um sich in einem Provinznest und in einer Grenzdiözese begraben zu lassen – mit erst vierzig Jahren oder wenig mehr! Er war ein Adler, der sich in einem Netz für Krammetsvögel verfangen hatte, ein Komet, der über den Tümpeln und Morasten der Novareser

Ebene abgestürzt war: wo er weiß Gott was für Unheil anrichten würde – meinten die fetten und trägen Kanoniker von San Gaudenzio und dem Dom –, wenn er, ohne sich über die örtlichen Gegebenheiten im klaren zu sein, ausgerechnet hier mit aller Gewalt jene überirdische, unmenschliche und heilige Kirche verwirklichen wolle, die der gesamten Welt aufzuzwingen ihm und den anderen Besessenen zum Glück nicht gelungen sei.

Nach vielem Klatsch und Tratsch und vielen Prophezeiungen traf der neue Bischof endlich ein. Und schon bald nach seiner Ankunft verschwand aus San Michele die Oberin der Ursulinen, Schwester Anna, die, wo immer sie ging und stand, von einer Parfümwolke umhüllt war und häufig Besuch von Leuten empfing, die mit der Kutsche aus Novara vorfuhren – auch abends und auch Männer. Es kam eine neue Oberin, Schwester Leonarda, gelb im Gesicht und mit dichten Augenbrauen. Was die *esposti* anging, so verbesserten sich für sie zwar das Essen und die hygienischen Verhältnisse, aber die Bürde der Seelenmessen und der täglichen Gebete für die Wohltäter wurde schier unerträglich; außerdem brachen von nun an schreckliche Strafgerichte über die Kinder herein, die während der Beerdigungen spielten oder es wagten, in der Kirche zu schwätzen: ganze Nachmittage auf einem Hirsekolben knien, öffentliche Züchtigungen und Hungerarreste in eigens dafür bestimmten Kammern oder besser gesagt Löchern. Kein Wunder, daß die etwas größeren *esposti* anfingen davonzulaufen und nachts über die mit Glasscherben gespickte Mauer des Heims kletterten. Es kam eine Laienschwester mit Namen Clelia, eigens um die Mädchen im Katechismus und in den Andachtsübungen zu unterrichten; sämtliche Spiele wurden verboten, da sie als unnütz und der rechten Erziehung zu Frauen und Christinnen abträglich galten, und durch besondere »Erholungen« ersetzt, in denen die Kinder exemplarische Episoden aus den Heiligenleben hören und immer wieder hersagen mußten. Nachgerade wußten sogar die Wände die Geschichten auswendig: von der Königin Adelheid, der Witwe des italienischen Königs Lothar und des Kaisers Otto des Großen, die inmitten des Prunks der Schlösser und kaiserlichen Paläste ihr eigenes Leichentuch wob; und von Pelagia, die die unzüchtigste Frau von ganz Antiochien gewesen war, bis zu dem Tag, an dem sie den Bischof Nonno von Edessa predigen hörte und sich bekehrte und fortan in Demut und Zufriedenheit in einer Höhle auf dem Ölberg lebte; und von Rita von Cascia, die aus Gehorsam einen dürren Stock begoß und sah, wie dieser Knospen trieb und Blätter bekam und Zibebentrauben; und unzählige andere: von Zyprianus, Antonius, der Märtyrerin Perpetua, von Theresa von Avila, Prokopius, Kunigunde, Vinzenz ... Doch zu den Heiligen der Vergangenheit gesellten sich noch die der Gegenwart, die neuen Heiligen: nämlich die Missionare des christlichen Glaubens, die gerade in jenen Jahren anfingen, in die entlegensten und unerforschtesten Winkel der neuen Welten vorzudringen, um den Wilden, die dort lebten, das Wort Gottes zu bringen und als Gegengabe dafür das Martyrium zu empfangen. Es drehte sich um die Heldentaten, die Wunder, die großen Unternehmungen und die kleinen Episoden der Hingabe und des täglichen Opfers, die dem unausweichlichen Martertod dieser modernen Nachfolger der Apostel vorausgingen. Wie alle jungen Ordensleute jener Zeit träumte auch Schwester Clelia davon, als Missionarin in ferne Länder zu reisen. China, Indien, Japan waren für sie und ihre Zeitgenossen das, was für uns heute die Planeten des Sonnensystems sind – genauer gesagt: was diese Planeten für uns wären, wenn es auf ihnen von menschlichen Wesen bewohnte Gebiete gäbe –, und sie trug immer ein kleines Heftchen bei sich, in das sie fleißig all die Vorfälle eintrug, die sie von den Missionspatres hatte erzählen hören. Zum Spaß oder um sie von irgendeinem Streich, den sie gerade ausheckten, abzulenken, baten die Mädchen sie manchmal, doch noch die Geschichte

»von der kleinen Singalesin« zu erzählen oder die »von den durch Anspucken bekehrten Chinesen« oder jene nachgerade berühmte »von dem japanischen Kind, das sich all seine Zähne mit einem Stein ausbrach, um die erste heilige Kommunion empfangen zu dürfen«. Sie bestürmten sie: »Schwester Clelia, bitte, bitte, erzählt uns die!«

Und Schwester Clelias Augen leuchteten: »Ja, meine Lieben, ja! Rückt her zu mir!«

Wenn sie dann aber merkte, daß ihre Geschichten gar niemanden interessierten und daß sich die Kinder nur über sie lustig machten, wurde sie wirklich wütend. Sie schrie: »Ihr kleinen Schlangen! Ihr Teufelinnen! Ihr Ruchlosen!« Und sie zog sie an den Ohren und kniff sie so heftig, daß manchmal das Blut kam. Sie verkündete: »Brot und Wasser für alle, zwei Tage lang! Drei Tage lang! Einen Nachmittag auf dem Hirsekolben knien! Zwei Tage für alle ohne Abendessen! Gesindel! Ich werde euch die Bosheit schon noch austreiben!«

Nachts kam es manchmal vor, daß eines der größeren Mädchen im Dunkeln zu Antonia ins Bett schlüpfte und anfing, sie an bestimmten Stellen ihres Körpers zu streicheln, seufzend und in einer Weise, die sie mit Bestürzung und Scham erfüllte. Sie versuchte, sich zu entziehen, flüsterte (um von der Schwester nicht gehört zu werden, die am Ende des Saals hinter einem Vorhang schlief und, wenn sie wach geworden wäre, weiß Gott welche Strafen verhängt hätte): »Wer bist du? Hör auf! Laß mich schlafen!«

»Sei still«, wisperten die Schamlosen und versuchten dabei, ihre Stimme zu verstellen, um nicht erkannt zu werden (aber Antonia erkannte sie immer). »Ich bin dein Schutzengel, ich führ' dich ins Paradies ... Gib mir einen Kuß! ... Es ist die Madonna, die dich besucht! Du wirst schon sehen, daß es dir gefällt! Glaub's mir!«

2. Kapitel

DAS EI

Während sie heranwuchs, wurde Antonia ausgesprochen hübsch: ein kleines Mädchen, bei dem man bereits die Züge und das Antlitz der Frau ahnen konnte – und das, obwohl sie erst neun Jahre alt war und die Haare aus Gründen der Hygiene kurzgeschoren trug wie alle *esposte*. Sogar der grüne Kittel aus grobem Leinen, dessentwegen auch die Knaben, bis zu einem gewissen Alter, für Mädchen gehalten wurden und der die besonders mageren Kinder wie Vogelscheuchen aussehen ließ oder, wie die Nonnen sagten, »wie angezogene Besenstiele«, kleidete sie gut. Sie war von ruhigem und schweigsamem Wesen, mehr zum Nachdenken neigend als zu Lärm und Schwärmerei. Oft kam es vor, daß sie – anstatt sich zwischen einer Beerdigung und der nächsten, zwischen einer gesungenen Messe und der folgenden an den Spielen der Kameradinnen zu beteiligen, an ihrem boshaften Geklatsche und Getratsche, den kleinen Intrigen von Kindern, die bereits viele Übel des Lebens kennengelernt haben – sich absonderte, um über ihre eigenen Dinge nachzudenken oder im Bezirk der Milden Stiftung herumzuspazieren. Sie ging auf Entdeckungsreise. Sie schaute nach den Kapaunen, die stets in ihren engen Holzkäfigen (kaum höher als die Tiere selbst) eingesperrt waren: an der Außenmauer des Gebäudes, in dem die Schwestern wohnten, unter den Fenstern des Refektoriums. Diese Kapaune zeichneten sich durch eine außerordentliche Aggressivität aus, aufgrund ihrer Rasse und der Art und Weise, wie sie gehalten wurden. Es genügte, sich mit dem Finger ihren Käfigen zu nähern, und schon versuchten sie, mit dem Schnabel darüber herzufallen, denn die Gefangenschaft hatte sie böse gemacht und noch mehr die Sonnenglut: Das sagte jedenfalls der alte Adelmo, der einzige erwachsene Vertreter des männlichen Geschlechts in San Michele, betraut mit den Aufgaben eines Gärtners und eines Mesners. Diese Käfige der *pulon* – beteuerte Adelmo jedesmal wieder, wenn Antonia ihn traf – hätte man nicht dort aufstellen dürfen, wo sie standen, denn dahin schien die Sonne von mittags bis abends, sondern geschützt auf der anderen Hausseite. Aber die andere Seite des Hauses war die mit dem Eingang, und die Nonnen wollten nichts davon hören, die Kapaune vor ihrer Haustür zu haben – und damit erschien das Problem unlösbar. Eine weitere obligatorische Station auf Antonias Spaziergängen war die Hundehütte Dianas, eines Brackenweibchens, das einmal im Jahr »in Hitze geriet« und dann die unwahrscheinlichsten Dinge anstellte: Es durchbrach Lattenzäune, verletzte sich bei dem Versuch, über die Hofmauer zu springen, ernsthaft an den Glasscherben, biß Schwester Clelia – und das alles, behaupteten die Nonnen, aus dem einzigen lächerlichen Grund, weil es aus der Milden Stiftung davonlaufen wollte, um sich »Junge zu kaufen«! (Mit welchem Geld hätte es die denn kaufen sollen? Und dann: von wem? Wer verkauft schon Welpen an die Hunde? Warum – dachte Antonia – reden die Leute solch dummes Zeug und drükken sich so dunkel aus?) Diana war für gewöhnlich ein äußerst gutmütiges Tier, und auch die Sache mit der Hitze war alles andere als klar. Was sollte das heißen: »in Hitze geraten«? Wo die Hündin ihre verrückten Anfälle noch dazu im Winter bekam! Antonia hatte auch versucht, Adelmo zu entsprechenden Erklärungen zu bewegen, aber selbst der hatte nicht mit der Sprache herausrücken wollen, sondern nur gemeint: »Na ja ... es wird ihr halt von einem Augenblick auf den anderen heiß ...«

Manchmal traf Antonia bei ihren Spaziergängen eine von den Schwestern, die Schwester Livia, die dann stehenblieb und sich mit ihr wie mit einer Erwachsenen unterhielt; sie klagte über die Zeitläufte, über ihre Gebrechen, über die Oberin, von der sie schlecht behandelt wurde, über die *esposte*, die ihr geradezu grausame Streiche spielten: Sie legten ihr tote Mäuse in die frisch gewaschene Wäsche oder spannten ihr unsichtbare Fäden über den Weg, und natürlich fiel sie darüber... All das wurde halb mit Worten und halb durch Gesten vorgetragen, denn Schwester Livia war eine Ausländerin, aus einem Land namens »Napoli«, und nicht immer konnte Antonia ihren Reden folgen. In San Michele war Schwester Livia die »alte Laienschwester«, fürs Putzen zuständig (so wie Schwester Clelia die »junge Laienschwester« war, zuständig für die Unterweisung der *esposte*), und die anderen Nonnen behandelten sie wie eine Dienstmagd. Sie beschwerten sich: »Schwester Livia, ich bitte Euch! Seht Ihr denn nicht, daß am Refektoriumsfenster eine Spinnwebe hängt? Daß auf diesen Bänken immer Staub liegt? Daß der Fußboden hier schmutzig ist? Worauf wartet Ihr noch mit dem Putzen?« Sie fuhren sie an: »Los, los! Muß man Euch denn alles zweimal sagen?«

Schwester Livia kam dann mit Eimer und Schrubber so demonstrativ herbeigeschlurft, daß es schlimmer nicht mehr ging. Sie murmelte: »Eine Spinnwebe, na so was! Sollen sie sich ihren Staub doch selber wegwischen, mit ihren feinen Händchen!«

Einmal, als Schwester Leonarda sie vor der ganzen Anstalt abgekanzelt hatte, brummelte Schwester Livia zur Erwiderung nur etwas vor sich hin, aber doch nicht so leise, daß Antonia und die anderen Mädchen es nicht hätten hören können:

»Schwester Latrina hat gesprochen! Meine Verehrung!«

»Jawohl, es wird gemacht, wie Schwester Furzina meinen!«

»Sie ist ein bißchen verrückt«, sagten die Nonnen und tippten sich mit dem Zeigefinger an die Stirn. »Die Ärmste! Sie tut es nicht aus Bosheit. Sie ist wirklich ein bißchen närrisch!«

Als der Besuch des neuen Bischofs von Novara, Monsignore Carlo Bascapè, in San Michele angekündigt wurde – die üblichen gutunterrichteten Personen sagten, er werde zu Fuß aus der Stadt kommen, begleitet von den Zöglingen des Priesterseminars und einigen Kanonikern der Kapitel von San Gaudenzio und des Doms –, da wählten die Ursulinen, nach langen geheimen Beratungen, unter all den *esposte* ausgerechnet Antonia aus, um dem Bischof das Willkommensgedicht vorzutragen: vielleicht weil sie hübscher war als die anderen Mädchen, oder klüger ... Schon Wochen vor dem großen Tag zwangen sie das Kind, schauerliche Verse, die die Oberin, Schwester Leonarda, aus Anlaß des Besuches höchstpersönlich verfaßt hatte, immer und immer wieder herzusagen (»Ach wir Ärmsten jubeln zu / Dir, o großer Bischof Du! / Unbesiegter Glaubensheld / Streiter Gottes in der Welt« – und so weiter), bis zur Betäubung. Sie gaben ihr Zuckerstückchen zur Aufmunterung und Ohrfeigen und Kniffe zur Bestrafung; sie bestürmten sie mit Ermahnungen: »Daß du ja nichts vergißt! Paß genau auf! Mach bloß keinen Fehler!«

Als dann der langersehnte und gefürchtete Tag gekommen war, zerrten sie Antonia noch bei Dunkelheit aus dem Bett und brachten sie in die Waschküche, zogen sie aus und steckten sie in ein Schaff mit so heißem Wasser, daß sie, als man sie endlich wieder herauszog, so rot wie ein gekochter Krebs aussah; sie wuschen sie mit *ranno*, dem Aschenwasser, und dann zogen sie ihr beinahe bei lebendigem Leib die Haut ab, indem sie sie mit brettharten Tüchern aus Leinen und Hanf, die sie in aller Unschuld als »Handtücher« bezeichneten, abrieben, daß sie vor Schmerz schrie. Dann wurde Antonia ganz weiß angezogen; man machte ihr an den Schultern zwei Pappflügel fest, auf die Schwester Clelia Hunderte von Taubenfedern geklebt hatte, damit sie wie echte Flügel aussähen; auf den Kopf setzte man ihr eine blonde Perücke aus Maisbast, mit einem Heiligenschein, ebenfalls aus Pappe. Da es inzwischen Tag geworden war, zwang man sie, ein rohes Ei zu trinken, um »zu Kräften zu kommen«. (So wenigstens hatte sich Schwester Leonarda ausgedrückt; tatsächlich aber weckten rohe Eier in Antonia Widerwillen und nicht Kraft, doch es gab kein Mittel, sich dieser Wohltat zu entziehen: Sie mußte das Ei hinunterschlürfen, wie es die Schwestern wollten, mit geschlossenen Augen und auf einen Zug.) Mit dem Ei im Bauch und an der Hand von Schwester Clelia mußte Antonia danach in die Kirche rennen, um Gott und die Madonna um Beistand anzuflehen, indem sie den Rosenkranz und andere für den Anlaß geeignet erscheinende Gebete hersagte.

Währenddessen standen alle anderen *esposti*, Knaben und Mädchen, bereits vor der Milden Stiftung, zu beiden Seiten der Straße, die zur Porta Santa Croce hinaufführte, und damit die Zeit, die sie auf den Bischof warten mußten, verging, sangen sie Dankes- und Lobeshymnen, bis sie heiser wurden. Von der Burg her kamen einige Arkebusiere und postierten sich entlang dem Weg des Zuges. Zwar war niemand von der bischöflichen Kurie auf die Idee verfallen, sie anzufordern, aber der Burgvogt hatte sie aus eigenem Antrieb abkommandiert, um über die Unversehrtheit dieses *cabron* (Ziegenbocks), dieses *loco* (Narren) zu wachen – nämlich des Bischofs Bascapè. »Wenn seine Feinde ihn umbringen wollen« – sagte *su excellencia*, der spanische Burgvogt, die Augen drohend rollend und mit den Fingern seinen aufgezwirbelten Schnurrbart malträtierend, der sein ganzer Stolz als *caballero* und seine Hauptsorge im Leben war –, »dann sollen sie es gefälligst außerhalb von Novara tun!« Und dann fügte er noch leise hinzu, aber doch so, daß diejenigen, die in seiner Nähe standen, es noch hören konnten:

»Er macht mir schon als Lebender genug Scherereien, dieser *cabron*, und mit dem Toten hätte ich noch mal soviel!« Zum Glück ließen sich die Feinde des *cabron* an diesem Tag jedoch nicht sehen.

Endlich kam *er*, zu einer Stunde des Vormittags, in der die Findelkinder weder Puste noch Kraft mehr zum Singen hatten, und irgendeinem war auch noch schlecht geworden, wegen der Sonne, die ihm auf den Kopf brannte. Man sah die Seminaristen des Doms zwei und zwei durch die Porta Santa Croce den sogenannten Zitadellenhang herunter ziehen: alle schwarz gewandet, Wangen und Kopf glatt rasiert und ein großes hölzernes Kreuz mitten auf der Brust. Hinter den Seminaristen erschienen die Kanoniker, erkennbar an ihren runden Hüten und dem Purpur auf dem Talar; unter ihnen stach, schon durch seine Größe und Korpulenz, von weitem jener Giovan Battista Cavagna aus Momo hervor, der wenige Jahre darauf berühmter werden sollte, als er es selbst je hatte voraussehen oder wünschen können: doch davon später. An dem Tag, an dem er im Gefolge des Bischofs zur Visitation in die Milde Stiftung kam, war Monsignore Cavagna jedoch noch wenig bekannt, ein Priester wie viele andere. Immerhin kursierte aber bereits der Witz über ihn, daß der mittelalterliche Dichter Dante Alighieri seine Geburt schon vor drei Jahrhunderten vorausgesehen und ihn gemeint habe, als er jenen Vers schrieb, in dem von einer »Gans, weißer noch als Butter« die Rede ist... Die italienischen Provinzgeistlichen des siebzehnten Jahrhunderts lachten gern über solche Dinge, und im Fall von Cavagna hatten sie wirklich ein wenig Grund zum Lachen: Denn der Ärmste, der aus einem Gebiet des Novarese stammte, in dem es sehr viele Gänse gab, ähnelte selber einer Gans, genauer gesagt einem riesigen Gänserich: im Gang und in der Stimme und im Körperbau; tatsächlich hatte er ein großes Hinterteil, schmale Schultern und einen kleinen Kinderkopf auf einem langen Hals, den er beim Gehen immer drehte, als wolle er alles mitbekommen, was rechts und links der Straße geschah. Nur die Farbe des Gewands, das schwarz war, paßte nicht zum Bild von der Gans.

Hinter den Kanonikern kam der Bischof: ganz in Weiß, unter einem vergoldeten Baldachin, den vier Seminaristen trugen, die mit dem Bischof im gleichen Schritt gingen und die er um Haupteslänge überragte; ein hagerer Mann, mit wachsfarbener Haut, grauem Bart und ebensolchem Haar unter der Mitra. Obwohl das Gesicht eingefallen und vorzeitig gealtert war, konnte der, der es betrachtete, sich nicht des Eindrucks erwehren, daß dieser Bischof Bascapè in seiner Jugend ein kraftvoller und mit einem gewissen Charme gesegneter Mann gewesen sein mußte – und daß er mit den neunundvierzig Jahren, die er damals zählte, noch nicht jener »lebende Leichnam« war, als den er sich wenig später selbst bezeichnen sollte, als er in Novara die Kirche San Marco Apostolo einweihte. Bei dieser Gelegenheit – berichten die Biographen – hatte Bascapè sich an die Novaresen gewandt und dabei auf seinen Körper gezeigt: »Diesen Leichnam, den ihr jetzt lebend seht und der hier zu euch spricht, werdet ihr in Bälde tot wiedersehen, an ebendiesem Ort, an dem er nach meinem Wunsch und Willen auch begraben werden soll.« Aber tatsächlich war er bereits der Überlebende eines anderen Mannes, von dem ich, ohne jemandem unrecht zu tun, glaube sagen zu dürfen, daß er aufgehört hatte zu existieren, als Bascapè, das heißt sein Körper, im Gehorsam als Bischof nach Novara gekommen war. Und dieser als Bischof gekleidete Körper fuhr dann fort, sich zu bewegen und zu kämpfen: wie der Ritter, von dem Ariost in seinem *»Rasenden Roland«* erzählt, der, obwohl man ihm den Kopf abgeschlagen hatte, weiter übers Schlachtfeld schritt und gewaltige Schwerthiebe austeilte, weil er gar nicht gemerkt hatte, daß er tot war.

Eine große Figur, dieser Bischof Bascapè! Eine rätselhafte Figur aus einer inzwischen weit zurückliegenden und in sich abgeschlossenen Epoche; aber auch der Exponent einer Art und Weise, Leben und Schicksal des Menschen zu begreifen, die immer wieder neu auftaucht und sicherlich unser zwanzigstes Jahrhundert weit überdauern wird ... Eine Persönlichkeit, die das Glück zuerst begünstigt, der es alles gegeben hatte – um sie danach fallenzulassen, ihr all das zu nehmen, was es ihr gegeben hatte, und noch etwas mehr. Adelig von Geburt, verfeinert durch Erziehung und Bildung, ein vorzüglicher Kenner des Lateinischen und des Spanischen, also der beiden internationalen Sprachen jener Zeit, ein brillanter Schriftsteller auf lateinisch und auf italienisch, ein Experte des Kirchen- und des zivilen Rechts und darüber hinaus noch mit einem natürlichen Talent als Organisator, als »Manager«, begabt: Bascapè hatte alle Karten in der Hand, um danach trachten zu können, die Welt zu verändern – natürlich zum Besseren –, und sich einzubilden, es würde ihm tatsächlich gelingen. Philipp II. von Spanien, in dessen Residenz in Madrid er als Gast geweilt hatte, kannte und schätzte ihn; ein Erzbischof – der geliebte Karl Borromäus – und außerdem zwei Päpste – Gregor XIV. und Innozenz IX. – hatten seinen Rat und seine Mitarbeit gesucht. Mit vierzig Jahren, genauer gesagt mit neununddreißig, war ihm die Ernennung zum Kardinal angekündigt worden; und er, gleichsam der bereits so gut wie geschriebenen Geschichte seines Aufstiegs zum päpstlichen Thron und dann auch noch zur Heiligkeit folgend, zog sich nach Monza in ein Kloster seiner Barnabiten zurück: »Wo er« – schreibt einer seiner Biographen – »der Beschäftigung oblag, mit seinen Novizen Teller und Schüsseln zu spülen, oder ähnlichem: in der gleichen Gesinnung, glaube ich, wie der heilige Bonaventura, damit er, wenn während solcher Dienste jemand käme, um ihm den Hut [das heißt die Kardinalsinsignien] zu überbringen, zu dem Boten sagen könne, dieser möge den Hut an die Wand hängen, bis er aufgeräumt habe, was er gerade in Händen halte.« Umsonst! Wie viele Schüsseln Bascapè auch spülte und wie viele Teller er auch abwusch, der Hut kam nicht. Statt dessen kam die Nachricht vom Tod Gregors XIV., und von diesem Augenblick an ging es für unseren heiligen Tellerwäscher rapide abwärts: Kardinal Facchinetti, der zum Papst gewählt wurde, überlebte nur wenige Wochen, und auf dem Stuhl Petri folgte ihm jener Ippolito Aldobrandini, der Bascapè im Handumdrehen um alles brachte, was er besaß: Ämter, Verbindungen, große Missionen und große Aussichten; und er schickte ihn mit dem Auftrag, nicht mehr Teller und Schüsseln, sondern Seelen zu spülen, in eine obskure Provinz der Provinz von Mailand: nach Novara.

Auf den Tod verletzt, fuhr Bascapè dennoch fort zu kämpfen. Er dachte, im Grunde sei ja noch nichts verloren, seine großen Ideen blieben unberührt: Anstatt die Welt von Rom aus zu verändern, würde er sie jetzt eben von Novara aus verändern. Und er stürzte sich, wie gesagt, verbissen in jenes Unternehmen, von dem ich nicht weiß, wie ich es bezeichnen soll: verzweifelt? verrückt? Nämlich eine Grenzdiözese zum Zentrum der spirituellen Wiedergeburt der gesamten christlichen Welt zu machen. Das neue Rom! Die Stadt Gottes! So wie die russischen Revolutionäre von 1918 die Menschen zwingen wollten, glücklich zu werden, und es in ihre Manifeste schrieben (»mit Gewalt werden wir die Menschheit zwingen, glücklich zu sein«), wollte dreihundert Jahre vor ihnen der Bischof Carlo Bascapè seine Zeitgenossen zwingen, Heilige zu werden; und wenn auch die Worte verschieden sind, der Sinn ist mehr oder weniger der gleiche. Sein Vorgehen entsprach denn auch dem gewaltigen Anspruch des Unternehmens: Und das erklärt, weshalb sich der Kommandant der spanischen Besatzung um das Leben des Bischofs sorgte. In den noch nicht einmal fünf Jahren, die Bascapè sich in Novara befand, hatte er einen Stadtvogt, einen gewissen Alessandro Lessona, und einen großen Teil des Klerus, darunter sogar Kanoniker, exkommuniziert; er hatte sich mit dem Senat in Mailand angelegt, mit dem Gouverneur, mit sämtlichen geistlichen Orden, die es in der Stadt und in der Diözese gab, mit dem Inquisitor Buelli vom Heiligen Offizium, mit den Pfarrern: Von diesen hatte er viele aus ihren Pfarrhöfen verjagt; viele hatte er gezwungen, ihr Leben zu ändern; fast allen geistlichen Pfründenbesitzern hatte er ihre Einkünfte gestrichen; er hatte das Singen, das Tanzen, das Lachen, die Fröhlichkeit, das Festefeiern verboten – und dafür die Traurigkeit geboten und den Tod.

Und seine Gläubigen (seine »Herde«, die er unablässig mit dringenden Einladungen, glühenden Ermahnungen, Aufrufen, Rügen, Segenswünschen und Vorwürfen bedachte) hatten versucht, es ihm mit gleicher Münze heimzuzahlen, aber ohne Erfolg. Wie soll man auch einen Leichnam umbringen? Sie hatten es mit Gift probiert, zweimal, und dann mit einem Arkebusenschuß, und wieder später hatten sie versucht, ihm den kleinen Balkon eines Hauses, in dem er einen Besuch abstattete, auf den Kopf fallen zu lassen: Vergebens! Der Leichnam war unversehrt aus all diesen Prüfungen hervorgegangen und schritt jetzt den Hang herunter, ganz langsam, umgeben von seinen Seminaristen, seinen Kanonikern, den Arkebusieren des spanischen Burgvogts, den *esposti*, die aus heiseren Kehlen riefen:

»Vivat Seine Exzellenz Monsignore Bischof! Vivat Bischof Bascapè!«

Als Antonia aus dem Dunkel der Kirche trat, verwirrten sie die Sonne, die Menschenmenge, der Lärm. Fast ohne zu wissen wie, fand sie sich plötzlich auf einer Tribüne, vor dem Bischof und den Kanonikern, die sie mit einem Lächeln ansahen, das ihr bedeuten sollte: »Beeil dich mit deinem Gedicht, damit wir es hinter uns bringen«, und vor all den Augen, die auf sie gerichtet waren. Sie hatte das Gefühl, als würde ihr schlecht, vielleicht wegen des frühen Aufstehens oder wegen dieses Eis, das sie gegen ihren Willen hatte trinken müssen, und es war ihr, als ob alles um sie dunkel würde und sich drehte: die Tribüne, der Bischof, die Milde Stiftung, die Stadtmauer von Novara. Sie raffte all ihre Kräfte zusammen und stammelte:

»Ach, wir Ärmsten jubeln zu...«,

und dann stand sie da, steif, mit offenem Mund und gestikulierenden Händen. Sie hörte, wie Schwester Clelia von hinten fast schreiend soufflierte:

»Dir, o großer Bischof Du!... Dir, o großer Bischof Du!...«,

aber sie brachte kein einziges Wort mehr heraus. Dann wurde ihr schwarz vor den Augen, und sie verlor das Bewußtsein; sie fiel auf die Bretter der Tribüne, die Flügel lösten sich, und der Papp-Heiligenschein rollte dem Monsignore Cavagna vor die Füße, der sich, mit ein wenig Anstrengung wegen seines Körperbaus, bückte, um ihn aufzuheben. Bascapè machte eine Geste des Unmuts und murmelte: »Wer weiß, was sie mit ihr angestellt haben! Diese Närrinnen!« (Womit er natürlich die Nonnen meinte.) Er wandte sich um, um von der Tribüne zu steigen, trat in die Kirche, und alle zogen hinter ihm drein: Seminaristen, Kanoniker, Findelmädchen und Findelknaben, und auch einige Gläubige, die ihm auf seinem Weg aus der Stadt durch die Porta Santa Croce gefolgt waren. Aus dem Grüppchen der Nonnen erscholl der Ruf:

»Vivat Seine Exzellenz Monsignore Bischof! Vivat Bischof Bascapè!«

Nach dem Mittagessen wurde Antonia, zum Zeichen der Vergebung, in das Refektorium der Nonnen geholt, um den Ring des hochwürdigsten Herrn Bischofs zu küssen, der – sagte Schwester Clelia, während sie sie hinführte – ihnen allen dieses Beispiel seiner Güte und seiner Nächstenliebe habe geben wollen, indem er sich nach dem Ergehen einer *esposta* (nach dem ihren!) erkundigte und sogar nach ihr schicken ließ, damit sie seinen Segen empfange. Sie solle also – mahnte Schwester Clelia eindringlich – ja darauf bedacht sein, nicht noch weiteres Unheil anzurichten: etwa gar den Bischof mit einem der Monsignori, die ihn begleiteten, verwechseln, ihm beim Hinausgehen den Rücken zuwenden oder irgendeine andere Torheit begehen, zum Beispiel seine Hand berühren, wenn sie ihm den Ring küßte.

Antonia trat ein; sie sah, daß die Tische des Refektoriums in zwei Reihen aufgestellt worden waren: Auf der einen Seite saß der Bischof mit seinem Gefolge und auf der anderen Schwester Leonarda mit den Nonnen, die Antonia aufgeregt Zeichen machten: Worauf wartest du denn noch? Beeil dich! Siehst du nicht, daß der hochwürdigste Herr Bischof auf dich wartet? Knie nieder! Antonia kniete nieder. Und wider alle Ermahnungen ergriff sie die Hand des Bischofs und betrachtete sie, ehe sie den Ring küßte. Es war eine weiße und schmale Hand mit blassen, langen und gepflegten Nägeln; es hätte auch eine Frauenhand sein können, wären die Knöchel nicht so ausgeprägt gewesen und hätte es nicht diese schwarzen und wie Seide glänzenden Haare auf dem Handrücken gegeben, die bis zum zweiten Fingerglied hinaufreichten. Sie küßte den Ring. Bischof Bascapè zog die Hand zurück und begann, penibel und zugleich nicht ohne eine gewisse Energie, mit einer gestickten Serviette die Hand an den Stellen zu reinigen, an denen sie von den Fingern der *esposta* berührt worden war. Er fragte sie: »Wie heißt du?«

»Antonia Spagnolini, zu Diensten.«

»Es war der Teufel«, sagte laut Schwester Leonarda, »der heute morgen in den Körper dieses Geschöpfes gefahren ist, um es daran zu hindern, Eurer Exzellenz den Willkommensgruß aller *esposti* der Milden Stiftung zu entbieten.« Und voller Widerwillen und Abscheu betonte sie noch einmal: »Es gibt nicht den geringsten Zweifel: Es war der Teufel!«

»Wie geht es euch in San Michele: Geht es euch gut?« fragte der Bischof das Mädchen.

Antonia, die auf eine solche Frage nicht gefaßt war, wandte sich zu den Nonnen, um von ihnen irgendeinen Wink oder eine Eingebung zu erhalten. Statt dessen traf sie ein so flammender Blick, daß er ihr fast die Kraft zu antworten raubte. Sie stammelte: »Ja ... jawohl, hochwürdiger Herr!«

Monsignore Cavagna, zur Linken des Bischofs, hatte einen Zipfel seiner Serviette zwischen den ersten und den zweiten Knopf des Talars gesteckt und trug auf Kragen und Kinn deutlich sichtbare Spuren von Tomatensoße. Er fragte die *esposta,* und Gesicht und Augen lachten dabei: »Bekommt ihr auch gut zu essen? Jeden Tag? Mittags und abends?«

»Zweimal am Tag! Mittags und abends! Ja, hochwürdiger Herr!«

Es herrschte einen Augenblick Stille, während Bascapè nun auch die Säuberung des Rings, auf den sich die Lippen der *esposta* gedrückt hatten, beendete, und Schwester Leonarda sah die anderen Nonnen mit einem Ausdruck an, der zwischen Triumph und Erleichterung schwankte, als wollte sie sagen: Auch das wäre geschafft! Es ist noch einmal gutgegangen! Schließlich legte der Bischof die Serviette auf den Tisch und erhob die Hand. Er sagte: »Antonia, ich segne dich im Namen des Vaters, des Sohnes und des Heiligen Geistes.« Dann verabschiedete er sie: »Geh mit Gott!«

Antonia stand auf, verneigte sich, wie es ihr Schwester Clelia eingetrichtert hatte. Sie ging rückwärts, und aller Augen waren auf sie gerichtet: Sie konnte es kaum erwarten, die Tür zu erreichen. Monsignore Cavagna grüßte sie zum Abschied mit einer Kopfbewegung: Er hob das Kinn und drehte den Hals wie eine Gans (aber das machte er automatisch, weil ihn der gestärkte Kragen drückte), und gleich darauf wandte er sich an die Nonnen und bat, sie möchten ihm doch noch einen Tropfen Wein ins Glas gießen, »bloß einen Tropfen«: »Entschuldigt vielmals, meine Schwestern! Es ist nur wegen des Magens!« erklärte er. »Sonst kann ich den Kapaun nicht verdauen!«

3. Kapitel

ROSALINA

Der Frühling verging, es kam der Sommer. Der *torno* am Eingang der Milden Stiftung drehte sich zwar immer noch, doch nicht mehr so häufig wie in der Vergangenheit. Und auch das war ein sicheres Zeichen dafür, daß die Anwesenheit des Bischofs Bascapè vieles in Novara veränderte – beim Klerus und nicht nur beim Klerus: Auf der Straße traf man weniger Nonnen, weniger Landpfarrer, weniger Frauen, die an den Fenstern standen oder sich in einer Weise gaben, die nicht den geringsten Zweifel daran ließ, welcher Art ihr Gewerbe war. Ja, es hatte geradezu den Anschein, als sei dieser Typ von Frauen ganz aus den Straßen der Innenstadt verschwunden; man begegnete nur noch einigen von ihnen auf den Wällen in der Nähe der Burg, und zwar gegen Abend: wenn ihre Anwesenheit notwendig wurde, um zu verhindern, daß die Soldaten, die Ausgang hatten, besessen und unverfroren, wie sie waren, ihr ganzes Trachten darauf richteten, den ehrbaren Frauen nachzustellen. Die Wirtshäuser schlossen zwei Stunden nach Sonnenuntergang ihre Tore; die gefälligen Herbergen gab es nicht mehr, und wenn es doch noch welche gab, so hängten sie kein Schild an die Tür und führten keine Listen mit den Namen ihrer Gäste. Die ehemals lebenslustige Stadt schien eine ganz andere geworden zu sein, erstarrt in einer eisigen äußerlichen Sittenstrenge, in der keiner mehr dem anderen traute und dennoch jeder, so gut es ging, fortfuhr, das zu tun, was er vorher auch getan hatte, freilich mit erheblich mehr Vorsichtsmaßnahmen und auch unter beträchtlichen Schwierigkeiten, angesichts der größeren Risiken, die man einging. Samt und sonders verwünschten sie den neuen Bischof und den, der ihn ausgerechnet hierher geschickt hatte. »Bei all den Diözesen, die es in Italien gibt«, sagten sie, »muß er gerade bei uns landen, um uns das Leben sauer zu machen, ausgerechnet hier in Novara! Wenn ihn doch bloß der Schlag träfe, damit er uns in Frieden läßt!«

Eines Tages war Schwester Livia verschwunden, die alte »Putzschwester«, und die Tatsache schien zunächst unerklärlich: War sie davongelaufen? Mit wem? Und wie hatte sie es angestellt? Allein würde sie nicht weit kommen können – sagten die *esposte* –, wenn ihr niemand half! Antonia freilich, die sie besser kannte, erschien der Gedanke, daß Schwester Livia einfach so weggegangen sein könnte, und noch dazu mit einem Mann, absurd. In ihrem Alter – und ohne den Novareser Dialekt zu beherrschen, den alle redeten! Ohne den zu verstehen, der ihn redete! Und außerdem – dachte Antonia – war Schwester Livia ohne Zweifel schon einmal in ihrem Leben davongelaufen, nämlich als sie hierher zu ihnen gekommen war. Verwandte hatte sie keine; Freundschaften außerhalb des Klosters auch nicht; wenn sie von neuem fortlief, wohin wollte sie dann: wieder zurück nach Napoli? Schwester Leonarda und die anderen Nonnen dachten ihrerseits zunächst, die alte Putzschwester sei womöglich von einem Übelsein überrascht worden, und sie ließen überall nach ihr suchen: im Keller, in der Kirche, ja sie schickten sogar Adelmo aus, um in dem Rinnsal nachzuforschen, das an der Milden Stiftung vorbeifloß, für den Fall, daß sie dort hineingefallen und ertrunken wäre: Aber nirgends war sie. Daraufhin stellten sie die Suche ein.

Man fand sie im Morgengrauen des nächsten Tages, als der Kaplan aus Novara kam, um wie jeden Morgen die Messe zu lesen, und Adelmo die Glocke läuten wollte und den Strick nicht finden konnte: Er schaute nach oben und sah Schwester Livia über seinem Kopf baumeln, mit aufgedunsenem, fleckigem Gesicht, die weißen Augen aufgerissen und die Lippen zu einem so entsetzlichen Grinsen verzerrt, daß den Ärmsten fast der Schlag getroffen hätte. Er stürzte hinaus, derart verwirrt, daß er umherlief, ohne ein Wort herauszubringen, und nur aus seinen Gesten und aus seinem Anblick begriffen die Nonnen, was er entdeckt hatte... Sie rannten zum Kampanile, und das erste, an was sie dachten, nachdem sie den Schock überwunden hatten, war, wie man einen Skandal vermeiden könne: Eine Klosterfrau, die sich umbringt, und noch dazu in der Kirche, das würde Aufsehen erregen, und was für Aufsehen! Man mußte alles vertuschen. Die Geschichte von diesem Selbstmord – sagte der Kaplan zu Schwester Leonarda und zu den anderen Nonnen, die sich immer wieder bekreuzigten und einen Blick in die Höhe warfen – dürfe auf keinen Fall aus San Michele hinausdringen; die Kinder dürften nie etwas darüber erfahren, und nur der Bischof in der Stadt solle davon unterrichtet werden. Für jeden anderen war Schwester Livia davongelaufen: Enttäuscht vom Klosterleben, hatte sie auf die Verlockungen der Welt gehört und jenes Gewand abgelegt, dessen sie nicht würdig gewesen war. Und überhaupt, fragte sich der Priester und richtete die Frage auch an die Nonnen: War das denn nicht die reine Wahrheit? Wenn man unter Gewand die fleischliche Hülle verstand, die Gott uns gegeben hat, damit wir sie als Bürde in der Welt mit uns schleppen, und die der Schrein der Seele ist... Der Leib der unglückseligen Schwester, dessen sie sich freventlich entledigt hatte, müsse in aller Heimlichkeit begraben werden, nachts, in ungeweihter Erde und bei verhüllten Lampen; und mit dem Leib müsse auch die Erinnerung an sie begraben werden. Die Nonnen gehorchten; aber die Dinge liefen dann doch ein wenig anders als beabsichtigt, denn innerhalb der Milden Stiftung wußten alle Bescheid über Schwester Livia und ihren Tod. Und daß die Geschichte nicht bis nach Novara drang, lag einzig und allein daran, daß außerhalb von San Michele kein Mensch die Schwester Livia kannte. Für Antonia, die doch seit ihrem fünften oder sechsten Lebensjahr an jede Art von Begräbnissen und Trauerfeierlichkeiten gewöhnt war, wurde dieses Ereignis zur ersten wirklichen Begegnung mit dem Tod, über den sie sich in der Vergangenheit nie ernsthaft Gedanken gemacht hatte und der ihr erst nach Schwester Livias Selbstmord als etwas Reales erschien, unabhängig von dem Geschäft, das man damit in der Milden Stiftung bei den sogenannten Wohltätern trieb; als etwas Wahres. Auch das Leben der Schwester Livia, über das sie nie etwas erfahren und das so böse geendet hatte, weckte ihre Neugier. Manchmal, auf ihren einsamen Spaziergängen, fragte sie sich, wo dieses Napoli wohl liegen könne, aus dem Schwester Livia bis hierher gekommen war, um die Dienstmagd zu spielen – und sich umzubringen. Sie fragte sich: Warum war sie von dort weggelaufen? Warum war sie ins Kloster gegangen? Welches Geheimnis lag hinter diesem Tod – und, vorher noch, hinter diesem Leben – verborgen, so quälend für den, der es mit sich getragen hatte, und so unbedeutend für die anderen? Hatte das Leben der Menschen überhaupt einen Sinn, jenseits dieser ein wenig einfältigen Geschichten, die in der Milden Stiftung tagtäglich und sogar mehrmals am Tag erzählt wurden und an die sie glaubte, wie man an Märchen glaubt: das heißt, sie glaubte, daß es Märchen seien ... Man lebte, man starb: warum?

In diesem Sommer des Jahres 1599 war Antonia noch keine zehn Jahre alt und sollte doch schon alles erfahren, was das Geschlecht anging: Wie die Kinder ganz unten im Bauch der Frauen entstehen, wenn der Mann auf sie gestiegen ist wie der *gallo* auf die *gallina*, der Hahn auf die Henne, und sie »ingalliert« hat (was auch soviel wie »mit dem Gallapfel färben« bedeutet, das heißt, er hat dieses farbige Tröpfchen dort zurückgelassen, das man manchmal im Ei der Henne sieht, wenn man es aufschlägt); über die *lune*, die Mondlaunen, an denen die Frauen leiden und die das eindeutige Zeichen ihrer Unterlegenheit gegenüber dem Mann, ihrer Unreinheit sind; über die Wonne, die die Frauen überkommt, wenn der Mann sie »ingalliert« und die sie bis zu einem gewissen Grade auch allein empfinden können, wenn sie gewisse Bewegungen machen, oder auch einfach so, ohne daß sie etwas dazu tun: Wie es Antonia passiert war, eines Sonntagvormittags in der Milden Stiftung, mitten auf der Treppe, die vom Mädchenschlafsaal hinunterführte. Ganz plötzlich hatte sie das Gefühl gehabt, sie müsse sterben, irgend etwas Ungeheuerliches stoße ihr zu...

Das Ganze hatte sich so zugetragen, daß sie an diesem Tag zusammen mit einem anderen Mädchen, namens Carla, die Treppe hinunterging, den Atem anhaltend vor Anstrengung: Beide hatten ihre ganze Aufmerksamkeit darauf gerichtet, wohin sie die Füße setzten, denn jede von ihnen hielt den Henkel eines Steinguttopfes mit Deckel in der Hand, der *ruera* des Mädchenschlafsaals, des kollektiven Nachttopfs. Dieser Topf war sehr schwer, wenigstens für sie, aber es half nichts, er mußte bis zum Graben getragen und dort ausgeleert werden. Seit Schwester Livia aufgehört hatte, diesen Dienst für sie zu verrichten, mußten die Mädchen, im Turnus, selbst dafür sorgen, daß die *ruera* geleert wurde: Und an jenem Tag war die Reihe eben an den beiden. Antonias Wangen waren – wie die ihrer Kameradin – vor Anstrengung gerötet, und plötzlich, beim Gehen, verspürte sie ein Kribbeln, das von den Füßen hochstieg und ihr bis in die Leisten drang; etwas so Heftiges, so Plötzliches, so Seltsames, daß es ihr den Atem raubte. Sie hatte den Mund geöffnet, um zu stammeln: »Mir wird schlecht!« »Zu Hilfe!« – oder irgend etwas Derartiges. Doch wie es auch in den Träumen geschieht: kein Ton kam heraus. Statt dessen hatte sich der Griff ihrer Finger gelockert, ohne daß sie es merkte, und dann hatte Carla geschrien: »Was machst du? Paß auf!« – aber da war es bereits zu spät. Die *ruera* war den Mädchen aus den Händen geglitten und hatte im Herunterfallen eine Überschwemmung verursacht. Topf und Deckel waren von Stufe zu Stufe gehüpft, in tausend Scherben zersprungen und hatten auch noch Schwester Leonarda besudelt, die zu ihrem Unglück gerade am Fuß der Treppe stand und natürlich einen schrecklichen Wutanfall bekam; sie zitterte von Kopf bis Fuß. »Du Scheusal!« fuhr sie Antonia an. »Das hast du aus Bosheit getan, ich hab's genau gesehen! Du hast ihn absichtlich fallen lassen!« Auch Carla, das andere Mädchen, war zu Tode erschrocken über das, was passiert war, und nur darauf bedacht, den eigenen Kopf aus der Schlinge zu ziehen: »Es ist nicht meine Schuld!« schrie sie. »Ich hab' bis zuletzt versucht, den Topf zu halten! *Sie* hat ihn fallen lassen!« Sämtliche *esposte* freuten sich an diesem Tag darüber, die Oberin der Milden Stiftung von oben bis unten mit ihrer Pisse bespritzt zu sehen und so wütend, wie man sie bisher noch nie erlebt hatte. Was Schwester Leonarda selbst betraf, so verkündete sie – nachdem sie sich gewaschen und wieder gewaschen und mit Aschenlauge desinfiziert und ihr Habit und alles, was sie in dem Unglücksmoment trug, gewechselt hatte –, daß die Schuldige an diesem Anschlag auf ihre Person für drei Tage in das sogenannte »Fastenloch« gesperrt würde: eine Art Kellerraum, feucht und voller Schaben und Spinnen, wo die Bestraften lediglich einmal am Tag ein bißchen Brot und Wasser bekamen und aus dem sie nicht heraus durften, ehe sie ihre Strafe abgebüßt hatten – unter keinen Umständen, nicht einmal wenn sie sich krank fühlten; denn so lautete das Gesetz des Hauses.

Hier, in dem Fastenloch, war es, daß Antonia Rosalina kennenlernte, eine schon große *esposta*, mit der sie, die kleineren Mädchen, eigentlich keinerlei Kontakt hätten haben dürfen, denn das hatten die Schwestern verboten. Und hier war es auch, daß Rosalina ihr bis in die kleinsten Einzelheiten erklärte, wie es der Mann macht, wenn er die Frau »ingalliert«, und all das übrige: die *lune*, die Schwangerschaften, die Zauberformeln gegen das Kinderkriegen (»die allerdings«, räumte das Mädchen ein, »für gewöhnlich nichts helfen. Da ist es schon besser, man gebraucht das Schwämmchen, auch wenn es lästig ist und man es manchmal nicht mehr findet: Wer weiß, wo diese Dinger dann im Bauch landen!«). Antonia hörte mit offenem Mund zu, freilich ohne alles zu verstehen. »Ist es denn wahr«, fragte sie, »daß das so großes Vergnügen macht, das mit den Männern?«

»Ein riesiges Vergnügen«, erwiderte Rosalina ernst. »Das größte Vergnügen, das man auf dieser Welt überhaupt haben kann!« Sie dachte noch einmal darüber nach, verzog das Gesicht und verbesserte sich: »Ehrlich gesagt, ich empfinde eigentlich nichts, oder fast nichts; aber das muß daran liegen, daß sie mich schon als Kind ruiniert haben ... Alle sagen, daß es etwas ganz Ungeheuerliches ist, etwas Wunderbares, und daß man in diesen Augenblicken ganz und gar den Kopf verlieren kann – auch wir Frauen, versteht sich! Nicht bloß die Männer. Aber natürlich«, fügte sie noch hinzu, »wenn du dein Vergnügen daran haben willst, darfst du nur mit denen gehen, die dir gefallen. Wenn du es für Geld machen und mit jedem gehen mußt, wie es bei mir der Fall war, ehe sie mich hierher zurückgebracht haben, damit ich mir den Unsinn der Nonnen anhöre, dann fühlst du nach einer Weile nur noch Überdruß oder sogar Ekel.«

Rosalina war ein großes und hübsches Mädchen mit blauen Augen und flachsblondem Haar; sie war siebzehn – fast doppelt so alt wie Antonia – und hatte das Leben bereits in all seinen Tiefen kennengelernt: Noch nicht zehnjährig, war sie von der Milden Stiftung an einen Bäcker aus Galliate gegeben worden, der feierlich gelobt hatte, sie zu ehelichen, sobald sie ihre *lune* bekäme; und er hatte ihr sogar eine Mitgift ausgesetzt, mit einem richtigen notariellen Vertrag: soundso viele Leintücher, soundso viele Überzüge, soundso viele Handtücher, soundso viele Schürzen und Kopftücher und so weiter. Bevor dieser schreckliche Carlo Bascapè Bischof von Novara wurde – sagte Rosalina –, seien die *esposte* der Milden Stiftung an jeden gegeben worden, der darum einkam und versprach, sie zu heiraten, gleich ob er jung oder alt war, reich oder arm, ob er herumvagabundierte oder einen festen Wohnsitz hatte. So war es ihr und vielen ihrer Kameradinnen ergangen, auch wenn jedermann wußte, worauf es im Endeffekt hinauslief und was das für Verträge waren, bei denen die *esposta* immer der unterliegende Teil war. Sobald Rosalina ihre *lune* bekommen hatte und schwanger geworden war, hatte sie der Bäcker auf die Straße gesetzt und ihr erklärt »Mach dich aus dem Staub, du Hure! Geh und laß dich von dem heiraten, der dir das angehängt hat!« Dabei war er es selber gewesen; aber den anderen erging es auch nicht besser, und man konnte nichts machen, man mußte fort: ohne die Leintücher und die Überzüge und all den übrigen im Vertrag festgelegten Krimskrams. Ohne einen Ort, an den man sich flüchten konnte; einfach auf gut Glück. Schwanger, wie sie war, war Rosalina nach Novara gekommen, wo eine alte *mammana*, eine Puffmutter, sie vom Kind des Bäckers befreit und dann bei sich behalten hatte, zusammen mit zwei anderen Mädchen, die im ersten Stockwerk eines Hauses an der Piazza dei Gorricci dem »Gewerbe« nachgingen. Jedes Mädchen hatte ein Zimmer ganz für sich allein: Dort schlief es, dort stellte es sich ans Fenster, um sich denen, die vorbeigingen, zu präsentieren, und dann empfing es seine Kunden ganz privat, wie die Damen der guten Gesellschaft ihre Besucher. Auch sie, Rosalina, war eine Dame, und wenn die Alte auch den größten Teil von dem, was sie verdiente, für sich haben wollte, blieb ihr doch immer noch genug Geld, um sich ein Seidentuch oder ein Leberpastetchen oder ein Fläschchen Parfüm kaufen zu können.

In diesem Haus an der Piazza dei Gorricci war Rosalina vier Jahre lang geblieben, und dort war sie glücklich gewesen; trotz der Angst vor Schwangerschaften und davor, bei der Obrigkeit als Dirne angezeigt zu werden, und obwohl die bigotten Weiber des Viertels sich bei ihrem Anblick bekreuzigten und die Gassenbuben ihr auf der Straße Schimpfwörter nachschrien... Sie schüttelte energisch den Kopf: »Kindereien!« Ein paar Jahre später – meinte sie – wenn sie nur ein bißchen größer geworden wären, hätten sich ebendiese Gassenbuben bei ihr eingestellt und ein ganz und gar anderes Benehmen an den Tag gelegt... Sie schämte sich überhaupt nicht, daß sie für Geld mit den Männern gegangen war: Im Gegenteil, sie hielt es für besser, sein Leben auf diese Weise zu fristen, als anderen die Wäscherin oder die Putzmagd zu machen, »denn es läuft sowieso auf das gleiche hinaus: Alle versuchen, es mit dir zu treiben, aber gratis, und dann verlangen sie auch noch, daß du die Dienstmagd für sie spielst.« Eine Dirne dagegen habe immer Männer um sich, die ihr kleine Geschenke brächten und ihr versprächen, sie aus diesem Dasein zu erlösen, und schworen, sie zu lieben... »Der größte Teil meiner Kunden«, sagte Rosalina, »waren Pfarrer, die zweimal im Monat oder auch öfter vom Land hereingekommen sind, um ›die Luft zu brechen‹; und alle, ohne Ausnahme, haben gesagt, daß sie wahnsinnig in mich verliebt seien, daß sie mich aus diesem Leben der Schande erretten wollten, und sie haben über mich und meine Sünden geweint, während sie es mit mir trieben. Kannst du dir das vorstellen? Sie wirkten ganz aufrichtig dabei; ja, sie waren aufrichtig!«

Um es kurz zu machen: Rosalina hatte vier Jahre mit ihren Landpfarrern gelebt, die ihr Honig und Quark mitbrachten, Salat und das Obst der Jahreszeit, und mit der *mammana*, die sie vor den Unsicherheiten des Gewerbes bewahrte, in jenem Haus an der Piazza dei Gorricci – bis, wie gesagt, der Bischof Bascapè nach Novara kam, und das war, wie wenn mitten im Frühling die Sonne plötzlich verschwindet und am graubewölkten Himmel Donner grollt. Die Pfarrer und die anderen Kunden wurden immer weniger und blieben schließlich fast ganz aus, und zuletzt standen eines schönen Morgens auch die Mädchen allein da, ohne Geld und ohne seidene Kleider: Die *mammana* hatte sich in der Nacht auf und davon gemacht, die wenigen Wertsachen mitgenommen und in der Eile ganz vergessen, die Schulden aus den letzten Monaten zu begleichen: beim Hausbesitzer, bei den Lieferanten. Es kamen die Büttel, die die Mädchen verhörten und dann in ihre Heimatorte zurückschickten, zwar ohne Strafe, aber mit der eindringlichen Ermahnung: Wehe, wenn sie sich je wieder in der Stadt blicken ließen!

Rosalina war in die Milde Stiftung zurückgebracht worden: Und genau das war der letzte Platz auf der Welt, an den sie freiwillig zurückgekehrt wäre. Sie hatte geheult und geschrien, sie hatte sich mitten auf der Straße zu Boden geworfen, aber all ihre Szenen waren vergeblich gewesen: Sie mußte sich wieder als *esposta* kleiden, mit dem scheußlichen Kittel aus grünem Leinen und den gräßlichen Holzpantinen, in denen sie sich Blasen lief und die Füße wundscheuerte ... Die Ursulinen, die die Aufgabe übernommen hatten, sie zu retten, deckten sie mit Pflichten ein: Als erstes mußte sie jeden Morgen die *ruera* des Knabenschlafsaals in den Graben leeren; das – sagten die Nonnen – würde heilsam für sie sein, sei es als körperliche Übung, sei es, um ihr einen gesunden Ekel vor dem Unrat einzuflößen, aus dem der Mann gemacht ist. Danach sollte sie in der Küche als Spülmagd arbeiten und dann wiederum am Graben als Wäscherin; sie sollte das Wasser am Brunnen holen, sie sollte mit dem Reisigbesen den Hof kehren, und wenn der Tag zu Ende war, sollte sie sich in die Kirche zurückziehen und dort bis in die Nacht hinein verweilen, um ihren Andachtsübungen zu obliegen: den Gebeten, den Bußübungen, der Zwiesprache mit Gott. Ihr Essen war das dürftigste, das man sich vorstellen konnte: ein bißchen nackte Polenta und ein wenig Wasser, zweimal am Tag; um zu vermeiden – sagte Schwester Leonarda –, daß sich die Gelüste in diesem vom Laster bereits erprobten Körper aufs neue erhitzten und daß diese neuerhitzten Gelüste dann wiederum die Leidenschaften weckten, die Anstachlerinnen zu den schmutzigsten Sünden. Sie, Rosalina, hatte so getan, als würde sie sich fügen – um so bald wie möglich wegzulaufen: Und sie war weggelaufen, das heißt, sie hatte es zumindest probiert; aber es war mißglückt, und so war sie hier, im Fastenloch, gelandet. Beim Versuch, im Dunkeln über die Hofmauer der Milden Stiftung zu klettern, hatte sie sich böse an den Glasscherben geschnitten, und dann hatte auch noch dieses verfluchte Biest, die Hündin Diana, zu bellen angefangen und versucht, sie von unten zu packen. Die Schwestern waren mit Lichtern herausgekommen, sogar die Wachsoldaten an der Stadtmauer von Novara kamen herbeigelaufen, um zu sehen, was passiert sei, und sie auszulachen. Eine vollkommene Pleite, und um welchen Preis! Rosalina hatte beide Hände in Binden, die fast schwarz vor Schmutz waren, und sie trat unter das Gitterfenster, wickelte die Binden ab und zeigte Antonia die Wunden, die im Begriff waren, sich zu entzünden. Sie sagte zu sich selbst: »Ich bin blöd gewesen! Wenn ich das nächstemal weglaufe, dann mach' ich es nicht mehr in der Nacht, und ich klettere auch nicht mehr über die Mauer. Ich geh' am hellichten Tag und durchs Hauptportal, und wenn ich jemanden umbringen müßte!« Sie fragte Antonia: »Meinst du vielleicht, ich brächte das nicht fertig?«

»Aber was willst du tun?« fragte Antonia. »Wohin willst du gehen?«

Rosalina wickelte sich die Binden wieder um die zerschundenen Hände. Sie zog eine Grimasse, zuckte mit den Achseln. Und Antonia, die sie bis zu diesem Augenblick für »eine Große« gehalten hatte, merkte, daß sie am liebsten losgeheult hätte. Doch das war nur ein Augenblick.

»Ich geh' in eine andere Stadt«, sagte das Mädchen. »Zumindest für eine Zeitlang und um von hier zu verschwinden: vielleicht nach Casale oder nach Pavia ... Ich werde als Dirne gehen: Was glaubst du denn, daß wir im Leben anderes machen können, wir *esposte*?« Sie hob die Schultern und verzog das Gesicht zu einem ein wenig forcierten Lächeln, das forsch sein sollte; dann nahm sie Antonias Kinn mit zwei Fingern und zwang sie, den Blick zu heben. Sie brach in Lachen aus. Das Kind fing an, sich unwohl zu fühlen bei diesen Gesprächen, die es verstörten, und auch ein wenig wegen des Benehmens der Gefährtin; aber Rosalina redete jetzt, ohne sie anzuschauen, und bemerkte es nicht.

»Auch ihr, die ihr jetzt noch klein seid«, sagte sie, »werdet im Leben als Dirnen enden – oder als Arbeitstiere: Da gibt es keinen Ausweg! Wie viele Rosenkränze ihr auch gebetet habt und wie oft ihr auch zur Kommunion gegangen seid! All die Märchen, die euch die Nonnen erzählen, haben jenseits dieser Mauern nicht die geringste Bedeutung. Die Madonna, die Heiligen, die Jungfräulichkeit ... alles dummes Zeug!« Sie schüttelte den Kopf, sagte zu Antonia: »Im übrigen sind sie selbst die letzten, die an so was glauben würden ... Aber lieber ließen sie sich umbringen, als euch zu sagen, daß das einzige, was euch als Frauen und als *esposte* helfen wird, in der Welt zu bestehen, diese Sache da ist, die ihr zwischen den Beinen habt. Da sitzt die Vorsehung, die richtige, die einzige, die uns zu Hilfe kommt, auch wenn die ganze Welt gegen uns ist! Alles übrige ist Geschwätz. Glaubst du mir nicht?«

Sie warf den Kopf nach hinten und lachte noch einmal; dann schlug sie mit der verbundenen Hand auf Antonias Kittel, an die Stelle, wo sich in etwa die Vorsehung befinden mußte. Sie wurde wieder ernst, murmelte: »Das ist der einzige Schatz, den Mutter Natur uns mitgegeben hat, als sie uns als *esposte* auf die Welt kommen ließ, und unser Leben hängt zum großen Teil davon ab, welchen

Gebrauch wir von dieser Mitgift zu machen verstehen. Hör auf eine, die die Welt bereits kennengelernt hat und weiß, wie es in ihr zugeht! Sie machen Hackfleisch aus dir, wenn du versuchst, dich in der Welt so anzustellen, wie es die Schwestern predigen! Du endest auf der Stelle als Märtyrerin, das sag' ich dir! Und überhaupt, die ›Krähen‹: Hast du nie darüber nachgedacht, warum die sich hier drinnen eingesperrt haben? Bräute Christi ... daß ich nicht lache! Die sind hier, weil keiner sie hat haben wollen – oder aber weil sie ihre schmutzige Wäsche unterm grauen Habit verstecken mußten, oder aus sonst einem Grund, den ich gar nicht wissen will! Ich kenne sie noch aus den Zeiten der Schwester Anna, die Ursulinen von San Michele: Da war ein ständiges Kommen und Gehen zwischen Novara und der Milden Stiftung, das es bei dieser neuen Oberin, häßlich wie sie ist, bestimmt nicht gegeben hätte! Männer aus aller Herren Ländern: Spanier, Piemontesen, Mailänder, sogar ein Mohr ist einmal dagewesen ... He, was ist denn in dich gefahren? Hör auf!«

Antonia hatte sich plötzlich auf sie gestürzt und traktierte sie mit den Fäusten, zog sie an den Haaren. »Das ist alles gar nicht wahr! Das sind lauter Lügen! Du bist schlecht!« Sie schluchzte: »Du willst nur, daß ich in die Hölle komme! Aber ich hör' dir nicht zu!«

Sie schlug ein Kreuzzeichen nach dem anderen und schaute zu der Kameradin hinüber: Wenn sie der Teufel war, mußte sie sich in Nichts auflösen.

Rosalina zog eine Grimasse: »Was für eine Närrin!« Sie stand auf. Da lief Antonia zur Tür und hielt sich mit den Händen die Ohren zu, um nicht mehr zu hören, was die andere sagte; sie streckte ihr die Zunge heraus, drohte: »Wart nur, ich ruf' die Schwester Clelia! Ich erzähl' ihr alles!«

4. Kapitel

DIE BASSA

Von Zeit zu Zeit tauchten in der Milden Stiftung Leute auf, die keiner kannte und die die Oberin, Schwester Leonarda, persönlich geleitete, um ihnen die *esposti* vorzuführen. Viele dieser Leute waren verarmte Adelige, die einen Pagen suchten, andere wiederum Handwerker oder Kaufleute, die einen jungen Burschen brauchten und sich gesagt hatten: »Schauen wir uns mal in San Michele um, ob es da einen gibt, der für uns taugt.« Wenn sie dann unter den *esposti* standen, benahmen sie sich wie auf dem Pferdemarkt: Sie musterten einen nach dem anderen, klopften ihn ab, fragten Schwester Leonarda: »Er wird doch auch nicht aufsässig werden? Er wird doch keine schlechten Gewohnheiten annehmen? Er wird doch nicht krank werden?« Und zum Schluß suchten sie sich unter diesen armen Kerlen, die sich zwar keck gaben, in Wirklichkeit aber entsetzt waren bei dem Gedanken, womöglich von ihren Kameraden Abschied nehmen zu müssen, den aus, der ihnen für ihre Bedürfnisse in Haus oder Werkstatt am brauchbarsten erschien. Sie zogen mit dem Unglücklichen ab, der vor Tränen kaum aus den Augen schauen konnte, während die Kameraden, wieder ernst geworden, ihm die Hand drückten oder ihn in einem letzten stummen Gruß berührten.

Manchmal kam es auch vor, daß sich einer dieser Besucher für die Mädchen interessierte: Konnten sie kochen, nähen, einen Kranken versorgen? Aber im allgemeinen war das dann auch schon alles. Die Ansuchen von privater Seite, man möge ihnen eine *esposta* in Obhut geben, waren in der Milden Stiftung außerordentlich selten geworden, seit der Bischof Bascapè aufs strengste untersagt hatte, die Mädchen »auf Probe« Männern zu überlassen, die vorgaben, sie später heiraten zu wollen – so wie es in der Vergangenheit mit Rosalina und vielen anderen passiert war. Hin und wieder erschienen alte Damen, die speziell nach Mädchen suchten, welche eine Kranke oder einen Gelähmten pflegen könnten, und die dann, nach gründlicher Musterung, doch verzichteten, weil es noch nie, weder hier noch anderswo, eine *esposta* gegeben hatte, wie sie sie sich wünschten: von sanftem Charakter, kräftig, fleißig, ehrlich und vor allem ... häßlich: so häßlich, daß sie die Männer durch ihren bloßen Anblick in Schach hielt und damit den Besuchern ihrer Herrschaft die Peinlichkeit einer Schwangerschaft ersparte, samt all dem, was diese mit sich gebracht hätte. Um es kurz zu machen: Während die Knaben der Milden Stiftung um so besser weggingen, je hübscher sie waren, fanden sich für die Mädchen nur Interessenten, wenn sie bucklig oder krumm oder abgrundhäßlich waren. Und eine *esposta* wie Antonia schien dazu verurteilt, da drinnen erwachsen zu werden, weil keine Wohltäterin sich je für sie entscheiden würde. Obwohl alle ihr Beachtung schenkten: Man brauchte keine Wahrsagerin und keine Prophetin zu sein, um vorauszusehen, daß dieses kleine Mädchen mit den nachtschwarzen Augen und diesem Leberfleck über der Oberlippe später einmal einen Schwarm von Männern auf sich ziehen würde, wo immer es sich zeigte! »Wie heißt du?« fragten die Damen; sie antwortete: »Antonia Spagnolini«. Und dann strichen sie ihr über den geschorenen Kopf, manchmal steckten sie ihr auch ein Stück Konfekt oder ein Bonbon zu, doch zuletzt suchten sie sich stets eine andere aus, eine mit Plattnase und vorstehenden Zähnen, oder sie gingen weg, wie sie gekommen waren, und schüttelten den Kopf: »Schade!« Schließlich gab es in der Milden Stiftung von Novara kein einziges Mädchen mehr mit einem Buckel oder einem Kropf oder krummen Beinen. Alle waren sie hübsch – und keiner wollte sie haben …

Es kam das Jahr 1600, das Heilige Jahr: Ein neues Jahrhundert begann. Im April, an einem Markttag, stellten sich in San Michele zwei Besucher unüblicher Art ein: Bauersleute, genauer gesagt Bauersleute aus der *bassa*. Das ist der flache Teil des Novareser Landes, reich an Quellwassern und, südlich der Stadt, vorzugsweise mit Reis bebaut. Er, Bartolo Nidasio aus Zardino, war ein Mann um die Fünfzig, klein und vierschrötig, mit grauem Bart; er lächelte etwas unbeholfen, so wie es eben Bauern in der Stadt tun, und schob seinen kegelförmigen Hut (den sprichwörtlichen »Spitzhut« der Dörfler) von einer Hand in die andere. Seine Frau Francesca, die ihre Hand unter seinen Arm geschoben hatte, hatte ein rundes, altersloses Gesicht mit zwei blauen Augen, die einen schon vergnügt machten, wenn man nur in sie hineinblickte; ihr Körper jedoch, der in einem Schal und in einem dünnen Wollkleid steckte, das bis zum Boden reichte, wirkte unproportioniert, um nicht zu sagen unförmig: mit einem riesigen Busen und einem so großen Hinterteil, daß die Mädchen der Milden Stiftung bei ihrem Anblick sofort zu tuscheln anfingen: »*La culona*, die Frau Riesenarsch!«

Die Besucher wurden von Schwester Clelia – Schwester Leonarda hatte es nicht für nötig erachtet, sich wegen zweier Bauersleute zu inkommodieren – zu der Schar der *esposte* geführt, und die *culona* trug eine Tüte mit jenen Keksen in der Hand, die man heute *biscottini di Novara* nennt und die, ein bißchen dicker und ein bißchen härter, damals »San-Gaudenzio-« oder »Nonnen-Plätzchen« hießen: Denn nach dem Volksglauben ging ihre Erfindung auf die Zeiten des ersten Bischofs von Novara, Gaudenzio, zurück, und das Verdienst daran schrieb man Nonnen zu.

Als die Mädchen begriffen, daß die Besucherin die Tüte

mitgebracht hatte, um die Kekse hier an Ort und Stelle zu verteilen, gerieten sie vor Freude außer Rand und Band: »Es lebe die *culona*! Sie hat uns Nonnenplätzchen mitgebracht!«

Alle stürzten sich darauf: »Mir! Mir!«

»Es ist nicht gestattet, ihnen etwas zu essen zu geben!« kreischte Schwester Clelia, während die *esposte* die Tüte plünderten. »Das ist gegen die Regeln! Gebt her! Sie werden dann beim Mittagessen verteilt!«

Die Besucherin hörte überhaupt nicht hin. »Ja, meine Lieben, ja«, sagte sie immer wieder. »Wenn ich gewußt hätte, daß ihr so viele seid, hätte ich mehr gebracht! Aber ich komme wieder! Das versprech' ich euch!«

Im Nu war die Tüte leer; die Kinder faßten sich bei der Hand, tanzten um die beiden Besucher herum und sangen dabei aus dem Stegreif nach der Weise eines Abzählreims:

Die Culona ist ein Schätzchen,
Sie bringt uns gute Plätzchen,
Plätzchen, Plätzchen, Platz,
Die Culona ist ein Schatz.

»Und die Krähen sind Scheusäler«, platzte eine Stimme dazwischen. (»Krähen« war der wenig respektvolle Spitzname, mit dem die Zöglinge der Milden Stiftung – Knaben wie Mädchen – die Nonnen bedachten.) Schwester Clelia schoß vor, um herauszufinden, wer das gewesen sei, aber es waren einfach zu viele *esposte* um sie herum! Sie lachten und winkten mit ihren kleinen Händen, so daß die Schwester es mit einemmal furchtbar eilig hatte. »Los, machen wir schnell!« sagte sie zu den beiden Besuchern. »Nehmt euch eine von diesen Vipern, wenn das wirklich euer Ernst ist, und dann Gott befohlen! Und was euch betrifft«, tönte sie zu den Kindern gewandt, »so sprechen wir uns noch! Mehr sage ich nicht!«

»Wenn es nach mir ginge, ich würde sie alle nehmen«, sagte die Frau zu ihrem Mann, »aber das geht ja nicht.

Wir müssen uns für eine entscheiden.« Sie zeigte auf Antonia. »Wär' es dir recht, wenn wir die da nähmen?«

Antonia, die bis zu diesem Augenblick mit den anderen gelacht und sich weiter keine Gedanken über die komischen Besucher gemacht hatte, war es, als ob plötzlich die Welt einstürzte. »Sind die denn verrückt?« dachte sie: »Das muß ein Irrtum sein!« Sie hatte doch keinerlei körperliche Gebrechen, nicht einmal vorstehende Zähne wie Katharina oder etwas krumme Beine wie Iselda. Sie fühlte, wie ihr die Tränen in die Augen stiegen. Warum wollten diese beiden Fremden sie von ihren Freundinnen, von ihren Gefährtinnen trennen, sie aus ihrer Umgebung reißen? Wohin wollten sie sie bringen? Warum ausgerechnet sie?

Sie fand sich auf einem Pferdekarren wieder, zusammengekauert zwischen den Saatsäcken, und betrachtete die vertraute Welt, die jetzt vom Schleier ihrer Tränen verzerrt war: den kleinen Platz vor der Milden Stiftung, den Ziehbrunnen, die Pappelallee, die zum Borgo Santa Croce und zur Stadtmauer von Novara hinaufführte, die gepflügten Felder zu ihrer Linken, die Wäldchen, den Horizont, den wolkenlosen Himmel. Wohin fuhr sie? Sie brach in ein hemmungsloses, verzweifeltes Schluchzen aus: Jetzt also ging alles zu Ende! Es war bereits zu Ende! Sie fuhr dem Unbekannten entgegen! Leb wohl, Milde Stiftung! Leb wohl, Kindheit, leb wohl, vertraute Welt ...

Sie weinte so herzzerreißend, daß sie selbst einen hartgesottenen Mann zu Mitleid gerührt hätte; und Bartolo, der das keineswegs war, blickte seine Frau an, die neben ihm auf der Kutschbank saß, fragte sie mit den Augen: »Was soll ich tun?« Sie bedeutete ihm, er solle sich keine Sorgen machen, sondern einfach losfahren. Daraufhin hob er die Zügel und ließ sie knallen. »Hü!« rief er dem Gaul zu, »hott!«

Schritt für Schritt, immer der Stadtmauer entlang, erreichten Pferd und Wagen die Porta San Gaudenzio, die sich in etwa dort befand, wo heute die Barriera Albertina steht: ein monumentales Tor, erbaut in der ersten Hälfte des neunzehnten Jahrhunderts, zu Ehren Carlo Albertos von Savoyen, des Königs von Sardinien und Fürsten von Piemont. Wie immer an den Markttagen herrschte starker Fuhrwerksverkehr, und Bartolo mußte einige Minuten warten, ehe er in die Hauptstraße einbiegen konnte: »Führt nach Vercelli, zum Po und weiter nach Tortona«, erklärte eine mit einem Pfeil versehene Aufschrift am Zollhaus. Francesca redete unterdessen dem Kind gut zu und versuchte, es zu trösten und durch den Klang ihrer Stimme zu beruhigen. »Warum weinst du denn, Antonia?« fragte sie. »Du verlierst doch nichts, wenn du dieses Haus der Findelkinder verläßt, die man auf dem *torno* ausgesetzt hat! Bei uns auf dem Land wird es dir besser gehen. Da unten im Dorf gibt es viele Kinder in deinem Alter, mit denen du spielen kannst!« Sie deutete auf Bartolo und sich selbst: »Schau, wir beide haben keine Kinder, wir sind allein, und wenn du brav bist und es dir bei uns gefällt, werden wir dich wie unsere eigene Tochter halten. Und wenn dann einmal die Zeit kommt, daß du dich verheiraten sollst, werden wir dich wie eine Signorina verheiraten, und nicht wie eine *esposta*: Du kriegst eine richtige Aussteuer! Eine richtige Mitgift! Hörst du mir überhaupt zu? Sag mir wenigstens, warum du weinst ...«

Doch Antonia hatte bereits aufgehört zu weinen: Das haben die Kinder den Erwachsenen voraus, daß sie sich selbst in den Augenblicken der Verzweiflung ablenken lassen können. Sie saß da, zusammengekauert zwischen den Säcken, mit dem Rücken zu der, die zu ihr sprach, und betrachtete mit aufgerissenen Augen diese Landschaft, die sie noch nie vorher gesehen hatte: die weißen Alpen im Blau des Himmels und mittendrin das Massiv des Monte Rosa. Ein unvergeßlicher Anblick. Und sie, Antonia, hatte zehn Jahre lang in San Michele, auf der anderen Seite der Mauern von Novara, gelebt, ohne auch nur zu ahnen, daß es diese Berge gab, nach denen die ganze Region, in der sie selbst geboren war, ihren Namen trug: *Piemont*, »am Fuß der Berge«. Schon bald jedoch lenkten neben der Landschaft auch noch andere Dinge die Aufmerksamkeit der *esposta* auf sich. Auf seinem Weg passierte Bartolo Nidasios Karren eine Vorstadt, die aussah, als wäre sie gerade erst erbaut worden, so frisch lackiert, so frisch getüncht, so neu bis ins kleinste Detail, vom Schmiedeeisen bis zu den Dachziegeln; und es herrschte dort großes Gedränge auf der Straße, ein Durcheinander von Karren, Fuhrwerken, von fliegenden Händlern und Bauern (erkenntlich an ihren Spitzhüten und den Samensäckchen am Gürtel), die einander schoben und suchten und nachliefen, gestikulierend, schreiend, die Köpfe hochrot von der Anstrengung weiß Gott welcher Verhandlungen, vor den Türen zu Wirtshäusern mit so phantastischen Namen wie: Zum Mond, Zur Krone, Zum roten Kreuz, Zum Falken, Zum Mohren, Zum Adler.

Diese Ballung von Schuppen, Häusern, Pferchen für das Vieh und Vorratsscheuern war die Vorstadt San Gaudenzio, ein paar hundert Meter hinter dem gleichnamigen Tor, entgegen allen Vorschriften nach dem von Gonzaga angeordneten Abbruch wiederaufgebaut. Dem Gesetz nach hätte es sie gar nicht geben dürfen; de facto aber gab es sie, und sie war sogar ein Knotenpunkt, an dem sich die Straßen kreuzten: Wenn man die Vorstadt nach links verließ, ging es in Richtung Vercelli und zum Po; rechts ging es nach Biandrate und zu den Dörfern des Sesia-Tals. Es war der Ort, wo die Wagenzüge auf ihrem Weg in die Stadt haltmachten, wo die Waren umgeschlagen wurden und sich Makler für alles fanden: fürs Getreide, für das Land, für die Hochzeiten, fürs Gesinde... Hier waren an den Markttagen die Notare zu finden, die die Dokumente über den Kauf und Verkauf von Grundstücken ausfertigten und alle möglichen sonstigen Verträge und die Hypothekenverschreibungen für den, der ruiniert war. Und dann die Wucherer, die Geld zu

Höchstzinsen verliehen. Hierher drangen die Nachrichten aus der Stadt, die die Stimme des Volkes dann ins Umland hinaustrug: über die politische Lage, über den Verlauf der Kriege, über die Seuchen von Mensch und Vieh und ganz allgemein über jedes Ereignis, das die Bewohner dieses hintersten Streifens des Herzogtums Mailand interessieren konnte, der zugleich die äußerste Grenze des Reichs Seiner Katholischen Majestät des Königs von Spanien war, in dessen Ländern, wie bereits erwähnt, die Sonne nicht unterging – und auch die Drangsale nicht aufhörten, über die Menschen hereinzubrechen, auf daß es ihnen nicht langweilig würde oder gar zu gut ginge...

»Sobald wir daheim sind, ziehst du diesen Anstaltskittel aus«, sagte die Signora Francesca zu Antonia, während sie die Furt des Agogna passierten, eines kleinen Flusses mit eiskaltem und, im Gegensatz zu heute, damals noch kristallklarem Wasser, mit langen grünen Algen, die sich auf dem Kiesgrund bewegten, und den violetten Schatten von Fischen, die weghuschten, sobald das Klappern der Pferdehufe zwischen den Steinen der Furt ertönte. »Wir schauen in meinen Mädchensachen nach: Irgendein Rock und ein Mieder, das dir paßt, muß noch da sein! Und dann kaufen wir Stoff und nähen daraus neue Kleider. Dieses Zeug da will ich nicht mehr an dir sehen!«

Hinter den Wäldern des Agogna-Tals, »umschattet von dicht stehenden Bäumen«, wie einst ein Poet der Bassa, Giorgio Merula, – auf lateinisch – geschrieben hat, war das Land, das heute platt wie ein Billardtisch daliegt, zur Zeit unserer Geschichte hügelig und von leuchtenden Farbflecken belebt: vom blendenden Gelb des Rapses bis zum Blau des Flachses, über sämtliche Variationen von Grün: dem Smaragdgrün des Roggens, dem Lichtgrün des Weizens, dem Blaugrün des Hafers, dem zarten Grün der Bohnen und des Grases ... Weiter vorne dagegen, wo die Erde noch nicht vom Pflug aufgewühlt war, belebten die Blüten des Andorns, einer kleinen Wildpflanze, die Frühlingspalette mit großen unregelmäßigen Tupfern von violetter Farbe, die mit dem Schwefelgelb des Löwenzahns oder den goldenen Spritzern des Hahnenfußes kontrastierten, und in den Pfützen spiegelten sich bereits die ersten Iris, und über den Wassergräben schienen die zarten Blütenkätzchen der Weiden zu erzittern, sobald eine sanfte Brise sie streifte. An jeder Wegkreuzung stand ein Bildstock, der Madonna geweiht, der heiligen Anna, dem heiligen Martin, dem heiligen Rochus, dem heiligsten Herzen Jesu; an der Gabelung bei Gionzana diente eine Kapelle mit einem vorgebauten kleinen Portikus dazu, einem Reisenden, der unterwegs von der Nacht oder einem plötzlichen Regenguß überrascht wurde, im Notfall Unterstand zu bieten. Die gewölbte Decke des Portikus, die früher einmal bemalt gewesen sein mußte, war inzwischen schwarz von Rauch, und ebenso rußgeschwärzt waren auch einige große Steine, die auf dem Boden lagen und eine primitive Feuerstelle bildeten. Während Nidasios Karren daran vorbeifuhr, erklang aus dem Dorf, das versteckt hinter den Bäumen lag, Glockengeläute – der Angelus, der den Mittag ankündigte –, und die Signora Francesca bekreuzigte sich; Bartolo, der vor sich hin döste oder grübelte, versunken in einen jener tiefen Gedanken, zu denen ihn das Schaukeln des Wagens und die Eintönigkeit einer mehr als bekannten Wegstrecke regelmäßig inspirierten, schüttelte sich, richtete sich auf und sagte: »Hü! Hott!« Und er knallte sogar mit der Peitsche, um das Pferd zu einer schnelleren Gangart anzutreiben.

Sie fuhren durch einen kleinen Wald aus Birken und Eichen, und als sie wieder herauskamen, merkte Antonia, daß sich die Gegend verwandelt hatte: Von einer Erdlandschaft war sie plötzlich zu einer Wasserlandschaft geworden. Es war die Landschaft der Reisfelder: eine im Sonnenschein funkelnde Lagune, unterteilt in ungezählte viereckige, dreieckige, trapez- oder rhombusförmige Abschnitte; ein Mosaik aus Spiegeln, das jedoch da und dort trübe Stellen aufwies: wo das Wasser stehenblieb und faulte, zu Sumpf wurde. Wie die Vorstadt San Gaudenzio, die unsere Leute auf ihrem Weg von Novara durchquert hatten, hätte es auch diese Reisfelder dem Gesetz nach gar nicht geben dürfen, denn der Gouverneur von Mailand, der Marchese d'Ayamonte etcetera (das Etcetera steht anstelle von fünfzehn oder zwanzig Adelstiteln, die den Nachnamen bildeten), hatte »jedweder Person, gleich welchen Ranges und selbst privilegierten Standes«, kundgetan, »sich unter keinen Umständen zu vermessen, im Umkreis von sechs Meilen um die Stadt Mailand und von fünf Meilen um die anderen Städte des Staates Reis zu säen oder säen zu lassen, unter Ausschluß des Novarese, wo Seine Exzellenz nicht duldet, daß man irgendwo in der Provinz ohne Ihre ausdrückliche Erlaubnis Reis säe; bei Strafe für den, so in obgesagten Punkten, oder einigen von diesen, fehlt: beim erstenmal des Verlusts der Ernte und von einem Scudo pro Rute, beim zweitenmal des Verlusts der Ernte und von drei Scudi pro Rute, und beim drittenmal, so er Pächter, Verwalter oder Tagelöhner sei, von drei Jahren Galeere, und so er Besitzer des Landes, von sechs Scudi pro Rute und der Verbannung für drei Jahre aus dem Staat. Die Pekuniärstrafe und das eingezogene Gut fließen zu einem Dritteil dem Staatsschatz zu, zu einem weiteren Dritteil dem Erstatter der Anzeige, welchselbiger geheim bleibt, und zum letzten Dritteil der Gesundheitsbehörde.« Und zwar, hieß es in der Verordnung, weil »das Säen von Reis in einigen Teilen des Staates seit Jahren Verderbnis und Verpestung der Luft mit sich bringt und in der Folge davon eine große Sterblichkeit bei den Untertanen«. Das Datum unter der Verordnung lautete auf den 24. September 1575, des Jahres, in dem jene Epidemie ihren Anfang nahm, die im folgenden, 1576, die Stadt und den Staat Mailand noch härter heimsuchen sollte. Und was für einen Anlaß oder Grund hätte die Obrigkeit im allgemeinen und die spanische im besonderen auch haben sollen, sich um den Reisanbau zu scheren, wenn nicht die regelmäßig wiederkehrenden Seuchen?

Doch die Seuchen gingen vorbei, und der Reisanbau prosperierte wie eh und je, ja weitete sich aus, denn da er wesentlich mehr einbrachte als der Anbau von Roggen oder Grünfutter, erlaubte er es der Provinz und der Stadt Novara, ein höheres Steuereinkommen pro Kopf der Bevölkerung zu erzielen als andere Städte. Also trug am 21. April 1584 das »Medicinal-Collegium von Novara« seine Einwände gegen die Anordnungen des d'Ayamonte und dessen Nachfolgers Don Carlos von Aragon vor und beteuerte unter Eid, daß die Reisfelder »der Luft und der allgemeinen Gesundheit der Menschen wenig zu schaden vermögen, vorausgesetzt, sie liegen, gemäß der Anordnung Seiner Exzellenz, eine Meile, oder auch etwas weniger, von der Stadt entfernt, und an Orten, so am wenigsten geeignet erscheinen, andere Früchte hervorzubringen, fern von den Hauptstraßen, und vor allem, indem man Sorge trägt, daß die Reiswasser frei fließen und in keiner Weise stehenbleiben und versumpfen.« 1593, als die Erinnerung an die Seuche verblaßte, gestattete der Gouverneur Ferdinando de Velascez, Konnetabel von Kastilien etcetera, daß man die Entfernungen verringere: für Mailand und Novara vier Meilen, für die anderen Städte drei. Da auch sein Nachfolger Don Pedro Enrique de Azevedo, Graf von Fuentes etcetera, noch daran festhielt, beauftragte die Stadt Novara ihren offiziellen Wortführer Langhi, bei der Mailänder Regierung formell Einspruch zu erheben: »Denn« – so erläutert ein Schriftsteller unserer Zeit, Cognasso – »die Reisfelder von Novara liegen im Westen der Stadt, vor der Porta Vercelli und der Porta Mortara, und erstrecken sich bis nach Borgo Vercelli; wenn man den Anbau von Novara aus auf vier Meilen und von Borgo aus auf drei Meilen verbietet, bleibt praktisch kein Platz mehr dafür. Man gab außerdem zu bedenken, daß, was die Luft angehe, der Stadt keinerlei Schaden erwachse und sie, mangels anderer

Einkünfte, sämtliche Lasten (nämlich alle Steuern) aus den Reiserträgen bezahle.« Langhi übermittelte dem Gouverneur also die Gründe der Novaresen; der Gouverneur hörte ihm zu und ließ die Gesetze, wie sie waren. Dabei handelte es sich im übrigen um eine gezielte Regierungspraxis zur Zeit der spanischen Herrschaft in Italien: nämlich die Untertanen zu zwingen, mit Gesetzen zu leben, die schlechterdings nicht einzuhalten waren und in der Tat auch nicht eingehalten wurden – und damit immer etwas außerhalb der Legalität. Und so konnte man sie dann jedesmal auflaufen lassen, wenn man einen Sondertribut erheben oder sie einschüchtern oder eine Rechtfertigung für neue und noch drückendere Ausnahmeverordnungen finden wollte. Auf diese Weise ist im siebzehnten Jahrhundert das moderne Italien entstanden: Aber es mag vielleicht ein kleiner Trost für uns sein zu wissen, daß uns die üblen Gewohnheiten von außen aufgezwungen wurden und jünger sind, als man gemeinhin annimmt.

Kehren wir jedoch zum Karren der Nidasios und zu Antonias Geschichte zurück: So präsentierte sich also das Novareser Land an jenem Aprilmorgen des Jubeljahres, an dem die *esposta*, zwischen zwei Säcken kauernd, es an ihren staunenden Augen vorbeiziehen ließ. Und wer weiß, was ihr durch den Kopf ging, als sie zum erstenmal die Berge sich in den Reisfeldern spiegeln sah, und die langen Reihen der Weiden mit ihren gestutzten Ästen, und all das übrige. Vielleicht dachte sie immer noch an San Michele und daran, was ihre Kameradinnen in diesem Augenblick wohl machten, an Schwester Clelia, an Schwester Leonarda, an die Hündin Diana; vielleicht versuchte sie sich auch auszumalen, was auf sie wartete – wer weiß! Vielleicht, ja sogar wahrscheinlich, dachte sie an gar nichts, ließ sich nur vom Schaukeln des Karrens wiegen und von der Neuheit und Vielfalt der Bilder ablenken, die sich ohne ihr zutun in ihren Augen spiegelten und ihrer Erinnerung einprägten: ein Reiher, aufrecht inmitten eines Reisfeldes stehend, das Auffliegen einer Ente, eine Schlange, die schwimmend ein Rinnsal durchquerte, oder gar das Martyrium eines Heiligen – des heiligen Laurentius –, dargestellt auf einem Bildstock: mit dem Rost, den Folterknechten, den Engeln im Himmel ... Auch den Erwachsenen passiert es häufig, daß sie die großen Veränderungen ihres Daseins – womöglich lang ersehnt oder vorausgeahnt oder befürchtet – in einer Art von Abwesenheit und Betäubung erleben, die keinen Platz läßt für die logische Verkettung der Gedanken: in einer Art Willensleere, fast wie im Traum.

5. Kapitel

DON MICHELE

»Siehst du? Das da ist unser Haus«, sagte die Signora Francesca zu dem Kind, das neben dem Karren stehengeblieben war, nachdem Bartolo es unter den Achseln gefaßt, von den Säcken gehoben und auf den Boden gestellt hatte: Und sie zeigte ihm ein schönes, zweistöckiges Haus mit einem hölzernen Balkon und einem Schieferdach, umwuchert und zum Teil verdeckt von hundertjährigem Efeu. Doch Antonia hörte ihr nicht zu: Das Kinn auf die Brust gesenkt, den Blick von unten nach oben gerichtet, hatte sie nur Augen für den Hofplatz der Nidasios. Da, wo der Karren angehalten hatte, stand ein Feigenbaum; dann kamen die Ställe, die Scheune, das Haus der Landarbeiterfamilie, der Geräteschuppen, die Hühnerkäfige und der riesige Misthaufen. Hinter dem Misthaufen lag das übrige von Zardino oder zumindest das, was man von hier aus davon sehen konnte: weitere Ställe, weitere Häuser mit Holzbalkonen, mit Schieferdächern oder solchen aus gewölbten Dachziegeln oder einfach aus Stroh und Lehm; weitere efeubedeckte Hauswände, weitere Feigenbäume, weitere Hühnerställe, weitere Höfe, voneinander getrennt durch Mäuerchen, die mit Nägeln oder Glasscherben bespickt waren, damit Diebe und Lausbuben nicht darüberklettern konnten. Und genau vor dem Misthaufen hatte sich ein Grüppchen von Frauen versammelt: Es waren die Klatschbasen des Dorfes, eingehüllt in ihre schwarzen oder grauen Tücher, die zu der *esposta* hinüberstarrten und aufgeregt miteinander tuschelten, um die große Neuigkeit zu kommentieren, daß die Francesca bis nach Novara, ans Ende der Welt!, hatte fahren müssen, um sich so eine Rotznase zu holen – als ob es im Dorf nicht schon genug Bälger gäbe, gesunde und kranke, eheliche und uneheliche, jeglicher Abstammung und Größe, denen nur eins gemeinsam war: nämlich daß sie durchgefüttert werden mußten! Alles recht und gut – sagten die Klatschbasen –, wenn die Francesca sich wenigstens einen Jungen geholt hätte; die Jungen werden groß und stark und können auf dem Feld arbeiten. Aber hingehen und sich ein Mädchen holen, in der Stadt, das paßte nicht im Himmel und auf Erden, so was hatte man ja noch nie gehört! Was für ein Widersinn! »Wie sich die Zeiten ändern!« ereiferten sie sich. »Und wenn man bedenkt, daß unsere Mütter und Großmütter die Mädchen noch am Tag der Geburt im Mühlbach ertränkt haben, wenn es zu viele davon gab, oder wenn sie keine Milch mehr hatten, um sie zu stillen, oder wenn die Jahre zu mager waren, jawohl! Sie haben sie ersäuft, wie man die jungen Katzen und Hunde ersäuft, und niemand hat etwas dabei gefunden, nicht einmal der Pfarrer!« Sie schrieben die Schuld an alldem, was heutzutage an Seltsamem oder Verkehrtem in der Welt passiere, dem neuen Jahrhundert und seiner Sucht nach Neuheiten zu. »Deshalb«, sagten sie, »sind die Menschen nicht mehr so wie früher!« Und sie fragten sich: »Wohin soll das alles noch führen?«

Ein bißchen abseits von der Gruppe standen zwei kleine, verhutzelte Weiblein, die einander fast aufs Haar glichen; sie musterten die *esposta*, sprachen aber nichts, sondern wechselten nur Blicke, die soviel bedeuteten wie: »Hast du gesehen? Die ist doch tatsächlich gegangen und hat sich eine geholt!« Oder etwas Derartiges. Die beiden Frauen waren die Zwillingsschwestern Borghesini, Nachbarn der Nidasios, mit denen sie im Streit lagen. Die anderen Dorfweiber schwätzten dagegen weiter, und sie schwätzten nicht nur, sie gestikulierten auch, stemmten die Fäuste in die Hüften, zogen ihre Tücher fester oder strichen sich würdevoll die Schürzen zurecht; sie schüttelten den Kopf auf eine Weise, die nichts Gutes verhieß, und wiederholten immer wieder: »Daß auch das noch über uns kommen mußte! Eine *esposta* in Zardino! Mitten unter unseren Kindern!« »Eine Tochter des Teufels! Eine kleine Hexe!«

Ohne sich um die Anwesenheit der Klatschbasen zu kümmern oder zumindest ohne auf ihr böses Geschwätz zu achten – das sie im übrigen, angesichts der Entfernung, auch gar nicht hören konnte –, nahm die Signora Francesca Antonia bei der Hand, beugte sich zu ihr hinunter und flüsterte ihr ins Ohr: »Hast du Hunger?«

Das Mädchen hatte jetzt den Kopf gehoben und schaute zum Haus hin: auf den schwarzen Hund (er hieß tatsächlich Nero, aber das sollte Antonia erst später erfahren), der mit aufgeregtem Bellen hin und her rannte, soweit ihm das seine Kette erlaubte, an der er zog und zerrte, daß er sich fast erwürgte; auf die Hühner, die Gänse, die schnatternd mit den Flügeln schlugen; auf die Buben und Mädchen von Zardino, die sich inzwischen um sie geschart hatten und sie mit offenen Mündern und aufgerissenen Augen anstarrten, als ob es sich um eine übernatürliche Erscheinung handle, aus einer anderen Welt. Antonia nickte: Ja.

Die Signora Francesca mußte lachen. »Das ist ein gutes Zeichen!« rief sie. »Nein, es sind sogar zwei gute Zeichen: daß du Hunger hast und daß du anfängst, mir Antwort zu geben.«

Zwei kleine Mädchen traten auf die *esposta* zu: Es waren die Töchter der Landarbeiterfamilie, die auf der anderen Hofseite wohnte. Die Kleinere streckte eine Hand aus, fuhr mit dem Finger über Antonias Kittel und zog ihn sofort wieder zurück. Die andere, die ein bißchen größer war als Antonia, fragte: »Warum hat man dir die Haare geschoren? Bist du böse?«

Ein Junge kam atemlos in den Hof gerannt und schrie:

»Don Michele! Don Michele!« Bartolo nahm seinen Hut ab, die Klatschbasen wandten sich um, und alle sahen den auf solche Weise Angekündigten raschen Schritts herankommen, neben sich den Ministranten, der den kleinen Eimer mit Weihwasser trug, und danach zu urteilen, wie er ihn schwenkte, mußte er schon fast alles unterwegs verschüttet haben. Don Michele war ein lebhafter Mann, wohlgenährt, wenn auch nicht dick, von unbestimmbarem Alter, sicherlich jedoch über die Sechzig. Er trug sich wie ein Bauer – etwas ganz und gar Neues für Antonia, die noch nie einen Geistlichen gesehen hatte, der ohne die knöchellange schwarze Soutane herumlief –, mit einer Drillichhose, die oben mit einer Schnur zusammengebunden war, und einer Joppe, ebenfalls aus Drillich und voller Flicken. Nur die grüne, goldbestickte Stola, die Don Michele um den Hals trug, gehörte zur gewohnten Ausstattung eines Priesters. Dieser seltsame Geistliche – bemerkte Antonia – hatte nicht einmal eine Tonsur. Seine Haare, ganz weiß, waren kurz geschnitten, seine Wangen glatt rasiert, die Haut des Gesichts rosa, und seine Augen – so hell, daß sie fast gelb wirkten – erinnerten die *esposta* an die einer Katze, die ab und zu in der Milden Stiftung aufgekreuzt und von den Nonnen jedesmal mit dem Reisigbesen verjagt worden war, wobei sie sich aufführten, als ob es sich um ein wildes Raubtier gehandelt hätte.

Don Michele blieb vor Antonia stehen, nahm den Weihwasserwedel, den ihm der Ministrant reichte, und segnete die Anwesenden: »Im Namen des Vaters, des Sohnes und des Heiligen Geistes« – und er spritzte das Wasser auch noch auf den Gaul der Nidasios, der erschrocken zurückwich und vielleicht gescheut hätte, wenn er nicht zwischen den Stangen des Karrens eingespannt gewesen wäre. Don Michele wandte sich an die *esposta*, fragte: »Wie heißt du?« Und nachdem sie es ihm gesagt hatte, begrüßte er sie: »So sei uns denn von Herzen willkommen, Antonia! Leb in Frieden mit den Menschen von Zardino, und mögen sie in Frieden mit dir leben! Achte und liebe deine Pflegeeltern, als wären es deine leiblichen, dir durch Gottes Willen bestimmt! Ehre Gott und halte seine Gebote! Mögest du glücklich werden!«

»So, und jetzt laßt uns alle zusammen beten.« Die Dorfweiber kamen näher, das Paternoster murmelnd – und es ist vielleicht nicht unangebracht, wenn wir an dieser Stelle der Erzählung ihre Andacht nutzen, um dem Leser des zwanzigsten Jahrhunderts zu erklären, daß Michele Cerruti, »Don« Michele, in der Tat ein Priester besonderer Art war: einer Art, wie man sie vor dem Tridentiner Konzil und der Gegenreformation häufig antraf, die jetzt aber, zu Beginn des siebzehnten Jahrhunderts, so gut wie ausgestorben war. Ein höchst seltsamer Priester, der nichts dabei fand, in der Kirche seine *bigatti*, die Seidenraupen, zu züchten, und das Gotteshaus daher zu dieser Jahreszeit für die Gemeinde geschlossen hielt, was immer auch passieren mochte, weil er die Luft noch mit Kohlenbecken erwärmen mußte. Aber auch zu den übrigen Jahreszeiten hielt er nur selten Gottesdienste. Eine Art Zauberpriester, der, wenn er den Kindern den Schädel befühlte, ihre körperliche Entwicklung und auch die Wechselfälle ihres Schicksals vorhersagen konnte; der die Kräfte der Steine und der Kräuter kannte und es verstand, gebrochene oder verrenkte Knochen wieder an ihren richtigen Platz zu bringen, indem er Arm oder Bein zwischen zwei Latten aus Birkenholz band und Sprüche dazu murmelte, um deren Geheimnis er allein wußte ... Ein falscher Priester, wenn wir die Dinge beim richtigen Namen nennen wollen: ein Mann, der kaum lesen und schreiben konnte und der, wie er immer wieder gern erzählte, seine Studien der Philosophie und der Theologie an der Universität des Lebens absolviert hatte, indem er durch die Berge und durch die Täler gewandert war, um den Bauern einzutrichtern, daß die Hölle schrecklich sei und daß sie, wenn sie nach ihrem Tod ohne Umwege ins Paradies kommen wollten, jene Ablässe kaufen müßten, die er selbst vertrieb. In der Diözese Novara kannte man solche falschen Priester wie Don Michele jahrhundertelang unter der Bezeichnung *quistoni*, und die offizielle Kirche tat so, als wisse sie gar nichts von ihnen, das heißt, sie hat sie praktisch toleriert. Später jedoch, von einem Tag auf den anderen, fingen die Kirchentribunale an, sich mit ihnen zu befassen, und die *quistoni* wurden immer seltener, bis sie fast ganz ausstarben. Zur Zeit unserer Geschichte gab es nur noch ein paar wenige, und die zogen nicht mehr herum, um zu predigen oder Wunder zu wirken, sondern hielten sich wie Don Michele in irgendeinem Gebirgstal oder in einem der entlegensten Dörfer der Bassa versteckt.

Wenn er von sich sprach, erzählte Don Michele gern, daß sein Vater ihn schon mit zwölf Jahren bei einem als Mönch gewandeten *quistone* in Dienst gegeben und er seine Laufbahn damit begonnen habe, daß er von Dorf zu Dorf, von Piazza zu Piazza gezogen sei, mit ebendiesem falschen Mönch, der den Bauern (um sie dazu zu bringen, daß sie ihren Beutel aufschnürten) die unheimlichsten Geschichten von jenseits des Grabes auftischte – samt dem Jammern der Armen Seelen und dem Knistern der höllischen Flammen –, die die Zuhörer nächtelang nicht schlafen und beim leisesten Rascheln in der Dunkelheit hochschrecken ließen. So war es – erzählte Don Michele –, als man die *quistoni* noch tolerierte und achtete und sogar die Pfarrer sie in manchen Dörfern bei sich aufnahmen; in jenen inzwischen weit zurückliegenden Jahren, in denen Novara Bischöfe mit klangvollen Namen hatte: Kardinal Ippolito d'Este, Kardinal Giulio della Rovere, die freilich nie jemand zu Gesicht bekam und die vielleicht selbst nicht wußten, wo sich ihre Diözesen (so weit weg von den Fürstenhöfen, an denen sie lebten!) befanden, sondern sich darauf beschränkten, die Einkünfte daraus zu kassieren. Mit über zwanzig hatte sich Don Michele selbständig gemacht: Von den Hängen des Monte Rosa bis zum Po erwies er sich als würdiger Schüler des falschen Mönchs und hielt auf den Dorfplätzen so gewaltige Predigten, daß ihm die Bauern all seine Ablässe, und was er sonst noch an den Mann bringen wollte, abkauften, bloß um ihn loszuwerden. Er hatte große Liebschaften erlebt, große Abenteuer, große Streitereien; er hatte acht Monate Zwangsarbeit abgebüßt, verurteilt wegen Betrugs und Diebstahls zum Schaden einer Witwe aus Pettenasco, am Ufer des Ortasees; er hatte sich die »Französische Krankheit« geholt, war aber genesen; ein paar Saisonen lang hatte er probehalber auch mit Reliquien gehandelt (Splittern von heiligen Kreuzen, Nägeln und Zähnen von Märtyrern, Fäden von heiligen Gewändern und so weiter). Aber schließlich, als er fast fünfzig war, merkte er, daß sich die Kirche und die Welt im Vergleich zu den Zeiten seiner Jugend sehr verändert hatten und daß er, wenn er weiter den *quistone* spielen wollte wie bisher, für den Rest seines Lebens im Bergwerk landen würde, mit Eisenkugeln an den Füßen, wenn nicht gar am Galgen. Er mußte sein Leben ändern. Er ging nach Novara: Dort hatte er ein paar Bekanntschaften unter den Monsignori der bischöflichen Kurie, und er schmeichelte, bestach und schacherte derart, daß man ihn schließlich zum niedrigsten Kleriker machte. Daraufhin verschaffte er sich die – wie man damals sagte – »Patente« eines Vikars von Zardino, indem er der bischöflichen Administration eine eher mäßige Summe von etwa zwanzig Dukaten zahlte: Für dieses Geld bekam man außerhalb der Kirche nicht einmal eine Behausung mit zwei Räumen, so daß er ohne Zweifel ein gutes Geschäft gemacht hatte. Was schließlich seine Fähigkeiten, den Gottesdienst zu halten, anging und die Tituli, die er für sein Priesteramt hätte vorweisen können, so machte sich niemand die Mühe, derartiges zu überprüfen, und die Angelegenheit erhielt, zumindest auf dem Papier, den Segen der Legalität.

In dieser Epoche wurden Pfarreien und Bischofssitze für Geld gekauft und verkauft wie heutzutage in Italien die Apotheken, Tabakläden oder Lotto-Annahmestellen; der Preis variierte je nach Bedeutung und Größe der Pfarrei, ihrem nachgewiesenen oder vermuteten Ertrag aus Zehnten, Almosen, Schenkungen und diversen Pfründen. Die Tauglichkeit der Priester wurde keineswegs immer überprüft, und wenn, dann waren die Prüfungen nicht immer streng. Don Michele wurde also Pfarrer, auf legale Weise: obwohl sein bescheidenes Klerikeramt (er war *Ostiarius*) ihm nur erlaubte, »die Kirchentüren aufzusperren und zu schließen, die Glocken zu läuten und die Gläubigen zu segnen«. Er zelebrierte die Messe, auf seine Weise und nur wenn es sich wirklich nicht vermeiden ließ: mit langen Predigten über die Unsterblichkeit der Seele, die Hölle und das Fegefeuer und den Nachlaß der Sünden; er taufte, hörte Beichte, führte die Bewohner von Zardino zum Ehebund zusammen und geleitete sie zum Grabe. Doch vor allem kümmerte er sich um das zweite Standbein seiner Existenz, indem er aus einigen Kenntnissen Kapital schlug, die er in den Jahren, in denen er als *quistone* durch die Welt gezogen war, erworben hatte und die ihm nun – in diesem verlassenen Nest der Bassa, in das er sich zum Leben und zum Sterben zurückgezogen hatte – ein heiteres und unbeschwertes Alter sichern sollten, geschützt gegen die Unbilden des Schicksals. Er versah sich also mit Heizkesseln und Brennkolben, um die Traubenstiele zu destillieren, mit Strohhürden für die Aufzucht der Seidenraupen, mit blauen Majolikagefäßen, in denen er bestimmte getrocknete Kräuter und bestimmte Pülverchen aufbewahrte, derentwegen die Bauern aus den Dörfern um Zardino sogar nachts zu ihm kamen, wenn sie Zahn- oder Bauchweh hatten oder ihre Frauen an den *lune* litten. Jeden Abend ging er über den Kirchplatz in die Osteria Zur Laterne, genau gegenüber, um seine Pfarrkinder zu treffen und Karten zu spielen; alle zwei Wochen schließlich holte er den Pferdekarren aus der Remise und fuhr nach Novara, um »die Luft zu brechen«, wie es auch die echten Landpfarrer machten. Er logierte in gewissen – nach Meinung mancher nur allzu gastfreundlichen – Familienpensionen, geführt von Frauen, deren Tugend nicht gerade als musterhaft galt: einer gewissen Paola, einer Gradisca, einer Isabela de Valves, genannt die Kokotte, die im Stadtviertel Tela wohnte und sich zu ihrer Zeit als so eifrig erwies, daß sie ihre Spuren sowohl in den Kirchenregistern der Kathedrale (Rubrik unehelich Geborene) wie in denen des Stadtgefängnisses hinterließ. Mit dieser Art von Leben hatte Don Michele inzwischen das sechzigste Jahr erreicht, in guten ökonomischen Verhältnissen und bei bester körperlicher und geistiger Gesundheit – bis eines Tages die Welt plötzlich über ihm zusammenbrach, seine Ruhe zerstört und all das in Frage gestellt war, was er sich im Lauf seines Lebens geschaffen hatte, ja sein Leben selbst: Nach Novara beordert und auf Veranlassung des neuen Bischofs Carlo Bascapè durch den Dekan des Mailänder Domkapitels, Monsignore Antonio Seneca, examiniert, wurde der arme Michele Cerruti als das befunden, was er war: ein Betrüger und Usurpator der heiligen Ämter, der es verdiente, auf die Galeeren geschickt zu werden oder sogar aufs Schafott. Nur sein bereits vorgerücktes Alter – hieß es in dem Urteil des kanonischen Prozesses –, das ihn bald vor ein größeres und schrecklicheres Tribunal stellen würde, habe den Spruch der irdischen Richter zu mildern und ihm das Leben zu retten vermocht. Der zivilen Obrigkeit überstellt (damals in der Stadt durch den hochwohlgeborenen Doktor *utriusque juris* Don Vincenzo Zuccardo repräsentiert), sah sich der Angeklagte Michele Cerruti (»echter quistone und falscher Priester«, wie die Akten dieses zweiten Prozesses präzisierten) aus Novara und dessen Territorium sowie aus sämtlichen Provinzen des Staates Mailand verbannt: bei Strafe – für den Fall, daß er es wagen sollte zurückzukehren –, das erstemal ausgepeitscht und dann zum Rudern auf die Galeeren oder zur Arbeit ins Bergwerk geschickt, beim zweiten Mal aber am Halse aufgehängt zu werden, auf der Piazza in Novara oder gleich an dem Ort, an dem er aufgegriffen würde, je nach Zweckmäßigkeit und dem Ermessen desjenigen, der in diesem Fall darüber zu befinden hätte.

Entsetzt und verwirrt ließ sich Don Michele von den Bütteln an den Po bringen. Er hielt sich ein paar Tage jenseits der Grenze, in Casale, auf, doch dann kehrte er in aller Heimlichkeit nach Zardino zurück, denn er war zu dem Schluß gekommen, daß es, wie immer die Dinge auch laufen mochten, keinen anderen Ort auf der Welt für ihn gebe, an den er sich flüchten könnte, und daß er zu alt sei, um noch einmal Umgebung und Lebensumstände zu wechseln; und auch in der Hoffnung, daß seine Probleme und die aller anderen *quistoni*-Priester sich in kurzer Zeit von selbst lösen würden: nämlich mit dem Ableben ihres gemeinsamen Verfolgers, des Bischofs Bascapè. Dieser war – nach allem, was diejenigen von ihm zu erzählen wußten, die Gelegenheit gehabt hatten, ihn aus der Nähe zu sehen – ein ausgezehrter Mann, von einer Unzahl Krankheiten befallen, die ihn zu jeder Stunde des Tages quälten und gegen die er sich wehrte, indem er seinerseits seine Mitmenschen quälte; er war zwar noch nicht ganz so weit, seine Seele auszuhauchen, leider, doch in jedem Fall war sein Zustand so, daß man die berechtigte Hoffnung hegen konnte, er würde nicht mehr lange imstande sein, eine Diözese wie die von Novara zu regieren, und noch dazu mit solchen Methoden! In der Diözese Novara gab es, das wußten alle, über zweihundert priesterlose Pfarreien: in der Bassa, in den Tälern, um die Seen herum. Was war denn schon dabei, wenn ein paar dieser Pfarreien von einem *quistone* verwaltet wurden, oder von einem niederen Kleriker, oder von irgendeinem jener Geistlichen, gegen die gerade in diesen Tagen in Novara wegen einer ganzen Reihe von Verfehlungen ermittelt wurde: Simonie, Konkubinat, Wucher, Unkenntnis der Heiligen Schrift, Vernachlässigung der ihnen anvertrauten Ämter – die sich aber, sagte sich Don

Michele, schließlich auch nicht allein zu dem gemacht hatten, was sie geworden waren! Auch sie waren Söhne der heiligen Mutter Kirche: vielleicht mißratene oder unrechtmäßige, aber doch immerhin Söhne. Und wo ist die Rabenmutter, die sich ihrer Kinder einfach entledigt, weil sie ihr so, wie sie sind, nicht gefallen oder weil sie denkt, sie wären ihrer nicht würdig? Und dann: Wer sollte sie denn ersetzen, diese unvollkommenen Kinder? Es würde nie genügend Priester geben, um die Ideen des Bischofs Bascapè zu verwirklichen: um so weniger – ereiferte sich Don Michele – als sich die Welt ein weiteres Mal gedreht hatte und kein moderner junger Mann mehr bereit sein würde, sich nach all den Opfern, die er gebracht hatte, um zu studieren und Priester zu werden, in einem Nest wie Zardino zu vergraben: Gott sei Dank hatten sie anderes im Kopf, die jungen Männer von heute! Wenn sie ehrgeizig waren, dachten sie an die Karriere, daran, Monsignori zu werden, nach Rom zu gehen; wenn sie Idealisten oder Träumer waren, wollten sie als Missionare in ferne Länder: nach Indien, Japan, die beiden Amerika; die neue, durch das Konzil wiederbelebte Kirche und der Papst persönlich drängten sie dorthin. Das etwa waren die Gedanken, mit denen Don Michele nach Zardino zurückkehrte. Es versteht sich jedoch, daß er auch große Angst hatte, denunziert, in Ketten gelegt und als Bergarbeiter in eine Granit- oder Kiesgrube geschickt zu werden, und daß er daher all seine Gewohnheiten änderte: Er ging selten aus dem Haus, mied unter allen Umständen Novara, verließ nicht einmal mehr das Dorf. Er trank wesentlich mehr als früher, im Wirtshaus mit den Freunden und auch allein; er redete laut mit sich selbst, stellte sich Fragen, gab sich die Antworten. Er las keine Messe mehr, predigte nicht und spendete kein anderes Sakrament außer der Taufe. Doch in der bischöflichen Kurie von Novara hatte sich nichts mehr getan, was ihn betroffen hätte: Monat um Monat, Jahreszeit um Jahreszeit. Inzwischen waren vier Jahre vergangen, seit das Urteil gegen ihn ergangen war, und er befand sich immer noch hier; die Büttel waren nicht gekommen, um ihn festzunehmen, und kein echter Priester hatte sich eingestellt und ihm seine Vikarsstelle streitig gemacht; der Bischof starb nicht, es passierte überhaupt nichts. Fast schien es, als ob die Zeit stillstünde – aber Don Michele war es nur recht so. Sollten sie ihn doch in Frieden lassen: Mehr verlangte er ja nicht!

Nachdem das Gebet beendet war, beugte sich Don Michele zu Antonia hinunter, nahm ihr Gesicht in beide Hände und küßte sie auf die Stirn. Dann legte er seine Finger auf ihren Haarflaum, hinter die Ohren, auf den Nacken; ganz langsam tastete er die Schläfenbeine ab bis zum Hinterkopf und dann die Backenknochen; er nahm ihre linke Hand und betrachtete die Linien auf der Handfläche.

»Sie wird gesund heranwachsen und auch sehr anmutig«, sagte er zur Signora Francesca, die ins Haus gegangen und sogleich wieder zurückgekommen war, einen großen Teller Schmalzküchlein in beiden Händen. »Der Form des Kopfes nach«, fuhr er fort, »halte ich dafür, daß sie gutmütigen und großzügigen Wesens sei, aber auch ein wenig eigenwillig, so daß man keine zu große Eile haben sollte, sie unter die Haube zu bringen. Die Lebenslinie in der Hand ist lang und deutlich; es gibt nur eine Unterbrechung, um das zwanzigste Jahr herum, eine tödliche Gefahr, die sie jedoch überwinden wird. Der Gatte, den ihr die Vorsehung auserwählt hat, scheint kein junger Mann von hier zu sein, sondern ein Fremder; von ihm wird Antonia ein einziges Kind haben – und sieben Schmerzen, so viele, wie die Jungfrau Maria in ihrem Leben gehabt hat. Sie wird Witwe werden, wenn ihr Kind schon erwachsen ist, und lange leben. Sie wird keines natürlichen Todes sterben, sondern durch ein Unglück: vielleicht ein Brand ...«

Er ließ die Hand der *esposta* los. Dann nahm er mit Anstand ein Schmalzküchlein von dem Teller, den ihm die Signora Francesca hinhielt, und biß ein Stückchen davon ab. »Vorzüglich«, sagte er. »Mein Kompliment derjenigen, die es gebacken hat!«

Daraufhin kamen auch alle anderen, um ihren Teil an den Schmalzküchlein einzufordern, die Dorfbuben, der Ministrant, die Töchter des Landarbeiters; und sogar die Klatschbasen, die sich noch wenige Minuten vorher so entrüstet und besorgt über die Ankunft der *esposta* in Zardino gezeigt hatten, zögerten jetzt nicht, sich ihr und der Signora Francesca zu nähern, um sich die Schmalzküchlein schmecken zu lassen. Nur Antonia blieb stehen, wo sie war, und betrachtete verschüchtert die Kinder, die über den Teller herfielen. Und der Hausherr selbst, das heißt Bartolo höchstpersönlich, mußte eingreifen, um noch zwei Schmalzküchlein vom Teller zu retten und sie ihr in die Hand zu legen. »Da, iß!« sagte er. »Die hat die Consolata für dich gebacken, zur Feier deiner Ankunft. Die sind für dich!«

6. Kapitel

DIE CHRISTLICHEN BRÜDER

An Ostern regnete es, und der Fluß trat über die Ufer: Er überschwemmte Waldungen und bestellte Felder, füllte die Gräben innerhalb und außerhalb des Dorfes mit dunklem, schlammigem Wasser, das sich da und dort auf die Straßen ergoß und Schotterwege in Gießbäche und Höfe und Gärten in Sümpfe verwandelte. Zwei oder drei Tage lang sah man nichts als Wasser: im Norden, im Süden, in jeder Richtung – bis hin zum Horizont. Dann flossen die Wasser allmählich ab, zogen sich in das ihnen bestimmte Bett zurück, und die Landschaft nahm wieder ihr gewohntes Bild an, samt den Dorfbuben, die, mit Netzen und anderen Gerätschaften bewaffnet, auszogen, um die in den Pfützen steckengebliebenen Fische zu fangen, während die Erwachsenen sich daranmachten, wieder in Ordnung zu bringen, was die Überschwemmung zerstört hatte.

Nach Ostern kamen die Reisarbeiter, die *risaroli*: Männer von erbärmlichem Aussehen, zerlumpt, das Bündel mit ihrer Habe um den Hals gehängt oder unterm Arm; oft mit dicken Stricken oder sogar mit Ketten aneinandergefesselt, damit sie nicht davonlaufen konnten; eskortiert von denselben Kapos, die sie bis ins Val d'Ossola oder jenseits des Po im Monferrato oder im Biellese aufgespürt und angeworben hatten und jetzt mit ihnen von Dorf zu Dorf zogen, um den Bauern der Bassa die Dienste ihrer *risaroli* und ihre eigenen anzubieten ... Die Arbeit auf den Reisfeldern oder, wie man damals sagte, *nei risi,* »im Reis«, gehörte zu den unmenschlichsten, die es je in der italienischen Landwirtschaft gegeben hat – wegen der Umgebung, in der man arbeitete, und wegen der Art und Weise, *wie* man es tat: von morgens bis abends gebückt im Wasser stehend, oft geprügelt wie Sklaven und jeder Art von Entbehrungen unterworfen. Die ganz wenigen Zeugnisse, die man davon hat, bestätigen, daß es sich um eine Arbeit handelte, die als noch schlimmer galt als die der Galeerensträflinge, und daß einer, der sie freiwillig annahm, entweder verzweifelt oder verrückt sein mußte. Wie auch immer, es handelte sich fast stets um Menschen, denen sonst nur der Hungertod geblieben wäre. Viele der *risaroli* waren von den Blattern oder der Lepra so entstellt, daß sie als Bettler an den Kirchentüren nur Abscheu erregt hätten; viele waren verkrüppelt geboren oder geistig behindert und von ihren Eltern geschickt, damit sie sich so ihr Brot verdienten, weil man sie loswerden wollte oder auch weil die Familie in aller Naivität geglaubt hatte, was diejenigen erzählten, die die *risaroli* anwarben: daß die Arbeit im Reis ein Kinderspiel sei, eine Art Zeitvertreib, und daß ihre Söhne am Ende der Saison, nachdem sie sich damit vergnügt hätten, im Wasser herumzuplantschen, auch noch ein schönes Stück Geld für den Winter mitbrächten. Viele *risaroli* waren heruntergekommene alte Männer, denen nur noch wenig am Leben lag, aber die sich doch geschämt hätten, um Almosen zu betteln; viele schließlich kamen aus ganz armen Dörfern, in denen sie ein so elendes Leben führten, daß sie bei den Reden der Werber den Eindruck gewinnen mußten, ins Schlaraffenland zu kommen: jeden Tag essen – sonntags sogar zweimal! – und leichtes Geld verdienen! All die, von denen die Rede war, und noch andere, von denen zu sprechen zu weit führen würde, hatten, um als *risaroli* ins Novarese zu kommen, ihre Unterschrift oder ihr Kreuz – notfalls taten das an ihrer Stelle die Eltern oder die nächsten Verwandten – unter ein gedrucktes Blatt setzen müssen, das sie ganz gewiß nicht gelesen hatten und das ihren freiwilligen Verzicht auf die gesetzlichen Garantien für das wenige oder nichts beinhaltete, das die Gesetze des siebzehnten Jahrhunderts einem garantierten, der nicht imstand war, für sich selbst zu bürgen. Tatsächlich kam das, was auf diesen Blättern stand, der Hinnahme eines zwar zeitlich begrenzten, aber absoluten Sklaventums gleich, das vor dem vereinbarten Termin nur durch den Tod des Sklaven enden konnte – und oft auch endete. Nach Zardino, wie übrigens auch in alle anderen Dörfer der Bassa, kamen die *risaroli* in der Mitte des Frühlings. Und wenn sie nicht schon im voraus von einem Bauern unter Vertrag genommen waren, so handelte und erwarb man sie auf der Piazza, genauer gesagt auf dem Platz vor der Kirche, wo auch die Waren- und Viehmärkte stattfanden: unter den Flüchen und Verwünschungen der Kapos, dem Wortschwall der Bauern, die versuchten, bei jedem einzelnen *risarolo* den Preis zu drücken, und der belustigten Neugier der Kinder, die in Begeisterung umschlug, wenn ein in Wut geratener *risarolo* mit Fußtritten, Faustschlägen und Peitschenhieben wieder zur Vernunft gebracht wurde.

Ja, die *risaroli*... Als Europa später seine eigene Geschichte und die der übrigen Teile der Welt aufschrieb, hat es Krokodilstränen über die Neger, die auf den amerikanischen Baumwollfeldern schuften mußten, und über jede andere Art moderner oder antiker Sklaverei vergossen: Aber es hat kein Wort – kein einziges! – über die *risaroli* verloren. Nicht einmal die Kirche – nach der Reformation so freigebig mit Missionaren und Heiligen, die die Aussätzigen in den fernsten Ländern pflegten, sich bis nach China um die Pestkranken kümmerten und die Japaner zu bekehren versuchten, indem sie lateinisch mit ihnen redeten – hat je ihre Existenz vor der eigenen Haustür wahrgenommen. Und dabei waren es keineswegs wenige: Es waren Tausende, von diesseits und jenseits des Tessin, und sie starben jedes Jahr wie die Fliegen, ohne ärztliche Betreuung und ohne die Tröstungen der Religion. Das bestätigt auch eine Denkschrift der Gesundheitsbehörde, gerichtet an den Gouverneur des Staates Mailand im Jahr des Herrn 1589:

»Vornehmlich erscheint es uns von Wichtigkeit«, so drückte sich der eifrige Magistrat aus, »Abhilfe gegen die große Grausamkeit zu schaffen, die die *capi de risaroli* gegen jene armen Kreaturen walten lassen, welche durch allerlei Mittel, und zuweilen auch durch Betrug, dazu verleitet wurden, die Reisfelder zu säubern und dergleichen Arbeiten mehr dort zu verrichten. Und leiden selbige stark unter dem Übermaß an Beschwernissen und weil sie jenes faulige Wasser trinken und ihnen nicht ausreichend zum Leben gegeben wird und man sie mit Schlägen traktiert wie Sklaven, und man zwingt sie zur Arbeit, auch wenn sie nicht können und krank sind, so daß viele gar elendiglich sterben, selbst auf den Feldern und in den Scheunen und ohne Beichte.«

Die Anklage war schwerwiegend, die Worte unmißverständlich. Aber Seine Exzellenz, der Herzog von Terranova, an den die Denkschrift gerichtet war, muß andere Sachen im Kopf gehabt haben, und ebenso seine Nachfolger, denn nach mehr als siebzig Jahren, im November der Jahres 1662, war die Lage der *risaroli* anscheinend immer noch unverändert oder sogar noch schlimmer geworden; so bezeugt es jedenfalls ein Erlaß des damaligen Gouverneurs von Mailand, Don Luis de Guzman Ponze de Leon etcetera (wir verzichten auf die Titel):

»Und da zu der Zeit«, heißt es in dem Erlaß, »so man die Reisfelder säubert oder andere Arbeiten dort besorgt, einige *capi de risaroli* Genannte auf allerlei Weise eine Vielzahl von Männern und Burschen herbeischaffen, mit welchen sie in barbarisch grausamer Manier umspringen; denn so sie selbige einmal durch Versprechungen und Schmeicheleien an ihren Bestimmungsort verbracht, traktieren sie sie schlecht, indem sie diesen Unglücklichen weder ihren Lohn bezahlen noch sie mit dem zum Leben Notwendigen versorgen, und sie lassen sie arbeiten wie Sklaven, mit Schlägen und noch härterer Strenge, wie man sie bei den zum Ruder Verurteilten anzuwenden pflegt, dergestalt, daß viele, auch gesund Geborene, so man in obbesagter Weise verführt hat, elendiglich in den Scheunen oder auf den umliegenden Feldern sterben, ohne jeglichen Beistand, weder körperlicher noch geistlicher Art: Seine Exzellenz haben jedoch den Wunsch, daß man in Zukunft besagte Söhne und Burschen nicht mehr zur Schlachtbank führe, noch daß man eine Person malträtiere oder um den ihr zustehenden Lohn betrüge, und daß der Name, der Handel und die Wirksamkeit besagter *capi* getilgt werde, und befehlen daher... « etcetera.

Unnütz, die ganze akribisch genaue Liste der darauf ergangenen Vorschriften wiederzugeben und dann die erschreckende der »Geld- und Leibesstrafen«: Solche Erlasse wurden nur für die Geschichte geschrieben, das heißt für uns Nachfahren, die die eigentlichen Adressaten sind und beim Lesen ausrufen oder zumindest denken sollen: »Was für ein weiser Mann, wie mitleidvoll gegenüber seinen Mitmenschen, wie unduldsam gegenüber der Ungerechtigkeit, wie fähig hoher und edler Empfindungen war doch dieser Don Ponze de Leon!« Für die Alltagsrealität nützten sie gar nichts. In der Praxis dauerte der Sklavenhandel mit den *risaroli* bis zur Napoleonischen Besetzung und bis ins neunzehnte Jahrhundert: bis die parellel verlaufende Entwicklung von Profitdenken und öffentlicher Moral es in den katholischen Ländern zuließ, daß man überall dort, wo die Möglichkeit dazu bestand, die männliche Arbeitskraft bei den niedrigsten und am schlechtesten bezahlten Arbeiten durch Frauen ersetzte. Erst damals traten an die Stelle der *risaroli* die Reisarbeiterinnen, die sogenannten *mondariso* oder *mondine*, über die, wenn es sie im siebzehnten Jahrhundert gegeben hätte, die ganze Welt empört gewesen wäre: aber nicht etwa wegen ihrer Leiden, sondern wegen der – angesichts der Art der Arbeit, die im Sommer verrichtet wurde und bei der man halbnackt im Wasser stand, so daß der unedle Teil des Körpers höher gehalten wurde als der edle, nämlich die Stirn – unvermeidlichen Zurschaustellung ihrer anstößigen Weiblichkeit, die natürlich sorgfältig verborgen und unterdrückt werden mußte, wie es die Kirche vorschrieb und die Sitten der Zeit es verlangten.

»Die *risaroli*! Die *risaroli*!«

Der Ruf verbreitete sich von Hof zu Hof, drang auch in den der Nidasios. Seit sie in Zardino war, verbrachte Antonia den größten Teil ihrer Zeit mit den beiden jüngeren Töchtern Barbero, Anna Chiara und Teresina, die auf der anderen Hofseite wohnten und die ersten Dorfkinder gewesen waren, die sich dem Findelmädchen am Tag seiner Ankunft genähert hatten: Anna Chiara hatte sie mit dem Finger berührt, um zu sehen, was sie tun und ob sie etwa gar beißen würde; Teresina dagegen hatte sie gefragt, warum man ihr die Haare geschoren habe. Sie halfen, die Tiere zu versorgen, vor allem die Gänse, oder aber sie spielten miteinander oder mit den Mädchen aus der Nachbarschaft – wie auch an diesem Tag.

Beim ersten Ruf rannten alle auf den Kirchplatz, und die *risaroli* waren schon da, bewacht von zwei Kerlen, die mit einem Riemen bewaffnet waren, dem speziellen Werkzeug der Kapos: einem fingerbreiten Lederriemen, den man um die Hand schlang und der, wenn er als Peitsche benutzt wurde, so deutliche Striemen auf der Haut hinterließ, als ob sie mit einem glühenden Eisen eingebrannt worden wären. Einer der beiden hatte eine schwarze Binde über dem Auge, einen Pistoia-Dolch am Gürtel und ein Horn über der Brust hängen: Er ergriff das Horn, wobei er den Mädchen auf eine Art und Weise zugrinste, daß es Antonia kalt den Rücken hinunterlief, setzte es an die Lippen, blies hinein und hielt nur von Zeit zu Zeit zum Atemholen inne. Dieser langgezogene, widerhallende Ton sollte den Bauern des Dorfes, wo immer sie sich auf eine Meile im Umkreis auch befinden mochten, sei es in den Häusern oder auf den Feldern, kundtun, daß die *risaroli* in Zardino angekommen seien und auf der Piazza stünden. Sie sollten kommen und sie anschauen. Beim Blasen blähten sich die Backen des Schurken auf, und seine ohnehin nicht eben ansprechende Visage wurde geradezu abscheulich. Die Kinder lachten sich halb tot. Ein Junge rief ihm zu: »Du schaust aus wie ein Schwein!«

»Sie machen wenig Geschäfte, hier in Zardino!« sagte Teresina Barbero, die fast dreizehn war und eine natürliche Veranlagung zum Vernünftigsein hatte; sie redete immer so, wie ihre Mutter Consolata geredet hätte. Sie erklärte: »Diese beiden Kapos, der mit der Binde über dem Auge und der andere: Wer weiß, wo die herkommen und wer die sind. Wenn man sie so sieht, könnte man sie wirklich für zwei Banditen halten!« Sie fragte sich, oder vielleicht fragte sie auch ihre Kameradin: »Wie bringt es ein Bauer bloß fertig, sich solche Männer ins Haus zu holen?«

Doch Antonia hörte ihr gar nicht zu. Sie starrte auf die *risaroli*, die sich auf dem Teil des Platzes zusammendrängten, der in der Sonne lag, und sie schoben und stießen sich, um ein bißchen Wärme abzubekommen, eingehüllt in irgendwelche Militärdecken, die, ihrem Zustand nach zu schließen, uralt sein mußten, aus der Zeit Karls V. oder noch älter. Einige klapperten mit den Zähnen; allen sah man die wer weiß wo, aber bestimmt im Freien verbrachte Nacht an und daß sie erbärmlich froren. Es waren weißhaarige alte Männer darunter, deren Haut im Gesicht und an den Händen violett war; zwei arme Idioten, erkennbar an ihren verdrehten Augen und dem Zittern von Kopf und Händen; ein Mann mit einem Kropf, der so groß war, daß er ihn wohl oder übel über der Jacke tragen mußte, und man sah, wie diese Monstrosität unter der Haut pulsierte, ein Eigenleben zu führen schien: Wie ein Schmarotzer hing sie am Hals des Mannes, ein unförmiger, riesiger Blutegel... Es gab einen jungen schwarzhaarigen Mann, dessen Gesicht von einer Art Lepra zerstört war, die ihm die Lippen, die Nasenflügel, die Ohren zerfraß; er richtete seine fieberglänzenden Augen auf Antonia, und das Kind wandte sich zu seiner Kameradin, versuchte etwas zu sagen, war aber so aufgewühlt, daß es stotterte und fast nicht reden konnte. Teresina nahm sie beim Arm, fragte: »Was ist los mit dir? Ist dir nicht gut?«

»Diese armen Männer«, brachte Antonia schließlich heraus. »Wo kommen sie her? Wer sind sie?«

Ihre neue Freundin zuckte die Achseln. »Das sind die, die im Reis arbeiten, was willst du da machen... Die kommen jedes Jahr!« Nach einem Augenblick des Schweigens setzte sie noch hinzu: »Auch der Bauer Bartolo hat welche. Sie werden in ein paar Tagen da sein. Hat dir das die Signora Francesca nicht gesagt?«

Antonia ballte die Fäuste: »Ich werde sie weglaufen lassen!« Ihre Augen blitzten. Sie flüsterte: »Ich werde nachts wach bleiben, glaubst du mir vielleicht nicht? Dann, wenn alle schlafen...«

»Bist du verrückt?« Teresina schaute sie ernst an, ermahnte sie: »An so was darfst du nicht einmal denken! Erstens«, erklärte sie, »laufen unsere *risaroli* nicht weg, weil der Bauer Bartolo und die Signora Francesca gut zu ihnen sind. Und zweitens: Wenn sie wegliefen, würden die Christlichen Brüder sie wieder einfangen und vielleicht sogar töten ... So was ist schon vorgekommen!« Sie schaute sich um, ob ihnen jemand zuhörte, dann fragte sie Antonia leise: »Weißt du überhaupt, wer die Christlichen Brüder sind? Hast du sie schon einmal gesehen?«

Antonia schüttelte den Kopf: Nein.

»Komm mit«, sagte Teresina und nahm sie bei der Hand. »Wir gehen weg. Hier gibt es sowieso nichts zu sehen außer diesen paar Unglücksmenschen ... Wir gehen in die Kirche! Wenn Don Michele sie offengelassen hat, wie er es immer tut, dann zeig' ich dir die Christlichen Brüder.« Sie zog Antonia am Arm, aber die rührte sich nicht vom Fleck. Die andere lachte. »Los, komm schon!« sagte sie. »Du brauchst keine Angst zu haben: Die sind bloß gemalt.«

In der Kirche war es ganz still und dunkel. Die beiden Mädchen tasteten sich vorwärts, einander bei der Hand haltend und schwer atmend wegen der von den Kohleöfen erwärmten Luft und des Gestanks der Seidenraupen. Doch das beim Eintreten so undurchdringlich erscheinende Dunkel war in Wirklichkeit nur ein Halbdunkel, an das sich die Augen bald gewöhnten und in dem man schließlich, hinter den rötlichen Lichtern der Kohleöfen, auch die auf den Bänken ausgebreiteten Strohhürden der *bigatti* erkennen konnte und sogar die Malereien an den Wänden ... Teresina zeigte ihrer Kameradin einige davon, wobei sie mit dem Finger deutete: »Das da ist die heilige Agatha, der die Brust abgeschnitten wird! Der da ist San Giulio, der den Ortasee auf seinem Mantel überquert, um die Insel von den Schlangen zu befreien! Der Ritter, der da kniet, ist der heilige Hubertus, und vor ihm steht der Hirsch mit dem Kreuz!«

Direkt neben dem Altar, auf der rechten Seite, war ein Fresko, das durch das Fenster der Apsis mehr Licht erhielt als die anderen, und Teresina führte Antonia dorthin: »Das sind sie! Schau sie dir an! Die Christlichen Brüder!« Das Fresko stellte einen Heiligen dar, erkenntlich am Heiligenschein, der eine Gruppe vor ihm kniender Männer segnete, jeder in eine weiße Tunika gehüllt, mit einem Gurt um die Taille; sie hielten eine Fackel in der einen Hand und einen Lederriemen in der anderen und hatten den Kopf unter einer Kapuze mit einem roten Kreuz über den Augenschlitzen verborgen. Die Szene, obwohl in den Formen eines frommen Bildes erstarrt, vermittelte dem Betrachter ein Gefühl der Unruhe: Wohin würden sich diese Kapuzenmänner aufmachen, nachdem sie den Segen des Heiligen empfangen hatten, und was würden sie tun, so ausgerüstet, wie sie waren?

»Diese Männer mit den Kapuzen«, sagte Teresina zu Antonia – und sie sprach leise, als ob die dort oben sie hören könnten –, »das sind die Christlichen Brüder von Zardino, und der, der mit unbedecktem Gesicht dasteht, ist ihr Schutzpatron, der heilige Rochus.« Sie flüsterte ihr ins Ohr: »Sie reiten nachts, mit ihren Fackeln; und solange sie die Kapuze mit dem Kreuz über dem Kopf tragen, müssen sie gemeinsam kämpfen, immer beisammenbleiben, sie dürfen sich nie trennen: verbunden bis zum Tod! Deswegen nennen sie sich Brüder... Sie bringen uns die *risaroli* zurück, wenn sie weglaufen, und sie beschützen uns vor den Zigeunern, vor den Pferdedieben, vor den Geistern der Menschen, die man nicht begraben hat, ja sogar vor dem Teufel ... So sagt es wenigstens meine Mutter! Und so glauben es alle im Dorf!«

Antonia betrachtete stumm das Bild. Sie hatte sie schon gesehen, diese Christlichen Brüder, auch wenn sie damals nicht wußte, daß sie so hießen. In Novara, bei den Karfreitagsprozessionen: Es waren die Männer mit den schwarzen Kapuzen und den *cocolle*, kurzen Umhängen, die bis zum Ellbogen reichten; sie zogen voran und machten mit den *raganelle*, den hölzernen Ratschen, die sie über ihren Köpfen schwangen, einen so schrecklichen Lärm, daß einem fast das Trommelfell platzte. Das waren die *tenebrofori* (wörtlich: die Bringer der Finsternis) und hinter ihnen, in kleinen Gruppen, kamen die Kapuzenmänner aus den Dörfern der Bassa: mit den roten Kreuzen, mit den schwarzen Kreuzen, mit den Kreuzen mit zwei Balken und den Kreuzen mit vier Balken, die ausgelöschten Fackeln in den Händen; sie zogen vorbei, im schwachen Licht der Öllämpchen auf den Fenstersimsen der Häuser, und sie gingen so langsam, daß man meinte, die Prozession nähme nie ein Ende. Hinter den Bruderschaften der Kapuzenmänner kamen dann die anderen, Männer, die sich mit unverhülltem Gesicht zeigten, und dann die Nonnen und die Seminaristen und die frommen Frauen: alle in Schwarz und alle in Tränen, und sie trugen die Statue der Mater dolorosa und einen leeren Sarg, der »der tote Christus« hieß. Hinter der Bahre schritten, das Miserere singend, die Mönche und die weltlichen Priester und die Chorherren der beiden Kapitel, dem von San Gaudenzio und dem des Doms, und die bischöflichen Vikare und der Bischof selbst und die zivile Obrigkeit und die Offiziere und die Soldaten und die Menge mit den Kerzen...

Antonia kam wieder zu sich. Teresina nahm sie bei der Hand und führte sie zum hinteren Ausgang der Kirche, wobei sie fortfuhr, ihr leise von geheimnisvollen Dingen zu erzählen. Sie flüsterte: »Meine Mutter sagt, daß nachts um ganz Zardino herum die Teufel ihr Spiel treiben. Sie kommen von den ›Buckeln‹ herunter oder von der Mühle her, hat dir das die Signora Francesca nicht erzählt? Es gibt einen, den alle den ›Biron‹ nennen, und das ist ein Ziegenbock mit Augen, so rot wie glühende Kohlen; und er holt die Mädchen, wenn er sie bei Dunkelheit draußen findet. Er hat schon ganz viele geholt! Auch meine älteren Schwestern, die Liduina und die Giulia, sind nachts aus dem Haus gegangen, und dann hat sie der Biron geholt.«

Hinter der Kirche war niemand. Das Dorf endete hier, und die beiden Freundinnen setzten sich auf den Rand eines grauen Steinsarkophags, der (einer Inschrift zufolge, die man immer noch auf dem Stein entziffern konnte) wer weiß wie viele Jahrhunderte lang das Grab eines gewissen Cornelius Cornelianus, Decemvir von Novara, gewesen war und jetzt als Trog diente, um das Vieh zu tränken und die Wäsche zu waschen. Es war ein schöner Frühlingsmorgen, hell und sonnig, aber Teresina hatte nun einmal angefangen, vom Übersinnlichen in Zardino zu reden, und das war für sie ein unwiderstehliches Thema. Im übrigen weiß man ja, daß man bestimmte Gespräche bei Tag und im Sonnenlicht führen muß, weil sie einem am Abend zu großen Schrecken einjagen würden! Auch Antonia hörte ihr mit offenem Mund zu, ohne noch an diese armen *risaroli* zu denken, die nach wie vor auf dem Kirchplatz standen und mit ihrer Ankunft in gewisser Hinsicht diese Reise zu den Schatten und Geheimnissen der Bassa verursacht hatten. Sie lauschte mit jener instinktiven Begierde, die die Kinder aller Länder und aller Zeiten für diese Art von Geschichten haben. Im Norden von Zardino – erzählte ihr Teresina –, an einem Ort, der *Fonte di Badia*, Klosterbrunnen, heiße, hausten *le Madri*, die Mütter: grausame, launische, schreckliche Frauen, auf deren Altar und vor deren Bildern jeder, der dort vorbeikomme, etwas opfern müsse, das er am Leib trage oder sonst bei sich führe, um ihren Zorn zu besänftigen... Auch die Crosa, ein sprudelnder Bach, der, von Osten kommend, um das ganze Dorf herumlief und das Mühlrad antrieb, war eine verzauberte, eine höchst gefährliche Örtlichkeit. Dort, auf dem Grund, lauerte die *Melusia*: ein Weib mit langen grünen Haaren und Beinen wie zwei Fischschwänze, die die kleinen Kinder anlockte, wenn sie sich übers Wasser beugten und ihr Spiegelbild darin sehen wollten; und gelang es ihr dann, eines zu schnappen, so tauchte sie ihr Opfer unter, bis es ertrunken war. Wie viele Kinder hatte sich die *Melusia* nicht schon geholt! Und dann – erzählte Teresina weiter – gab es noch die *dossi*, die Buckel, die beiden kleinen Hügel gleich vor dem Dorf, zum Sesia hin: Auf dem linken Buckel, wo die Sonne unterging, trieben schreckliche Schlangen mit roten Kämmen und Menschengesichtern ihr Unwesen, Schlangen, die reden konnten; der rechte dagegen, auf dem ein riesiger Kastanienbaum stand, diente den Hexen als Tummelplatz: Von dort hörte man nachts Lauten- und Violenklänge und Lärm und Stimmen wie von Leuten, die sich's wohl sein lassen, so daß keiner von den Dorfbewohnern sich mehr getraute, das Abfallholz unter dem Baum aufzulesen, und die Kastanien, die in Mengen herumlagen, fraßen im Herbst die Schweine. Nur ein einziger Mensch im Dorf hatte den Mut, jedes Jahr da hinaufzusteigen und sich eine Handvoll Kastanien zu holen; ohne jegliche Furcht wagte er sich auf den Buckel: Pietro Maffiolo, der Feldhüter von Zardino. Dieser, ein riesengroßer und hagerer Mann – erklärte Teresina Antonia –, sei ständig mit seinem Hakenstock unterwegs und habe so lange Beine, daß seine Füße fast den Boden streiften, wenn er auf seinem Maultier reite...

»Hat der denn keine Angst vor den Teufeln?« fragte Antonia.

»Ach was!« lachte Teresina. »Der ist doch selber ein halber Teufel ... Du wirst ihn schon noch kennenlernen!«

7. Kapitel

ZARDINO

Der Autofahrer, der heute auf der Autobahn zwischen Turin und Mailand in der Nähe des Viadukts über den Sesia haltmachen und sich nach links, nach Süden, wenden würde, könnte zwischen den Gehölzen immer noch den Rauch der Herdstellen von Zardino aufsteigen sehen, wenn es Zardino gäbe: Aber es gibt es nicht. Im Frühling des Jahres 1600 dagegen gab es Zardino, und es ahnte auch nicht im entferntesten, daß es innerhalb weniger Jahre verschwinden sollte: ein kleines Dorf wie viele andere kleine Dörfer der Bassa, mit seinen Rebfeldern und Wäldchen zu den Sümpfen und den Ufern des Flusses hin, mit seinen Wiesen und seinem Ödland in Richtung Biandrate, mit seinen Mais-, Korn- und Reisfeldern gegen Cameriano und Novara. Und mit seinen beiden kleinen Hügeln, den *dossi*, entstanden aus den Ablagerungen des Sesia: Sie überragten die Häuser nach Norden hin und schützten das Dorf vor dem Ungestüm des Flusses während der Hochwasser. Die Hauptstraße von Zardino war die, die aus Richtung Novara und von der sogenannten Dreikönigsmühle her kommend durch das ganze Dorf führte, bis zum Kirchplatz. Zu dieser Straße hin öffneten sich die Höfe und die Häuser, teils aus Ziegeln, teils aus den Steinen, die von dem, der ein paar Jahrhunderte zuvor das Land urbar gemacht hatte, aus dem Boden geholt worden waren und mit denen man dann die ersten gemauerten Häuser errichtete und die Wege aufschotterte. Die Balkone waren aus Holz, ebenso die offenen Schuppen für die Werkzeuge und Karren. Die Ställe hatten im Gegensatz zu den Wohnungen der Menschen keine Ziegeldächer, sondern solche aus Stroh und Lehm. Alles, worauf man blickte, wenn man zwischen den Häusern stand, wirkte grau, eng, primitiv. Und doch: In der schönen Jahreszeit war alles auch voll blühender Winden und Kletterrosen, der Efeu wucherte die Wände hinauf, Weinreben verflochten sich auf den Balkonen und ließen ihre Trauben so tief hängen, daß man keine Leiter brauchte, um sie zu pflücken, es genügte, die Hand auszustrecken. In den Stuben konnte man die Decke berühren, Türen und Fenster waren dementsprechend, das heißt winzig. Selbst wenn nur wenige Menschen zusammenlebten, herrschten Gedränge und Durcheinander; doch für gewöhnlich waren es nie wenige Menschen, die, zu Beginn des siebzehnten Jahrhunderts, in diesen Bauernhäusern wohnten. Außerhalb der Häuser, in den Gassen, den Weinbergen, den Höfen (mit ihrer malerischen Zurschaustellung von Maiskolben, Kaninchen- und anderen Fellen, Knoblauch- und Zwiebelbündeln, von Bettlaken und was sonst nach der Wäsche noch zum Trocknen aufgehängt war) gärte und rührte sich das menschliche Leben nicht törichter als in anderen Teilen der Welt auch: Barfüßige Hirtenmädchen hüteten die Gänse, die an den Gräben entlangwatschelten; alte, von den Jahren und der Gicht gebeugte Männer arbeiteten von früh bis spät in kleinen Gärten, hinter uneinnehmbaren Bastionen aus Dornenhecken, Brombeerranken, spitzen Pfählen und anderen Vorrichtungen (würdig, in einem modernen Handbuch des Guerillakriegs aufgeführt zu werden), die den Dorfbuben, den Eseln, den Gänsen und allem anderen Getier, das frei im Dorf herumgraste und Schaden anrichtete, wo immer es konnte, den Zugang verwehren sollten. In kleinen Mauernischen standen Altärchen und Statuen der Schwarzen Madonna von Oropa und sonstiger Heiliger, von denen man nach altem Brauch glaubte, sie würden die Häuser und ihre Bewohner vor jeder Art Unheil bewahren: dem bösen Blick, den Seuchen von Mensch und Vieh, vor Dürre, Hagel, Zwietracht...

Jeden Morgen sah man die Frauen auf ihrem Weg zur Crosa (jenem Bach, in dem nach Teresina die *Melusia* lauerte, um sich die Kinder zu schnappen), den Korb mit der schmutzigen Wäsche auf dem Kopf: Von dieser Dorfseite her vernahm man dann das dumpfe Aufklatschen der gegen die Steine oder ins Wasser geschlagenen Laken und das Reden und Lachen der *lavandere*, der Wäscherinnen; man hörte auch ihre Lieder und ihre Verwünschungen und ihr Gekreische, wenn einer ihnen zu nahe kam. Daß die Wäscherinnen von Passanten belästigt wurden, geschah in Zardino nicht gerade selten und führte immer wieder zu bäuerlichen Kriegen gegen die Nachbardörfer, mit Strafexpeditionen und Vergeltungsmaßnahmen auf der einen wie auf der anderen Seite, die sich jahrelang hinziehen konnten – aber es half alles nichts: Der Waschtrog, das heißt die Stelle, an der das Wasser der Crosa am tiefsten und klarsten war, lag nun einmal direkt neben der Straße nach Novara, zwischen dem Dorf und der Dreikönigsmühle. Hier zogen zu jeder Stunde des Tages und vor allem am Morgen die Bauern mit ihren Wagen und Karren, ihren Maultieren, Eseln und Pferden vorbei, um das Getreide in die Mühle zu bringen: Mais und Buchweizen, Weizen und Roggen, ja sogar einige Hülsenfrüchte wie die Kichererbsen, mußten zu Mehl zermahlen werden, damit man Nahrung für die Menschen und Futter für die Tiere daraus machen konnte: aber immer nur in kleinen Mengen, denn das Mehl hielt sich nicht, die Körner dagegen schon. Unter den Bauern waren auch solche aus den anderen Dörfern der Bassa, wo es entweder keine Mühle gab oder eine, die als zu teuer galt oder schlecht mahlte, und nicht jeder von ihnen konnte der Versuchung widerstehen, sich die Wäscherinnen aus der Nähe anzuschauen – mit dieser Gottesgabe, die sie zur Schau stellten, wenn sie sich übers Wasser beugten – oder sie riefen ihnen im Vorbeigehen eine bäuerliche Galanterie zu: eine feurige Anpreisung der eigenen Person. Den besonders Hartnäckigen erwiderten die Frauen, sie sollten ihre Angebote doch den eigenen Weibern machen, oder ihren Schwestern oder ihren Müttern, und nach ein paar Worten hin und her setzten die abgewiesenen Verehrer ihren Weg wieder fort. Doch wie bereits angedeutet, kam es auch zu ernsten Auseinandersetzungen, wenn der eine oder andere nicht nur ein Auge auf die Rundungen der Wäscherinnen warf, sondern auch noch die Hände darauf legte: Dann kamen die Ehemänner und die Verlobten aus dem Dorf herbeigerannt, und von den Worten ging man rasch zu Taten über. Es gab blaue Flecken, ja sogar Verwundete, der eine oder andere Hitzkopf fand Gelegenheit, sich im stets eisigen Wasser der Crosa abzukühlen, manches Messer wurde gezogen … Im übrigen gehörte das zum Leben der Bassa mit seinen hellen und dunklen Seiten. Und selbst wenn es bei einem solchen Streit einen Toten gegeben hätte, seine Verwandten hätten ihn begraben, und alles wäre erledigt gewesen; die Richter und die Häscher aus der Stadt hätten sich wegen einer solchen Lappalie bestimmt nicht nach Zardino bemüht. Jeder kümmerte sich um sich selbst und seine eigenen Dinge, in diesem siebzehnten Jahrhundert, und sich um alle zu kümmern war allein Sache des lieben Gottes; die Gerichte jener Zeit hatten schließlich anderes zu tun!

Was die Dreikönigsmühle betrifft, so soll, da wir sie nun schon einmal erwähnt haben, nur noch gesagt werden, daß sie ihren Namen nach einem von den Unbilden der Witterung fast ausgelöschten Bild an der Fassade, über der Eingangstür, trug, von dem bloß noch ein paar Spuren übrig waren, eben drei bärtige und gekrönte Köpfe, und daß sie eine der ältesten und bekanntesten Mühlen an diesem Ufer des Sesia war, von Borgo Vercelli bis hinauf nach Biandrate.

Der Markt wurde in Zardino auf dem Kirchplatz abgehalten, zweimal im Monat, am ersten und am dritten Montag. Es kamen die Händler aus Novara und aus den nahe gelegenen Ortschaften des Tessin-Tals, Trecate, Oleggio, Galliate, und stellten ihre Waren aus: Geschirr, Werkzeuge für die Landwirtschaft, Strohhürden und anderes Zubehör für die Seidenraupenzucht, Fallen für das Wild und Netze für die Fische, Schuhwerk und Stoffwaren. An solchen Tagen wurde die Osteria Zur Laterne zu einem äußerst belebten Ort, einem regelrechten Markt im Markt für jegliche Art von Gewerbe: vom *bacialè*, dem Heiratsvermittler, bis zum Zahnzieher, vom Bader, der sich zwischen einem Bart und dem nächsten auch um Gesundheits- und Herzensangelegenheiten kümmerte, bis zum Verkäufer von Murmeltierfett gegen das Gliederreißen und bis zum *pénat*: Der war geradezu ein Heros in diesen Gemeinden der Bassa, das von den Weiberleuten am meisten gehaßte und am meisten umschmeichelte Individuum. Über ihn kursierten die abenteuerlichsten Gerüchte, die ihm Laster und Ruchlosigkeiten unterstellten, neben denen das Andenken eines Herodes oder eines Judas Ischarioth oder eines Nero verblaßte. Aber wenn die Frauen ihm dann auf der Straße begegneten, glätteten sich alle Falten in ihrem Gesicht, und ihre Augen strahlten vor Glück. Er war es nämlich, der *pénat*, der ihnen die Gänsefedern abkaufte, freilich immer zum niedrigsten Preis, zu dem er sie ihnen abhandeln konnte, doch den zahlte er in bar: Und die Liebe und den Haß, die die Weiberleute für ihn empfanden, kann man nur begreifen, wenn man weiß, daß der Verkauf dieser Federn für die Frauen der Bassa die einzige Möglichkeit war, unabhängig von ihren Männern an Geld zu kommen; und daß die Frauen diese *berlinghe*, diese mailändischen Silbermünzen, die ihnen der *pénat* gab, nach altem Brauch mit niemandem teilen mußten, es war *ihr* Geld: der Beginn ihrer wirtschaftlichen Unabhängigkeit, der erste Schritt zur Frauenemanzipation in diesem Teil der Welt. Unter den Bauersfrauen kursierten, von der Mutter auf die Tochter vererbt, Legenden von einigen *pénat*, die steinreich geworden seien, indem sie den Polsterern in Novara, Vigevano oder sogar im fernen Mailand dieselben Federn, die sie, die armen Bäuerinnen, ihnen für ein paar Münzen hatten überlassen müssen, teuer weiterverkauft hätten. Paläste, Karossen, Diener, halbe und ganze Adelstitel samt den dazugehörigen Karrieren beim Militär und im Klerus: alles mit Hilfe der Gänsefedern – und damit von ihnen, den Bauersfrauen... Solche Dinge erzählte man sich für gewöhnlich im Winter, wenn man abends im Stall zusammenkam, um im Warmen zu sitzen und zu schwatzen; und es wurde auch, als großes Geheimnis, der Name einer Familie aus dem Novareser Neuadel geflüstert, die nach der Ankunft der Spanier hochgekommen war und ohne jeden Zweifel einem sehr alten Geschlecht von Wucherern und Federhändlern entstammte. Diese neuen Adeligen – raunte man in den Ställen – besäßen jetzt Titel und Paläste, und über den Toren dieser Paläste fänden sich in Stein gemeißelte Wappen, die ein Tier mit vier Beinen darstellten, das weiß der Himmel woher stammte. Aber wenn man den wahren Ursprung dieser Nobilität hätte aufzeigen wollen – sagten die Klatschbasen –, dann müßte auf diesen Wappen eine Gans zu sehen sein. Eine schöne, fest auf ihren Füßen stehende Gans: Das wäre das richtige Wappentier!

Wenn man Zardino ein bißchen von oben, über die Dächer und die Kamine hinweg, betrachten wollte, mußte man entweder auf den Kampanile der dem heiligen Rochus geweihten Kirche steigen oder aber auf einen der beiden Buckel, die der Sesia in Jahrhunderten aus dem Geröll seiner Hochwasser aufgehäuft hatte und die zu Beginn des siebzehnten Jahrhunderts bei den Leuten *dosso dei ceppi rossi* (Buckel der roten Stümpfe) beziehungsweise *dosso dell'albera* (Buckel des Baumes) hießen. Diese beiden niederen und langgestreckten Hügel sind seit undenklicher Zeit verschwunden, genauso wie das Dorf: Die Steine, aus denen sie bestanden, wurden später für den Bau der neuen Uferbefestigungen benutzt, und das Terrain ist eingeebnet worden, zuerst mit den Ochsen und dann mit den Baggern, um für die traditionellen Kulturen von Mais, Korn und Grünfutter Platz zu schaffen, oder auch für jene neue, aus Amerika importierte kanadische Pappel. Und so kann man heute sagen, daß von den Orten und der Landschaft, in denen ein großer Teil unserer Geschichte spielt, buchstäblich nichts mehr vorhanden ist, nicht einmal die Erinnerung! Die Ebene, die zu Antonias Zeiten leicht hügelig war und zum Teil brachlag, ist heute flach und durchgehend bebaut; lange Pappelreihen schneiden sich im rechten Winkel mit den Dämmen der Reisfelder, schaffen eine neue Landschaft, ganz anders als die aus Wäldern und Ödland, Sümpfen und Wiesen, die jahrhundertelang das Bild dieser Region bestimmt hatte. Auch der Lauf der sogenannten *fontanili*, das heißt der Quellwasser, einst gewunden und willkürlich – hier ein sprudelnder Bach, dort ein Teich –, ist jetzt wie mit dem Lineal und in vielen Fällen auch unter Zuhilfenahme von Beton neu gezogen. Alles ist ordentlich und geometrisch, und alles ist darauf ausgerichtet, den größtmöglichen Nutzen zu erbringen: eine Fabrik unter freiem Himmel für Getreideprodukte, Zellulose und Futtermittel – fast ohne Geschichte. Die beiden Buckel dagegen, die Zardino überragten, waren bereits zu Beginn des siebzehnten Jahrhunderts uralt: Jahrhunderte, vielleicht sogar Jahrtausende alt. Der *dosso dell'albera*, an dessen zum Dorf hin abfallendem Hang früher ein Weinberg gewesen sein mußte, denn die Wurzeln der alten Pflanzen trieben da und dort immer noch aus, hatte seinen Namen von einem hundertjährigen Baum – einer Edelkastanie –, so mächtig, daß zwei Männer nicht genügten, den Stamm zu umfassen, es mußten drei sein; an diesem Stamm war immer noch eine mit dem Messer eingekerbte Inschrift zu entziffern, in großen Lettern und mit verkehrt herum geschriebenem R, die alle Bewohner von Zardino und Umgebung lasen, selbst die, die nicht lesen konnten: ALBERA DEI RICORDI. Freilich ging es dabei nicht, so naheliegend die Vermutung auch erscheint, um *ricordi*, verstanden als Erinnerungen: Die richtige Bedeutung der Inschrift war eine Eigentumszuweisung des Baumes und seiner Früchte an eine Pachtbauernfamilie namens Ricordi, Zuwanderer aus dem Milanese oder vielleicht sogar aus dem Veneto, die inzwischen seit einem halben Jahrhundert schon wieder aus Zardino verschwunden waren, da sie dort keine Wurzeln hatten schlagen können; wer sich noch an sie erinnerte, sprach von ihnen als von anmaßenden und streitsüchtigen Leuten, die ohne jedes Recht versucht hatten, das Eigentum an einigen als Weideland dienenden Flächen an sich zu reißen, darunter eben auch am *dosso dell'albera*.

Der andere Buckel, der der roten Stümpfe, war dagegen nichts als ein Dornengestrüpp, ein Steinhaufen, bevölkert von absolut harmlosen Schlangen, denen die Volksphantasie jedoch die Fähigkeit zuschrieb, Laute von sich zu geben, zu sprechen, mit ihrem Blick die Menschen zu behexen und womöglich noch unwahrscheinlichere Wunderdinge zu vollbringen. Ja, man ging sogar so weit, sie sich als Drachen vorzustellen, mit Flügeln und Zakkenkämmen, aus deren Maul und Nüstern ganze Feuerwerke sprühten. Die Leute von Zardino hielten die *ceppi rossi* für verflucht, seit in einer gar nicht so fernen Vergangenheit der Blitz zwei Eichen, die den Gipfel zierten, gespalten und versengt und dabei auch ein Madonnenbild samt dem hölzernen Gehäuse zerstört hatte, das an den Stamm eines dieser Bäume genagelt gewesen war. Die von der Feuchtigkeit und den Witterungseinflüssen zernagten Stümpfe der beiden Eichen hatten sich im Lauf der Zeit mit einer Art rötlicher Flechte oder Schimmel überzogen, die im Schein der untergehenden Sonne in einem kräftigen Rot leuchtete; und diese Erscheinung, die man auch noch am anderen Sesia-Ufer sehen konnte, war schuld daran, daß sich der ursprüngliche Name *dosso della Madonna* innerhalb weniger Jahre in *ceppi rossi* geändert hatte. Weniger klar war dagegen, weshalb die Leute auch den *dosso dell'albera* für verflucht hielten. Seit einer Weile ging das Gerücht um, von dem Teresina Antonia erzählt hatte, daß sich nämlich die Hexen dort versammelten, um ihren Sabbat zu feiern und den Teufel anzubeten. Aber niemand hätte sagen können, wie es entstanden war. Hexen hatte es in Zardinos Vergangenheit nicht gegeben, zumindest nicht in der jüngeren Vergangenheit; und was den Buckel betraf, so konnten sich die Alten an eine Zeit erinnern, zu der der Kastanienbaum noch nicht den Ricordi gehört hatte und jeder, der wollte, hinaufsteigen konnte: nicht gerade bis in den höchsten Wipfel, aber doch bis zu einer beträchtlichen Höhe, dreißig Fuß oder auch darüber. Es gab so etwas wie eine Holzleiter, die am Stamm der Kastanie befestigt war, und von oben – erzählten die Alten – konnte man, wenn das Wetter schön und die Luft klar war, die Spitzen des Mailänder Doms in fünfunddreißig Meilen Entfernung sehen, und Moncalvo im Monferrato und die Wallfahrtsstätten im Biellese; man sah die Alpen vom Montblanc bis zum Gardasee und den Heiligen Berg von Varallo: Man sah die Welt! Dann waren die Ricordi mit ihren Eigentumsansprüchen gekommen: Sie hatten versucht, aus dem *dosso* einen Weinberg zu machen, und mit jedem Streit angefangen, der dem Kastanienbaum nahe kam; und später war dann das Gerücht von den Hexen aufgetaucht, obwohl man, wie gesagt, in Zardino nie eine gesehen hatte – und die Leute stiegen nicht mehr auf die Buckel ...

In Zardino war das Leben eintönig. Ganz besonders im Winter, wenn die Arbeit auf den Feldern fast völlig ruhte: Die Tiere lagen im Stroh und warteten auf den Frühling und die neue Sonne, und jede Art von Geselligkeit hatte sich von den Höfen in die Ställe verlagert. Dort trieben die Dorfbuben ihre Spiele weiter, die alten Männer dösten vor sich hin oder erzählten, wenn man sie darum bat, denen, die es hören wollten, Geschichten aus früheren Zeiten, und die Weiberleute setzten sich im Kreis zusammen, um zu nähen oder zu spinnen, wie sie behaupteten, in Wirklichkeit aber, um bis tief in die Nacht hinein zu schwatzen und zu schwatzen. Das war die »Küche«, in der die Gerüchte entstanden: das gleiche Gemisch aus Klatschereien, Intrigen, Verleumdungen und vielfältigen Dummheiten, das auch heute noch, am Vorabend des Jahres zweitausend, ein wesentliches und unverzichtbares Element im Leben der Dörfer in der Bassa bildet, sich aber nun, im Zuge des Fortschritts, mit den Nachrichten aus Zeitung und Fernsehen vermengen und im Vergleich zu früher auch auf andere Weise verbreiten kann: zum Beispiel per Telefon oder – Macht der Alphabetisierung! – durch anonyme Briefe. Zu Beginn des siebzehnten Jahrhunderts dagegen entsprangen die Gerüchte ganz den Obsessionen und der Mißgunst dessen, der sie in Umlauf setzte, und sie verbreiteten sich auf eine einzige Weise, nämlich von Mund zu Mund; aber das Endergebnis stand dem von heute in nichts nach, denn diese Gerüchte liefen mit größter Geschwindigkeit von einem Stall zum anderen und vermischten sich dabei mit dem Klatsch und Tratsch aus anderen Ställen, anderen Dörfern, anderen Wintern: Sie bildeten ein unentwirrbares Geflecht aus Lügen und Halbwahrheiten, einen verbalen Taumel aller gegen alle, der zuletzt immer über die Realität triumphierte, indem er sie verzerrte, unterdrückte, unvorhersehbare Entwicklungen auslöste, bis er schließlich selbst zur Realität wurde.

Mit der schönen Jahreszeit hörten die Gerüchte zwar nicht auf und richteten weiterhin ihren Schaden an, aber die Aufmerksamkeit der Leute verlagerte sich auf etwas anderes, nämlich auf die »Hof-« und auf die »Wasser-Streite«: zwei Komplexe, die Jahrhunderte hindurch die ansonsten eher stumpfen Gemüter der Bassa-Bewohner zum Kochen brachten und in Novara einer mehr als stattlichen Kolonie von Rechtsverdrehern, Winkeladvokaten, Bevollmächtigten, Notaren, amtlichen Taxatoren, Schreibern und was sonst noch an Prozeßpersonal notwendig war, ihr Leben in der Stadt sicherten; eine Kolonie, die nur zahlenmäßig jener noch stattlicheren von Priestern und geistlichen Personen im allgemeinen nachstand. Und an dieser Stelle der Geschichte sei mir gestattet, für einen Augenblick die Feder aus der Hand zu legen und zu verweilen, um neuen Atem zu schöpfen: Denn hier türmt sich erzählerisches Urgestein auf, und die Aufgabe des Schriftstellers wird schwierig. Es bräuchte einen ganz großen Dichter, einen Homer, einen Shakespeare, um in würdiger und angemessener Weise diese Hof-Streite in der Bassa zu besingen, die fast immer wegen einer Kleinigkeit ausbrachen – einem aufgehängten Wäschestück, einem toten Huhn, einem von einem Hund gebissenen Kind – und sich dann durch die Jahrhunderte fortsetzten und soviel Haß zwischen den streitenden Parteien anhäuften, daß er, auch wenn es keine hingemetzelten Tragödienhelden dabei gab, ausgereicht hätte, um die wildesten Massaker der Geschichte zu erklären. Und tatsächlich: Hier, bei den Hof-Streiten, nimmt der menschliche Haß geradezu raffinierte Formen an und steigert sich derart, daß er unüberwindliche Höhen erreicht, zu etwas Absolutem wird. Es ist der Haß schlechthin: abstrakt, körperlos, zweckfrei; der Haß, der die Welt bewegt und alles überdauert. Die menschliche Liebe, von den Dichtern so oft besungen, ist im Vergleich zum Haß fast inexistent: ein Goldkörnchen im großen Fluß des Lebens, eine Perle im Meer des Nichts – und das ist alles.

Auch die Wasser-Streite konnten, obwohl sie, jenseits aller ideellen Elemente, bloßen Profitgründen entsprangen, eine dunkle, negative Größe erreichen – und erreichten sie häufig auch. Außerdem spielten hier Aspekte sozialer Art, von Klassenkampf und ähnlichen Dingen, die Geschichte gemacht haben, mit hinein, denn alles, was angebaut wurde, insbesondere der Reis, war auf das in diesem Teil des Unterlands besonders reichhaltige Vorkommen von Fluß- und Quellwasser angewiesen: Daraus folgt, daß die eigentlichen Herren der Bassa nicht die Eigentümer des damals noch in viele kleine und kleinste Besitzungen unterteilten Bodens waren, sondern die Besitzer des Wassers, das heißt des riesigen und fast unübersehbar verästelten Netzes von Quellwassern und Gerinnen, Kanälen und Kanälchen, Verzweigungs- und Abflußgräben und so weiter, die für die Wirtschaft dieses Gebietes das waren und sind, was der Blutkreislauf für den menschlichen Körper ist. Wenige Padroni, aber sehr mächtige: die bischöfliche Kurie, die Großgrundbesitzer aus dem Novarese und der Lombardei, die Dombauhütte, die Dominikaner, die Jesuiten, das Hospital nebst der Milden Stiftung ... Gegen sie alle kämpfte man in der Bassa zu zweierlei Zeiten und auf zweierlei Weisen. In erster Linie am Tag: Die in den jeweiligen Genossenschaften zusammengeschlossenen Bauern wandten sich an das Tribunal von Novara, um sich das für die Landwirtschaft notwendige Wasser zu einem gerechten Preis zu erstreiten. Und des Nachts behalfen sie sich dann auf ihre Weise, indem sie widerrechtlich Gräben zogen oder Schleusen öffneten, wobei sie nicht selten die Reisfelder der Nachbarn trockenlegten oder andere Heldenstückchen vollbrachten, die aufzuzählen jetzt zu weit führte. Und so sprossen aus dem ursprünglichen Stamm eines Wasser-Streits Dutzende anderer Streite empor wie die Zweige einer gestutzten Weide: Streit des Wasserbesitzers gegen den einzelnen Bauern, des Bauern gegen seine Genossenschaft, der Bauern untereinander und gegen Unbekannt, der Genossenschaft gegen andere Genossenschaften oder gegen einzelne Bauern; und das führte dazu, daß die Schleusen der Kanäle und Gerinne oft bewacht wurden (so wie heute die Postämter und Bank- und Sparkassenschalter) – von bis an die Zähne bewaffneten Strolchen, die im Sold der Wasserbesitzer standen und die Diebe durch ihre Anwesenheit abschrecken oder aber bestrafen sollten, wenn die Abschreckung nicht die erhoffte Wirkung zeitigte; und daß es – angesichts der Voraussetzungen ist die Schlußfolgerung unvermeidlich – dabei immer wieder einen Toten gab.

8. Kapitel

DIE MENSCHEN DER REISFELDER

Es wurde warm, der Frühling brach aus: jener zweite Frühling mit den Mohnblumen, die die Felder und Wiesen, so weit das Auge reichte, rot erglühen ließen, und dem zarten Grün der Reispflanzen, das die Wasserspiegel mit einem Schleier überzog, undurchsichtig machte und diesen Teil der Ebene in ein riesiges, sonnendurchglühtes Grasland verwandelte. Nachts war der Lärm der Frösche so laut, daß er einen geradezu betäubte: Wenn man ihn eine Weile gehört hatte, vernahm man ihn gar nicht mehr. Obwohl Antonia inzwischen Gelegenheit gefunden hatte, das Dorf Zardino und all seine Bewohner kennenzulernen und sich ihrerseits von ihnen kennenlernen zu lassen, empfand sie für diese neue Umgebung, in die sie verpflanzt worden war, immer noch widersprüchliche Gefühle, solche der Anziehung, aber auch solche der Angst. Die Männer ängstigten sie: Anstatt zu reden, pflegten sie zu schreien, sie stießen die Laute aus der Kehle, ohne sie dann mit der Zunge artikulieren zu können; sie verstanden sich nur untereinander, doch mit welcher Mühe! Oder die Frauen: Wenn sie Antonia auf der Straße trafen, blieben sie stehen, bis sie vorbei war, und machten irgendwelche Gesten, irgendwelche Zeichen, von denen nur sie wußten, was sie bedeuten sollten … Einige dieser Gevatterinnen waren abgrundhäßlich, so mager und ganz in Schwarz, daß sie wie der Sensenmann aussahen, den man auf den Friedhöfen gemalt sieht; andere dagegen waren so dick und so auseinandergegangen, daß sie fast keine Formen mehr hatten, verblüht in Schwangerschaften und harter Arbeit, wie jene Consolata Barbero, die auf dem Hof der Nidasios wohnte und für das Findelkind am Tag seiner Ankunft die Schmalzküchlein gebacken hatte. Consolata war eine alterslose Masse Fleisch mit einem im Verhältnis zum Körper zu kleinen Gesicht und mit zwei kleinen Händen, die halb in die Luft standen, an der Stelle, wo sich ungefähr die Hüften befinden mußten. Doch auch die Signora Francesca, die weder Kinder geboren noch sich je allzusehr hatte abrackern müssen, verfügte nach Aussage ihres Mannes Bartolo über drei Dinge, die zu groß waren: der »Vorbau«, das heißt der Busen, das »Hintergestell« und schließlich das »Herz«, letzteres allerdings nicht als Muskelmasse und eigentliches Organ verstanden, sondern als Sitz von Zuneigung und Großmut.

Es gab eine ganz andere Art von Menschen in Zardino als die, die Antonia in der Stadt kennengelernt hatte. Arbeitsmaschinen. In erster Linie die *risaroli*: Sie kamen im Mai und zogen im September wieder ab und schliefen auf der anderen Seite des Dreschplatzes, auf dem *càssero*, dem Plankenboden, und einem bißchen Stroh. Im Unterschied zu den anderen, über die man auf den Dorfplätzen feilschte, unterstanden die von Bartolo Nidasio keinem Kapo: Es waren Bergbauern aus den Tälern oberhalb von Varallo, die jedes Jahr freiwillig in die Ebene herunterkamen, um »in den Reis zu gehen« und dabei so viel Mailänder Geld zu verdienen, daß sie dann, begraben unter dem Schnee ihrer Berge, den Winter durchstehen konnten, ohne Hunger zu leiden. Anfangs beäugte das Mädchen sie und wartete auf eine Gelegenheit, mit ihnen ins Gespräch zu kommen und Freundschaft zu schließen, aber die *risaroli* redeten mit niemandem und hatten nichts zu sagen, weder ihr noch anderen. Sie arbeiteten vom Morgengrauen bis in die Nacht, in langen Reihen, so weit nach vorn gebeugt, daß sie gerade noch das Gleichgewicht halten konnten, und bis zu den Knien im Wasser: Sie bewegten sich langsam vorwärts, während sie unter der Sonne, die auf sie herunterbrannte, die Reispflanzen versetzten und das Unkraut ausrissen. Sie sangen – so seltsam das scheinen mag und tatsächlich auch ist. Sie sangen nicht aus Freude, sondern um sich die Mühsal zu erleichtern, um sich durch den Klang der eigenen Stimme abzulenken, um sich noch am Leben zu fühlen. Wie bereits gesagt, es waren alles Bergbauern, und viele ihrer Lieder entsprachen, mit winzigen Variationen, den *canzoni della montagna* oder *degli alpini*, wie man sie heute noch in Italien kennt und immer noch singt; die Worte verändern sich von einem Jahrhundert zum anderen, aber die Melodien sind uralt, gleichsam ewig wie die rhythmischen und stimmlichen Grundelemente, auf denen sie basieren: der Schritt des Bergbauern, der zur Hütte hinaufsteigt, sein Ruf von einem Tal zum anderen, das Rauschen des Wildbachs, das Geläut der weidenden Kühe. Andere Lieder wiederum, in denen die Berge keine Rolle spielten, erzählten von einer Schwalbe, die weggeflogen war und nicht wiederkehrte, von einem Mond, der in der Tiefe eines Ziehbrunnens ertrank, von einem erneuerten und dann doch gebrochenen Schwur, von *cuore* und *amore*, von Herz, Liebe und Schmerz. Auch diese Lieder waren nicht viel anders als manche Schlager von heute – und sie waren fast alle traurig. Antonia sah die *risaroli* einmal am Tag, wenn sie ihnen, zusammen mit ihrer neuen Freundin Teresina und den anderen beiden Barbero-Töchtern, das Essen brachte: Die Signora Francesca und Consolata luden die Speisen auf den »Wäschekarren« – der so hieß, weil er zu anderen Zeiten dazu diente, die Wäsche zum Waschtrog zu bringen –, und dann zogen sie zu viert beim Angelus-Läuten zum Dorf hinaus. Sobald er sie kommen sah, blies Bartolo ins Horn: Daraufhin richteten sich die *risaroli* auf, langsam und nicht ohne Mühe, denn nach so vielen Stunden Arbeit fiel es den Gelenken schwer, wieder in ihre normale Position zurückzukehren. Taumelnd, benommen von der Anstrengung und von der Sonne betäubt, kletterten die Männer die Böschung hinauf, und sobald sie im Trockenen waren, setzten sie sich hin, den Rücken an eine Weide gelehnt, oder sie ließen sich, wo sie gerade waren, auf den Boden fallen, um mit aufgerissenen Augen in den Himmel zu starren. Wenn sie redeten – und das passierte nur, wenn es sich wirklich nicht vermeiden ließ –, wechselten sie ein paar Worte in ihrem kehligen Dialekt, den die Mädchen nicht verstanden; für gewöhnlich jedoch sagten sie nichts. Sie nahmen das Brot aus Antonias Händen, und manchmal hoben sie nicht einmal den Blick, um zu sehen, wer es ihnen reichte; manchmal aber schauten sie sie auch in einer Weise an, die das Mädchen noch mehr beeindruckte als ihre bärtigen Gesichter, ihre spärlichen gelben Zähne, ihre Narben: Sie schauten sie an, wie man ins Leere schaut – ohne sie zu sehen. Sie stürzten sich auf das Brot.

Eine andere Arbeitsmaschine, mit der Antonia alle Tage zusammentraf, war Giuseppe Barbero, der Landarbeiter der Nidasios und Gatte der bereits erwähnten Consolata, ein Mann, vor dem alle Mädchen in Zardino Angst hatten, angefangen bei seinen eigenen Töchtern, die ihrer neuen Kameradin auch gleich eingeschärft hatten, um Himmels willen nie mit Giuseppe allein zu bleiben! Sie solle weglaufen, sobald sie ihn sehe, und wenn er rufe, solle sie noch schneller laufen! »Vielleicht tut er dir auch gar nichts, aber wer weiß! Es ist besser, man läßt es gar nicht erst darauf ankommen!« Giuseppe Barbero war von eher kleiner Statur, fast kahlköpfig, mit viel zu langen Armen und (Folge einer Zahnfleischentzündung) einem zahnlosen Mund, weshalb er mehr brabbelte als redete. Seine Zahnlosigkeit hinderte ihn jedoch nicht daran, weiterhin das zu sein, was er nach Aussage seiner Dorfgenossen seit jeher gewesen war, nämlich ein unersättlicher Vertilger von allem Eßbaren sowie ein Trinker mit riesigem Fassungsvermögen, einer der größten, die man je in der Bassa gesehen hatte: Und das ist, wie man weiß, ein ebenso wasserreiches wie weindurstiges Land. Wenn man ihn auf der Straße gehen sah, den Unterkiefer ständig in Bewegung, als wolle er damit die Luft kauen, den Blick ins Leere gerichtet und mit den Händen, die ihm bis zu den Knien reichten, kam er einem wie ein Geschöpf ohne Verstand vor, wie ein großer Affe; aber wer ihn genauer kannte, versicherte, daß Giuseppe Barbero schlau sei – und das nicht zu knapp! Er war ein *balòs*: ein Schlaukopf voller Bosheit. Wie viele Kinder er hatte, wußte niemand, denn nur ein Teil davon war ihm von der Ehefrau geboren worden, ein anderer von den beiden älteren Töchtern Liduina und Giulia, die inzwischen jedoch schon seit geraumer Zeit wer weiß wohin verschwunden waren und nichts mehr von sich hören ließen. Ein großer Arbeiter, ein großer Esser, ein großer Trinker, wie gesagt, und dann natürlich auch ein gewaltiger Gockel und Hennensteiger: Seit über dreißig Jahren pflegte Giuseppe Barbero sich einmal in der Woche zu betrinken und versuchte dann in der Nacht vom Samstag auf den Sonntag den ganzen häuslichen Hühnerhof unter sich zu kriegen, der zur Zeit unserer Geschichte aus der Ehefrau Consolata und drei noch kleinen Töchtern bestand: der dreizehnjährigen Teresina, der zehnjährigen Luisa und der achtjährigen Anna Chiara. Auf der anderen Hofseite hörte man alle acht Tage einen Höllenlärm: Die kleinen Mädchen kamen weinend zum Haus der Nidasios gerannt und baten, die Nacht da verbringen zu dürfen, weil »der Papa wieder böse geworden« sei. Die Signora Francesca brachte sie in Antonias Zimmer, wo zwei Betten standen – je eins für zwei Kinder; und dann wurde allmählich alles wieder ruhig. So etwas passierte auch in vielen anderen Häusern von Zardino und den umliegenden Dörfern. Überall auf dem Land war, zu Beginn des siebzehnten Jahrhunderts, die Samstagnacht eine verfluchte Nacht, in der Dinge passierten, von denen derjenige, der sie angestellt hatte, hinterher wünschte, er könnte sie ungeschehen machen – und in der nächsten Woche tat er dann pünktlich doch wieder das gleiche, denn es gab keine Alternativen: Die Feldarbeit war hart, sehr hart sogar, Unterhaltungsmöglichkeiten fehlten, das Fernsehen mußte erst noch erfunden werden... Von den Söhnen der Barbero lebte nur der sechsjährige Irnerio bei den Eltern. Zwei größere Jungen, Pietro Paolo und Eusebio, arbeiteten als Knechte in der Abtei, wo sie auch wohnten. Ein anderer Sohn namens Gasparo stand als Stallbursche bei einem Adeligen namens Tornielli in Novara im Dienst. Und hier müssen wir abbrechen, weil Antonia nur die kannte und weil nie jemand ein vollständiges Verzeichnis der männlichen und weiblichen Kinder von Giuseppe und Consolata Barbero angelegt hatte: Es wäre lang geworden! Consolata selbst verlor, wenn sie anfing, ihre Kinder aufzuzählen, den Überblick. Sie behalf sich mit den Fingern. »Der da ist am Leben«, sagte sie, »der da ist gestorben. Der da ist achtundachtzig weggegangen und Fuhrmann geworden. Den da hat meine Giulia auf die Welt gebracht, im Jahr der Sonnenfinsternis – welches Jahr war das noch? Der da lebt in Ghemme und ist Mesner. Der da ist von daheim weggelaufen, als ihn sein Vater das letztemal verprügelt hatte, und er hat nichts mehr von sich hören lassen: Vielleicht ist er tot.« Sie wischte sich die Augen. Die Finger an den Händen waren schnell verbraucht, und dann resignierte sie: »So ist es eben! So muß es sein, Madonna! Die Kinder fliegen aus, ziehen in die Welt: Sie leben, sterben, nur der liebe Gott kann wissen, wo sie sind!« Ihren Mann nahm sie bei jeder Gelegenheit in Schutz. »Mein Giuseppe ist ein braver Mann!« beteuerte sie. »Es stimmt nicht, daß er lasterhaft ist. Er ist ein großer Arbeiter! Er schuftet von morgens bis abends wie ein Tier, und nur wenn er betrunken ist, will er sich auch an die Töchter heranmachen. Wäre er wirklich lasterhaft, würde er es immer probieren!« Sie schob alles auf Zardino, auf die Bassa. »In diesen Dörfern«, murmelte sie vor sich hin, »ist das einzige Vergnügen, Kinder zu machen! Was anderes gibt es nicht!«

Wenn keiner es sah, schlich sich Antonia gegen Abend über den Hof der Nidasios, hinter dem Misthaufen vorbei, und suchte nach Biagio, um ihm das Sprechen beizubringen. Biagio (dessen Name in den Prozeßakten immer von dem Adjektiv *stulidus* begleitet wird: »*stulidus Blasius*«, das heißt »Biagio der Blöde«) war ein zwölf- oder dreizehnjähriger Junge, Neffe und Knecht jener Zwillingsschwestern Borghesini – Agostina und Vincenza –, von denen wir bereits Gelegenheit hatten zu berichten, daß sie Nachbarinnen der Nidasios waren und mit ihnen im Streit lagen. Diese Schwestern Borghesini waren beide unverheiratet; sie besaßen einen schönen Weinberg, einen schönen Obstgarten, und sie waren auch die Besitzerinnen von Biagio, den sie als kleines Kind von einem in Padua lebenden Bruder geschenkt bekommen hatten. Diesem Bruder war aufgefallen, daß bei dem Jungen irgend etwas nicht stimmte, und er hatte daher beschlossen, ihn aufs Land zu den Schwestern zu bringen, unter dem Vorwand, daß er ihnen später eine Hilfe sein könnte – wie in Antonias Prozeßakten zu lesen steht: »Zu dem Behufe, daß er ihnen im *hortus* zur Hand gehe und für sie die schweren Arbeiten verrichte, so sie als Weiber nicht allein verrichten können.« Nirgendwo wird es ausdrücklich gesagt, aber es versteht sich fast von selbst, daß der Junge des Bruders eigener Sohn war, vielleicht sogar ein legitimer Sohn. Ob es nun an der guten Landluft lag oder an seiner natürlichen Konstitution, jedenfalls wuchs der arme Biagio im Verlauf weniger Jahre zu einem großen und kräftigen Jungen heran. Aber sein Verstand wuchs nicht in gleichem Maße wie der Körper, ja bei genauem Hinsehen wuchs er überhaupt nicht. Doch dafür war Biagio sehr sanft und folgsam: Er tat alles, was man ihn zu tun hieß; und wie ein Prozeßzeuge aussagte, sah man ihn nicht selten einen Karren ziehen oder mit einem Balken auf den Schultern vom

Weinberg heimkommen, während eine der beiden Schwestern hinter ihm dreinging, auf ihn einschrie und einschlug, wie man es mit einem Tier tut, ohne daß er je Anstalten gemacht hätte, sich aufzulehnen. Groß und stark, wie er war, ließ er sich doch von den Zwillingsschwestern und überhaupt von jedermann schlagen: Deshalb nannten ihn alle »den Blöden«! Nur Antonia lachte nicht über Biagio, vielmehr ging sie zu ihm, wenn die Schwestern sie nicht sehen konnten; sie faßte ihn bei der Hand und lehrte ihn die Namen der Dinge. Sie sagte zu ihm: »Das Haus. Der Baum. Die Sonne«, und zeigte dabei auf das Genannte. (Der Baum war der Feigenbaum hinten im Hof der Nidasios.) Biagio schaute auf Antonias Finger; er schien verwundert. Er wiederholte stammelnd: »Da-as Ha-us. De-er Ba-um. Die S-s-son-ne« (er hatte sich beim Hinfallen einmal einen Vorderzahn ausgebrochen und lispelte deshalb). Manchmal zog ihn Antonia auch in den Stall oder hinters Haus, um ihm etwas zum Essen zu geben, das sie eigens für ihn aufgehoben hatte; aber sie machte das mit größter Vorsicht, denn wenn die Zwillingsschwestern dahinterkämen, würden sie – wie es in der Vergangenheit schon vorgekommen war – die Nidasios bei den Dorfräten von Zardino verklagen: daß sie ihnen den Neffen rauben wollten; daß sie dem Neffen feine Speisen gegeben hätten, um ihn in ihr Haus zu locken. Antonia strich ihm über die Wangen und sagte: »Du Ärmster. Du mußt Geduld haben! Früher oder später werden sie krepieren, die beiden alten Weiber!«

Wie in San Michele sonderte sich Antonia auch in Zardino immer wieder einmal ab oder zog auf eigene Faust los. Auf diese Weise freundete sie sich mit dem Feldhüter Maffiolo an, den die Dorfkinder *il Fuente* nannten. Wenn er durch die Gassen von Zardino ging, kerzengerade, wie es nur die alten Militärs können, und so groß, daß er, wenn er am Wirtshaus vorbeiging, sich bücken mußte, um nicht an das Schild zu stoßen, schrien ihm die Gassenbuben nach: » *Viva 'l Fuente! Viva 'l*

Fuente!« (Das heißt: Es lebe der Graf Fuentes, Gouverneur des Staates Mailand, denn sie taten aus Jux so, als ob sie Maffiolo für diesen hielten.) Kam er dagegen auf seiner Mauleselin angeritten, die Füße fast auf dem Boden schleifend, dann schrien die Lausbuben: »*Viva 'l Fuente e la mujé!*« (Es lebe der Gouverneur und seine Gemahlin!); und sie zogen die Eselin am Schwanz oder hängten sich regelrecht daran, um sich mitziehen zu lassen. Für Antonia dagegen wurde der alte Soldat bald zum *nonno Pietro*, zum Großvater Pietro: ein Freund, der über ihre Spiele wachte und ihr erzählte, wie die Welt beschaffen sei. Es geschah zuweilen, daß man sie nebeneinander gehen sah, sie, die ihn an der Hand hielt und mit offenem Mund zu ihm emporschaute und ihm zuhörte, und er, der ihr von den Kriegen erzählte, in denen er gekämpft, von den fernen Ländern, die er besucht, von den Großen der Welt, die er aus der Nähe gesehen und mit denen er geredet hatte ...

Von »Don« Pietro Maffiolo, zur Zeit unserer Geschichte Feldhüter von Zardino und zudem Adoptiv-Opa der kleinen Antonia, wußte man nur, daß er über dreißig Jahre lang als Soldat im Dienst des Königs von Spanien gestanden und an verschiedenen Fronten gekämpft hatte; und daß er, als er sich danach in die Bassa als Feldhüter zurückzog, sein vorheriges Leben um den Arm gebunden mit sich trug, wie es damals bei den Soldaten üblich war, eingeschlossen in ein Blechfutteral, das seine drei Patente barg: das des Elitesoldaten, das des Feldwebels und das des Fahnenträgers, dazu eine nicht näher bestimmte Anzahl von Belobigungen und Zeugnissen über seine Verdienste sowie den Abschied »mit Ehre«, persönlich unterzeichnet von Seiner Exzellenz Don Pedro Alvarez de Zuñiga, Generalhauptmann des Siebenundzwanzigsten Regiments, stationiert in Flandern. Maffiolos Haar war schon damals ganz grau gewesen: Aber das hatte nicht genügt, um das Liebesdrängen der Gevatterinnen von Zardino und Umgebung zu bremsen, für die die Ankunft eines Junggesellen im Dorf – noch dazu eines so vornehmen, so welterfahrenen Junggesellen – nicht gerade etwas Alltägliches war. Wie in vielen anderen Gebieten der Po-Ebene gab es zu Anfang des siebzehnten Jahrhunderts auch im unteren Sesia-Tal einen großen Frauenüberschuß, Witwen und Ledige. Und mehr als eine hatte sich nach Maffiolos Ankunft im Dorf in den Kopf gesetzt, dieser Mann sei eigens vom Schicksal gesandt worden, um sie zu ehelichen: Unter diesen zum Beispiel die Witwe Ligrina von der Mühle in Morta (einem Weiler, der diesen Namen wegen eines Wasserlaufs trug, der dort versickerte, »starb«); dann die Giovanna Cerruti, deren Mann im Oktober sechsundachtzig von den Briganten ermordet worden war und die keinen anderen mehr hatte auftreiben können; und schließlich auch die Zwillingsschwestern Borghesini, die zwar klein und häßlich waren, aber, wie bereits erwähnt, etwas Land besaßen, und sie hatten auch verbreiten lassen, daß wer eine von ihnen nähme, sich so stehe, als ob er beide genommen hätte ... All diese Frauen und noch andere pflegten Maffiolo die erste Zeit, die er in Zardino war, laut und ostentativ zu grüßen. »Guten Tag, Signor Pietro!« sagten sie. Und sie luden ihn in den Garten ein, um sich auszuruhen, oder ins Haus, um ein Gläschen Wein zu trinken, fragten ihn: »Wie kann ein Mann nur so allein leben? Fühlt Ihr denn nicht den Wunsch, jemanden zu haben, der für Euch sorgt?« Er antwortete ihnen halb auf italienisch, halb auf spanisch, verneigte sich tief, wobei er die rechte Hand auf die Brust legte, dankte für den Wein und ... ging seiner Wege! Unnütz, die Wut der enttäuschten Verehrerinnen zu beschreiben. Und wie so oft in solchen Fällen verwandelte sich danach ihre selbstlose und aufrichtige Liebe in Haß: Und der Haß der Gevatterinnen in der Bassa produziert »Gerüchte«! Im Fall des Feldhüters Maffiolo waren diese Gerüchte ganz besonders hartnäckig und giftig, und sie erklärten seine Abneigung gegen die Frauen damit, daß sie ihm eine – wie soll man sagen? – ein wenig eigenartige Beziehung zu seiner Eselin unterstellten. Seit vielen Wintern flüsterte man in den Ställen von Zardino, daß er seiner Mauleselin alle Tage die Hufe mit Boretschwasser wasche; daß er sie mit Mangold, Rettichen und anderen Gemüsen je nach Jahreszeit füttere, die man in den Gärten für die Menschen anbaue; daß er sie in den Frostnächten gegen die Kälte schütze, indem er sie in eine wollene Steppdecke hülle. Kurz, daß er sie in jeder Hinsicht halte und behandle wie eine Gattin. Und was mit dem Wort »Gattin« gemeint war, braucht wohl nicht näher erklärt zu werden ...

Mit Antonia unterhielt sich der Feldhüter gern, wenn er sich dieser Schwäche auch ein bißchen schämte; er sagte sich: »Mit einem kleinen Mädchen zu schwatzen! Ich muß kindisch geworden sein! Das ist das Alter!« Aber dann, wenn er sie wieder vor sich sah, nahm er sie bei der Hand wie immer, fragte, wo sie hingehe, und begleitete sie. Er erzählte ihr von der Welt jenseits der Berge, von den Ländern, die er als Soldat gesehen hatte: von Deutschland, von Flandern, sogar vom fernen Polen, wo im Winter die Nächte unendlich lang seien, viel, viel länger als bei uns, und sich die Bären und Wölfe auf der Straße begegneten. Vor allem aber erzählte er ihr von Spanien. »Spanien«, sagte er, und das kleine Mädchen sperrte beim Zuhören Mund und Augen auf, »Spanien ist das größte Land, das es auf der Welt gibt! Dort treffen die äußersten Gegensätze aufeinander, von allem und jedem: Dort gibt es Städte, die sind so groß und so prächtig, daß man sie mit Worten gar nicht beschreiben kann, und dann gibt es wieder Orte, wo die Menschen immer noch in Höhlen hausen wie in grauer Vorzeit, als der Mensch nur ein Tier unter vielen war, die die Erde bevölkerten. Von dort kommen die größten Heiligen und die größten Übeltäter, die größten Reichen und die größten Armen, die Größten in allem! Dort vergeht kein Tag, ohne daß ein Wunder geschieht!« In Santiago de Compostela, vor dem *Portico de la Gloria* – erzählte der Feldhüter –, bekämen die Blinden ihr Augenlicht wieder, die Krüppel richteten sich auf, die Lahmen gingen und die Stummen redeten; aber in den Straßen von Toledo und Madrid gebe es Leute, die einem den Reisesack vom Rücken stehlen könnten, ohne einen auch nur mit dem Finger zu berühren: Und auch das sei, wenn man es recht bedenke, ein Wunder! Vor jeder Kirche drängten sich Scharen von Bettlern, so schmutzig und stinkend, daß man sich ihnen kaum nähern könne; und mitten unter ihnen, von allen verlassen, die heruntergekommenen Adeligen: Grafen, Herzöge, die so bereits auf dieser Erde für ihre Sünden büßten: die Spielschulden, die französische Krankheit, Ausschweifungen und Verbrechen. »Aber unter den Großen Spaniens«, fuhr der Feldhüter nach einer kurzen Pause fort, »und das heißt unter den Großen dieser Welt, gibt es Menschen, die kommen aus dem Volk wie wir: Denen ist es aus eigener Kraft – verstehst du mich, Antonia? – aus eigener Kraft, indem sie in Amerika zu Reichtum gekommen sind oder ihre Gaben hier in Europa eingesetzt haben, gelungen, das Schicksal umzukehren und die althergebrachten Hierarchien auf den Kopf zu stellen: von nichts zu allem! Ein neuer Adel!« Er blieb stehen und beschrieb mit dem Arm einen Kreis. »So ist Spanien!« rief er. Und wo immer er sich in einem solchen Moment befinden mochte, diese Geste stand in einem seltsamen Kontrast zu den kleinen Steinmauern, zu den Hecken, zu den allzu engen Horizonten Zardinos. »So ist Spanien«, wiederholte er etwas leiser. »Der größte Traum, den der Mensch jemals geträumt hat! Das Paradies und die Hölle auf Erden: miteinander vermischt, für uns, die wir am Leben sind!«

9. Kapitel

DER TIGER

Im Frühling des Jahrs des Herrn 1601 wallfahrteten Tausende aus dem unteren Sesia-Tal, darunter auch Antonia, nach Biandrate, um den einbalsamierten Tiger und die anderen wunderbaren und schrecklichen Tiere zu sehen, welche die hochwürdigen Missionspatres der Gesellschaft Jesu landauf, landab, in Dorf und Stadt ausstellten, im Staate Mailand und in ganz Europa: um neue Berufungen zu erwecken, indem man dem Christenvolk die Fortschritte vor Augen führte, die der wahre Glaube in den fernen und unerforschten Ländern erzielte, und um Gaben jeder Art zu sammeln, an barem Geld, aber auch an Säcken mit Reis, Weizen, Roggen; an lebendigen Schweinen, Ziegen und Kapaunen, die die Bauern aus den entlegensten Dörfern der Bassa mit sich schleiften; an Käselaiben und Gänsesalami. Biandrate ist ein Marktflecken am Sesia-Ufer, ein wenig nördlich von Zardino, und um zu Fuß dorthin zu gelangen, mußten unsere Pilger schon vor Sonnenaufgang vom Hof der Nidasios aufbrechen. Sie waren zu siebt: die Signora Francesca mit Antonia, Consolata Barbero mit ihren Töchtern und dem kleinen Irnerio. Der Hund Nero folgte ihnen, wie er es immer tat, ein kurzes Stück vors Dorf hinaus und machte dann kehrt. Um die Missionen zu unterstützen, aber auch um sich selbst unterwegs zu stärken, trug jede der beiden Frauen einen Korb voll der herrlichsten Dinge mit sich: harte Eier, in Fett eingelegte Wurst, Gänseschmalz, Pflaumenmarmelade. Die Kinder gingen Hand in Hand: Luisa mit

Irnerio, Antonia mit Anna Chiara. Nur Teresina, die die älteste war und sich schon erwachsen fühlte, eine richtige Frau!, schritt allein hinter der Gruppe her. Sie folgten auf ihrem Weg dem Schimmer der Straße zwischen den Hecken der Gärten und den Saatfeldern, und als sie an dem *dosso* vorbeikamen, auf dem schwarz und riesig der Ricordi-Baum rauschte, lief es Antonia kalt den Rücken hinunter, es benahm ihr den Atem; sie drückte Anna Chiaras Hand so fest, daß das Mädchen jammerte: »Du tust mir weh!«

Dann wurde es allmählich hell: rechts, in Richtung Novara. An einem verschwommenen, nebligen Horizont tauchte die Sonne auf: eine rote, leicht verschleierte Scheibe, die sich, je höher sie stieg, in immer leuchtenderem Licht entzündete, sich im Wasser der Tümpel und Gräben und an den Wolkensäumen widerspiegelte und die Frauen, als sie aus dem Wald herauskamen, veranlaßte, sich das Kopftuch in die Stirn zu ziehen, und die Kinder, sich schützend die Hand über die Augen zu legen. Antonia hatte noch nie die Sonne aufgehen sehen, und solange sie lebte, erinnerte sie sich an diesen Morgen; sie sollte sich sogar noch daran erinnern, als sie in Novara im Zünfte-Turm gefangensaß und durch die Schießscharten im ersten Morgenlicht unter sich das Rot der Dächer und die Nebel der Ebene erblickte – und den Monte Rosa, der aus diesen Nebeln aufstieg, unerreichbar, wie ihr Traum von Rettung ... »Ach«, sollte sie in jenen letzten Tagen denken, »könnte ich doch dort droben sein!«

Als sie zur *Fonte di Badia* kamen, stand die Sonne bereits über dem Dunst, aber das Gras auf den Wiesen war noch naß vom Tau. Und während sie zum Brunnenbecken hinunterstiegen, wunderten sie sich, daß sie *le Madri* , die Mütter, sich nicht im Wasser spiegeln sahen, zwischen den Seerosen und den Zweigen der Trauerweiden, die so weit hinunterreichten, daß sie ihr eigenes Spiegelbild berührten. »Die Mütter sind nicht mehr da!«

rief Teresina. Sie blickten sich um. Die Marmortafel mit der Sonnenuhr in der Mitte stand immer noch über den grauen Steinstufen des Brunnens, um die Stunden der Bassa anzuzeigen; und auf ihrem gemauerten Sockel mahnte eine Inschrift:

TEMPORA METIMUR
SONITU UMBRA
PULVERE ET UNDA
NAM SONUS ET LACRIMA
PULVIS ET UMBRA SUMUS

(»Wir messen die Stunden/ Mit Schall und Schatten/ Mit Staub und Welle/ Denn Schall und Träne/ Staub und Schatten sind wir« – und nichts sonst). Doch auf der anderen Seite des Beckens waren die beiden unförmigen und mehr von der Witterung als von Menschenhand zugeschliffenen Marmorblöcke entfernt worden, in denen die Volksphantasie mindestens zweitausend Jahre lang die Abbilder der ältesten regionalen Gottheiten gesehen hatte, der keltischen Matronen: in römischer Zeit zu den *Matres Matutae*, den Göttinnen der Morgenhelle, geworden und später, mit der Christianisierung, zu *le Madri*. An ihrer Stelle stand jetzt ein kleiner bäuerlicher Altar: ein paar mit Mörtel zusammengehaltene Ziegelsteine und darauf eine Madonna in Weiß und Blau, aus bemalter Keramik, die Augen betend zum Himmel erhoben und mit einem Rosenkranz in den Händen. »Ich möchte bloß wissen, wen die Mütter gestört haben!« sagte die Signora Francesca ärgerlich. »Die sind doch immer da gewesen, und soviel ich weiß, haben sie nie jemandem etwas Böses getan!«

Die beiden Frauen setzten sich auf die Stufen des Brunnens, öffneten die Körbe und gaben jedem der Kinder ein hartes Ei und ein Stück Fladen als Frühstück. Sie fühlten sich unbehaglich. Tiefe Stille herrschte um sie herum: nicht ein Vogel, der in den Weidenzweigen sang, nicht ein Fisch, der an die Wasseroberfläche schnellte. Vielleicht – dachte die Signora Francesca – war es hier immer so still gewesen. Aber warum hatte sie das nie so empfunden wie jetzt? »Wer immer die Mütter weggeschafft hat, es wird ihm keinen Segen bringen!« sagte Consolata, die, wie fast alle Frauen der Bassa, einen starken Hang zu jeglicher Art von Vorzeichen und Aberglauben hatte. »Die Mütter werden sich rächen!« fügte sie nach einer kurzen Pause hinzu.

Teresina überlegte. »Eigentlich waren sie gar nicht so schrecklich!« meinte sie schließlich. »Was für Geschichten man sich auch über sie erzählt hat ... Man brauchte ihnen bloß ein kleines Geschenk zu machen, wenn man vorbeiging, irgend etwas: eine Frucht, eine Blume, die man unterwegs gepflückt hatte, und damit waren sie zufrieden. Warum hat man sie weggeschafft? Wer hat sie weggeschafft?«

Als sie sich wieder auf den Weg machten, stand die Sonne bereits hoch, und kurz darauf sahen sie den Ort vor sich. Antonia, die noch nie dagewesen war, erschien Biandrate wie eine kleine Stadt: Es gab sogar Laubengänge, ganz niedrige, und eine Schotterstraße, die, wie die Straßen in Novara, in der Mitte zwei gepflasterte Bahnen hatte, damit die Karren leichter fahren konnten. Es herrschte großes Durcheinander, Menschengedränge: Überall Wagen und Karren und festlich gekleidete Bauern mit ihren kegelförmigen Hüten; Frauen, entweder herausgeputzt wie die Signora Francesca, in der Tracht des unteren Sesia-Tals, oder ganz in Schwarz wie die Consolata Barbero; junge Burschen und *spose,* das heißt Mädchen im heiratsfähigen Alter und mit fertiger Aussteuer, erkenntlich an dem silbernen Stirnreif; kleinere und ganz kleine Kinder, von ihren Müttern an der Hand oder an einem Lederriemen geführt, damit sie nicht verlorengingen. Die Anwesenheit der Missionare und des Tigers hatte eine Menge fahrendes Volk in den Marktflecken gelockt: Straßenhändler, Scharlatane, Makler,

Gaukler, Musikanten, Bettler... Um sie herum hatte sich, wie immer, eine lärmende und festliche Kirmesstimmung ausgebreitet, die unsere Kinder ganz aufgeregt machte und bei jedem Schritt stehenbleiben ließ, von Entdeckung zu Entdeckung: »Da unten! Der stärkste Mann der Welt!« »Der Feuerschlucker!« »Der Mann, der auf Glasscherben geht!« »Bitte, Mama, gib mir nur einen halben Soldo!« »Ein Kupferstück, damit wir uns Zucker kaufen können!«

Sie kauften fünf Stangen Zuckerrohr und knabberten daran, während sie dem Mann zuschauten, der barfuß über die Glasscherben ging. Doch wenn sie hinterher auch Wunderdinge darüber berichteten, in Wirklichkeit sahen sie herzlich wenig: nur die Rücken der Leute, die vor ihnen standen, und jenseits der Rücken das Gesicht des Akrobaten. Sein Gefährte schlug zur Begleitung leise und ununterbrochen die Trommel, und er, der Akrobat, bewegte sich ganz langsam vorwärts, mit geschlossenen Augen, um sich besser konzentrieren zu können: Sämtliche Muskeln seines Gesichts waren angespannt, und sogar die Haare auf seinem Kopf, zu einer Art Schopf gebunden, standen steif nach oben. Als er am Ziel angelangt war, hörte der Trommler auf zu trommeln, die Augen des Mannes öffneten sich, die Rücken gerieten in Bewegung, es gab Applaus, aber keinen allzu herzlichen; ein paar Hände kramten im Beutel, ein paar Münzen flogen aufs Pflaster. Die Leute zerstreuten sich, während der Zigeuner und sein Helfer die Kupfermünzen auflasen. Der kleine Irnerio war nicht mehr zu halten vor Aufregung. Er rannte voraus, verlor sich unter den Leuten; dann tauchte er plötzlich wieder auf und verkündete lauthals, was er entdeckt hatte. Er bestand darauf, daß die Frauen ihm folgten. »Dorthin«, rief er, »kommt! Sie spielen mit Würfeln! Macht schnell!«

Es war nicht einfach, den Jungen von einer Gruppe Männer loszueisen – alles andere als vertrauenerweckende Typen, lange Haare, Pistoia-Dolch am Gürtel –, die sich halb neugierig, halb mißtrauisch um einen Menschen mit üppigem rotem Bart und einer großen Narbe quer über der Stirn und um seinen winzigen Stand scharten: ein kleiner Klapptisch mit Intarsien, auf dem als Ware einzig und allein ein Lederbecher und zwei Würfel ausgestellt waren. Das Spiel hatte noch nicht begonnen, alles stand wartend da. Der Mann mit dem roten Bart blickte seinen potentiellen Gegnern ins Gesicht und sagte nichts, sondern ließ lediglich zwei Silber-Real auf seiner Handfläche hüpfen. Consolata und Teresina mußten Irnerio regelrecht wegschleifen, während er mit den Füßen ausschlug und Rotz und Wasser heulte. Etwas weiter vorn hatte ein Händler seine Schüsseln und Flaschen auf dem Boden ausgebreitet und lockte die Kinder mit kleinen bemalten Tonvögeln an, in die man nur Wasser füllen und dann hineinblasen mußte, um sie wie echte Vögel zwitschern zu hören. Sie kosteten ziemlich viel, einen Soldo das Stück: Aber das war der Preis, um den Irnerio sich beruhigte und wieder lächelte, mit noch tränennassen Wangen. Jedem der Mädchen dagegen schenkte die Signora Francesca eine Sparbüchse aus Ton, mit Blümchen bemalt.

Sie gingen weiter. Der Markt wurde immer größer: Quacksalber boten Kräutertees feil, Salben gegen Wunden jeglicher Art, Elixiere, um hundert Jahre alt zu werden, Wundermittel gegen alle Leiden der Welt »Der Theriak! Der Theriak!« riefen einige, die von Kopf bis Fuß in Schwarz gekleidet waren wie die Doktoren; und sie reihten auf ihren Tischen kleine Fläschchen mit einer öligen Arznei auf, die, je nach Dosierung und Anwendung, angeblich alles heilte. »Der San-Marco-Theriak!« (Der wurde in Venedig fabriziert und galt als der beste.) Weiter vorn ging man zwischen zwei Reihen von Figuren und Figürchen aus bemalter Keramik hindurch, ein wahres Fest an Farben: Da war das Blau der Madonnengewänder, das flammende Rot der Herzen Jesu, das Braun der Antonius- und Franziskusstatuen, das Gelb und Gold der Heiligenscheine, das Grün der Sockel, das Elfenbein und Rosa der Gesichter... Die Landleute konnten sich nicht satt sehen. Immer wieder riefen sie: »Was für prächtige Figuren! Ganz wie echt!« (Womit sie sagen wollten, daß sie wie echte Menschen aussähen oder etwas ähnliches.) Sie kauften Madonnen und Heilande, die so groß waren, daß sie sie sich auf den Rücken binden mußten (sorgfältig in eine Decke gehüllt), um sie bis in ihr Dorf zu transportieren.

Und der Markt ging immer noch weiter. Es gab Kruzifixe jeder Größe und jeden Materials: aus Ton, aus Holz, aus Bronze, aus Holz und Bronze, aus Holz und Elfenbein, aus Silber, aus Zinn ... Es gab getriebene und ziselierte Kästchen mit eingelegten Edelsteinen und farbigem Glas, oft mit einer winzig kleinen Reliquie darin; kleine Reliquiare und Urnen aus Kristall, um die Gegenstände der Verehrung darin zu bergen; versiegelte Glasglocken mit Darstellungen aus dem Neuen Testament: der Verkündigung, der Himmelfahrt, der Auferstehung, den Stationen des Kreuzwegs; Lampen für das »ewige Licht«; Kerzen jeder Größe und Beschaffenheit: bemalt, skulpiert, mit Weinranken und Trauben oder ineinander verflochtenen Lilien und Chrysanthemen aus Email verziert. Es gab die wundertätigen Wasser, in Phiolen, schön auf den Tischen aufgereiht oder in Stroh verpackt. Den Etiketten nach kamen diese Phiolen von den heiligen Stätten der ganzen christlichen Welt: vom Kloster Montecassino bis zum Berg Athos, von Santiago de Compostela in Spanien bis zum heiligen Haus von Loreto in den Marken; und die Echtheit ihres Inhalts wurde durch Patentbriefe garantiert, die eingerahmt hinter den Händlern an der Mauer hingen und von ehrwürdigen Äbten und anderen hochgestellten Kirchenmännern stammten. Natürlich fehlten auch die Wasser der einheimischen Wallfahrtsstätten nicht: des Sacro Monte von Varallo, der Madonna von Re, der Schwarzen Madonna von Oropa, der Madonna del Latte von Gionzana (die beiden letzteren wurden insbesondere von den Frauen aufgesucht, die keine Kinder bekamen). Es gab Meßbücher, Andachts- und Stundenbücher, vielfältig illustriert und koloriert; es gab Drucke (in Schwarzweiß oder handkoloriert) von sämtlichen im Kalender aufgeführten Heiligen, vor allem aber von jenen, deren Kräfte man in der Bassa besonders gut kannte und die in den Gebeten der Bauern daher häufig angerufen wurden: der heilige Theodulphus, der die Felder vor Hagel schützt; der heilige Defendentius, der die Heuschober vor Brand bewahrt; der heilige Johannes Nepomuk, der die Überschwemmungen des Sesia aufhält; der heilige Christophorus, der die Stürze verhindert; der heilige Rochus, der die Seuchen vertreibt; der heilige Martin, der die Pachtbauern behütet; die heilige Apollonia, die bei Zahnweh und anderen Krankheiten des Mundes hilft ... Alle die Bilder dieser Heiligen und noch vieler anderer waren wie Wäschestücke über den Köpfen der Vorübergehenden aufgehängt, die, wenn sie stehenblieben, um sie zu betrachten, die Geschicklichkeit des Künstlers priesen und von dem oder der Heiligen sagten: »Es fehlt nur noch, daß er (daß sie) redet! Er (Sie) schaut aus wie lebendig!«

Auf Antonia, die zehn Jahre lang mit Kirchen, Schwestern, Andachtsübungen und Prozessionen gelebt hatte, machte dieser Devotionalienmarkt keinen sonderlichen Eindruck; aber die beiden Frauen und die Mädchen und sogar Irnerio fielen von einer Begeisterung, von einer Überraschung in die andere: wegen der Heiligenbilder, wegen der wundertätigen Wasser, wegen der Reliquien, wegen der Kruzifixe, wegen allem. Zwischen einem Ausruf und dem nächsten, zwischen einem Kauf und dem nächsten gelangten sie schließlich zu der Stelle, an der der Markt endete: Hier warteten die Missionspatres, die Jesuiten, die die Gaben in Empfang nahmen und sortierten: die lebenden Tiere auf die eine Seite, alles übrige auf die andere; und auch unsere beiden Gevatterinnen öffneten ihre Körbe. Von da aus wurde die Menge der Neugierigen auf eine einzige Bahn gelenkt, direkt neben der Kirchenmauer: Dort war eine ellenlange Leinwand befestigt, mit bunten Bildquadraten bemalt, und vor dieser Leinwand standen weitere Missionare, die sich alle Mühe gaben, der Menge die ruhmreichen Taten des verehrungswürdigen Franz Xaver vor Augen zu stellen, Gründer ihres Ordens (zusammen mit Ignatius von Loyola), erster Missionar im Malakka, Japan und China, Held und Märtyrer des christlichen Glaubens, der, wie jedermann weiß, der allein wahre ist: der einzige, der die Menschen zum ewigen Heil führt! Diese Jesuitenmissionare hatten kahlgeschorene Köpfe, lange Bärte und trugen deutlich sichtbar ein silbernes Herz auf ihrem Habit, kaum kleiner als ein echtes. Sie wechselten sich ab, um das Lob ihres Gründers zu verkünden: ein großer Mann, ein wahrer Märtyrer des Glaubens – wiederholten sie –, den Seine Heiligkeit Papst Clemens VIII. im nächsten Jahr des Herrn, 1602, anläßlich des 50. Todestages seligsprechen werde – und für den sogar schon der Prozeß zur Heiligsprechung eingeleitet worden sei. Mit langen Stökken deuteten sie auf die gemalten Bilder und erklärten der Menge: »Hier begegnet Franz Xaver, bereits ein reifer Mann, dem jungen Ignatius von Loyola, der seine Studien im Collège von Beauvais beschließt... Hier befinden wir uns in Venedig, wie jeder sehen kann: Rechts auf dem Bild sind die Gondeln und der Canal Grande mit seinen Palazzi, und links sieht man Franz knien, in unmittelbarer Erwartung der Priesterweihe... Hier sind wir in Indien, in der Stadt Goa: Franz heilt die Aussätzigen und Pestkranken, und er lächelt ihnen zu, gleichmütig gegenüber der Gefahr der Ansteckung... Hier ist Franz in Yamaguchi in Japan: Er steht einem zum Tode Verurteilten bei, und es gelingt ihm, ihn vor der Hinrichtung noch zu bekehren...«

Der kleine Irnerio fing an zu quengeln, daß er Hunger habe, daß er von hier wegwolle. Die Mittagstunde war schon vorüber; die Sonne brannte senkrecht auf die Köpfe unserer Pilger, aber es gab keine Möglichkeit, sich einen Weg aus der Menge zu bahnen, die dichtgedrängt stand: Man mußte bis zum Ende durchhalten bei den Geschichten von diesem Heiligen, der, wenn sie ihn nur hätten machen lassen, die gesamte Menschheit ganz allein bekehrt hätte, doch statt dessen legten ihm alle nur Steine in den Weg: die heimtückischen Wilden von Malakka und Japan, seine eigenen trägen und heuchlerischen Mitbrüder und sogar ein gewisser *capitano* Alvaro de Ataide, ein wahrer Schurke!, der seine Mission in China zum Scheitern brachte. Dem Heiligen ging es immer schlechter, sein Leben neigte sich dem Ende zu, aber er starb und starb nicht. »Wenn er doch nur abkratzen würde!« wünschte sich Antonia. Endlich war der Heilige tot, und die Menge seufzte erleichtert auf. Alle dachten: Das wäre geschafft! Jetzt noch schnell einen Blick auf den Tiger, und dann gibt es was zu essen...

Sie bogen um die Apsis der Kirche und dahinter in einen Hof. Hier befanden sich die Tiere, unter einem großen Zeltdach, das ihre ausgestopften Körper vor den Strahlen der Sonne und der Feuchtigkeit der Nacht schützte: Aber der Tiger war nicht da! Ein anderer Priester, auch er mit dem silbernen Herzen auf dem Habit, erklärte mit einem Zeigestab nacheinander die wilden Bestien, nicht ohne die Gelegenheit zu nutzen, den Pilgern ein paar neue moralische Unterweisungen zu erteilen. Er sagte: »Das hier ist das Krokodil« (und um ihn herum erhob sich aus der Menge ein Chor von Ausrufen und bestürzten Kommentaren), »das zuerst tötet und seine Beute verschlingt und dann Tränen vergießt im Gedanken an das Böse, das es getan hat. Genauso machen es viele Christen, die sich der Sünde überlassen und meinen – die Törichten! –, um ins Paradies zu kommen, genüge es, kurz vor dem letzten Atemzug zu sagen: Ich bereue! Doch leider liegen die Dinge anders: Das Paradies schenkt Gott keinem. Dorthin zu gelangen ist wie wenn man einen Berg erklimmt, und die Stufen hinauf sind die guten Werke und die Akte der Frömmigkeit. Dieses Tier rechts mit der langen Schnauze ist der Ameisenbär, der seine Zunge in die Erdlöcher steckt, um die Ameisen zu fangen, auf die er ganz versessen ist. So machen es auch wir Missionare, indem wir mit dem Wort Gottes in jeden Erdenwinkel dringen, um die Seelen herauszuziehen und sie auf den Weg zum ewigen Heil zu weisen! Diese abscheuliche Schlange, die ihr hier seht, über zwanzig Spannen lang und dick wie ein Dachbalken, ist die Pythonschlange: Sie erstickt ihre Opfer zuerst, indem sie sich um sie windet, und schlingt sie dann ganz hinunter, wie groß sie auch sein mögen. Genauso macht es der Teufel mit den Menschen: Er packt ihre Seelen, zermalmt sie im Laster und läßt sie dann in einen finsteren Ort hinabstürzen, die Hölle genannt, aus der es weder Befreiung noch Erlösung gibt, sondern wo nur ein einziges Wort widerhallt: das Wort ›Nie!‹«

Tier um Tier arbeiteten sie sich zum Eingang einer Scheune vor, die für diese Gelegenheit eigens ausgeräumt worden sein mußte und in der zwei Personen die Stellung hielten: Auf der einen Seite regelte ein Missionar den Besucherstrom und ließ immer nur kleine Gruppen von acht oder zehn, nicht mehr, hinein; auf der anderen hielt ein Mohr im Mohrenkleid (ein bodenlanges lila Seidengewand und auf dem Kopf ein Turban) jedem, der hereinkam, den Klingelbeutel hin und zog ihn nicht weg, ehe er nicht das Geldstück hatte hineinfallen hören. »Hier drinnen«, sagte der Missionar, »befindet sich der Tiger: der Satan unter den Tieren, die grausamste aller Bestien! Schaut ihn euch ein Vaterunser lang an, und dann geht mit Gott, denn mehr gibt es hier nicht zu sehen.«

Während sie darauf warteten, daß sie an die Reihe kämen, erkärte Antonia Irnerio, wie ein Tiger beschaffen sei; sie wußte es, oder glaubte es zu wissen, da sie eine Zeichnung davon in Schwester Clelias Heft gesehen hatte. In diesem Heft waren auch die Menschen abgebildet gewesen, die im Urwald hausen, fern von der Zivilisation, mit ihren Waffen und ihren Hütten und einer Anzahl wilder Tiere, von denen die Schwester die Missionspatres in ihren Predigten hatte erzählen hören. »Der Tiger«, sagte das Mädchen zu dem Kind, das wieder zu quengeln angefangen hatte, »ist eine große Katze mit zwei soo langen Schnurrhaaren, aber viel, viel schlauer und wilder als die gewöhnlichen Katzen.«

Als endlich der Moment gekommen war, in die Scheune hineinzugehen, warfen die Signora Francesca und Consolata ein paar kleine Münzen in den Beutel, den ihnen der Mohr hinhielt. Sie standen jetzt in dem großen Raum, bei Fackellicht, und sagten nichts mehr, denn es verschlug ihnen die Sprache, und sie brachten lediglich ein »Ah!« heraus, das gleichzeitig Schrecken und Bewunderung ausdrückte. Der Tiger kauerte dort oben im Halbdunkel, hoch über den Köpfen der Besucher, die Vorderpfoten in einer Weise hochgestellt, daß es aussah, als wolle er im nächsten Augenblick aus dem Dunkel herausspringen. Sein Maul, aufgerissen und mit Mennige rot gefärbt, zeigte Zähne, so groß, daß daneben die Hauer der Wildschweine, die sich die Angeber der damaligen Zeit um den Hals hängten, geradezu winzig erschienen; die gelben Glasaugen glühten im Widerschein der Fackeln, deren unruhiges Flackern den Schatten des Tieres gegen die Decke und auf die Wände warf und ins Riesenhafte steigerte. Er war größer als ein Kalb, größer als ein Pferd, größer als ein Ochse. Niemand in der Bassa hatte jemals eine solche Kreatur gesehen; niemand hätte gedacht, daß es so etwas außer in den Träumen überhaupt geben könnte. Die Bauern nahmen ihren Hut ab, die Frauen bekreuzigten sich, die Kinder weinten und klammerten sich an die Röcke der Mütter, geradeso wie Irnerio: »Ich fürchte mich! Ich hab' Angst!« Sie gingen um das ausgestopfte Monster herum, ohne den Blick davon zu wenden, mit angehaltenem Atem: fast als bangten sie, daß es wieder lebendig werden könnte, um sie anzuspringen. An der rechten Flanke des Tigers, auf der Höhe der Schulter und ein wenig weiter unten, war ein Schnitt, genauer gesagt ein regelrechter Riß, den der Ausstopfer vergeblich mit Faden und Pinsel zu vertuschen versucht hatte. Von dort, dachte Antonia, war die Seele des Tigers entwichen; und wer weiß, welcher Waffe oder welcher Falle es bedurft hatte, um mit so einem Tier fertig zu werden! Sie schauderte. Und dann fand sie sich außerhalb der Scheune wieder, zusammen mit den anderen Besuchern, zwischen den Gärten und den Mäuerchen dieses Dorfes der Bassa, und es kam ihr absurd vor, daß es den Tiger tatsächlich geben und daß er lebendig gewesen und schließlich ausgerechnet hier gelandet sein sollte, in dieser Scheune und mitten unter diesen Leuten, durch das Werk dieser Patres mit den langen Bärten... Sie fühlte, daß sie sie haßte. Welches Recht hatten sie, diese Priester, die Dinge der Welt auf solche Weise durcheinanderzubringen?

10. Kapitel

DON TERESIO

Vor mir, auf meinem Tisch, liegt, während ich schreibe, ein farbiges Foto, das ich selbst vor langer Zeit, vielleicht 1970, vielleicht auch ein paar Jahre später, gemacht habe und von dem ich kaum mehr hoffte, es je wiederzufinden, so lange habe ich danach gesucht. Das Foto von Antonia. Auf der Rückseite habe ich vermerkt: »Jugendliche Madonna mit Leberfleck links über der Lippe. Fotografiert in …« (zwischen dem Sesia-Tal und dem Biellese). Jugendliche Madonnen mit dem Leberfleck hat der Wandermaler Bertolino d'Oltrepò eine ganze Menge gemalt, über Jahre hin, in der Bassa, aber vor allem in den Alpentälern; und wer weiß, vielleicht ist noch die eine oder andere davon erhalten, an der Mauer eines einsamen Bauernhauses oder einer Feldkapelle. Die, die ich fotografiert habe, gibt es leider nicht mehr, und man sieht bereits auf dem Bild, daß das Dach über dem Fresko am Einstürzen ist und wie das Wasser vor zwanzig Jahren anfing, in jene Stelle der Mauer zu dringen, an der sich das Bild befand. Damals wußte ich noch nichts über Bertolino d'Oltrepò, und ich war noch nicht auf die Geschichte von Antonia gestoßen; ich wußte noch nichts von dem, was ich jetzt erzähle. Mich faszinierte nur das Gesicht der Madonna auf jenem ausgebleichten und ruinierten Fresko: so lebendig, daß es sich wie fremd von dem Rest des Bildes abhob und man verzaubert stehenblieb, um es zu betrachten: diese Augen, schwarz wie die Nacht und licht wie der Tag, dieser Leberfleck über der

Lippe, dieser rote, volle Mund, und dann diese rebellische Locke, die an der linken Wange unter dem Tuch hervorlugt... Es sollten viele Jahre vergehen, ehe ich erfuhr, daß die jugendlichen Madonnen mit dem Leberfleck die einzigen zuschreibbaren, sozusagen mit einer Art Signatur versehenen Werke jenes Madonnenmalers Bertolino d'Oltrepò sind, über den in Antonias Prozeßakten steht, daß er die Hexe als Fünfzehnjährige für einen Bildstock bei Zardino porträtiert habe, und zwar im Gewand der Madonna... Wer weiß, wie viele kleine Fresken mit fünfzehnjährigen Madonnen es in den vergangenen Jahrhunderten zwischen dem Monte Rosa und der Bassa gegeben hat! Und wer weiß auch, wie viele Gebete vor diesen frommen Darstellungen einer Hexe gesprochen wurden! Aber so ist Italien, zum Glück, und so ist die Kunst. Was Bertolino betrifft, so glaube ich, daß er Antonias Gesicht deshalb immer wieder malte, weil er sich in dieses Bild verliebt hatte – beziehungsweise weil er sich in etwas verliebt hatte, das dieses Bild ihm für immer bewahren sollte und das in der Wirklichkeit zum Vergehen verurteilt war: die Jugend. Die Künstler verlieben sich bisweilen in Dinge dieser Art. Was Bertolino auf dem Porträt, das ich vor mir habe, darstellen wollte und bis zu einem gewissen Grad, mit seinem natürlichen Talent und seinen Mitteln eines Dorfmalers, auch tatsächlich dargestellt hat, ist mehr ein Zustand von Grazie als ein Alter; eine Jahreszeit der Seele, zu der alle, und die Künstler ganz besonders, gerne zurückkehren würden; ein Frühling in Frauen- oder in Madonnengestalt. Schon andere Maler hatten vor ihm versucht, den Frühling in weiblicher Gestalt darzustellen, aber Bertolino mußte seine grobschlächtigen Auftraggeber zufriedenstellen, mußte ihnen jene Madonnen mit Heiligenschein und Sternenmantel liefern, die sie haben wollten: Er war schließlich kein Botticelli oder Raffael! Am ehesten konnte er sich noch in den Gesichtern ausdrücken, und das tat er. Dieses Madonnengesicht ist wie ein Maientag in der Bassa: voller Licht und Mohn und Wolken, die sich im Wasser spiegeln...

Ich muß jetzt eine neue Person einführen. Don Teresio Rabozzi, der junge Priester, der in Antonias weiterer Geschichte eine so große Rolle spielen sollte, erreichte, zu Fuß von Novara kommend, Zardino an einem Oktobersamstag Anno Domini 1601, zur Stunde der Vesper; und noch niemand kannte oder erwartete ihn. Er ging an der Osteria Zur Laterne vorbei, und die Männer, die unter der Weinlaube saßen, wandten wie auf einen Schlag den Kopf, um ihn zu mustern, wie sie es immer bei den Fremden machten: Wer war er? Was wollte er hier in Zardino? Das Gewand, das Kreuz, der Reisesack, den er umgehängt trug, waren nicht anders als bei den Rompilgern im Heiligen Jahr oder, wie man damals sagte, den *romei*; aber das Heilige Jahr war seit zehn Monaten zu Ende, und die Straße, auf der der Pilger daherkam, verlor sich hinter dem Dorf im Röhricht des Sesia. Fast als hätte er ihre Gedanken erraten, bog der Fremde ab, überquerte den kleinen Kirchplatz und trat, ohne zu zögern, als ob es sein eigenes wäre, in das Haus Don Micheles, der bis zum Schlafengehen die Tür offenzulassen pflegte. Eine merkwürdige Sache! Bauern und Knechte zuckten die Achseln, griffen wieder zu den Bechern und zu den Spielkarten, die sie niedergelegt hatten, als der Fremde erschienen war, und fingen aufs neue an, mit den Fäusten auf den Tisch zu schlagen und sich über Nichtigkeiten in Hitze zu reden, wie sie es für gewöhnlich taten, um sich die Zeit zu vertreiben. In Wirklichkeit aber lauerten sie darauf, wie das, was sie soeben gesehen hatten, weitergehen würde; sie fragten sich, wer dieser Pilger sein mochte: Ein Freund von Don Michele? Ein *quistone*? Ein Vagant? Und überhaupt: Warum war er ausgerechnet hierher, in ihr Dorf, gekommen, um den Pfarrer aufzusuchen? Es vergingen etwa zehn Minuten, genau die Zeit, bis es auf der Piazza dunkel wurde und Assalonne, das heißt der Wirt, mit dem Kienspan an der Stange herauskam, um die schmiedeeiserne Laterne anzuzünden, die dem Wirtshaus Licht und Namen gab. Und dann wurden seltsame Geräusche im Pfarrhaus laut: Türenschlagen und erregte Stimmen, zersplitternde Scheiben; man sah Kerzenlichter, die sich rasch von einem Fenster zum anderen, von einem Stockwerk zum anderen bewegten. Man hörte eine Stimme, die rief: »Hurenknecht! Diener des Teufels!« Von der anderen Seite des Hauses her bellte und heulte Don Micheles Hund, als ob man ihm bei lebendigem Leib das Fell abzöge, und alle Hunde Zardinos befleißigten sich, ihm Antwort zu geben. Aber noch immer begriff man nicht, was da drinnen eigentlich vor sich ging – und dabei ging alles so schnell vor sich! Schließlich wurde im oberen Stock ein Fenster aufgerissen, und einer nach dem andern flogen die großen Steinguttöpfe aus der Apotheke des Pfarrers herunter, mitsamt ihren Kräutern und den Mineralsalzen und was sie sonst an Arzneien enthielten. Sie fielen auf die Steine und zerbarsten in tausend Stücke, als ob sie explodierten, während von oben der Fremde aus Leibeskräften schrie: »Usurpator der heiligen Ämter! Knecht Satans! Falscher Priester!«

»Don Michele!« riefen die Männer von der Osteria, während sie sich in gebührendem Abstand von der Wurfbahn der Töpfe, Destillierkolben und Mörser zu halten suchten, die fast fünfzehn Jahre lang die einzigen pharmazeutischen Gerätschaften in diesem Teil der Bassa gewesen waren. »Was geht denn da vor? So antwortet doch!«

»Schnell! Schnell! Holt die Dorfräte und den Feldhüter«, rief irgendeiner aus den hinteren Reihen irgendeinem anderen im Dunkeln zu. »Holt Leute! Da ist ein Räuber im Pfarrhaus!«

»Du Säer von Ärgernissen!« kreischte indessen der Räuber im Haus. »Seelenverderber! Teufel in Menschengestalt!«

Als auch der letzte Topf mit Kräutern und der letzte

Destillierkolben, auf dem Kies zerschellend, ihre Vorgänger eingeholt hatten und die ganze Piazza voller Scherben lag und nach getrockneten Kräutern und Elixieren roch wie eine Apotheke, herrschte für einen Augenblick Stille. Dann öffnete sich die Tür des Pfarrhauses, und heraus trat der Fremde, in der einen Hand einen Kerzenleuchter und mit der anderen Don Michele vor sich her stoßend. »Rede!« herrschte er ihn an. »Erkläre diesen Leuten, wer ich bin und zu welchem Behufe ich nach Zardino kam! Sag ihnen endlich einmal die Wahrheit nach so vielen Lügen!«

Don Michele machte den Mund auf, um zu reden, aber er brachte kein Wort heraus und fing an zu schluchzen. Genau in diesem Augenblick riefen einige Stimmen: »Macht Platz! Laßt den Feldhüter durch!«

Die kleine Menge teilte sich, und im Licht der Fackeln kam »Don« Pietro heran, sehr groß, hager, den Hakenstock über der linken Schulter, als wäre es eine Arkebuse, und die rechte Hand zu einer Geste erhoben, die in etwa bedeutete: Stehengeblieben! Hier kommt der Feldhüter, und der klärt alles auf. Er fragte den Fremden: »*Usted*, wer seid Ihr?«

Statt eine Antwort zu geben, wandte sich der mysteriöse Pilger erneut zu Don Michele und brüllte ihn an: »Antworte! Sag du diesen Leuten, wer ich bin, Elender, und wer mich zu ihnen schickt! Sag es laut, damit alle es hören!«

»Er ist der neue Vikar«, schluchzte Don Michele, das Kinn auf die Brust gesenkt. »Er hat die Schreiben von Seiner Exzellenz, dem Bischof von Novara, mitgebracht. Da hilft nichts: Er ist ein echter Priester!«

Es erhob sich erstauntes Murmeln: »Also, so was...« »Bischof hin oder her«, sagte einer, der entschlossener schien als die anderen, »wenn wir den Neuen wegjagen sollen, dann jagen wir ihn lieber gleich weg.« Aber man hörte aus der Stimme, daß keine Kraft hinter dieser Behauptung stand und daß letzten Endes keiner einen Finger zur Verteidigung des alten Pfarrers rühren würde. »Don Michele, sagt Ihr uns, was wir tun sollen!«

»Ich habe es euch schon gesagt«, erwiderte Don Michele. »Da hilft nichts. Geht nach Hause.«

Und der neue Vikar, Don Teresio, rief noch hinterher: »Ich erwarte euch alle morgen zur heiligen Messe! Beim ersten Glockenschlag! Verstanden! Alle in die Kirche!«

An diesem Abend nahm in der Osteria Zur Laterne von Zardino niemand mehr die Karten in die Hand; die Männer redeten und redeten, und als die Kirchenuhren der Bassa dreimal schlugen (eine halbe Stunde nach Mitternacht), gingen sie schlafen.

Am nächsten Tag strömte das ganze Dorf in die Kirche, um sich die große Sensation, den neuen Vikar, der da aus Novara hergekommen war, anzuschauen. Was Don Teresio selbst betraf, so mußte er die ganze Nacht mit Saubermachen zugebracht haben, denn die Kirche wirkte von oben bis unten wie gestöbert: Die Böden waren geputzt, die Fresken mit dem Schwamm aufgefrischt, das Messing leuchtete wie Gold. In den Fensternischen und zwischen den Rippen des Gewölbes war keine einzige Spinnwebe von den Hunderten übriggeblieben, die sich noch am Vortag dort präsentiert hatten. Die ganze Kirche erstrahlte im Kerzenschein: Seit Menschengedenken waren noch nie so viele angezündet worden.

Der neue Vikar wirkte, im Licht des Tages betrachtet, blutjung – er konnte höchstens fünfundzwanzig Jahre alt sein – und noch magerer und blasser, als es wenige Stunden zuvor im Schein der Laterne und der Fackeln geschienen hatte, der alle Gegenstände verzerrt und vergrößert. Er hatte tiefe Ringe unter den Augen, eine helle Haut und glatte Wangen wie eine Frau, nur auf dem Kinn ein paar Bartstoppeln. Aufrecht unter der Kirchentür stehend, sortierte er die Gläubigen: die Männer auf die eine Seite, die Frauen auf die andere; ganz nach vorne die Kinder; die Burschen und die Mädchen im heiratsfähigen Alter rechts beziehungsweise links vom Altar ins

Chorgestühl. Dann verschwand er. Und während die Bauern schon zu protestieren anfingen, mit den Füßen scharrten und halblaut murrten (»Worauf warten wir eigentlich? Der soll sich beeilen! Unsereins hat schließlich seine Arbeit!«), erschien er wieder, angetan mit den goldbestickten Paramenten aus violetter Seide. Er schritt zum Altar: Dort kniete er sich nieder, bis er den Boden mit der Stirn berührte, kam dann mit Schwung wieder auf die Füße, wandte sich um, breitete die Arme aus und sagte etwas auf lateinisch, mit einer entstellten, näselnden Stimme, wie man sie bis dahin noch nicht an ihm gehört hatte; er wandte sich erneut um, sprang, nein flog nach links, leicht wie ein Vögelchen, kniete sich hin, schnellte mit der Elastizität einer Sprungfeder wieder hoch, kehrte zur Altarmitte zurück, sprang nach rechts. Die Zuschauer, vor allem die Frauen, rissen die Augen auf, wie hypnotisiert von diesem Tanz; irgendein Junge lachte laut heraus, ohne auch nur den Versuch zu machen, das Gesicht hinter der Hand zu verbergen. In einem bestimmten Augenblick ergriff Don Teresio den Kelch, verneigte sich, sank vor dem Altar zusammen, wobei er unverständliche Worte murmelte, war dann mit einem Sprung wieder auf und reckte sich in die Höhe, als ob der Kelch, den er in Händen hielt, ihn nach oben zöge, hinauf zum Kopf des in der Apsis gemalten Gottvaters. Ein erstauntes Gemurmel erhob sich aus den Bänken der Frauen, und eine Stimme rief: »Er fliegt! Er fliegt!«

Endlich, nachdem er sich viele Male von einer Altarseite zur anderen begeben und dabei mit der Falsettstimme der Zeremonien aus dem Meßbuch gelesen und sich mit der Normalstimme selbst geantwortet hatte, wandte sich Don Teresio zu den Gläubigen, musterte sie mit aufgerissenen Augen und fing an, ihnen die Leviten zu lesen: Obwohl alle an diesem Morgen in der Kirche Versammelten die Taufe empfangen hätten und sich Christen nennen würden, seien sie in Wirklichkeit ganz und gar verkommen und lebten wie die Heiden, weshalb er zu einer gründlichen Säuberung ihrer Seelen schreiten müsse, einer Säuberung, nicht viel anders als die der Böden und Wände der Kirche, mit der er sich die ganze Nacht abgeplagt habe. Und dies auf der Stelle, denn die Angelegenheit dulde keinen Aufschub. Und daß ja keiner wage, Ausflüchte zu suchen oder Entschuldigungen zu erfinden, in dem Versuch, sich zu drücken! Er zitierte aus dem Matthäusevangelium: »Welcher ist unter euch, wenn er ein Schaf hat und es fällt ihm in eine Grube, der es nicht ergreift und ihm heraushilft? Wieviel mehr ist nun ein Mensch als ein Schaf!« Er ordnete an, daß alle Männer von Zardino, auch die alten, alle Frauen und die Kinder über zehn Jahren in den nächsten Tagen, auf keinen Fall aber später als am kommenden Sonntag zur Beichte und Kommunion zu gehen hätten: Nach Ablauf einer Woche würden die Namen der Ruchlosen, die außerhalb der göttlichen Gnade und der Gemeinschaft der Heiligen verharrten, an der Kirchentür angeschlagen und verflucht. Er schrie, daß nach dem Willen des Papstes und der im Konzil von Trient versammelten Bischöfe solchen gegenüber keine Nachsicht möglich und keinerlei Mitleid erlaubt sei; von Gott verstoßen, müßten sie bis zum Osterfest des nächsten Jahres leben wie die Tiere, nicht nur außerhalb der Kirche, sondern auch außerhalb der menschlichen Gemeinschaft! (Nur an Ostern – mahnte er – könne der Kirchenbann durch die Verzeihung getilgt werden, auf dem Weg der Beichte und der Buße: Und so erhielten die Ruchlosen bereits hier auf Erden einen Vorgeschmack des Fegefeuers!) Inzwischen aber, erklärte er – und seine Augen wurden beim Reden immer größer und seine Stimme zitterte vor Zorn –, würde der Bann auf jeden ausgedehnt, der es wage, solchen beizustehen und sie bei sich aufzunehmen: Verwandte und Freunde hätten sie von der Schwelle zu weisen, die Dienstboten müßten sie verlassen, ja selbst die Ärzte dürften ihnen keine Hilfe leisten, nicht einmal in Gefahr des Todes: bei Strafe, für die Ärzte, aus den öffentlichen Registern ihrer Kunst getilgt, für alle aber, aus der menschlichen Gemeinschaft verstoßen zu werden! Und wenn dann ein mit dem Bann Belegter sterbe, dürfe er nicht in geweihter Erde begraben werden, bei seinen Eltern und Verwandten, die in der Gnade und in der Furcht Gottes und in der Befolgung seiner Gebote gelebt hatten; vielmehr müsse man ihn irgendwo verscharren, ohne Trauerritus und ohne Gebete, auf daß die Würmer sich an seinem Körper und die Teufel an seiner Seele gütlich täten. So – schloß Don Teresio – habe es die heilige Mutter Kirche festgelegt, um den Glauben gegen die Angriffe des Teufels zu verteidigen und das Volk Gottes zu stärken; und so wolle es in Novara Seine Exzellenz, der Bischof Bascapè: welchselbiger höchstpersönlich und mit seinem Segen ihm, Don Teresio Rabozzi, die Sorge um seine Seelen in Zardino anvertraut habe.

Die Bauern lauschten bestürzt. Wieso – fragten sie sich – gibt dieser neue Vikar sich nicht damit zufrieden, uns mit der Hölle im anderen Leben zu drohen, wie alle Pfarrer, und uns dann auf dieser Welt machen zu lassen, was wir wollen? Ob Hölle oder Paradies, das ist unsere Sache. Doch sie ahnten nicht, die Ärmsten, daß das Schlimmste erst noch kommen sollte. »Helft mir!« rief Don Teresio plötzlich aus und stampfte dabei zwei- oder dreimal mit dem Fuß auf den Boden, als ob er den *saltarello* tanze. »Helft mir, den Kopf des ewigen Verführers zu zertreten, des Teufels, der mitten unter euch weilt und nicht abläßt, euch mit seinen Schmeicheleien zu umgarnen!« Er erklärte, daß das verfluchte Heidentum, obschon vor mehr als tausend Jahren besiegt, überall, und selbst in der Bassa, dennoch nie vollständig ausgerottet worden sei, ja daß es in vielen Brauchtümern weiterlebe, gegen die man mit Gottes und des Bischofs Bascapè Hilfe unermüdlich ankämpfen müsse. Der Bischof – fuhr Don Teresio fort – habe in der ganzen Diözese die letzten Reste der nichtchristlichen Kulte abgeschafft, wie sie etwa durch Inschriften oder durch wie Fetische verehrte

Steine repräsentiert würden; er habe die Ernte- und Fruchtbarkeitsfeste für unerlaubt erklärt; er habe die Maien und die Tänze auf der Tenne verboten, die Hochzeitsfeste und die Trauergelage; und vor allem habe er mit besonderer Strenge aus seiner Diözese jene scheußlichen und sündhaften Bräuche verbannt, die mit dem Namen Karneval einhergingen und mehr als alle anderen zu Verderbnis, Sittenverfall, Tod der Seele und Triumph des Teufels führten. Man müsse also die abendlichen Unterhaltungen in den Ställen durch das Rosenkranzbeten ersetzen, die Tänze durch Novenen, die Kirmes durch Prozessionen und die heidnischen Erntefeste durch das Tedeum und die Dankgottesdienste; vor allem aber müsse man den Sonntag und die kirchlichen Feiertage heiligen, und zwar gänzlich, vom Morgengrauen bis in die Nacht: so wie es die Heilige Schrift und die Gesetzestafeln vorschrieben. Der Sonntag sei der Tag des Herrn und müsse allein ihm gewidmet werden, in Gedanken, Worten und Werken, von allen Christen. Kein Jagen und kein Fischen, kein Spiel und kein Trinken in der Osteria, kein Geplauder unter den Weiberleuten oder gar – Gott bewahre – Liebesgetändel unter den jungen Leuten! Keine Arbeit! Vom Morgengrauen bis in die Nacht – versprach Don Teresio – werde von jetzt ab jeder Sonn- und Feiertag in Zardino so verlaufen, daß auch nicht eine Minute für den Teufel und seine Versuchungen übrigbleibe: mit der religiösen Unterweisung der Erwachsenen und der Kinder, mit Chorsingen, Segensandachten, Vespern, Prozessionen, dem Rosenkranz und gemeinsamem Gebet.

Er predigte bereits seit über einer Stunde, als er plötzlich seinen Redefluß unterbrach, die Augen aufriß, sich streckte wie ein Hund, der einen Hasen gewittert hat und auf ihn ansetzt. »He du!« rief er. »Ja, dich meine ich! Wo willst du hin? Komm sofort zurück!«

Alle wandten sich um, gerade rechtzeitig, um den Mann, der versucht hatte, sich davonzumachen, an seinen Platz zurückkehren und sich wieder hinsetzen zu sehen, mit hochrotem Kopf und etwas von einer Kuh murmelnd, die in der Nacht gekalbt hätte. »Schämst du dich nicht?« schrie ihn Don Teresio an. »Mitten in der heiligen Messe wegzulaufen! Gott einfach den Rücken zu kehren!«

Dann fiel er wieder in den normalen Tonfall zurück. Er versprach, daß sich durch seine Ankunft das Leben aller Menschen in Zardino »von Grund auf« verändern werde, auch wenn er die Schwierigkeiten keineswegs unterschätze, die auf ihn zukämen, wenn er um seine Kirche herum wieder eine Gemeinschaft von Christen aufbauen wolle, die dieses Namens würdig seien. Um einen Anfang zu machen – verkündete er –, habe er sämtliche Aktivitäten jenes Mannes liquidiert, der jahrelang den Namen und das Amt eines Priesters dazu mißbraucht habe, Seidenraupen zu züchten, Geld zu Wucherzinsen zu verleihen, Tränklein und Salben für den Leib zu verkaufen und allen möglichen anderen Tätigkeiten nachzugehen, die eines wahren Priesters unwürdig seien. Er zitierte aus dem Evangelium: »Mein Haus ist das Haus des Herrn, und ihr habt eine Räuberhöhle daraus gemacht! Ein echter Priester«, sagte Don Teresio und deutete dabei auf sich, »muß so leben, wie es die Heilige Schrift vorschreibt, nämlich von den Spenden und Abgaben der Gläubigen.«

In Eifer geratend, erhob er sich wieder auf die Zehenspitzen wie während der Messe, als die Frauen für einen Augenblick geglaubt hatten, er würde in die Luft entschweben. Und indem er selbst in die Rolle von Gottvater schlüpfte, rief er: »Ich, der dreieinige Gott, frage euch: Wo sind in all diesen Jahren die Zehnten geblieben, die ihr mir geschuldet habt? Und die Zuwendungen und Gaben, die seit jeher mit allen kirchlichen Feiertagen und den Namen meiner heiligen Märtyrer verbunden sind, wer hat sie mir vorenthalten? Und das Recht zu mahlen und Wasser zu schöpfen und soundso viel Ster Holz jeden Winter zu bekommen, wie es verbrieft ist, welche Frevler haben es mit Füßen getreten?« Er zeigte mit dem Finger auf die Männer: »Du! Und du! Und du! Und auch du! Ihr alle, ihr diebisches Natterngezücht, denn ihr habt Gott geraubt, was Gottes war!« Seine Stimme bebte jetzt vor Zorn, ebenso sein Arm. Er verharrte und fixierte seine neuen Pfarrkinder – ungefähr in jener Haltung, in der Michelangelo, auf den Fresken der Sixtinischen Kapelle, Christus als Weltenrichter dargestellt hat: Wehe über euch!

Danach ließ er den Arm sinken, faltete die Hände vor der Brust wie zum Gebet und sagte: »Über das, was Gott in den vergangenen Jahren zugestanden hätte und was ihr ihm vorenthalten habt, wird er euch selbst die Rechnung präsentieren, in der Stunde eures Todes. Für das jedoch, was ihr ihm jetzt schuldet, für das begonnene Jahr und all die kommenden Monate, werde ich, sein Diener, Rechenschaft von euch fordern. Mit meinen armseligen Mitteln, so sie, wie ich hoffe, genügen – oder aber indem ich mich der Gesetze der Menschen und ihrer Gerichte bediene, falls es zum höheren Ruhme Gottes und seiner heiligen Kirche notwendig werden sollte. Amen.«

11. Kapitel

DER CACCETTA

Die Blätter fielen, und der Himmel wurde grau: Der Winter kam, das Pflügen und der erste Schnee. Getreu seinen Versprechungen, gab sich Don Teresio in jedem Augenblick und auf jegliche Weise alle Mühe, den Bewohnern von Zardino das Leben sauer zu machen: mit seiner ständigen Präsenz in den Häusern und Höfen, mit seinen dauernden Gottesdiensten, alle obligatorisch (»geboten«) und ungemein wichtig, ja geradezu unerläßlich für das Seelenheil, mit seinen hartnäckigen Forderungen nach Spenden und Zehnten und mit dem Lärm seiner Glocken, die er sechs- oder siebenmal am Tag läutete oder auch noch öfter. Aber trotz seiner ungebremsten Aktivität und seiner nie erlahmenden Phantasie sollten jenes ausgehende Jahr 1601 und die ersten Monate des Jahres 1602 den Leuten in Zardino (wie in allen anderen Dörfern der Bassa) nicht als der Winter des Don Teresio, sondern als »der Winter des Caccetta« im Gedächtnis bleiben.

Dieser Caccetta – in Wirklichkeit hieß er Giovan Battista Caccia – war ein Feudalherr aus Novara, der sich, unter dem Druck diverser Verbannungen und Verurteilungen, auf das andere Sesia-Ufer, nach Gattinara, zurückgezogen hatte, in den Machtbereich des Herzogs von Savoyen. Von dort zogen seine Leute – das Niedrigwasser des Flusses sowie den Umstand nutzend, daß die Spanier diese durch das Bündnis mit Carlo Emanuele I. als sicher geltende Grenze kaum kontrollierten – fast täglich auf ihre Raubzüge in die Dörfer der Bassa aus. Und in sämtlichen Ställen sämtlicher Dörfer, so natürlich auch in Zardino, redete man über nichts anderes als über diese Unternehmungen. Entführung, Brandstiftung, Verbrechen: Es gab Stoff für jede Art von Geschichten und für viele Jahre! Ein gewisser Barbavara – erzählte man sich unter anderem in den Ställen – und ein gewisser Marchesino, bekanntermaßen Männer des Caccia, hatten mit einigen anderen Bewaffneten den Sesia durchquert und waren auf dem Weg nach Carpignano auf zwei dreizehnjährige Zwillingsschwestern gestoßen, eine Costanza und eine Vincenzina Mossotto, Töchter eines Barbiers, der in dieser Gegend wohnte, hatten sie gepackt und auf die andere Flußseite verschleppt. Oder: Ungefähr eine Meile von der Ortschaft Recetto waren ein einsam gelegener Bauernhof in Brand gesetzt und fünf Pferde gestohlen worden, und der Besitzer, ein braver Mann namens Nicola De Dominicis, den man halb totgeschlagen hatte, war nach wenigen Tagen verstorben, ohne noch einmal das Bewußtsein erlangt und mit jemandem gesprochen zu haben. Dagegen war eine gewisse Iselda, genannt die Magistrina, vierundzwanzig, die seit geraumer Zeit als verschollen galt und die ihre Eltern bereits als tot beweint hatten, wieder in ihrem Dorf, Vicolungo, aufgetaucht und wartete darauf, den Antichrist zu gebären, mit dem sie der Caccetta persönlich oder einer der Banditen, die bei ihm hausten, geschwängert hatte... Diese und andere Geschichten machten allabendlich die Runde in den Ställen der Bassa, und alle Mädchen, darunter auch Antonia, mußten sie sich anhören, samt dem ganzen Schwall von Vorschriften, Verboten und Ermahnungen, der danach folgte: Sie sollten ja auf der Hut sein – warnten die Gevatterinnen – und nie allein aus dem Haus gehen, unter keinen Umständen! Ja keinem Unbekannten die Tür öffnen! Auch nicht die kleinste Unvorsichtigkeit begehen! Das nicht tun und jenes nicht tun! Und vor lauter »Ja nicht« und Darüber-reden-Hören kam es so weit, daß viele sie sich schließlich herbeiwünschten, die Banditen. Daß sie kämen, um gerade sie zu entführen und über den Sesia zu bringen, in ein großes Schloß, wo er, der Caccetta, sie auf einem Thron sitzend erwartete: Und er war weder häßlich noch böse, wie ihre Mütter behaupteten. Ganz im Gegenteil: Er war der Prinz aus dem Märchen. Und wie es sich in den Märchen gehört, nahm er sie zur Frau!

Der Caccetta... Wenn der Ruhm der Menschen nicht so kurzlebig wäre und die Erinnerung daran für die Menschen selbst nicht so unwichtig, wie sie es in der Tat ist, wäre das Leben des Novareser Adeligen Giovan Battista Caccia schon seit langer Zeit mit Papier und Tinte nacherzählt worden, in einer beträchtlichen Anzahl von Kapiteln, Bausteine seines Romans, der freilich noch darauf wartet, geschrieben zu werden. Ich werde versuchen, das, soweit es mir möglich ist, gutzumachen, indem ich von Giovan Battista Caccia berichte, der in jenem Winter 1602 noch keine einunddreißig Jahre zählte, denn er war am 22. Juli 1571 in seiner Burg zu Briona zur Welt gekommen, und zwar im Zeichen des Krebses, dessen negative Eigenschaften er sein Leben lang fast alle verkörperte, sowohl in physischer wie in moralischer Hinsicht. Tatsächlich war er sehr klein von Gestalt, ein Mickermännchen gewissermaßen (weshalb man ihm auch diesen abwertend-verkleinernden Spitznamen Caccetta angehängt hatte!), mit einer auffallenden Unproportioniertheit zwischen seinem normal entwickelten, robusten Oberkörper und den ganz kurzen und dünnen Beinen. Als Erbe eines illustren Namens und eines beträchtlichen Vermögens wuchs er, von den Frauen verwöhnt, in seinen Palästen von Novara und Mailand und in der Burg von Briona heran. Sein Lehrer und Erzieher war ein Priester namens Alciato (wahrscheinlich jener selbe Alciato, dem wir später als Monsignore unter den Richtern im Prozeß gegen Antonia wiederbegegnen werden), der sich darauf beschränkte, ihn in all seinen Anmaßungen zu bestärken, all seine Launen zu befriedigen, all seine Triebe zu rechtfertigen, zutiefst davon überzeugt – wie er und mit ihm ein Großteil des Klerus der damaligen Zeit es war –, daß es auf der Welt zweierlei Kategorien von Menschen gebe: die, die alles dürfen, und die, die nichts dürfen. Und daß, auch wenn später im Jenseits die nackten Seelen vor Gott alle gleich sind, im Diesseits so große Unterschiede zwischen den Menschen bestehen, daß einen Bauern zu töten für einen Feudalherrn keine schwerere Schuld ist, als wenn ein anderer ein Kaninchen mit der Schlinge fängt oder eine Forelle fischt. Diese Weltsicht, die schon der Lehrer hatte, wurde also vom Schüler übernommen, der sie dann mit fortschreitendem Alter vervollkommnete und durch eine sehr hohe und ganz sicher übertriebene Meinung von seiner eigenen Intelligenz und seinem Rang ergänzte, worin sich der junge Giovan Battista Caccia fast allen anderen Menschen für weit überlegen hielt. Noch ehe er sein zwanzigstes Lebensjahr vollendet hatte, ehelichte unser Held eine gewisse Antonia Tornielli: ohne Liebe und ohne jedes andere gegenseitige Interesse als das Kalkül der beteiligten Familien, die zu den vornehmsten und reichsten in diesem Teil Italiens gehörten; von ihr bekam er einen Sohn, den er auf den Namen Gregorio taufte. Man weiß nicht genau wann, aber sicherlich ehe er fünfundzwanzig war, lernte er in Novara eine sehr schöne, sehr kokette, seit kurzem verwitwete Dame kennen, der alle den Hof machten. Und er fühlte sich – oder glaubte es zumindest – unwiderstehlich zu ihr hingezogen. »Diese Frau«, dachte er, »muß die meine werden, koste es, was es wolle!«

Die lustige Witwe (sie wäre vielleicht weniger lustig gewesen, wenn sie die Gedanken hätte lesen können, die dem Caccetta durch den Kopf gingen) stammte aus Mailand, hieß Margherita Casati und hatte ein nicht einmal allzu geheimes Verhältnis mit jenem Agostino Canobio, der zur Zeit dieser Ereignisse der von den Novareser Mädchen am meisten umschwärmte Jüngling war, von dem geheiratet zu werden jede träumte: Einziger Erbe einer Bankiersfamilie, hatte er auch noch das Glück, ein schöner junger Mann zu sein, von stattlicher Statur, wohlproportioniert und rosig vor Gesundheit. Das genaue Gegenteil unseres Feudalherrn, der klein und plump war und gelb im Gesicht und sich dennoch in die Eroberung der Dame stürzte, ohne auch nur auf den Gedanken zu kommen, daß er einen Rivalen habe oder überhaupt haben könne: Wer auf der Welt sollte es wagen, sich einem wie ihm entgegenzustellen? Agostino Canobio lachte ihm ins Gesicht; doch was sie, die schöne Margherita, betraf, so muß ihr immerhin etwas von der Gefährlichkeit dieses neuen Verehrers geschwant haben, denn sie tat so, als nähme sie ihn ernst, und sagte zu ihm: »*Signor mio*, wie könnte ich jenes Gefühl erwidern, das Ihr für mich zu empfinden behauptet und das mir aufs höchste schmeichelt? Ihr seid ein verheirateter Mann, ich bin eine ehrbare Frau, und so müßt Ihr selbst einsehen, daß eine Verbindung zwischen uns nicht bestehen könnte und, so sie denn bestünde, kein gutes Ende nähme.« Der Caccetta gab darauf keine unmittelbare Antwort, aber wenige Tage später verstarb plötzlich die Edelfrau Antonia Tornielli, verheiratete Caccia: an Herzstillstand, sagten die Ärzte; an Gift, sagten die Novaresen, und fast wie um ihnen rechtzugeben, starb in derselben Woche auch noch der Koch des Caccetta: durch einen Sturz vom Dach, auf das er, Gott allein weiß warum, gestiegen war.

Margherita Casati, die den Wink verstand, floh nach Mailand, jedoch nicht, bevor dem Caccetta zu Ohren gekommen war, sie sei die Geliebte des Canobio gewesen und sei es immer noch. Diese Nachricht – so berichtete später jemand, der ihn kannte – löste den heftigsten und längsten Wutausbruch seines Lebens aus. So weit war es also gekommen, daß ein kleiner Spießbürger, ein Enkel von Wucherern, die Dreistigkeit oder die Gewissenlosigkeit besaß zu glauben, er könne sich ihm entgegenstellen – und womöglich auch noch gewinnen! An diesem Punkt der Geschichte überstürzen sich nun die Ereignisse, und die Toten sind nicht mehr zu zählen: Denn in dem Versuch, den Canobio umzubringen, bringt der Caccetta ihm Freunde, Bekannte, Verwandte und Leibwache um, schafft einen leeren Raum um ihn. Canobio dagegen, der auf eine solche Raserei nicht gefaßt ist und dem es mit Müh und Not gelingt, seine Haut zu retten (er wird dann 1602, unter ziemlich ungeklärten Umständen, sterben, im Alter von siebenundzwanzig Jahren: Vielleicht war es dem Caccetta doch noch gelungen, ihn aus dem Weg zu räumen, vielleicht war es aber auch einfach Canobios Schicksal, jung zu sterben, und sein Tod natürlich: Wer weiß?), er rafft sich also einerseits zu einem bescheidenen Gegenangriff auf, indem er durch seine Gefolgsleute die Gefolgsleute des Caccetta umbringen läßt, andererseits sucht er aber auch ein wenig Zuflucht beim Gesetz und bei den Männern, die es in Novara und in Mailand repräsentieren: dem Milizhauptmann, dem Stadtvogt, dem Kriminalgericht. Sollen doch sie, deren Pflicht es ist, ihn vor der Raserei eines losgelassenen Wüterichs schützen, der blindlings Leute umbringt und Häuser anzündet, ohne daß man überhaupt begreift warum!

Der totale Sieg des Caccetta über den Canobio weist jedoch mindestens zwei Merkmale auf, die, wenn es nicht um tragische Ereignisse ginge, ohne Zweifel komisch wären: In erster Linie ist es ein nutzloser Sieg, denn von Margherita Casati verliert sich an diesem Punkt unserer Geschichte jede Spur, und niemand weiß mehr etwas von ihr; zum zweiten ist es ein sehr teurer Sieg, für den der Caccetta zahlen muß, solange er lebt, ohne daß er ihn je gänzlich abzahlen könnte. Sämtliche *bravi* und *farinelli* (so nannte man damals jene außerhalb des Gesetzes Stehenden, die, im Gegensatz zu den ersteren, ihre Schurkereien nicht im Dienst eines Herrn, sondern auf eigene Rechnung betrieben), die Caccetta um den Gefallen gebeten hatte, da einen Mord und dort einen

Brandanschlag zu verüben, setzten ihm jetzt mit der Forderung nach Gegenleistung zu: Wir sollen den Soundso umbringen – ließen sie ihm bestellen – und dem und dem das Haus abbrennen, das auf deinem Gebiet liegt – bitte kümmere du dich drum! Wie sich solchen Anfragen entziehen? So kommt es, daß die Männer des Caccetta in Romagnano, in Orta, in Angera mitten auf der Piazza Leute umbringen, die überhaupt nichts mit dem Streit mit Canobio zu tun haben, und daß ohne jegliche Skrupel und Hemmungen Verbrechen über Verbrechen begangen werden; denn – so räsoniert Caccetta, und seine Handlanger tun es mit ihm – die Rechnung mit der Justiz ist ohnehin schon so lang, daß die Strafe, was immer auch noch hinzukommen mag, nicht mehr schlimmer ausfallen kann: »Ich habe schließlich nur einen Kopf!«

Verheiratete Frauen, Mädchen im mannbaren Alter und sogar neun- und zehnjährige Kinder werden gewaltsam aus den Dörfern um die Burg Briona, in der sich der Caccetta mittlerweile verschanzt hat, verschleppt und dort zur Verfügung des Feudalherrn und seiner *bravi* gehalten; in den Höfen und Küchen des Kastells wächst eine Herde von Kindern heran, die keinem – oder besser: allen – gehören und die man mitfüttert wie die Haustiere. Man tötet aus Lust am Töten: in Briona einen Violaspieler, der sich weigerte, mitten in der Nacht aufzustehen, um im Schloß aufzuspielen; in Romagnano Sesia einen Mann, der nicht schnell genug den Weg freigab. Man unternimmt Raubzüge und Diebstähle jeder Art, vor allem aber ist man auf Geld und Pferde aus. Man brennt Häuser nieder, man terrorisiert ganze Dörfer, denn man hat nun einmal damit angefangen, und warum sollte man jetzt damit aufhören? Wenn man einen Weg eingeschlagen hat, kann man ihn auch bis zum Ende gehen...

Im Jahr 1600 wird Giovan Battista Caccia erstmals von einem Gericht zum Tode verurteilt, weil er in Mailand den Edelmann Ottavio Canobio, Onkel des Agostino Canobio, durch einen Büchsenschuß hatte erledigen lassen, jenen Mann, in dessen Palast die unglückliche Margherita Casati, ehe sie sich endgültig von der Welt zurückzog, ein letztes Refugium gefunden hatte. Was tun? Die Justiz der damaligen Zeit, unbeugsam gegenüber den armen Schluckern, die das Unglück hatten, in ihre Netze zu geraten, öffnete den wahren Verbrechern ein Schlupfloch nach dem anderen. Eines davon bestand – wie mehrmals in den Verordnungen Seiner Exzellenz, Don Ferdinandez de Velasco, Konnetabel von Kastilien etcetera etcetera, bekräftigt – darin, daß derjenige, der der Justiz einen Gesuchten auslieferte, in den Genuß eines Strafnachlasses in Höhe der Strafe des Gesuchten kam. In der Praxis hieß das: Um sich von einer Verurteilung zum Tode zu befreien und wieder als unbescholten zu gelten, genügte es, den Richtern einen anderen zum Tode Verurteilten oder, wenn dieser bereits tot war, dessen abgeschnittenen Kopf auszuliefern; und unser Held, in seiner Burg von Briona, hatte lediglich die Qual der Wahl: Welcher seiner *bravi* war ihm am wenigsten sympathisch oder wußte die meisten kompromittierenden Dinge über ihn? Schließlich nahm er irgendeinen, ließ ihn köpfen und schickte den Kopf nach Mailand. Im Jahr darauf – inzwischen schreiben wir 1601 – beginnt die Geschichte sich zu wiederholen. Vom Gericht in Mailand wurden gegen Giovan Battista Caccia, Novareser Adelsherr, gleich zwei Todesurteile ausgesprochen: eines durch den Strang, wegen Pferderaubs und anderer Diebstähle, und eines durch Enthauptung, wegen mehrerer Morde. Der Caccetta (der in der Zwischenzeit in seiner Burg Briona eine große Menge Falschgeld hatte prägen lassen, mit Hilfe eines erfahrenen Falschmunzers, dessen er sich dann entledigte, indem er ihn und vorsichtshalber auch gleich noch seine Frau ermorden ließ) befreite sich von beiden Urteilen dadurch, daß er der Justiz einfach zwei weitere *bravi* schickte und seinen Wohnsitz nach Gattinara, jenseits des Sesia, verlegte, unter den Schutz des Grafen Mercurino Filiberto von Gattinara und Seiner Hoheit, des Herzogs von Savoyen. Hier, in einem befestigten Kloster der Camisotti (Brüder, die wegen ihres weißen Gewandes »Hemdträger« genannt wurden), erging er sich in Beteuerungen, daß er die Spanier und ihre Regierung satt habe, und er fing an, Reiter zu bewaffnen, nicht als *bravi* und persönliche Gefolgsleute, sondern als Soldaten: Er verpaßte ihnen »Bänder, Federn, Tressen und weiße Strümpfe« nach Franzosenart und »legte sich mit jedem an, der Rot trug«, die Farbe der Gegenpartei; er übte sie im Scheibenschießen »auf die Figur eines Mannes, von welcher sie sagten, es sei der König von Spanien«. Und nicht zuletzt hielt er Reden... extravagante Reden, an die Schurken, die von Zeit zu Zeit über den Sesia kamen, um ihn zu besuchen: ein gewisser Giovan Battista Comolo aus Omegna, ein gewisser Giulio Gemello aus Orta, ein gewisser Giovanni Comazzolo aus Vercelli und ein gewisser Blasino Caccia aus Novara, allesamt hochkarätige *farinelli* mit vielen *bravi* und vielen Beziehungen. Die verfluchten Spanier – erklärte ihnen der Caccetta – würden bald aus Mailand abziehen müssen: Das Volk hasse sie, und der in seinen Rechten unterdrückte und seiner Güter beraubte Adel stehe inzwischen geschlossen gegen sie. Man müsse sich bereithalten: soviel Männer wie möglich unter Waffen stellen und dann warten, bis der Herzog von Parma, Ranuccio Farnese, und der Herzog von Savoyen, Carlo Emanuele I., beides seine, des Caccetta, Freunde und Protektoren, losschlügen. Sie sollten überzeugt und guter Dinge sein, denn die gegenwärtige Allianz des Savoyers mit Spanien sei nur ein Intermezzo, ein politisches Manöver, und schon bald werde Mailand »dem *Roi*« gehören (das heißt dem König von Frankreich, der damals Heinrich IV. von Bourbon war). Er, Caccetta, habe sich dem *Roi* gegenüber verpflichtet, wenn die Zeit gekommen sei, die Feste Angera (damals im Besitz der Borromäer) zu Fall zu bringen und mit anderen Tapferen gen Mailand zu ziehen, wo er dann, in der neuen Ordnung des Staates, endlich jene Stellung einnehmen werde, die ihm aufgrund seines Standes und seines Einsatzes für die Sache des *Roi* zukomme.

Und damit begann jene Epoche, in der die weiß-blauen Reiter die Bassa mit ihren Raubzügen terrorisierten, der lange »Winter des Caccetta«: als die Mädchen sich nicht mehr aus dem Haus wagten und wer Pferde im Stall hatte, sie so weit wie möglich fortschaffte, in die Gehöfte um Novara oder sogar bis ins Tal des Tessins. Mit dem Frühling stiegen jedoch die Wasser des Flusses und überschwemmten die Furten. Die Banditen stellten ihre Streifzüge ein, und das Leben der Dörfer kehrte nach und nach zur Normalität zurück: Man konnte die Frauen wieder auf der Straße sehen und an den Wassergräben knien, um die Wäsche zu waschen; die Kinder nahmen ihre Spiele und Abenteuer wieder auf, auch weiter von zu Hause weg, mitten in den Wäldern; auf den Feldern hörte man wieder die traurigen, schleppenden Lieder der *risaroli*, und die Ängste des Winters lösten sich auf wie Trugbilder in der Sommersonne. Das ist im übrigen typisch für die Bassa: daß alles rasch vergeht und nichts, oder fast nichts, eine Spur zurückläßt. Das Gedächtnis gräbt keine Furchen ein, im Gegensatz zu den Alpentälern, wo die Erinnerung an einen Vorfall oder die Legende davon sich von einem Jahrtausend bis ins nächste erhalten kann. Die Ebene ist wie ein Meer, wo die Wellen der Zeit sich überrollen und auslöschen, Ereignis auf Ereignis, Jahrhundert auf Jahrhundert: Wanderungsströme, Invasionen, Seuchen, Hungersnöte, Kriege, an all das erinnert man sich heute nur, weil es in den Büchern steht; gäbe es das Geschriebene nicht, bliebe davon keine Spur.

An einem Nachmittag Ende Juli im Jahr des Herrn 1602 halfen Antonia und Anna Chiara Barbero der Signora Consolata, Unkraut auf einem mit Rüben bebauten Stückchen Land zu jäten, das hinter der Osteria Zur

Laterne zwischen den Obstgärten lag. Es war heiß, Wolken von Mücken schwirrten herum, und bestimmt wäre es niemandem in den Sinn gekommen, daß sich ausgerechnet an diesem Tag und ausgerechnet hier etwas Bedeutsames ereignen könnte, als man auf der Straße, die vom Sesia herkam, Hufgetrappel hörte und dann auch den Lärm von Stimmen, das Klirren von Eisen und Hundegebell: Die Fenster schlossen sich samt ihren Läden, die Leute, die auf der Straße waren, verschwanden, und durch ganz Zardino lief ein einziges Wort, ein Name, der schon für sich allein genügte, um Schrecken zu verbreiten: »Der Caccetta! Der Caccetta kommt!« Die arme Consolata wurde von Panik erfaßt. Was sollte sie tun, für sich und die Mädchen? Nach Hause zu rennen war nicht mehr möglich, denn dazu hätte man die Straße überqueren müssen, doch die Straße hinter der Hecke war bereits von Männern zu Pferd versperrt; auch eine geschlossene Kutsche war da, mit heruntergezogenen Vorhängen, und als einer davon, für einen Moment, beiseite geschoben wurde, erschien ein Frauengesicht. Da sie keinen anderen Ausweg mehr sah, packte Consolata die beiden Mädchen, drückte sie nach unten und schob sie gewaltsam in die Weißdornhecke, die das Stückchen Land umzäunte; auch sie versuchte, sich hineinzuzwängen, indem sie in die Knie ging, um nicht gesehen zu werden. Die Dornen der Hecke zerrissen die Haut und den leichten Stoff der Kleider, drangen ins Fleisch und brachten es zum Bluten: Doch keiner der drei entfuhr ein Schmerzenslaut, keine rührte sich, um eine bequemere Stellung zu finden. Anna Chiara erzählte später, sie habe, so gut sie konnte, den Atem angehalten und sei mit geschlossenen Augen unbeweglich dagehockt, bis sich die Banditen wieder davongemacht hätten. Antonia dagegen beobachtete alles und sah alles, obwohl die Pferde so nahe an der Hecke standen, daß man sie riechen konnte, und trotz des Schreckens, den sie empfand, als die Banditen sich zu ihrer Seite hin drehten, trotz dieses Herzklopfens: Sie haben dich gesehen! Sie schauen genau auf dich! Doch größer als die Furcht war bei ihr die Neugier. Sie sah den Caccetta; er saß aufrecht auf seinem Pferd, in der Mitte der Piazza, und sagte zu seinen *bravi*: »Wenn sie nicht kommen wollen, dann bringt sie mit Gewalt her; aber paßt auf, daß ihr keinem was antut, auch nicht aus Versehen!« Die ganze Piazza war voller Reiter, und einmal sah man den Caccetta, und dann sah man ihn wieder nicht. Trotz seiner Untaten und seines Rufs war er schmächtig, eher ein Männchen als ein Mann, und häßlich dazu; die Haut seines Gesichts hatte die gleiche Farbe wie das Wachs, aus dem man die Kerzen macht, seine Stirn war gewölbt und vorspringend, und auch seine Augen standen vor und glänzten – wie bei Schwindsüchtigen, dachte Antonia. Einige Reiter schlugen indessen mit ihren Büchsen an die Fensterläden und drangen in die Höfe. »Wo sind die Räte?« riefen sie. Und: »Kommt heraus, ihr Erdfresser, niemand will euch was tun!« In wenigen Minuten gelang es ihnen, etwa dreißig Einwohner von Zardino auf dem Kirchplatz zusammenzutreiben: Da war der Wirt der »Laterne«, Assalonne, mit seinen zwei Söhnen; da waren die in diesem Jahr im Amt stehenden Räte des Dorfes, ein gewisser Benvenuto und ein gewisser Giacomo Ligrina; da waren einige Knechte und Taglöhner, und alle appellierten sie an die Milde des Caccetta: Sei großmütig, wir haben dir nichts getan, wir sind nur arme Erdfresser, was willst du von uns? Als ihm schien, es seien genügend da, machte der Caccetta seinen Männern ein Zeichen, daß sie sich zurückziehen und abseits warten sollten. Er fragte die Bauern: »Wißt ihr, wer ich bin? Erkennt ihr mich?«

»Ja«, sagt Giacomo Ligrina, der wie alle anderen den Hut in der Hand hielt : »Du bist der Edelmann Giovan Battista Caccia, Herr der Burg Briona und unser Herr. Befiehl, und wir werden dir gehorchen.«

Der Caccetta hob die linke Faust, den Daumen nach oben. Er fragte weiter: »Wißt ihr, was dieses Zeichen bedeutet?«

Keiner wußte es, und keiner antwortete. »Ich bin der berühmte Caccetta, wie mich alle nennen«, sagte der Caccetta, »und wenn nur die Hälfte der Geschichten wahr wäre, die man in Mailand und in Novara über mich erzählt, dann müßte ich das grausamste Tier von der Welt sein, blutrünstig und zu jeder Art von Ausschweifung bereit, eine Bestie, die mordet, brandschatzt und Jungfrauen schänden läßt. Statt dessen seht ihr, und so sagt es auch schon das Sprichwort, daß der Teufel nicht so schlimm ist, wie man ihn an die Wand malt.«

Er richtete sich auf eine Art im Sattel auf, die Antonia denken ließ: »Er hält sich tatsächlich für schön!« Doch das war nur die Sache eines Augenblicks. »Ballt die linke Faust, wie ich es mache«, sagte der Caccetta gleich darauf zu den Bauern. »Streckt den Daumen nach oben. Kommt her und berührt mit eurem Daumen den meinen, und dann sagt laut: Es lebe das Franzenland, es lebe der Roi! Denn euer Herr ist Heinrich, der Roi!«

Die Reiter im Gefolge des Caccetta zogen ihre federgeschmückten Hüte, schwenkten sie über den Köpfen und schrien alle zusammen: »Nieder mit Spanien! Es lebe das Franzenland! Es lebe der Roi!«

Irgendeiner gab auch ein paar Büchsenschüsse in die Luft ab, die zwischen den Häusern widerhallten und die Hunde des Dorfes zum Jaulen und Heulen brachten.

»Es lebe das Franzenland! Es lebe der Roi!« riefen die Bauern, wenn auch ohne sonderliche Überzeugung.

»Ich reite jetzt in die Stadt Parma«, erklärte der Caccetta den Leuten von Zardino; und er hätte ihnen alles mögliche sagen können, so seltsam und fast absurd war die Tatsache, daß ein Feudalherr in einem Dorf haltmachte, um den Bauern zu erzählen, wohin er gehe und weshalb er dorthin gehe. »Seine Hoheit, der Herzog, hat nach mir gesandt, und das bedeutet, daß große Veränderungen bevorstehen: Das sollt ihr wissen! In ein paar Monaten, längstens in einem Jahr, werde ich wieder hier durchkommen, und dann wird alles anders sein, denn von den Kastellen von Novara und Mailand wird die Fahne mit der Lilie wehen. Die Fahne des Roi!«

»Es lebe der Roi!« wiederholten die Bauern, so laut sie konnten. Und sie hatten das Gefühl, mehr als gnädig davongekommen zu sein, wenn der Caccetta so abzog: ohne ihnen die Frauen oder die Pferde geraubt und ohne auch nur ein einziges Haus in Brand gesteckt zu haben. Sie meinten, daß er womöglich verrückt geworden sei – jedenfalls hätten sie großes Glück gehabt. Über das Franzenland dachten sie nicht weiter nach; ja um genau zu sein, sie dachten überhaupt nichts.

12. Kapitel

DIE HEILIGEN GEBEINE

Es war kalt und regnete an jenem Märztag im Jahr des Herrn 1603, als sämtliche Kirchenglocken der Bassa wie wild zu läuten begannen, sich von einem Dorf zum anderen Antwort gaben, halbe Stunden lang, wie sonst nur am Ostermorgen, um der Welt die freudige Nachricht zu verkünden: daß die heiligen Gebeine aus Rom endlich da seien! Monsignore Cavagna hatte sein Versprechen vom Jahr zuvor gehalten, nämlich so viele Gebeine von heiligen Märtyrern des Glaubens und so viele neue Reliquien nach Novara zu schaffen, daß man auch noch die abgelegenste Pfarrei und jedes Kirchlein der Diözese damit versorgen könne! Don Teresio hielt es nicht länger vor Freude. Nachdem er geläutet hatte, bis seine Hände voll Blasen waren, nahm er seinen Pilgersack, versah sich mit einem schweren Umhang mit Lederkapuze und ein paar hohen Stiefeln, ebenfalls aus Leder, wie sie die Bauern benutzten, um in die Gräben zu steigen; und so ausgestattet, machte er sich auf den Weg nach Novara, mitten durch den Morast und das Wasser der aus der Erde sprudelnden Quellbäche und der über die Ufer getretenen Kanäle.

Nach drei Tagen kehrte er wieder zurück – es war ein Samstag –, als sich bereits viele Leute in Zardino der Hoffnung hingegeben hatten, er könnte in der Furt des Agogna ertrunken sein und das Dorf wäre ihn endlich los. Doch ganz im Gegenteil: Es ging ihm nicht nur gut, er war geradezu außer sich vor Zufriedenheit, so erregt und glücklich, daß er wie betrunken wirkte: Er sang beim Gehen, segnete alles, was ihm entgegenkam, Menschen wie Tiere, und schmetterte das Lob des Herrn gen Himmel. Den Umhang trug er zusammengerollt unterm Arm, denn in der Zwischenzeit hatte es aufgehört zu regnen, der Himmel klarte auf: Die dicke graue Wolkendecke, die acht Tage lang über der Bassa gehangen hatte, zerriß und hob sich, bis sie die fernen Berge freigab, und sie öffnete tiefblaue Spalten über einer triefenden und dampfenden Landschaft, die sich wieder an der Frühlingssonne freute.

Don Teresio ging schnurstracks nach Hause, um sich umzuziehen, und dann fing er an, mit einem Glöckchen in der Hand, dessen Läuten sein Vorrücken von einem Hof zum anderen signalisierte, die Runde durchs Dorf zu machen, um die Bewohner Zardinos von den großartigen und wunderbaren Ereignissen zu unterrichten, die sich in diesen Tagen in Novara zugetragen hatten und die ihre Stadt in ein gewaltiges Zentrum des Glaubens und der Heiligenverehrung verwandeln würden: an Bedeutung nur noch hinter Rom zurückstehend! Die heiligen Gebeine – erzählte Don Teresio – seien am Montag, von Mailand her, in San Martino del Basto eingetroffen, wo die Fähre über den Tessin setzt; und sie seien direkt aus Rom gekommen, aus den Katakomben. Sie hätten einen dreiachsigen Wagen gefüllt: Ein ganzer Wagen, beladen mit Gebeinen und Reliquien, die der Monsignore Giovan Battista Cavagna aus Momo persönlich, mit seinen eigenen Händen, aus den neuen Katakomben geholt habe, um sie nach Novara und zu den Novaresen zu bringen, auch zu denen im Umland natürlich! Auch nach Zardino! (»Ja, meine Lieben, ja«, flüsterte Don Teresio den Bauern zu, die ihn verwundert ansahen. »Es ist inzwischen so gut wie sicher: Auch uns wird man die Gebeine eines Heiligen überlassen! Einen kompletten Heiligen! Das ist etwas Unglaubliches!«) Der Wagen – fuhr Don Teresio fort – sei dann zwei Tage lang in San Martino geblieben, damit der Generalvikar des Bischofs Bascapè, Monsignore Orazio Besozzi, Gelegenheit bekäme, ihn im Namen des Bischofs in Empfang zu nehmen, und die Gläubigen aus Stadt und Land, entlang des Weges die feierlichsten Begrüßungszeremonien vorzubereiten, die man jemals in diesem Teil des Staates Mailand gesehen habe. Wie es dann auch geschehen sei. Am Mittwoch, als es noch in Strömen regnete, habe sich der Wagen schließlich in Bewegung gesetzt und, flankiert von festlichem Volk, in Novara seinen Einzug gehalten.

Schon unterwegs hätten sich an verschiedenen Orten wunderbare Dinge ereignet: Eine Frau, die von der Gicht so gekrümmt gewesen sei, daß ihr Gesicht beim Gehen fast die Knie berührte, habe sich plötzlich aufgerichtet; ein von Geburt an Stummer habe zu reden begonnen; ein Ungläubiger habe sich bekehrt und sich vor dem Reliquienwagen in den Schlamm geworfen, und er sei von Monsignore Cavagna aufgehoben und getröstet worden, der dann auch gleich seine erste Beichte gehört und ihn getauft habe, direkt mit dem Wasser, das vom Himmel kam, indem er ein wenig Regen in der gewölbten Hand auffing. »Und wenn das keine Wunder sind«, sagte Don Teresio mit erhobenem Zeigefinger, »dann weiß ich nicht mehr, wie man ein Wunder erkennen soll, dann habe ich umsonst studiert und bin kein Priester!« Natürlich müsse man die Bestätigung der Kirche abwarten, ehe man diese wundersamen Ereignisse als Wunder bezeichnen könne, und da werde noch Zeit vergehen: Aber er, der dabeigewesen sei, dürfe doch schon jetzt davon erzählen. Als der Wagen mit den heiligen Gebeinen schließlich vor Novara angelangt sei, inzwischen war es schon dunkel, hätten alle Mauern der Stadt von ferne geleuchtet, trotz des Regens, »wie die Mauern von Zion«. Monsignore Carlo Bascapè sei vom Dom aus dem Wagen entgegengeschritten, unter dem Baldachin, den Seminaristen getragen hätten und dem eine wundervolle Prozession von Kanonikern, Klerus, Adel und Bruderschaften vorangezogen sei. Noch nie habe man, seit Menschengedenken, in Novara ein so prächtiges Fest gesehen, bei einem so schrecklichen Wetter! Triumphbögen aus lackiertem Holz, die der Regen freilich leider innerhalb weniger Stunden ruiniert habe, seien an allen Toren der Stadt errichtet worden, die großartigsten vor der Porta Sant'Agabio, die der Wagen passieren mußte; Blumen und Früchte – soweit sie die Jahreszeit hergab – seien den ganzen Weg entlang gestreut worden, bis zum Dom; es habe keinen Balkon gegeben, den nicht irgendein Tuch geziert, und kein Fenster, in dem nicht ein Licht gestanden hätte! Der Wagen sei dann in den Dom gezogen worden, direkt vor den Hochaltar: aber nicht etwa von den Pferden, denn Tieren sei es nicht erlaubt, die Schwelle des Gotteshauses zu übertreten, sondern vom Volk der Gläubigen, und dort habe man ihn eingeschlossen, bis er seiner so kostbaren Fracht entledigt würde. Viele unter den Gläubigen, und er, Don Teresio, mit ihnen, seien nicht nach Hause gegangen, sondern hätten es vorgezogen, diese und auch noch die folgende Nacht draußen zu verbringen, schlafend oder im Gebet wachend, auf dem nackten Stein, dort auf den Stufen des Doms, oder auch auf dem Schotter der Piazza, unter jenem Portikus, der nach uralter Tradition – und nie sei ein Name treffender und wahrer gewesen – *Portico del Paradiso* genannt werde. Ohne die geringste Kälte zu verspüren – sagte der Vikar, wobei er seine linke Hand auf die Brust legte, dorthin, wo das Herz ist, und mit seinen hellen, aufgerissenen Augen seinen Zuhörern ins Gesicht sah –, denn von dem Stein sei eine solche Wärme ausgegangen, ein solches Gefühl von Frieden und Glückseligkeit, daß er sich noch nie so wohl und so warm gefühlt habe, nicht einmal in seinem Bett in Zardino, unter dem großen Plumeau, das ihn in den Winternächten gegen die Kälte schütze...

Die Bauern lauschten verwundert und ungläubig. Der eine oder andere lud Don Teresio ein, er möge sich doch setzen, irgend etwas Stärkendes trinken: Er müsse ja todmüde sein, nach all dem Regen und den auf dem Stein verbrachten Nächten und nachdem er zu Fuß diesen ganzen Weg zurückgelegt habe, durch den Morast! Vielleicht sei er sogar noch nüchtern ... Sie fragten ihn: »Wollt Ihr nicht etwas essen? Habt Ihr schon gegessen?«

»Nein, nein, danke«, erwiderte Don Teresio. »Ich bin nur wegen der Sonntagsgottesdienste hergekommen und kann es kaum erwarten, wieder nach Novara zurückzukehren, um vom hochwürdigsten Herrn Bischof und vom Monsignore Cavagna unseren Anteil an Reliquien zu erflehen: einen ganzen Heiligen für Zardino!« Er hob die Hände zum Himmel und riß wieder die Augen auf, um die ungeheure Größe dieser Bitte zu unterstreichen. Dann schwieg er ein wenig, ehe er fortfuhr: »Dazu wird es Geld brauchen, ich weiß: Doch mit Gottes Hilfe und der euren werden wir auch das zusammenbringen.« Und das war der Punkt, an dem die Bauern das Gefühl hatten, zu Eis zu erstarren; sie antworteten nichts mehr oder gingen und sagten sich: Das hätten wir uns gleich denken können, daß der wieder Geld will! Bei Don Teresio ging man nie fehl; die Melodie konnte sich zwar ändern, aber das Lied blieb immer das gleiche: Geld, Geld, Geld... Wo immer sich auch das Paradies befinden mochte, von dem er jeden Sonntag und jeden Werktag redete, der Weg, auf dem man dorthin gelangte, war mit Geld gepflastert: Und je mehr einer springen ließ, desto bequemer kam er darauf voran, und in der Kutsche.

Geld, Geld, Geld: zum Teil als geschuldet eingetrieben, zum Teil als Spende herausgelockt und zum Teil geopfert, um irgendein Vergehen zu sühnen und die Seele zu retten. Kupfergeld, Silbergeld, sogenanntes »Legierungsgeld«, Gold: Seit dieser neue Pfarrer in Zardino war – dachten die Bauern –, schien es, als hätte der liebe Gott mitten im Dorf eine Amtsstube eröffnet, um auf alles und jedes Geld zu erheben: auf die Geburten, auf die Todesfälle, auf den Regen, auf die Sonne, auf das Korn, auf die Bohnen, auf die Hirse...

Während sich also in Zardino die Leute, so gut sie konnten, gegen Don Teresio und seine Geldforderungen zu wehren suchten, war in Novara die gute Gesellschaft damit beschäftigt, zusammen mit der Ankunft der Reliquien einen neuen Helden zu feiern: jenen Monsignore Giovan Battista Cavagna aus Momo, dem wir schon einmal in Antonias Geschichte begegnet sind, damals, als sie noch in San Michele war und die Nonnen sie gezwungen hatten, das Willkommensgedicht für den Besuch des Bischofs aufzusagen. Die »Gans, weißer noch als Butter«... Was für ein langer Weg, den unser Monsignore Cavagna mit Gottes Hilfe und mit der seiner Stellvertreter auf Erden, also der Oberen, seit damals in der Welt zurückgelegt hatte! »Weg« verstanden als Karriere und als tatsächliche Wegstrecke: zuerst nach Mailand, wohin ihn der Bischof Bascapè von Zeit zu Zeit schickte, um dem Kardinal Federigo Borromeo seine Briefe und Botschaften zu überbringen; und dann nach Rom, wo er jetzt residierte: offiziell als Sekretär des Kardinals Gerolamo Mattei, in Wirklichkeit aber als Vertrauensmann des Bischofs von Novara in der Kapitale der christlichen Welt: zwei Augen und zwei Ohren in der Nähe des Papstpalastes, um dort das leiseste Flüstern, die geheimsten Signale zu registrieren... Es war eine wichtige und äußerst vertrauensvolle Aufgabe, die Bascapè der »Gans, weißer noch als Butter« übertragen hatte. Daß er für diese Aufgabe ausgerechnet Monsignore Cavagna und keinen anderen gewählt hatte, hieß in erster Linie, daß er ihn für einen treuen Diener Gottes und seines Bischofs hielt, dazu noch mit guten und schlechten Eigenschaften ausgestattet, die ihn besonders geeignet erscheinen ließen, in der Stadt der Päpste zu leben und zu wirken. Die schlechten Eigenschaften des Cavagna waren – nach Bascapès Meinung – seine Neigung, die Nase in anderer Leute Dinge zu stecken, sein Hang zum Klatsch und zum

Mondänen, seine Naschhaftigkeit und seine spärliche Phantasie; die guten dagegen beruhten – wieder in des Bichofs Augen – auf seinem phlegmatischen Temperament und seinem Mangel an Ehrgeiz: Doch in diesem letzten Punkt irrte Bascapè. Cavagna war ehrgeizig, wie alle, nur war er es auf seine Weise und nicht auf die des Bischofs; darüber hinaus lag in seinem Charakter ein Zug von Naivität, den der Bischof unterschätzte. Dank seines geringen Hangs zu großen Gedankenflügen und seiner geringen Neigung, sich beeindrucken zu lassen, schüchterte ihn Rom weder ein, noch regte es ihn auf. Dagegen faszinierten ihn bestimmte Handelsgeschäfte, die man damals im Umkreis der Basiliken vor den Toren der Stadt und der ihnen angeschlossenen Begräbnisstätten betrieb und die die gleichen Begierden und die gleichen Interessen weckten wie an anderen Stellen des Erdballs das Gold. Abenteurer, intrigante Damen, korrupte Kirchenmänner... In der Tat waren für den Handel, den man damit trieb, die Reliquien und die sogenannten heiligen Gebeine wie ein kostbares Mineral, das einzige, das sich im Untergrund von Rom fand; und so begannen auch im Kopf des Monsignore Giovan Battista Cavagna gewisse Ideen zu keimen, gewisse Gerüchte sich einzunisten, die in den Salons und Sakristeien zirkulierten, Gerüchte von »guten Geschäften«: Die heiligen Gebeine eines Märtyrers mit dem schrecklichen Namen Gerundius, vorschriftsmäßig beglaubigt und verpackt, waren schon für hundert *giulii* zu haben, also für wenig mehr als fünfzig Mailänder Lire; ein anderes Gerippe, das eines Simplicius aus Edessa, konnte man bereits für zehn Scudi erstehen... Einmalige Angebote, großartige Gelegenheiten, die sich nur dem boten, der im Papstpalast oder in dessen unmittelbarer Nähe lebte. Was tun? Der gute Cavagna besprach sich, unter Nennung von Namen, Referenzen, Garantien, mit seinem Bischof und bat ihn, er möge ihn doch autorisieren, wann immer sich ein gutes Geschäft biete, zu verhandeln und heilige Gebeine für die Kirchen

Novaras und seiner Diözese zu erwerben. Wenn man den in Trägheit und Gleichgültigkeit dahinglimmenden Glauben wieder zur Flamme auflodern lassen wolle, sei der Augenblick günstig: jetzt oder nie! Die Katakomben seien wie offene Steinbrüche, deren Schätze in die Welt hinaus müßten, um mit der stärkenden Präsenz der Märtyrer jenes heilige Feuer, das in einigen Teilen Europas, von der Asche der Häresie erstickt, zu verlöschen drohe oder schon verlöscht sei, neu zu entfachen. Und er, Cavagna, bitte nur um diese eine Gunst: sein Leben und seine Kräfte dafür einsetzen zu dürfen, daß unter all den heiligen Diözesen, die die christliche Welt bildeten, Novara ein bißchen besser gegen die Angriffe des Teufels gewappnet sei als die anderen, ein bißchen näher bei Gott als die anderen, ein bißchen heiliger als die anderen. Nach kurzem Zögern hatte der Bischof seine Einwilligung erteilt. Und das waren nun die Ergebnisse...

Ein paar Tage lang war in jenem März Anno Domini 1603 Monsignore Cavagna – die »Gans, weißer noch als Butter« – in Novara die Persönlichkeit, über die alle redeten, die Hauptfigur des mondänen Lebens und der Salons: heftig umworben von den Damen des lokalen Adels, die ihn mit *gratòn* (Gänsegrieben), mit *fideghin* (Würstchen aus Schweineleber), mit »Nonnenplätzchen« vollstopften und in Verzückung gerieten, wenn sie seinen Erzählungen von den unglaublichen Abenteuern in den Katakomben lauschten, in die er sich hinabgelassen habe (»Bei Gefahr für Leib und Leben!« flüsterten die Damen halb ungläubig und halb bestürzt), um Novara und seiner Diözese jenen bescheidenen Teil an Beute zu sichern, den herzuschaffen ihm dann tatsächlich gelungen sei: ein Wagen voller Reliquien! Diese heiligen Gebeine – kommentierten die Damen – seien, im Unterschied zu jenen des Vorjahres, nicht etwa auf dem freien Markt gekauft worden, wo man bloß Geld zu haben brauchte und dann so viele bekam, wie man nur haben wollte. O nein! Das hier waren Gebeine, von denen man nicht einmal gewußt hatte, daß es sie gab und wo es sie gab; man mußte sie aus der Erde graben wie die Trüffel, und tatsächlich hatte er, der Domherr Cavagna, wohlbeleibt und nicht mehr jung, wie er war, sich in eine Art Trüffelschwein verwandelt und sich unter der Erde durch Gänge gewühlt, die so eng waren, daß man auf den Knien rutschen mußte oder sogar liegend auf den Ellenbogen, und die jederzeit einstürzen konnten: ein Niesen, und alles kam herunter! Ohne Atem zu holen, weil es an Luft fehlte! Allein gestützt – der Cavagna – durch den Glauben und den stillen Ruf dieser Gebeine, die ihm in der Finsternis zuraunten »Cavagna! Hierher! Hörst du uns? Hier sind wir!« Auf die Gefahr hin, selbst zu einem heiligen Märtyrer des Glaubens zu werden, was alles andere als unmöglich war, dort unten in fünfzig Ellen Tiefe, jedoch nicht gefürchtet, sondern eher ersehnt: Der heroische Monsignore – flüsterten die Damen – habe im Grunde seines Herzens diesen Tod gesucht, der es ihm erlaubt hätte, für immer dort unten in der Gesellschaft der Märtyrer zu weilen! Er hatte es selbst im Salon von einer von ihnen gesagt, während er sich das Glas mit einem herben, funkelnden Wein aus den Hügeln von Fara oder Sizzano füllte. Mit der Flasche in der Hand hatte er gefragt: »Welch besseres Ende könnte sich ein Christ wünschen, als in den Katakomben zu sterben?«

Die Damen waren nicht mehr zu halten: »Monsignore, bitte, greift doch zu! Noch ein bißchen vom *gratòn*... Wir wissen doch, daß es Euch mundet!« »Kostet diesen Weißwein aus Barengo. Der stammt vom Gut meines Schwiegervaters!« Sie fragten: »Hat man überhaupt etwas gesehen, da drunten unter der Erde? Oder war es ganz finster?«

»Wie auf dem Grund eines Ziehbrunnens«, beteuerte Monsignore Cavagna, während er mit zwei Fingern die *gratòn* zum kleinen Mund führte, der sich herzförmig öffnete, um sie aufzunehmen. Er erklärte: »Wenn man dort unten ist, erhellt man sich seinen Weg mit kleinen

Lämpchen, ganz ähnlich denen, die man in den Gräbern der Märtyrer findet; doch wenn man das Öl verschüttet, dann gute Nacht! Dann bleibt man in der Finsternis!«

»Nehmt doch noch ein wenig von dieser Haselnußpaste«, drängten ihn die Damen. »Wir haben sie gestern zubereitet!« »Eßt noch ein paar Nonnenplätzchen! Die geben Kraft! Ein wenig Torte! Laßt Euch nicht bitten!«

Sie tranken auf sein Wohl: »Auf Eure nächste Heldentat in den Katakomben! Auf die nächste Erkundung!« Und sie versprachen: »Wir werden für Euch beten! Wir werden Gott bitten, daß er Euch beistehe!«

So verging eine Woche. Eines Dienstags – inzwischen war es bereits April – traf durch die Porta Sant'Agabio, also von der Straße von Mailand her, eine geheimnisvolle Person, die niemand zu Gesicht bekam, in Novara ein. Sie reiste in einer Sänfte ohne Wappen, wahrscheinlich an der letzten Poststation gemietet, mit zugezogenen Vorhängen und geschlossenen Fenstern, eskortiert von zwei bärtigen Edelleuten, die in Novara noch niemand je gesehen hatte, und von sechs Reitern in Helm und Harnisch, die Uniform der Länge nach weiß und blau gestreift: Wer sich auf Heere und Waffenträger verstand, sagte, das seien Schweizer, die berühmten »Soldaten des Papstes«. Die Ankunft der geheimnisvollen Persönlichkeit stiftete Verwirrung. Der Verkehr an der Porta Sant' Agabio wurde angehalten, aufgeregte Botschaften gingen zwischen dem Tor und dem Kastell hin und her; nach wenigen Minuten kam vom Kastell ein spanischer Offizier angeritten, der den Fremden – den Gerüchten zufolge, die gleich darauf in der Stadt die Runde machten, mußte es sich um einen Stellvertreter des Prokurators, das heißt des Justizministers des Kirchenstaates, handeln – und dessen Gefolge bis ins Innere des Bischofspalasts geleitete, und hier verliert sich die Spur der illustren Persönlichkeit, soweit sie unsere Geschichte betrifft. Die Stimme des Volkes, die ihre Ankunft signalisiert hatte, versäumte es, später auch ihren Weggang zu registrieren, der in den folgenden Tagen ohne großes Aufsehen und wahrscheinlich im ersten Morgengrauen stattgefunden hatte. Dagegen beschäftigte sie sich mit den Auswirkungen dieses Besuchs, die unmittelbar und auffallend waren: Am folgenden Tag verschwanden, ohne irgendeine Erklärung oder einen ersichtlichen Grund, die Dekorationen von den Straßen und Kirchen und die heiligen Gebeine aus dem Dom. Es verschwand selbst der Domherr Cavagna, ohne daß man wußte, was ihm zugestoßen war: ein Unglück, eine plötzliche Erkrankung? Wer in der bischöflichen Kurie vorstellig wurde, um für seine Kirche ein heiliges Gerippe zu erbitten – wie Don Teresio, der aus Zardino, und andere Pfarrer, die von noch weiter her kamen, aus dem Sesia- oder dem Ossola-Tal oder aus den Tälern am Ufer des Lago Maggiore –, erhielt entwaffnende Antworten von der Art: »Die Gebeine? Von welchen Gebeinen sprecht Ihr denn?« Oder aber er wurde aufgefordert, an einem anderen Tag wiederzukommen, »denn«, so erklärte der Monsignore, an den er sich gewandt hatte, »ich weiß von dieser ganzen Angelegenheit nichts, und der, der darüber Bescheid weiß, ist heute nicht da.«

Die Wahrheit begann dann in den folgenden Tagen und Wochen langsam durchzusickern, bruchstückhaft und in Gerüchten, die nach und nach Bestätigung fanden, sich verdichteten, zur Gewißheit wurden. Und es war eine Geschichte, daß einem der Mund offenblieb: Alles Schwindel und Betrug! Die heiligen Gebeine, die Reliquien des Cavagna… Hundeknochen! Im besten Fall menschliche Gebeine von irgendeinem Friedhof aus der Umgebung Roms, aber bestimmt nicht die Gebeine von Heiligen! Der Bischof, die Obrigkeit, die ganze Stadt waren Opfer eines Betrugs geworden, so groß und so ruchlos, daß selbst die Witze der Frivolen und die unausbleiblichen Schnurren, die von den üblichen Spöttern in Umlauf gesetzt wurden, niemanden zum Lachen brachten – oder fast niemanden. Im Gegenteil, die Leute fingen an zu überlegen. Ein großer Schwindel: Doch je mehr sich die Sache aufklärte und je mehr davon ans Licht kam, desto unglaubhafter erschien es, daß sie von diesem Monsignore Cavagna ausgeheckt und durchgeführt worden sein sollte, der – inzwischen wußten es alle – jetzt im Gefängnis saß: eingekerkert auf Befehl des Prokurators, und das heißt des Papstes, weil er falsche Reliquien fabriziert und in Umlauf gesetzt habe, unter Hintergehung seiner Vorgesetzten und jeder Art geistlicher und weltlicher Obrigkeit sowohl in Novara wie auch in Rom, die für die Überwachung derartiger Dinge zuständig gewesen wäre. Im Klartext: die halbe Welt von Cavagna angeschmiert! In Rom konnte diese Geschichte vielleicht glaubhaft erscheinen, in Novara nicht. Hier war Cavagna, die »Gans, weißer noch als Butter« des Bischofs Bascapè, bekannt wegen seiner Naschhaftigkeit, wegen seiner Eitelkeit, aber auch wegen seiner Naivität, die ihn unfähig machte, irgend jemanden zu betrügen. Daher war von Anfang der Geschichte an klar, daß das erste Opfer dieser Intrige er selber war. Ein mit Bedacht ausgewähltes Opfer, ein Riesentrottel: Irgend jemand hatte ihn in die Katakomben gelockt, ihm einen Wagen mit Unrat vollgeladen und ihm weisgemacht, es handle sich dabei um Reliquien, und ihn dann in sein Land zurückgeschickt, genau wissend, welche Feste man ihm dort bereiten würde; man hatte dem Bischof und allen Gläubigen der Diözese die Zeit gelassen, ihn zu feiern, und dann hatte man ihn demaskiert. Aber aus welchem Grund hatte man all das getan? Nicht, um Geld damit zu machen, überlegten die Novaresen; an Geld war in der ganzen Angelegenheit wenig geflossen, und eines stand jedenfalls fest: daß im Unterschied zu den Reliquien des Vorjahrs (wenige und seltsame und alle einzeln bezahlt) diese neuen Reliquien des Cavagna sozusagen en bloc gekauft worden waren und zu einem sehr bescheidenen Preis. An diesem Punkt ihrer Überlegungen angelangt, fragten sich die Novaresen: Wer hatte sich des Cavagna bedienen wollen, um den Bischof Bascapè und um die ganze Stadt Novara zu demütigen? Und wenn ihnen auch wenig oder nichts am Monsignore Cavagna lag, und noch weniger am Bischof Bascapè, erschien ihnen dieser andere Aspekt der Angelegenheit dagegen als eine unerträgliche Beleidigung: daß jemand – jemand allzu Mächtiger, um überhaupt genannt zu werden! – sie benützt hatte, ohne die geringste Rücksicht auf sie und ihre Gefühle, so wie man einen Stock benützt, um einen anderen damit zu schlagen. Sie fühlten sich gedemütigt, und sie reagierten darauf in der einzigen Weise, die ihnen möglich war: mit Kopfschütteln und Murren. Die Reliquien des Cavagna – sagten sie – seien bestimmt nicht weniger echt und glaubwürdig wie viele andere ihrer Zeit, in vielen anderen Städten: Kreuzessplitter, heilige Tücher, heilige Nägel, Skelette von Märtyrern und Bruchstücke davon, die, wollte man ihrer Echtheit auf den Grund gehen, vielleicht Überraschungen bereithielten und zu Geschichten führten, über die die ganze Welt lachen würde. Diese Reliquien aber wurden fromm in den Kirchen aufbewahrt, den Gläubigen zur Schau gestellt, und niemandem war es je in den Sinn gekommen, sie in Zweifel zu ziehen: Ob echt oder falsch, authentisch war der Kult, der ihnen gewidmet wurde! Warum also – fragten sich viele Bewohner von Novara – sollte es nur ihnen verboten sein, die mit soviel Begeisterung in ihrer Stadt willkommen geheißenen Reliquien des Cavagna zu verehren, bloß weil sie nicht echt waren? Warum sollte ihre Leichtgläubigkeit vor Gott weniger wert sein als die Leichtgläubigkeit anderer? Warum hatte man ausgerechnet sie betrogen?

13. Kapitel

ROM

Als Cavagna gebeugt und wankend zwischen den Wachen das Zimmer des Bischofs verlassen hatte, blieb Carlo Bascapè noch ein paar Minuten stehen und starrte ins Leere, wobei sich seine Lippen öffneten und schlossen, ohne daß ein Laut aus seinem Mund gekommen wäre; dann nahm er den Kopf zwischen die Hände und setzte sich hin. So also war das, jetzt endlich wußte er alles! Jetzt begriff er! Er schob das silberne Kruzifix, das in der Mitte des Tisches stand, weg und legte die Totenmaske seines Freundes und Lehrmeisters Karl Borromäus an dessen Stelle, wie er es immer tat, wenn ihn Sorgen bedrückten oder wenn er eine wichtige Entscheidung zu treffen hatte. Was hätte Karl Borromäus an seiner Stelle getan? Er fuhr mit den Fingern über die Gesichtszüge: die hohe, breite Stirn, die große Nase, die das auffallendste Kennzeichen dieses hageren Gesichts mit dem Vogelprofil bildete... Die Maske war aus Wachs und gleich nach dem Tod des Erzbischofs von Mailand abgenommen worden, um später eine Bronzebüste danach gießen zu lassen. Aber das hätte bedeutet, daß das Wachs geschmolzen wäre, und Bascapè hatte die Maske behalten wollen, als Erinnerung an seinen Freund. In Metall – sagte er – werden alle Gesichter gleich: unsensibel, hart, unmenschlich; nur das Wachs, in seiner Weiche und Wärme ganz ähnlich der Weiche und Wärme des Fleisches, würde ihm etwas vom Leben und von der Seele, die sich in diesem geliebten Gesicht ausdrückten, bewahren. Und überhaupt: Was war die Materie, aus der der Mensch gemacht ist, anderes als Wachs in den Händen Gottes?

Nach einigem Grübeln gab er sich selbst die Antwort auf seine Frage: Was immer auch Karl Borromäus unter diesen Umständen getan hätte – sagte er sich –, er, Bascapè, würde es ihm jetzt nicht nachtun können. Die Zeiten waren andere. Die Personen waren andere. Das Jahrhundert war ein anderes und, wenn möglich, noch schlechter als jenes schon so gottlose und jeglichem Laster verfallene, gegen das der selige Karl gekämpft hatte. Der Einsatz in diesem Spiel stieg und würde noch weiter steigen. Wie vielen Prüfungen, und welch schrecklichen, würde Gott seine Diener noch unterziehen, ehe er seine Sache triumphieren ließe? Das war ein Krieg – dachte der Bischof Bascapè –, ein echter Krieg, den man jetzt seit über zwanzig Jahren kämpfte, in der Kirche und für die Kirche. Und obschon mit Sicherheit feststand, daß am Ende Gott diesen Krieg gewinnen würde, war der Sieg dessen, der jetzt, an vorderster Front, dafür kämpfte, daß die Kirche Christi und der Apostel sich aufs neue über das Elend der Welt erhebe, keineswegs ebenso sicher... Ganz im Gegenteil: Man konnte unterliegen! Er – Bascapè – war im Begriff zu unterliegen! Und der Feind stand überall: außerhalb und innerhalb der Kirche, in Novara und in Rom...

Er erhob sich und ging durchs Zimmer. Jetzt wußte er! Cavagnas Bericht war, wenn auch unterbrochen von Seufzern, Schluchzen und plötzlichem Sich-zu-Boden-Werfen, um die Füße des Bischofs zu küssen, absolut eindeutig gewesen; im übrigen war auch der Sachverhalt nicht kompliziert. Das, was dabei herauskam, war, raffinierter und moderner, die Variante einer Novelle von Boccaccio: der von dem einfältigen Calandrino, der sich von Bruno und Buffalmacco, seinen beiden gewitzteren Gefährten, hinters Licht führen läßt. In Cavagnas Fall waren die beiden Gefährten ein gewisser Giovanangelo

Santini, ein römischer Maler, und ein Novareser Priester, der in Rom lebte, ein gewisser Flaminio Casella gewesen. Die Geschichte hatte sich dann so entwickelt, daß der Casella den Santini mit dem Cavagna bekanntmachte und daß besagter Santini – ein, soweit man wußte, nicht einmal mittelmäßiger Künstler, doch gern gesehen vom Kardinal Bellarmin und im Papstpalast gut eingeführt – vor den Augen der »Gans, weißer noch als Butter« wunderbare und bis zu diesem Moment völlig unvorstellbare Perspektiven aufblitzen ließ: Ob er bereit wäre – hatte Santini den armen Cavagna gefragt –, sich in die sogenannten Priscilla-Katakomben hinunterzulassen, um eigenhändig die heiligen Gebeine herauszuholen? Wenn ja, dann lasse sich die Sache einrichten. Da ihm, Cavagna, und dem Bischof von Novara soviel an diesen Gebeinen liege, sei es nur recht und billig, sie ihnen zukommen zu lassen, ohne daß sie allzuviel dafür zahlen müßten, und auf die simpelste Weise! Am Anfang hatte Cavagna gezögert, dieses Angebot anzunehmen; vor allem schreckte ihn – seinem Bericht nach – der Gedanke, selbst unter die Erde steigen zu müssen, bei seinem Alter und bei seinem Körperumfang; doch dann hatte er sich überreden lassen. Mit wenig Mühe und wenig Geld – hatte Santini ihm versichert – würde er eine denkwürdige Tat vollbringen; er würde sich die Dankbarkeit seines Bischofs und der ganzen Novareser Kirche erwerben; er würde zu einem großen Wohltäter seiner Diözese werden, geliebt und unvergessen auch noch in Jahrhunderten. Wozu noch zögern? Worauf noch warten? Er, Santini, sei im Besitz einer Sondererlaubnis, persönlich unterzeichnet vom Kardinalpräfekten der Katakomben, die ihm Zutritt zu den Grüften gewähre, um die Malereien zu kopieren, und die es ihm erlaube, sich so lange dort aufzuhalten, wie er für die Ausübung seiner Kunst brauche. Er würde Cavagna einfach mitnehmen, und zwar ohne etwas dafür zu verlangen, nicht einen Heller. Er wolle ihm einen persönlichen Gefallen erweisen, als Freund, und in Sachen der

Freundschaft habe Geld ja bekanntlich nichts verloren! Natürlich, sobald sie einmal unten wären, müsse man ein paar Scudi lockermachen, um sich das Schweigen und die Hilfe eines Führers und von drei oder vier *tombaroli*, Grabwächtern, zu erkaufen; das sei notwendig, ja unerläßlich, denn in den Katakomben dürfe sich keiner allein bewegen, am allerwenigsten in dem noch unerforschten Bereich, in dem sich die Gebeine befänden. Es würde sich also – versicherte der Maler – um eine mehr als gerechtfertigte Ausgabe handeln, die geradezu lächerlich sei im Vergleich zum Marktwert dieser Gebeine und Reliquien, die Cavagna dort unten finden werde!

Die »Gans, weißer noch als Butter« hatte angebissen. Und so hatten diese Abstiege ins Unbekannte begonnen, für die der arme Cavagna an einer Seilschlinge, wie man sie für Esel verwendet, um sie auf die Schiffe und wieder herunter zu hieven, mit Hilfe von Winden und Rollen in tiefe Schächte hinabgelassen wurde, auf deren Grund er dann das fand, was der Santini am Vortag eigens für ihn dort bereitgestellt hatte – auf dem Weg über andere, wesentlich bequemere Zugänge: Phiolen, gefüllt mit allerkostbarstem Blut, Überreste von Heiligen, die man den Raubtieren vorgeworfen hatte und deren Namen sorgfältig in den Tuffstein geritzt waren; eine ganze Wagenladung voll intakter Skelette und daneben viele kleinere Reliquien: heilige Splitter, heilige Ringe, heilige Gewandfetzen und so weiter, genug, um den Bedarf einer Diözese zu decken, und vielleicht auch noch mehr.

Nach dem triumphalen Ausgang dieser ersten Expeditionen hatten sich die Dinge jedoch ein wenig gewandelt: Um eventuellen Zweifeln des Cavagna zuvorzukommen, der die Sache womöglich allzu leicht finden und daher Verdacht schöpfen mochte, und vielleicht auch um sich auf seine Kosten zu amüsieren, hatte der boshafte Santini begonnen, sein Opfer mit einer Reihe von Fehlunternehmungen zu zermürben: So täuschten die Arbeiter einen Seilriß vor, in dessen Folge die »Gans, weißer noch als Butter«, nachdem sie ein paar Meter tief gestürzt war, einige Stunden auf dem Grund eines Schachtes festsaß, in der Kälte, im Dunkeln und mutterseelenallein. Nachdem sich seine Folterer endlich entschlossen hatten, ihn wieder herauszuziehen, mußte man den armen Cavagna auf einer Bahre nach Hause tragen, denn er konnte sich in keiner Körperstellung mehr aufrecht halten, nicht einmal in einer Sänfte sitzend. Er hatte dann über einen Monat daniedergelegen (Lungenentzündung?). Während dieser Zeit hatten die beiden Kumpane – das heißt der Santini und der Casella – den Betrug vollendet, indem sie einen falschen Notar ans Krankenbett kommen ließen, der sämtliche Reliquien inventarisierte und beglaubigte; danach verschafften sie ihrem Opfer eine – ebenfalls falsche – Genehmigung, die Reliquien aus Rom auszuführen. Es wurde ein dreiachsiger Wagen gemietet, für jeden Straßentyp geeignet, sozusagen ein Fernlaster der damaligen Zeit. Und während inzwischen schon halb Rom, oder auch ganz Rom, offen über die Einfalt dieses Landmonsignore lachte, der wie eine Gans watschelte und dachte und sich einbildete, er könne in den Katakomben herumwühlen, ohne die Aufmerksamkeit der Wächter und des Präfekten und des römischen Polizeihauptmanns auf sich zu lenken, kam aus dem Papstpalast der Befehl, ihn ziehen zu lassen. Warum? Warum – fragte sich der Bischof und bearbeitete mit den Fingern das Kreuz, das er auf der Brust trug – hatte man Cavagna nicht an den Toren Roms festgenommen, da doch seine Dokumente falsch waren und man sogar wußte, wer sie ihm ausgestellt hatte? Warum liefen Santini und Casella frei herum, und niemand klagte sie an? Warum schließlich – und Bascapès Augen füllten sich mit Tränen – hatte Gott gewollt, daß als sein Stellvertreter auf Erden dieser harte, unsensible Mann mit einem Herzen kälter als Stein gewählt worden war, der dann unter dem Namen Clemens VIII. den päpstlichen Thron bestieg? Was für einen Sinn hatte das alles?

Warum geschahen solche Ungeheuerlichkeiten? Wie Jesus am Kreuz flehte er zum Vater: »Mein Gott, warum hast du mich verlassen?«

Er trat zum Fenster, öffnete es, stützte sich mit den Händen auf das steinerne Fenstersims. Sein Blick glitt über die armseligen Dächer Novaras, die kleinen Kirchtürme, das Kastell und hinter der Masse des Kastells über die Wiesen, die Wälder, den dunstverschleierten Horizont... Dieser so flachen und so verschwommenen Landschaft war es stets gelungen, die Gedanken des Bischofs zu verdüstern, aber an jenem Apriltag im Jahr des Herrn 1603 schenkte Bascapè dem, was er vom Fenster aus sah, keine Aufmerksamkeit: Er dachte an den Papst. O ja! Er hatte ihn kennengelernt, schon ehe er den Stuhl Petri bestieg, diesen Kardinal Ippolito Aldobrandini: 1590, in Rom. Er hatte Gelegenheit gehabt, mit diesem hochmütigen, autoritären Mann von schroffem und barschem Benehmen zusammenzutreffen und, zu seinem, Bascapès, Unglück, auch zusammenzustoßen, mit diesem Mann, der die Mailänder Räte des damaligen Papstes Gregor XIV. als Ketzer betrachtete und es nicht duldete, daß von Erneuerung des Klerus, von Wiedergeburt des Glaubens und der Kirche, von Heiligung der Kirche auch nur gesprochen wurde. Die Kirche – pflegte der Kardinal Aldobrandini zu sagen – sei so, wie sie in den Jahrhunderten gewachsen sei, heilig und unanfechtbar: Wer davon rede, sie verbessern und den Zeiten anpassen zu wollen, stelle sich de facto auf die Seite der Reformatoren und der Häretiker; außerdem – fügte er streng hinzu – habe sich unter dem Druck falscher Interpretationen und falscher Einflüsse des Konzils von Trient ein ungesunder Eifer entwickelt, der gemaßregelt und bestraft werden müsse, damit er nicht in hysterischen Mystizismus und hohle, theatralische Heiligkeitssucht münde...; gewisse Personen, wie der verstorbene Erzbischof von Mailand, Karl Borromäus, hätten der Kirche fast ebensoviel geschadet wie Luther und Melanchthon. Aber eines Tages, als er diese Art Rede in Gegenwart des Papstes führte, war Bascapè aufgestanden. »Ich wünsche Eurer Eminenz«, hatte er zu Kardinal Aldobrandini gesagt, und sein Gesicht war dabei weiß vor Zorn gewesen, die Stimme zitterte ihm hin und wieder, »daß Sie in der wahren Heiligkeit so fortschreiten mögen, wie es in seinen Tagen der Kardinal von Santa Praxedes (Karl Borromäus) getan hat, dessen Name von Eurer Eminenz völlig zu Unrecht an die Seite der Ketzerfürsten und der Feinde der Kirche gestellt wurde, während Karl doch der Fürst der Seelenhirten und der Prediger des wahren Glaubens war.« Für den Moment hatte der Kardinal auf eine Antwort verzichtet. Aber als wenig später Gregor XIV. starb und er, Ippolito Aldobrandini, selbst zum Papst gewählt wurde, rechnete er mit Bascapè ab. Er schickte ihn nach Novara, um ihm mit den riesigen Problemen einer winzigen Diözese den Mund zu stopfen; und man konnte noch froh sein, wenn damit alles erledigt war! Bascapè wäre es zufrieden gewesen, wenn man ihn da, wo er war, gelassen hätte, am Rand der Welt, um als einfacher Arbeiter im Weinberg des Herrn zu wirken, wie es im Evangelium steht – vergessen von Rom. Aber mitnichten. Jahr um Jahr, Jahreszeit um Jahreszeit verging, seit Bascapè in Novara weilte, fast kein Tag, ohne daß er aus dem päpstlichen Palast ein fühlbares Zeichen erhalten hätte, daß man in Rom noch an ihn denke. Irgendeine kleine Bosheit, eine Unfreundlichkeit, ein Stolperstein auf seinem Weg... Aber diese Affäre mit den Reliquien und mit Cavagna war mehr als eine Bosheit: Das war eine Infamie! Man wollte ihn in den Augen seiner eigenen Gläubigen herabsetzen, der Lächerlichkeit preisgeben... »Wer weiß, wie darüber geklatscht wird, in diesen Tagen«, sagte der Bischof Bascapè laut, »im Papstpalast und außerhalb des Palastes, in ganz Rom ... Und in Mailand! Wer weiß, was man dem Kardinal Federigo Borromeo hinterbracht hat! Und was die Leute in Novara reden, was der Klerus denkt ...«

Es fröstelte ihn, und er schloß das Fenster. Vielleicht hatte er Fieber... Er griff sich an die Stirn. Er kehrte zum Tisch zurück, öffnete eine Schublade und entnahm ihr ein Metalldöschen mit Riechsalzen. Er roch lange daran, zuerst mit einem Nasenloch, dann mit dem anderen, und wiederholte die Operation noch zweimal. Danach legte er das Döschen in die Schublade zurück. Er setzte sich, sagte: »Novara!« Und schon in diesem bloßen Wort und in der Art, wie Bascapè es aussprach, lag die ganze Qual eines Lebens, lagen Verurteilung und Erlösung, die Ergebung in den Willen Gottes. Wenn er sein eigenes Schicksal hätte bestimmen können, wäre Bascapè gewiß nicht nach Novara gekommen, nicht einmal, um sich dort begraben zu lassen, nicht einmal für einen Tag. Doch da Gott ihn hierher geschickt hatte, liebte er jetzt seine Diözese mit der absoluten Hingabe seiner selbst und all seiner Kräfte. Nur schien ihm in gewissen Augenblicken, daß seine Kräfte nicht ausreichten für diese riesige Aufgabe. Er dachte wieder an Rom, sagte: »Rom!« Und die Falten auf seiner Stirn glätteten sich, seine Augen weiteten sich in der Erinnerung und im Traum. Er sah wieder die Brücken, den Fluß, die Porta Castello hinter der Engelsburg, die Uferpromenaden am Tiber, das Pantheon, die Plätze... Er sah wieder das Licht von Rom, die ungeheuere Größe von Rom, die Ruinen von Rom, die Landschaft von Rom, und er empfand wieder jene seltsame Befangenheit – eine Liebe auf den ersten Blick, fast eine körperliche Anziehung –, die ihn beim ersten Mal, als er nach Rom gekommen war, erfaßt hatte, ihn, den Mailänder, voll von jahrhundertealten Vorurteilen gegenüber der antiken Hauptstadt des Imperiums, dieser Stadt, in der keiner arbeitet und alle nur Ränke schmieden, Geschäfte machen, in den Tag hinein leben. Und statt dessen hatte Rom ihn eingehüllt in sein verfeinertes Licht, in seine unendliche Geschichte, in seine unermeßlichen Räume; die Stadt hatte ihn mit einer Freude erfüllt, auf der Welt zu sein und sich lebendig zu fühlen, mit einer Leidenschaftlichkeit im Denken und Handeln, wie er sie bis dahin nie und nirgends empfunden hatte; sie war ihm ins Blut und ins Gehirn gedrungen, hatte ihm ins Ohr geflüstert: »Bleib da! Eines Tages wirst du der Bischof von Rom sein!« Er hatte nie auf diese Stimme hören wollen, hatte sich immer so verhalten, als gäbe es diese Stimme nicht; doch sie blieb hartnäckig und ließ sich nicht zum Schweigen bringen...

Er hob die Hand zum Gesicht, bewegte sie, als wolle er ein Insekt verscheuchen, während er in Wirklichkeit diesen Gedanken verscheuchen wollte, der ständig da war, wie ein Wurm tief drinnen im Holz: Auch wenn er schlief oder mit anderen Dingen befaßt war, immer nagte dieser Wurm im Untergrund, Tag und Nacht, ohne je Ruhe zu geben. Manchmal war Bascapè eben eingeschlummert, da riß ihn der Wurm wieder aus dem Schlaf, ließ ihn vom Bett aufspringen, keuchend wie nach einem langen Lauf, schweißgebadet. Dann warf sich Bascapè eine Decke über die Schultern, wenn es Winter war, oder er hüllte sich in ein Laken, wenn es Sommer war, und lief in die Kapelle des Bischofspalais, warf sich dort auf den Boden. Schluchzend schlug er sich an die Brust: »Gott, vergib mir! Mein Gott, erbarme dich meiner! Achte nicht auf meine Gedanken: Es sind nicht die meinen! Es ist der Teufel, der mich in Versuchung führt! Hilf mir, ihn zu vertreiben!«

Er preßte die Hände an den Kopf. Seine Schläfen pochten heftig, und er dachte mit Schrecken, daß vielleicht die Migräne wiederkäme, das heftigste seiner »Novareser Übel«. Die Ärzte schrieben die Ursache dafür den Dünsten aus den Reisfeldern zu, dem ungesunden Klima, der Ausstrahlung des Monte Rosa und seiner Gletscher, die angeblich die größten der Welt waren. Bevor er nach Novara kam, hatte Bascapè nie an Migräne gelitten, und seine Gedanken glitten in die Zeit zurück, kehrten sich wieder nach Rom. Dort unten, im Haus der Barnabiter-Patres, wo er gelebt hatte, gab es eine große Terrasse, von der man über die Dächer und auf die Kuppeln des anderen Tiberufers schaute und auf der man sich bei Sonne sogar im Winter aufhalten konnte: um zu lesen, zu studieren, theologische Themen zu erörtern... Im Frühjahr zog man dann aus der Stadt hinaus, vor die Mauern von Campo Santo oder Castello. Man spazierte zur Tiberinsel und in Richtung Colosseum, unter einer Wolke von Mandel-, Pfirsich- und Kirschblüten, zwischen Tempelruinen und Obstgärten und den armseligen Hütten der toten Stadt, die eher einem Unterschlupf für Tiere als menschlichen Behausungen glichen; dort, mitten unter diesen Hütten, begegnete man noch jenen Hirten mit den *ciocie*, den Sandalen, an den Füßen und dem Lamm auf der Schulter, die aussahen wie der Gute Hirte auf den frühen christlichen Darstellungen. Und überall wehte eine leichte Brise, die einen stimulierte, erregte, sich wohlfühlen ließ: der *ponentino*! Wenn man den Spaziergang ausdehnte, landete man in einer der alten Schenken vor der Stadt, wo man an endlos langen Tischen saß, mit vielen anderen Leuten, die sich untereinander nicht kannten: Monsignori und Geschirrverkäufer, Pilger und Äbtissinnen, Bischöfe und Fuhrknechte, Straßenräuber und Musikanten und Maler, alles saß beisammen, Ellbogen an Ellbogen, ohne einen Hauch von Verlegenheit oder Unbehagen. Und selbst wenn ein Kardinal oder der Papst persönlich aufgetaucht wäre, der Adlatus des Wirts hätte ihm unter den Namen der Tagesgerichte unbedenklich die *cazzetti d'Angelo* (die Engelszipfelchen) und die *zinne di Sant'Orsola* (die Sankt-Ursulas-Brüste), die *cojoni del Papa Re* (die Hoden des Königs Papst) und die *pagliata dell'Agnusdei* (das Agnus-Dei-Gekröse) aufgezählt, wie er es bei den anderen Gästen auch getan hatte; und nach dem Essen hätte er ihm dann ein Gläschen *vin santo* oder *lagrima Christi* kredenzt: um es aufs Wohl aller Galgenvögel zu leeren, die ihm Übles wollen könnten. So etwas – dachte Bascapè – gab es nur in Rom und sonst nirgends auf der Welt. Nur an diesem von den

Jahrtausenden geheiligten Ort konnte alles, was gewesen war, was war und was noch sein würde, nebeneinander existieren: das Hohe und das Niedere, das Alte und das Neue, die Religion und die Gottlosigkeit, der Prunk und das Elend; sogar Gott und der Teufel schienen ein stabiles und dauerhaftes Gleichgewicht in dieser Stadt gefunden zu haben, in der alles bereits passiert war, und keineswegs nur einmal. Tausendmal! So auch in diesen Osterien, verloren in der Campagna Latiums, entlang den antiken Straßen, die von Briganten unsicher gemacht wurden und wo man auf Schritt und Tritt Gefahr lief, wegen ein paar *giulii* erdrosselt zu werden... Man setzte sich draußen unter die Pergola, und dann kamen die *stornellatori*, die volkstümlichen Sänger mit ihren Lauten, um von der Liebe zu singen, von Madonnenaugen, dem Frühling und dem *ponentino*: Und dort war genauso Rom wie in den Weihrauchwolken und im Erschallen der Gregorianischen Gesänge, die die Säulen des neuen Petersdoms erzittern ließen, das Zentrum der Welt, Vorzimmer Gottes ...

Die Gedanken des Bischofs Bascapè verdüsterten sich aufs neue. Jahrhundertelang, jahrtausendelang – dachte er – hatte sich die Stadt Rom an ihrem Licht berauscht, an ihrer Geschichte, an ihren Düften von Lammbraten und Rosmarin, und nichts auf der Welt, oder fast nichts, schien sie noch aus der Fassung bringen zu können. Aber eines Tages war an den Ufern des Tibers ein Landpfarrer erschienen, dick und fett wie eine Gans und plump bis in den Namen hinein (*cavagna* bedeutet im Novareser Dialekt Weidenkorb): Und Rom und der Papst hatten plötzlich entdeckt... daß es falsche Reliquien gab und daß – Gipfel des Skandals – der Bischof von Novara sie aufkaufte!

Er erhob sich und fing wieder an, im Zimmer auf und ab zu gehen, das Kreuz mit den Fingern bearbeitend. Es war nicht gerecht – dachte er –, daß die »Gans, weißer noch als Butter« im Kerker saß; um Cavagna für seine

Schuld und vor allem für seine Naivität zu bestrafen, genügten die Scham, die er jetzt empfand, und der Ruf der Lächerlichkeit, den er sein Leben lang nicht mehr loswerden würde... Und was die falschen Reliquien betraf, die hatte bestimmt nicht er erfunden, und nicht einmal der, der ihn hereingelegt hatte: Sie gehörten zur Kirche jener Zeit und zum Leben Roms.

Die Stadt der Päpste war schon in den Jahren, in denen Bascapè dort gelebt hatte, ein ebenso schmutziger wie florierender Markt von heiligen Gerippen, heiligen Gebeinen, heiligen Splittern, heiligen Stoffetzen, heiligen Nägeln und ähnlichem Schwindel gewesen, an dem eine ganze Nahrungskette hing, ja fett wurde, vom *tombarolo* bis zum Monsignore, der – für Geld – die Echtheit der Reliquie beglaubigte; vom Makler, der die Kundschaft vermittelte, bis zum Notar, der den Kaufvertrag ausfertigte, und hinauf bis zum Kardinalpräfekten der Katakomben. Auf diesem freien Markt, den zu unterdrücken kein römischer Pontifex – nicht einmal ein Gregor oder ein Sixtus – je ernsthaft gewillt gewesen war, denn er gab halb Rom zu essen, gelang es dem Zynismus und der Gewitztheit des römischen Volkes, höchst ungewöhnliche Reliquien an den Tag zu fördern, vor allem für die Fremden und ganz besonders für die Franzosen, die damals aus nie völlig geklärten Gründen sogar für noch dümmer gehalten wurden als die Mailänder und die Deutschen: für echte Einfaltspinsel! Ganz Rom hatte zu der Zeit, als Bascapè noch zum Kreis um Papst Gregor gehörte, über einen heiligen Cunnus und über eine heilige Mentula gelacht (lateinische Bezeichnungen für die weiblichen beziehungsweise männlichen Sexualorgane), die sich angeblich von Ostia aus nach Britannien eingeschifft hatten; es war sogar zu einer Untersuchung durch den Polizeihauptmann gekommen, bei der jedoch nichts Gesetzwidriges entdeckt wurde. Vielleicht hatte es sich in diesem Fall wirklich nur um einen Witz von zweifelhaftem Geschmack gehandelt, der sich, während er von Mund zu Mund ging, mit einer solchen Fülle von Details anreicherte, daß es aussah, als wäre die Sache wirklich passiert: Doch schon die Tatsache, daß man ihn überhaupt ernst genommen und eine Untersuchung angestellt hatte, ließ auf vieles schließen. Im übrigen ging es bei den Geschäften in jenen Jahren und in jenem Rom in der Tat alles andere als zimperlich zu: Die Betrügereien, die Ermordungen, das Beiseiteschaffen von alten und neuen Skeletten, all das, was sich damals um die Katakomben und um die irdischen Überreste der ersten Märtyrer des christlichen Glaubens abspielte – und dann die Amouren, die Abenteuer, die raschen Vermögen: eine Materie, die, wenn man offen darüber hätte schreiben können, vielleicht ein neues literarisches Genre begründet hätte, eine neue Literatur mit großen Autoren und unsterblichen Werken. Tatsächlich waren in der jahrtausendealten Geschichte Roms und der gesamten Welt die begrabenen Toten nie so lebendig gewesen wie in diesen ersten Jahren des siebzehnten Jahrhunderts, und nie hatten sich ihre Angelegenheiten enger mit denen der Lebenden verknüpft…

Auf dem Tisch stand eine kleine Silberglocke, Bascapè ergriff sie und läutete zwei- oder dreimal. Eine Tür ging auf, und ein junger, rothaariger Priester trat ein, die Hände vor der Brust gefaltet. Er verneigte sich. »Gebt unten Befehl«, sagte Bascapè zu ihm, »daß Monsignore Cavagna freigelassen werde: Er soll in sein Dorf zurückkehren, nach Momo oder wo er sonst zu Hause ist, und sich nicht von dort wegrühren. Wenn über diese Reliquiengeschichte Gras gewachsen ist, werde ich selbst dafür sorgen, daß er wieder nach Novara kommt.«

14. Kapitel

BIAGIO

Antonia wuchs rasch heran, und nach dem, was wir aus ihren Prozeßakten vermuten können, wuchs sie gut heran, ja nur allzu gut für ihre Verhältnisse und für den Geschmack der Zeit. In der einstimmigen Anerkennung von Antonias Schönheit durch den Inquisitor, die Richter, die Dorfbewohner und wer sich sonst noch beim Prozeß über sie äußerte, scheint fast eine Beunruhigung zum Ausdruck zu kommen, eine Indignation, als ob es um eine Schuld ginge: Was für ein Recht hatte ein Mädchen aus dem Volk, und noch dazu ein Findelkind – scheinen sich all die, von denen die Rede war, gefragt zu haben –, so schön zu sein? Lag in einer solch ungewöhnlichen und unangemessenen Schönheit etwa nicht ein skandalöses, ein teuflisches Element: die immer neue Verlockung durch den uralten Verführer des Menschen, die sich »in dem kleinen Muttermal oder Leberfleck links über der Oberlippe« offenbarte, im »wiegenden Schritt«, in den harmonischen Proportionen des Gesichts und der ganzen Gestalt? Daher eröffnete der Inquisitor Manini nach Abschluß der Ermittlungen sein Anklageplädoyer mit einem Zitat aus dem »Buch der Sprüche« (*»Exaltatio oculorum est lucerna impiorum peccatorum«* – Alles, was unseren Augen zu sehr gefällt, führt uns zu den Sünden der Gottlosigkeit) sowie dem eines heidnischen Autors, Juvenal, der in einer seiner berühmten *Satiren* geschrieben hat: *»rara est adeo concordia formae atque pudicitiae«*, also: Schönheit und Sittsamkeit vertragen sich selten miteinander. Im weiteren Verlauf seines Plädoyers entwickelte der Inquisitor dann das Thema vom widernatürlichen Charakter der Schönheit Antonias: die, wenn sie nicht Teufelswerk wäre – sagte er –, sich nicht in einer Gegend hätte manifestieren können, »wo die Wasser der Reisfelder versumpfen und ihre giftigen Dünste die Luft verpesten und die Männer siech machen, die Frauen und selbst die Kinder dahinwelken lassen, so daß ein jeder, der es auf sich nimmt, in diese Gebiete am Ufer des Flusses Sesia zu reisen, an den Leuten, welche dort leben, unzweifelhafte Anzeichen menschlicher Zerrüttung erkennen wird: gelbe Gesichter, fieberglänzende Augen, aufgeblähte Bäuche, vorzeitiges Altern!«

Diese Worte des Inquisitors sind aus dem Lateinischen übersetzt, denn in Antonias Prozeßakten wurden nur die Verhöre der Angeklagten und der Zeugen in der Sprache des Volkes festgehalten. Was jedoch ihren Inhalt betrifft, so muß gesagt werden, daß das Bild vom Elend der Bassa, das hier gezeichnet wird, ohne Zweifel übertrieben ist. Die Verhältnisse der Novareser Ebene zu Beginn des siebzehnten Jahrhunderts waren nicht so katastrophal, wie sie Manini beschreibt, und sie unterschieden sich auch nicht wesentlich von denen anderer Landstriche des lombardischen und des italienischen Bauernlandes überhaupt. Ob im Hügelgebiet, um die Seen, in den Bergen, überall war die Arbeit auf den Feldern hart, überall wirkten die Bauern vorzeitig gealtert, überall traten Fälle von Tuberkulose auf, hervorgerufen durch die Mühen und Entbehrungen und durch die infizierte Milch der Tiere, und auch andere Krankheiten wie die Pellagra und die Malaria. Doch der Reisanbau hatte viele Feinde, vor allem in den Städten; und es hielt sich ein gängiges Vorurteil – dem Manini seinen Worten nach Glauben zu schenken scheint –, aufgrund dessen man in der Bassa oft eine Brutstätte sämtlicher Leiden und Gebresten sah, die den Menschen infolge schädlicher Gewohnheiten und einer ungesunden Umwelt befallen können, und ihre Bewohner stellte man geradezu als Monster hin; die Alpentäler dagegen, voll von Schwindsüchtigen, Rachitikern, Kropfigen und Schwachsinnigen, wurden wegen ihrer gesunden Luft, ihres gesunden Wassers und wegen des gesunden Lebens, das man dort führte, gepriesen. (Und eigentlich hätte man auch noch die Schönheit der Frauen preisen müssen, wenn sich die Argumentation des Inquisitors auf Wahrheit hätte stützen können. Statt dessen ist nicht bekannt, daß die Gebirglerinnen jemals den Ruf genossen hätten, allesamt schön zu sein, freilich auch nicht das Gegenteil, daß nämlich die Frauen der Bassa für ihre Häßlichkeit sprichwörtlich gewesen wären. In ganz Norditalien – und in ganz Italien überhaupt – waren die Frauen immer so, wie sie auch jetzt noch sind: ein bißchen schön und ein bißchen häßlich.)

Nachdem er zu Beginn seines Plädoyers die niederträchtige und ketzerische Natur von Antonias Schönheit dargelegt hatte, wies der Inquisitor Manini an jenem heißen Nachmittag des 20. Augusts 1610, an dem die Hexe verurteilt wurde, auch auf einige Vorkommnisse hin, bei denen diese Niedertracht Gelegenheit gefunden habe, sich zu offenbaren und Schaden anzurichten, ganz besonders aber auf die Sache mit dem »*stulidus Blasius*«, das heißt mit Biagio dem Blöden. Im Ermittlungsverfahren war die Geschichte des Blöden in allen Einzelheiten von der geschädigten Partei, Agostina Borghesina, berichtet worden, die auch im Namen ihrer Zwillingsschwester Vincenza aussagte; denn die hatte, wie aus den Akten hervorgeht, in Zardino bleiben müssen, um sich um das Vieh zu kümmern, vor allem aber, um auf den Blöden aufzupassen, damit er sich nicht mit dem Strick des Ziehbrunnens erdrosselte oder im Schilf des Sesia verlorenging. Seit Antonia ihn mit ihrer Hexenkunst verdorben hatte – erzählte Agostina –, war Biagio nicht mehr er selbst: Er stellte Dinge an, die er früher nie gemacht hätte, und man konnte ihn nicht mehr allein lassen. Vor dem Unglück war er ein kreuzbraver Junge gewesen, von fast normalem Aussehen – abgesehen von seinem großen Kopf, der für jeden zu groß gewesen wäre und erst recht für ihn, der nichts drin hatte! – und gesund wie ein Fisch im Wasser: Er hatte so gut wie nie eine Krankheit gehabt, und wenn er eine gehabt hatte, dann war er von selbst wieder gesund geworden, ohne Arzneien und Doktoren und fast ohne daß sie überhaupt etwas davon merkten. Er schlief im Stroh und war kräftig wie ein Maulesel; bei der Traubenernte zog er den Karren vom Weinberg bis nach Hause, ohne auch nur einmal zu verschnaufen, und er verrichtete auch die anderen groben Arbeiten im Obstgarten und in den Reben – natürlich immer unter ihrer Anleitung! Von sich aus war er nicht imstand, etwas zu tun, aber wenn man ihn zu leiten wußte, tat er alles. »Bevor die Hexe ihn zugrunde gerichtet hat«, schluchzte Agostina, »haben uns alle Frauen im Dorf um ihn beneidet, weil er arbeiten konnte wie ein Mann, ohne daß man mit ihm den Ärger gehabt hätte wie sonst mit den Männern: Wenn man ihn nicht mehr brauchte, ist er nicht herumgestreunt, ins Wirtshaus oder um den Weibern der andern nachzusteigen. Nein, mein Herr! Er hat nicht getrunken, und er ist nicht handgreiflich geworden. Er hat sich in eine Ecke gesetzt und vor sich hin geschaut. Er war unser Segen, aber jetzt...«

Wiederum rief sie dem Inquisitor zu: »Das ist Antonia gewesen! Ihr müßt sie auf den Scheiterhaufen bringen! Sie war es, die Hexe!«

Agostina Borghesini gegenüber hatte der Inquisitor, wie auch bei den anderen Zeugen, zu Anfang Geduld gezeigt, hatte sie drauflosschwatzen lassen und sich damit begnügt, hin und wieder zu nicken und mit der Hand ein Zeichen zu machen: Gehen wir weiter! Dann jedoch hatte er begonnen, auch sie mit immer präziseren Fragen zu bedrängen: über die Hexe, über die Sabbate, das heißt die nächtlichen Zusammenkünfte der Hexe mit dem

Teufel, über jeden, der dabeigewesen sei, über die von der Hexe verübten Zauberwerke und über die Folgen, die diese bei den ahnungslosen Bewohnern von Zardino angerichtet hätten. »Schluß jetzt mit dem Geschwätz!« hatte er zu ihr gesagt. »Kommen wir zu den Tatsachen!« Denn sonst hätte Agostina immer noch weiter von Dingen geredet, die nichts mit dem Prozeß zu tun hatten und nur ihr am Herzen lagen. Die Geschichte von Biagio dem Blöden war als solche sehr einfach, aber sie war auch die Fortsetzung eines uralten Nachbarstreits zwischen den Nidasios und den Zwillingsschwestern Borghesini, eines Streits, der begonnen hatte, noch ehe Biagio und Antonia auf der Welt waren: Und genau auf diesen Nachbarschaftsstreit kam Agostina immer wieder zurück. Es hatte seinerzeit einen Prozeß beim Gericht in Novara gegeben, weil die Schwestern verlangt hatten, daß Bartolo seinen Misthaufen in einen anderen Teil des Hofes versetze; er dagegen hatte erklärt, dieser Misthaufen sei schon seit der Zeit seines Großvaters da und er wüßte nicht, wo er ihn sonst hinsetzen solle. Sollten sie doch ihr Haus versetzen, da sie es gebaut hätten, als der Misthaufen bereits da war! Dann war Biagio gekommen, und der Streit hatte sich verschärft, weil die Signora Francesca, vor allem aber Antonia so taten, als ginge sie der Blöde etwas an, als gehörte er ihnen: Sie redeten mit ihm, sie gaben ihm sogar zu essen! Eines Abends war der Blöde nirgends aufzufinden gewesen, und erst nach langem Suchen hatte ihn Vincenza Borghesini zusammen mit Antonia entdeckt: Sie saßen, mit dem Rücken an einen Nußbaum gelehnt, in einer Wiese gleich vor dem Dorf, und Antonia lehrte ihn die Namen der Dinge: »Jetzt paß gut auf! Das ist die Wiese; das ist der Mond; ich bin Antonia; du bist Biagio. Jetzt sag's mir nach: Wasser, Wiese...«

»Was-ser, Wie-se. An-to-nia«, wiederholte der Blöde.

Das dicke Ende dieser ganzen Geschichte war dann im Frühling 1605 gekommen, als, um es mit Agostinas eigenen Worten zu sagen, die Hexe versucht hatte, sich des Blöden zu bemächtigen und ihm den Teufel in den Leib fahren zu lassen. Nach außen hin war es jedoch Biagio gewesen, der sich in Antonia verliebt hatte, auf seine Weise und indem er auch noch das bißchen Verstand verlor, das er bis dahin gehabt hatte. Er brachte die Bassa und alle Welt mit seinen Liebesqualen zum Lachen. Der arme Kerl war vielleicht siebzehn und Antonia zwei Jahre jünger, aber schon war sie das schönste Mädchen, das man, nach dem einstimmigen Urteil aller, die sie kannten, je auf dieser Seite des Sesia gesehen hatte.

Alles begann an einem Tag Ende April oder in der ersten Maiwoche: Das Wasser der *fontanili* war eiskalt, wie immer, aber die Sonne schien schon warm. Die Mädchen von Zardino, und darunter Antonia, waren um den großen »Trog« der Crosa versammelt, um Wäsche zu waschen, und beim Waschen sangen sie *La bergera*: Das ist ein Wäscherinnenlied, ein sehr altes Lied – die ersten Fassungen, von denen man weiß, sprechen von Kreuzzügen und von Kreuzrittern –, und im Zwiegesang, mit Chor und Solostimme. Es erzählt die Geschichte von einer jungen Frau, deren Mann in den Krieg gezogen ist: Sieben Jahre vergehen, sieben lange Jahre, ohne daß eine Nachricht des Gatten kommt; eine böse Schwiegermutter zwingt das Mädchen, die Schweine zu hüten (*bergera* bedeutet im piemontesischen Dialekt Hirtin), und sie verzehrt sich, wird immer trauriger, bis nach Ablauf von sieben Jahren ihr Mann zurückkehrt – und genau an dieser Stelle des Liedes erschien Biagio.

Die Solistin – ein dralles, rothaariges Mädchen namens Irene – hatte sich bereits vom Waschbrett aufgerichtet, die Fäuste in die Hüften gestemmt und mit vorgereckter Brust, um der Welt die Heimkehr des Helden zu verkünden, als plötzlich hinter ihr die Mädchen erschreckt aufkreischten und auseinanderstoben, während Biagio, »An-to-nia« stammelnd, die eine oder andere zu umarmen versuchte und sich schließlich, nachdem er die echte Antonia auf der anderen Crosa-Seite entdeckt hatte, ins Wasser stürzte, um hinüberzuwaten. Aber kaum war er im Wasser, beruhigte er sich. (Schüchternheit des Verliebten? Wirkung des eiskalten Wassers? Zu unserem Leidwesen hielt es der Inquisitor Manini nicht für nötig, sich bei diesem Detail aufzuhalten, das, unserer Meinung nach, zumindest seine Neugier hätte wekken müssen. Viele seiner zeitgenössischen Autoren, und darunter auch der Kardinal-Erzbischof von Mailand, Federigo Borromeo, gingen in ihren Schriften auf die Eigenschaft ein, die dem Wasser – vornehmlich dem kalten – innewohnt, den Teufel aus dem menschlichen Körper auszutreiben; und sie empfahlen seine Verwendung, sei es durch Eintauchen oder durch Waschungen, bei den Exorzismen und anderen Maßnahmen zur Erlösung der Besessenen.) Der arme Biagio blieb mitten im Bach stehen, mit ausgestreckten Armen und bis zum Gürtel im Wasser, wie eine Salzsäule; und vielleicht, ja sogar wahrscheinlich, wußte er überhaupt nicht mehr, was er dort wollte. Da half Antonia ihm heraus und führte ihn, naß wie er war, an der Hand nach Hause zurück, und alle Mädchen folgten ihnen bis in den Hof der Nidasios, lachend und als wären sie die Brautjungfern, die die Braut am Hochzeitstag zum Altar geleiten: Bis eine der Borghesini-Schwestern mit einem Reisigbesen aus dem Haus stürzte und sie verjagte.

Wenige Tage später, noch ehe der Widerhall jener ersten Heldentat des Blöden verklungen war, fing er plötzlich von neuem an, in Raserei zu verfallen und sich in der Öffentlichkeit zu produzieren: zum Gaudium der Leute von Zardino, der Erwachsenen wie der Kinder. An einem Freitagabend, um die Zeit des Sonnenuntergangs, als alle Dorfbewohner entweder schon zu Abend gegessen hatten oder gerade dabei waren, jedenfalls im Haus weilten, hörte man plötzlich vom Hof der Nidasios her einen Schrei, eine gurgelnde Stimme, die »An-to-niaaa! An-toniaaa!« brüllte. Und gleich darauf begann die Verfolgung des Blöden durch die Gassen und durch die Höfe des Dorfes. Ein groteskes Schauspiel, das die sogenannten Slapstick-Szenen des Stummfilms in der Bassa um dreihundert Jahre vorwegnahm und die Zardinesen zum Lachen brachte wie seit Jahren nicht mehr. Ein Gag mit unfreiwilligen Akteuren und von unwiderstehlicher Wirkung: Die beiden kleinen, wütenden Gevatterinnen, jede mit einem knüppeldicken Stecken bewaffnet, rannten hinter ihrem Neffen her und droschen auf ihn ein; er lief davon, blieb immer wieder stehen, um »An-to-nia« zu schreien, aber das gelang ihm nur zur Hälfte, weil sofort die Alten da waren und mitleidlos auf ihn einschlugen, ins Gesicht, auf den Kopf, wo sie hintrafen. Schließlich gelang es den Borghesini-Schwestern, Biagio zu überwältigen und ihn nach Hause zu schleppen, benommen und blutend, und er schüttelte den zu großen Kopf und begriff nicht, was ihm geschehen war. Das war der Augenblick ihres Triumphs und der »Kur« des Blöden, den die Zwillinge – in dieser ersten Behandlungsphase – mit Fasten und mit Exorzismen von Antonias Teufel zu befreien suchten. Sie schlossen Biagio in seine Schlafkammer zu ebener Erde ein – in Wirklichkeit gar kein richtiger Raum, sondern lediglich ein Verschlag unter der Treppe, in den man hineinkriechen mußte – und hielten ihn dort drei Tage und drei Nächte lang ohne Nahrung gefangen. In einer dieser Nächte streuten die Burschen von Zardino *pula di riso*, Reisspreu, zwischen dem Haus der Nidasios und dem der Borghesini-Schwestern, um den abgeblitzten Liebhaber zu verhöhnen. Das war ein jahrhundertealter Brauch, der in den Dörfern der Bassa *fare la pula* genannt wurde; aber in Biagios Fall war die Spreu verschwendet, denn er wußte ganz bestimmt nichts davon. Am Morgen des vierten Tages erschien Don Teresio, vor ihm zwei Ministranten mit dem Weihwasserkessel und dem Meßbuch, welch letztere ihm helfen sollten, den Teufel aus dem Körper des Blöden auszutreiben. Er pflanzte sich vor dem Treppenverschlag auf, murmelte, fuchtelte herum, bekreuzigte sich ein dutzendmal, spritzte Weihwasser in sämtliche Richtungen, auch zur Decke hinauf, rief – aus dem Buch lesend – einige Wörter, die auf *us* und *um* endeten, und marschierte dann kerzengerade wieder ab, nachdem er den Schwestern Borghesini versichert hatte, sie könnten völlig beruhigt sein, es sei vorbei! Der Teufel sei aus ihrem Haus entwichen und werde so schnell nicht wiederkommen, bei der Lektion, die er ihm erteilt habe! Der Böse habe einen solchen Schrecken abgekriegt, daß schon die Hälfte davon genügt hätte...

Biagio kehrte ans Licht der Sonne zurück, und drei oder vier Wochen lang benahm er sich mustergültig, war folgsam und fleißig wie früher. Doch am Abend des Johannistages, als die beiden Alten bereits angefangen hatten zu glauben, Antonias Teufel habe sich – vielleicht, vielleicht! – tatsächlich verflüchtigt, wogegen im Dorf alle enttäuscht waren, daß die Geschichte so schnell zu Ende sein und der Blöde die Leute nicht mehr mit seinem Liebesschmachten zum Lachen bringen sollte, verfiel er plötzlich von neuem in Raserei. Er rannte von zu Hause weg, verfolgt von den Schwestern und unter dem Jubel der Dorfbewohner, die ihn offen anfeuerten und ihm Beifall klatschten, und danach auch seinen Verfolgerinnen. Biagio kletterte aufs Kirchendach und von dort auf den Kampanile und schrie, was seine Lungen hergaben: »An-to-niaaa! An-to-niaaa!« Ein paar Burschen versuchten, angetrieben von Don Teresio, ihm nachzuklettern, aber der Blöde, der sich bis zu diesem Augenblick noch nie gegen jemanden aufgelehnt hatte, fing an, sie mit Ziegeln und Steinen zu bewerfen, und zwang sie zum Rückzug. Und er wäre die ganze Nacht dort oben geblieben, um nach Antonia zu rufen, hätte Bartolo nicht eine riesenlange Leiter angeschleppt und wäre Antonia nicht selbst hinaufgestiegen, um Biagio herunterzuholen: Er kam hinter ihr her wie ein Küken hinter der Glucke. Die Sache endete für den Moment damit, daß die Gevatterinnen den Blöden mit nach Hause zerrten und in seinem Verschlag einsperrten und alle Dorfbewohner schlafen gingen, zufrieden, daß das Schauspiel die erwartete Fortsetzung gefunden hatte. Aber keiner ahnte, daß das dicke Ende erst noch kommen sollte. Mitten in der Nacht kam der Blöde wieder heraus – später erfuhr man, daß es ihm gelungen war, die verriegelte Tür seines Verschlags aufzubrechen – und rannte zum Haus der Nidasios. Es war Vollmond, etwa die vierte Stunde nach Sonnenuntergang, also ein Uhr nachts, und das Gequake der Frösche erst seit kurzem verstummt, als die Stille des schlafenden Dorfes durch einen Schrei zerrissen wurde: »An-toniaaa! An-to-niaaa!« Die Hunde wachten auf; die Hölle brach los. Die Knechte und die Tagelöhner (jene menschlichen Landwirtschaftsmaschinen der damaligen Zeit) rannten, gewaltsam aus ihrem traumlosen Schlaf gerissen und wütend darüber, mitten in der Nacht aufgeweckt worden zu sein, halbnackt auf die Straße, um den Blöden zum Schweigen zu bringen: mit den Laternen, mit den Stielen der Hacken, mit den Stricken, die sonst dazu dienten, den Stier beim Bespringen festzuhalten; und als sie Biagio schließlich zu fassen bekamen, richteten sie ihn so zu, daß er in dieser Nacht und auch am nächsten Tag ganz bestimmt niemanden mehr stören, ja sich nicht einmal mehr würde rühren können: Er hatte Mühe, sich überhaupt auf den Beinen zu halten, so übel war er dran! Die Rächer der öffentlichen Ruhe stießen ihn halb, und halb zogen sie ihn bis zum Haus seiner Herrinnen und übergaben ihn dort mit der Drohung: »Wenn er uns noch einmal nachts aufweckt, dann machen wir kurzen Prozeß mit ihm!« Was soviel hieß wie: »Wir bringen ihn um.«

Wieder im Besitz des Blöden, banden die Schwestern Borghesini ihn vorsichtshalber fest; und dann berieten sie bis zum Morgengrauen miteinander und kamen schließlich zu dem Schluß, daß man den Neffen, um ihn wieder zur Räson und zur Arbeit zu bringen, kastrieren müsse. So wie man es mit den Pferden macht und mit den Schweinen und mit den übrigen Haustieren. Und überhaupt, war er nicht auch ein Haustier? Ein Christenmensch war er jedenfalls nicht; und wenn man ihn nach der Geburt getauft hatte, weil man ihn für einen Menschen hielt, so hatte es sich dabei um einen Irrtum gehandelt: Tatsache war, daß der Pfarrer ihm später kein weiteres Sakrament mehr spendete und ihn auch nicht in der Kirche haben wollte, ja er würdigte ihn nicht einmal eines Blicks. Ob man *ihn* kastrierte oder einen Gockel, das lief auf das gleiche hinaus: Zu diesem Ergebnis jedenfalls kamen die Zwillingsschwestern Borghesini, nur: Es war schwieriger. »Wenn er ein Gockel wäre, würden wir ihn selbst kastrieren, wie wir es immer mit den Hähnen gemacht haben, die Kapaune werden sollten, aber wie kastriert man einen Mann? Und wenn er uns dabei verblutet, was sollen wir armen Frauen dann tun?«

Sie schickten nach Ponzana, einem anderen Dorf der Novareser Bassa, nach einem gewissen »*Emiglio Bagliotti, castratore esperto*«, damit der die Prozedur an dem Blöden vornehme. Er kam, ausgerüstet mit seinem Handwerkszeug, und als er sah, worum es ging, zögerte er einen Moment: »Na so was!« Die Zwillinge erklärten ihm daraufhin, daß ihr Neffe, mit Namen Biagio, zwar wie ein Mensch aussehe, aber keiner sei; und man müsse ihn kastrieren, denn sonst irre er, bei Mondschein, nachts herum, um nach Frauen zu suchen, und die Männer aus dem Dorf würden ihn noch einmal erschlagen.

»Na gut«, sagte Bagliotti. »Mir ist es zwar noch nicht untergekommen, einen Menschen zu kastrieren, aber meinetwegen.« Er verlangte zwei Lire für die Operation und die Assistenz eines Baders mit Namen Mercurino; er versicherte, daß der Blöde, einmal kastriert, stark wie ein Ochse und geduldig wie ein Esel würde. Dann schnitt er, steckte das Geld ein und ging.

Biagio schwebte drei Tage lang zwischen Leben und Tod, danach fing er ganz langsam an, sich zu erholen, aber nicht in der von Bagliotti versprochenen Weise. Er sei schwach – sagte Agostina Borghesini – und leide an merkwürdigen Ohnmachtsanfällen, vor allem beim Wechsel von einer Jahreszeit zur anderen; dann falle er zu Boden und liege halbe Stunden lang wie tot da. Er spüre alles: die Mondphasen, den Wetterwechsel, die Hitze und die Kälte; er sei fast immer unfähig zur Arbeit, weswegen sie, die Schwestern Borghesini, erneut ihren Nachbarn Bartolo Nidasio, den Vormund der Hexe, und ebenso jenen Emilio Bagliotti, den materiellen Verursacher des Schadens, verklagt und von beiden Schadensersatz für ihren Neffen gefordert hätten. Aber die Angelegenheit, von dem hochgeschätzten Advokaten Doktor Francesco Rivano in Novara den Richtern vorgetragen, habe sich in nichts, besser gesagt in Lächerlichkeit, aufgelöst: Es geschehe ihnen ganz recht – seien sie von jenen Richtern beschieden worden –, warum hätten sie auch ihren blöden Neffen kastrieren lassen! Hätten sie ihn doch lieber mit der Hexe gehen lassen, dann hätte er hinterher doppelt soviel arbeiten können! Und ähnliche törichte Dinge, die – meinte Agostina Borghesini – nur bewiesen, wie schlecht es um die Gerechtigkeit der weltlichen Gerichte bestellt sei. Aber jetzt stehe sie vor dem Tribunal der Kirche, welches unfehlbar und heilig sei, und in dieses setze sie ihr ganzes Vertrauen.

Vom Inquisitor aufgefordert, ihre Anklagen zusammenzufassen und zu präzisieren, bezichtigte Agostina Borghesini Antonia, sie habe durch Blicke, Gesten und Zauberworte den Teufel in den Leib ihres Neffen fahren lassen, und sie sei eine Hexe. Aber obwohl das Wort *stria*, Hexe, immer wieder und mit großer Wut aus ihrem Mund kam, wußte der Inquisitor Manini sehr genau, daß es anderer Argumente bedurfte, um zu einer Verurteilung Antonias zu gelangen: Ketzerei, Magie, Teilnahme am Hexensabbat. Und genau auf die zielte sein Plädoyer, nach den anfänglichen Hinweisen auf die teuflische Natur der Schönheit der Hexe und die katastrophalen Wirkungen (von denen eben die Rede war), welche besagte Schönheit auf den »*stulidus Blasius*« ausgeübt habe.

15. Kapitel

DER BILDSTOCKMALER

Noch ehe Antonia, im Jahr 1609, angefangen habe, die Hexensabbate zu frequentieren und sich mit dem Teufel zu treffen, habe sie – behaupten ihre Prozeßakten – bei drei von verschiedenen Zeugen berichteten Gelegenheiten Beispiele »ketzerischer Verworfenheit« gegeben: und zwar indem sie sich von einem Maler im Gewand und in der Gestalt der Madonna von der Göttlichen Hilfe auf einem Bildstock am Dorfeingang von Zardino malen ließ; indem sie während eines Pastoralbesuchs von Seiner Exzellenz, Monsignore Bascapè, Bischof von Novara, öffentlichen Skandal erregte; und indem sie sich mit einer Gruppe von *lanzi*, Landsknechten, also Soldaten deutscher Sprache und lutherischen Glaubens, einließ, die sich aus irgendeinem mysteriösen Grund auf dem Durchmarsch durch die Bassa befanden. Jeder dieser drei Fälle gewinnt in der Erzählung der Zeugen eine solche Plastizität und Unmittelbarkeit, daß das Geschehen wie ein Filmausschnitt in allen Einzelheiten vor unseren Augen abläuft. Die Daten werden leider verschwiegen, aber die Reihenfolge der drei Episoden ist sicherlich so, wie hier angeführt.

Als Antonia dem Maler Bertolino begegnete, war sie noch sehr jung, wahrscheinlich fünfzehn. Die Begegnung fand etwas außerhalb des Dorfes statt, dort, wo der Weg, in der Gegend der *dossi* und der *baragie*, dem Ödland, sich gabelte: In der einen Richtung ging es zum Sesia-Ufer, in der anderen zu den Dörfern weiter im Norden, zur Abtei

San Nazzaro und nach Biandrate. Es war Sommer, denn Antonia und zwei andere Mädchen, vielleicht die Töchter des Landarbeiters Barbero, von denen schon die Rede war, trieben die Gänse der Nidasios auf die Weide. Es war heiß. Die Gänse watschelten in einem schnatternden Haufen vor den Mädchen her, streckten die Hälse und schlugen mit den Flügeln, wie es eben ihre Art ist; wenn sie einen Graben sahen, rannten sie hin, um sich hineinzustürzen, suchten mit ihren langen Hälsen unter Wasser, lärmend und flügelschlagend, daß die Tropfen sprühten und man im Gegenlicht alle Farben des Regenbogens sah; oder aber sie versuchten, sich durch die Hecken am Weg zu zwängen, und dann mußte Antonia rennen, um sie zurückzujagen, denn jenseits der Hecken lagen die Maisfelder, und wenn es den Gänsen gelänge, dort hineinzukommen, würden sie unter den zarten Rispen wahre Verheerungen anrichten...

Von weit her, aus Richtung Novara, hörte man die Lieder der *risaroli*, und die Mädchen, lachend, atemlos, blieben alle paar Schritte stehen, um von den Brombeeren zu naschen, die zu beiden Seiten des Weges im Gestrüpp leuchteten; sie unterhielten sich über die Dinge, über die sich alle Mädchen in diesem Alter für gewöhnlich unterhalten, und sie waren so vertieft in ihre Gespräche über Kleider, Freundinnen und junge Burschen, daß sie den Karren des Malers gar nicht kommen hörten; genauer gesagt, sie hörten ihn erst im letzten Moment, als er schon direkt hinter ihnen war und der Maler ihnen zurief: »Ihr hübschen Dinger!«

Ihr erster Impuls war wegzulaufen: Jede unvorhergesehene Begegnung außerhalb des Dorfes konnte in der damaligen Zeit eine, womöglich tödliche, Gefahr bedeuten, ganz besonders für Mädchen wie sie; und sie wußten das. Instinktiv blickten sie um sich: Waren Leute da, die auf dem Feld arbeiteten, irgend jemand, den sie kannten und der ihnen zu Hilfe kommen könnte? Inzwischen jedoch war der Mann, der sie gerufen hatte, vom Karren abgestiegen und kam ihnen lächelnd entgegen, in der Hand einen Strohhut, wie ihn die Mädchen noch nie gesehen hatten: breit und flach und mit einem roten Band umwickelt. »Ihr hübschen Dinger«, sagte er, »lauft doch nicht weg! Habt ihr meinen Karren nicht gesehen? Es ist der Karren des Malers!«

Man wußte seit einiger Zeit in Zardino, daß ein Maler kommen sollte, um den neuen Bildstock auszumalen, der seit über einem Jahr weiß gekalkt auf der *dosso*-Seite in der Nähe der Weggabelung stand und nur noch darauf wartete, ausgemalt zu werden. Ein gewisser Diotallevi Barozzi hatte ihn auf seinem Grund und Boden errichtet, zum Dank dafür, daß er den Einsturz eines Heuschobers überlebt hatte, unter den er während eines Sommergewitters geflüchtet war. Ein echtes Wunder! In jenem Moment – erzählte Diotallevi – habe ihn der Gedanke durchzuckt: »Es ist aus! Ich bin tot!« Statt dessen hatte sich ihm von oben eine Hand entgegengestreckt, und er hatte gemerkt, daß er unverletzt war. Doch die Wunder, das weiß man, muß man hinterher bezahlen: Und Diotallevi, der im ersten Moment das Gelübde gemacht hatte, zur Madonna von Loreto zu wallfahrten, hatte es – bei genauerem Bedenken der Länge dieser Reise – dann in die Errichtung eines der Madonna von der Göttlichen Hilfe geweihten Bildstocks umgewandelt. Ein Bildstock – pflegte er zu sagen – ist zudem immer ein schönes Zeugnis der Dankbarkeit, das auch Bestand hat: Die Wallfahrten gehen vorbei, die Bildstöcke bleiben! Das Mäuerchen zu bauen war kein Problem gewesen. Jeder Bauer der Bassa war, im siebzehnten Jahrhundert, auch sein eigener Maurer und betätigte sich mindestens zwei Wochen im Jahr als solcher: zu Beginn des Winters, wenn man die Dächer und Mauern ausbessern mußte, damit sie der schlechten Jahreszeit standhielten. Ein Mäuerchen mitten in einem Feld bedeutet jedoch nichts, wenn es nicht bemalt ist; und das war auch der Punkt, an dem die Sache mit dem Bildstock angefangen hatte, für unseren Bauern kompliziert zu werden: Denn er hatte seiner Lebtag noch keinen Maler gesehen und auch nicht die geringste Vorstellung, wo man diese sogenannten Bildermaler finden könnte. Gab es vielleicht welche in Novara? »Ja, natürlich«, war ihm in Borgo San Gaudenzio von den Maklern gesagt worden, an die er sich um Rat gewandt hatte; aber als ihm dann einer von ihnen nach Rücksprache mit wer weiß welchem *maestro* des Pinsels dessen Forderung ausgerichtet hatte, erstarrte Diotallevi vor Schreck: Zehn Scudi für drei Spannen Fresko! (Er hatte sich gefragt: »Für wen hält der mich eigentlich? Für einen Verrückten, der nicht weiß, was das Geld wert ist?«) »Mit zehn Scudi«, sagte der auf wunderbare Weise Gerettete, wenn er die Episode erzählte, »kann einer wie ich, der zwei heiratsfähige Töchter hat, schon die Aussteuer für eine von ihnen aufbringen.« Und so war die Angelegenheit für den Augenblick ohne Folgen geblieben.

Es waren einige Monate ins Land gegangen, als eines Tages dem Bauern Barozzi wie durch Zufall zu Ohren kam, daß auf der anderen Sesia-Seite, in Albano Vercellese, ein gewisser Bertolino d'Oltrepò gerade eine Feldkapelle ausmale und alles hinströme, um ihm beim Malen zuzuschauen, weil er so tüchtig sei! Er male solche Figuren, solche Gesichter an die Wand – sagten die Leute –, daß ihnen nur noch die Sprache fehle; wenn man sie ansehe, werde es einem direkt unheimlich. Gleich am nächsten Tag – es ging ja über den Sesia, und da mußte man den Umstand nutzen, daß er Niedrigwasser hatte – sattelte unser Diotallevi in aller Frühe sein Maultier und ritt los, um diesen Maler bei der Arbeit zu sehen und mit ihm ins Gespräch zu kommen. Wenn er sich dann als ein rechtschaffener Christenmensch erwies – dachte er –, mit dem man ein Geschäft aushandeln könnte, wie es unter vernünftigen Leuten üblich ist, und nicht als ein total Verrückter wie dieser andere aus Novara, würde er auch gleich ein Wort über seinen Bildstock fallenlassen und ihn fragen, wieviel er für das Ausmalen haben wolle.

Er fand ihn. Bertolino war ein großer, kräftiger Mann, schon eher weiß als grau, und wenn man ihm so zusah, wie er seine Farben mischte oder mit den Schablonen hantierte und mit einem Nagel die Formen, die er später ausmalen wollte, auf die Wand riß – Flügel und Hände von Engeln, Gewänder von Heiligen und dergleichen –, wirkte er ganz normal, ein Mann, wie man ihn überall sieht und in jedem Beruf findet; außerdem sprach er einen Dialekt, der dem der Novareser Bassa ziemlich ähnlich war, und das beruhigte Diotallevi, denn bei einer Verhandlung auf hochitalienisch hätte er sich nicht zu helfen gewußt. Die Bilder, die schon fertig waren, waren wunderschön, jedenfalls kamen sie unserem Bauern so vor. Sie stellten – soweit Diotallevi es verstand – die Enthauptung eines Heiligen dar: Aber trotz des schrecklichen Gegenstands waren die Farben lebhaft und machten einen fröhlich; die Augen der Figuren schauten einen richtig an, und auch die Gesichter wirkten wie lebendig. Als der Bauer in die kleine Kapelle getreten war, hatte Bertolino gerade mit einem fünfzehn- oder sechzehnjährigen Jungen herumgeschimpft, seinem Lehrling. Der Junge hatte den Untergrund für das Fresko vorbereitet und versuchte, ihn auf die Wand zu werfen, wie es ihm der Maler beigebracht hatte: mit einer raschen und gleichmäßigen Bewegung des Handgelenks; doch die Arbeit war nicht einfach, und der Verputz fiel immer wieder herunter. Bertolino tat so, als würde er wütend: »Verflucht sei der Tag, an dem ich dich aufgenommen habe!« schrie er den Jungen an. Er überschüttete ihn mit Beschimpfungen: »Du Tölpel! Wenn ich mir einen Affen genommen hätte, wäre ich besser bedient!« Doch bei genauerem Hinsehen merkte man, daß er mehr belustigt als wütend war. Schließlich schob er den Jungen weg, warf den Verputz in wenigen Augenblicken selbst auf die Wand und strich ihn bis in die Winkel hinein glatt. Dabei brummte er: »Du Taugenichts, der andern bloß das Brot wegfrißt! Aus dir wird nie ein Maler, du bleibst zeitlebens nichts als ein wandelnder Wanst!« Und andere, noch ausgefeiltere Beleidigungen. Er zeichnete mit Hilfe der Schablonen den Entwurf: die Profile der Gesichter, die Hände, die Faltenwürfe, die Heiligenscheine; dann begann er die Farben aufzutragen. In diesem Moment wagte sich Diotallevi Barozzi nach vorn, um mit ihm über den Bildstock zu reden, denn er hatte bei sich beschlossen, daß er, nachdem er nun schon einmal den Weg bis hierher gemacht habe, auch gleich zu seiner Sache kommen könne. Er räusperte sich zwei- oder dreimal, dann sagte er: »Meister, auf ein Wort.«

»Wer bist du?« fragte der Maler.

»Ich bin ein Bauer vom anderen Sesia-Ufer, im Staat Mailand«, sagte Diotallevi. »Mit Nachnamen schreibe ich mich Barozzi, und ich komme aus Zardino. Ich habe Euch gesucht, weil ich möchte, daß Ihr für mich eine Madonna von der Göttlichen Hilfe malt: nur eine kleine Sache, auf einem Bildstock zwischen den Feldern, weil ich ein Gelübde von vor zwei Jahren erfüllen muß. Das Bild soll vier Spannen hoch und drei breit sein, und ein bißchen Verzierung drum herum. Eine Madonna in Weiß und Blau, schnell hingemalt, ohne große Ansprüche... Aber ich muß im voraus wissen, wieviel mich das kosten wird, denn ich bin ein Bauer, wie ich Euch schon sagte. Ich habe zwei Töchter zu verheiraten, und die Ernte im letzten Jahr war nicht gut ...«

»Spar dir den Atem«, schnitt Bertolino ihm das Wort ab. »Die Leier kenn' ich. Wieviel gedenkst du mir denn zu geben? Mach *du* mir ein Angebot.«

Diotallevi war bestürzt. »Ich... ich weiß nicht! Ehrlich gesagt, *Ihr* müßtet mir einen Preis nennen ...«

»Na gut«, sagte der Maler. »Es kostet nichts! Du gibst mir gar nichts, zufrieden? Zum Schluß, wenn die Arbeit dann fertig ist und wenn sie dir gefällt, gibst du mir, was du mir geben magst, nach deinem Gewissen und nach deinen Umständen. Wenn du kein Geld hast, dann gibst du mir eben etwas anderes: ein Schwein, vier Kapaune, zwei Fäßchen von deinem Wein... Doch eins sag' ich dir gleich: Auf eine Schluderarbeit, wie du gemeint hast, bei der man Zeit und Farben spart, versteht sich Bertolino nicht, und die macht er auch nicht. Wenn er dir eine Madonna malt, dann ist die in hundert Jahren noch so frisch wie am ersten Tag! Frag nur herum, wer Bertolino d'Oltrepò ist!«

So wurde, im Stehen und ohne weitere Formalitäten, der Vertrag für den Bildstock der Madonna von der Göttlichen Hilfe in Zardino geschlossen. Für Bertolino war diese Art, Geschäfte abzuschließen, im übrigen ganz normal. Seine kleinen Auftraggeber, die Bauern, die Seidenraupenzüchter, die Landpfarrer in der Ebene wie im Gebirge, waren alles Leute, die eine Mordsangst hatten, vom Maler übers Ohr gehauen zu werden; und wenn man mit ihnen zu einem Abschluß kommen wollte, mußte man ihnen an Ort und Stelle diese zwei, drei Sätze hinwerfen, die er inzwischen im Schlaf konnte: »Es kostet nichts, du gibst mir gar nichts! Du zahlst, wann du willst und wie du kannst! Und wenn es dir nicht gefällt, dann zahlst du eben nicht!« Doch – und das wußte Bertolino – die kleinen Auftraggeber zahlten eher und besser als die anderen; aber sie trauten den Künstlern grundsätzlich nicht und wollten beruhigt werden, Garantien erhalten, sich schlau vorkommen: Schlimmstenfalls, wenn etwas schiefginge, wären sie es, die den Maler leer ausgehen ließen...

Antonia und ihre Gefährtinnen drehten sich auf die Aufforderung des Malers hin um, um sich den Karren anzuschauen, und allen dreien blieb, wie er es vorhergesehen hatte, der Mund offenstehen, mit einem »Oh!« der Verwunderung. Sie hatten nicht unrecht. So verstaubt und verdreckt er auch war – Bertolino kam schließlich von der anderen Sesia-Seite und hatte erst vor einer Stunde die Furt bei Devesio überquert –, so etwas wie den Karren des Malers gab es nur einmal auf der Welt, sowohl als Fahrzeug wie als Kunstwerk, und wenn man ihn so mitten zwischen den Mais- und Kornfeldern vor sich sah, mußte einen sein Anblick überwältigen.

Mit großen Augen gingen die Mädchen um ihn herum. Im unteren Teil des Karrens, auf den gefirnisten Holzplanken, war die ganze Skala an Marmor und anderen vorgetäuschten Steinen – Granit, Porphyr, Jaspis, Alabaster -- gemalt, die die eigentliche Spezialität Bertolinos und seine anerkannte Kunst darstellten, deretwegen man ihn ab und zu immer noch zum Arbeiten auf die *Sacri Monti*, die Berg-Heiligtümer, oder in die Stadtkirchen rief, Seite an Seite mit den Figurenmalern, den anerkannten Meistern – die ihn ignorierten. Bevor Bertolino Wandermaler geworden war und seinen Karren hatte, war er viele Jahre als Ornament- und Marmor-Maler auf den großen Kunst-Baustellen tätig gewesen, wohin die Meister erst kamen, wenn alle anderen ihre Arbeit bereits beendet hatten, denn sie wollten keine neugierigen Augen um sich haben, die ihnen zuschauten, wie sie die Zeichnung skizzierten und dann die Farben auftrugen; sie waren eitler und kapriziöser als die Damen der vornehmen Gesellschaft, boshafter und giftiger als die Betschwestern auf dem Dorf, eigensinniger als verzogene Kinder. Trotzdem hatte Bertolino Gelegenheit und Muße gefunden, zweien der besten Maler jener Zeit, Stella und Lanino, über die Schulter zu schauen, und dabei war ihm der Wunsch gekommen, es ihnen gleichzutun, und das hatte er auch getan: selbst wenn er nie bei einem Meister in die Schule gegangen war und ein einfacher Dekorationsmaler blieb, ein *pitúr* (ein Wort, das im Dialekt der Bassa sowohl Anstreicher wie Maler bedeutet). Er hatte sich selbständig gemacht: mit diesem Karren, mit dem er herumreiste und in dem er wohnte und der ihm als Magazin, als Schaufenster, als Musterkatalog und als Reklame diente. (Es gab nicht wenige in den Alpentälern und in der Bassa, die Bertolino d'Oltrepò, den *pitúr*, nur deshalb kannten, weil sie eines Tages auf der Straße zufällig seiner wandelnden Kathedrale begegnet und mit offenem Mund davor stehengeblieben waren, so wie jetzt Antonia; oder weil sie von jemandem davon hatten reden hören, der das Wunderwerk gesehen hatte.) Und überdies – sagte sich Bertolino – hatte für einen Fahrenden wie ihn so ein bemalter Karren auch noch einen anderen Vorteil, nämlich den, die Räuber abzuhalten: Sie erkannten ihn schon von weitem und sparten sich die Mühe, ihn zu überfallen. Sie brauchten gar nicht erst hineinzuschauen, um zu wissen, was drin war!

Doch zurück zu Antonia und ihren Freundinnen: Was sie mit offenem Mund vor dem Karren des Malers wie vor einer übernatürlichen Erscheinung stehenbleiben ließ, war nicht der vorgetäuschte Marmor an den Seitenwänden, sondern die Plane, die den oberen Teil des Karrens überdeckte und ganz und gar wie ein Kirchenschiff bemalt war, mit leuchtenden Farben und kleinen Bildfeldern. Darauf befand sich das ganze Repertoire des Bertolino d'Oltrepò, Maler von Bildstöcken und Votivtafeln: Da waren die weißen und die schwarzen Madonnen, mit Jesuskind auf dem Arm und ohne Jesuskind, mit entblößter Brust und mit dem Herzen in der Hand, mit dem Heiligenschein und mit dem Sternenmantel und mit dem bloßen Fuß, der die Schlange zertritt. Da waren die Heiligen: die, die für die Ernte zuständig sind, die, die Menschen aus Not erretten oder vor etwas bewahren, die, die bei der Geburt oder im Tode helfen, und schließlich die, von denen man Wunder erbittet, an Geld oder an Gesundheit, die sogenannten »Gnaden«. Da waren der Schöpfergott und der Richtergott mit erhobener Hand, wie man sie in den mittelalterlichen Kirchen sieht und wie sie in den ersten Jahren des siebzehnten Jahrhunderts kein Maler mehr malen wollte: Und doch wurden sie noch verlangt! Da waren die Votivtafeln: ein Genre, das sich gut verkaufe – sagte Bertolino – und ihm genug einbringe, ohne daß er anderes machen müsse, wenn er es auf sich nehme, jedes Jahr an dieselben Orte zurückzukehren und sich einer Art von Konkurrenz auszusetzen, die mit Kunst auch nicht mehr das geringste zu tun habe. Um die großen Wallfahrtsstätten herum könne es, wegen des Markts an Votivtafeln, so weit kommen, daß man mit dem Messer aufeinander losgehe; also besser die Finger davon lassen! Die Abbildungen auf der Wagenplane waren der leicht reduzierte Musterkatalog der Bilder, die Bertolino mit seinen Schablonen, das heißt mit den bereits ausgeschnittenen und vorbereiteten Formen, fabrizierte. Das war nicht die spontane Malerei der Figurenmaler: Niemand verlangte sie von ihm, vielleicht kam auch gar niemand auf die Idee, daß er dazu fähig wäre, aber manchmal war er es selbst, der den Auftraggeber ungebeten damit beschenkte, gleichsam als wolle er ihm – oder auch sich selbst – demonstrieren, daß der *madonnaro*, der Madonnenmaler Bertolino d'Oltrepò, kein schlechterer und minderer Künstler sei als jene Meister, die so vornehm daherredeten, sich in Samt kleideten und in einer Weise auf der Straße stolzierten, daß die Leute sich hinterher fragten: »Wer war denn das, der da eben vorbeigegangen ist?« Manchmal kam es vor, daß ein Bauer sein eigenes Gesicht im Gesicht eines Heiligen wiedererkannte oder daß ein Votivbild den Ort, an dem das Wunder geschehen, und die Person, der es widerfahren war, perfekt wiedergab oder aber daß der Richtergott seinem Maler so offensichtlich ähnlich sah, daß es den Protest dessen hervorrief, der ihn bezahlen sollte. Dann aber wurde Bertolino wirklich böse! »Wenn dir das Bild nicht gefällt«, sagte er zum Kunden, »schütte ich eine Handvoll Kalk darauf und verlange keinen Soldo. Bildest du dir vielleicht ein, dein Geld wäre meine Kunst wert? Alles, was ich mache, ist ein Geschenk: Merk dir das!«

Erst als sie alle Bilder bewundert und sich gegenseitig immer wieder darauf aufmerksam gemacht hatten (»Da, schau! Die Madonna von Oropa! Der heilige Christophorus!«), bemerkten Antonia und ihre Freundinnen, daß sie von einem Jungen ihres Alters, der auf einer Kiste saß, nicht ohne ein gewisses Interesse beobachtet wurden, wogegen sie ihn bis zu diesem Moment überhaupt nicht wahrgenommen hatten. Wo kam er her? Wer war er? Natürlich, dieser Junge war der Lehrling des Malers: Doch seine Gegenwart genügte, um unsere Freundinnen daran zu erinnern, daß dieser Karren inmitten der Felder, sosehr er auch einem Traum glich, genauso der Welt der realen Dinge angehörte wie sie selbst …

»Die Gänse!« rief Antonia, der plötzlich wieder einfiel, wo sie sich befand und daß sie hier war, um auf die Gänse aufzupassen. »Meine Gänse! O Gott, o Gott! Die sind in den Mais gegangen!«

Heimlich und leise, mit jener stillen Schläue, mit der uns die gezähmte wie die wilde Kreatur zuweilen daran erinnert, daß auch sie einen Verstand hat, wenn natürlich auch keinen so vortrefflichen wie wir, und zu denken vermag, hatten die Gänse das vorübergehende Abgelenktsein der Mädchen ausgenutzt und waren in ein Maisfeld eingedrungen, völlig dem Blick ihrer Hüterinnen entzogen; daß sie dort waren, merkte man nur an dem Lärm, den sie veranstalteten, während sie die noch zarten Kolben von den Stengeln zogen und die Pflanzung verwüsteten. Man mußte sie wieder einfangen! Und die Mädchen rannten davon, ohne auf die Fragen des Malers zu antworten oder sich auch nur zu verabschieden. Sie ließen ihn einfach stehen, neben seinem Karren, in der Hand ein Skizzenbuch und ein Stückchen Kohle, mit dem er etwas zeichnete, und er rief: »Bleibt doch da, ihr hübschen Dinger! Was habt ihr denn?«

So endete jene Begegnung, die nur wenige Minuten gedauert hatte, und Antonia hätte sie vielleicht vergessen, wie man einen Traum vergißt, oder sie hätte sich nur an den Karren erinnert: eine Phantasmagorie aus Farben inmitten des Grüns der Felder, ein Märchen, das über die Straßen der Welt rollte, auf vier Rädern und von zwei Pferden gezogen, wenn nicht einige Tage später, als Bertolino seine Arbeit bereits beendet und Zardino vielleicht sogar schon wieder verlassen hatte, das Gerücht die Runde gemacht hätte, daß die Madonna von der Göttlichen Hilfe auf dem Bildstock des Bauern Barozzi Antonias Gesicht habe, und nicht nur das Gesicht! Es war ganz und gar Antonia, als Madonna gekleidet, auf einem Mäuerchen sitzend und mit einer Gans zu ihren Füßen. Alle, die hingingen, um sich das Bild anzuschauen, sagten bei ihrer Rückkehr: »Sie ist es! Da besteht nicht der geringste Zweifel! Es ist Antonia, wie sie leibt und lebt!«

Unnötig zu sagen, daß das Staunen groß war und daß man monatelang darüber klatschte. Und es wurde nicht nur darüber geklatscht: In jenem Winter, in dem der Caccetta bereits im Gefängnis von Mailand gelandet war und die üblichen »Gerüchte« nicht mehr genügten, um einen Abend auszufüllen, stritt man sich in den Ställen darüber, ob es erlaubt sei oder nicht, die heilige Jungfrau darzustellen, wie es Bertolino getan hatte, nämlich mit den Zügen eines Mädchens aus dem Volk, noch dazu eines Findelkinds, das alle kannten. Ob das Bild da draußen vor dem Dorf eine Lästerung sei, wie die Betschwestern behaupteten und wie es auch Don Teresio zu glauben schien, der sich nicht ohne Grund geweigert hatte, den Bildstock zu weihen – oder ob eine Madonna in jedem Fall und immer eine Madonna und die Extravaganz des Bildes bloß der Wunderlichkeit des Malers zuzuschreiben sei. Die Künstler, das weiß man, sind ja alle verrückt! Und dann gab es auch welche, die ihre Kritik auf ein – wie soll man sagen? – historisches Argument stützten: daß nämlich die Madonna, die man auf den Bildern male, doch ein gewisses Alter haben müsse, von den zwanzig oder etwas weniger Jahren der Verkündigung bis zu den fünfzig oder etwas mehr der Kreuzabnahme. Aber habe man je – fragten jene – eine fünfzehnjährige Madonna gesehen? Und wenn keiner ihnen antwortete, so antworteten sie sich selbst, die Arme ausbreitend: Nein, das habe man nie gesehen …

Die Signora Francesca aber war äußerst zufrieden. Dem, der ihr die Nörgeleien der Dorfbewohner und der Klatschweiber hinterbrachte, erwiderte sie achselzukkend: »Alles bloß Neid! Wenn es ihre Tochter wäre, auf diesem Bild, dann würden sie anders reden.« Jedesmal wenn sie an dem Bildstock vorbeikam, blieb sie verzückt stehen: Ihre Antonia! Als Madonna gemalt! Sie wäre vielleicht etwas weniger zufrieden gewesen, wenn sie sich hätte vorstellen können, welches Ende dieses Bild und dieser Bildstock einmal nehmen würden, und wenn sie Sätze aus den Prozeßakten hätte lesen können wie diese: »Sie [Antonia] erwiderte mir, daß sie nur sich selbst ergeben sei und zur Madonna des Besozzo bete«, das heißt zum Bildstock des Diotallevi Besozzi (Aussage der Irene Formica). »Sie sagten: ›Schau, die Madonna des Besozzo!‹ wenn sie auf der Straße ging, und sie schritt immer hochmütiger einher« (Aussage der Isabella Ligrina).

16. Kapitel

DIE SELIGE PANACEA

Die so lang erwartete Pastoralvisite des Bischofs Bascapè in Zardino und anderen kleinen Dörfern auf dem linken Sesia-Ufer fand an einem Frühlingstag eines nicht genau bekannten Jahres statt – vielleicht in Antonias sechzehntem Lebensjahr, vielleicht in ihrem siebzehnten, wer weiß es? Zu einer Zeit jedenfalls, als die Reliquien des Cavagna auf Befehl des Papstes in Novara noch unter Beschlagnahme standen und Bascapè immer noch damit beschäftigt war, seinen Leib in jenen »lebenden Leichnam« zu verwandeln, der dann im Sommer 1610 endgültige und vollkommene Gestalt annehmen sollte. In diesen ersten Jahren des siebzehnten Jahrhunderts – berichten uns die Biographen – hatten sich seine körperlichen Leiden samt und sonders verschlimmert und sozusagen chronifiziert. Die Katarrhe, die Migränen, die »Fluxionen« (Neuralgien, Rheumatismen und andere schmerzhafte Erscheinungen), die ihn durch den physischen Schmerz noch an die Welt der Lebenden banden, hatten ihn freilich schon so reduziert, daß er nur noch der Schatten eines Menschen war: eine fromme Larve, ganz ähnlich den heiligen Gespenstern, die gerade damals die Wände der lombardischen Kirchen zu bevölkern begannen oder schon bevölkert hatten, in den Werken von Malern, die sich nicht selten nach dem Namen ihrer Heimatorte nannten: Morazzone, Cerano, Tanzio da Varallo, Fiamminghino, Moncalvo... Diese Maler brachten in ihren Gemälden die Lebensfeindlichkeit, besonders im Hinblick auf die eigene Epoche, zum Ausdruck, wie sie Bascapè in all seinen Handlungen und sogar in seinem Leib verkörperte. Und ihre Bilder erzählen uns düstere Geschichten von Heiligen, die ein unstillbarer Wahn zu Andachtsübungen, zu Prozessionen, zum Predigen, zu ebenso glühenden wie törichten Werken trieb; oder von Menschen, die in übersinnliche Wonnen versunken waren; oder aber von solchen, die ziellos umherzogen, ohne ein Warum.

So also, wie auf einem Gemälde von Cerano oder Procaccini, näherte sich der noch unvollkommene Leichnam des Bischofs Bascapè an einem Frühlingsvormittag Zardino, und alle Glocken der Bassa läuteten, antworteten einander von Dorf zu Dorf und wollten nicht verstummen. Er kam, durch riesigen Jubel angekündigt und von einer Menge Volks begleitet, in einer hermetisch verschlossenen schwarzen Sänfte mit zugezogenen Vorhängen, fast in völliger Dunkelheit, befallen von einer Migräne, von Allergien und einer Menge anderer mysteriöser und schmerzhafter Übel, die aufzuzählen zu lang würde. Bascapè – so berichteten später die zeitgenössischen Chroniken – brachte der kleinen Gemeinde anstelle der Reliquien, die Don Teresio von Monsignore Cavagna versprochen worden waren und nie an ihrem Bestimmungsort ankamen, als Geschenk ein kleines Stück vom Gewand einer lokalen Seligen mit, der seligen Panacea – von welcher er dann höchstpersönlich in seiner Predigt erzählen wollte: wie sie durch ihr Leben allen, die sie kannten, ein Beispiel des Glaubens gegeben habe und wie heroisch sie gestorben sei. Sein Sänftensarkophag wankte langsam voran, durch die Wälder, zwischen den bestellten Äckern, den Rebfeldern, unter dem Klatschen und den »Hoch«-Rufen der Kinder, die ihrem Bischof bis zur Dreikönigsmühle und noch weiter entgegengelaufen waren, und dann auf der mit Blumengirlanden geschmückten und mit Rosenblättern bestreuten Straße. Die Bassa hallte von einem einzigen Schrei wider:

»Vivat die selige Panacea! Vivat der Bischof Bascapè!«

Der Bischofssänfte, die von zwei Maultieren getragen wurde, fuhr eine Kutsche voraus, in der fünf Männer saßen: zwei Geistliche, in Person eines Domherrn Clemente Gera und eines Domherrn Angelo Mazzola, denen das Amt zukam, den Bischof bei seinen seelsorgerlichen Aufgaben zu unterstützen, und drei Weltliche, deren Namen zwar leider nicht bekannt sind, von denen man jedoch weiß, daß es sich um den bischöflichen Kämmerer und dessen beide Gehilfen handelte: einen Rechnungsführer und einen Schreiber. Diese, vor allem aber der Kämmerer, bildeten einen wichtigen und gewissermaßen eigenständigen Bestandteil der Pastoralvisite: Wo immer der Bischof Station machte, schlugen sie – im Freien oder unter Dach – eine Art Büro auf; und sie trieben nicht nur die *prediali*, das heißt die kirchlichen Grundsteuern, ein, sondern sorgten auch für die Klärung von Streitfragen mit einzelnen Bauern und mit den Gemeinden sowie für die Wiederherstellung in Vergessenheit geratener Rechte, deren es in der Diözese Novara viele und weitreichende gab. Hinter der Bischofssänfte kamen, kerzengerade wegen der Rüstung, die sie trotz der Hitze hatten anlegen müssen (und auf die sie bestimmt verzichtet hätten, wenn es nach ihnen gegangen wäre, aber so wollten es nun einmal die Vorschriften und so hatten es die Oberen befohlen), die vier Soldaten der bischöflichen Eskorte, mit Hakenbüchsen bewaffnet; hinter ihnen, die selbstverständlich hoch zu Roß saßen, quälten sich mühsam auf allen möglichen Reittieren – vor allem auf Mulis, aber auch auf Eseln und dürren alten Kleppern – die Vikare und die Pfarrer von einem Dutzend Dörfer der Bassa vorwärts, die Monsignore Carlo Bascapè bereits an den vorangegangenen Tagen besucht hatte oder die er noch zu besuchen gedachte. Den Abschluß des Zuges schließlich bildete ein von zwei Ochsen gezogener Karren, auf den die Bauern, kaum daß der Bischof vorbei war, ihre Gaben legten: Kapaune, Speck,

Hülsenfrüchte, Reis, Hanf- und Flachsbündel, Würste, Gemüse, Mehl, Nüsse und andere Erzeugnisse ihres Landes, die zwei junge Seminaristen gleich an Ort und Stelle sortierten – die eßbaren Dinge auf die eine Seite, das übrige auf die andere – beziehungsweise in einem großen Weidenkorb verstauten, wenn die Gefahr bestand, daß etwas in der Sonne verdürbe. In der Tat handelte es sich um Spenden, die zum größten Teil für den Unterhalt der geistlichen Seminare in der Diözese bestimmt waren und noch am selben Abend an die Empfänger verteilt werden sollten. Und während der kleine Zug heranrückte, läuteten die Glocken ohne Unterlaß, und überall hörte man den Ruf:

»Vivat die selige Panacea! Vivat der Bischof Bascapè!«

Es war ein sonnenerfüllter Tag und die Luft ganz klar. Das Piemont, die fernen Alpen, die ganze Welt aalten und räkelten sich im Blau des Himmels und im Grün der Ebene; und dann noch, und mehr aus der Nähe, erfreuten und entzückten die Feuerglut der Mohnblüten, die überall das Wachstum des Korns begleitete, das Blühen der Iris und der Heckenrosen, das Glitzern der Gewässer, der leichte Wind, der die Tümpel kräuselte und die jungen Weidenzweige entlang der Gräben erzittern ließ. Die ganze Natur war eine einzige Explosion von Düften, von Blütenpollen, von Summen und Singen, von Lockrufen und von Farben. Die Tiere suchten einander, sandten sich ihre Signale zu, von den Bäumen, vom Himmel, aus dem Staub, aus dem Gras; der Himmel war von tausend Flügen durchfurcht, von tausend verschiedenen Vogelarten durchzogen. Die Wasser quollen über und mit ihnen das Leben der Bassa. Selbst die Luft war von einem undefinierbaren Fluidum erfüllt, gesättigt mit Säften, mit unsichtbaren und ungreifbaren Substanzen zur Verbreitung des Lebens. Eingeschlossen in seine Sänfte, wie gesagt, und fast im Dunkeln, Katarrhe aus allen Poren schwitzend, hustend und mit triefenden Augen, verwünschte Bascapè im stillen die Blütenpollen, die sogar noch durch die Fensterritzen und die schweren roten Samtvorhänge hereindrangen und auf dem Weg über die Nasenlöcher das Leben in Niessalven, kurz und heftig wie Büchsenschüsse, aus ihm herauskitzelten. Er hielt zwei gestickte Taschentücher in der Hand, getränkt mit Essenzen, die er in einem ganzen Arsenal von Kupferfläschchen und Glaskaräffchen vor sich stehen hatte: Benzoe, Myrrhe, Zuckerrohr, Nelke, und von Zeit zu Zeit hielt er sich eins davon an die Nase, drückte es dagegen, sog den Duft ein. Er klagte und stöhnte über die Migräne, die ihn vor allem im Frühling, aber auch zu den übrigen Jahreszeiten und inzwischen beinahe tagtäglich heimsuchte; in Intervallen wiederholte er die Worte des Psalms: *»Domine, ne elongaveris auxilium tuum!«* (Herr, zaudere nicht mit Deiner Hilfe!) Er flehte zur seligen Panacea, deren Reliquie er in einem kleinen Silberschrein bei sich in der Sänfte führte, und zum seligen Karl Borromäus, seinem Freund und Schutzpatron; er flehte auch zum Apostel Paulus, zu dessen Klerikern er als Barnabit gehörte. Der große Lärm, den die Glocken sämtlicher Kirchen und sämtlicher Meierhöfe der Sesia-Ebene veranstalteten, dröhnte ihm schmerzhaft im Kopf. Er flehte zu unserem Herrn Jesus Christus, dessen Abbild er in Form eines kleinen Kruzifixes immer um den Hals trug: *»Domine, adiuva servum tuum!«* (Herr, hilf du deinem Knechte!)

»Vivat die selige Panacea! Vivat der Bischof Bascapè!« schrien von draußen die Kinder, rosig vor Gesundheit und weil sie ihrem Bischof vom Dorf her entgegengerannt waren. Sie gerieten außer Rand und Band, drängten sich um die Sänfte: »Vivat der Bischof! Vivat, hoch!«

Er schob den Samtvorhang vielleicht ein Zehntel Handbreit beiseite (zwei Zentimeter), gerade soviel, um feststellen zu können, wie es draußen aussah: ob das Dorf noch weit weg war, ob man endlich ankam. Er konnte es kaum erwarten, in eine Kirche zu treten, wo die Weihrauchschwaden und die liturgischen Düfte diese vermaledeiten Pollen vielleicht neutralisieren und ihm erlauben würden aufzuatmen. Doch nirgends war eine Kirche zu entdecken und auch kein Dorf. Man sah nur diese Kinder, die schrien und grüßend mit den Armen fuchtelten, und hinter ihnen die *baragie* und die Rebfelder und die Getreideäcker... Das Rot der Mohnblumen ließ ihn schmerzlich zusammenzucken. Er zog den Vorhang wieder zu, kehrte ins Dunkel zurück.

»Vivat der Bischof! Vivat die Selige!«

Endlich spürte man, dank Gottes Hilfe, das Pflaster unter den Hufen der Maultiere, und man sah die ersten Häuser: niedere, graue Häuser mit so kleinen Fenstern, daß man nicht begriff, wie das Tageslicht durch sie dringen sollte, und ein paar Tischdecken über den Fensterbrettern, ein paar bestickte Tücher auf den Balkonen, zu Ehren des Bischofs. Man hörte die Glocken, die wie verrückt läuteten, und die Gläubigen in der Kirche, die das *Te Deum* anstimmten. Und als ob dieser Krach nicht schon genügt hätte, explodierten auch noch drei oder vier Knallfrösche vor der Kutsche, in der die Domherren reisten, und die Pferde scheuten und gingen hoch; doch zum Glück für die bereits zerrütteten Nerven des Bischofs Bascapè gab es weder Böllerschüsse noch Trommelwirbel. Wie immer hielt die Bischofssänfte genau vor der Kirchentür; der Kanonikus Gera, klein und dick, trat heran, öffnete den Sänftenschlag: Heraus stieg der Bischof, ganz in Schwarz, mit violetten Knöpfen an der Soutane, so gelb im Gesicht, als wäre er gerade dem Grab entstiegen. Nur die dunkelviolett umrandeten Augen wirkten lebendig, und dann war da auch noch die blaurote Nase, ein absolut unangebrachter Farbklecks inmitten eines bis in die Lippen hinein völlig blutleeren Gesichts. Im Sonnenlicht taumelte der Bischof und mußte sich mit beiden Händen auf Gera stützen, um nicht zu fallen; aber er fing sich gleich wieder. Er richtete sich auf; das essenzgetränkte Taschentuch in der Hand, hob er zwei Finger, um eine Gruppe von Leuten zu segnen, die ihn vor der Kirche erwarteten: *»In nomine Patris, et Filii, et Spiritus Sancti«*. Dann wandte er sich um und trat in die Kirche, gefolgt von Gera sowie dem zweiten Kanonikus, Mazzola, der in der Zwischenzeit das Kästchen mit der Reliquie der seligen Panacea geholt hatte. Auf der Schwelle mußte er stehenbleiben, um nicht über Don Teresio zu fallen, der ausgestreckt auf dem Boden lag. Er sagte zu ihm: *»Exsurge«*, erhebe dich, und streckte ihm den Ring zum Kuß hin. Vor dem Altar kniete er sich, wie er es immer machte, nieder, indem er sich mit beiden Händen auf den Boden stützte und sich so tief neigte, daß er mit der Stirn den Marmor der Stufen berührte; dann erhob er sich, wandte sich um. Er betrachtete die Kirche, in der sich die Gläubigen drängten, die Männer alle auf der einen Seite, die Frauen auf der anderen, wie Don Teresio es ihnen beigebracht hatte; in der ersten Reihe jedoch waren nur die jungen Mädchen des Dorfes – unter ihnen Antonia –, alle weiß gekleidet zu Ehren der Jungfrau Panacea. Er begann mit den Worten aus dem Buch Exodus: *»Qui est, misit me ad vos.«* (Er, der ist – also Gott –, hat mich zu euch gesandt.)

(»Herrgott, diese Migräne«!)

(»Verdammte Pollen!«)

Er nieste heftig: zweimal, viermal, sechsmal, wobei er das gestickte Taschentuch gegen die blaurote Nase preßte. Viele von den Mädchen in der ersten Reihe hielten sich die Hand vor den Mund, um nicht zu zeigen, daß sie lachen mußten; Antonia blieb ernst. Der Skandal, von dem Don Teresio später bei ihrem Prozeß berichtete, nämlich daß sie im Angesicht des Bischofs schamlos (*»turpiter«*) gelacht habe, ereignete sich, wenn überhaupt, erst später: am Ende der Predigt, vielleicht sogar nach der Messe, als es für den Bischof Bascapè darum ging, die Reliquie der Seligen der Gemeinde von Zardino zu übergeben. Auf jeden Fall haben sowohl Don Teresio als auch der Inquisitor Manini diese Episode mit der »Bischofsbeleidigung«, die es, wie gesagt, vielleicht überhaupt nicht gegeben hat, später aus leicht durchschaubaren Gründen hochgespielt.

Antonia hatte bereits Gelegenheit gehabt, den Bischof Bascapè kennenzulernen, und als sie ihn nun hier in Zardino vor sich sah, mußte sie an jenen Tag in ihrer Kindheit denken, an dem sie ihm das Gedicht der Schwester Leonarda hätte aufsagen sollen, und an all das, was ihr damals passiert war: das Aufstehen im Morgengrauen, das Reinigungsbad, das rohe Ei... Wie viele Erinnerungen gingen Antonia durch den Kopf, während der Bischof Bascapè, zwischen einem Niesen und dem nächsten, zusammen mit Don Teresio die Messe zelebrierte. Sie dachte wieder an Schwester Livia, an Schwester Clelia, an die Milde Stiftung... Und dann sah sie vielleicht auch wieder jene lange, schmale weiße Bischofshand vor sich, die auf keinen Fall zu berühren ihr die Nonnen eingeschärft hatten und die sie statt dessen ungeniert angefaßt hatte... Obwohl Bischof Bascapè schon zu der Zeit, als er die Milde Stiftung besuchte, blaß und abgezehrt ausgesehen hatte, war er doch noch nicht dieses Gespenst von einem Menschen gewesen, zu dem er später werden sollte. Ein paar von den Nonnen – Antonia erinnerte sich noch genau daran – hatten, in der Annahme, daß man sie nicht hören könne, ausgerufen: »Was für ein schöner Mann!« Und auch ihr selbst war der Bischof damals schön erschienen. Jetzt dagegen war das einzig Schöne an ihm nur noch die Stimme: eine warme, tiefe Stimme mit einem wohlklingenden lombardischen Akzent; um so angenehmer, wenn man sie mit Don Teresios Falsett verglich, mit dessen »Sonntagsstimme«, diesem eigens zum Messelesen einstudierten Pfarrerton. Als der Bischof mit seiner Predigt von der seligen Panacea begann, ließ sich Antonia, gleichsam ohne es zu merken, von dem Fluß und der Musikalität dieser Stimme erfassen und mitreißen; und so erging es den meisten Menschen, die in der Kirche waren und von der Predigt des Bischofs nur ein paar Worte oder Sätze oder auch gar nichts verstanden, und zwar aus dem einfachen Grund, weil der Bischof in Hochitalienisch predigte, während die Bauern nur Dialekt redeten.

Die Geschichte der seligen Panacea – die Bascapè in jenen Tagen den Bauern der Bassa vor Augen stellte – ist die Geschichte eines armen Hirtenmädchens, das 1368 in einem Dorf im Novareser Hügelland zur Welt kam und in jungen Jahren starb. Das erste Unglück ihres – ganz und gar tragischen! – Lebens war vielleicht schon dieser Name Panacea, den ihr die unverständigen Eltern gegeben hatten. Aber viele schlossen sich noch an, eines schlimmer als das andere. Nachdem ihre Mutter gestorben war, wurde Panacea – so berichten es ihre Biographen, und so erzählte es an diesem Tag der Bischof Bascapè – mit fünfzehn Jahren von ihrer Stiefmutter umgebracht, aus Wut, weil sie nichts tat als beten: Sie hatte keinen Schatz wie die anderen Mädchen ihres Alters, sie kümmerte sich nicht um die Herde und um das Haus, sie setzte sich nicht ans Spinnrad. Sie tat überhaupt nichts. Sie betete von morgens bis abends, und die Stiefmutter prügelte sie zu Tode.

»Nun denn, meine geliebten Söhne und Töchter«, sagte Bischof Bascapè zu den Gläubigen von Zardino, »ihr sollt wissen, daß die selige Jungfrau Panacea die Tochter eines gewissen Lorenzo da Cellio aus dem Sesia-Tal war, gebürtig aus dem Dorf Cadarafagno, später aber in Quarona ansässig, wo ihm sein Weib Maria aus Ghemme diese Tochter Panacea gebar; doch nachdem die Mutter des Mädchens in Ghemme verstorben war, nahm er sich ein zweites Weib, welchselbiges die arme Panacea mit grausamer Härte traktierte: Sie befahl ihr, die Schafe zu hüten, Holz zu sammeln und nach Hause zu schleppen und solche Mengen von Wolle zu spinnen, wie niemand es vermocht hätte. Und sie tat dies vor allem deshalb, weil Panacea mit Vorliebe in der Kirche San Giovanni von Quarona im Gebet verweilte, die oben auf dem Berg liegt, wohin sie ihre Herde auf die Weide trieb, und auch sonst voll Beharrlichkeit den Rosenkranz zu beten pflegte. Die niederträchtige Stiefmutter tobte und wütete um so heftiger, je mehr sie die Stieftochter vor Geduld und Tugend leuchten sah, und es kam schließlich dahin, daß sie diese sogar für ihre guten und heiligen Handlungen bestrafte; und um sie vom Gebet abzubringen, zerriß die Ruchlose ihr die Rosenkränze und warf sie fort. Aber Gott in seiner Güte wollte den Lohn für soviel Tugend nicht hinauszögern und ließ es zu, daß das schändliche Weib dermaßen in blinde Wut geriet, daß es das fromme, unschuldige Mädchen, das damals im fünfzehnten Lebensjahr stand, wegen seiner großen Beharrlichkeit im Gebet erschlug.«

Bascapè machte eine Pause, um sich zu schneuzen. Draußen vor der Kirche hörte man das Bellen der Hunde und das Zwitschern der Vögel: die üblichen Geräusche eines Dorfes – dachte Antonia –, wie es auch das gewesen sein mußte, in dem Panacea gelebt hatte. Doch der Bischof nahm den Faden wieder auf: »Eines Abends nämlich, als es bereits Zeit zur Rückkehr war und Panacea ihre Schafe schon auf den Heimweg gelenkt und sich das Bündel mit dem gesammelten Holz auf die Schultern geladen hatte, konnte sie, als sie an dem Stein vorbeikam, auf dem zu beten sie die Gewohnheit hatte, dem Verlangen nicht widerstehen, noch einmal dort im Gebet zu verweilen, und so langten die Schafe allein am Stall an. Als die Stiefmutter das sah, rannte sie wutentbrannt zur Weide, und da sie das Mädchen dort im Gebet fand, prügelte sie mit ihrem derben Spinnrocken auf sie ein, daß ihr die Spindeln in den Kopf drangen, und tötete sie auf solche Weise. Und daher wird die selige Panacea für gewöhnlich mit der Stiefmutter dargestellt, die auf sie einschlägt. Als dem Vater Lorenzo, der sein Weib des öfteren zurechtgewiesen hatte, der Vorfall zu Ohren kam, eilte er herbei und fand das Holzbündel in Flammen, und er vermochte auf keine Weise den kleinen Körper von der Stelle zu bewegen noch das brennende Holz zu löschen.«

Die Stimme des Bischofs wurde feierlich: »Nach dem, was der Pfarrer Rocco [Rocco Bononi, zu Panaceas Zeit Pfarrer von Quarona] und alle anderen Chronisten sowie die ungebrochene Überlieferung der Bewohner der beiden Ortschaften Quarona und Ghemme berichten, befand sich unter den zahllosen Menschen, die auf die Kunde von dem schrecklichen und wundersamen Ereignis hin herbeieilten, auch der höchste Magistratsherr des Sesia-Tals, der Edle Ambrogio de' Pantaleoni aus Mailand. Als selbiger das anhaltende Wunder sah, daß es nämlich weder möglich war, den Körper wegzubewegen noch das brennende Holzbündel zu löschen, sandte er einen reitenden Boten nach Novara zum Bischof Oldrado, und dieser eilte mit seinem Klerus herbei, und als er das Wunder sah, das nun schon seit mehreren Tagen andauerte, vermochte allein er es, durch seinen Befehl, den heiligen Körper wegtragen zu lassen.«

»Man trug ihn den Berg hinab und lud ihn dort auf einen Wagen, gezogen von zwei Färsen, die auf dem Grund und Boden eines gewissen Lorenzo da Cellio [der gleiche Name wie der des Vaters, wohlgemerkt!] anhielten; selbiger sträubte sich jedoch mit Händen und Füßen dagegen, daß man jenen Körper auf seinem Grund bestatte, und so machten die Färsen von sich aus kehrt und liefen geradewegs in die Ebene hinunter.«

Bascapè machte wiederum eine Pause und wischte sich den Schweiß ab. Mit neuer Kraft hob er wieder an: »So zog diese seltsame Prozession dahin: ein Bischof mit seinem Klerus, mit der Obrigkeit, mit einer riesigen Volksmenge, alle hinter zwei Kälbern drein, die nach ihrer eigenen Neigung dahinliefen und den Wagen mit dem toten Mädchen darauf zogen. Die Kälber machten in Romagnano eine Viertelstunde halt, um zu grasen, und so rastete auch der übrige Zug. Als sie dann nach Ghemme kamen, verweilten sie noch einmal auf einem Feld, das Campo de' Banchelli genannt wurde, dann stillten sie ihren Durst an einer Quelle, wo man heute noch einen frommen Bildstock mit der Darstellung des Geschehens sehen kann, und danach wandten sie sich zum Friedhof und blieben bei einem wilden Rosenstrauch gleich neben der Kirche stehen, gerade an der Stelle, wo Panaceas leibliche Mutter ruhte.«

»Welch anrührende Poesie bei dieser toten Tochter, die sich auf so wundersame Weise ihrer toten Mutter nähern will! Der Bischof, der inzwischen befohlen hatte, den Leichnam in der Kirche aufzubahren, ließ innerhalb weniger Tage eine Kapelle an die Kirche anbauen, und nachdem er dort ein Grab hatte ausheben lassen, ummauert und mit einer Marmorplatte darüber, bettete er den Körper am ersten Freitag im Mai des Jahres 1383, der zugleich der erste Tag dieses Monats war, dort hinein. Alljährlich pflegt man seitdem an seiner Wiederkehr das Fest der seligen Panacea zu begehen, mit großer Frömmigkeit bei Einheimischen wie bei Fremden und unter starkem Zulauf, sei es aus natürlicher Hingabe, sei es in Erfüllung eines Gelübdes. Und es ist ein wunderbar Ding zu sehen, welche Menschenmenge auch aus der Diözese Vercelli nach Ghemme eilt, um die selige Jungfrau mit Gebeten, mit Gaben und mit heiligen Opfern zu verehren. An jenem Tag zieht die gesamte Bevölkerung von Quarona mit ihrem Pfarrer dorthin, in einer Prozession, die zehn Meilen lang ist, und stiftet eine Kerze, zu der jeder Familienvater sein Scherflein beiträgt, und solches, sagt man, tun durch eigenes Statut auch die Menschen anderer Pfarreien oder sollten es doch tun. Bei jener Kirche schließlich wurde nicht nur eine Kapelle erbaut, sondern auch ein Benefizium gestiftet, auf daß dort die heilige Messe gelesen werde, und in vielen anderen Kirchen der Diözese findet man Altäre und Bilder der seligen Panacea.«

»Viele bezeugen«, schloß Bascapè und erhob dabei mahnend Stimme und Hand, »daß sie ihre Gesundheit wiedererhalten haben durch die Anrufung der Panacea, deren Name ja Allheil- oder Wundermittel bedeutet, und wir haben nicht geglaubt, diesen alten Kult in irgend etwas abändern zu sollen, welcher am 14. März 1570 von Seiner Heiligkeit, Papst Pius V., gebilligt und unseren Gläubigen vom göttlichen Willen eingegeben worden ist, durch die Tugend dieses allerseligsten Mädchens! Welches auch ihr von nun an anrufen werdet, im Namen des Vaters und des Sohnes und Heiligen Geistes. Amen.«

17. Kapitel

DIE LANDSKNECHTE

Im Herbst desselben Jahres, in dem der Bischof Zardino besucht hatte, geschah noch etwas anderes Außergewöhnliches, nämlich daß eines Morgens ein Trupp *lanzi*, Landsknechte, im Dorf auftauchte und bis zum Abend blieb, ohne ersichtlichen Grund und auch ohne daß man wußte, wer sie hergeschickt hatte: Die Landsknechte ließen sich einfach mitten im Dorf, zwischen dem Kirchplatz und der Osteria Zur Laterne nieder, als ob ihre Anwesenheit an diesem Ort das Natürlichste von der Welt wäre; und als es dann Nacht wurde, zogen sie zum Fluß weiter. Ein schönes Rätsel, insbesondere für die Leute – Männer wie Frauen –, die immer alles ganz genau wissen, allem und jedem auf den Grund gehen wollten. Eine echte Denksportaufgabe, die einen um Schlaf und Verstand bringen konnte. Man erzählte sich dies und jenes: Die *lanzi* hätten wegen einer Mission auf der anderen Sesia-Seite über die Grenze gemußt; sie seien ausgezogen, um ein paar Deserteure wiedereinzufangen; sie hätten sich von ihrem Regiment verirrt; sie seien selber Deserteure. Man erzählte eine ganze Menge, bis schließlich, mangels Bestätigungen und Beweisen, das Interesse nach und nach erlosch und die Leute anfingen, sich wieder mit anderen Dingen zu beschäftigen. Auch zu welcher Abteilung die Landsknechte gehörten, blieb mysteriös. Mit Sicherheit ließ sich nur sagen, daß sie nicht aus der Garnison von Novara stammten – wo es im übrigen, soviel man wußte, noch nie, auch nicht in der Vergangenheit, Landsknechte gegeben hatte. Also kamen sie von außerhalb: aus Mailand vielleicht oder sogar bis aus Piacenza; dort – so erzählte man sich – seien solche Söldnertruppen gang und gäbe. Befehligt wurden unsere *lanzi* von einem wahren Riesen mit üppigem strohfarbenem Schnauzbart und ebensolchen Koteletten. Der Mann war so groß, daß er, um durch die Tür zur Osteria zu kommen, nicht nur den Kopf, sondern auch noch den Rücken beugen mußte; und auch drinnen mußte er sich bücken, wenn er nicht mit dem Kopf gegen die Deckenbalken stoßen wollte. Kein Mensch in Zardino oder in der ganzen Bassa war so groß; nicht einmal der Feldhüter Maffiolo, der doch, wie sich die Dorfweiber ausdrückten, »ein langes Elend« war.

Kaum hatten die Kinder den Riesen erblickt, verpaßten sie ihm auch schon den Spitznamen Attila: Und auch wir werden ihn von jetzt an so nennen. Dieser Attila hatte riesige Hände und Wangen von einer Farbe, die zwischen Weinrot und Violett lag und ihn als einen gewaltigen Fresser und Säufer enthüllte, von seiner Prädisposition, dereinst am Schlagfluß zu sterben, ganz abgesehen. Er sprach nur deutsch, wie alle seine Soldaten, und radebrechte höchstens ein paar Worte oder Sätze in einem spanisch verhunzten Italienisch oder direkt auf spanisch, aber auch die waren kaum zu verstehen. Außerdem war er, nach der Art, wie er redete und wie er sich bewegte, zu urteilen, ständig wütend: auf den, der seine Sprache nicht sprach, auf seine Soldaten, obschon sie sie sprachen, auf die ganze Welt.

Er traf mit seinen Landsknechten an einem Oktobermorgen ein, als die Sonne bereits hoch stand, aber Don Teresio gerade erst mit seiner Messe zu Ende war, also gegen halb, dreiviertel zehn. Und er fing sofort an zu brüllen, daß man – so wenigstens glaubten ihn die Dorfbewohner zu verstehen – ihm die *consoli*, die Dorfräte, herbeischaffen solle; und die Betschwestern, die aus der Kirche kamen und mit aufgerissenen Augen dastanden, weil sie fürchteten, daß alles für sie noch schlimmer würde, wenn sie Anstalten machten davonzulaufen, schrie er an: »Ihr Schweinerüssel und Schafsköpfe, ihr Mistfresser, denn was anderes seid ihr nicht, ich will auf der Stelle die *consoli* vor mir sehen! Los, beeilt euch, ihr Bestien!«

(Natürlich wußte Attila nicht, daß die Verantwortlichen in den Dörfern der Bassa *consoli* genannt wurden, und das Wort »Mistfresser« und all die anderen in dem oben zitierten Satz gab es, auf italienisch, in seinem Vokabular ebenfalls nicht; aber aufgrund einer geglückten Verquickung von Assonanzen und Mißverständnissen, in der die deutschen Wörter durch mehr oder weniger ähnlich klingende italienische ersetzt wurden, kam das Wesentliche doch heraus. Tatsächlich wollte Attila mit jemandem verhandeln, der das ganze Dorf repräsentierte, und so geschah es dann auch.)

Nach einigen Minuten Geschrei und Durcheinander erschienen schließlich die *consoli*. Es waren immer zwei, wie es die Verordnungen vorschrieben, und sie wurden jedes Jahr neu gewählt. In jenem Jahr lagen durch Volkes Willen die Geschicke Zardinos in den Händen eines gewissen Angelo Barozzi, von dem nur der Name bekannt ist, und in denen unseres Bartolo Nidasio, der, als er sich von diesen bis an die Zähne bewaffneten Männern und ihren Visagen umringt sah und ihr Geschrei hörte, im stillen hoch und heilig schwor, sich in seinem ganzen Leben nie mehr zum *console* machen zu lassen!

Als Attila und die Landsknechte endlich die gewünschten Gesprächspartner vor sich hatten, begannen sie, heftig auf sie einzureden, von *Ruë*, von *Spaise*, von *Ässen*, kurz von völlig unverstandlichen Dingen, und sie fuhren sofort aus der Haut, wenn man sie nicht verstand; sie führten die Hände zum Mund, ja steckten die zusammengepreßten Finger hinein und schrien dabei: »*Hombre, comida!*« Der arme Barozzi, erschrocken bei der Aussicht, über dreißig wie Wölfe ausgehungerte Teutonen verpflegen zu müssen, hätte sie gern mit Reden hingehalten, um Zeit zu gewinnen; er hoffte – doch wie trügerisch diese Hoffnung war, wird man gleich sehen –, daß von einem Augenblick zum anderen irgend etwas völlig Unerwartetes geschähe und die *lanzi* auf die gleiche Weise wieder abzögen, wie sie gekommen waren. Er verlegte sich auf Spitzfindigkeiten und erklärte: »Wir sind nicht rechtzeitig von Eurem Kommen in Kenntnis gesetzt worden!« »Es ist unnütz, daß Ihr auf Eurem Ansinnen beharrt, das ist nicht unseres Amtes!« Und dergleichen Ausflüchte mehr, von denen die Teutonen hin und wieder ein Wort Silbe für Silbe nachsprachen und sich dann anschauten, um zu sehen, ob einer von ihnen begriffe, was dahinterstecke. Bartolo dagegen dachte vor allem an das, was passieren könnte, wenn die *lanzi* wirklich die Geduld verlören, und er machte dem Barozzi Zeichen: Laß gut sein! Geben wir ihnen, was sie verlangen, wenn sie nur wieder verschwinden! Keinen langen Disput!

Während sich so auf dem Kirchplatz die Verhandlungen über *comer* (essen) in die Länge zogen, war der größte Teil der Landsknechte bereits in die Osteria eingefallen und machte sich von da drinnen aus mit unverständlichen Rufen (»*Rotvain*«, »*Trinckän*«) bemerkbar. Ein paar jüngere *lanzi* dagegen strichen durch die Gassen von Zardino und spähten durch die Fenster und in die Höfe, ob Frauen da seien: Sie klopften an die Fensterläden, machten »pst, pst!« oder riefen »*tosa, bèla tosa!*« (*tosa* bedeutet im Mailänder Dialekt »Mädchen«); aber wie durch einen Zauber waren alle Frauen aus dem Dorf verschwunden. In den Höfen sah man kein einziges weibliches Wesen, nicht einmal ein altes und verhutzeltes; und auch von den Männern waren, um ehrlich zu sein, nur noch ganz wenige um die Wege.

Bloß die Buben trieben sich samt und sonders draußen auf der Straße herum, liefen hinter den Fremden her und riefen: »Die *lanzi*! Die *lanzi*! Vivat die *lanzi*!« – mit einer recht unangebrachten Begeisterung für dieses Ereignis wie für diese Menschen. Sie rauften sich darum, die Wehrgehenke anfassen zu dürfen, die kurzen Schwerter und die damaszierten Hakenbüchsen; sie machten sich gegenseitig auf die Lederwämse, die weiß-rot gestreiften Hosen, die Messer, die Pistoia-Dolche (breite, zweischneidige Jagddolche) aufmerksam: »Da, schau her, da, sieh dir das an!« Ein paar ganz Kühne wagten sich sogar in die Osteria, die nach einem ungeschriebenen, aber ehernen Gesetz ein Ort war, zu dem Kinder keinen Zutritt hatten, nicht einmal in Ausnahmefällen. Sie sahen, wie sich der Feldhüter Maffiolo mit den Landsknechten unterhielt – in ihrer Sprache! –, und rannten wieder hinaus, um die Neuigkeit zu verkünden: »Der Fuente redet mit den *lanzi*, und die antworten ihm!« Um es kurz zu machen: Maffiolo wurde auf den Kirchplatz herausgerufen, wo die Verhandlungen zwischen den Oberhäuptern des Dorfes und dem Anführer der Landsknechte endgültig ins Stocken geraten zu sein schienen, und er machte dem Barozzi endlich deutlich – Bartolo hatte es bereits von selbst begriffen –, daß das ganze Geschwätz unnütz sei: Die Landsknechte verstünden ihn nicht, und wenn sie ihn verstünden, gäbe das bloß Ärger. (Weshalb sich Maffiolo auch weigerte, ihm den Dolmetsch zu machen.) Die Rede des Teutonen war sehr einfach: Wenn ihr uns gebt, was wir verlangen, dann ist alles in Ordnung, dann sind wir als Freunde da und in Frieden; wenn ihr es uns aber nicht gebt, dann macht das auch nichts, dann nehmen wir es uns einfach, aber damit sich die Mühe lohnt, nehmen wir uns dann mehr, und wir nehmen auch noch mit, was uns sonst unterkommt: Geld, Weiber, was sich eben findet… Damit waren die Präliminarien erschöpft, und Attila formulierte die präzisen Forderungen, als da waren: Heu und Hafer für zwei Pferde und fünf Maulesel, und für die Männer zwei Schweine zu je mindestens fünf Zentnern, und alles, was man brauchte, um die zu schlachten, zu zerteilen und auf deutsche Weise zuzubereiten. Wein und Brot nach Bedarf und in jedem Fall nicht zu knapp, denn – so erklärte der Landsknechthauptmann – seine Leute hätten einen Riesenhunger und einen ebensolchen Durst.

Da nichts anderes übrigblieb, als sich zu fügen, wurden die Schweine aufgetrieben, geschlachtet und zerlegt; man baute zwei lange Tische im Hof der Osteria auf, unter einem Dach, unter dem für gewöhnlich die Karren standen, denn in der Osteria hätten nicht alle *lanzi* Platz gefunden, aber man konnte sie auch nicht völlig im Freien sitzen lassen, wegen der feuchten Jahreszeit und des grauen Himmels, der Regen verhieß. Unter diesem Schutzdach schlugen sich die Landsknechte den Bauch voll, so gut sie nur konnten, und dann fingen sie auch noch zu singen an: fröhliche oder traurige, herzzerreißende oder übermütige Lieder, die jedoch alle zumindest eines gemeinsam hatten, daß sie nämlich auf deutsch gesungen wurden und damit für die Zardinesen unverständlich blieben. Es gab unter den *lanzi* zwei wackere Musikanten, die ein Instrument spielten, das einer Viola ähnelte, aber viel kleiner war und das sie auf der Schulter aufstützten. Diese Musikanten begleiteten die Partien der Solisten und die traurigeren Lieder; bei den anderen begleiteten sich die Landsknechte selbst, indem sie den Takt mit den Händen, den Füßen oder allen möglichen improvisierten Instrumenten schlugen: beispielsweise mit den Messern gegen die Becher oder mit den Blechtellern auf die Tischbretter. Zwischen einem Lied und dem nächsten schrien und lachten und grölten sie, daß einem das Blut in den Adern stockte. Wenn sie ihren Körper von einer überflüssigen Last befreien mußten, gingen sie aus dem Hof, überquerten den Platz und pflanzten das, was sie beschwerte, vor die Kirchentür oder vor die des Pfarrhauses, unter dem johlenden Applaus der Kameraden, die ihnen durch die Gitterstäbe des Zauns, der den Hof der Osteria von der eigentlichen Piazza abtrennte, von ihren Plätzen aus bei den entsprechenden Verrichtungen zuschauen konnten.

Natürlich sahen auch die Leute aus den umliegenden Häusern alles, was auf der Piazza vor sich ging, so daß sich mit Fug und Recht sagen läßt, daß diese Zurschaustellungen der *lanzi* in Anwesenheit eines vielfältigen, zahlreichen und teilnehmenden Publikums stattfanden. Doch sosehr uns Menschen des zwanzigsten Jahrhunderts das befremden mag, die Anwesenheit des Publikums genierte die Akteure in keiner Weise, im Gegenteil! Es schien sie zu stimulieren. In den Stunden, in denen sie in Zardino weilten, machten fast alle Landsknechte, stehend oder hockend, mit heruntergelassenen Hosen vor der Kirchen- oder der Pfarrhaustür Station, und manche beehrten sogar alle beide. Die Ermunterungen und die Kommentare, die die zuschauenden Kameraden an die Akteure richteten, sowie deren Erwiderungen erfolgten auf deutsch oder manchmal auf spanisch, aber mit ein bißchen Phantasie begriff auch das italienischsprachige Publikum wenn nicht gerade den genauen Wortlaut, so doch den Sinn im großen und ganzen. Und es verstand sehr gut, was ein bereits ergrauter Landsknecht meinte, als er, nachdem er mit einem Haufen von beachtlichem Ausmaß auf der Pfarrhausschwelle niedergekommen war, sich wieder die Hosen hochzog und dabei zu den Fenstern Don Teresios hinaufschrie: »*Mira, cura! Nacío tu hermano!*« (Schau her, Pfarrer! Du hast ein Brüderchen bekommen!)

Andere *lanzi* schrien von der Kirchentür aus nach dem »Papst von Rom« und forderten Don Teresio auf, sich zu zeigen, um ihren nackten Hintern zu segnen, den sie ihm zu diesem Zweck bereitwillig entgegenstreckten. Einer hatte ein Stück Kreide in der Tasche und beschmierte damit Türen und Wände mit zum Glück unverständlichen Aufschriften und mit vielen Zeichnungen, die man dagegen nur allzu gut verstand.

»Wer weiß, was Don Teresio jetzt macht«, fragten sich indessen die Leute von Zardino in ihren Häusern. »Ob er sich im Keller versteckt hat, wie es wahrscheinlich ist, oder ob er hinter den geschlossenen Läden steht und sie beobachtet?« Die Betschwestern flehten: »Lieber Gott, mach, daß er nicht hinausgeht, um diesen Teufeln die Stirn zu bieten!«

»Er würde dem Martyrium entgegengehen! Der arme Mensch!«

»Nur keine Angst«, sagten ihre Ehemänner, »der denkt gar nicht daran, denen die Stirn zu bieten! Als Pfarrer ist er zwar ein bißchen überspannt, aber wenn es um die eigene Haut geht, dann gibt auch er Ruhe!«

Die Stunden vergingen. Es fing an dunkel zu werden unter dem Schutzdach und auf der Piazza. Attila – der mit seinen Soldaten wie ein Kannibale gefressen und gesoffen und aus voller Kehle gesungen hatte und dann eingeschlummert zu sein schien: er döste, den Kopf auf der Brust – fuhr mit einemmal hoch und wurde wieder so rabiat, wie er bei seiner Ankunft gewesen war und wie er es immer zu sein schien: Er feuerte schreiend eine Befehlssalve nach der anderen ab und fuchtelte dabei herum wie ein Besessener. Was immer er auch wollte – dachten die Dorfbewohner –, eines stand jedenfalls fest: Er wollte es schnell! Schnell erhoben sich die Landsknechte von den Tischen, rannten, um die Tiere wieder aus dem Stall der Osteria zu holen, schnürten ihre Ranzen und stellten sich auf der Piazza in Reih und Glied auf; schnell liefen sie, um den Feldhüter Maffiolo herbeizuholen, der jedoch in seinem gewohnten Schritt daherkam, ohne sich aus der Fassung bringen zu lassen, obwohl Attila auch ihn anschrie: »Schnell, schnell!« Schnell wurden die Fackeln für den nächtlichen Marsch hergerichtet; schließlich und endlich fing Attila, natürlich mit der gebotenen Eile, an, beim Feldhüter Erkundigungen über die Umgebung von Zardino einzuziehen (»schnell, schnell!«), und er fragte ihn: »Wo ist die Furt durch den Sesia? Wie sieht es jenseits der Furt aus? Gibt es dort Häuser?« Aber genau in diesem Moment erschienen auf der Piazza plötzlich... drei Mädchen, und die

Begeisterung der Landsknechte machte sich in einem so lauten Vivat, in einem so jähen Freudentaumel Luft, daß sogar Attila aus dem Konzept geriet und seine Eile vergaß... Drei Mädchen!

Am überraschtesten waren, um die Wahrheit zu sagen, die Mädchen selbst. Überrascht, aber vor allem auch erschrocken: Was war denn im Dorf los? Wer waren diese Männer, alle gleich gekleidet mit ihren weiß-rot gestreiften Hosen und ihren Lederwämsen? Antonia, Irene Cerruti und Teresina Barbero waren schon in aller Frühe aufgebrochen, um Pilze zu suchen, und sie hatten auch einen ganzen Korb voll gesammelt, der jetzt jedoch in einer Ecke der Piazza umgekippt auf dem Boden lag. Bei ihrer Rückkehr ins Dorf hatten sie sich gewundert, daß sie niemandem begegneten und daß alle Türen verschlossen, alle Fenster verriegelt, alle Tiere, sogar die Hunde, in den Ställen waren. Doch noch ehe ihnen recht klargeworden war, daß irgend etwas nicht stimmte und sie lieber umkehren sollten, hatten sie sich auf der Piazza wiedergefunden, umringt von den Landsknechten: Und man kann sich gut vorstellen, welche Angst vor allem Irene und Teresina ausstanden; was Antonia betrifft, so hatte ihr die Anwesenheit des Feldhüters ein wenig Mut gemacht, und dann hatte er ihr auch mit den Augen und mit der Hand bedeutet: Sei unbesorgt! Es passiert schon nichts! Ich bin ja da!

Die Begeisterung der *lanzi* war grenzenlos. Sie klatschten und riefen: »*Tosa! Tosa!*« Antonia schaute ihnen ins Gesicht: Die Älteren hatten tatsächlich erschreckende Visagen, aber es gab auch einige junge, blond und mit blauen Augen, die gar nicht so gefährlich oder böse aussahen. Einer von diesen trat lächelnd vor sie hin, verneigte sich und faßte sie bei der Hand: Und sofort fingen die zwei Musikanten-*lanzi* etwas Lebhaftes, Munteres zu spielen an, die anderen klatschten im Takt mit, und Antonia, die noch nie in der Öffentlichkeit und noch nie mit einem Mann getanzt hatte, tanzte plötzlich mit einem Wildfremden, hier, mitten auf der Piazza, im Fakkelschein, noch ehe sie selbst begriff, was geschah und was sie tat. Sie tanzte und fragte sich dabei: »Was tu' ich denn da? Bin ich verrückt geworden?« Aber in Wirklichkeit mißfiel es ihr nicht.

Das Ganze dauerte nur kurz: vielleicht zwei Minuten. Attila kam mit unmenschlichem Gebrüll wieder zu sich: Die Musik hörte auf, die Tänzer blieben stehen, und gleich darauf hagelte es wieder strikte und knappe Befehle wie Büchsenschüsse: Man mußte aufbrechen! »Schnell, schnell!« Teresina Barbero, die die Freundin fassungslos angestarrt hatte, während sie tanzte, nutzte das plötzliche Durcheinander: Sie faßte Antonia am Arm: »Komm hier weg!« Auch ihre Stimme zitterte: »Antonia, was hast du getan!«

»An-to-nia«, sagte der Deutsche, der sie zum Tanzen aufgefordert hatte. Er wiederholte noch zweimal: »An-to-nia. An-to-nia.«

Er deutete mit der Hand auf sich: *»Ich, Hans.«* Er zog sich ein kleines Sibermedaillon, das er an einer dünnen Lederschnur trug, vom Hals und hängte es Antonia um: *»Andänken! Recuerdo!«* sagte er. Dann stellte er sich zu den anderen ins Glied. Genau in diesem Augenblick setzten sich die *lanzi* in Bewegung, ihrem unbekannten Ziel entgegen, und die beiden Musikanten, jetzt im Trupp verschwunden, begannen etwas ganz anderes zu spielen als vorher: eine Melodie, die sich direkt aus der Erde zu erheben schien, während sich die Söldner im Dunkeln verloren, und von einer anderen Erde erzählte, von Ebenen, Wäldern, Nebelschwaden... Sie waren schon alle aus dem Dorf, als der letzte Ruf noch widerhallte: *»Läb wol, An-to-nia! Läb wol!«*

Don Teresio ließ sich erst am nächsten Tag wieder sehen, nachmittags: Und das, obwohl die frommen Frauen seit dem Morgengrauen dafür gesorgt hatten, daß alle Spuren der Landsknechte vor seiner Tür getilgt wurden, und obwohl sich um die Mittagszeit eine kleine

Menschenmenge auf dem Kirchplatz versammelt hatte, die an seine Tür pochte und nach ihm rief: »Don Teresio! Habt doch die Güte und zeigt Euch! Seid Ihr wohlauf?« Er hatte jedoch jede Antwort verweigert und sich in seinem erzürnten und empörten Schweigen verschanzt, das nicht wenige im Dorf mit Furcht verwechselten. (»Ich sag' dir, der wittert noch den Landsknechtsgeruch«, hatte Bartolo Nidasio zu seiner Frau gesagt.« »Solang der glaubt, sie könnten noch einmal umkehren, traut er sich nicht heraus!«)

Doch ein paar Stunden später war Don Teresio, unerwartet und auf seine Weise, doch wiederaufgetaucht. Er hatte sich an die Kirchenglocken gehängt und sie mindestens eine Viertelstunde lang geläutet, und dann war er in die Häuser und in die Höfe gegangen und hatte soviel Bauern und Bauersfrauen zusammengetrommelt, wie man brauchte, um eine feierliche Prozession in alle vier Ecken des Dorfes zu veranstalten. Denn in Zardino – schrie er – sei der Antichrist gewesen, und man müsse alles neu weihen: von Stall zu Stall, von Hof zu Hof ziehen, mit der Reliquie der seligen Panacea und dem Karfreitagskruzifix, dem mannshohen, um das wieder zu heiligen, was profaniert worden war! Doch vor der Prozession trieb Don Teresio seine Schäflein zuerst in die Kirche (»In die Kirche! In die Kirche!«): um Gott zu danken – schrie er dann, als alle da waren – , daß er ihre Ernte und ihre Häuser verschont hatte, vor allem jedoch, um ihn um Vergebung zu bitten, daß sie sich tags zuvor im Angesicht des Antichrists als so feige erwiesen hatten; daß sie sich nicht erhoben hatten zur Verteidigung der Kirche und des Pfarrhauses und des wahren Glaubens! (Die Dorfleute rissen die Augen auf und murmelten: »Erheben? Mit was hätten wir uns denn erheben sollen? Und er, wo ist er gewesen?« Aber Don Teresio war nicht mehr aufzuhalten, keiner Versöhnung zugänglich, keinem Zweifel und keiner Kritik.) Feiglinge – schrie er ihnen ins Gesicht –, jawohl, das seien sie: eine Rotte von Feiglingen! Alle ohne Ausnahme: Männer, Frauen, Kinder, Greise... »Gibt es vielleicht irgendein Alter«, fragte er, und seine Stimme zitterte vor echter Empörung, die Augen funkelten in ungeheucheltem Zorn, »oder irgendeinen besonderen Zustand, weswegen jemand davon entbunden werden könnte, sein Zeugnis für Gott abzulegen, und sei es auch um den Preis des Martyriums?« Er schnellte auf die Zehenspitzen, so wie er beim Messelesen hochzufliegen pflegte. Er richtete den Finger gegen seine Pfarrkinder und rief, wobei er sich wie gewohnt mit dem lieben Gott identifizierte: »Wo wart ihr gestern, als der Antichrist mein Haus besudelte und das Haus meines Priesters? Wer von euch ist aufgestanden, um meinen Namen zu verteidigen, Zeugnis für mich abzulegen?«

Er kehrte wieder auf den Boden zurück und verkündete in normalem Tonfall, daß, sobald man das Dorf mit der feierlichen Prozession von Haus zu Haus und Hof zu Hof erneut Gott geweiht habe, auch seine Bewohner sich wieder Gott weihen müßten: mit einem wohlgefälligen *Triduum*, also einem Zeitraum von drei Tagen, die ausschließlich dem Gebet, dem Gottesdienst und dem Almosenspenden, in Geld oder in Naturalien, gewidmet seien. (»Das wäre ja ein Wunder gewesen«, dachten die Dorfleute, »wenn der eine Gelegenheit zum Geldabknöpfen ausgelassen hätte!«) Nach Beendigung des *Triduums* – schloß Don Teresio – werde Gott ihnen vielleicht verzeihen; aber bestimmt werde er nicht jedem verzeihen. Es gebe eine Person unter ihnen, für die ein einfacher Pfarrer wie er nichts mehr tun könne, so schwer wögen ihre Verfehlungen! Und daher wasche er seine Hände in Unschuld. Er streckte den Arm aus, um den Bannfluch zu sprechen: »Wer mit dem Antichrist öffentlich auf der Piazza getanzt hat, wird nie wieder seinen Fuß in eine Kirche setzen dürfen, geschweige denn die Sakramente empfangen, und er wird auch nicht in geweihter Erde begraben werden, solange nicht der Bischof von Novara oder der Heilige Vater selbst ihm die Absolution erteilt haben, welche allein sie – und nicht ich! – gewähren können.«

18. Kapitel

DER LETZTE WINTER

Der Winter 1609 auf 1610 – der letzte in Antonias Leben – war in der Bassa sehr streng, aber auch sehr großzügig an klaren Himmeln, an Sonne und an Schönheit der Landschaft: Und das vor allem dank des Schnees, der seit den ersten Dezembertagen die ganze Ebene bedeckte und sich dann, hartgefroren, fast bis in die ersten Märztage hielt. Wenn das Wetter schön war und die Sonne schien, gingen die Bauern in die Wälder, um die Fangeisen für die Füchse, die Schlingen für die Hasen, die Netze und den Leim für die Vögel herzurichten; einige wagten sich sogar in die *lame*, die Quellwassersümpfe entlang des Sesia, um den großen Hechten nachzustellen, die der Hunger dazu trieb, sich auf alles zu stürzen, was sich im Wasser bewegte: Ein Glitzern von Metall, ein Scherben Spiegelglas genügten, um sie aus den eisigen Abgründen ihrer nassen Hölle aufsteigen zu lassen. Es gab auch Leute, die Wölfe sichteten oder zumindest gesichtet zu haben glaubten, und wieder andere, die behaupteten, Luchs- und Bärenspuren entdeckt zu haben: Aber das war fast bei jedem Schnee so, seit undenklichen Zeiten, und wenn der Schnee dann schmolz, lösten sich auch Luchs und Bär auf, ohne weiter von sich hören zu lassen. Für die Kinder war der Winter die schönste Zeit des Jahres; schöner als der drückend heiße und mit seiner Mückenplage kaum erträgliche Sommer, aber auch schöner als der Frühling und der Herbst, wenn die Saat- und die Erntearbeit in der Bassa auch die *garzoni*, die Knaben, nicht verschonte: »*Si lavora prima da garzoni e poi da padroni*« (Erst schuftet man als Knabe und dann als Herr der Habe), lautet eine alte Redensart in dieser Gegend, sprich: Man schuftet immer. Für die Frauen dagegen war der Winter die Jahreszeit der *veglie*, das heißt der langen Abende, die man im Stall zubrachte, mit Spinnen und Weben und mit Geschichten, denen man um die Laterne herum lauschte, mit dem Atem, der kleine Wölkchen bildete, und der Gegenwart der Tiere im Dunkeln: die Jahreszeit der »Gerüchte« und des Klatsches. Auch aus der Sicht der Stallabende war dieser Winter ein schöner Winter: mit viel Getratsche, mit seltenen und manchmal sogar wundersamen Ereignissen, mit Geschichten zum Um- und Nacherfinden, bis völlig neue daraus wurden.

Die Geschichte, über die man in jenem Jahr in allen Ställen und bei allen *veglie* der Bassa am meisten klatschte, war die teils alte, teils neue des Giovan Battista Caccia, genannt der Caccetta: jenes Feudalherrn und adeligen Schurken aus Novara, von dem bereits berichtet wurde, daß seine Taten zu seiner Zeit so berühmt waren wie heutzutage die gewisser Fußballspieler oder Fernsehstars. Vor allem den November und Dezember über redeten die Dorfweiber von nichts anderem als vom Caccetta: Aber jedesmal, wenn sie seinen Namen aussprechen mußten, unterbrachen sie sich, um das Kreuzzeichen zu machen, und das, weil der Caccetta inzwischen seit einigen Wochen tot war. Man hatte ihn am 19. September Anno Domini 1609 hingerichtet, auf dem Corso di Porta Tosa in Mailand, nach sieben Jahren Gefängnis und sechs Jahren Prozeß; enthauptet, wie das Gesetz es wollte, und in Anwesenheit des üblichen Galapublikums: Adel, Klerus, die staatliche Obrigkeit, die Bruderschaften mit ihren Bannern – und dahinter dann die unübersehbare Menge von Städtern und Bauern, die aus allen Richtungen in Scharen herbeigeströmt waren, um sich die große Genugtuung nicht entgehen zu lassen, einen Aristokraten zu sehen – einen von den vielen, die ein solches Ende verdient hätten! –, der die Stufen zu dem auf seine eigenen Kosten geschmückten Schafott hinaufstieg und unter Gepfeife und Gegröle aus dem Leben schied, die Welt von seiner Gegenwart befreiend und damit ein bißchen besser zurücklassend. Es habe zwei Kompanien Hellebardiere gebraucht – erzählte man sich in den Ställen der Bassa –, um den Mailänder Pöbel vom Schafott fernzuhalten, der die Enthauptung eines Adeligen immer gleich zum Anlaß für ein Fest oder einen kleinen Markt nehme, wenn nicht gar für regelrechte Freudentänze auf den Straßen und Plätzen der Stadt! Nach dem, was die zeitgenössischen Chroniken darüber berichten, war es ein Spektakel von Niveau: in allem durchaus der ansehnlichen Traditionen würdig, die sich Mailand, auch unter den Spaniern, auf diesem Sektor der Rechtspflege bewahrt hatte. Das Schafott war ganz mit schwarzem Samt überzogen, von erster Qualität und mit Silberstickerei, und um das Gerüst herum brannten, ohne zu qualmen, zwanzig Genueser Fackeln zu je vier Pfund Gewicht; in einer Ecke des Schafotts konnte man den mit Schnitzereien verzierten Nußbaumsarg sehen, in dem, nach vollzogener Exekution, die beiden Teile des Caccetta wieder vereinigt werden sollten für das anschließende feierliche Begräbnis.

Giovan Battista Caccia kam zu seiner letzten Verabredung in einer eleganten schwarzen Kutsche mit Vorhängen in Blauviolett, einer Farbe, die in jenen Jahren große Mode war. Zu Füßen des Schafotts wurden ihm die Eisen abgenommen, während die Damen sein Aussehen kommentierten und sich enttäuscht, in manchen Fällen geradezu entrüstet fragten: Das soll der berühmte Caccetta sein? Es sei wirklich kaum zu glauben – sagten sie –, daß all die grausamen Verbrechen und die Schändungen und die anderen Missetaten, für die der Name Caccetta stand, von einem solchen Männchen ausgeführt worden sein sollten, dessen Hauptmerkmale die vorquellenden glänzenden Froschaugen und die zwei kurzen krummen Beinchen waren – da lachten ja die Hühner! Solche Unterhaltungen führte man – genauer gesagt brüllte man angesichts des Lärms – in wenigen Metern Abstand von dem zu Enthauptenden, so daß dieser sie, wenn er nicht ganz andere Sorgen gehabt hätte, auch noch hätte mitanhören können.

In Wirklichkeit hörte der Caccetta auf niemanden und nichts. Er trug einen schwarzen, breitkrempigen Hut auf dem Kopf, denn man hatte ihm die ganzen Haare abrasiert, er starrte ins Leere, und seine Lippen zitterten. Auf der letzten Stufe stolperte er: Da trat Meister Bernardo Sasso, der Henker, vor, bereits angetan mit der übers Gesicht gezogenen Kapuze, dem Brustlatz mit dem Kreuz darauf und der Lederschürze, und er führte ihn bis zur Mitte des Schafotts. Hier bat Meister Bernardo, wie es der Brauch war, den Caccetta um Vergebung für das, war er ihm antun würde. Da dieser nicht antwortete und auch nicht erkennen ließ, ob er ihn verstanden habe, drehte er ihn wie eine Puppe zu der Schafottseite, wo der Priester stand, der ihm zuvor bereits die Beichte abgenommen hatte und ihm jetzt das Kruzifix zum Kuß reichte beziehungsweise, um genau zu sein: Er drückte es ihm für einen Augenblick an die Lippen und zog es dann wieder zurück.

Aus der Menge erhoben sich mißbilligende Rufe und Pfiffe wegen der geringen Anteilnahme, die der Caccetta seinem eigenen Tod gegenüber zeigte. Eine Stimme ertönte: »Los Bernardo! Hau ihm den Kopf ab, damit endlich Schluß ist!«

Der Henker hob die Hand und fragte den zu Enthauptenden: »Wollt Ihr noch etwas sagen, ehe Gerechtigkeit geübt wird?«

Der nickte mit dem Kopf: Ja. Und sofort entstand in der Menge eine große Stille, eine erwartungsgeladene Stille. Was würde er sagen?

Der Caccetta nahm nun den Hut vom Kopf und brach

in Schluchzen aus. Das Kinn auf die Brust gesenkt, stammelte er: »Ich ... ich ...«

»Red lauter!« riefen viele Stimmen aus den vorderen Reihen, »wir verstehen dich nicht!« Auch die Menge forderte: »Lauter! Lauter!«

»Ich sterbe für die Vergehen, die ich begangen habe«, ließ sich der Caccetta deutlich vernehmen und schaute dabei in die Richtung, in der sich die Obrigkeit befand, »und auch für die, die ich nicht begangen habe« – und wer weiß, wunder was er damit zu sagen glaubte! Über diesen Satz, das begriff man, hatte er lange nachgedacht, aber er bewegte niemanden und rief keinerlei Wirkung hervor. Enttäuscht wandte sich der Caccetta um: Da merkte Meister Bernardo, der ein kluger Mann und ein erfahrener Henker war, daß der zu Enthauptende im Begriff stand, eine Dummheit, die er sich eben ausgedacht hatte, von sich zu geben oder sonst etwas zu tun, was er nicht tun sollte, weshalb er mit der Hand ein Zeichen gab, und die Tamboure um das Schafott herum fingen zu trommeln an. Die Gehilfen des Henkers traten vor, zwei große Kerle, die den Caccetta um Haupteslänge überragten; sie packten ihn genau in dem Moment, als er rief (aber niemand hörte ihn): »Nieder mit Spanien! Es lebe das Franzenland, es lebe der Roi!« Sie drückten ihn nieder und ketteten ihn mit einer so raschen Bewegung am Richtblock an, daß er es überhaupt nicht merkte, weil er immer noch mit Rufen beschäftigt war.

Meister Bernardo hob das Beil und ließ es mit einem Hieb niedersausen: Die Tamboure hörten auf zu trommeln, und dann hob einer der Henkersknechte Caccettas Haupt an den Ohren hoch und zeigte es dem Volk. So und von weitem wirkte es irgendwie künstlich: wie eine Gipsmaske, ein wenig grotesk wegen des offenen Mundes, aus dem ein Stückchen Zunge schaute, und der weit aufgerissenen Augen. »Es ist Gerechtigkeit geübt worden«, sagte der Henker und verneigte sich gegen die Obrigkeit. Von allen Seiten des Corso und von den Balkonen erhob sich Applaus, regelrechte Ovationen: »Vivat Meister Bernardo! Sehr gut! Bravo!« »Den sind wir los!« »Das Schwein ist tot!«

Der Richterspruch, der ihn verurteilte, besagt, daß der Caccetta auf dem Schafott endete, weil er »vielerlei Totschlag« verübt habe; tatsächlich aber schaffte man ihn aus dem Weg, weil er in dem begründeten Verdacht stand, gegen Spanien und seine Statthalter Ränke geschmiedet zu haben, und weil es inzwischen zu viele Personen gab, die umzubringen er versucht hätte, wenn er noch einmal freigekommen wäre. Aber in den Ställen von Zardino und der Bassa machte die Erinnerung an den Caccetta und seine Untaten sofort der Caccetta-Legende Platz: das heißt der Geschichte von einem Delinquenten aus Liebe, stark gegen die Starken, großmütig gegen die Schwachen und ein Grandseigneur bei den Damen. Vor allem redete man wieder über diese wunderschöne Margherita Casati, deretwegen der zwanzigjährige Caccetta sich um Verstand und Reputation gebracht hatte. Sie sei – sagte man – der eigentliche Grund für all sein Unglück und alle seine Verbrechen gewesen, und in jedem Fall konnte eine so heftige und so tragische Liebe nicht einfach im Nichts enden, wie alle glaubten: Im Gegenteil, sie dauerte noch über den Tod hinaus! Margherita – behaupteten die Dorfweiber – sei an jenem 19. September dagewesen, in Mailand, in der vordersten Reihe, direkt unter dem Schafott; versteinert, um für ihren Teil der Schuld zu büßen, denn man weiß ja, daß die Frau in diesen Dingen auch immer ein wenig Schuld trifft: Schönheit ist nie ohne Sünde! Aber auch schon vorher, im Gefängnis, habe sie ihn besucht. Oft sei sie zu ihm in die Zelle gekommen; und das sei nur dank der Fürsprache einer hochgestellten Persönlichkeit möglich gewesen – in einigen Ställen raunte man von einem Savoia, in anderen von einem Farnese –, die mit dem Grafen Fuentes, Gouverneur des Staates Mailand, gesprochen und ihn habe bewegen können...

Nicht alle Klatschbasen waren mit dieser ganz auf die Margherita Casati zugeschnittenen Version der Geschichte einverstanden. Es gab auch noch andere Versionen, denn Margherita Casati war zwar die berühmteste und vielleicht auch die schönste von Caccettas Frauen gewesen, aber keineswegs die einzige und auch nicht die letzte; nach ihr waren noch Dutzende andere gekommen, auch solche aus dem Volk: Bäuerinnen, Wirtsfrauen, junge, unschuldige Mädchen und gestandene Weibsbilder forderten jetzt ihren Anteil an der Legende und, in einigen Fällen, auch am Geld; und in vielen Ställen der Bassa schlug man sich auf ihre Seite. Eine Marzia aus Sizzano und eine Francesca aus Oleggio, die beide gewaltsam entführt und monatelang mißbraucht worden waren – und keineswegs bloß vom Caccetta, nein, von seiner ganzen Horde! –, behaupteten jetzt, aus der Gewalt sei jeweils eine große Liebe erwachsen, samt den dazugehörigen Versprechungen: sie zu ehelichen, die Kinder zu legitimieren und als Universalerben der Grafen Caccia einzusetzen... Leider – für Francesca wie für Marzia – war der Caccetta dann auf die bekannte Weise umgekommen, ohne daß er seine guten Absichten weiter hätte verfolgen können. Aber sie hatten beide (jede natürlich ohne Wissen der anderen) einen Advokaten beauftragt, sich um die Interessen der jeweiligen Kinder zu kümmern, auf daß ihnen nichts von dem, was ihnen zustand, vorenthalten werde, und von niemandem! Unnütz, sich zu fragen, wie diese Prozesse ausgingen: Wahrscheinlich fingen sie überhaupt nie an.

In diesen ersten Monaten des Jahres 1610 war auch ein gedrucktes Porträt des Caccetta in Umlauf, ausgeführt von einem Mailänder Kupferstecher, der sein Modell für wenige Minuten auf dem Schafott gesehen und dann verewigt hatte: Einige Mailänder und Novareser Damen – die, wenn sie den Caccetta wirklich im Leben gekannt hätten, wie sie glauben machen wollten, diesem Bildnis, dessen Ähnlichkeit mit dem Original so gut wie nicht vorhanden war, nicht die geringste Beachtung geschenkt hätten – vergossen echte Tränen darüber: Aber das gehört zum natürlichen Lauf der menschlichen Dinge, und es lohnt nicht, sich darüber auszulassen.

In den Ställen der Bassa dagegen redete man, nachdem die erste Woge des Mitleids mit dem Caccetta, seinem Tod und seinen ungeordneten und unseligen Liebschaften abgeebbt war, noch monatelang von seinem Geld: Wieviel es sei und wer es erben würde. Es bildeten sich zwei Meinungen und zwei Parteien: die eine, die den Caccetta, und nach ihm seinen Erben, mit einem Vermögen von mindestens hunderttausend Gold-Scudi sehen wollte, was in heutiger Währung Milliarden von Lire wären; und die entgegengesetzte, die behauptete, der Caccetta sei zwar einmal reich, ja steinreich gewesen, doch bei seinem Tod habe er nichts mehr besessen. Alleinerbe des Caccetta mußte, wenn nicht noch sensationelle Tatsachen von geheimen Testamenten oder legitimierten unehelichen Sprößlingen ans Licht kamen, der junge Gregorio werden, Sohn des Verblichenen und der – ebenfalls verblichenen – Edelfrau Antonia Tornielli: ein bildschöner Knabe, sagten die Gevatterinnen, ein echter Märchenprinz, groß und dunkelhaarig und mit schwarzen Augen, und was den Charakter anbelange, das völlige Gegenteil des Vaters. Aber eines Tages drang in die Ställe der Bassa die Nachricht, daß das Erbe des Caccetta gleich bei seiner Hinrichtung vom Staat konfisziert worden sei, und auch die Stadt Novara erhebe Anspruch darauf. Und die Enttäuschung war sehr groß: »Das ist nicht gerecht!« protestierten die Weiber. Schließlich aber beschäftigten sie sich, wenn auch schweren Herzens, mit etwas anderem...

In den Ställen von Zardino tratschte man auch über die Antonia der Nidasios, die die Dreistigkeit besessen hatte, unter vielen anderen Bewerbern um ihre Hand sogar einen Pier Luigi Caroelli abzuweisen, Neffe jenes Großgrundbesitzers Ottavio Caroelli, dem halb Zardino und die halbe Bassa gehörten! Für was hielt die sich eigentlich? Was wollte sie denn noch? Die heiratsfähigen Mädchen und deren Mütter, Tanten, Großmütter und Schwägerinnen, also mehr oder weniger sämtliche Weibspersonen des Dorfes, waren außer sich. Antonia – sagten sie – sei eine Hexe, die die Männer mit ihren Zauberkünsten einfange, nur um sich über sie lustig zu machen, denn sie habe überhaupt nicht die Absicht, einen davon zu heiraten. Man hat sie nachts draußen herumgehen sehen, und dabei hat sie doch keinen Schatz: Mit wem geht sie? Sie ist eine, die den anderen die Freier verdirbt, schon durch ihre bloße Anwesenheit, mit der sie sie verwirrt, um ihre Kraft und um ihre Nerven bringt. Sie verdreht ihnen den Kopf, ohne irgendeinen Zweck! Und sie zählten die von der Hexe »verdorbenen« Freier auf: Da war, der zeitlichen Reihenfolge nach, zuerst der arme Biagio gewesen, der blöde Neffe der Zwillingsschwestern Borghesini – aber der interessierte keine, und keine neidete ihr ihn: Den durfte sie gern behalten! Dann jedoch waren die wirklichen Freier gekommen. Solange man denken könne – sagten die Weiber –, habe man in Zardino noch nie ein Mädchen gesehen, das »soviel Körbe vergeben« habe wie Antonia. Wie konnte sie sich unterstehen, ihre, der Bauersleute, Söhne zu verschmähen? Wartete sie, die *esposta*, vielleicht auf einen Erben der spanischen Krone? Unter den »verdorbenen Freiern« waren auch zwei Burschen aus dem Dorf, ein Giovanni Ligrina und ein Cristoforo Cerruti, beides Prachtkerle, die man blind hätte nehmen können: fleißig, sparsam, ohne Laster. Und einen der beiden, nämlich Ligrina, hatte Antonias Weigerung regelrecht krank gemacht, er war wie verkümmert, so daß er keine andere Frau mehr anschaute und behauptete, er wolle sein ganzes Leben lang ledig bleiben. Andere Freier wiederum kamen von auswärts, angelockt von den Zauberkünsten der Hexe: Und darüber brauche man sich auch nicht zu wundern, denn das sage ja schon das Sprichwort: »*L'om, l'asan e 'l pulòn in i püsè cujòn*« (Esel, Kapaun und Mann – das Dümmste, was man finden kann). Ein Pietro Balzarini aus Casalbeltrame und ein Giovanni Beltrame aus Vicolungo hatten wiederholt Lautenspieler vor Bartolo Nidasios Haus geschickt, um Antonia ein Ständchen zu bringen, aber es war trotzdem zu keinem guten Ende gekommen. Und es hatte auch schon Geschichten gegeben, die ausgesprochen schlecht ausgegangen waren. Ein Paolo Sozzani zum Beispiel, von dem es in den Akten nur heißt, daß er ein Fremder war, konnte den Gedanken, abgewiesen worden zu sein, einfach nicht ertragen: Er hatte sich betrunken und sich dann zwischen den Obstbäumen auf die Lauer gelegt und versucht, das Mädchen mit Gewalt zu nehmen; aber sie hatte sich wieder losgerissen und war nach Hause gerannt. Es sei ihr – tuschelte man in den Ställen – »der Samen auf der Schürze geblieben«: ein Schandmal!

»Dieses Mädchen ist eine Hexe«, wiederholten die Weiber; und sie zogen über Francesca Nidasio her, weil sie Antonia nicht beigebracht habe, welches ihr Platz auf dieser Welt sei, vielmehr habe sie sie noch besser behandelt als eine leibliche Tochter und sie so zu diesem hochmütigen und verblendeten Stolz geradezu ermuntert... Aber die Schuld lag auch bei den neuen Zeiten, die viel zu freizügig waren. »Früher«, sagten die Gevatterinnen, knoteten sich das Tuch unterm Kinn fester und hoben die Hände zum Himmel, »früher hat es so etwas nicht gegeben. Ein Edelmann, der von einer *esposta* abgewiesen wird! Wo soll denn das noch hinführen? Was werden wir Ärmsten noch alles erleben müssen?«

Natürlich kannten die Klatschbasen den adeligen Herrn, von dem sie redeten, und wußten genau, daß diese Idee von ihm, einen Heiratsvermittler zu schicken und um die Hand eines Mädchens wie Antonia anzuhalten, eine bloße Grille gewesen war, die man nicht übel-, aber auch nicht ernstnehmen durfte. Welches Mädchen aus der Bassa hätte sich, um ehrlich zu sein, schon mit diesem wunderlichen und nicht mehr taufrischen Edelmann verheiraten wollen? Pier Luigi Caroelli, der *Perdapè,* wie ihn die Pachtbauern und Landarbeiter seines Onkels nannten, besaß nichts anderes als einen illustren Familien- und einen unübersetzbaren Spitznamen, mit dem man in diesem Teil der Welt die Tagediebe, die Träumer, die Versager bedachte und immer noch bedenkt: einen, der nur so herumtut und nie etwas Rechtes zustande bringt. Ihn als eine gute Partie hinzustellen war schlechtweg gelogen, und wenn es sich anstatt um Antonia um ihre eigenen Töchter gehandelt hätte, hätten dieselben Klatschbasen von Zardino, die sein Loblied sangen, ganz anders über ihn geredet.

Auch mit der äußeren Erscheinung des *Perdapè* stand es nicht zum besten: Groß, hager, ohne einen Hauch von Farbe auf den Wangen und mit Schnurr- und Spitzbart nach der zeitgenössischen Mode, war Pier Luigi Caroelli sozusagen ein angegreister Jüngling, ein »Signorino« von fünfunddreißig Jahren oder etwas darüber, der beim Sprechen das R rollte und sich nicht unprätentiös kleidete: elegante Sachen, aber geflickt und für einen anderen, kleiner und breiter als er, geschneidert: vielleicht für seinen Onkel, den Grafen, oder für einen seiner reichen Vettern. Er bewohnte in Novara, im Palazzo Caroelli, ein Zimmer zu ebener Erde, in dem er schlief, schrieb, die seltenen Besuche von Freunden empfing und, wenn er einmal keine Lust hatte, mit der Dienerschaft in der Küche zu essen, sich selbst ein paar Spiegeleier oder einen Salat machen konnte. Dem Grafen Ottavio, seinem Onkel, gefiel es, von ihm, gleichsam als Gegenleistung für das Zimmer und die abgetragenen Kleider, die Dienste eines Oberaufsehers und Vertrauensmannes zu fordern. Und so tauchte der *Perdapè,* auf einem Maultier reitend, von Zeit zu Zeit auch in Zardino auf, wo die Caroelli Wälder, Öd- und Ackerland besaßen, um die Arbeit der Pachtbauern zu kontrollieren: eines Cesare Ligrina, eines Antonio Scaccabarozzi von dem heute verschwundenen Meierhof

Torre, eines Andrea Falcotti. Er paßte auf, daß man keine Bäume fällte, beziehungsweise daß man welche pflanzte, wenn sie gepflanzt werden sollten; er achtete darauf, daß man die Bewässerungswiesen nicht in Reisfelder verwandelte, um mehr Geld herausschlagen zu können; er kümmerte sich auch, oder tat wenigstens so, um die Aufteilung der Erträge, wobei er fein säuberlich Säcke und Scheffel, Bütten und Fässer, die Anzahl der Reisigbündel und die Anzahl der Kapaune, die Anzahl der Schweine und die Qualität derselben und so weiter und so weiter in ein in Pergament gebundenes Register eintrug, das er stets unter den Arm geklemmt bei sich trug und das die Bauern, aus welchem Grund auch immer, das »Polentabrett« nannten. Wenn er schreiben mußte, setzte er sich zwei mit Hilfe eines Drahtbügels miteinander verbundene Flaschenböden oder »Lesegläser« auf die Nase, die die Kinder in Entzücken versetzten und in den begeisterten Ruf: »Uhu! Uhu!« ausbrechen ließen. Und wenn alle in der Bassa schlecht über ihn redeten, so war das allein Ausdruck der menschlichen Undankbarkeit. Denn soweit man zurückdenken konnte, hatte sich kein Verwalter der Grafen Caroelli so leicht und mit soviel Anstand übers Ohr hauen lassen wie der *Perdapè*. Und er ließ sich nicht bloß übers Ohr hauen: Er sagte auch »Ihr« zu den Bauern und rührte deren Frauen nicht an, nicht einmal heimlich. Er wurde nicht zudringlich und versuchte nicht, sie zu »ingallieren«, wie seine Vorgänger es getan hatten; und diese Tatsache brachte die Bauern schließlich ganz durcheinander, weil sie sich keinen Reim darauf zu machen wußten: Sie grübelten darüber nach und fragten sich, was beim *Perdapè* oder bei ihren Frauen etwa nicht stimmen könnte, daß er ihnen nicht einmal den Hof machte! Sie nicht einmal anschaute! Bis sie eines Tages die Lösung des Problems gefunden zu haben glaubten: Er sei ein *cüpia*. (Ein Päderast und pervers. Sämtliche sexuellen Abartigkeiten, die sich in Krafft-Ebings »*Psychopathia sexualis*« verzeichnet finden, wurden in der Bassa jahrhundertelang in einem Typ Mensch, dem *cüpia*, und eben in jenem Wort, das diesen Typ bezeichnet, zusammengefaßt.) Wo immer Pier Luigi Caroelli mit seinem Register unterm Arm und den Lesegläsern in der Innentasche seines Wamses auch auftauchte, sofort schossen um ihn herum die Anspielungen aus dem Boden, Zweideutigkeiten, Augenzwinkern, obszöne Gesten, Dialektausdrücke. Und als man erfuhr, daß er einen Heiratsvermittler aus Borgo San Gaudenzio ins Haus von Bartolo Nidasio geschickt hatte, um anfragen zu lassen, ob man ihm Antonia zur Frau gäbe, fielen daher alle aus allen Wolken. »Na so was!« meinten die Bauern verblüfft. »Wer hätte das gedacht? Der *Perdapè*!«

Was die Bauern der Bassa indes nicht wußten, die Nachwelt zu ihrer Information aber doch wissen sollte, ist, daß der Edelmann Pier Luigi Caroelli sich in dem Traum wiegte, ein Dichter zu sein. »Die Ebene freue sich, und Pan rufe zur Ernte«, lautet der erste, flammende Vers eines Gedichtbandes, der in Mailand, auf Kosten des Autors, im Jahr des Herrn 1612 gedruckt wurde. Ein einmaliges Buch, denn tatsächlich hatte Caroelli nie mehr das Geld, noch ein zweites drucken zu lassen. Ein unlesbares Buch – für unser zwanzigstes Jahrhundert und wahrscheinlich auch für das, in welchem es das Licht der Welt erblickt hatte: geradezu wimmelnd, von der ersten bis zur letzten Seite, von Nymphen, Faunen und Satyrn, von Örtlichkeiten und Bergen der antiken Mythologie, von Bildern, die sich bis zum Überdruß wiederholen. Ein unnützes Buch – für mich, der ich es leider durchblättern mußte: Tatsächlich findet sich darin keinerlei Spur von Antonia oder von anderen Personen unserer Geschichte, sondern nur von erlauchten, ansonsten aber unbekannten Künstlerkollegen des Caroelli, denen viele der lyrischen Ergüsse, aus denen das Buch besteht, gewidmet sind (»Dem erlauchten und vortrefflichsten Dichter«, »Dem höchsten Sänger«, »Dem

Lieblingskind der Musen«, »Oberster im Parnaß« und so weiter). Weshalb wir uns – zumindest für den Moment und in der Erwartung, daß man doch noch einmal auf irgendeinem Platz Italiens das Denkmal des Unbekannten Poeten errichtet, für das ein von Tag zu Tag lebhafteres Bedürfnis zu konstatieren ist – mit diesem Hinweis auf den Dichter Caroelli und sein unlesbares Werk begnügen dürfen …

19. Kapitel

DER PROZESS

In jenen ersten Monaten Anno Domini 1610, als der Caccetta tot und seine Spießgesellen in alle Winde zerstreut waren, verfügte die Bassa über keine Briganten mehr, die Straßen und Dörfer heimgesucht und mit ihren Untaten Stoff für die winterlichen Erzählungen in den Ställen geliefert hätten; vielleicht deswegen und auch weil der Mensch stets ein gewisses Quantum an Gefahren gebraucht hat (und wahrscheinlich immer noch braucht), die die Säfte anregen und die Vitalfunktionen aktivieren, kamen wieder die Geschichten von dem »Wilden Ungeheuer«, oder einfach dem »Ungeheuer«, in Umlauf. Dieses Ungeheuer – das je nach Örtlichkeit und Epoche unter Dutzenden von dialektalen Bezeichnungen auftrat und auch einige seiner Merkmale veränderte und dabei doch immer einmalig blieb – war ein Monster, in dem sich über die Zeiten hin die Ängste der Bewohner dieser Gegend verkörperten; es trieb sein Unwesen von den Alpen bis zum Po und machte alle paar Jahre von sich reden: durch die Tötung von Bauern und Hirten oder das Hinmetzeln von Tieren, vor allem aber durch den Schrecken, den es dem einjagte, der das Unglück hatte, ihm zu begegnen, und der dann, solange er Leben und Atem besaß, immer wieder von dieser Begegnung erzählen und die ausgestandene Angst noch einmal durchmachen mußte: vor allem an den Sonn- und Feiertagen und vor allem wenn Alkohol auf dem Tisch stand. Wollte man im siebzehnten Jahrhundert, aber auch noch in den folgenden etwas über das Ungeheuer erfahren, so genügte es, sonntags irgendein Wirtshaus irgendeines Dorfes in der Ebene oder im Hügelland aufzusuchen und das Gespräch darauf zu bringen. (Und ich möchte nicht ausschließen, daß man, wenn man nur mit genügend Eifer und Geduld herumsuchte, auch heute noch jemanden fände, der ihm begegnet ist.) Es gibt genügend Beschreibungen und Darstellungen des Ungeheuers, die seinen Wandel in der Zeit erkennen lassen: So weiß man zum Beispiel, daß es im Mittelalter mit langen Hörnern, großem Zackenkamm und schuppengepanzerter Haut gesichtet worden ist, während es in neuerer Zeit und bis zu den letzten Begegnungen – gemeldet zwischen dem Ende des vorigen und dem Beginn dieses Jahrhunderts – für uns vertrautere Formen annahm: die eines jungen Stiers oder eines großen Hundes mit Eberkopf, eines *porcocane* (»Schweinehundes«). Dieses Tier ist lange durch die Alpträume der Menschen gegeistert und jetzt vom Aussterben bedroht, aber in der Sprache existiert es noch. Gescheit wie wir inzwischen sind (und das nicht zu knapp!), können wir heute darüber lachen; aber zur Zeit unserer Geschichte, also in den ersten Jahren des siebzehnten Jahrhunderts, richtete das Ungeheuer noch echte Schäden an, mit echten Opfern. Das passierte vor allem im Winter, und vor allem in Zeiten des Friedens und des Wohlstands, wenn es weder Kriege noch Hochwasser, noch andere Natur- oder Geschichtskatastrophen gab, die den Leuten auf dem Land zu schaffen machten. So wie in ebenjenem Februar 1610, als nach dem, was man sich in der Bassa erzählte, das Ungeheuer plötzlich aus einem etwa zehnjährigen Schlaf erwachte und wieder anfing, ein ziemlich großes Gebiet zwischen dem Fluß Sesia und dem Hügelland unsicher zu machen und des Nachts, aber auch am Tag seine Anschläge zu verüben. Es gab Tote: zuerst einen Fuhrmann, auf der Straße, die von Briona nach Barengo führt, genau in der Gegend, wo der Caccetta jahrelang gewütet hatte; dann ein Mädchen aus Castellazzo, das frühmorgens aus dem Haus gegangen war, um am Gießbach Wasser zu holen, und nie mehr zurückkehrte. Beide Körper – sagte man – wiesen die unverwechselbaren Spuren der Hufe und Hauer des Ungeheuers auf, das in den folgenden Wochen von zehn oder mehr Personen an verschiedenen Orten gesichtet wurde, auch in der Nähe eines *fontanile* an der Dorfgrenze von Zardino. Das Ungeheuer zeigte sich für gewöhnlich in den ersten Morgenstunden, wenn die Sonne noch nicht aufgegangen war, oder nach Sonnenuntergang. Und die, die es sahen, waren, wie auch früher schon, Fuhrleute, Landstreicher, Bauern, die zur Feldarbeit gingen oder von ihr heimkehrten, Frauen, die im Morgengrauen Wasser holen oder mitten in der Nacht aufstehen mußten, um das Vieh zu versorgen. Das Ungeheuer – sagten später all die, die es gesehen hatten – kündigte sich im Wald schon von weitem mit dem lauten Knacken zerbrechender Äste und mit Hufgetrappel an; es hatte eine Stimme, die zwischen dem Heulen eines Hundes und dem Grunzen eines Schweines lag und einem das Blut erstarren ließ; es war größer als ein Kalb und ganz haarig, mit einem großen borstigen Eberkopf und weißen Hauern, die im Dunkeln blitzten. Die kleinen roten Augen verrieten seine teuflische Natur. Es verschwand, sobald man das Kreuzzeichen machte oder ihm eine Medaille mit der Madonna oder ein anderes geweihtes Bild entgegenhielt, oder wenn man ein Gebet sprach. Daher gingen alle, die frühmorgens aufs Feld mußten und Angst hatten, dem Ungeheuer zu begegnen, nur bepackt mit Medaillen und Heiligenbildern und allem, was es sonst noch abschrecken konnte, aus dem Haus. Und man wußte tatsächlich von Fällen, in denen Menschen, als sie von ferne den Lärm des Ungeheuers und seine bedrohliche Stimme vernahmen, gerade noch rechtzeitig ein Kruzifix in die Hand nehmen konnten: Und das Ungeheuer war zwar nicht aus ihrer Nähe verschwunden, hatte sich aber auch nicht gezeigt ...

Gegen Ende ebendieses Winters begann sich in Zardino auch eine Kette wundersamer oder außergewöhnlicher oder ganz einfach merkwürdiger Dinge zu ereignen, die jedoch alle – so wenigstens behaupteten die erfahrenen Personen – in unmißverständlicher Weise auf die Anwesenheit einer Hexe im Dorf hindeuteten: Tiere wurden urplötzlich von einer geheimnisvollen Krankheit befallen und streckten alle viere von sich; kleine Mädchen und Frauen verloren über Nacht die Stimme; unentzifferbare Zeichen fanden sich im Schnee, dort, wo er liegengeblieben war, ohne daß man im Umkreis Fußspuren von Mensch oder Tier entdeckt hätte: verdrehte Buchstaben, die geheimnisvolle Wörter bildeten, hingeschrieben zu wer weiß welchem Zweck...

Diese Dinge, und noch andere, die dann später im Lauf des Prozesses Erwähnung fanden, wurden von den Dorfweibern sofort mit dem großen Gerede in Zusammenhang gebracht, das es im Winter in den Ställen gegeben hatte: über die teuflischen und hexenhaften Listen, mit denen Antonia die Männer köderte. Und es waren nicht nur die Weiber, die sich aufregten, sondern auch ihre Männer. Viele fragten sich: »Wieso sind wir bloß nicht schon früher darauf gekommen? Da ist eine Hexe mitten unter uns, und wir haben es überhaupt nicht gemerkt!« Alles, was Antonia redete, was sie tat und jede ihrer Bewegungen wurde von nun an mit größter Aufmerksamkeit registriert und im Lichte dessen beurteilt, was hinterher geschah. Zum Beispiel: Antonia trat aus irgendeinem Grund in ein Haus, und ein paar Tage später erkrankte in ebendiesem Haus ein Kind, oder der Hund starb plötzlich, oder ein Kalb kam als Mißgeburt zur Welt; also das war der eigentliche Grund – sagte man sich –, weshalb sie hergekommen war! Die Verkettungen, das Zusammentreffen von Ereignissen, überschlugen sich: Antonia grüßte ein Mädchen, und am nächsten Tag stürzte es vom Heuboden; Antonia ging durch eine Straße, und dann fand man dort Holzstückchen, die auf eine ganz bestimmte Weise verstreut lagen, geheimnisvolle (gelinde gesagt!) Zeichen auf der Erde... Und damit nicht genug. Wenn sie in die Luft schaute, dann regnete es, oder es schneite sogar; wenn sie zu Boden schaute, trocknete der Ziehbrunnen aus, oder es stürzte der Keller ein; wenn sie auf einen Punkt am Horizont deutete, so konnte man sicher sein, daß dort, oder zumindest in dieser Richtung, früher oder später ein Brand ausbrechen oder das Ungeheuer einen Bauern anfallen würde; wenn sie seufzte, bedeutete das Schmerzen für alle!

Um Antonia herum breitete sich Leere aus: Auf den Straßen, in den Höfen, wo immer sie erschien, liefen die Leute davon und zogen sogar noch die Tiere mit, wenn sie ihrer rechtzeitig habhaft werden konnten; rief Antonia einer Freundin oder einer der Dorffrauen, die im Hause weilten, dann schlossen sich von innen die Fenster, die Türen, jeder Spalt, um nicht einmal ihre Stimme einzulassen! Wer ihr unterwegs begegnete, schlug, wenn er nicht mehr wegrennen oder kehrtmachen konnte, das Kreuz und ging schnell mit abgewandtem Gesicht vorbei. Und wer kann sagen, wie Antonia auf diesen plötzlichen Wahn ihrer Dorfgenossen reagierte – wenn sie überhaupt reagierte! Wer kann sagen, was für Gedanken ihr durch den Kopf gingen, als sie sich von allen so behandelt sah, auch von denen, die sie in der Vergangenheit als Freunde betrachtet hatte? Kein Hexenprozeß hat sich, soweit mir bekannt, je mit den Gefühlen der Beschuldigten befaßt; vielmehr ging man immer davon aus, daß die »Hexe« höchst erfreut gewesen sei über das Böse, das sie bewirkt hatte oder zu bewirken sich anschickte: die Zufriedenheit in Person! Und um so erfreuter, je feindseliger ihr alle anderen begegneten: Denn das war das sichere und untrügliche Zeichen dafür, daß ihre Hexenkünste wirkten. (Aber auch wenn sie gelitten hätte, wäre das allen nur recht gewesen. »Je eher sie draufgeht, desto besser«, dachten die Leute.)

Um sich vor der Hexe zu schützen und sich aus ihrem

Bann zu befreien, wandten sich die Zardinesen an den Pfarrer. Es waren ein paar Männer, die, nach einer Zusammenkunft der Christlichen Brüder, die Initiative ergriffen: So – sagten sie – könne es nicht weitergehen! Man müsse etwas tun, denn im Dorf gehe die Angst um, und es seien nicht nur die Betschwestern, die sich fürchteten, sondern auch die Bauern und die gewöhnlichen Leute. (Das waren freilich dieselben, die sowenig wie möglich in die Kirche gingen, mit dem Zehnten knauserten und Don Teresio nicht leiden konnten; aber die Hexerei ist eine ernste Sache, und jedermann hat Angst davor!) »Wenn das Vieh krank wird, oder wenn uns das Saatgut verfault, was machen wir dann?« Gerade gestern – sagten die Männer der Bruderschaft – habe die oder die Kuh dieses oder jenes Bauern keine Milch gegeben; viele Obstbäume seien im Winter verdorrt, und man wisse nicht warum; da habe ein Kind hohes Fieber: was ist los? Sie appellierten an den Pfarrer. Er, zu dessen Pflichten das gehöre und der die nötige Kenntnis von solchen Dingen habe, solle doch bitte dafür sorgen, daß der Hexe das Handwerk gelegt werde, sei es durch Exorzismus oder andere dafür geeignete Mittel; oder aber indem er sie in Novara beim Heiligen Offizium anzeige: Denn – so sagten sie – die Angelegenheit sei ernst, sehr ernst, und sie, die Christlichen Brüder, hätten die Beweise dafür. Sie könnten bezeugen, daß das Mädchen zum Hexensabbat gehe und daß sie auf dem Weg dorthin gesehen worden sei, und zwar von sämtlichen Mitgliedern der Bruderschaft! »Im vergangenen Sommer, als die *risaroli* dawaren«, berichteten sie, »sind wir ihr des Nachts – und nicht nur einmal, sondern des öfteren – um den *dosso dell'albera* herum begegnet, aber damals haben wir dem keine Bedeutung beigemessen, weil wir dachten, sie hätte einen Schatz.« Doch Antonia hatte keinen Schatz, und erst später, das heißt in diesem Winter, habe man begriffen, wozu sie auf besagten Buckel gegangen war, von dem man freilich schon seit längerem wußte, daß sich dort die

Hexen versammelten! Aber man sei erst zu spät dahintergekommen, als sich im Dorf bereits seltsame Dinge zugetragen hätten: Kühe, die krank wurden, ganze Familien, die ihre Stimme verloren, Kinder, die von den Heuböden stürzten...

»Don Teresio, helft uns!« flehten sie ihn an. »Oder gebt uns zumindest einen Rat. Was sollen wir tun?«

Don Teresio hielt sich viele Tage lang bedeckt, sprach sich weder für noch gegen Antonia aus. »Man muß beten, viel beten«, sagte er immer wieder. »Wenn es mehr Frömmigkeit hier in Zardino gäbe, würden gewisse Dinge, die die Anwesenheit des Teufels unter uns verraten, ganz gewiß nicht passieren!«

Eines Sonntags sprach er darüber auch in der Messe, als er über das Thema Sünde predigte und über die Strafe dafür, die immer von Gott komme. Er zitierte die Bibel, das *Buch der Makkabäer*: »Wahrlich, ich sage dir: Durch Gottes Willen wirst du jetzt die gerechte Strafe für deinen Hochmut erleiden!« Und dann redete er über die sieben ägyptischen Plagen, die selbst das Volk Israel zu den Zeiten des Pharao getroffen hätten; und er spielte auch auf die beiden Geißeln Zardinos an, nämlich auf Antonia und auf das Ungeheuer, ohne sie jedoch beim Namen zu nennen. Er beschränkte sich lediglich darauf, von diesen beiden Geißeln zu sagen, daß sie gerecht, vorhersehbar gewesen und von ihm auch tatsächlich vorhergesehen worden seien. »Bestimmt«, rief er und stieß dabei den Zeigefinger gegen die Gläubigen, »würde Gott nicht zulassen, daß sich solch teuflische Präsenzen in diesen Wäldern zeigen und daß solche Dinge in diesem Dorf geschehen, wenn man nicht in euren Höfen und in euren Ställen – jahrelang! – ketzerische Reden gegen ihn geführt hätte, wie auch gegen seinen Diener, der hier zu euch spricht, und gegen dessen Recht, den Zehnten und die Regalien von seinen Gläubigen einzufordern. Gäbe es mehr Andacht und mehr Almosen, dann geschähen bestimmte Dinge nicht!«

So verstrichen zwei weitere Wochen, während deren sich ein Kind mit kochendem Wasser verbrühte, ein Knecht in seine Sense fiel und sich dabei ernsthaft verletzte und andere unerfreuliche Dinge sich in Zardino und Umgebung ereigneten, ohne daß es noch einmal einer gewagt hätte, mit dem Pfarrer über die Hexe zu reden, oder daß dieser irgend jemandem gegenüber ein Wort in dieser Sache verloren hätte: Nach der Predigt von den sieben ägyptischen Plagen war die Angelegenheit steckengeblieben, in der Schwebe sozusagen, und auch unter den Dorfleuten redete man nicht mehr soviel davon. Bis Don Teresio sich an einem Montag im April den Reisesack für die größeren Anlässe über die Schulter hängte und nach Novara aufbrach, um Antonia beim Heiligen Offizium beziehungsweise beim Inquisitor Manini höchstpersönlich anzuzeigen. Wie es in den Prozeßakten steht: »Vor dem allerhochwürdigsten Pater Gregorio Manini aus Gozzano, Inquisitor für die häretischen Umtriebe in der Diözese Novara, ist erschienen ...«

Der ganze kirchliche Prozeß gegen Antonia (»*contra quendam Antoniam de Giardino dicta la Stria*«) spielt sich innerhalb zweier Daten ab: des Datums der Anzeige, die am 12. April 1610 erstattet wurde, und des Datums der Urteilsverkündung, die, wie bereits erwähnt, am 20. August desselben Jahres erfolgte. Das, was sich in diesen fünf Monaten von April bis August ereignete, könnte man vielleicht als Ermittlungsverfahren bezeichnen, das fast die ganze Prozeßdauer beanspruchte. Im Verlauf dieses Verfahrens wurden, außer der Angeklagten, etwa zwanzig Zeugen vernommen, darunter auch der Erstatter der Anzeige selbst, Don Teresio, ja, er wurde sogar zweimal gehört: ein erstes Mal an dem Tag, an dem er die Anzeige erstattete, und dann ein weiteres Mal am darauffolgenden Montag. Aus den Protokollen dieser beiden Aussagen erfahren wir, daß Don Teresio während seiner Zeit in Zardino zum *presbiter* ernannt worden war und auch mit diesem Titel angeredet wurde: »*Presbiter Teresius Rabozzi, rector ecclesiae Giardini*«.

Ermutigt, offen zu sprechen, nutzte Don Teresio die Gelegenheit, um all das loszuwerden, was an ihm fraß und was er in Zardino nicht von der Kanzel herunter sagen konnte. Er sei nun fast neun Jahre Vikar – begann er –, und noch immer sei es ihm nicht gelungen, das Geld zusammenzubringen, das man brauche, um Zardino als richtige Pfarrei zu erwerben. Nicht daß das Dorf, obwohl kaum größer als ein Weiler, bei genauerem Hinsehen arm wäre; aber die Kirche sei fast ein halbes Jahrhundert lang in den Händen von *quistoni* verkommen, die sie zur Seidenraupenzucht mißbraucht und sich nur um ihre Geschäfte mit den Bauern aus der Umgegend gekümmert hätten, auf nichts anderes als ihren persönlichen Vorteil bedacht: So daß er, der am Abend desselben Tages, an dem man ihn zum Priester geweiht habe, von Novara in dieses Dorf gekommen sei, seinen ganzen Idealismus und all seine Kräfte darauf verwandt habe, wieder Ordnung in ein totales Chaos zu bringen, was ihm jedoch nur zum Teil gelungen sei. Er zählte seine Werke auf: Er habe – sagte er – den Kirchturm, der am Zusammenfallen gewesen sei, wieder instand setzen lassen müssen; er habe Maurerarbeiten sowohl in der Kirche als auch im Pfarrhaus vornehmen lassen; das Dach der baufällig gewordenen Sankt-Anna-Kapelle sei neu gedeckt worden; er habe Paramente und Gerätschaften für die Kirche angeschafft, welche bei seiner Ankunft aller liturgischen Ausstattung beraubt gewesen sei, so daß er sich monatelang mit Gerätschaften und Geschirr zu profanem Gebrauch, wenn nicht sogar mit Gegenständen aus der Küche, habe behelfen müssen. Er habe langwierige Rechtsstreite vor dem Gerichtshof in Novara durchstehen müssen, und weitere seien immer noch anhängig: gegen den Grafen Caroelli und gegen einen Adeligen Ferraro wegen der nie geltend gemachten Rechte des Zehnten. Gegen einen Fornaro (oder Fornari) aus Cameriano wegen eines Gewässers, das sich die Vorfahren dieses Fornaro angeeignet hätten, indem sie sogar seinen Verlauf veränderten, weswegen der Streit in der heutigen Zeit zu schwierig und aufwendig erscheine, als daß man hoffen könne, ihn in absehbarer Zeit zu einem Ende zu bringen. Gutachten, Gegengutachten: eine endlose Plage! Auch habe er nach wie vor Sorgen mit vielen Pfarrkindern, die zögerten, sich wieder dem verzweigten System von Abgaben, obligaten Regalien, Spenden zum *Passio*, zu den *Tempora* (Quatembertagen), den *Rogazioni* (Bittprozessionen) und den Heiligenfesten zu unterwerfen, von denen das Vikariat und der Vikar selbst unterhalten werden müßten. Außerdem habe er seine Gesundheit ruiniert, um Tanzvergnügen, Karneval, Maien, Erntefeste und andere Anlässe zur Sünde zu bekämpfen; um Zauberei und Aberglauben auszurotten; um das Wort Gottes unter diesen Bauern der Bassa zu verbreiten, die – so äußerte sich Don Teresio über seine Schäflein – »das Härteste und Zäheste sind, das es auf der Welt gibt«. Und wenn sie es ihm wenigstens gedankt hätten ... aber woher denn! Ganz im Gegenteil: Sie würfen ihm vor, daß er fanatisch und habgierig sei; sie gäben ihm Namen wie Sprechender Rabe, Blutsauger, Zecke! Sie hätten ihm einen toten Raben vor die Haustür gelegt; und einige von den Bauern berührten sich gar zur Beschwörung unter den Kleidern oder kreuzten die Finger, wenn sie ihm unterwegs begegneten...

In der letzten Zeit habe sich nun auch noch diese Antonia aufgespielt, die im Haus des Bartolo Nidasio lebe, in Wahrheit aber eine *esposta* sei, eine Tochter der schmutzigsten Sünde, die es gebe, nämlich der Sünde des Fleisches: Sie habe angefangen, den Bauern zu predigen, daß »eine Fuhre Mist« für das Wachstum des Korns mehr bringe als alle Beterei des Pfarrers und daß sie weder den *Passio* noch den Zehnten zahlen sollten, soweit davon nichts in den »Notarsregistern« stünde. Und daß, wie die

Sonne auf- und untergehe, ohne einen zu brauchen, der sie auf- und untergehen läßt, auch der Mensch geboren werde und stürbe, ohne daß es dazu der Priester und anderer Schmarotzer bedürfe: Denn der Priester arbeite nichts, leiste nichts; er sei wie die Maus, die an fremdem Brot nagt, und wenn sie kein Brot mehr findet, dann »krepiert die Maus«.

Alle diese Dinge – erklärte Don Teresio dem Inquisitor – und auch noch andere, die er aus Respekt vor seinem Zuhörer nicht wiederzugeben wage, seien in der Öffentlichkeit gesagt und von vielen Zeugen in Zardino und Umgebung gehört worden und hätten Empörung und Entsetzen bei jeder gottesfürchtigen Person hervorgerufen. Und was besagte Antonia angehe, die die Dorfbewohner dazu anstachele, das Recht des Herrn und seine Gebote, wie auch seine Zehnten, zu mißachten: Es sei dieselbe, die ein paar Jahre zuvor die Dreistigkeit besessen habe, sich von einem fahrenden Madonnen- und Heiligenmaler im Gewand und mit dem Heiligenschein der Madonna von der Göttlichen Hilfe porträtieren zu lassen, auf einem Bildstock, welcher immer noch dastehe, für jeden sichtbar, der von den *dossi* und von Badia her nach Zardino komme; und darin wurzelten ihre Überheblichkeit und ihr ketzerischer Stolz. Dieselbe, die bei der Pastoralvisite des hochwürdigsten Bischofs von Novara, Monsignore Carlo Bascapè, gewagt habe, in Gegenwart höchstdesselben, in der Kirche und während seiner Predigt, in Gelächter auszubrechen. Dieselbe schließlich, die auf der Piazza mit den *lanzi* getanzt habe, als diese lutherischen Teufel eines Morgens plötzlich in Zardino aufgetaucht und dann den ganzen Tag geblieben seien, um die Kirchentür zu besudeln, die Bauern auszuplündern und alle möglichen sonstigen Niederträchtigkeiten zu begehen. Nach diesem Vorfall – sagte Don Teresio – habe er ihr untersagt, zu den Sakramenten zu gehen, ja auch nur ihren Fuß in die Kirche zu setzen, solange sie nicht aus Novara mit der Absolution des

Bischofs zurückkehre – in der Hoffnung, das Mädchen durch den Ernst dieser Strafe wieder zur Vernunft zu bringen. Doch ganz im Gegenteil: Antonia habe von da an begonnen, ungeniert und in aller Öffentlichkeit jene Art von Reden zu halten, von denen er eben gesprochen habe, und zu behaupten – die Schamlose! –, daß die Pfarrer zu nichts dienten und Gott auch nicht; und daß es besser sei, sein Geld für sich zu verbrauchen, als es den Pfarrern zu geben.

Die Sache mit dem Hexensabbat sei dann erst später gekommen, ganz von selbst und in aller Stille, aber das sei ja auch nicht verwunderlich gewesen: Was konnte man von dem Mädchen in Anbetracht seiner Veranlagung und seiner Neigungen schon anderes erwarten, als daß es sich, einmal erwachsen, dem Hexensabbat zuwende? Und so war es auch gekommen. Im vorigen Sommer – berichtete Don Teresio – sei Antonia mehr als einmal des Nachts, auf freiem Feld, von den Brüdern des heiligen Rochus, die herumstreiften, um nach flüchtigen *risaroli* zu fahnden, angetroffen und als Hexe erkannt worden. In diesem Zusammenhang erklärte Don Teresio, daß – nach dem, was man sich im Dorf darüber erzähle – die Zusammenkünfte zwischen der Hexe und dem Teufel für gewöhnlich auf dem sogenannten *dosso dell'albera* stattfänden, unter einem jahrhundertealten Kastanienbaum, der bereits in der Vergangenheit wegen der Teufelsrituale, so man dort veranstaltete, eine traurige Berühmtheit erlangt habe. Dieser Baum trage auf seinem Stamm eine geheimnisvolle Inschrift, mit zum Teil verdrehten Buchstaben, die die Dorfleute hartnäckig als *albera dei ricordi* entzifferten, aber wer wisse schon, was sie in Wirklichkeit bedeute – und in welcher Sprache! Der Teufel – sagte Don Teresio –, den Isidorus von Sevilla *serpens lubricus* (eine gleisnerische Schlange) genannt habe und der heilige Bernhardinus *indefessus hostes* (einen nie erlahmenden Feind), drücke sich oft in toten Sprachen aus, die den meisten unbekannt seien:

wie es auch Anselmus von Aosta und andere Autoren bestätigten. (Nie hätte sich unser unter die Bauern von Zardino verbannter Pfarrer die seltene Gelegenheit entgehen lassen, seine Bildung vor einem städtischen Publikum zu demonstrieren.) Zum Abschluß seiner Zeugenaussage, beziehungsweise seiner Anklage, wandte sich Don Teresio an das Tribunal des Heiligen Offiziums und an den Inquisitor persönlich: Sie sollten um des Himmels willen die Sache der Hexe dahingehend erforschen, ob sie ihre Seele bereits dem Teufel verschrieben habe oder ob man sie noch dazu bringen könne, ihm abzuschwören. Und ob es – fragte, ja flehte er – im Fall der Abschwörung denn nicht möglich wäre, diesen Herd der Ketzerei aus seiner kleinen Gemeinde zu entfernen, die durch ihn schon genug Verwirrung erfahren habe; denn, so schloß er und zitierte dabei ich weiß nicht welchen Kirchenvater: »*Verba movent, exempla trahunt.*« (Die Worte bewegen, die Beispiele aber reißen mit!)

20. Kapitel

DIE ZEUGEN

Das Heilige Offizium von Novara lud Antonia vor. Doch ehe es die Angeklagte vernahm, hörte es, unter dem Datum vom 20. April, einen gewissen »*Agostino Cucchus filius quondam Simonis*«, das heißt Agostino Cucchi, Sohn des verstorbenen Simone, und dann, unter dem 25. April, einen »*Andreas Falcottus filius Ioannis*« sowie einen »*Nicolaus Barberius filius quondam Agostini*«: alle drei wohnhaft im Dorf Zardino und alle drei Bauern auf Höfen, die nicht ihnen gehörten, also *mezzadri*, Pachtbauern. Einzeln befragt, erklärten die Vorgeladenen, sowohl im eigenen Namen zu sprechen wie auch, und zwar streng vertraulich, im Namen und Auftrag der Christlichen Brüder, das heißt der übrigen Mitglieder der Sankt-Rochus-Bruderschaft, die bei ihren nächtlichen Streifen um das Dorf die Hexe auf dem Weg zu ihren Zusammenkünften mit dem Teufel überrascht hätten. Mindestens viermal – berichteten sie – seien sie ihr gefolgt und hätten sie mit den Fackeln eingekreist, da sie geglaubt hätten, einen *risarolo* in Frauenkleidern vor sich zu haben: Beim erstenmal hätten sie Antonia nach Hause zurückgebracht, also in das Haus von Bartolo Nidasio, und diesem ans Herz gelegt, das Mädchen einzusperren; das nächstemal hätten sie sie in der Nähe des *dosso dell'albera* gestellt und sie gefragt, wohin sie denn zum Stelldichein wolle und mit wem; sie hätten auch mit den Peitschen nach ihr geschlagen, doch sie habe ihnen ins Gesicht gespuckt und gesagt: »Ich gehe zum

Stelldichein mit meinem Herrn und eurem Feind, und wenn selbiger jetzt hier vor euch auftauchte, würdet ihr vor Schreck vom Pferd fallen.« Diesem Satz – sagten sie – hätten sie damals keine Bedeutung beigemessen, während er doch eindeutig besage, daß das Mädchen zu einem Stelldichein mit dem Teufel unterwegs war. Sie zählten auch die Stellen auf, an denen sie Antonia begegnet seien: alle zwischen dem Dorf und dem Hügel, genannt *dosso dell'albera*, wo die Straße sich gabelt: Auf der einen Seite gehe es nach San Nazzaro di Biandrate, auf der anderen zum Ufer des Sesia. (Ein einziges Mal – berichteten sie – hätten sie Antonia auf der Straße gesehen, die zur Dreikönigsmühle und von dort nach Novara führt.) An die Daten könnten sie sich leider nicht mehr erinnern: Aber Andrea Falcotti brachte vor, daß die Sankt-Rochus-Brüder, wenn nicht gerade Zigeuner um die Wege seien oder Viehdiebstähle gemeldet würden, für gewöhnlich zur Zeit der Arbeit in den Reisfeldern und der Reisernte auszögen, das heißt zwischen Juni und September; die Begegnungen mit der Hexe müßten also alle innerhalb dieses Zeitraums stattgefunden haben. Befragt, ob sie selbst den Teufel erblickt hätten und wie er aussehe, erwiderten die Bauern entgeistert mit nein und bekreuzigten sich; sie trügen – erklärten sie dem Inquisitor – eigens ein rotes Kreuz auf die Kapuze gemalt, damit sie gegen Begegnungen mit dem Teufel gefeit seien, wenn sie des Nachts durch die Wälder streiften. Ihre Aufgabe sei es, das Dorf vor den bösen Geistern und den Viehdieben zu schützen sowie in der Reissaison die flüchtigen *risaroli* aufzugreifen und ihren legitimen Eigentümern zurückzubringen. Sie schworen, alles gesagt zu haben, was sie wüßten. Sollte sich etwas Neues ergeben, so kämen sie wieder; und damit gingen sie.

Auf die Christlichen Brüder und ihren Eifer folgten, unter dem Datum 28., 29. und 30. April, die Gevatterinnen. Außer Agostina Borghesini, von der bereits die Rede war und die die Geschichte von Biagio dem Blöden berichtete, hatte der Inquisitor Manini Gelegenheit, in diesen Tagen noch eine Angela Ligrina, eine Maria, ebenfalls mit Nachnamen Ligrina, eine Francesca Mambaruti und eine Irene Formica zu vernehmen: alle in den Prozeßakten als *»donne piissime«*, als äußerst fromme Frauen bezeichnet, die sich – zumindest die Maria Ligrina und die Formica – um die Almosensammlung für die Kirche und um andere Werke der Barmherzigkeit kümmerten. Vom Inquisitor in der rechten Weise befragt, gaben die frommen Frauen bis in die kleinste Einzelheit alles wieder, was man sich im Dorf über die Untaten der Hexe erzählte: tote Hühner, stumm gewordene Kinder, mißgestaltete Kälber und so weiter. Darüber hinaus lieferten sie die Beweise für die Anwesenheit des Teufels in Zardino und seine Treffen mit Antonia. Die Sabbate – sagten sie – fänden regelmäßig jede Woche statt, in der Nacht vom Donnerstag auf den Freitag, und zwar auf dem Hügel, der *dosso dell'albera* genannt werde: Man sehe dann Lichter und höre eine seltsame Musik, und im Dorf erzähle man sich, daß der Teufel in Gestalt eines Ziegenbocks gesichtet worden sei, der herumlief und aufrecht auf seinen Hinterbeinen tanzte und dabei riesige Schamteile zur Schau stellte. Und einer Gevatterin, der Flavia Maraschino, die allein im Rebfeld geblieben war, habe sich im vorigen Jahr, an einem Sonntag im Spätsommer, zur Zeit der Weinernte, ein bildschöner Jüngling genähert, ohne daß man wußte, wo er so plötzlich herkam, ganz in Samt gekleidet, wie ein vornehmer Herr, und er habe sie gefragt, ob es im Dorf neugeborene Knäblein gebe: Doch sobald sie das Kreuzzeichen gemacht habe, sei der Jüngling verschwunden gewesen, einfach so. (Maria Ligrina, die diese Geschichte erzählte, hob die Handfläche und blies darüber hin.) Und damit nicht genug: Ein Mädchen im mannbaren Alter, die Caterina Formica, Tochter der Zeugin Angela, war im vergangenen Winter, kurz vor Weihnachten, auf den *dosso dell'albera* gegangen, um Reisig zu sammeln, und als sie damit nach Hause kam, habe sie etwas Schreckliches erlebt, nämlich daß die Zweiglein und Stecken, aus denen das Reisigbündel bestand, sich in Schlangen verwandelten, die in die Bodenritzen krochen und verschwanden: Es waren Teufel! Antonia – behaupteten die Dorfweiber – gehe zu den Hexensabbaten und buhle mit dem Teufel; sie lebe ohne die heilige Messe und ohne die heilige Beichte, wie die Tiere oder die Wilden in der Neuen Welt; und sie führe ketzerische Reden, und sie sei auch in Wahrheit eine Ketzerin und mache sich nicht einmal die Mühe, das zu verbergen; denn als Don Teresio sie einmal zurechtgewiesen und ihr mit der Hölle gedroht habe, in Anwesenheit der Irene Formica und der gerade aussagenden Zeugin Mambaruti Francesca, habe sie die Dreistigkeit besessen, ihm zu antworten, Hölle und Paradies wären hier auf dieser Erde, und nach dem Tod gäbe es nichts: »Ein Nichts, so groß wie der Himmel, und in diesem Nichts die Märchen der Pfaffen.«

In gleicher Weise mache sie sich auch über die auf Gewohnheit und überliefertem Recht beruhenden vielfältigen Abgaben, Zuwendungen und Spenden lustig, die Don Teresio beharrlich und in dem vorgeschriebenen Ausmaß einfordere, indem er entweder die Gevatterinnen von Hof zu Hof schicke oder sich selbst der Mühe unterziehe. Und das wirklich Interessante, auf das man hier in den Prozeßakten stößt – weit interessanter als der Bericht der Betschwestern oder die angebliche Gottlosigkeit der Hexe – , ist ein haarfeines und bis ins kleinste organisiertes Eintreibungssystem, das in jenen frühen Jahren des siebzehnten Jahrhunderts die andere Seite des Pfarrerberufs – zumindest bei einem Landpfarrer – ausmachte. Ein ständiges Kommen und Gehen, ein Handeln und Schachern, daß es schlimmer nicht ging, immer den Blick auf die Seelen gerichtet, vor allem aber auf die Ernten, wo immer es irgend etwas zu ernten oder Ernteerträge aufzuteilen gab. Es ging nicht nur darum, den Zehnten einzutreiben, jene in den Notarsregistern festgelegten Steuern auf die Erträge der Felder als immerwährende Hypothek zugunsten der Kirche; es gab auch noch anderes: Es gab auch die Zehnten auf das, was nicht unter die Zehntsteuer fiel, also auf alles, was außerhalb der Äcker oder in den Gärten gesät worden war, oder aber auf die Früchte der wildwachsenden Bäume; es gab die *once* Wasser, die die Gemeinde wie die einzelnen Bauern kostenlos für die Bewässerung der Felder der Kirche zu liefern hatten, und die Arbeitsleistung, die alle, gleich ob Padroni, Pachtbauern, Landarbeiter oder Knechte, zu bestimmten Zeiten im Jahr umsonst erbringen mußten; es gab die *apenditij*, die zusätzlichen Abgaben: zu Weihnachten, Epiphanie, Ostern, Pfingsten und dem Fest des Kirchenpatrons, die für jeden einzelnen unterschiedlich festgesetzt waren, zum Beispiel: Der eine gab zwei Hennen der andere eine Gans, der ein Fäßchen mit *vino baragiolo*, dem säuerlichen Wein, den man in dieser Gegend anbaute. Es gab die *donatici* und die *regalie* für die Prozessionen und für die Heiligenfeste; es gab die Spenden an Öl und an Wachs und wer weiß an wieviel anderem Kleinkram, von denen die Betschwestern bei Antonias Prozeß gar nicht sprachen, die aber trotzdem im Namen Gottes und der Gewohnheit eingefordert wurden. Es gab schließlich noch den *sacco delle Rogazioni*, den »Sack« für die Bittgänge (jene besonderen Prozessionen, mit denen der Pfarrer, um Sonne oder Regen flehend, das gute und das schlechte Wetter machte) und die *mina del Passio*, den Passions-Scheffel: zwei alte Steuern – an Weizen oder Reis, je nach Gegend –, die nach der Ankunft der Spanier in der Bassa allmählich aus dem Gebrauch gekommen waren. Damals hatten die Priester zugunsten der neuen Herren auf einige ihrer Privilegien verzichten müssen. Aber Don Teresio war – nach über fünfzig Jahren! – das Kunststück gelungen, die beiden Steuern mit Hilfe regulärer öffentlicher Beglaubigungen eines Novareser Notars namens Ragno in Zardino wieder einzuführen: indem er sich auf eine Überlieferung berief, die in den Zardineser Kirchenbüchern bis zum Jahr 1556 belegt und dann zwar in Vergessenheit geraten war, ohne jedoch jemals abgeschafft worden zu sein. »Es sei der *dominus* von Zardino verpflichtet«, heißt es in einem Schriftstück des Ragno aus diesem Jahr 1610, »alljährlich den *passio* am Hochaltar zu sprechen, jeden Sonntag vom Fest des Heiligen Kreuzes am 3. Mai bis zum Fest Kreuzerhöhung am 14. September, und das Volk, also jeder Padrone besagten Grundes oder der, welcher den Grund für ihn bewirtschaftet, sei nach altem Brauch verpflichtet, dem *dominus* dafür eine *mina* Weizen zu zahlen, oder eine *mina* Roggen, so er nicht Weizen, sondern Roggen säet, und so er weder Weizen noch Roggen säet, sei er verpflichtet, eine *mina* an Erbsen, Linsen, Bohnen, Lupinen oder sonstigen Hülsenfrüchten zu zahlen, ohne Ausnahme, welchselbige *mina del Passio* aus dem gemeinsamen Haufen mit dem Padrone gezahlt wird, wie aus dem Inventarium des Jahres 1556 hervorgeht.« Die Prosa ist zwar verworren, aber die Bedeutung ist klar: Was immer der Bauer sät oder auch nicht sät – sagt Ragno –, die *mina* muß er zahlen! *Sacchi*, *mine* und *once* sind alte Hohlmaße aus jener Zeit und jener Gegend. Und ich bitte um Entschuldigung, wenn ich vom Bericht der frommen Frauen aus Zardino und ihren Zeugenaussagen in Antonias Prozeß abgewichen bin: Aber irgendwie mußte man doch ein derart besessenes und für die Wirtschaft der Bassa geradezu mörderisches Abgaben- und Steuersystem dokumentieren, besessen und mörderisch vor allem, wenn es von einem Mann wie Don Teresio geltend gemacht und praktiziert wurde. Ein Abgaben- und Steuersystem, an das sich heute – zum Glück – kein Mensch mehr erinnert. Und damit nun genug davon.

Am darauffolgenden Montag, dem 3. Mai, vernahm der Inquisitor jene Teresina Barbero, die Antonias unzertrennliche Freundin war, beziehungsweise – wie sie selbst sagte – gewesen war, bis Antonia mit einem gewissen Gasparo Bekanntschaft geschlossen hatte, Kapo der *risaroli* des Bauern Serazzi (vielleicht auch Seghezzi: Das Manuskript ist an dieser Stelle schadhaft), aus einem Dorf namens Peltrengo, zwischen Novara und Cameriano gelegen. Teresina hatte sich vor dem Inquisitions-Gericht in Begleitung ihrer Mutter Consolata eingefunden, der sie im Aussehen und in der Art, sich zu kleiden, allmählich wie ein Ei dem anderen glich: Tatsächlich hatten beide Frauen schwarze Augen und Haare, ein rundliches Gesicht und eine mehr oder weniger unförmige Figur; beide waren schwarz gekleidet, mit knöchellangen Gewändern aus leichtem Wollstoff und großen Tüchern um den Kopf.

Teresinas Zeugnis hätte, wenn es von Manini ernst genommen worden wäre, vielleicht genügt, um den Hexenprozeß gegen Antonia einzustellen: Sie erklärte alles, und zwar ohne irgend etwas Übersinnliches ins Spiel zu bringen; dazu hatten ihre Aussagen auch noch den Vorteil, daß sie nachprüfbar waren, sowohl was die Personen als auch was die Tatsachen betraf. Leider, für Antonia, hätte jedoch kein Inquisitor des Heiligen Offiziums, in keiner Stadt, es akzeptiert, in einem Häresieprozeß eine Wahrheit gelten zu lassen, die so banal und gewöhnlich war, daß sie mit der Evidenz der Dinge übereinstimmte; und in Novara noch weniger als anderswo. Hier wurde in der Zeit, in der unsere Geschichte spielt, das Tribunal zur Verteidigung des wahren Glaubens von besagtem Pater Gregorio Manini aus Gozzano geleitet, einem Theologen, von dem später noch ausführlicher die Rede sein wird, von dem man jedoch jetzt schon sagen muß, daß er systematisch und aus Prinzip an allem zweifelte, was sich ihm mit den Merkmalen von Klarheit und Offensichtlichkeit darbot; und daß er hinter jeder allzu einfach erscheinenden Sache einen Fallstrick des Teufels vermutete. Im Gespräch mit seinen Koadjutoren zitierte Manini, Zeigefinger und Augenbrauen hebend, oft einen Vers des lateinischen Dichters Vergil: »*Perfacilis descensus Averni*«, der Sturz in die Hölle ist das Leichteste, was es gibt! Und er kommentierte: »So ist es, meine geliebten Söhne! In dieser Welt, in der wir durch Gottes Gnade leben, ist das einzig wirklich Einfache, die Seele zu verlieren. Alles andere ist schwierig, undurchschaubar und verwickelt: Erinnert euch dessen bei jeder Gelegenheit!« Er ermahnte sie, sich nie mit der Außenansicht der Dinge zu begnügen und stets dem Anschein zu mißtrauen. Er unterschied zwischen Wirklichkeit und Wahrheit. »Nicht alles, was wirklich ist, ist auch immer wahr«, liebte er zu verkünden. »Im Gegenteil: Die Wahrheit zeigt sich oft in einer Gestalt und Weise, daß die Unwissenden und die Törichten ihrer spotten. Oder aber sie verbirgt sich hinter dem äußeren Schein, und man gelangt nur auf verschlungenen Wegen zu ihr.« Er zitierte Thomas von Aquin aus der *Summa theologica* (»Die Wahrheit wohnt grundsätzlich dem Verstand Gottes inne, während sie dem Verstand des Menschen nur gespiegelt innewohnt; in den Dingen ist sie, so sie in ihnen ist, als Widerschein, also immer uneigentlich«) und den heiligen Paulus aus seinen *Briefen* (»Jetzt schauen wir in einen Spiegel und sehen nur rätselhafte Umrisse, dann aber schauen wir von Angesicht zu Angesicht«).

Doch zurück zur Zeugenaussage unserer Teresina Barbero: Die Landarbeiterstochter, inzwischen zweiundzwanzig, berichtete, daß sich Antonia in einen *camminante* verliebt habe (darauf, wer die *camminanti* waren, kommen wir noch zurück), ja daß sie sich derart in ihn vernarrt habe, daß sie nicht mehr dieselbe gewesen sei wie früher, weder ihr, Teresina, noch dem Ehepaar Nidasio gegenüber. Des Tags habe sie nur danach geschmachtet, ihn zu sehen, und des Nachts sei sie dann von daheim weggelaufen, indem sie sich an der Glyzinie vom Fenster heruntergelassen habe, um sich mit ihm draußen vor dem Dorf zu treffen, beim *dosso dell'albera* oder auch hinter der Dreikönigsmühle, auf einem Feld in Richtung Novara. Dort nächtige er manchmal in einem Heuschober in der Nähe der Wasserschleusen eines Edelmanns namens Cacciapiatti, der ihm »eine gewisse Summe Gelds« bezahle, damit er sein Wasser bewache. Die Geschichte mit dem *camminante* – sagte Teresina – habe im vorigen Frühjahr angefangen, vielleicht im Mai, und dann bis Ende Oktober gedauert, als die *risaroli* in ihre Heimat zurückgekehrt und auch dieser Gasparo, den alle *»il Tosetto«* (den Geschorenen) nannten, fortgegangen sei, um neue *risaroli* zu suchen und für die Reisarbeit im nächsten Jahr anzuheuern: Aber es sei nicht aus zwischen den beiden. Antonia habe nicht aufgehört, an Gasparo zu denken, und genau in diesen Tagen warte sie darauf, daß er zurückkomme: weil Gasparo es ihr versprochen habe und weil die Reissaison jetzt wieder anfange. Doch nie ein Wort übers Heiraten, zumindest nicht zu denen, mit denen er hätte reden müssen, also zu Bartolo oder der Signora Francesca! Nie ein ernsthaftes Versprechen Antonia gegenüber!

An dieser Stelle unterbrach Manini die Zeugin, um sie zu fragen, ob sie diesen *camminante,* von dem sie rede, auch persönlich gesehen habe.

»Ja, zweimal«, erwiderte Teresina.

»Und hast du mit ihm gesprochen? Hast du ihn angerührt?«

»Nein, Signore.«

»Wie kannst du dann«, fragte der Inquisitor, »so sicher sein, daß dieser Gasparo oder Tosetto oder wie immer er sich nennen ließ, nicht der Teufel in Menschengestalt war?«

Teresina schwieg verblüfft: Offensichtlich hatte sie an so etwas, an eine derartige Möglichkeit überhaupt nicht gedacht! Doch gleich faßte sie sich wieder und antwortete sehr richtig: »Was soll ich Euch sagen, Herr? Ich rede von dem, was ich sehe, und von dem, was ich weiß. Wenn die Dinge in der Wirklichkeit anders sind als sie scheinen, dann müßt Ihr, Herr, der Ihr doch ein Priester seid, das aufdecken, nicht ich!« Und noch einmal bei der nächsten Antwort: »Von diesem Gasparo weiß ich nur das, was ich gesagt habe, nämlich daß er Antonias Schatz ist; und wenn ich wirklich noch was dazu sagen soll und was ich darüber denke, dann meine ich, daß ich nicht verstehe, was Antonia an dem gefunden hat, was an dem mehr oder Besseres dran sein soll als an den Burschen von hier, die ihr nicht gefallen; vielleicht weil er ein bißchen ein Gauner ist oder weil er hier fremd ist. Aber daß er ein Teufel und kein Mensch sein soll: Also die beiden Male, die ich ihm begegnet bin, ist er mir durchaus wie ein Mensch vorgekommen.«

»Und was kannst du mir über die Hexensabbate sagen?«

Teresina hob die Schultern. Schon als Kind war sie, wie wir gesehen haben, das vernünftigste kleine Mädchen von Zardino gewesen: Und diese Vernunft scheint mit ihr mitgewachsen zu sein, den Antworten nach zu urteilen, die sie dem Inquisitor gab.

»Meiner Meinung nach«, erwiderte sie nach kurzem Nachdenken, »hat dieses Gerücht, daß Antonia zum Hexensabbat geht, nur deswegen aufkommen können, weil sie sich einen zum Schatz genommen hat, den man in Zardino nicht kennt: einen Fremden, und noch dazu einen *camminante*! Wenn der Schatz einer von hier gewesen wäre, dann würde sich das Gerede jetzt bloß darum drehen, ob er sie heiratet oder ob er sie nicht heiratet. Solche Geschichten hat es in der Vergangenheit immer wieder gegeben, und es wird sie auch weiter geben; aber daß ein Mädchen zum Hexensabbat geht, das ist das erstemal, daß man so was hört, und der wahre Grund dafür ist, daß man nichts von ihrem Schatz weiß.«

Am 8. Mai 1610 erschien vor dem Inquisitor ein so kleines Männchen, daß sein Gesicht gerade über den Tisch schaute. Das Gesicht eines Kobolds: eine große, vorspringende Stirn, zwei aufgerissene Augen, ein paar rote Haarbüschel im Nacken und um die Wangen herum; ein paar einsame Zähne in einem großen Mund. Ein nervöses Zucken erfaßte in unregelmäßigen Abständen die rechte Seite dieses Gesichts und verzog es zu einer Grimasse. Der Kobold, der auf Anregung des Vikars Don Teresio einberufen worden war – wie im übrigen alle bisher gehörten Zeugen auch –, sagte, er heiße *Pirin Panchet* (wörtlich: Peterchen Schemel). Er erklärte, daß sein erster Broterwerb der eines Melkers sei und er von einem Stall zum andern ziehe, auch nachts, mit einem umgebundenen Schemel (*panchet*), so daß er sich bloß niederlassen müsse, um zu sitzen; und so sei er auch zu seinem Spitznamen gekommen. Einen richtigen Familiennamen habe er nie gehabt. Sein zweiter Broterwerb sei der eines Mesners: Er läute die Glocken, kehre die Kirche mit dem Reisigbesen aus, sammle während der Messe das Opfergeld ein. Zardino – sagte er – berge keine Geheimnisse für ihn, aber auch über die Nachbardörfer sei er aufs beste unterrichtet: Sie sollten ihn fragen, was sie wissen wollten, und er, Pirin Panchet, werde es ihnen sagen. Sie wollten etwas über die Hexe wissen? Sehr gut. Er wisse es schon seit zwei Jahren, daß Antonia eine Hexe sei, und wenn er Hexe sage – der Inquisitor hatte ihn gefragt, welche Vorstellung er mit diesem Wort verbinde –, dann meine er damit eine Frau, die zum Hexensabbat geht und kleine Knaben sterben läßt, jawohl! Er habe schon andere Hexen gesehen, in Zardino und drum herum; er sei sogar bei ihrem Sabbat gewesen, selbstverständlich ohne mitzutun, nur so, aus Neugier. Wer den Pirin Panchet kenne, der wisse, daß er eine Eigenschaft besitze, die einmalig auf der Welt sei: Er schlafe nämlich nie! Er habe noch nie in seinem Leben geschlafen! Er sei vierundzwanzig Stunden lang mit seinem Schemel am Hintern unterwegs, und eines Nachts sei er, um sich die Zeit zu vertreiben, auf den *dosso dell'albera* gegangen und habe sich hinter einem Busch niedergesetzt, um bei dem Sabbat zuzuschauen. Ganz recht, er habe sich auf seinen *panchet* gesetzt! Wann das gewesen sei? Daran könne er sich im Moment nicht mehr erinnern, aber man brauche nur die Luigia Cerruti zu fragen, denn es sei die nämliche Nacht gewesen, in der jener das Kind in der Wiege gestorben war: »Erstickt«, habe man später behauptet. Beim Henker! Er, Pirin, wisse, wer es erstickt hatte! Das Ganze habe sich so zugetragen: Als er, Pirin, oben auf dem *dosso dell'albera* angekommen sei, seien drei Frauen dort gewesen, die Antonia und zwei andere, ältere, die von weither gekommen sein mußten, denn er habe sie noch nie gesehen. Unter dem Kastanienbaum habe ein großes Feuer gebrannt, und während sie darum herumtanzten, hätten sich die Frauen nackt ausgezogen. In diesem Moment sei der Teufel erschienen, und alle drei, angefangen bei Antonia, hätten sich hingekniet, um ihm den Arsch zu küssen. Wie der Teufel aussehe, das könne er, Pirin, ganz genau sagen – der Inquisitor hatte ihn zu einer Beschreibung aufgefordert –, schließlich habe er ihn schon des öfteren gesehen. »Der Teufel«, erklärte Pirin Panchet, »sieht haargenauso aus wie ein Mann, groß und hager und mit schwarzen Haaren an Kopf und Leib; er hat keine Hörner, oder wenn, dann sind sie so klein, daß sie nicht aus den Haaren hervorschauen; er hat nach vorn gebogene Beine und Hufe wie ein Ziegenbock; manche sagen, er hätte einen Schwanz: Ich habe keinen gesehen. Dafür habe ich die Geschlechtsteile des Teufels gesehen: viel größer, als man es kennt, und von violetter Farbe.« Damit habe sich der Teufel dann mit allen drei Frauen gepaart, gemäß dem Ritual des Sabbats; aber bevor das geschehen sei, hätten ihm die Frauen noch, es sich von Hand zu Hand weiterreichend, ein vor kurzem geborenes Knäblein dargebracht, das weinte: Der Teufel habe es an der Stirn berührt und dann am Herzen, und gleich darauf sei das Knäblein steif geworden und habe seine Seele ausgehaucht. Diesem schrecklichen Teufelswerk, erklärte besagter Pirin, genannt Panchet, habe er im vergangenen Herbst beigewohnt, in einer Nacht, die er nicht mehr genau zu benennen wisse, jedenfalls aber im Monat Oktober: »Bekräftigt durch feierlichen

Schwur, die Wahrheit gesagt, nichts hinzugefügt und nichts weggelassen zu haben«. Am unteren Rand dieses und sämtlicher anderer Blätter des Protokolls steht wie ein Siegel: »*Laus Deo*« (Lob sei Gott) oder auch: »*Sit Nomen Domini benedictum*« (Der Name des Herrn sei gebenedeit).

21. Kapitel

DIE BRAUT

Antonia erschien zum erstenmal vor dem Inquisitor am 14. Mai, einem Freitag: mit beträchtlicher Verspätung gegenüber der Vorladung, weil Bartolo viele Tage lang nichts davon hatte hören wollen, den Karren anzuspannen und sie nach Novara zu bringen, »bloß wegen der Pfaffen«. (»Für wen halten die sich eigentlich?« tönte er mitten auf dem Hof herum. »Daß sie den Lauf der Welt bestimmen können, wie sie wollen? Ich hab' keine Zeit für die! Ich muß an meine Aussaat denken!«) Aber schließlich hatte er doch dem Drängen der Signora Francesca nachgegeben. In Borgo San Gaudenzio war Saatgutmarkt, und er könnte die Gelegenheit benutzen, um die zwei Frauen nach Novara zu begleiten, ohne seinen Grundsätzen untreu zu werden: Bloß wegen der Pfaffen in die Stadt fahren – wiederholte er immer wieder –, das hätte er nie gemacht! Nie und nimmer! Sollten sie sich Antonia doch selber holen, wenn sie sie unbedingt verhören und verurteilen wollten: Er hatte sich um anderes zu kümmern! Er schimpfte auch noch, als er das Pferd aus dem Stall führte und an die Karrendeichsel spannte, und bekräftigte seine eben geäußerte Meinung: Er wolle damit nichts zu tun haben, unter keinen Umständen! Er begleite lediglich seine Frau und das Mädchen bis nach Borgo San Gaudenzio und setze sie dort ab. Sollten sie dann selbst zusehen, wie sie mit den Pfaffen zurechtkämen; er, Bartolo, wisse von Kindesbeinen an, was diese Leute von den Bauern wollten, wenn sie sich schon einmal mit ihnen abgäben: »Die wollen Geld und noch mal Geld! Nichts als Geld! Was immer die sich ausdenken, es geht nur darum, und auch diesmal werden sie noch das Kunststück fertigbringen, den Stier zu melken, nämlich mich, aber sie sollen sich wenigstens nicht einbilden, daß ich ihnen noch dabei helfe! Nein und abermals nein!«

Die beiden Frauen, die noch mit Ankleiden beschäftigt waren, ließen auf sich warten, und Bartolo, der sonst fast nie laut wurde, fing an zu brüllen: »Francesca! Antonia! Wollt ihr euch wohl beeilen? Wenn ihr nicht in einer Minute fertig seid, fahre ich ohne euch los!«

Sie brachen auf, unter einem Himmel, trüb wie ihre Gedanken. Antonia trug die Tracht der Dörfer des unteren Sesia-Tals: einen schwarzen Rock, der bis zu den Knöcheln reichte, ein Mieder aus bunt besticktem Stoff, eine weiße Bluse mit Ärmelbündchen aus Spitze und ein schwarzes Häkeltuch über den Schultern. An den Füßen trug sie die *suclòn*, die Holzschuhe der Bauern. Sie sah sehr hübsch aus. Die Signora Francesca hatte darauf bestanden, ihr die Haare im Nacken zu einem Knoten zu binden, und sie hatte ihr den silbernen Stirnreif auf den Kopf gesetzt, der das Kennzeichen der *spose*, der »Bräute«, war, also jener heiratsfähigen Mädchen, deren Aussteuer und Mitgift bereits parat lagen. Antonia hätte ihre Haare ja lieber offen gelassen oder mit einem Tuch zusammengehalten, wie sie es immer machte, aber Francesca war unerbittlich geblieben. »Ich weiß, wie diese Dinge gehen«, hatte sie gesagt. »Das ganze Getratsche der Dorfweiber, der Neid, der sie und ihre Töchter zerfrißt. Was mögen sie Don Teresio bloß alles erzählt haben, damit er dich anzeigt! Ein Grund mehr, sie sehen zu lassen, daß du eine *sposa* bist!« Und sie hatte das Mädchen noch vor Sonnenaufgang aus dem Bett getrieben und so hergerichtet, als sollte sie tatsächlich verheiratet werden...

Die Fahrt nach Novara war eintönig; und sie wäre auch

einsilbig verlaufen, wenn die Signora Francesca nicht die ganze Zeit auf Antonia eingeredet und ihr Ermahnungen erteilt hätte, wobei sie sich mit einem gestickten Taschentüchlein, das sie von einer Hand in die andere nahm, die Augen wischte. »Du mußt dich dem gegenüber, der dich verhört, ehrerbietig zeigen«, sagte sie zu ihr. »Die Augen niederschlagen, wie es sich für ein gottesfürchtiges Mädchen geziemt, und ihm immer recht geben: Ja, hochwürdiger Herr, oder besser noch, ja, Eure Exzellenz. Und wenn sie dich dann beschuldigen, daß du eine Hexe seist und all das getan hättest, was die Klatschbasen ihnen hinterbracht haben, dann verneinst du mit Anstand, so als wolltest du dich fast entschuldigen: Nein, hochwürdiger Herr, nein, Eure Exzellenz, so etwas hätte ich nie gemacht, nicht um alles Gold der Welt. Es tut mir leid, aber Euer Gnaden sind da falsch unterrichtet worden... Und wenn du wirklich etwas zugeben mußt, dann sag, das sei aus Unbesonnenheit und Leichtfertigkeit geschehen, wie es bei jungen Leuten eben der Fall ist, und es habe dich auch gleich darauf gereut.« Was freilich das nächtliche Ausreißen und die Begegnungen mit den Christlichen Brüdern betreffe – welches, soviel sie wisse, die Anklage ausgelöst habe –, so hätte sich Antonia, sagte die Signora Francesca, vor allem dazu entschließen müssen, mit ihr darüber zu reden, sich ihr anzuvertrauen: Denn wenn der Mann, mit dem sie sich getroffen habe, schon verheiratet sei, dann wäre es nicht der Mühe wert, das Heilige Offizium auf sich zu nehmen und sich als Hexe vor Gericht stellen zu lassen, bloß um seinen Namen und Ruf zu schützen; sei er dagegen nicht verheiratet, dann ließen sich die Dinge in Ordnung bringen. Selbst wenn es ein *camminante* wäre, wie die Barbero-Töchter behaupteten, oder gar ein Zigeuner: Es genüge, daß er seine Pflicht kenne und daß er gesund sei und den Willen habe, etwas zu arbeiten; noch niemand habe im Hause Nidasio je Hunger leiden müssen, Gott sei Dank! Er müsse nur eines tun: sie, Antonia, heiraten, darüber gebe es überhaupt nichts zu diskutieren, und zwar auf der Stelle, denn sonst wäre er ein ehrloser Schuft und ohne einen Hauch von Anstand; ein Mensch, der es nicht wert wäre, auf der Welt zu sein und sich einen Menschen zu nennen; aber sie, Francesca, weigere sich zu glauben, daß ein Mädchen wie ihre Antonia sich je in ein solches Individuum hätte verlieben können...

Während die Signora Francesca redete, blieb Antonia stumm: Sie blickte vor sich auf die Straße voller Pfützen, in denen sich die Bäume spiegelten; auf die Reisfelder, wolkenerfüllt und trüb wie der Himmel. Auch Bartolo auf seinem Kutschbock schien nicht auf diese Reden zu achten, vertieft in seine Gedanken und in sein Zwiegespräch mit dem Pferd, ein Zwiegespräch – genauer gesagt: ein Selbstgespräch –, gespickt mit Lauten, die sich weder transkribieren noch übersetzen lassen. Hin und wieder hob er die Augen zum Himmel und brummte: »Die Erde ist trocken, und unsereins wird immer naß!« Er schimpfte über die Trockenheit, die Jahreszeiten, die Jahre, die immer magerer würden... Der Karren hinter ihm war mit *cavagne* bepackt, mit Weidenkörben für die Reispflanzen, die Bartolo in Novara kaufen wollte, und diese Verbindung mit dem Pflanzen und Säen rief ihm eine andere Fahrt an einem anderen Frühlingstag vor zehn Jahren in Erinnerung, als er und Francesca beide auf dem Kutschbock saßen und hinten im Karren, mitten zwischen den Samensäcken, dieses kleine Mädchen mit den riesigen Augen und dem kahlgeschorenen Kopf... Wie viel hatte sich seit jenem Tag ereignet! War es der Einfluß des schlechten Wetters oder dieser Erinnerungen, Bartolo hatte das Gefühl, daß ein ganzer Abschnitt seines Lebens zu Ende gehe und die Tropfen, die ihm über die Wangen liefen und sich im Grau seines Bartes verloren, Tränen seien. Ach was! Ein gestandener Mann wie er konnte doch nicht auf offener Straße zu weinen anfangen, also mußte es der Regen sein. Und tatsächlich hatte es zu regnen angefangen, in Schauern, mit Windböen, so daß Bartolo nach ein paar Meilen den Karren mit einer Plane abdecken mußte, um die Frauen und die Körbe zu schützen, und auch er zog sich einen wasserdichten Umhang über, wie er ihn als junger Mann nie benutzt hätte (damals hatte es ihm Spaß gemacht, Wind und Wetter zu trotzen, weil er sich stärker fühlte als sie), den er jetzt jedoch immer in Reichweite hatte, zusammengefaltet unter dem Kutschbock: wegen bestimmter Schmerzen, die ihn, vor allem im Winter, plagten und die von der Feuchtigkeit herrührten. Dann klärte sich der Himmel jedoch wieder auf. An der Furt über den Agogna regnete es schon nicht mehr, die Wolken rissen auf, ließen Fetzen blauen Himmels erkennen. In Borgo San Gaudenzio war die Straße trocken, und die Menschen befanden sich alle im Freien: Hier war kein einziger Tropfen gefallen. Unsere Reisenden stiegen vor der Osteria Zum Falken ab und trennten sich unverzüglich: Bartolo wandte sich dorthin, wo man mit dem Saatgut handelte, und die beiden Frauen setzten ihren Weg nach Novara fort. Sie gingen ziemlich rasch, denn die Sonne stand inzwischen schon hoch, und bis zum Tribunal war es noch ein gutes Stück Wegs. Man mußte sich beeilen!

Porta San Gaudenzio an einem Markttag war ein Ort voller Verkehr, voller Menschen, erfüllt von Gerede und Geschrei; es herrschte ein Gedränge von Bauern und fahrenden Händlern mit Maultieren und Eseln und warenbeladenen Karren, welch letztere, sobald sie einmal in der Stadt waren, genüßlich zu durchfilzen den spanischen Garnisonssoldaten ein Riesenvergnügen bereitete: Obwohl der Zoll schon bezahlt worden war, stöberten sie mit beiden Händen darin herum und riefen einander zu: »*Mira, mira!*« (Da schau!) »*Vayas unas cosas que tiene este bribon!*« (Sieh nur, was dieser Spitzbube da hat!) »*Pan del dia! Vino tinto! Pescado fresco!*« (Frischgebackenes Brot! Rotwein! Frischen Fisch!) Wenn der Unglücksrabe nicht schnell genug ein Geldstück hinstreckte oder wenn das Geldstück als unzureichend erachtet wurde, landete die ganze Ware auf dem Boden, mitten im Dreck und im Maultierkot. »*Qué es esto?*« (Was ist das denn?) fragten die Soldaten. Sie ließen das Geldstück von Hand zu Hand gehen und heuchelten Entrüstung, weil man versucht habe, sie zu bestechen. »*Qué diablo es esto? Sus, sus!*« (Was zum Teufel ist denn das? Los, weg hier!) Manchmal waren sie jedoch auch zufrieden und brachten das auf ihre Weise und lautstark zum Ausdruck, indem sie dem Unglücksmenschen mit der Hand dermaßen auf den Rücken schlugen, daß er fast zusammenbrach, oder ihm mit zwei Fingern in die Wange kniffen, wie man es bei kleinen Kindern macht. »*Vaya con Dios!*« (Geh mit Gott!) schrien sie ihm zu. »*Dios te ha hecho una gran merced en topar conmigo!*« (Gott hat dir eine große Gnade erwiesen, daß er dich gerade auf mich hat treffen lassen!)

Francesca und Antonia hatten weder Taschen noch anderes Gepäck und kamen daher ungeschoren durch; Antonia hatte sich auch den Schal übers Gesicht gezogen und hielt ihn so, daß ihr die Soldaten keine Aufmerksamkeit schenkten. Hinter der Porta San Gaudenzio begann die Fahrstraße – die *via granda*, aufgeschottert und in der Mitte gepflastert –, und unsere Frauen folgten ihr in Richtung Domplatz. Über ihren Köpfen, zwischen den Dächern, hatten sich die Wolken endlich verzogen, und eine blasse, ein wenig verhangene Sonne spiegelte sich in den Fensterscheiben der Palazzi, brachte die Farben der Häusermauern zum Leuchten, das lebhafte Rot der Ziegel und der Terracotta-Friese, die Glasuren der Madonnen und der anderen frommen Bildnisse in den Mauernischen. Es waren viele Leute auf der Straße, und auch sonst herrschte viel Leben und Treiben. Die Handwerker hantierten eifrig mit dem Reisigbesen vor ihrer Werkstatt oder wiesen ihre Lehrbuben an oder machten ihre Schilder wieder fest; die Gemüse-, Fisch- und sonstigen Händler riefen ihre Waren aus. Käme heute ein Mensch unserer Zeit in das Novara des beginnenden siebzehnten

Jahrhunderts, so würden ihm, wenn so ein Besuch möglich wäre, vielleicht drei Dinge besonders auffallen: das Menschengewimmel, der Lärm und die Exkremente. Obwohl die herrschaftlichen Palazzi mit ihren leeren Salons und den unbewohnten Arealen zahlreich waren, ebenso die Kirchen, wimmelte es ansonsten wie in einem Ameisenhaufen: Straßen, eng wie unterirdische Stollen, winzige Fenster und Türen und dementsprechend kleine Zimmer, Außentreppen, die an den Hauswänden emporkletterten, Balkönchen, Dachluken und überall Menschen, die schauten, schliefen, schrien, Wäsche aufhängten oder von der Leine nahmen, Hühner rupften, ihre Kinder versorgten, aßen, sich von einem Haus zum andern unterhielten... Der Lärm, den eine solche Menge veranstaltete, ist zudem etwas, an das wir, in einer von mechanischen Geräuschen, Erschütterungen, Explosionen, ständiger Tonbandberieselung betäubten Welt, uns nicht mehr erinnern können: Für einen Menschen von heute ist es fast unmöglich, sich vorzustellen, wie eine solche Stadt hingegen schimpfen, pfeifen, brüllen, husten, singen, schluchzen, kreischen, flüstern, weinen, fluchen, bellen, lachen konnte... Und schließlich waren da die Exkremente, das, was die Städte heute tief unten in ihrer Kanalisation verbergen, damals jedoch vor aller Augen und Nase lag, auf den Straßen und auf jedem öffentlichen Platz: Exkremente von Maultieren, Pferden, Eseln, Hunden, vor allem aber menschliche Exkremente, die aus den Fenstern gekippt oder aber an Ort und Stelle produziert wurden, wenn jemanden unterwegs ein menschliches Rühren überkam. Mit den großen Regenfällen im Herbst und im Frühjahr wurde die Stadt zweimal im Jahr wieder sauber, aber diese Sauberkeit war nur von kurzer Dauer.

Doch zurück zu Antonia und zu Francesca: Nachdem sie ein Stück Wegs auf der *via granda* zurückgelegt hatten, kamen unsere beiden Frauen auf die Piazza del Duomo, die »Piazza« schlechthin; sie überquerten sie und setzten ihren Weg durch die engen, stinkenden Gassen hinter der *Canonica*, dem Domherren-Palais, fort, bis sie schließlich zu der kleinen Piazza San Quirico gelangten, dem Ziel ihrer Reise: Dort befand sich das Hauptquartier der Novareser Inquisition. Tatsächlich lagen an diesem Platz auf der einen Seite die (damals noch im Bau befindliche) Kirche San Pietro Martire nebst dem Kloster der Dominikaner und auf der anderen das Tribunal des Heiligen Offiziums, das Inquisitionsgericht. Die Piazza San Quirico war sauber und ruhig, viel sauberer und ruhiger als all die Straßen und Plätze, die die Signora Francesca und Antonia hatten passieren müssen, um hierherzukommen, und völlig verlassen. Sogar ein Hund, der in einer Ecke herumschnüffelte, bellte die beiden Frauen nur kurz an und machte sich dann davon.

Das Tribunal des Heiligen Offiziums war ein kleiner, zweistöckiger Palazzo mit einem Portikus zum Platz hin; unter dem Portikus befand sich eine weiße Marmorstatue des heiligen Petrus Martyr; neben dem Eingang erinnerte eine Tafel aus dem gleichen Marmor die Vorbeikommenden daran, daß alles, was sie hier um sich herum sahen – den kleinen Palazzo, die Statue, das Kloster und die im Bau befindliche Kirche –, allein dem Dominikanerpater Domenico Buelli, Professor der Theologie und Inquisitor in Novara, zu verdanken sei, und er war es auch gewesen, der im Jahr des Herrn 1585 diese Tafel hatte anbringen lassen. Als die beiden Frauen sich dem dunklen Holztor mit zwei Bronzelöwen als Türklopfern näherten, bekam Antonia Angst: Sie blieb stehen. Da schob sie die Signora Francesca, die sie am Arm hielt, weiter und sprach ihr aufmunternd zu: »Nun komm schon, nur Mut! Jetzt sind wir endlich da, und nun können wir ja nicht einfach wieder umkehren! Je eher wir hineingehen, desto eher kommen wir auch wieder heraus. Du brauchst keine Angst zu haben!« Sie klopften. Es öffnete ihnen ein bärtiger Bursche mit schielenden Augen, dem Francesca – zwei- oder dreimal, weil sie das Gefühl hatte, daß der junge Kerl nicht verstand, was sie sagte – zu erklären versuchte, wer sie seien und was sie wollten. Er schaute die Signora Francesca an, wie einen Schielende eben anschauen, nämlich von der verkehrten Seite; schließlich, nachdem er sie eine Weile hatte reden lassen, gab er ihr zu verstehen, daß sie warten solle, und kehrte ihr den Rücken. Es erschien ein Pater mit geschorenem Kopf, hager und knochig, um die Fünfzig; das war ebenjener *dominus frater Michael Prinetti, cancellarius,* also der Priester Fra Michael Prinetti, Schreiber des Gerichts, der später in Antonias Prozeß die Protokollakten führen sollte, wobei er jede Seite mit dem Lob Gottes beschloß. Er faßte Antonia am Arm und sagte: »So, du bist also die Antonia aus Zardino! Wir erwarten dich schon seit einem Monat«, und damit schob er sie zu einer Tür, über der ein Kruzifix hing. Die Signora Francesca machte Anstalten mitzugehen, aber der Dominikaner deutete auf eine Bank: »Du bleibst da!«

Antonia erschrak. »Was wird jetzt geschehen? Was werden sie mit mir machen?« sagte sie sich. Doch es geschah nichts. Nach einer Wartezeit, die ihr unendlich lang vorkam, so allein in einem kleinen Raum mit einem Betschemel in der Mitte und einem großen Gemälde von der Geißelung Christi auf der gegenüberliegenden Wand, wurde sie in den oberen Stock gebracht, und zwar von demselben schielenden jungen Kerl, der ihr und der Signora Francesca das Tor geöffnet hatte und jetzt, unter dem Vorwand, sie führen zu müssen, halb unverschämt, halb tölpelhaft an ihr herumtappte. (»Da hört sich doch alles auf!« dachte das Mädchen und rückte, so gut es ging, von ihm ab.) Nachdem sie eine Treppe hinauf und durch einen Vorraum gegangen waren, kamen sie in einen Saal mit Kirchenbänken die Wände entlang und einem Pult in der Mitte, an dem zwei Dominikanermönche saßen: der Cancellarius Prinetti, von dem schon die Rede war, und der Inquisitor Manini. Dieser Raum war der Sitzungssaal, in dem sich das Gericht versammelte, um seine Urteile zu verkünden, und in dem auch Antonia verurteilt werden sollte. Normalerweise diente er nicht dazu, die Verdächtigten oder die Prozeßzeugen zu vernehmen; das geschah vielmehr im Erdgeschoß, in einem eigenen Raum, der auch für die hochnotpeinliche Befragung der Häretiker ausgestattet war; doch aus irgendeinem uns heute unbekannten Grund fand Antonias erstes Verhör eben dort statt.

»Tritt näher«, forderte der Inquisitor sie auf. Und als er sie dann vor sich hatte, richtete er eine erste Frage an sie, auf die Antonia nicht zu antworten wußte: nicht aus Angst oder weil die Frage besonders heikel oder schwierig gewesen wäre, sondern weil sie nicht sicher war, ob sie auch richtig verstanden habe, was der Pater sie gefragt hatte. Sie schaute angstvoll auf Maninis Gesicht und Lippen und fragte sich: »Hab' ich ihn auch richtig verstanden?« Allen erging es am Anfang so. Denn Manini sprach *in linqua*, also hochitalienisch und nicht im Dialekt, und er sprach so, wie heute noch viele Schauspieler auf der Bühne sprechen, dem toskanischen Brauch und den Regeln der guten italienischen Aussprache folgend – die nie die des Po-Tales gewesen ist und schon gar nicht die der Bassa. Er ließ die Laute an- und abschwellen, um seine Worte zu verstärken, und unterstrich sie durch Gesten: Er blickte der Person, an die er sich wandte, mit aufgerissenen Augen ins Gesicht und bewegte seine langen, schmalen Hände in einer Weise, daß die Leute vom Land ihm gebannt zuschauten...

Auch unsere Antonia verharrte zunächst vor dem Inquisitor wie das Kaninchen vor der Schlange: Sie starrte ihn an, ohne eine Antwort herauszubringen. Allmählich jedoch erlangte sie Gewißheit über einige Worte, und andere übersetzte ihr der Cancellarius Prinetti, der bei dieser Art von Vernehmungen oft auch die Funktion eines Dolmetschers ausübte. Und sie begann zu antworten: Sie leugnete ganz entschieden, daß sie eine Hexe sei und daß sie sich je mit dem Teufel beim sogenannten

Sabbat getroffen habe; sie wisse überhaupt nicht, was das sei, dieser Sabbat! Über die drei Bauern, die sie beschuldigt hatten, sagte sie, daß einer davon, der Agostino Cucchi, mit seinem Pachtherrn Bartolo Nidasio verfeindet sei, wegen eines Wasserstreits, der schon seit Ewigkeiten zwischen den Nidasios und den Cucchis andauere; der Falcotto und der Barbero hingegen seien nichts als zwei ganz gewöhnliche Schmutzfinken, die mehrmals versucht hätten, sie unterwegs und auf den Feldern zu belästigen, und das auch noch mit dem Versprechen, ihr »einen Batzen Geld« zu geben, wenn sie mit ihnen ginge; vor allem der Barbero sei, das wüßten alle in Zardino und Umgebung, ein »Mensch mit niederen Lüsten«, ein wahres Schwein; und er habe es auf sie abgesehen, wie vorher schon auf viele andere. Antonia gab zu, daß sie des Nachts vor dem Dorf von denen von der Bruderschaft überrascht worden sei und ihnen nicht mehr habe ausweichen können, »weil sie zu Pferd waren und ich zu Fuß«. Sie gab auch zu, daß sie in der Dunkelheit auf dem Weg zum *dosso dell'albera* gewesen sei und daß sie sich dort heimlich mit ihrem Schatz habe treffen wollen. Doch sie weigerte sich hartnäckig zu sagen, wer dieser Schatz sei, den keiner kannte, und wo er herkomme. Auf die Frage des Inquisitors, ob sie an Gott glaube, erwiderte sie: »Freilich, hochwürdiger Herr, glaube ich daran«; und auf die zusätzliche Frage, an welchen Gott sie denn genau glaube, antwortete sie, man habe sie gelehrt zu glauben »an Gott Vater, Gott Sohn und Gott Heiliger Geist, Amen«. Und sie machte dabei das Kreuzzeichen, und zwar so, daß die Signora Francesca, wenn sie es hätte sehen können, zufrieden und getröstet gewesen wäre. Die Sorge der armen Frau unten in der Halle war nämlich, daß Antonia sich von ihrem Temperament hinreißen lassen könnte: daß sie dem Inquisitor klar und deutlich sagen würde, was sie von Don Teresio und von den Pfarrern im allgemeinen halte. Doch Antonia verhielt sich bei diesem ersten Verhör klug und getreu den Ermahnungen, die man ihr erteilt hatte. Als Manini sie fragte, ob sie zugebe, öffentliches Ärgernis erregt zu haben, indem sie während der Predigt des hochwürdigsten Herrn Bischofs von Novara, Monsignore Carlo Bascapè, gelacht habe, erwiderte sie, daß sie sich beim besten Willen nicht erinnern könne, bei dieser Gelegenheit gelacht zu haben. Sollte es tatsächlich vorgekommen sein – sagte sie –, so sei es bestimmt nicht wegen des Bischofs gewesen, sondern höchstens wegen irgendeiner Albernheit: vielleicht das Wort einer Freundin; die jungen Mädchen, das wisse man doch, lachten wegen nichts und wieder nichts! Und auf den Tanz mit den *lanzi* angesprochen, sagte sie, daß sie ganz ohne ihr Zutun da hineingeraten sei, ohne es recht zu begreifen und ohne überhaupt zu wissen, wer diese *lanzi* waren; die ganze Begegnung habe nur »die Zeit eines Vaterunsers« gedauert, nicht länger – und das sei auch alles gewesen. Was schließlich die von Don Teresio hinterbrachten Behauptungen über die Nutzlosigkeit der Pfarrer betraf, so sagte sie, dabei handle es sich nur um das boshafte Geschwätz der Dorfweiber, die im Winter in den Ställen ihren Klatsch hielten und dann hingingen, um alles brühwarm dem Pfarrer zu erzählen; und daß sie immer an Ostern zur Beichte und Kommunion gegangen sei, jedes Jahr, außer im vergangenen, weil es ihr da von Don Teresio untersagt worden sei. Und alles, was sie gesagt habe, sei die reine Wahrheit.

Während Antonia auf die Fragen des Inquisitors antwortete, wollte sich die Signora Francesca im Erdgeschoß mit einer Näharbeit ablenken, die sie eigens zu diesem Zweck mitgebracht hatte. Aber ein Unbekannter hatte sich neben sie gesetzt, klein und kahlköpfig, mit dunklem Teint und einer Gaunervisage, so daß man wirklich nicht begriff, was so einer bei einem geistlichen Gericht zu schaffen hatte. Er sagte, daß er Taddeo heiße, und benahm sich so, als ob er hier, im Inquisitionsgericht, der Hausherr wäre: Er fragte sie ohne viel Umschweife aus (Wer sie sei? Woher sie komme? Was sie hier mache, beim Heiligen Offizium von Novara?) und fing dann an, ihr Reden zu halten, die weder Hand noch Fuß hatten. Zum Beispiel erzählte er ihr, daß er der Liebling des Inquisitors sei; daß der Inquisitor praktisch auf niemand anderen höre als auf ihn; daß der Inquisitor alles tue, was er ihm sage; daß ein Wort von ihm zur rechten Zeit hier drinnen das Schicksal eines Menschen völlig verändern könne, von so auf so (und dabei drehte er seine Hand, daß statt des Rückens die Fläche nach oben schaute). Francesca gab keine Antwort und versuchte, sich auf ihre Handarbeit zu konzentrieren, aber dieser lästige Mensch machte keinerlei Anstalten, sie in Ruhe zu lassen: Im Gegenteil, er rutschte immer näher zu ihr hin, wurde immer zudringlicher. Er fragte sie – wobei er ihr so nahe kam, daß sie seinen Atem roch: und der duftete bestimmt nicht nach Veilchen oder Rosenwasser! –, ob man auf dem Hof der Nidasios Kapaune züchte; ob sie groß seien; ob man Salami mache; ob man Wein anbaue. Und was das für ein Wein sei: saurer *vino baragiolo* oder was Besseres? Dann spielte er sich als Freund und Beschützer auf und versprach ihr unglaubliche Dinge. (»Ich werde sehen«, sagte er würdevoll, »was sich für Eure Tochter tun läßt, um sie aus diesem Unglück zu befreien, in das sie hineingeraten ist!«) Und schließlich, genau eine Minute bevor Antonia herunterkam und die beiden Frauen sich wieder vor dem Gerichtsgebäude befanden, wieder frei zwischen den Plätzen und Gassen des alten Novara, machte er ihr den ordinären Antrag, auf den die Signora Francesca vom ersten Augenblick an gefaßt gewesen war. (»Ihr gefallt mir, Signora! Wenn Ihr mich in den nächsten Tagen besuchen wollt, dann sage ich Euch, wie das Verhör Eurer Tochter ausgegangen ist!« Er hatte ihr seine Hand aufs Knie gelegt, und sie war hochgesprungen: »Was erdreistet Ihr Euch? Seid Ihr verrückt geworden?«)

22. Kapitel

DER CAMMINANTE

Von Antonias »Schatz«, einem gewissen Gasparo, ist bereits gesagt worden, daß er ein *camminante*, wörtlich ein »Geher« oder »Wanderer«, gewesen sei, und darüber bestehen auch keinerlei Zweifel: Sosehr Antonia sich bis zum letzten Moment weigerte, seinen Namen preiszugeben und ihn in ihren Untergang mit hineinzuziehen, die Geschichte ist dennoch eindeutig.

Die beiden hatten sich ein Jahr vor dem Prozeß, im Frühling 1609, kennengelernt, als Antonia gerade neunzehn Lenze zählte, Gasparo jedoch wesentlich mehr, vielleicht schon dreißig – wer kann es wissen? Schließlich hat es nie ein Melderegister für *camminanti* gegeben. Es war Liebe auf den ersten Blick. Doch bevor ich von ihrer – wie man sehen wird, so kurzen und flüchtigen – Liebe erzähle, muß ich etwas über diese Männer sagen, von denen man jahrhundertelang in der Bassa redete und von denen man heute nur deshalb nicht mehr redet, weil es sie nicht mehr gibt. Sie lediglich als »Vagabunden« oder »Landstreicher« abzutun wäre nicht gerecht.

Der *camminante* war eine spezielle Erscheinung in diesem Teil der Ebene und der Welt, eine – wie soll man sagen? – historische Figur, die jedoch immer auf der Schattenseite der Historie blieb, ganz eingeschlossen in die eigene Gegenwart, in das eigene Ich, in das dumpfe Verlangen nach elementaren Befriedigungen. Und er wäre auch völlig aus der Erinnerung der Menschen verschwunden, hätte uns nicht ein Novareser Schriftsteller der Jahrhundertwende, Massara, ein letztes Zeugnis über »jenen einzigartigen und rätselhaften Menschentyp unserer Gegend« hinterlassen, »den die bildhafte und treffsichere bäuerliche Sprache mit dem Wort *camminante* bezeichnet«. Dabei geht er weiter in die Zeit zurück und forscht im kollektiven Gedächtnis, denn die letzten *camminanti*, die Zeitgenossen Massaras, hatten sich in dem verzweifelten Versuch, sich und ihre Lebensart gegen das Vordringen des Fortschritts, der Elektrizität, der Eisenbahn und der Schulpflicht zu verteidigen, in Banditen und Straßenräuber verwandelt: so wie der mit dem Beinamen *il Biundin*, der Blonde, oder jener andere, den man *il Moret*, den Dunklen, nannte, beide wegen Schießereien, die sie sich in den Reisfeldern und Heuschobern mit den Männern der Polizei (*Giuvana* genannt) geliefert hatten, zur Ehre der überregionalen Presse erhoben. Es waren ungefähr die Jahre, in denen die Brüder Wright ihre ersten Experimente mit Motorflugzeugen unternahmen und Albert Einstein seine Relativitätstheorie entwikkelte. Aber die echten *camminanti* waren keine Banditen, und Massara ruft sie uns nicht ohne Pathos auf einigen Seiten in Erinnerung, die zugleich Heldenlied und Abgesang sind:

»Diese Anarchisten auf dem Lande haben, in gleicher Weise wie die im Käfig geborenen Raubtiere, ihre blutrünstigen Instinkte verloren, sich dabei jedoch das bewahrt, was unbezwingbarer und unzerstörbarer zu sein scheint, nämlich den Haß gegen jegliche Art von Knechtschaft. Und auf dem dunklen Grund dieser rohen Seelen sieht man doch einen Hauch von wilder Poesie aufblitzen, so wie sich im Wasser der fauligen Tümpel bisweilen ein Zipfel des Sternenhimmels spiegelt. [...] Woher kommen sie und wohin gehen sie? Das ist ein Geheimnis für alle und sogar für sie selbst. Manchmal jedoch verleitet sie auch das Leben mit seinen plumpen Verlockungen, und dann tauchen sie unvermittelt in irgendeiner Dorfwirtschaft auf, lassen es sich wohl sein, singen ausgelassen, tanzen sogar mit den lieblichen Dorfschönen und werfen mit vollen Händen das Geld hinaus, das zu besitzen sie verschmähen, sie, die zu fordern gewohnt sind, an jene, die es haben [...] Und da diese *camminanti* es wagen, den Ordnungshütern zu trotzen (die sie, vielleicht wie eine alte, enttäuschte Geliebte, die *Giuvana* [Johanna] nennen), und die Felder durchstreifen und Grundbesitzern wie Pachtbauern ihre Bedingungen stellen, aus einem rasenden Wunsch nach freiem Leben, aus einem Gefühl stolzer Wildheit heraus, ist es nur natürlich, daß die Landbevölkerung sie, bei aller Furcht, bewundert und ihnen aus dieser Bewunderung heraus hilft. [...] Sie gehen und gehen, selten über die Hauptstraßen, öfter auf den Feldwegen, meist aber, aufgrund jener besonderen Symbolkraft, die den Dingen eigen ist, abseits jedes von der knechtischen Menschenherde ausgetretenen Pfades, geheimnisvollen Spuren folgend, deren Meilensteine die Dämme der Reisfelder, die Pappelreihen, die Weiden an den Bächen und die Schleusen der Kanäle sind. Sie gehen und gehen, unter der sengenden Sonne, die das Korn reifen läßt, oder über den harschen, knirschenden Schnee, der die Saatfelder bedeckt, und wenn sie sich irgendwo ausgeruht haben, im Schatten der Maulbeerbäume in der Mittagshitze, im Sternenlicht und unter dem Zirpen der Grillen in den lauen Sommernächten, im Heuschober einsam liegender Gehöfte, und wenn sie gefordert und erhalten haben, was sie brauchen, um ihren Hunger mit den Früchten dieser Erde zu stillen, als deren Besitzer, nicht Diener sie sich empfinden, dann ziehen sie wieder weiter.«

Gasparo Bosi, bei den *camminanti* der Bassa besser unter dem Namen *Tosetto*, der Geschorene, bekannt, begegnete Antonia zum erstenmal an jener *Fonte di Badia*, wo früher einmal die »Mütter« gehaust hatten und wo immer noch in Stein gemeißelt das Rezept stand, nach dem der Mensch geschaffen sei: aus einem Gemisch von »Staub und Welle, Schall und Träne«. Und er war, was die äußere Erscheinung anbelangt, von eher kleiner Statur, dunkelblond, mit grauen Augen zwischen den Schlitzen der Lider und einem runden, bartlosen Spitzbubengesicht. Wie alle Spitzbuben jener Zeit war er auffallend und nicht gerade mit Geschmack gekleidet: weite Ärmel mit gelben und schwarzen Streifen, gelbes Wams und ganz eng anliegende Hosen, die das hervorhoben, was man damals »das Gemächt« nannte; am Gürtel trug er ein großes Messer und einen zweischneidigen Pistoia-Dolch; ein Federhut auf dem Kopf vervollständigte den Aufzug. Wie alle *camminanti* jener Epoche (und die der vorausgegangenen wie die der nachfolgenden) war er eine Romanfigur, nein: er war selbst ein Roman, der auf höchsteigenen Füßen durch die Welt zog und den zu schreiben damals keinem im Traum eingefallen wäre. (Die hatten im siebzehnten Jahrhundert anderes im Kopf, die italienischen Schriftsteller! Große Dinge! Wenn sie sich aber doch einmal zu Kleinigkeiten herabließen, überhöhten sie diese mit mythologischem Pomp: Helikon, Parnaß, Kyllene, das waren die Berge, auf denen sie sich zu tummeln beliebten, ehe sie sich zu den grünen Weiden Arkadiens hinabbegaben; Apollo und die anderen griechischen und römischen Gottheiten waren für sie Gesprächspartner wie ihresgleichen. Doch welcher antike oder moderne Gott hätte es schon vermocht, die *camminanti* in den Himmel der Kunst und der Dichtung zu erheben? Und welcher Poet hätte ein Interesse daran gehabt, sich mit ihnen zu abzugeben?

Gasparo war von Geburt an ein *camminante* gewesen, noch ehe er überhaupt *camminare*, also gehen, konnte: Denn Dichter und *camminante*, das wird man nicht, dazu ist man geboren. Seine Mutter, eine Schankmagd, hatte ihn bis zu seinem zehnten Lebensjahr bei sich behalten und ihn dann seinem Vater – einem Vagabunden namens Artemio, der sich von Zeit zu Zeit bei ihr einstellte, um seine Rechte an Tisch und Bett geltend zu machen – anvertraut, damit er ihn ein wenig in der Welt herumführe und ihn lehre, was zum Leben nötig sei. Doch Artemio hatte sich in den zwei, drei Monaten, die sie beisammen waren, darauf beschränkt, ihm beizubringen, wie man unter der Kirchentür um Almosen bettelt, indem man sich blind oder lahm stellt, und ihm einen abgrundtiefen Abscheu vor jeglicher Arbeit einzuimpfen. Vor allem dieser Punkt hatte ihm am Herzen gelegen. »Die Arbeit ist die letzte Zuflucht der Dummköpfe!« trichterte er dem Sohn ein, während sie auf der Straße gingen. »Sie ist die letzte Hoffnung der Gescheiterten, merk dir das! Halt den Kopf hoch und den Rücken gerade und arbeite nie, unter keinen Umständen, und nicht einmal aus Hunger! Man fängt immer aus Hunger an zu arbeiten, und dann verbringt man den Rest seines Lebens damit, den Rücken krumm zu machen wie alle, die arbeiten. Hast du ihnen nie ins Gesicht gesehen, aus der Nähe? Ich will sie dir zeigen!« Und er führte ihn, wenn sie gerade über Land zogen, mitten auf ein Feld, damit er dem hackenden Bauern ins Gesicht sehen konnte; oder, wenn sie sich in der Stadt befanden, in die Werkstätten, wo die Handwerker ihrer Arbeit nachgingen. Fast rührte es den Alten: »Ach, die Armen! Auch sie sind als Menschen geboren worden, wie wir!« Inspiriert kehrte er auf die Straße zurück. Er hob den Finger: »Ich, dein Vater«, sagte er zu dem Kind, das ihn mit offenem Mund anstarrte, »bin seit über vierzig Jahren auf der Welt, und doch habe ich noch nie gearbeitet, das schwör' ich dir! Auch nicht für eine Minute und um auszuprobieren, was für ein Gefühl das ist! Denk immer an das, was ich dir jetzt gesagt habe, wenn du nicht zum Schandfleck des Geschlechts der Bosi werden willst!«

Eines Tages – sie durchstreiften gerade das Hügelland des Monferrato, jenseits des Po und der Stadt Casale – hatten sie sich in einem Wirtshaus an der Straße den Bauch mit Würsten und Brocken von gekochtem Fleisch vollgeschlagen. Artemio jammerte: »Oje, oje, ist mir schlecht! Wenn ich das nicht auf der Stelle loswerde, geht es in die Hose!« Oben auf dem Hügel war ein großes Pfahlrohrfeld, und der Mann verschwand darin. Es vergingen zehn Minuten, eine Viertelstunde, dann fing Gasparo an, den Vater zu rufen und im Rohrfeld nach ihm zu suchen. Es war niemand da. Hinter dem Hügel sah man andere Hügel und andere Pfahlrohrfelder, soweit das Auge reichte, und der Junge begriff, daß er jetzt völlig allein war. Loszuheulen hätte nichts genutzt: Man mußte *camminare*, weiterwandern. Die Welt ist ein Gewirr von Straßen, und wenn du ihnen folgst, findest du alles: Leben und Tod, Elend und Glück, Tränen und Trost, Abenteuer und Liebe. Er ging wieder zur Straße hinunter, machte sich wieder auf den Weg.

Mit achtzehn Jahren kam Gasparo zum erstenmal in den Hafen von Genua, und dort gelang es einem Mann, den alle wegen seiner vorzeitig weiß gewordenen Haare und seiner unangenehmen, krächzenden Stimme *Crovogianco* nannten (im Genueser Dialekt soviel wie *Corvo bianco*, weißer Rabe), ihn mit Hilfe von Wein und schönen Worten als *buonavoglia* auf einem Schiff anzuwerben, das nach Sardinien auslief. *Buonavoglia* nannte man in der damaligen Zeit die freiwilligen Galeerenruderer; jene armen Schlucker, die sich für Geld anheuern ließen und, wie unser Gasparo, oft gar nicht so freiwillig. »Auf dieser Route weht immer Wind, da wird nie gerudert«, schrie ihm Crovogianco im Lärm der *Osteria del Baglio* (Zum Deckbalken) zu, in der sich zu jeder Tages- und Nachtzeit Diebe und Huren drängten; und dabei paßte er auf, daß ihre beiden Gläser immer voll waren, und sobald Gasparo ausgetrunken hatte, vertauschte er heimlich dessen leeres Glas mit seinem vollen. »Eigentlich verdienst du dir das Geld gar nicht, du stiehlst es dir!« brüllte er ihm ins Ohr. Gemeint war das Handgeld, das Gasparo jedoch nie zu sehen bekam, weil es, noch ehe das Schiff auslief, von einer anderen Hand für ihn kassiert worden war. Er selbst dagegen erwachte aus seinem Rausch erst, als das Festland bereits weit hinter ihm lag, und nun mußte er rudern: gegen alle Ermahnungen seines Vaters Artemio und gegen seine eigenen Prinzipien. Unter Entehrung des ganzen Geschlechts der Bosi! Er ruderte, den Schweiß in den Augen und das Brennen der Peitschenhiebe auf dem Rücken, auf der Überfahrt von Genua nach Sardinien, und dann ruderte er, um wieder zurückzukommen, noch einmal auf zwei anderen Schiffen: von Cagliari bis zur Tibermündung und von der Tibermündung wiederum bis nach Genua. Crovogianco war ein abgefeimter Schurke, ein ausgekochter Gauner, und er hatte seine Vorsichtsmaßregeln getroffen für den Fall, daß ihm einer an den Kragen wollte, aber Gasparo traf ihn von hinten, als er auf der Straße ging, ohne ihm auch nur die Zeit zu lassen, sich umzuschauen; er versetzte ihm einen Messerstich in die Seite, und während der andere noch davonzurennen suchte – »Weh mir, ich bin tot! Beichten! Beichten!« –, stieß er ihm noch einmal das Messer in den Rücken und lief weg; der Crovogianco aber wälzte sich auf dem Schotter wie ein halbabgestochenes Schwein. Gasparo hielt sich ein paar Tage lang versteckt: Doch die Justiz der Republik Genua hatte sich um anderes zu kümmern als darum, nach dem Mörder von Crovogianco zu suchen, und so kehrte unser *camminante* wieder unter die Leute zurück, frei wie die Luft.

Er entdeckte Genua: Er entdeckte die Lust, in einer großen Stadt zu sein, einer Stadt voller Leben, voller Handel und Wandel, voller Wirtshäuser, voller Frauen, die für und auch ohne Geld gefällig waren; in einer Stadt ganz aus Stein, mit Häusern so hoch wie Berge und mit Labyrinthen von Gassen, in denen man sich verirren konnte wie in einem Wald; und er wäre am liebsten für immer in dieser Stadt geblieben. Aber er wurde eines Diebstahls bezichtigt, den er gar nicht begangen hatte, und in Abwesenheit von einem Gericht der Republik dazu verurteilt, daß ihm die rechte Hand abgehackt werde: eine wenig erfreuliche Aussicht, die ihn dazu veranlaßte, den Apennin zu überqueren und ins Piemont zurückzukehren.

Damals war es, daß er anfing, für die Bauern in der Bassa *risaroli* anzuheuern. Jeden Winter wechselte er das Gebiet; er ging in die Alpentäler, drang in die abgelegensten Dörfer vor, die unter meterhohem Schnee begraben lagen und wo die Menschen ausgehungert waren wie die Hechte in den *lame* der Sesia-Auen und der Glanz einer Silbermünze eine schlechthin unwiderstehliche Anziehungskraft ausübte. Ins Val Vigezzo, ins Valsesia, ins Biellese; ins Val Strona oberhalb des Ortasees; ins Val Formazza. Er machte alles ganz legal, genau nach den Vorschriften: mit bestimmten bedruckten Blättern, die man in Novara bei den Schreibern des Palazzo Pubblico kaufen konnte. Und es habe keine Bedeutung, hatte ihm ein Advokat erklärt, daß weder er noch seine Opfer lesen könnten, was darauf geschrieben stehe; es genüge, daß die Blätter vor zwei Zeugen unterschrieben worden seien oder daß zumindest zwei Personen bereit wären zu erklären, sie hätten gesehen, wie sie unterschrieben wurden. Im Winter 1605 war ihm ein außergewöhnlicher Coup geglückt, nämlich sämtliche tauglichen (und kropfbewehrten) Männer eines ganzen Gebirgsdorfes oberhalb von Varallo zu rekrutieren: zweiunddreißig Kropfige! Drei Trupps von *risaroli*! Natürlich hatte sich dieser Glücksfall in den folgenden Jahren nicht wiederholt, aber einen Trupp *risaroli* pro Winter brachte der Tosetto immer auf die Beine, und dann schaffte er es auch noch, sie bis zur Ernte bei der Stange zu halten, und das war vielleicht das schwierigste: Denn viele *risaroli* versuchten davonzulaufen, sobald sie merkten, daß sie anstatt ins versprochene Paradies in die Hölle geraten waren; oder aber sie rebellierten. Er, der Tosetto, hatte sein Abenteuer mit Crovogianco nicht vergessen und suchte sich seine Reisarbeiter Mann für Mann aus: unter den Verzweifelten, den Bresthaften, denen, die vom Leben nichts mehr erwarteten, den hoffnungslos Unglücklichen – und an denen hat auf dieser Welt noch nie Mangel geherrscht, geschweige denn im siebzehnten Jahrhundert! Er war ein richtiger Spitzbube geworden: flink wie ein Wiesel und mitleidlos, wie es das Milieu und die Epoche, in denen zu leben ihm bestimmt war, verlangten. Jedes Frühjahr kehrte er in die Bassa zurück, in die Dörfer, wo ihn inzwischen jeder kannte: nach Borgo Vercelli, nach Cameriano, nach Casalino, nach Orfengo. Ein gutes Stück den Sesia hinauf und hinunter war der Tosetto ein geachteter *camminante*, sei es als Kapo der *risaroli* oder als Wasserwächter der Grundbesitzer, die ihn für seinen Dienst bezahlten; und er versah diesen Dienst in der Weise, daß er von Dorf zu Dorf, von Osteria zu Osteria ging und verlauten ließ, dieses oder jenes Wasser sei »das seine« und im Falle eines Diebstahls könne der Dieb auf dem Heimweg die eigenen Eingeweide in der Hand tragen und einzeln nachzählen. Wie jeder echte *camminante* lebte er wild: Er hatte keine festen Schlafplätze, keinerlei feste Gewohnheiten, keine Freunde. Er brachte seine Zeit in den Wirtshäusern beim Kartenspielen oder Scheibenschießen zu, und außerdem bandelte er mit sämtlichen Weibern an, die ihm über den Weg liefen, sie mochten sein, wie sie wollten: schön oder häßlich, jung oder alt, jungfräulich oder verheiratet; die Erfahrung hatte ihn gelehrt, daß irgend etwas immer dabei heraussprang. (Er pflegte zu sagen: »Bei den Weibern ist es wie beim Schwein: man wirft nichts weg!«) Darüber hinaus genoß er (oder bildete sich dies zumindest ein) das Exklusivrecht bei einer Witwe Demaggi in Novara, rothaarig und wohlgeformt, die ihm die Tür öffnete, wann immer sie ihn mitten in der Nacht klopfen hörte, und ihn nie etwas fragte, weder woher er komme noch wie lange er bleibe. Sie wußte ja ohnehin, daß er mit dem ersten Morgenlicht wieder verschwunden sein würde, ohne sich von ihr verabschiedet, ja ohne sie überhaupt geweckt zu haben! Sie würden zusammen einschlafen, und dann würde sie allein aufwachen, wie alle Tage…

Das also war der Mann, oder dessen Roman, der sich im Frühling Anno Domini 1609 bei der *Fonte di Badia* an Antonia heranmachte: mit seinem Federhut, seinem Pistoia-Dolch im Gürtel, seinem zur Schau gestellten Gemächt... Und wer weiß, was Antonia an ihm sah oder zu sehen glaubte; wer weiß, was er zu ihr sagte! Natürlich verwahrte sie sich gegen sein Ansinnen, aber irgend etwas mußte in diesen wenigen Minuten geschehen sein, etwas, das sie an diesem Tag immer und immer wieder an den *camminante* denken ließ, den sie beim Quellbrunnen getroffen hatte. Die Anziehungskraft unter den Menschen folgt, wie man weiß, ihren eigenen, höchst unlogischen Gesetzen, die jedoch nicht immer verkehrt sein müssen. Auf diese erste, ganz kurze Begegnung folgte am nächsten Tag, auf derselben Straße, eine zweite, und dann noch eine: Und bei dieser gingen Antonia und der Tosetto zum erstenmal zusammen ins Gehölz. Dann trafen sie sich nachts: als in der Bassa inzwischen der Sommer brütete und die Reisfelder zu dampfenden Sümpfen geworden waren, von denen Millionen von Mücken ausschwärmten und sich weit weg inmitten der Felder verloren oder aber sich zusammenfanden, sich über die Bäume erhoben, Insektenwolken bildeten, die man weithin sehen konnte... Schauplatz dieser nächtlichen Stelldicheins war – wie bereits erwähnt – fast immer der *dosso dell'albera*, und von dort kehrte Gasparo dann zu seinen »Wassern« zurück, zu seinen Dörfern im anderen Teil der Bassa, zu seinen ständigen Geschäften... In manchen Nächten jedoch blieben sie bis zum Morgengrauen dort oben, engumschlungen unter dem Kastanienbaum, und wenn dann der Himmel im Osten anfing hell zu werden, lief Antonia fort: gerade noch rechtzeitig, um nicht den Trupps der *risaroli* zu begegnen, die sich traurig ihrer täglichen Mühsal entgegenschleppten.

Unter der großen Kastanie gab es keine Stechmücken, und Gasparo erzählte Antonia von so vielen Dingen: vom Meer, das sie noch nie gesehen hatte und sich vorzustellen versuchte. (»Denk an den Himmel«, sagte Gasparo zu ihr. »Das Meer ist wie ein umgekehrter Himmel, eine unendliche, lebendige Wasserfläche mit Inseln darin: zum Beispiel die Insel Montecristo oder die Insel Capraia... Alles um die Inseln herum ist Meer, so wie alles um die Wolken herum Himmel ist. Das Meer hat nach keiner Seite hin ein Ende: Es endet nie!«) Oder er erzählte ihr von Sardinien, das in Gasparos Erinnerung märchenhafte und schreckliche Gegenden aufwies, voller Windmühlen, Briganten, sprechender Felsen, Höhlen, voller seltsamer Erscheinungen. Vor allem aber erzählte er ihr vom großen Genua, der Stadt, fern wie ein Trugbild, verworren und undurchschaubar wie ein Traum: wo man allen Rassen dieser Erde begegne und wo es Palazzi aus Stein gebe – sagte der *camminante* –, die so hoch seien wie hier die Berge von Sizzano oder von Ghemme; und zu einer bestimmten Stunde am Abend gingen die Leute zur Seepromenade, um die Damen und die adeligen Herrschaften zu bestaunen, die in ihren Kutschen vorbeiführen... wo man alles, was es auf der Welt gibt, kaufe und verkaufe und wo die Menschen von einem Tag auf den anderen verschwinden könnten, einfach so, wie ein Stein, der in einen Teich fällt, ohne daß sich irgendwer noch um sie scheren würde. Antonia hörte ihm zu. Sie hielt ihren Kopf an seine Schulter gelehnt und betrachtete die Sterne am Himmel; manchmal ließ ein Knacken, ein Rascheln sie hochfahren: »Da ist jemand! In diesen Büschen, da unten. Ich hab' etwas gehört!« Dann zuckte er die Schultern: »Was kümmert das uns!« Er schlug sich mit der Hand auf die Hüfte, dort, wo der Pistoia-Dolch steckte. Und mit lauter Stimme sagte er großspurig: »Wenn ich bei dir bin, kannst du ganz ruhig sein!« Er brüstete sich: »Ich fürchte mich vor nichts und niemandem! Ich würde geradewegs in die Hölle gehen, wenn es sein müßte! Ich nähm' es sogar mit dem Teufel auf! Traust du mir das nicht zu?«

»Das würdest du für mich tun?« fragte Antonia.

»Natürlich! Für wen sollte ich es denn sonst tun?«

Er machte ihr große Versprechungen: daß er sie heiraten wolle, mit ihr nach Genua ziehen, dort unten, wo das Meer sei. »Gib mir noch zwei Winter Zeit«, sagte er zu ihr. »Ich will versuchen, so viele Scudi zusammenzubringen, wie man braucht, um ein Haus zu kaufen. Und wenn mir das nicht gelingt, dann macht es auch nichts, dann ziehen wir trotzdem dorthin: Ich verdinge mich da unten als Bravo bei einem Signore, zieh' seine Livree an, und du suchst dir auch eine Arbeit, als Kleiderfrau oder als Kammerzofe...« Er schwieg ein wenig, dann fügte er hinzu: »Ich für mein Teil kann es gar nicht erwarten, dahin zurückzukommen! Ich hab' genug davon, den *camminante* zu spielen, immer herumzulaufen und arme Schlucker übers Ohr zu hauen und auf den Reisfeldern krepieren zu lassen.«

Natürlich war das alles gelogen, denn Gasparo hatte nicht die geringste Absicht, nach Genua zurückzukehren, um sich die rechte Hand abhacken zu lassen und den Kopf vielleicht noch dazu; er war sehr zufrieden mit dem Leben, das er führte, und über das Leiden der *risaroli* machte er sich nicht mehr Gedanken als über eine Fliege oder über einen Stein. Das war alles nur so dahingesagt, Dinge, die der Tosetto eben Mädchen wie Antonia erzählte. Den Witwen und den Schankmägden machte er dagegen Versprechungen anderer Art: Kleider, Schmuck... Was schließlich den Dienst bei einem Signore anbelangte, so war diese Lüge so ungeheuerlich, daß er, als er sie von seiner eigenen Stimme hörte, selbst darüber verblüfft war: Eine Livree! Eine Livree für einen *camminante*! So etwas hatte er bis zu diesem Augenblick nicht nur noch nie gesagt, sondern noch nicht einmal gedacht. Ein *camminante* war schließlich kein spanischer *pícaro*, daß er seinen Status und seine Lebensumstände nach Belieben ändern konnte: heute Bettler oder Brigant und morgen vielleicht Günstling eines Fürsten. Ein *camminante* war ein *camminante*, und damit basta. Antonia jedoch schwieg: Sie saß da, reglos, im Dunklen, mit offenen Augen; und wer weiß, ob sie diesen Reden überhaupt zuhörte, wer weiß, ob sie ihnen Glauben schenkte... Bestimmt aber gefiel es ihr, so dazusitzen und ihren Träumen nachzuhängen; es gefiel ihr, sich unbekannte Dinge vorzustellen, anders als alles, was sie bisher gesehen hatte. Wenn sie etwas sagte, dann nur, um nach Einzelheiten zu fragen: Wie die Schiffe von innen aussähen, die von einem Land zum andern übers Meer führen. Und in den hohen Steinhäusern, sei er da selbst drin gewesen? Und diese Damen, die sich abends auf der Promenade zeigten, wie waren die angezogen? Von wem wurden sie begleitet? Waren sie schön?

Anfang August war es, daß der Tosetto bei den Stelldicheins mit Antonia auszubleiben begann: Sie ging zum Kastanienbaum, wartete auf ihn, und wenn er dann nicht kam, machte sie sich auf, um ihm entgegenzugehen, stieß dabei jedoch auf die Christlichen Brüder mit ihren Fackeln, von denen sie, rot vor Scham und zitternd vor Wut, ins Haus der Nidasios zurückgebracht wurde... Tags darauf entschuldigte sich Gasparo: »Es tut mir leid! Ich mußte zu den Schleusen bei dem und dem Graben!« Oder auch: »Mir sind zwei *risaroli* weggelaufen, und ich hab' sie wieder einfangen müssen!« Doch man merkte an seinem Gesicht, daß er log und daß Antonia anfing, ihm lästig zu werden: Was wollte sie eigentlich? Sie hatte ihr Maß an Versprechungen bekommen, ihr Sommerabenteuer, ihr Geplauder. Schließlich war sie ja nicht so dumm, wirklich zu glauben, sie könnte einen *camminante* heiraten! Sie sahen einander eine Weile nicht; dann suchte er wieder nach ihr und war zärtlich wie in der ersten Zeit: Er brachte ihr kleine Geschenke mit, erzählte ihr Geschichten, die weder Hand noch Fuß hatten, von schrecklichen Widrigkeiten, die er gerade in diesen Tagen habe überwinden, von Verfolgern, die er habe in die Flucht schlagen müssen... Er erneuerte die bereits gemachten Versprechungen, ja erweiterte sie noch, bereicherte sie mit Einzelheiten. Er zeigte sich erstaunt und gekränkt, wenn sie schmollte: Er, das Opfer der gemeinsten Verschwörungen von Menschen und Schicksalsmächten, konnte nicht einmal bei seiner Liebsten Verständnis und Beistand finden! Manchmal bedauerte er sich selbst, sagte zu sich: »Das geschieht dir ganz recht, Gasparo! Das hast du dir selbst eingebrockt!« Sie verbrachten die Nacht unterm Kastanienbaum, und dann fing alles wieder von vorn an – die Lügen, das Ausbleiben, Antonias Zusammentreffen mit den Christlichen Brüdern –, bis Gasparo ihr eines Abends Ende Oktober eröffnete, daß er fortgehe und erst im nächsten Frühjahr wiederkomme; er bat sie, auf ihn zu warten. Im Gegensatz zu sonst war er traurig und überhaupt nicht zu Prahlereien aufgelegt. Er sagte zu Antonia, daß er dieses Vagabundenleben leid sei, und er bat sie um Verzeihung, daß er sich noch nicht bei den Nidasios gezeigt und um ihre Hand angehalten habe. Er werde es im nächsten Frühling bestimmt tun – lautete sein letztes Versprechen! Er wischte sich eine Träne ab: Und wer weiß, vielleicht war er in diesem Augenblick sogar aufrichtig...

23. Kapitel

DIE BEIDEN INQUISITOREN

Die Nachricht, die ihn am 21. Mai, einem Freitag, über einen Domherrn erreichte, daß der Bischof Bascapè darauf verzichtet habe, den in Rom für die ersten Novembertage Anno Domini 1610 vorgesehenen Feierlichkeiten zur Heiligsprechung seines Lehrers und Seelenführers Karl Borromäus beizuwohnen, und sich statt dessen bereits auf dem Weg zurück nach Novara befinde, war sicherlich nicht dazu angetan, den Inquisitor Manini zu erfreuen. Vielmehr bestand seine erste Reaktion in einer heftigen Aufwallung von Unmut. Gab es denn kein Mittel – dachte er –, diesen... heiligen Mann dazu zu bringen, daß er endlich aufhörte, diejenigen zu behindern, die das Unglück hatten, in seiner Nähe zu weilen: ihnen auf die Füße zu treten, ihnen Knüppel zwischen die Beine zu werfen und sich immer und überall so zu verhalten, daß er im Mittelpunkt der Aufmerksamkeit stand und nicht die anderen. »Wenn er jetzt zurückkommt, dann fahr hin, Prozeß«, sagte er zu sich selbst.

Die Dinge lagen folgendermaßen: Bascapè war im vergangenen Herbst nach Rom aufgebrochen, um den Heiligsprechungsprozeß des seligen Karl voranzutreiben, der nicht durch formale Probleme, sondern durch abweichende Lehrmeinungen blockiert wurde. Er war bereit gewesen, eine Schlacht zu liefern – und was für eine Schlacht! – für jene voranmarschierende und kämpfende Kirche, die einst die Kirche Karl Borromäus' gewesen war und nun die seine: gegen die scheinheilige und auf der

Stelle tretende Kirche dieses Roms und dieser Päpste und dieser Jahre... Statt dessen hatte man ihn in den wenigen Monaten, die er in der Ewigen Stadt weilte, wissen lassen, daß der selige Karl binnen kurzem, ja in allerkürzester Zeit, ja eigentlich sogleich heiliggesprochen werden könne: Und seine Schlacht war zu Ende gewesen, noch ehe sie begonnen hatte. Von einem Tag auf den andern hatte ein Wort aus dem päpstlichen Palast die Akte des Karl Borromäus mit einem Satz vor die anderer angehender Heiliger gerückt, die beliebter waren als jener und auch schon länger tot: vor die eines Ignatius von Loyola, eines Franz Xaver und anderer mehr. Doch anstatt sich darüber zu freuen, hatte dieser Gottesnarr Bascapè seinen Hut genommen und war jetzt auf der Rückreise nach Novara: Wo er, darauf konnte man Gift nehmen, wieder anfangen würde, mit seinen Reisen die ganze Diözese unsicher zu machen und anderen ihre Pläne zu vereiteln, angefangen hier, beim Heiligen Offizium und beim Prozeß gegen diese Antonia... Was blieb angesichts dieser Umstände zu tun? Manini beriet sich mit einigen seiner Koadjutoren und auch mit Richtern seines Tribunals. Die Antwort war einstimmig. Bischof hin oder her – sagten die Befragten –, der Prozeß gegen die Hexe von Zardino, der sich bereits so trefflich angelassen habe, müsse auf die gebührendste und feierlichste Weise zu Ende geführt werden. Die Zeiten seien längst reif dafür, daß das Tribunal des Heiligen Offiziums von Novara wieder anfange, seine Eigenständigkeit gegenüber der bischöflichen Kurie und jedweder anderen kirchlichen Randbastion zu demonstrieren. Im übrigen sei der Prozeß rechtens, sein Ausgang sicher: Warum also noch zögern? Man müsse sich beeilen: Die Angeklagte sei zu verhaften, zu verhören und, falls es sich als notwendig erweisen sollte, der Tortur zu unterwerfen, um sie zum Eingeständnis ihrer Schuld zu bringen. Sei das Geständnis der Hexe erst einmal protokolliert und das Gericht zusammengetreten, könne niemand mehr das Urteil abändern, nicht einmal der Bischof: Denn das hieße, daß das ganze Verfahren noch einmal aufgerollt und über einen Angeklagten zweimal wegen ein und desselben Verbrechens geurteilt werden müßte, etwas, das normalerweise nicht zulässig sei, weder nach kirchlichem noch nach weltlichem Recht. Wenn der Inquisitor von der Sache ebenso überzeugt sei wie seine Helfer und der Heilige Geist ihm seinen Beistand nicht verweigere, dann könne der Prozeß in angemessen kurzer Frist abgeschlossen werden. In einem Monat, höchstens in zweien...

Um die Befürchtungen des Inquisitors und auch die wahre Bedeutung, die der Prozeß gegen die »Hexe von Zardino« für den hatte, der ihn führte, besser zu verstehen, muß man in unserer Geschichte jedoch einen Schritt zurückgehen und noch ein paar Dinge über das Heilige Offizium von Novara nachtragen sowie über die Dominikaner, deren Aktivität als Inquisitoren seit der Ankunft des Bischofs Bascapè etwa fünfzehn Jahre hindurch behindert worden und fast völlig auf das bischöfliche Tribunal übergegangen war. Vor allem aber muß man ausführlicher auf eine Persönlichkeit zurückkommen, die 1610 zwar bereits seit einigen Jahren verstorben war, deren Schatten sich jedoch immer noch über Novara breitete, über den Bischof Bascapè, über Antonias Prozeß und wer weiß über wieviel anderes noch. Dieser nicht gerächte und nicht beschwichtigte Schatten war der des Inquisitors Domenico Buelli, Maninis Vorgänger, von dem wir bereits Gelegenheit hatten zu berichten, daß er seinen Namen voller Stolz auf einer Tafel an der Piazza San Quirico in Novara verewigt hatte, um die Nachwelt stets zu erinnern: »All das, was euer Auge hier erblickt, ist mein Werk!« Wie der lateinische Dichter Horaz davon überzeugt war – und es niederschrieb –, daß er nicht gänzlich werde sterben müssen, da er sich ein Denkmal aus Worten errichtet habe, zerbrechlich zwar, doch dazu bestimmt, die kommenden Jahrhunderte und Jahrtausende zu überdauern, dachte auch der Inquisitor Buelli zu seiner Zeit, er habe für die Nachwelt gewirkt und sein Werk würde lange und voll Dankbarkeit in Erinnerung gehalten. Er irrte sich.

Zu seinen Lebzeiten war Fra Domenico Buelli aus Arona, Professor der Theologie, Inquisitor des Heiligen Offiziums und Dominikanerprior in Novara, ein wahres Prachtbild von Klosterbruder gewesen, feist und untersetzt, kahlköpfig und robust: unnachgiebig, wie es sein Amt erforderte und auch noch darüber hinaus, ehrgeizig, wie es einem Mann zukam, der einen der Väter der katholischen Gegenreformation zum Freund und Lehrer gehabt hatte, nämlich den Kardinal Antonio Ghisleri, welcher, unter dem Namen Pius V. Papst geworden, ihn auch danach begünstigte und sogar in seinen Schwächen bestärkte, vor allem in seinem Größenwahn. Diese ein bißchen unbesonnene Großmannssucht, die Buelli dazu verleitet hatte, Novara – jenseits jeder wirklichen Notwendigkeit, bloß für die Nachwelt! – mit einer der mächtigsten Inquisitionsmaschinerien Norditaliens auszustatten: mit einem Gerichts- und Kanzleigebäude, einer Klosterkaserne der Dominikaner und einer eigenen Kirche: eine Zitadelle des Glaubens, deren Zentrum, wie wir gesehen haben, ein nach dem heiligen Quiricus benannter Platz bildete. Von diesem kleinen Reich des Buelli, erbaut mit der Hilfe eines Papstes sowie dem Schweiß und dem Eifer dessen, der darin herrschen sollte, sind im heutigen Novara nur noch wenige Spuren vorhanden: Die Piazza San Quirico existiert nicht mehr, so wie es auch den Palazzo des Tribunals und das Dominikanerkloster nicht mehr gibt. An ihrer Stelle befindet sich jetzt ein dem sardischen Kommunisten Antonio Gramsci gewidmeter Platz, der bei den Novaresen des zwanzigsten Jahrhunderts jedoch unter seinem älteren Namen Piazza del Rosario besser bekannt ist. Auch die zum Teil veränderte, zum Teil aber auch noch ursprünglich erhaltene Kirche hat ihren Namenspatron gewechselt, vom heiligen Petrus Martyr zur *Madonna del Rosario*, der Rosenkranzmadonna. So daß von Buellis Werk und von seinem Namen in unserer Zeit nichts geblieben ist, nicht einmal die Erinnerung! In jener Vergangenheit jedoch, die ihm gehörte, hatte sich Buelli sein eigenes Reich errichtet, seinen Namen auf einer Steintafel verewigt und sich – verdientermaßen – darauf eingerichtet, in diesem Reich zu regieren. Doch ihm widerfuhr etwas, das den Menschen nicht selten widerfährt, wenn sie ihren Lebenstraum verwirklicht wähnen: Dann kommt etwas Unvorhergesehenes und hindert sie daran, ihn zu genießen, macht ihn zunichte und läßt sie verzweifelt und verbittert aus dieser Welt scheiden.

Dieses Etwas war für Buelli die Ankunft eines Bischofs in Novara gewesen, der schon von der äußeren Erscheinung her seinen Gegentyp verkörperte: So robust, sanguinisch, vital und energiegeladen er selbst war, so bleich und hager und von allen möglichen Gebrechen des Leibes und der Seele geplagt der andere. »Der macht es nicht lang«, dachte Buelli, wie alle: Doch der arme Tropf ahnte nicht, daß im Gegenteil er es sein sollte, der es nicht mehr lange machte. Bascapè war nach Novara gekommen mit dem Vorsatz, seine eigene Kirche innerhalb der Kirche zu errichten, um die Welt von da aus zu verändern. Und man stelle sich vor, daß er es hätte tolerieren sollen, wenn ein anderer sie an seiner Stelle veränderte, nach dessen Ideen und nicht nach denen des Bischofs! Man stelle sich vor, daß ausgerechnet er den Kampf gegen die Ketzerei anderen hätte überlassen sollen! Nein, gegen jenes Einsickern des Protestantismus in die Alpentäler, das von fern und auf die formalste und bürokratischste Weise zu bekämpfen Buelli sich eingerichtet hatte, zog Bascapè in höchsteigener Person aus, direkt an den Ort des Geschehens: »über steile, felsige und gefährliche Pfade, so saß der gute Bischof sich mit den Händen festklammern oder sich auf einem eigens dafür gezimmerten rohen Gestell tragen lassen mußte, und manchmal mußte er auch Leute ausschicken, um das Wasser der Gießbäche zu stauen, auf daß er sie durchwaten könne, und so überquerte er mit allem Ungemach sogar die Firne« – das jedenfalls berichtet einer seiner Biographen. Doch damit nicht genug: Er befahl seinen Pfarrern, jeden Verdacht auf Ketzerei unmittelbar ihm und dem bischöflichen Tribunal anzuzeigen; der Bischof sei – erklärte er in einem Hirtenbrief – von alters her der allein rechtmäßige Inquisitor und die Dominikaner bloße Amtsgehilfen, die der Bischof nach Belieben heranziehen könne oder nicht. Außerdem bekräftigte er – aber das hat mit Antonias Geschichte kaum mehr etwas zu tun –, das angestammte Recht der Bischöfe von Novara, auf ihrem Territorium zu Orta auch die weltliche Rechtsprechung auszuüben sowie völlig selbständig, ohne Einmischung irgendwelcher staatlichen Gerichte, über jede Streitfrage zu befinden, in die Personen oder Sachen der Kirche involviert waren. Womit er das Fundament zu einem dauerhaften und unversöhnlichen Konflikt mit dem Stadtvogt von Novara legte, mit dem Gouverneur und dem Senat von Mailand, mit dem König von Spanien, mit der Welt.

Der arme Buelli raste vor Wut. Er eilte nach Rom, um die oberste Behörde des Heiligen Offiziums anzurufen und sich persönlich an den Kardinal Bellarmin zu wenden, der sein neuer Protektor war: Er schrie, weinte, stampfte mit den Füßen und ballte die Fäuste; und er redete so viel und regte sich so sehr auf, daß er, nach Novara zurückgekehrt, schließlich im Jahr des Herrn 1603 an gebrochenem Herzen, sprich: am Herzinfarkt, starb. Ganz plötzlich, nach dem, was die Chroniken berichten: Eines Morgens, er hatte soeben sein Frühstück beendet, erhob er sich und riß den Mund auf, als ob er wer weiß was schreien wollte, aber er schrie nichts; er lief blau an, stürzte zu Boden, und nachdem er noch ein letztes Mal die Faust geballt, noch ein letztes Mal zu einem Fußtritt angesetzt hatte, hauchte er seine Seele aus. Er bekam ein wunderschönes Requiem, vom Bischof persönlich zelebriert und mit sämtlichen weltlichen und kirchlichen Würdenträgern in der ersten Reihe, die ihm das *De profundis* sangen. Doch sein Tod – das begriff man später – war nicht umsonst gewesen: Denn gerade diesem und auch den guten Diensten des Kardinals Bellarmin war es zu verdanken, daß die Schwierigkeiten des Heiligen Offiziums von Novara endlich dem Papst zu Ohren kamen. Clemens VIII. hatte, wie bereits gesagt, wenig oder gar nichts übrig für Bascapè, dagegen viel – sehr viel! – für die Dominikaner. Unter seinem Pontifikat, und danach unter dem seines Nachfolgers, Pauls V., erlebte die Inquisition ihre größten und schrecklichsten Tage: die des Scheiterhaufens für Giordano Bruno und des Interdikts gegen Venedig. Von einem Tag auf den andern begann dem armen Bascapè Unangenehmes zu widerfahren, und das nicht zu knapp: Zunächst gab man ihn mit der Reliquien-Affäre des Cavagna der Lächerlichkeit preis; dann stießen die Beschwerden zahlreicher Novaresen, die nicht die geringste Lust zur zwangsweisen Heiligkeit verspürten und sogar einen eigenen »Sprecher« beauftragt hatten, der in Mailand und Rom die Eingaben derer vertreten sollte, die die Abberufung des verrückten Bischofs und die Wiederherstellung der alten Ruhe in Novara forderten, in beiden Städten wie auch im Papstpalast auf offene Ohren. Es wurden periodische Inspektionen der Diözese Novara verfügt: Zunächst wurde der Bischof von Como und später der Kardinal Piatti sowie der Kardinal Gallo von Clemens VIII. beauftragt, das Wirken des Bischofs Bascapè zu überwachen. Der »lebende Leichnam« beruhigte sich etwas, und Buellis Nachfolger, Manini, dachte, daß jetzt vielleicht der Augenblick gekommen sei, einen aufsehenerregenden Prozeß durchzuziehen, auf den der Bischof keinerlei Einfluß nehmen könne: um so die Erinnerung an seinen Vorgänger zu erneuern und den Sieg eines universalen Organs der Kirche über die selbstherrlichen Bestrebungen eines

Provinzbischofs öffentlich und greifbar zu demonstrieren. Es galt, die von Buelli errichtete Zitadelle des Glaubens neu zu bewehren, auf daß der Teufel sich endlich hierher, auf die Piazza San Quirico, bequemen müsse, um sich im Kampf gegen seinen stärksten und gefürchtetsten Feind die Hörner abzustoßen, anstatt weiterhin leichtes Spiel gegen jene Eindringlinge und Pfuscher von Kanonikern zu haben – einen Seneca, einen Settala und andere –, die der Bischof von mal zu mal zu seinen Inquisitoren ernannte, ohne daß sie über die notwendige Kompetenz und Fähigkeit verfügt hätten! Es war an der Zeit, daß diese Epoche der kanonischen Störenfriede zu Ende ging und man in der christlichen Welt endlich wieder vom Heiligen Offizium in Novara reden hörte! Die Anzeige Don Teresios gegen die »Hexe von Zardino« war also in diesem besonderen Moment unserer Geschichte gekommen, als Bascapè in Rom weilte, um sich um die Heiligsprechung des seligen Karl zu kümmern; und der Fall, der sich daraus entwickelte, war zwar ein gewöhnlicher Hexenprozeß, aber für Manini persönlich und für das Inquisitionsgericht von Novara auch noch etwas mehr: Es war der rechte Fall im rechten Moment, von der göttlichen Vorsehung geschickt und unverzichtbar. Eine Wiedergutmachung für die Vergangenheit und ein Versprechen für die Zukunft. Ein sicheres Zeichen dafür, daß sich in Novara und in der Novareser Kirche schon vieles geändert hatte oder doch im Begriff stand, sich zu ändern...

Vom Inquisitor Manini haben wir noch nicht erwähnt, daß er ein Mann von hohem, schlankem Wuchs und blasser Hautfarbe war, eine angenehme Erscheinung; elegant in seinen Gesten wie in seinem enggeschnittenen schwarzweißen Mönchshabit aus leichtem Wollstoff, der bei jeder seiner Bewegungen leise raschelte. Seine Hände mit den schlanken Fingern waren äußerst gepflegt; seine Redeweise, gekünstelt in der Aussprache und gesucht in der Wahl der Worte und der Bilder, entsprach der der großen Prediger jener Epoche, in welcher die Kirchen noch Theater waren und man sie auch aufsuchte, um zu weinen, zu lachen, zu staunen, um jene starken Emotionen und jene Freude am Spektakel zu empfinden, die das Theater vermittelt, wenn es das echte Leben auf die Bühne bringt. Manini selbst hatte im übrigen auf diese Weise seine Berufung entdeckt, als er mit achtzehn Jahren die Fastenpredigten eines Dominikanerpaters in Novara hörte: Er hatte den unwiderstehlichen Drang verspürt, auch Prediger zu werden. Er war Mönch geworden, war nach Rom gegangen, um Theologie zu studieren, und hatte dann auch noch einen speziellen Kurs in der Redekunst absolviert. Er hatte von den großen Kathedralen, den großen Kanzeln geträumt, von der großen Menge unter den großen Kanzeln, mit den Großen der Welt, die im Halbdunkel in der ersten Reihe saßen – und oben *er*, der sie allein mit der Waffe des Worts gefesselt hielt: Er verwirrte sie, er erschreckte sie, er vernichtete sie, und dann gab er sie der Hoffnung, der Reue, dem Gottvertrauen zurück... Das Schicksal hatte ihm diese Träume jedoch nicht erfüllen wollen; genauer gesagt waren es seine Oberen, die sein Leben zu anderen Zielen lenkten und auf andere Eigenschaften bei ihm setzten, die auch einen guten Inquisitor aus ihm machten: allen voran die Klugheit, die Vorsicht, die Diplomatie; seine Fähigkeit, Geschäfte, auch schwierige, abzuwickeln, ohne daß ihm die geringste Unachtsamkeit unterlief. Mit erst vierzig Jahren war Manini zum Inquisitor eines Platzes wie Novara ernannt worden, der – nicht zu Unrecht – als schwierig galt; und von da an waren die großen Kathedralen endgültig aus seinen Träumen verschwunden, um anderen Kanzeln Platz zu machen: denen der Tribunale in den großen Städten.

Zwei andere Dinge wissen wir noch von Manini: daß er die Wirklichkeit nicht für wirklich hielt (»Die Wirklichkeit«, pflegte unser Inquisitor zu sagen, wobei er die schmalen Hände bewegte und mit seinen graublauen

Augen seinem Zuhörer ins Gesicht starrte, »die Wirklichkeit für sich allein existiert nicht, sofern sie nicht vom Hauch der göttlichen Gnade belebt wird; sie ist nur eine Illusion, eine falsche Wahrnehmung, die der Tod hinwegfegen wird«) und daß er besessen war von Idee und Praxis der Keuschheit, der er gleichsam übernatürliche Kräfte zuschrieb und der er das einzige (allerdings unveröffentlicht gebliebene) Werk, das man von ihm kennt, gewidmet hat. Dieses Manuskript trägt auf dem Titelblatt das Datum 1618 und ist auch heute noch in einem römischen Archiv vorhanden und zugänglich. Für den Leser des zwanzigsten Jahrhunderts hat es zumindest den einen Vorzug, daß es kurz ist: Es besteht aus zwei Teilen zu je sechs Kapiteln und umfaßt insgesamt achtzig beschriebene Seiten: ein schmales Werk, verglichen mit dem größten Teil der ungedruckten Traktate, die das schreibwütigste Jahrhundert vor dem unsrigen, das siebzehnte, auf seine Nachfahren abzuladen suchte und die aus der Welt zu schaffen weder Würmern noch Katastrophen gelungen ist. Doch von einem Meister der Eleganz, wie es Manini war, konnte man sich nichts anderes als solch ein Werk erwarten. Elegant bis in den Titel: *De Remedio et Purga haereticorum libri XII*, dazu der brave Untertitel in der Volkssprache: »Über das Gegen- und Läuterungsmittel wider die Ketzer, zwölf Bücher«, verfaßt von Fra Gregorio Manini aus Gozzano, »*Sanctae Theologiae professor et Inquisitor Novariae*«, der heiligen Theologie Professor und Inquisitor von Novara. Die Grundthese der Abhandlung sowie das spezifisch Neue gegenüber der gesamten vorausgehenden Traktatliteratur liegt in der Einleitung: »*Haeresis*«, schreibt Manini schon in den ersten Zeilen des ersten Kapitels, »*potest expurgari, vel etiam impediri*«: »Die Ketzerei kann ausgetrieben werden, doch kann man ihr auch zuvorkommen«. Und er fragt sich: »Warum versucht derjenige, dessen Amtes es ist, der Ketzerei entgegenzutreten, nicht auch – außer sie, wie es nur billig ist, zu bestrafen – ihr zuvorzukommen und sie zu verhindern, indem er den Teufel auf dessen ureigenstem Territorium stellt?« Jede Ketzerei – argumentiert der Inquisitor – stamme direkt vom Teufel, der sich unter vielerlei Gestalt in dieser Welt herumtreibe, vor allem aber durch den weiblichen Teil des Menschen agiere: indem dieser auf unmittelbarere Weise Anteil an der Natur des Teufels und dessen Substanz habe; der männliche dagegen sei von Gott aus dem universalen Element, nämlich der Erde, ohne weitere Zwischenstufen und Manipulationen nach seinem eigenen Bild geformt worden, wie es die Heilige Schrift bezeuge; und er sei daher, zumindest der Tendenz nach, göttlich. Aus dem Gesagten lasse sich ableiten, daß die wirksamste Waffe, über die der Teufel verfüge, um den Menschen zu versuchen, die Verführung durch das Weib sei: und daß der Mann und auch das Weib selbst ihm diese Waffe entreißen und über ihn triumphieren könnten, so sie nur den Weg der Keuschheit beschritten. Diese Keuschheit – schreibt Manini – *»vere est summus Remedius, et maxima Purga haereticorum«* (ist wahrlich das größte Gegen- und Läuterungsmittel wider die Ketzer); er kommt zu dem denkwürdigen Schluß, daß es dort, wo die Keuschheit herrsche, keine Ketzerei geben könne, und er zitiert aus den Briefen des Apostels Paulus (nach dem die Unkeuschen »das Reich Gottes nicht erben«) und der *Summa theologica* des Thomas von Aquin (»Die Keuschheit ist Heilmittel gegen jegliches Laster«).

Nachdem er seine Vorstellung einer von der Tugend der Keuschheit ausgehenden antihäretischen Offensive so eindrucksvoll dargelegt hat, kommt Manini auf die zügellose Ausschweifung zu sprechen, die in den Ländern jenseits der Alpen diese schreckliche »lutherische Ketzerei« hervorgebracht habe, und er führt Äußerungen von Predigern an, Reiseberichte und verschiedene kleine Geschichten. An einer Stelle räumt er ein, daß er selbst freilich keine unmittelbare Kenntnis des Phänomens habe, sondern nur eine kurze Erfahrung aufgrund eines Ereignisses, das sich in der ersten Zeit seines Inquisitorendaseins zugetragen habe: Er habe sich damals aufgemacht, um die äußerste Grenze der Diözese Novara zu visitieren, und an den Alpenpässen, fast schon »*in partibus infidelium*«, also dem Reich der Ungläubigen und Häretiker, hätten ihn die Teufel am Weitergehen hindern wollen, indem sie das ganze Gebiet in dichten Nebel hüllten. Als es ihnen jedoch nicht gelungen sei, ihn von seinem Weg abzubringen, hätten sie um ihn und seine Begleiter herum ein gar entsetzliches Gewitter entfesselt, in welchem man zuerst schreckliches Gepfeife und das Brüllen und Heulen von Bären, Löwen, Wölfen und anderen wilden Tieren vernommen habe; dann, als er, der Inquisitor, und seine Ordensbrüder unbeirrt fürbaß geschritten seien, habe sich das Schreien und Heulen der wilden Bestien allmählich in liebliche Violenklänge und weibliche Stimmen verwandelt, die ihn bei seinem eigenen Namen gerufen und gefragt hätten: Gregorio, wo willst du hin? Bleib doch stehen! Sie hätten ihn eingeladen, hier, bei ihnen, zu verweilen, und ihm Freuden und Wonnen verheißen, wie sie bisher noch keinem Sterblichen zuteil geworden wären. »Plötzlich«, erzählt der Inquisitor in seinem Latein und in seinem Buch, »rissen die Nebelschwaden auf, und wir erblickten vor uns den Erzfeind in Gestalt eines wunderschönen, üppigen nackten Weibes, das unzüchtig lachte und uns dabei die Zunge zeigte (*obscene ridens, linguam exerens ab irrius)* und insbesondere mir Zeichen machte, daß ich zu ihm kommen solle: Was ich natürlich weit von mir wies, worauf er sich, nachdem er mich noch einmal gerufen hatte, von dannen hob.«

Eines der interessantesten Kapitel des Manuskripts ist das über die Hexen, von denen Manini offen behauptet, daß, wie die Nonnen in der Welt die Bräute Christi seien, der Teufel aber das Widerbild Christi, sie die Bräute des Teufels wären, jedoch nicht etwa nur in übertragenem

Sinn, bildlich gesprochen, sondern in aller Fleischlichkeit, und zwar beim Hexensabbat. Ja, unser Inquisitor verweilt bei diesem Thema, um Schritt für Schritt die Gründe dessen zu widerlegen, der da etwa behaupte, nur die Seele der Hexen nähme am *congressus sabbaticus* teil, während der Körper seelenlos im Bett oder sonstwo läge. Wenn dem so wäre – argumentiert Manini –, dann müßten wir sagen, daß der Sabbat und die Buhlschaft der Hexe mit dem Teufel und der Teufel selbst nur Träume wären. Aber die Sünden dessen, der schläft und der träumt, seien nur ein Widerhall, ein schwacher Reflex der alten Schuld unserer Vorväter, nämlich des Sündenfalls von Adam und Eva, und keineswegs neue Sünden der Schlafenden: alldieweil diese verhindert seien, von ihrem Willen und ihrer Person Gebrauch zu machen, sondern vielmehr wie tot dalägen (*»immo vero jacentes sicut mortui«*). Wenn man also dafürhalte, daß die Schuld der Hexen eine neue Schuld gegenüber der Erbsünde darstelle und ihrem Hexensein wesentlich eigne, so müsse man zugeben, daß diese Ruchlosen mit dem Körper und mit der Seele und mit ihrem ganzen Sein sündigten, und zwar in vollem Bewußtsein. Am Rande dieses neuen Problems schließlich, dem des Verhältnisses zwischen Sünde und Traum, beschäftigt den Inquisitor ein keineswegs irrelevantes, ja geradezu verblüffendes Detail, wenn man bedenkt, daß er damit Freud und die »Traumdeutung« um dreihundert Jahre vorwegnimmt. Würde man – schreibt Manini –, der Behauptung zustimmen, daß man im Traum neue Schuld auf sich laden könne, wäre kein Heiliger mehr ein solcher, und kein Mensch, auch nicht der enthaltsamste und schamhafteste, dürfte sich mehr keusch nennen: Denn der Traum sei eben ein Sichergießen und gleichsam ein Ausbruch des Herzens (*»somnium est prorsus effusio et quasi eruptio cordis«*), und niemand dürfe wegen seiner Träume beschuldigt werden, so sündhaft und unzüchtig diese auch sein mögen. Man müsse also zwischen Schuld und Sünde unterscheiden. Die Sünde des Traums sei die des alten Adam, der das Echo der Erbsünde durch die Jahrhunderte nachhallen läßt (*»per aetates resonans tamquam imago pristinae culpae«*): Sie sei keine eigene Schuld des Schlafenden und könne es auch in keiner Weise sein. Wer schlafe, sündige nicht *(»Nulla enim culpa est in somnis«)*.

24. Kapitel

DIE TORTUR

Als Antonia zum zweitenmal dem Inquisitor vorgeführt wurde, in denselben groben Kleidern, die sie im Augenblick ihrer Festnahme anhatte, war sie nicht mehr die *sposa*, die einen Monat zuvor mit dem silbernen Stirnreif vor Gericht erschienen war: Aber sie war immer noch schön, obwohl sie zwei Nächte in Verzweiflung und damit hingebracht hatte, sich im Kerker an der Piazza San Quirico, unter dem Inquisitionsgericht, der Rattenbisse zu erwehren, und obwohl sie anderthalb Tage lang keinen Bissen zu sich genommen hatte, weil sie sich weigerte, die Speisen der Mönche auch nur anzurühren. Jetzt, nachdem man sie wieder hinauf, ins Tageslicht, gebracht hatte, saß sie auf einem Schemel, nicht höher als zwei Spannen, zusammengekrümmt und gleichsam in sich verkrochen, und hielt das Gesicht in den Händen. Wenn man sie so sah, hätte man glauben können, sie weine: Aber sie weinte nicht. Sie saß einfach da, ohne an etwas zu denken, wie in einer Art Leere schwebend, weit weg von sich selbst und von der Welt: Und diese Abwesenheit – die auch Müdigkeit und physische Erschöpfung war – wäre vielleicht in Schlaf umgeschlagen, hätte nicht plötzlich das Schellen einer Glocke, die das Kommen des Inquisitors ankündigte, Antonia wieder in die Wirklichkeit zurückgerufen und sie aufspringen lassen. »Wo bin ich?« fragte sie sich. »Was wird mir noch alles zustoßen?«

Manini trat ein, ein wenig außer Atem und im Vorübergehen mit seiner Kutte die Luft fächelnd; er stieg zur Mitte des Pults hoch, an seinen Platz, der über dem des Cancellarius lag, welcher in der Zwischenzeit, und um sich das Warten zu verkürzen, schon einmal die lateinischen Formeln des Protokolls vorgeschrieben hatte. Der Inquisitor machte das Kreuzzeichen und sagte mit lauter Stimme: »*Laus Deo*«, Lob sei Gott. Dann griff er nach einem schwarzen Leinensäckchen, das jemand schon vorher für ihn hingelegt hatte, damit er dessen Inhalt untersuche; er hob es mit zwei Fingern der linken Hand hoch, und mit äußerster Vorsicht, als könnte ein giftiges Tier zum Vorschein kommen, zog er nacheinander drei kleine mit Siegellack verschlossene Tongefäße und ein Döschen aus ziseliertem Silber heraus, das er kopfschüttelnd dem Cancellarius Prinetti zeigte, so als wolle er sagen: Da schau, was sich nicht alles in einem Bauernhaus findet! Er fragte das Mädchen: »Erkennst du diese Gegenstände?«

Aus den Protokollakten geht hervor, daß Antonias zweites Verhör am 14. Juni stattfand, einem Montag (denn die Hexe sei bereits in dem den Frauen vorbehaltenen hauseigenen Kerker gefangengehalten worden), und zwar von elf Uhr morgens an und im Erdgeschoß des Inquisitionstribunals von Novara: in ebenjenem »Verhörsaal«, um dessen Einrichtung sich der selige Buelli noch persönlich gekümmert hatte, indem er ihn mit den modernsten und funktionstüchtigsten Folterwerkzeugen ausstattete, die damals auf dem Markt erhältlich waren. Er selbst hatte sie leider nicht mehr nutzen können, wegen besagter Auseinandersetzung mit dem Bischof; aber die Maschinen waren instand gehalten, regelmäßig geölt und überprüft worden und stets einsatzbereit. Dieser Saal wirkte auf den ersten Blick wie eine Kombination aus Gerichtssaal, Turnhalle (das heißt eine Turnhalle, wie die Menschen des zwanzigsten Jahrhunderts sie kennen) und Sakristei. In der Mitte der Decke befanden sich an einem Balken zwei starke Rollen: Diese hielten zwei Seile, die man mit Hilfe einer am Boden befestigten Winde hinauf- und wieder herunterlassen konnte, schnell und mit großer Leichtigkeit. In einer Ecke des Raums stand ein düsterer und geheimnisvoller Gegenstand – von der Gestalt und den Ausmaßen eines modernen Billardtisches –, der mit einer grauen Leinwand bedeckt war. Weiterhin gab es – und er nahm allein schon eine halbe Wand ein – einen großen Schrank ohne Scheiben mit einem Emailschild, auf dem stand: »*Supellex tormentorum*« (also ungefähr: Magazin der Folterwerkzeuge). Und schließlich war da noch das Pult des Inquisitors und der Richter, die bei den Verhören zu seiner Seite saßen, und an der Wand dahinter hing ein Kruzifixus aus bemaltem Holz, übersät von winzigen Blutstropfen und auf dem Haupt eine Krone aus echten Dornen.

»Ja, hochwürdiger Herr«, erwiderte Antonia. »Das sind meine Sachen.«

»Dann erkläre, um was es sich handelt«, sagte der Pater und beugte sich zu dem Mädchen vor, mit einem Interesse, das angesichts der Frage vielleicht übertrieben schien, aber doch spontan und keineswegs lächerlich wirkte. Manini war so. Was immer er sagte und zu wem auch immer, seine graublauen Augen weiteten sich oder verfinsterten sich in der Blässe des Gesichts, die Wimpern schlugen im Takt, winzige Fältchen bildeten oder glätteten sich. Er war der geborene Schauspieler, ein großer Schauspieler – eitel und grausam wie alle großen Schauspieler –, den es durch Zufall als Inquisitor ins siebzehnte Jahrhundert verschlagen hatte. Die Welt ist merkwürdig.

Nach kurzem Überlegen begann Antonia zu erklären: Die drei Gefäße – sagte sie – enthielten bestimmte Kräuter, die im Ödland und in den Obstgärten wüchsen und die man in Weingeist lege, um bäuerliche Duftwässer daraus zu gewinnen, und dies – gab das Mädchen zu –, obwohl der Vikar Don Teresio allen Frauen ohne Unterschied, ganz besonders aber den jungen, verboten habe, sich mit solchen Destillationen abzugeben, unter Androhung von Gottes Zorn, der Hölle und wer weiß was noch allem; und obwohl er auch schon Mädchen und Frauen, die parfümiert waren, aus der Kirche gejagt habe, und zwar nicht nur einmal, sondern öfter. Aber die Frauen – sagte Antonia – seien eben nicht so beschaffen wie die Männer, und nicht alles, was sie täten, geschehe aus Eitelkeit. Wenn sie ihre *lune* hätten, zum Beispiel: Müsse ein Mädchen vielleicht sich selbst und dem, der ihr nahe war, widerwärtig werden, um Gott durch ihr Betragen nicht zu kränken, wie Don Teresio sage? Und wenn gar das Gegenteil der Fall wäre, nämlich daß Gott sich über den üblen Geruch der Frauen kränke?

Der Inquisitor hob die Hände: »Schweig, Weib! Selbst im Angesicht des Heiligen Tribunals wagst du es, deinen Herrgott zu lästern? Antworte nur auf das, was du gefragt wirst, und schwätze nicht. Die Salben in diesen Gefäßen, aus welchen Giften sind sie bereitet? Welchen Zauber bewirken sie? Und wen haben sie getötet?«

»Ich hab' es Euch doch schon gesagt«, antwortete Antonia. »Es sind Kräuter.«

Der Inquisitor öffnete das silberne Döschen und schaute hinein. Er erhob sich: nicht mit Schwung, sondern langsam. Und während er sich erhob, behielt er das Döschen in der Hand, und sein Gesichtsausdruck verfinsterte sich, als ob sich seinen Augen etwas Entsetzliches gezeigt hätte, der Beweis für ein Verbrechen. Er schrie: »Dieses Behältnis enthält menschliche Haare! Wem gehören sie? Sprich, Ruchlose!«

Die Haare in dem Döschen stammten von Gasparo, und an dieser Stelle unserer Geschichte muß erwähnt werden, daß sich Antonia und der *camminante* ein letztes Mal getroffen hatten, genau zu Beginn jenes Monats Juni und wenige Tage vor Antonias Verhaftung. Sie hatte erfahren, daß er wieder da sei, und war gelaufen, um ihn zu suchen. Gasparo hatte sein möglichstes getan, um ihr auszuweichen: Schließlich, als sie sich nicht geschlagen gab und alle Tage wiederkam, entschloß er sich, sie zu stellen und ihr reinen Wein einzuschenken. Er trug seinen linken Arm verbunden in der Schlinge, wegen einer Stichwunde, und verspürte nicht die geringste Lust, wieder mit einer Liebesaffäre anzufangen, deren er nicht nur überdrüssig geworden, sondern die nach allem, was man über Antonia redete, inzwischen sogar gefährlich war. Er überschüttete sie mit Geschwätz über das traurige Leben der *camminanti*. Monate und Monate – erzählte er ihr – sei er über die Berge und durch die Täler um Biella gezogen, habe jede Art von Widrigkeit und Ungemach auf sich genommen, um das Sümmchen zusammenzukratzen, das nötig wäre, um sie heiraten und mit ihr nach Genua ziehen zu können, wie er es ihr versprochen habe: Doch es sei ihm nicht geglückt! Er habe Täler durchwandert und Gebirge überquert, sich der Savoyer Polizei, den Lawinen und sämtlichen Gefahren einer feindseligen Umwelt ausgesetzt, ohne auch nur einen einzigen *risarolo* aufzutreiben, denn inzwischen – sagte er – fingen die Leute an, reich zu werden, die Menschen hätten fast jeden Tag zu essen und es herrsche nicht mehr die Verzweiflung wie früher, nicht einmal mehr im Gebirge! Ja, wenn nicht ein gewisser Pollone, ein Schreiner, ihm seine drei durch eine Kopfkrankheit verblödeten Söhne, die kein Arzt des Tals mehr habe kurieren können, anvertraut hätte, wäre er mit völlig leeren Händen zurückgekommen. Und dann habe er auch noch das Geld vom vorigen Jahr im Spiel verloren und Schulden machen müssen; und auch gesundheitlich gehe es ihm schlecht. (Er bekomme immer wieder solche Schmerzen in den Gedärmen – sagte er –, daß er jedesmal glaube, sterben zu müssen.) Was könne man von einem wie ihm noch erwarten? Was wolle Antonia noch von ihm, das er ihr nicht schon gegeben hätte? Er sei von Natur aus großzügig, verspreche goldene Berge, und wenn die Dinge richtig gelaufen wären, dann hätte er – selbstredend! – auch alles gehalten! Tosettos Wort sei wie das Evangelium, früher oder später erfülle es sich. Aber für den Augenblick müsse man ihn lassen und ihm aus dem Weg gehen, denn er stecke bis zum Hals in Schwierigkeiten: mit den Gläubigern, mit den Wasserbesitzern, die ihn nicht mehr als Wächter haben wollten, mit der Justiz, mit der ganzen Welt. Ja, Antonia müsse ihm dankbar sein, daß er so völlig offen mit ihr rede: Ein anderer hätte an seiner Stelle wer weiß was für Märchen erfunden, um sie weiter auszunützen, aber er nicht, er schere sich auf ehrliche Weise fort, aus freien Stücken, ohne daß ihn jemand dazu auffordere; er opfere sich in aller Stille, allein für sie …

Antonia schwieg. Der Inquisitor stand jetzt drohend über ihr, mit seiner ganzen Gestalt und von der Höhe seines Pultes. Er drängte sie: »Antworte, Ruchlose! Wem haben diese Haare gehört: einem deiner Opfer? Oder dem Teufel?«

»Vielleicht«, meinte Antonia zögernd, »gehören sie mir selbst …«

»Du Satansmagd!« schrie der Mönch. »Diese Haare sind blond, allenfalls rötlich, die deinen aber sind so rabenschwarz wie deine Seele!«

Er legte das Döschen wieder hin, setzte sich. »Du bist zum Sabbat gegangen«, sagte er zu Antonia, und seine Stimme war plötzlich wieder ruhig, fast einschmeichelnd. »Man hat dich gesehen! Unter einem Kastanienbaum, den ich in Stücke hacken und verbrennen lassen werde, damit er keiner anderen Hexe mehr für ihre Buhlschaft diene. Den Sabbat abzustreiten wird dir in keiner Weise frommen, es gibt zu viele Zeugen: Folglich ist es besser, alles zu gestehen. Sage uns, in welcher Gestalt sich der Teufel dir gezeigt hat und welche anderen Weiber ihm noch zu Willen waren; was er euch zu tun befohlen hat und ob ihr euch fleischlich mit ihm vereinigt habt. Nur ein Akt der Reue kann dich noch retten!«

»Ich weiß nichts von diesen Dingen«, sagte Antonia. »Ich habe nie einen Teufel gesehen. Ich habe nichts zu sagen.«

Der Inquisitor erhob sich, klatschte in die Hände und rief: »Bernardo! Taddeo!«

An dieser Stelle von Antonias zweitem Verhör notiert das Protokoll in seinem rudimentären Latein, daß die Hexe *»data est tormentis ad tempus quartae partis horae circiter«* (ungefähr eine Viertelstunde lang der Tortur unterworfen wurde); doch die Dinge waren nicht so simpel, wie es diese dürren Worte glauben machen möchten. Bevor sie sich nackt ausziehen und inspizieren (wir werden noch darauf zurückkommen, worum es dabei ging) und schließlich an den *curlo* hängen lassen mußte, wehrte sich Antonia mit all ihren Kräften, kämpfte lange mit Nägeln und Zähnen gegen die Folterknechte und Gerichtsbüttel, also die eben gerufenen Taddeo und Bernardo, denen es schließlich nur unter großer Mühe gelang, sie zu überwältigen, und nicht, ohne ihr dabei Schmerz zuzufügen. Mit diesen beiden Individuen, Vater und Sohn, Bekanntschaft zu schließen, hatten wir bereits auf den vorigen Seiten Gelegenheit: Taddeo, der Vater, ist derselbe, der sich während Antonias erstem Verhör neben die Signora Francesca gesetzt und sein Wohlgefallen an ihr nicht allein durch Worte bekundet hatte, während sein Sohn Bernardo jener schielende und bärtige junge Kerl ist, der den beiden Frauen das Tor des Tribunals geöffnet, Antonia dann zum Inquisitor geführt und sie auf dem Weg dorthin in tölpelhafter Weise betatscht hatte.

Auf die Frage, wo er denn diese beiden – gelinde gesagt merkwürdigen – Gehilfen aufgetrieben habe, pflegte der Inquisitor Manini zu erwidern – und er hob dabei die Augen zum Himmel und bewegte seine schmalen Hände vor dem Gesicht des Fragenden (»Ein Wunder, ein echtes Wunder! Zwei solche Männer! Das war die göttliche Vorsehung, die sie uns geschickt hat!«) –, daß es sich um zwei Laienbrüder handle, die aufgrund eines Gelübdes zu den Mönchen gekommen seien, um Gott und dem Heiligen Tribunal zu dienen. Doch die Wahrheit sah ein bißchen anders aus, und manch einer in Novara erinnerte sich noch daran. Taddeo und Bernardo hatten zu den Banditen des Caccetta gehört und sich in die Kirche geflüchtet, um den Häschern zu entgehen, wie es die Gesetze von damals zuließen; danach waren sie dann bei den Mönchen geblieben, welchen sie mit der Zeit lieb geworden waren – oder zumindest ihre Dienste, auf die man, wie es hieß, nicht mehr habe verzichten können. Besonders der Inquisitor Manini schien für diese beiden Individuen etwas zu empfinden, dessen er sich selbst nicht genau bewußt war, fast so etwas wie physische Anziehung: Und Taddeo hatte die Wahrheit gesagt, als er im Gespräch mit der Signora Francesca behauptete, er sei der Günstling des Inquisitors. Manini – er, der Ästhet! – war fasziniert von diesen so primitiven und ihren Instinkten lebenden Männern, die es, eben aus Instinkt, verstanden hatten, sich mit ungeahnter und fast schon an ein Wunder grenzender Leichtigkeit ihrer neuen Situation und ihrem neuen Leben anzupassen. Den Mönchen gegenüber dienstbeflissen bis zur Speichelleckerei, eifrig in der Kirche und bei den Gottesdiensten, wachsam allem gegenüber, was sich um sie und um die Piazza San Quirico herum abspielte, war es den beiden zu Laienbrüdern gewordenen Halunken gelungen, im düsteren und schrecklichen Schatten des Inquisitionsgerichts von Novara Wurzeln zu schlagen, so wie es gewissen ungenießbaren Pilzen gelingt, sich an den seltsamsten Orten, zum Beispiel in den Kellern oder in den Rumpelkammern der Häuser, anzusiedeln; und sie hatten dort nicht nur Wurzeln geschlagen, sondern sie gediehen auch aufs prächtigste durch jede Art von Handelsgeschäften und Intrigen außerhalb und auch innerhalb des Klosters, wo ihr Unternehmungsgeist keinen störte, vielmehr das, was man darüber erfuhr, als Eifer verbucht wurde. »Er ist so dienstbereit, so aufmerksam!« pflegte Manini über Taddeo zu sagen, die blaugrauen Augen aufgerissen und die Hände bewegend. »So eifrig und so emsig bei jedem unserer Wünsche, und auch so fromm!« (Und in der Tat: Jedesmal, wenn seine Geschäfte ihn dazu veranlaßten, sich für ein paar Tage vom Dominikanerkloster und dem angeschlossenen Tribunal zu entfernen, rechtfertigte Taddeo seine Abwesenheit mit frommen Übungen: Gelübden, Wallfahrten, Besuch heiliger Stätten, Almosensammeln und anderen Werken der Frömmigkeit.)

Das historische Gedächtnis, das wir Heutigen an die Hexen bewahrt haben, sagt uns, daß sie lange und mit großer Grausamkeit gefoltert wurden; was es uns aber nicht sagt – oder zumindest nicht offen und immer –, ist, daß die Tortur an teilweise entblößten oder aber ganz nackten Frauen vorgenommen wurde und daß ihr stets eine gründliche Inspektion des Körpers der Hexe voranging, um sicher zu sein – so wenigstens die Begründung der Inquisitoren –, daß sie keine Zaubertränke oder Amulette oder anderes Hexenzeug am Leib trage, das die Wirkung der Tortur aufheben könnte. Man schaute ihr unter die Zunge und zwischen die Gesäßbacken; man riß ihr gewaltsam die Beine auseinander, und der Folterknecht, oder der Pater selbst, überzeugte sich mit den Fingern, daß auch an diesen verborgenen Körperstellen alles in Ordnung war. (In unserem, Antonias, Fall wurde diese erste Inspektion der Körperöffnungen von Taddeo vorgenommen, der, während sie darauf warteten, daß Manini sie in den Verhörsaal rufe, mit seinem Sohn um dieses Vorrecht »Kopf oder Zahl« gespielt und – natürlich – gewonnen hatte.) Auch das spätere Sichwinden der mit den Armen am *curlo* hängenden oder mit gespreizten Beinen auf dem Foltertisch festgebundenen Hexe gehörte zu einem unbewußten Ritual, mit dem die katholische Kirche (und, um die Wahrheit zu sagen, auch die protestantische) jahrhundertelang an diesen Unglücklichen ihre sexuellen Ängste und Qualen abreagierte, ihre

Furcht vor der Frau als Teufel und ihr Bedürfnis nach diesem Teufel. Als dann die Zeit jener Rituale vorüber war – zur Erleichterung des einen Teils der Geistlichkeit und zur Enttäuschung des anderen –, fiel die ganze Hexengeschichte in sich zusammen und verflog, indem sie sich mit der Vernunft von später rationalisierte und sich auf einen gedanklichen Irrtum reduzierte, bei dem die Sexualität keine Rolle spielte. Im übrigen – und hier kommt dann die kulturhistorische Fälschung des neunzehnten Jahrhunderts zum Tragen –, was für Frauen waren das denn, diese Hexen? Scheußliche alte Weiber, zahnlos, mit spitzem Kinn, voll von haarigen Warzen; an Wassersucht leidende, fettleibige, von der Arbeit und den Schwangerschaften unförmig gewordene Gevatterinnen? Wer, so sexuell unterdrückt er auch immer sein mochte, hätte solche Frauen begehren oder sie sich auch nur nackt vorstellen können, ohne Abscheu zu empfinden? Aber die körperliche Häßlichkeit der Hexe als äußerer Widerschein ihrer moralischen Häßlichkeit ist ein auf einem Vorurteil fußendes Märchen: ein romantisches Märchen. Tatsächlich würde sich, wenn man der ganzen Geschichte auf den Grund gehen könnte und wollte, wohl herausstellen, daß der überwiegende Teil der Fälle dralle, ansehnliche Frauen zwischen dreißig und fünfzig betraf, und daß es auch nicht an ganz jungen fehlte, wie Antonia, oder an ausgesprochenen Schönheiten wie jener Caterina Medici aus Broni, die der *Protomedicus* Ludovico Settala, der Erzbischof Federigo Borromeo und der Senat von Mailand als »durch und durch sittenloses Weib und unheilvolle Hexenmeisterin« verurteilten und auf einem Karren zum Richtplatz fahren und unterwegs noch mit glühenden Zangen quälen ließen. (So Mauri, im vorigen Jahrhundert Verfasser einer »Neuen Geschichte des XVII. Jahrhunderts«, in der diese, leider wahre, Begebenheit mit besagter Caterina Medici berichtet wird, einer Dienstmagd, die im Februar 1617 in Mailand öffentlich bei lebendigem Leib verbrannt wurde.) Und was die alten Weiber mit dem spitzen Kinn betrifft, so hat es sie bestimmt auch gegeben, und die eine oder andere ist sicher auch als Hexe gefoltert worden. Aber entspricht es nicht der Vernunft, dem menschlichen Charakter, wenn man annimmt, bei ihnen wären die Körperinspektionen ein bißchen weniger gründlich ausgefallen als bei den jungen, und man hätte ihnen ein bißchen öfter zugestanden, bei der Tortur etwas anzubehalten? Ich persönlich bin davon überzeugt: Es kann ja sein, daß ich mich irre, aber ich glaube es nicht.

Zum erstenmal der physischen und moralischen Vernichtungsmaschinerie der Tortur ausgesetzt, reagierte Antonia mit Wut und vergaß sämtliche Ermahnungen der Signora Francesca, jede Klugheit und selbst die Angst: wie jene Tiere, die es nicht ertragen, gefangen zu sein, und sich immer wieder gegen die Gitterstäbe werfen, bis sie tot sind. Sie rollte die Augen, schäumte, brüllte, spuckte ihren Folterknechten ins Gesicht, biß sich in die Lippen, kurzum: Sie benahm sich wie eine Hexe. Schließlich schrie sie: »Laßt mich los! Ich werde euch alles sagen, was ihr von mir hören wollt – und vielleicht auch noch mehr.«

Von diesem Moment an – vermerkt der Cancellarius Prinetti in seinem Protokoll – *»incipit confessio Strigae«* (beginnt das Geständnis der Hexe). Befragt, ob sie den Teufel auf dem Sabbat getroffen und Bekanntschaft mit ihm geschlossen habe, erwiderte die Hexe: »Ich weiß nicht, wer das ist, den Ihr den Teufel nennt, aber wenn er das Gegenteil von Euch und von Eurem Gott ist, dann bekenne ich mich als seine Getreue und als seine Braut.« Befragt, ob sie sich beim Sabbat fleischlich mit dem Teufel vereinigt habe, erwiderte sie, sie wisse wahrhaftig nicht, ob der, mit dem sie sich fleischlich vereinigt habe, der Teufel gewesen sei: doch gewißlich habe sie sich mit jemandem vereinigt. Befragt, ob sie die Gevatterinnen, die sie denunziert hatten – eine Angela Ligrina, eine Maria Ligrina, eine Francesca Mambaruti, eine Irene Formica –, nie aufgefordert habe, mit ihr zum Sabbat zu gehen, erwiderte sie mit großem Stolz, sie für ihre Person würde ihren Teufel nicht mit anderen Weibern teilen; aber selbst wenn sie bereit gewesen wäre, ihm die vom Inquisitor genannten Gevatterinnen zuzuführen, hätte er sich bestimmt vor ihrer Häßlichkeit geekelt und sich nicht mit ihnen eingelassen, selbst nicht um den Preis von einem Scudo für jede. (Hier unterschätzte Antonia ihren Teufel vielleicht.) Als der Inquisitor auf der Aussage der Angela Ligrina beharrte, die behauptet hatte, sie sei von Antonia des öfteren aufgefordert worden, zum Sabbat mitzukommen, erwiderte sie, daß sie mit besagter Gevatterin an keinen Ort der Welt und um keinen Preis gegangen wäre; und daß sich die Ligrina womöglich, ja ganz bestimmt, im Teufel wie im Sabbat irre. Sie sollten sie doch selbst fragen, wo sie mit wem gewesen sei! Befragt, ob sie nie kleine Kinder geraubt habe, um ihnen das Blut auszusaugen und sie dann, wenn sie tot waren, für ihren Hexenzauber zu mißbrauchen, erwiderte sie: »Nein, hochwürdiger Herr, ich vermag so etwas nicht zu tun, und ich habe auch noch nie vernommen, daß irgend jemand auf der Welt solches getan hätte, und wäre er noch so niederträchtig; das ist törichtes Zeug, das man sich im Winter in den Ställen erzählt und das von euren Pfaffenmärchen kommt.« Als der Inquisitor sie dann fragte, ob sie nie eine geweihte Hostie für ihre Sabbate entwendet habe, erwiderte sie, daß ihr Teufel ganz andere Dinge verzehre als Hostien und daß diese, geweiht oder nicht, doch bloß ungesalzene Brotkrumen seien, kaum größer als ein Fingernagel: eine Mahlzeit für Ameisen! Ein gutgebackener Wecken – sagte Antonia – mit drei oder vier ordentlichen Scheiben Salami oder einem Stracchino-Käse sei was Besseres als alle Hostien der Welt.

Der Inquisitor hörte sich all das an, ohne mit der Wimper zu zucken. »Muß ich diese Ungeheuerlichkeiten wirklich zu Protokoll nehmen?« fragte ihn der Cancellarius Prinetti. »Natürlich«, sagte Manini. »Dafür sind wir doch hier!«

Wieder zur Hexe gewandt, stellte er ihr eine letzte Frage. »Stimmt es«, fragte er sie, »daß der Teufel sich dir in Gewand und Aussehen eines *camminante* gezeigt hat, wie es die Zeugin Teresina Barbero dem Tribunal kundtat?«

»Ich habe mich mit meinem Teufel getroffen«, erwiderte Antonia, »und ich wußte nichts von ihm: auch nicht, daß er ein Teufel war! Doch selbst wenn ich es gewußt hätte, hätte das nichts geändert. *Camminante* oder Teufel, ich wäre mit ihm gegangen...«

»Nun gut«, sagte Manini, »für heute mag das genügen.« Und dann befahl er seinen beiden Gehilfen, die Hexe wieder in ihren Kerker zurückzubringen, und zwar auf dem kürzesten Weg, ohne auf eventuelle Reden zu achten, ja möglichst ohne sie überhaupt anzuschauen. »Auch schon ein bloßer Blick«, mahnte er, »kann euch ins Verderben stürzen. Der Dämon steckt voller Tücke!«

25. Kapitel

DAS SCHWEIN

Francesca und Bartolo Nidasio erschienen am 28. Juni, einem Montag, vor dem Inquisitor. Und es gehört sicherlich zu den Merkwürdigkeiten von Antonias Prozeß, daß die Eltern der Hexe so spät und erst nach den anderen Zeugen gehört wurden: Für gewöhnlich war die erste Person, die man bei Hexenprozessen gegen Mädchen und junge Frauen verhörte, gerade die Mutter der Hexe, da sie im Verdacht stand, selber eine Hexe zu sein und die Tochter zum Besuch des Sabbats verleitet, wenn nicht sogar in eigener Person dort hingebracht zu haben. Was immer die Gründe für die Verspätung gewesen sein mochten, man ließ die beiden auch noch über eine Stunde lang warten, bis sie schließlich dem Inquisitor unter die Augen treten durften, der sich, nachdem der Cancellarius Prinetti die Angaben zur Person aufgenommen hatte, in barschem Ton daranmachte, sie zu befragen: Warum sich zwei einfache Bauersleute wie sie nach Novara, an die Milde Stiftung, gewandt hätten, um ein Findelkind anvertraut zu bekommen? Und warum ausgerechnet ein Mädchen? Auf dem Land wimmle es doch schon von Mädchen, die die Bauern – sagte der Mönch – oft genug als unnütze Last ansähen, und in einigen Alpentälern sei es immer noch Brauch, sie gleich nach ihrer Geburt auf barbarische Weise zu ertränken, ohne sie auch nur zu taufen: Was für einen Sinn sollte es also haben, noch weitere aus der Stadt zu holen? Und dann: Warum sei die fragliche *esposta* in Müßiggang und

Leichtsinn aufgezogen und nicht vielmehr ohne jegliche Umstände dazu angehalten worden, das Vieh zu versorgen, Wasser vom Brunnen zu holen und die Wäsche zu waschen, wie es ihrem Stand zukomme und wie sie, die Pflegeeltern, es bei der Unterzeichnung der Überlassungsurkunde auch versprochen hätten? Für was sie sich eigentlich hielten: Für Edelleute? Für Großgrundbesitzer? Für vornehme Herrschaften? Er redete, den Kopf leicht zur Seite geneigt und die Hände vor dem Gesicht mit den Fingerspitzen aneinandergelegt. Er fuhr fort, seine Fragen zu stellen, indem er Laute und Stimme modulierte, wie er es immer tat, doch man begriff, daß er sich keinerlei Antwort von den Nidasios erwartete, ganz im Gegenteil: Die beiden, die hier vor seinem Pult standen, hätten keinen gröberen Fehler begehen können, als den Versuch zu machen, ihn in seinem Monolog zu unterbrechen und ihm antworten zu wollen. Er setzte ihnen zu: Wüßten die »edlen« Nidasios eigentlich, daß ihre *esposta* seit über einem Jahr nicht mehr zur Kirche gehe, sondern statt dessen über die heilige Religion lästere, die Bauern gegen den Pfarrer aufhetze und ketzerische Reden führe? Wüßten sie, daß das Mädchen jede Donnerstagnacht zum Sabbat gehe, um sich mit dem Teufel zu treffen? Daß sie die jungen Männer behexe, den Neugeborenen das Leben aussauge und andere Greueltaten mehr begehe? Hätten sie dazu etwas zu sagen? Wenn ja, dann sollten sie es kurz machen: Er, der Inquisitor, habe Wichtigeres zu tun, als sich ihr unnützes Geschwätz anzuhören! Er zog aus seiner Tasche eine mechanische Uhr, auf die er selbst das Bild eines Baumes hatte eingravieren lassen und darunter einen Satz aus dem Buch der Sprüche: »*Fructus iusti lignum vitae*« (Die Frucht des Gerechten ist der Baum des Lebens). Er klappte sie auf und stellte sie vor sich hin. »Nun redet!« herrschte er die Nidasios ungeduldig an. »Worauf wartet ihr? Daß es Nacht wird?«

Die Signora Francesca brach in Schluchzen aus; und

die ganze Zeit, die sie im Tribunal ausharren mußte, hörte sie nicht mehr auf, still vor sich hin zu weinen. Bartolo, der höchstens ein Drittel der Worte des Inquisitors verstanden, aber den Impuls verspürt hatte, sich einfach umzudrehen und wegzugehen, erwiderte ruhig. Er sei – sagte er – alt genug, um sich an Zeiten zu erinnern, in denen der Druck der Kirche weniger hart auf den Menschen gelastet habe und die Pfarrer die Leute nicht gezwungen hätten, zur selben Zeit »zu singen und das Kreuz zu tragen«, wie sie es jetzt seit einer Reihe von Jahren täten. (Und dieser Ausdruck vom Singen und vom Kreuztragen ist eine Redensart der Bassa, die eine Erklärung verdient: Derjenige, der bei den Prozessionen in der Karwoche das überschwere Holzkreuz mit dem mannshohen Kruzifixus daran trägt, muß sich so abplagen, daß man nicht von ihm verlangen kann, beim Gehen auch noch im Takt mit den anderen zu singen. Er setzt Fuß vor Fuß und achtet darauf, daß er das Kreuz geradehält: Denn die Weisheit hat die alten Bauern gelehrt, sich nicht mehr als einer Anstrengung auf einmal auszusetzen.) »So daß«, sagte Bartolo, »Alte wie ich, die es nicht gewohnt sind, vom Pfarrer zu jeder Tageszeit und wegen jedem halben Scheffel Bohnen oder Linsen heimgesucht zu werden, sich manchmal mit lauter Stimme und kräftigen Worten beklagen; und das allein ist der Ursprung von Antonias Reden, die Euer Gnaden ketzerisch nennen.« Zu den angeblichen Zauberkünsten der Hexe meinte Bartolo: »Das Mädchen ist schön, und die Männer tun vielleicht nicht gut daran, ihr nachzustellen, vor allem diejenigen, die nicht mehr im rechten Alter dazu sind oder schlechte Absichten haben; aber das gehört zum Lauf der Welt.« Und gar kleine Kinder aussaugen und Hexenzauber legen, das sei doch bloßes Weibergeschwätz ohne Hand und Fuß. Das einzig Ernsthafte an der ganzen Angelegenheit sei vielmehr, daß Antonia im vorigen Sommer sich in einen Vagabunden vergafft habe, einen Tunichtgut, von dem sie, die Nidasios, nicht einmal den richtigen Namen wüßten; erst im Mai dieses Jahres und als der Prozeß vor dem Inquisitionsgericht in Novara bereits eröffnet worden sei, hätten sie etwas über diesen *camminante*, genannt *il Tosetto*, erfahren: daß er jeden Sommer komme, um die Wasserläufe der Grundherren in der Bassa zu bewachen und deren Pachtbauern die *risaroli* zu liefern. Der und kein anderer sei Antonias Teufel; ein Teufel aus Fleisch und Blut, dem er, Bartolo, gern begegnet wäre, um ihm die Meinung zu sagen; und er habe auch nach ihm gesucht, aber vergeblich! Die einzige Möglichkeit, Klarheit in die ganze Sache zu bringen und ihr auf den Grund zu kommen – sagte der Bauer –, sei also, daß das Tribunal, das ja die Autorität und die praktische Möglichkeit dazu habe, den Tosetto zwinge, sich zu stellen und zu gestehen, welche Bewandtnis es mit diesen berühmten Sabbaten habe, zu denen man Antonia angeblich habe gehen sehen. »Das Mädchen ist sicherlich schuldig, aber nicht in der Sache, deren sie angeklagt wird. Anderes weiß ich nicht zu sagen.«

Dann redete Francesca, sich die Tränen abwischend. Sie sagte, ihr Mann habe sich Feinde in Zardino gemacht, weil er sich zu seiner Zeit als *console* geweigert habe, diesem oder jenem gefällig zu sein, und weil er sich gesträubt habe, irgendwelche alten Rechte der Dorfgemeinschaft auf irgendwelches Ödland, auf die der Pfarrer Ansprüche für sich erhob, an diesen abzutreten; und daß diese Feinde mehr oder weniger dieselben Personen seien, die jetzt Antonia als Hexe verurteilt sehen wollten. Sie sagte, daß der Cucchi Agostino nicht als glaubwürdiger Zeuge gelten könne, denn der sei schon immer mit den Nidasios verfeindet gewesen, wegen eines Wassers, um das sich die Nidasios und die Cucchis seit Jahrhunderten stritten...

»Ja ja, das wissen Wir. Das ist Uns bekannt«, unterbrach sie der Inquisitor, der sich bei Personen, die er als unter ihm stehend betrachtete, des Pluralis majestatis zu bedienen pflegte. »Hör auf mit diesen Geschichten: Wir haben es eilig!« Und er fuhr sie an: »Und du? Gestehe! Bist nicht auch du mit der Hexe zum Sabbat gegangen?«

»Gott der Allmächtige!« rief Francesca und bekreuzigte sich. »Wie könnt Ihr nur so etwas fragen? Ich... zum Sabbat?!«

»Hast du nie gesehen, wie die *esposta* dort hinging?«

»Sie lief des Nachts weg«, sagte Bartolo, »in der Dunkelheit... Wenn im Haus schon alles schlief. Gegen eins.« (Das heißt, abends um neun oder halb zehn. Damals zählte man in den kleinen Dörfern die Stunden vom Sonnenuntergang an.) »Sie ließ sich vom Fenster hinunter, an der Glyzinie... «

»Sie hat sich den Umstand zunutze gemacht«, erklärte Francesca, »daß wir Bauern im Sommer schon bei Sonnenuntergang zu Bett gehen, weil wir in aller Frühe aufstehen müssen: um halb sieben oder sieben.« (Also um halb vier oder vier Uhr morgens.)

»Sie war immer vor Tagesanbruch zurück«, sagte Bartolo. »Es ist nie vorgekommen, daß die *risaroli* ihr begegnet sind, wenn sie zur Arbeit gingen; und sollte es doch vorgekommen sein, dann hat man mir nichts davon gesagt.«

Der Inquisitor war gelangweilt. Selbst wenn er sie noch zwei Stunden lang reden ließe, dachte er, was könnten ihm diese beiden Einfaltspinsel schon sagen? Er erhob sich, steckte die Uhr wieder ein. Er stieg von seinem Platz herab und schickte sich an zu gehen: Doch an dieser Stelle, heißt es im Protokoll, versuchte ihn der Teufel »auf tölpelhafte Weise« durch das Angebot eines Schweines, welches er zurückwies. (*»Stulte Diabolus temptavit eum, praebens suem quem ille contempsit.«*) In Wirklichkeit kam der Bestechungsversuch von seiten Bartolos so unerwartet und unvorhersehbar, daß er den Inquisitor zur Salzsäule erstarren ließ! »Mit Verlaub, Euer Exzellenz, auf ein Wort«, flüsterte ihm der Bauer zu und zupfte ihn am Ärmel. »Ich möchte Euch etwas vorschlagen.« Er schaute sich um, ob der Cancellarius zuhöre. Er hörte nicht zu. Da flüsterte Bartolo: »Ich habe ein Schwein von sechshundert Pfund, drunten im Dorf... Ein Prachttier! Wenn es Euch genehm ist, bringe ich Euch morgen das Schwein und hole mir dafür Antonia.« Als er merkte, daß sich der Mund des Inquisitors geöffnet hatte und auch seine Augen immer größer wurden, versuchte er, die Sache herunterzuspielen: »Für das Kloster! Eine Spende!«

Maninis Lippen bewegten sich mindestens zweimal, ohne daß ein Laut über sie gekommen wäre. Als er endlich etwas herausbrachte, war es ein erstickter Schrei: »Taddeo! Bernardo! Wo seid ihr?«

»Werft diese beiden Ruchlosen hinaus, und daß sie mir nie wieder unter die Augen kommen!« Er ballte die Fäuste und streckte sie gegen Bartolo aus, als wolle er ihm drohen; doch die erlittene Kränkung war so schwer, daß ihm keine Geste ausreichend erschien, und Worte schon gar nicht. Er stampfte mit dem Fuß auf: »Fort mit euch! Schert euch zurück zu euresgleichen! Ihr Bauernpack! Ein Schwein... und das mir!«

Francesca, die nichts von den Absichten ihres Gatten gewußt hatte, begriff überhaupt nicht, was geschehen war. Erst hinterher, auf dem Karren, als sie bereits die Furt durch den Agogna passiert und Novara im Rücken hatten, erklärte er ihr, daß er dem Inquisitor vorgeschlagen habe, das Mädchen gegen ein Schwein auszutauschen, und er erzählte ihr auch, wer ihm das geraten hatte: Es war Don Michele gewesen, der alte Pfarrvikar, der jetzt jenseits des Sesia auf dem Gebiet der Savoyer lebte und dort das gleiche machte, was er auf dieser Seite des Flusses auch gemacht hatte, freilich ohne sich als Priester auszugeben: Er renkte Knochen ein, kurierte die Leiden der Leute mit Kräutern, züchtete Bienen und Seidenraupen, destillierte seine Essenzen. Er hatte sich sogar ein Weib genommen – Don Michele! Ein junges Weib, das seine Enkelin hätte sein können. Als Bartolo zu ihm gekommen war, hatte er sich Antonias Geschichte kopfschüttelnd angehört: »Die Ärmste! Das arme Mädchen!« »Ich würde dir ja so gern helfen, mein Freund«, hatte er schließlich zu ihm gesagt, »aber was kann ich dabei tun? Du weißt ja, daß ich nicht einmal imstande war, mir selbst zu helfen! Diese Kirche von heute, diese Priester... Nach außen hin alles Heilige! Alles Erzengel, das blanke Schwert gegen arme Teufel wie uns schwingend, die wir uns mit den Dingen dieser Welt abgeben müssen... Doch wenn man genau hinsieht, einen schwachen Punkt haben auch sie. Nimm zum Beispiel Don Teresio. Der schwebt beim Messelesen gen Himmel, der schickt dich geradewegs in die Hölle, wenn du es wagst, am Sonntag auf die Jagd zu gehen oder im Garten zu arbeiten: Aber wenn du ihm einmal im Monat zwei schöne Kapaune bringst... Wenn du ihm an Weihnachten und an Ostern einen Goldscudo hinlegst... Ja, dann kannst du tun und lassen, was du willst, das sag' ich dir! Daß du ein Sünder bist, zählt nicht mehr. Deine Sünden werden dir vergeben werden – dafür ist die Kirche ja da! –, und dein Pfarrer wird dir jedesmal, wenn er dir auf der Straße begegnet, mit dem Hut die Steine aus dem Weg fegen.« An dieser Stelle war Don Michele in Schweigen versunken, um nachzudenken, dann hatte er gesagt: »Die Inquisition... eine üble Sache! Den Inquisitor, der jetzt da ist, habe ich noch nie zu Gesicht bekommen, Gott sei Dank, aber ich habe seinen Vorgänger gekannt, den Magister Domenico Buelli... Ein Bluthund! Einer, der nie etwas wieder aus den Fängen ließ, wenn er es einmal gepackt hatte, das kannst du mir glauben: weder einen Ketzer noch ein Geldstück, noch ein Privileg! Als der Bischof Bascapè nach Novara kam, sind sie aufeinander losgegangen wie zwei Jungstiere in der Brunst: Kopf gegen Kopf, ohne auch nur um einen Daumen breit nachzugeben... Buelli hatte vor niemandem Angst. Wäre er nicht an gebrochenem Herzen gestorben, hätte ihn auch der Bischof nicht zähmen können. Und dann war er auch noch ein wahres Genie im Geldherauspressen: Der quetschte sogar die Steine aus,

Gott hab' ihn selig. Er war es, der das alles in Novara hat bauen lassen: das Inquisitionsgericht, das Kloster, die Kirche San Pietro... Also, das weißt du besser als ich: Alles und alle haben einen Preis auf dieser Welt! Versuch mit diesem neuen Inquisitor zu reden, mach ihm ein Angebot, was weiß ich: Biet ihm ein Schwein, ein Kalb... Besser wäre es natürlich, du könntest ihm Geld anbieten: fünfzig Lire, hundert Lire... Mit hundert Lire kaufst du dir selbst den Papst! Aber soviel Geld hast du ja nicht, um es dem Inquisitor zu geben, drum biet ihm ein Schwein an, das fetteste, das es in ganz Zardino gibt. Im Tausch gegen das Mädchen. Was du ihm sagen sollst? Sag ihm: Eine Spende, Eure Exzellenz! Für das Kloster! Aber ja doch! Du riskierst nichts, sei unbesorgt! Im schlimmsten Fall wird er wütend, und das heißt dann, daß das Angebot zu niedrig war! Daß der wahre Preis höher liegt, sehr viel höher, und daß du, mein armer Bartolo, ihn in keinem Fall zahlen könntest... Aber du mußt es versuchen, auch wenn dir der Gedanke nicht gefällt und du keine Lust dazu hast, ich weiß es. Doch du mußt irgend etwas für Antonia tun! Damit du dir später nicht dein Leben lang Vorwürfe machst, weil du nichts getan hast... Die Ärmste! Unglück über Unglück! Es wäre besser für sie gewesen, die Banditen hätten sie weggeschleppt...«

Am Morgen des 4. Juli – einem Sonntag – bot sich den Gassenbuben, die immer um die Hauptstraße von Zardino herumlungerten, und den Gevatterinnen, die aus der Frühmesse kamen, ein denkwürdiger Anblick: Pietro Maffiolo, der Feldhüter, ritt kerzengerade auf seiner Mauleselin, der »Gemahlin«, durch das Dorf (*»La mujé! La mujé!«* schrien die Kinder und zogen das Tier am Schwanz), auf dem Kopf den Helm, den er dreißig Jahre lang getragen hatte, zuerst als einfacher Soldat und dann als Fahnenträger seiner Katholischen Majestät Philipps II., das Schwert an der Seite und das Blechfutteral mit den Patenten um den linken Arm gebunden. Er ritt nach Novara – aber das sollte man im Dorf erst in den folgenden Tagen erfahren –, um vor dem Inquisitor Manini sein persönliches Zeugnis über den Fall der »Hexe von Zardino« abzulegen. Er ging aus freien Stücken, ohne vom Tribunal vorgeladen worden zu sein und ohne sich mit irgend jemandem beraten zu haben: überzeugt, wie er war, einige äußerst wichtige Dinge berichten zu müssen, die dem Prozeß eine entscheidende Wendung geben und Antonias unverzügliche Freilassung zur Folge haben würden. Die Kinder, außer Rand und Band angesichts seines ungewohnten Aufzugs, rannten vor ihm her, klatschten und riefen: »*Viva 'l Fuente, viva 'l Fuente!*« und auch: »*Viva 'l Fuente e la mujé!*« Er beachtete sie nicht. Nur manchmal wedelte er mit der Hand vor dem Gesicht, als wolle er eine Fliege verscheuchen. Halblaut murmelte er vor sich hin: »*Niños locos*!« (Einfältige Kinder!). Er tätschelte die Mauleselin am Hals und ermunterte sie: »*Vamos, ánimo!*« (Vorwärts, nur Mut!)

Die Begegnung zwischen dem Inquisitor und dem alten Soldaten verlief stürmisch. Manini war gerade aus Mailand zurückgekommen, wohin er sich begeben hatte, um seinem dortigen Amtsbruder von dem Prozeß zu berichten, den er an der Hand hatte, und um ihm jenen Achtungserweis zu liefern, den Buelli ihm stets verweigert hatte: nämlich de facto jene oberste Autorität über die anderen Inquisitoren der lombardischen Diözesen anzuerkennen, die das Heilige Offizium von Mailand seit jeher für sich beanspruchte, aber keineswegs immer zugestanden bekam. Zum Dank dafür hatte er sich Ermutigung erwartet und das Versprechen, im Falle einer Auseinandersetzung mit dem Bischof von beiden Seiten, also von Mailand und Rom, Unterstützung zu erhalten. Aber er hatte nichts erhalten, weder Ermutigung noch Versprechen, und während der ganzen Rückreise hatte er sich gefragt: Warum? Warum hatte sich der Inquisitor von Mailand ihm gegenüber so verhalten? Aus Verärgerung über seinen Vorgänger? Wegen irgend etwas, das man in Mailand wußte und in Novara nicht? Und dabei hatte Manini versucht, ihm die Novareser Situation aufs eindringlichste und aufrichtigste darzulegen: Er hatte ihm vom Bischof Bascapè berichtet, von der »Hexe von Zardino«, vom Tribunal der Dominikaner, das, auf Betreiben des Bischofs, so viele Jahre zur Untätigkeit verurteilt gewesen war... Er hatte ihm die gegenwärtige Lage geschildert: Bascapè – so erzählte Manini dem Inquisitor von Mailand, der schwieg und lächelte, wer weiß worüber! – sei Hals über Kopf und im Hinblick auf das für die Heiligsprechung des seligen Karl festgesetzte Datum Monate zu früh aus Rom zurückgekehrt; nach allem, was man höre, wütend darüber, wie der Papst ihn behandelt oder nicht behandelt hatte; außerdem habe er sich eine Hand gebrochen, die ihm nach wie vor Schmerzen bereite, so daß seine Mitarbeiter in der Verwaltung der Diözese sagten, seine Stimmung schwanke zwischen Phasen der Verdüsterung und jähen Wutausbrüchen und er sei noch mehr »Leichnam« und noch unzugänglicher denn je. Was könne man von einem Mann in einer solchen Verfassung anderes erwarten, als daß er in einem Augenblick des Zorns wieder anfange, sich in die Angelegenheiten des Heiligen Offiziums einzumischen, und irgendeine Tollheit begehe?

Doch der Inquisitor von Mailand war – nachdem er sich endlich entschlossen hatte, den Mund aufzumachen und sich mit einer kleinen Ansprache vernehmen zu lassen, gespickt mit Zitaten aus der Heiligen Schrift und den Kirchenvätern, und dazu dieses ewige Lächeln auf den Lippen, bei dem selbst einem Heiligen die Hand hätte ausrutschen können – in der Angelegenheit der »Hexe von Zardino« ziemlich lau, wenn nicht sogar kalt geblieben und schließlich so weit gegangen, dem armen Manini vorzuschlagen... die Sache einfach fallenzulassen! Die derzeit vorherrschende Tendenz in der Kirche hinsichtlich Hexen und Zauberblendwerk – hatte er zu ihm gesagt – gehe dahin, soviel wie möglich davon *al civile,* das heißt an die gewöhnlichen staatlichen Gerichte, zu delegieren und nur noch jene wenigen und extremen Fälle an sich zu ziehen, in denen die Grundsätze des Glaubens selbst auf dem Spiel stünden... Umsonst hatte Manini seine langen schmalen Hände gen Himmel erhoben und den Gesprächspartner mit seinen großen graublauen Augen angestarrt, um ihm klarzumachen, daß es sich bei seinem Prozeß ja gerade um einen dieser Fälle handle! Umsonst hatte er dessen Aufmerksamkeit auf das Besondere der Novareser Situation zu lenken versucht und auf die Notwendigkeit, mit einem richtigen Fall und einem richtigen Urteil die Eigenständigkeit des Heiligen Offiziums neu zu behaupten – in einer Diözese, in der diese Eigenständigkeit so lange unterdrückt worden sei... »Aber nicht doch, was sagt Ihr denn da!« hatte ihm der Amtsbruder widersprochen und ihn dabei angesehen und immer weiter angelächelt, als ob er, Manini, ein unbedachter Knabe wäre, der einfach so daherplappere. »Was soll denn so Besonderes an der Situation der Diözese von Novara sein, daß es nicht in den Rahmen der allgemeinen und gewohnten Probleme unseres Amtes fiele?« Und dann hatte er ihn verabschiedet, indem er ihn bis zur Tür seines Amtszimmers geleitete; er hatte seine Hand mit beiden Händen ergriffen, ihm auf diese entnervende Art zugelächelt und ihm zweimal eingeschärft: »Seid auf der Hut!«

Während er in seinem Zimmer auf und ab schritt, dachte Manini immer noch an diese Begegnung: »Er wollte mich demütigen! Warum bloß?« fragte er sich. Und er wußte keine Antwort darauf.

Als er jenen unerwarteten Besucher vor sich sah, von dem Taddeo ihm erzählt hatte, er sei mit Helm und Schwert bewehrt erschienen wie der Paladin Orlando und man habe die sprichwörtlichen sieben Hemden durchschwitzen müssen, um ihn dazu zu bringen, sich seines Alteisens zu entledigen, bedachte ihn der Inquisitor zunächst mit einigen – natürlich ironisch gemeinten – Lobesworten: »Bravo!« sagte er. »Das war wirklich ein trefflicher Einfall von dir, dich dem Heiligen Tribunal zu präsentieren, auch wenn dich keiner gerufen hat, und sogar noch am Sonntag und ganz ohne Angst, Uns zu belästigen – angesichts der Bedeutung dessen, was du zu sagen hast!« Er forderte ihn auf, sich alles von der Seele zu reden. »Vielleicht bist auch du mit der Hexe zum Sabbat gegangen?« bohrte er. »Oder vielleicht warst *du* ihr Teufel? Erzähle!«

»Zu Befehl, Euer Gnaden«, sagte der Feldhüter, der nicht so sehr auf die Worte des Inquisitors geachtet hatte, als vielmehr auf dessen Art, zu reden und dabei die Augen und das Gesicht, ja die ganze Gestalt zu bewegen. Er, Maffiolo, hatte schon einmal einen Mann gekannt, der so redete, und plötzlich erinnerte er sich wieder (*»Madre de Dios!«*). Der *conde* (Graf) Horacio Lope de Quiroga, Hauptmann des Zweiundzwanzigsten Regiments der Flandrischen Armee. Der größte *maricón* (Schwule), der je unter der Flagge Spaniens gekämpft hatte, und vielleicht auch der größte Narr: Er bestand unnachgiebig auf der perfekten kastilianischen Redeweise, selbst bei den Deutschen, und als er sich einmal in einen Soldaten verliebt hatte, schickte er ihm einen Rubinring mit seinem Wappen...

Der Feldhüter fuhr aus seinen Gedanken hoch: »Im vorigen Jahr«, sagte er, »in der Reissaison, war ich jede Nacht draußen, um die Schleusen am Cavetto zu kontrollieren, das ist ein Wasserlauf, der zur Bewässerung der Obstgärten dient und daher dem öffentlichen Interesse unterliegt. Als ich eines Nachts bei Vollmond am *dosso dell'albera* vorbeikam, habe ich dieses Mädchen gesehen, das Ihr als Hexe eingekerkert habt, die Antonia: Sie war mit einem gewissen Tosetto zusammen, einem *camminante* und Kapo der *risaroli* aus einem Dorf in Richtung Novara. Ein elender Spitzbube! Ich schwöre bei meiner Soldatenehre, daß das die Wahrheit ist und daß um die beiden herum alles ganz normal war: Keine Teufel und keine Hexen, die auf dem Sabbat tanzten, und auch sonst kein Zauberwerk. Das ist alles.«

Während der Feldhüter redete, betrachtete ihn der Inquisitor, Interesse und auch Erstaunen heuchelnd, auf eine Weise, die besagen sollte: Potztausend! Das sind aber einmal nützliche Enthüllungen! Dann jedoch wurde er wieder ernst. Er erhob sich und sagte zum Feldhüter: »Du solltest dich schämen!« Und während der ihn ansah und nicht begriff, hob er vorwurfsvoll den Finger und wiederholte: »Du solltest dich schämen, deiner Dummheit und deiner Überheblichkeit wegen! Du, der so dumm ist, daß er meint, die Wahrheit zu kennen, und so überheblich, daß er sich erdreistet, hierherzukommen, um sie Uns zu erzählen, ausgerechnet Uns vom Tribunal Gottes! Mit der gleichen Unverfrorenheit, mit der du sie Trunkenbolden wie deinesgleichen erzählen würdest, in irgendeiner der Schenken, in denen du dich für gewöhnlich herumtreibst!« Er legte eine Schauspielerpause ein. Dann fragte er: »Hast du vielleicht geglaubt, sie wäre Uns noch nicht bekannt, deine Geschichte vom *camminante*?« Er stieß mit dem Finger in Richtung Feldhüter. »Wer bist du denn, du kleiner und anmaßender Mensch, daß du es wagst, hierherzukommen und dem Heiligen Offizium Lehren zu erteilen? Wer hat dich gerufen? Geh und untersteh dich, Uns je wieder unter die Augen zu kommen!«

Von dieser großen Schmährede des Inquisitors verstand Maffiolo einige Worte, und viele andere verstand er nicht, aber die Sache war keineswegs nach seinem Geschmack. Als er schließlich diesen Finger gegen sich gerichtet sah, wurde er blaß, trat einen Schritt zurück, und seine Hand fuhr unwillkürlich zum Schwert; und da sie es nicht fand, wanderte sie nach oben, zu dem Blechfutteral mit den Patenten, band es ab und packte es, als ob es eine Waffe wäre. »Ich«, sagte der Feldhüter, und seine Stimme zitterte vor Zorn, die Finger öffneten das Futteral und wühlten darin, als ob sie etwas suchten, »ich habe gegen Luther und gegen den Türken gekämpft, gegen den Polen und gegen den Engländer. Ich bin siebenmal in der Schlacht verwundet worden; ich besitze zwei Tapferkeitsauszeichnungen und das Band des Fahnenträgers Seiner Katholischen Majestät des Königs! Wenn Leute wie Ihr jetzt einen alten Mann wie mich beleidigen können, dann nur dank der vielen von meinen Kameraden« – er machte das Kreuzzeichen und küßte sich den Finger –, »die ihr Leben auf den Schlachtfeldern gelassen haben, in Flandern oder an der Donau oder in noch ferneren Gefilden.« Er schlug die Hacken zusammen und machte kehrt. »*Quédese Usted con Dios!*« (Gott steh' Euch bei!)

26. Kapitel

DAS GEFÄNGNIS

So endete der Monat Juni für Antonia: im Kerker. Während außerhalb der Mauern des Tribunals und in der Bassa alle ihre seit jeher gewohnten Arbeiten verrichteten und die Sonne jeden Morgen auf- und jeden Abend in einem Meer von Dämpfen und Nebeln unterging. Nur Antonia saß eingekerkert unter der Erde, ohne andere Besuche als die vorgeschriebenen ihrer Kerkermeister und ohne andere Gesellschaft als die der Ratten. Die Verliese der Inquisition von Novara befanden sich in den Kellern des Tribunals, rechts der Treppe die Zellen für die Männer und links davon die für die Frauen. Außer der Hexe war zur Zeit des Geschehens auch noch ein »sodomitischer Kleriker« dort inhaftiert, von dem man nichts weiß als das, was eben diese beiden Worte besagen. Doch dann mußte der Kleriker in das bischöfliche Gefängnis überstellt werden, und Antonia war allein zurückgeblieben.

Die Zellen waren winzig: dunkle Löcher ohne Fußboden und ohne Fenster; der einzige Lichtschein drang durch eine kaum mehr als handgroße Öffnung herein, die sich in Augenhöhe in der Tür befand. Wenn sie sich an diese Öffnung stellte, konnte Antonia auf einen Gang sehen, der tagsüber durch zwei Eisengitter in der Decke vom Hof der Mönche her Licht bekam, des Nachts durch eine Laterne, die an einem Haken an der gegenüberliegenden Wand hing. An dieser Wand liefen zu jeder Tages- und Nachtzeit und so gut wie ohne Unterbrechung fette

Ratten hinauf und hinunter, mit schwarzem, glänzendem Fell auf dem Rücken und grau am Bauch: Es waren jene Ratten, die später in unseren Städten aussterben sollten, um den aus Amerika eingeschleppten helleren Wanderratten Platz zu machen; doch im Sommer 1610 waren sie noch quicklebendig und in keiner Weise um das Schicksal ihrer Nachkommenschaft besorgt. Sie drangen in Antonias Zelle, näherten sich ihr, »kosteten« sie, das heißt, sie erprobten die Genießbarkeit des Holzes ihrer Pantinen und des Stoffs ihres Gewandes, rissen sie aus dem Schlaf, sobald sie eingenickt war, und zwangen sie, sich schreiend und mit den Füßen stampfend ihrer zu erwehren, drei- oder viermal in der Stunde oder auch noch öfter. Ohne die Aggressivität dieser Biester wäre der Kerker beinahe erträglich gewesen, und Antonia, die Schrecken und Abscheu vor ihnen empfand, überwand sich, mit ihren Kerkermeistern darüber zu reden: mit dem jungen Bernardo mit seinen Schielaugen und dem halboffenen Mund, der ihr zuhörte, ohne auch nur ein Wort zu sagen (war er etwa taub?), und dann mit dem alten Taddeo mit seinem kahlen Schädel und den großen Tränensäcken unter den Augen, der Verwunderung und Entrüstung heuchelte. »Ratten?« sagte er. »Hier bei uns? Weh mir, wenn das dem Inquisitor zu Ohren kommt!« Er stellte ihr eine Menge Fragen: Ob sie ganz sicher sei, welche gesehen zu haben? Ob es viele seien? Ob sie sie gezählt habe? Schließlich, nachdem er sich noch eine Weile über sie lustig gemacht hatte, versprach das alte Scheusal, er werde mit großen Fallen und giftigen Ködern Abhilfe schaffen; er werde ein solches Blutbad unter den Ratten anrichten, daß im Gefängnis des Heiligen Offiziums von Novara selbst die Erinnerung an diese Tiere ausgelöscht würde. Und doch blieben die Ratten samt und sonders im Kellergeschoß, von der ersten bis zur letzten: die toten, um zu verwesen und zu stinken, und die lebendigen, um weiter ihr Unwesen zu treiben. Immerhin linderte die Dezimierung der letzteren Antonias

Qualen etwas und erlaubte ihr wenigstens kurze Schlafpausen, ohne belästigt zu werden: eine große Erleichterung!

In den ersten Tagen im Kerker wechselte Antonias Verfassung zwischen Wutausbrüchen und kummervollem Schluchzen: Sie schrie, daß sie hinauswolle, daß sie nichts Böses getan habe, weder den Pfarrern noch sonst jemandem; daß sie unschuldig sei! Sie hämmerte mit den Fäusten gegen die Wand und raufte sich die Haare. Dann beruhigte sie sich. Sie saß auf der rohen Bank und starrte auf das Türfensterchen und auf die gegenüberliegende Wand mit den Ratten, die hinauf- und hinunterliefen, während über ihr die Tage und die Nächte einander immer rascher ablösten. Sie redete nicht, sie reagierte nicht einmal, wenn Taddeo ihr den Napf mit gekochtem Reis in die Hand gab und zeremoniell verkündete: »Hier kommt das Mittagsmahl! Für das Edelfräulein ist serviert!« Oder wenn er am Morgen von ihr Auskünfte über den Sabbat haben wollte: Ob es gutgegangen sei? Ob in dieser Nacht alle ihre Teufelsfreunde dagewesen seien? Ob sie besser seien als die Männer, diese berühmten Teufel? Ob sie einen größeren ... hätten? Und dergleichen Blödsinn mehr.

Die ärztliche Untersuchung, obligatorisch bei dieser Art von Prozessen, fand am Morgen des 12. Juli statt, ehe Antonia zum dritten- und letztenmal vom Inquisitor verhört wurde, und sie dauerte fast eine Stunde. Die beiden Sachverständigen, ein gewisser Ovidio De Pani vom Collegium der *Doctores medicinae* von Novara und ein gewisser Giovan Battista Cigada vom Collegium in Mailand, widmeten sich ausführlich und mit großer Gewissenhaftigkeit zwei äußeren Merkmalen Antonias, die ihnen offenbar suspekt erschienen, und zwar dem krausen, schwarzen Haar und der großen Anzahl von Leberflecken. Vor allem letztere erregten ihren Verdacht als mögliche *signa Diaboli,* »Teufelsmale«; daher unterzogen sie diese der Stich-Probe, indem sie mit einer Silbernadel geduldig in jeden einzelnen Fleck stachen und dabei feststellten, daß einige davon so gut wie unempfindlich waren: ein ernstes Indiz – schrieben die Doktoren – und ein fast sicherer Beweis (»*majus argumentum et satis firma probatio*«) für eine erfolgte Inbesitznahme durch den Teufel. Die vom Dämon bewohnten Körper, das wisse man, wiesen oft gefühllose Zonen auf, und eben dadurch erkenne man sie als solche. Nicht ganz so große Bedeutung schienen sie dagegen dem anderen Merkmal Antonias zuzuschreiben, nämlich dem krausen dichten und schwarzen Haarwuchs auf dem Kopf und an den anderen von der Natur dafür vorgesehenen Körperstellen. Tatsächlich sehe man – äußerten sich die Sachverständigen –, oft Frauen mit solchen Merkmalen, die ohne Zweifel keine Hexen seien, sondern jeden Augenblick ihres Tages brav lebten und sich auch mit großer Frömmigkeit den Andachtsübungen hingäben; es sei daher geboten, in dieser Materie zu differenzieren und mit großer Behutsamkeit vorzugehen und sich vor übereilten Schlüssen zu hüten, die sich später als irrig erweisen könnten. Zum Schluß appellierten die beiden Ärzte – vielleicht aus Menschlichkeit, vielleicht aus wissenschaftlichen Skrupeln – an das Heilige Tribunal, man möge doch noch einen letzten Versuch unternehmen, das Mädchen vom Teufel zu befreien, ehe man es verurteile: mit Pillen aus Wermut, Aloe, Raute und ähnlichem oder mit starken Abführ- beziehungsweise Brechmitteln; denn es sei – sagten sie – bereits vorgekommen, daß solche Mittel sich als wirksam erwiesen hätten und der Teufel aus dem Körper der Frau ausgefahren sei, »*in flatus, stercus aut utcumque in corporis excrementa*« (in Winden, Kot oder anderen körperlichen Ausscheidungen). Doch zum Glück für Antonia ist nichts davon bekannt, daß man dieser Anregung der Sachverständigen gefolgt wäre...

Nach einer Pause von wenigen Stunden in der Zelle wurde Antonia am Nachmittag desselben 12. Juli 1610 wieder ins Erdgeschoß hinaufgebracht, in den eigens für das Verhör und die Tortur der Ketzer eingerichteten Raum, und einer neuen Prüfung unterzogen, die, wie das Protokoll berichtet, bis in die Nacht hinein andauerte und dem Prozeß eine entscheidende Wendung gab: Tatsächlich erwies es sich im Verlauf dieser letzten Befragung, daß Antonia eine gefährliche Ketzerin war, nicht bloß eine *lamia*, das heißt eine in Schadzauber bewanderte Hexe, sondern auch eine Verbreiterin häretischer und schismatischer Lehren unter den Bewohnern der Bassa: ein Luther im Rock, ein Teufel in Weibsgestalt! Die Gegenwart des Teufels bei diesem letzten Verhör habe sich – sagen die Prozeßakten – klar und eindeutig manifestiert, von den ersten Antworten der Hexe an und ohne daß es eines besonderen Einsatzes von seiten Maninis bedurft hätte: Vielmehr sei dieser noch einmal auf zahlreiche Fragen zurückgekommen, die er bereits in den vorangegangenen Verhören gestellt habe.

»Stimmt es«, hatte der Inquisitor Antonia unter anderem gefragt, »was einige Zeugen behaupten, daß du zum *dosso dell'albera* gegangen bist, um dich mit einem Mann zu treffen, einem *camminante*, genannt Tosetto, und nicht mit dem Teufel? Antworte!«

»Wäre mein Schatz ein Mann gewesen, wie Ihr sagt«, erwiderte Antonia, »dann wäre er gekommen, um mich vor dem Tribunal zu entlasten. Er ist aber nicht gekommen, also ist er ein Teufel.«

»Wie ist der Teufel beschaffen?« fragte der Inquisitor.

»Genauso wie ein Mann beschaffen ist. Wie Ihr.«

»Was hast du mit dem Teufel getrieben?«

»Wir haben uns geliebt.«

»Und was noch?«

»Wir haben miteinander geredet.«

»Hattest du Komplizen?«

»Nein, hochwürdiger Herr.«

»Habt ihr kleine Kinder zu Tode gebracht?«

»Nein, hochwürdiger Herr.«

Um die Hexe zum Eingeständnis ihrer Verbrechen zu zwingen, unterzog man sie daraufhin einer ersten Tortur mit dem *curlo*. Diese Art der Folter bestand darin, daß man die Hexe an den Handgelenken zwei bis drei Meter hinaufzog und sie dann auf den Boden fallen ließ, nachdem man sie für eine Zeitspanne, die der Inquisitor je nach Notwendigkeit von Mal zu Mal festsetzte und die in Gebeten gemessen wurde, hatte hängen lassen; so sagte er beispielsweise zum Folterknecht: »Halt sie ein Paternoster lang oben«, oder »ein Salve Regina«, ein »Miserere«... (Diese ganze Prozedur reduziert sich in den Prozeßakten auf zwei Worte: *»ter squassata«*, nämlich daß man Antonia dreimal hintereinander hochgezogen und wieder zu Boden hatte fallen lassen.) Die Inspektion vor der Tortur war diesmal Sache des jungen Bernardo gewesen, der es nicht mehr darauf hatte ankommen lassen wollen, mit dem Vater »Kopf oder Zahl« darum zu spielen; vielmehr trat er, als der Moment gekommen war, resolut vor: »Ich bin dran!« Taddeo hatte später versucht, der Hexe die Knochen, die samt und sonders verrenkt waren, wieder einzurichten, damit der Inquisitor sie weiter befragen könne. Wie es denn auch geschah.

Im Verlauf des folgenden Verhörs kam es zu zwei weiteren Unterbrechungen, in denen die Hexe zwei weitere Male gefoltert wurde; das erste Mal wiederum mit dem *curlo*, das zweite Mal auf dem *lectus cruciatus*, jener speziellen Folterbank, die Buelli eigens für das Heilige Offizium von Novara hatte anfertigen lassen, wobei er das damals verbreitetste Modell noch mit einigen Neuerungen versah. In dieser Phase des Prozesses wurde Antonia eine ganze Reihe von Fragen gestellt, die das »Ritual« betrafen: Ob bei den Sabbaten Kreuze mit Füßen getreten worden seien? Ob man geweihte Hostien ausgespien habe? Ob es zu Abschwörungen der Taufe gekommen sei? Und anderes mehr, das für unsere Geschichte jedoch nicht von Bedeutung ist.

Neuen Torturen unterworfen, wurde Antonia wahnsinnig vor Schmerz: Sie brüllte, heulte, flehte ihre Peiniger an, doch von ihr abzulassen, beschimpfte den Inquisitor Manini und den Cancellarius Prinetti, sagte grauenhafte Dinge, Schaum trat ihr vor den Mund, sie verdrehte die Augen, streckte die Zunge heraus und verlor schließlich die Sinne: Kurzum, sie verhielt sich so, wie sich die an die *curli* gehängten oder auf den Folterbänken der Inquisition gequälten Hexen normalerweise verhielten. Doch in den Antworten, die sie danach gab und die der Cancellarius im Protokoll festhielt, werden ihre Wut und ihre Verzweiflung zu Heroismus, zum Willen, auf die einzige Weise, die ihr noch möglich ist, über ihre Peiniger zu siegen, nämlich indem sie sich als stärker erweist als jene. In diesen Antworten tritt die Persönlichkeit Antonias (in den Prozeßakten leider ebenso verblichen wie auf dem Bild des Madonnenmalers Bertolino) in ihren authentischsten und lebendigsten Zügen hervor: Unschuld, Stolz und Entschlossenheit. Sie gewinnt Größe, für sich allein und im Vergleich mit ihren Richtern, die sich keinen Reim auf soviel Mut machen können und schließlich – wie bereits gesagt – das Verdienst daran allein dem Teufel zuschreiben.

In seinem Schlußplädoyer, gehalten am 20. August vor dem im Sitzungssaal versammelten Tribunal, sprach Manini dann von einer außernatürlichen und dämonischen Kraft, die es der »Hexe von Zardino« ermöglicht habe, höchst schmerzhafte Torturen mehrmals hintereinander zu ertragen, ohne auch nur einmal von ihrem niederträchtigen Willen abzuweichen, sondern vielmehr nach wie vor jene ungeschlachten Häresien von sich zu geben und auch noch zu bekräftigen, derentwegen sie eingekerkert worden sei und die sie unter den Bauern des Sesia-Ufers zu verbreiten versucht habe. Von diesen Häresien gab der Inquisitor den Richtern ein ziemlich exaktes Resümee, das seine Wirkung nicht verfehlte. Sämtliche ketzerischen Behauptungen der »Hexe von Zardino« – faßte der Inquisitor zusammen – konzentrierten sich auf drei Punkte: der erste sei die Nutzlosigkeit der Priester, nach den Worten der Hexe Parasiten auf dem Lande wie in der ganzen Welt; der zweite die bloß symbolische Natur Jesu Christi (»Es hat viele Jesuschristusse gegeben, seit die Welt besteht, und Jesuschristinnen noch viel mehr«); der dritte schließlich der Ursprung der Sünde, nämlich das, was die Kirche »Erbsünde« nenne, der nach Antonia aber in der Kirche selber liege. (»Die erste Sünde ist die Lüge der Pfarrer. Sie behaupten zu wissen, was sie nicht wissen; sie geben dem einen Namen, der keinen Namen hat. Das ist die erste Sünde. Das übrige folgt dann.«)

Nach dem, was der Cancellarius Prinetti berichtet, war es an dieser Stelle des Verhörs gewesen, daß Manini aufsprang, sich die Kapuze über den Kopf zog und rief: »*Diabolus locutus!*« (Der Teufel hat gesprochen!)

Es war heiß in diesen Tagen: heiß und schwül. Die Bassa und die gesamte Novareser Ebene waren unter der sengenden Sonne jenes Monats Juli Anno Domini 1610 ein riesiger, dampfender Sumpf, der, in Erwartung des Regens, allmählich auszutrocknen drohte. Um die Reisfelder unter Wasser zu halten, stahlen sich die Bauern das Wasser gegenseitig, oder sie stahlen es ihren Herren. Der Fluß Sesia, aus dem sich alle bedienten, war fast ausgetrocknet: eine Steinwüste, so weit das Auge reichte, mit zwei, drei Rinnsalen in der Mitte, die Mühe hatten, nicht zwischen einer Lache und der nächsten zu versickern. Man ersehnte, man erflehte die Gewitter: Aber die einzigen Wolken, die sich gegen Abend über der Stadt und über der Bassa erhoben, waren die der Stechmücken.

Angesichts dieser Lage und in der Erwartung, daß der Milizhauptmann von Novara – an den er sich gewandt hatte – ihm jenen *camminante* Tosetto, Kapo der *risaroli*, dessen Name mehrmals in Antonias Prozeß aufgetaucht war, zum Verhör herbeischaffe, reiste Manini ab, fuhr in Ferien: Im übrigen hatte er gerade in jenen Tagen von seiten des Hochwürden Aimo und anderer Mitarbeiter des Bischofs die Zusicherung erhalten, daß Bascapè ihm diesmal nicht in »seinen« Prozeß hineinreden wolle; der habe im Augenblick andere Sorgen! Als generelle Regel – sagten die Männer der Kurie –, solle künftig gelten, daß der Inquisitor davon Abstand nehme, Fälle, in die Personen geistlichen Standes verwickelt seien, an sich zu ziehen, und sollten ihm solche, wie bei dem »sodomitischen Kleriker«, unterkommen, so sei der Angeklagte unverzüglich ihrem Tribunal zu überstellen, und zwar ohne daß er auch nur verhört werde; was jedoch etwa anhängige Fälle gegen Laien angehe, so seien keinerlei Einwände erhoben und keine besonderen Vorkehrungen getroffen worden, weshalb man davon ausgehen könne, daß der Bischof stillschweigend damit einverstanden sei, sie dem Heiligen Offizium zu überlassen: »*Nulla negatio prorsus est assensus*« (Das Fehlen eines Verbotes kann als Zustimmung aufgefaßt werden).

Also wie gesagt, der Inquisitor reiste ab: Er kehrte in seinen Heimatort Gozzano, am Ufer des Ortasees, zurück und blieb dort bis Mitte August: Besuche auf dem Heiligen Berg von Orta, der damals noch eine Baustelle von etwa zehn Kapellen war, wechselten sich mit Bootsausflügen und Spaziergängen in den Wäldern ab. Der Ortasee war in jenen ersten Jahren des siebzehnten Jahrhunderts, in denen Antonias Geschichte spielt, ein bezauberndes Stückchen Erde, wie aus dem Märchen: Seine Wasser waren noch nicht von den Industrieabfällen verseucht und auch noch nicht von Motorbooten durchfurcht, und das Asphalt-Spinnennetz rings um ihn existierte ebensowenig wie die Campingplätze, die Reihenhäuser, die acht- oder zehnstöckigen Wohnblocks und all die anderen Bausünden des zwanzigsten Jahrhunderts. Nicht einmal den Spaniern, die damals alles zuschanden machten, in Italien und anderswo, war es gelungen, sich dieses winzigen Paradieses zu bemächtigen. Da das ganze Ortasee-Gebiet aufgrund uralter Privilegien der Bischöfe von Novara Kirchenbesitz war, hatte Bascapè nach seiner Weise jenes anachronistische Recht der Kirche, die weltliche Gerichtsbarkeit auszuüben, Heere unter Waffen zu stellen und Münzen zu prägen, in endlosen Prozessen verteidigt, die sich in jenem Jahr 1610 immer noch vor verschiedenen Gerichten hinzogen: in Mailand, in Rom, in Madrid. Diese Prozesse waren natürlich samt und sonders verloren, ehe sie überhaupt begonnen hatten, und keineswegs aus juristischen Gründen; sie waren – wie soll man sagen? – absurd angesichts der Zeiten und der konkreten Lage der Örtlichkeit, auf die sie sich bezogen. In einem Italien, in dem sich der Länge und Breite nach Heere verschiedener Sprachen und verschiedener Nationalitäten tummelten, konnte niemand – nicht einmal der Bischof von Novara! – daran denken, sich einen Privatstaat auszuschneiden und dann darin zu herrschen, als ob dieser Staat sich auf dem Mond befände und nicht mitten im Herrschaftsbereich Spaniens. De facto regierten die Spanier den Staat Mailand, waren in Novara und seinem Umland präsent und hätten sich jederzeit des Ortasees bemächtigen können, wenn sie nicht, nur um sich nicht mit diesem verrückten Bischof Bascapè herumstreiten zu müssen, auf die Errichtung einer Garnison verzichtet und die ganze Sache vertagt hätten, bis der Bischof *muerto*, tot, wäre: ein Zustand, von dem viele sich wünschten, daß er *de prisa* (eilends) eintrete.

In dieser bezaubernden Landschaft um den See verweilte Manini, wie bereits erwähnt, über einen Monat, da er aus Novara die Nachricht erhalten hatte, daß der Bischof Bascapè ins Val Vigezzo aufgebrochen sei, ohne Dispositionen getroffen zu haben, die das Heilige Offizium oder ihn persönlich angingen: So daß es zumindest für den Moment – hatte unser Inquisitor gedacht – keinen Grund gab, die Sommerfrische zu unterbrechen, um in die Stadt zurückzukehren und dort vor Hitze umzukommen. Die drückende Schwüle, die am Ortasee und in den Alpen durch die häufigen Gewitter gemildert wurde – kleine Wolken, die sich durch die Verdunstung über dem See oder der dahinterliegenden Ebene bildeten und gegen Abend in Regen auflösten –, machte das Klima in der Bassa dagegen unerträglich. Die Stadt Novara stank – den Berichten von Reisenden zufolge – bei Windstille, als wäre sie ein riesiger Misthaufen, und sie wurde von Myriaden blutdurstiger Insekten heimgesucht, die flogen, hüpften, in die Strohsäcke und die Kleidernähte krochen oder direkt auf dem Leib der Menschen, in ihren Gewändern, ausschlüpften! Die Handwerker schlossen ihre Werkstätten, jede Arbeit ruhte, und auch das Heilige Tribunal – sagte sich Manini – konnte sich eine vorübergehende Pause gönnen: Gott und der Teufel, gleichermaßen erhitzt, würden warten, bis die Luft wieder abkühlte, um sich dann erneut das Menschengeschlecht streitig zu machen, wie sie es für gewöhnlich taten, nicht ohne Hiebe und mit der ganzen Kraft, die eine so begehrte Beute beiden abverlangte! Es gab nur noch zwei Zeugen zu befragen, die bereits vorgeladen worden waren: zwei Zeugen, die über den Tosetto, also den *camminante,* aussagen sollten, denn der Tosetto selbst war – wie der Cancellarius Prinetti ausrichten ließ – unauffindbar geblieben. Doch wegen zwei solcher Zeugen brauchte sich der Inquisitor gewiß nicht zu inkommodieren, da genügte der Cancellarius. Sollte der sich um sie kümmern...

Die Vernehmungen eines gewissen Spirito Fassola am Dienstag, dem 26. Juli, und dann einer gewissen Demaggi, genannt Gippa, am Samstag, dem 30. Juli, fanden in einer von der Hitze und den Giftdünsten des Novareser Sommers beeinträchtigten Atmosphäre statt und trugen nichts Wesentliches dazu bei, die Figur jenes mysteriösen Liebhabers der Hexe, über den die Aussagen in den Prozeßakten auseinandergehen und den Antonia selbst als Teufel bezeichnet hatte, ein wenig deutlicher werden zu lassen. Der Cancellarius Prinetti, praktisch nackt unter seinem Habit aus weißer und schwarzer Wolle, war so von der Hitze geschwächt, daß nicht einmal die Nähe einer Frau wie die Gippa die Kraft hatte, seine – wenn auch keuschen, so doch vorhandenen – Sinne wiederzubeleben und ihn in Versuchung zu führen. Diese Gippa Demaggi, verwitwete Pescio – von Buelli zu dessen Lebzeiten bereits einmal verhört, da sie selbst im Verdacht stand, eine Hexe zu sein, dann aber mit der Abschwörung davongekommen –, stand in dem Ruf, von ziemlich freien Sitten und beschränktem Geist zu sein. Tatsächlich war sie eine einfältige Person, die dem Erstbesten auf den Leim ging, wenn er nur das rechte Mundwerk hatte und keinen unangenehmen Anblick bot. Hübsch und blühend in ihrer Jugend, war die Gippa zur Zeit des Prozesses eine Matrone mit karottenrotem Haar und ausladenden Rundungen, die die Soldaten des Kastells, wenn sie ihr auf der Straße begegneten, jedesmal ganz aus dem Häuschen brachten und die Gassen von Novara von Pfiffen widerhallen ließen, wenn die Gippa vorbeiging. Sie war eine halbe Spanne größer als der Cancellarius und dementsprechend robust. Als sie vom Tosetto redete, fuhr sie sich immer wieder mit einer Hand in den Busen, um ein gesticktes Taschentüchlein herauszuziehen oder wieder hineinzustecken, mit dem sie sich die Tränen abwischte, die ihr in den bedeutsamsten Momenten ihrer Rede aus den Augen tropften, ohne daß sie wirklich geweint hätte: Theatertränen oder etwas Derartiges... Der Tosetto – so der Kern von Gippas Aussage – sei ein braver Bursche, der ihr einmal, als sie miteinander ins Gespräch gekommen seien, gesagt habe, er wolle sie heiraten; und seither sähen sie sich von Zeit zu Zeit, wenn er nach Novara komme, doch ohne daß irgend etwas Schlechtes dabei geschehe, da sei Gott vor! Sie rief Gott zum Zeugen an, und auch ihre verstorbenen Eltern würden, wenn man sie befragen könnte, das ehrbare Betragen ihrer Tochter in diesem wie in anderen Fällen bestätigen, trotz des Geredes, das über sie in Umlauf sei: Denn Witwe zu sein sei »ein gar abscheulich Ding«, überall und in einer Stadt wie Novara, wo es so viele böse Zungen gebe, ganz besonders. Der Tosetto – sagte sie – habe vom Sesia fortgehen müssen wegen der Gerüchte und der großen Aufregung in der Bassa über diese »Hexe von Zardino«; nicht weil er sich davor gefürchtet hätte, vor dem Tribunal Rechenschaft über seine Handlungen ablegen zu müssen, denn er sei unschuldig, sondern weil er, wild wie alle *camminanti* nun einmal von Natur aus seien, lieber stürbe, als auch nur einen Tag im Gefängnis zu sitzen. Es sei nicht recht – schloß die Gippa und vergoß all ihre restlichen Tränen –, daß es immer noch diese Hexen auf der Welt gebe, die allen möglichen Menschen schadeten und brave Burschen zugrunde richteten.

Als noch geiziger an brauchbaren Informationen hatte sich zuvor der Fassola erwiesen: Er hatte lediglich eingeräumt, den *camminante* zu kennen und ihn im Sommer 1608 und dann noch im darauffolgenden Jahr als Wasserwächter eingestellt zu haben. Ansonsten wisse er nichts über ihn und noch weniger über seine Liebschaften. Die *camminanti* – sagte der Bauer Fassola – seien seltsame Leute: Am besten lasse man sich nicht mit ihnen ein! Und das muß sich auch der Inquisitor Manini gedacht haben, als er die Anklageschrift gegen die Hexe aufsetzte, in der vom Tosetto nur gesagt wird, daß er nichts anderes als ein Teufel gewesen sei, nein: *der* Teufel! Der uralte *Camminante,* der durch die Welt zieht und Frauen wie Männer in die Falle lockt; und der wandert und wandert und niemals müde wird, die Menschen zu versuchen.

27. Kapitel

DIE LETZTE REISE

Bascapè schlief nicht. Die Hitze, die Schwüle, die Beschwerden mit der Hand, die er sich in Rom gebrochen hatte, als er die Stufen von San Paolo in Colonna hinuntergestürzt war, und die kein Arzt ihm wieder hatte richten können, nicht einmal der Chirurg des Papstes, raubten ihm seit vielen Nächten die Erquickung des Schlafs und ließen ihn den ganzen folgenden Tag erschöpft und wie gelähmt zubringen. Aber es gab keine Abhilfe, das wußte er jetzt; es gab weder Arzneien noch Gebete, die die Übererregtheit der Stunde und der Gedanken hätten besänftigen und seinem Geist die Stille, die so ersehnte Ruhe hätten zurückbringen können. Er mußte sich erheben: etwas zu lesen finden oder sich an den Schreibtisch setzen und mit den Fingern über die wächserne Totenmaske des seligen Karl Borromäus streichen, um sein Bild heraufzubeschwören, um mit ihm zu sprechen, als ob er noch am Leben und hier wäre; um ihm über die Angelegenheiten der Welt Bericht zu erstatten und ein wenig auch über seine eigenen; um ihn zu bitten, er möge ihm wenigstens leben helfen, wenn er sich denn nicht entschlösse, ihm sterben zu helfen! Auch tagsüber beschwor Bascapè den seligen Freund, er möge ihn doch zu sich holen. Er möge nicht länger säumen. »Ich will eilends diesen Schatten durchqueren, der noch vor mir liegt«, sagte er zu ihm, »und in dein Licht hinaustreten. Ich bin müde!«

Im Leben eines Menschen, der sich in seiner Jugend

ganz einem Ideal verschrieben hatte, kommt immer der Augenblick, in dem er sich endgültig, ohne weitere Hoffnungen, ohne Illusionen oder Träume des Beharrungsvermögens der Dinge und der Welt klarwird. Der Augenblick, in dem er begreift, daß der Glaube die Berge nicht versetzt, daß die Finsternis immer über das Licht herrschen, die Trägheit jeden Aufbruch ersticken wird und so weiter. Sieben Monate Aufenthalt in Rom hatten genügt, den Bischof Bascapè der Realität ins Gesicht sehen zu lassen, ihm auch die letzten Illusionen zu rauben. Jetzt wußte er. Jene Kirche, die er und der selige Karl auf dem Glauben, auf dem sittlichen Eifer, auf den großen Werken der Frömmigkeit und der Barmherzigkeit neu begründen wollten, hatte sich statt dessen in dem kurzen Zeitraum von zwei Jahrzehnten gänzlich festgefahren und war erstarrt – war geblieben wie das Babylon der Schrift: ein Monument der Dinge dieser Welt und der Politik dieser Welt. Eine Grube der Machenschaften und Ränke, die sich sogar ihrer Heiligen zu entledigen vermochte und sich ihrer auch tatsächlich entledigte, und zwar auf die zynischste und unverschämteste Weise: indem sie sie heiligsprach! Indem sie sie in den Kalender setzte, das heißt auf den Dachboden schaffte! Deshalb war er, Bascapè, nach Novara zurückgekehrt, alles stehen und liegen lassend, Hals über Kopf, ohne sich im Papstpalast auch nur zu verabschieden; und deswegen hatte er sich auch geweigert, am Fest der Heiligsprechung des seligen Karl teilzunehmen, die zu diesem Zeitpunkt und für den, der sie veranlaßte, nur einen einzigen Zweck hatte: nämlich sich von den Toten zu befreien, aber auch von den Lebenden, von Carlo Borromeo, aber auch von Carlo Bascapè ... Und so sollte später einer seiner Biographen schreiben: »Er beschloß abzureisen, beteuernd, er könne sich dieser Kanonisation nicht aufrichtig erfreuen, bei der man zur selben Zeit einerseits die Person geheiligt und andererseits ihre Handlungen verleugnet sehe.« Starke Worte, und skandalöse für jene

Zeit! Worte offener Auflehnung, aber vielleicht dennoch nicht ausreichend, den Gram und die Sorge auszudrükken, die die Schritte des Bischofs in jenen heißen Julinächten 1610 lenkten, hinauf und hinunter über die Treppen und die Korridore des Bischofspalasts von Novara; die ihn dazu trieben, sich an die Fenster zu stellen, um in das Dunkel zwischen den Häusern zu starren wie in die Tiefe der eigenen Seele...

An wie viele Dinge dachte Carlo Bascapè in jenen Nächten der Schwüle und der Qual! Er dachte an den Papst: den neuen Papst Paul V., auf den er nach dem Tod des Papstes Aldobrandini all seine Hoffnungen gesetzt hatte und von dem er statt dessen eine so brennende, so bittere Kränkung erfahren hatte, daß schon die Erinnerung daran ihn leiden machte: In Rom, im Frühling ebendieses Jahres 1610, hatte Bacapè dem Papst seine Streitsache mit den Spaniern und mit dem Gouverneur von Mailand wegen des Ortasees vorgetragen, er hatte ihn angefleht, ihm zu helfen und das Problem durch ein persönliches Schreiben an den König von Spanien zu lösen. »Legt mir den Entwurf eines solchen Briefes vor«, hatte der Papst zu ihm gesagt. Und er, Carlo Bascapè, hatte auf jenen Brief eine Fülle an Rechtsgelehrtheit, an literarischer Kunstfertigkeit, an Eifer verschwendet. Doch als er später wieder im Papstpalast vorstellig geworden war, um sich zu informieren, ob Seine Heiligkeit den Brief gelesen habe und ob die Sache auf die bestmögliche Weise ihren Gang gehe, hatte er bemerkt, daß die Monsignori Assistenten des Papstes, wenngleich sie bemüht waren, ihn nicht offen zu brüskieren (»Der Brief... Gewiß doch! Bereits weitergereicht! Der Papst... Nein, Seine Heiligkeit hat noch nicht die Zeit gefunden, ihn zu lesen«), hinter seinem Rücken über ihn lachten: daß sie sich an die Stirn tippten, wie man es bei Verrückten tut, und mit dem Finger auf ihn deuteten...

Er dachte an den Kardinalerzbischof von Mailand, an jenen Federigo Borromeo, Vetter ersten Grades des seligen Karl, der sich seiner und seines Eifers bediente, indem er ihn gegen ebenjene Feinde der Kirche aufstachelte, mit denen er, der Kardinal, dann zum Mittagsmahl ging, Politik machte und seinen Frieden schloß. Ein großer Herr und ein großer Mann auf der Bühne der Welt, Seine Eminenz Federigo Borromeo! Vor allem aber ein großer Politiker. Ein großer Sohn dieser Zeiten. Er hingegen...

Bascapè dachte an Rom. Er war nach vielen Jahren dorthin zurückgekehrt, in der Hoffnung, in diesen Hügeln wieder jenen Hauch der Ewigkeit zu finden, von dem ihm schien, daß er überall in der Welt schwinde, auch an den geheiligten Orten und in den Worten und Riten der Kirche, und den er in seiner Jugend dort zum erstenmal, ganz stark, verspürt hatte; doch der Aufenthalt war zur Enttäuschung geworden. Der Geist Gottes wohnte hier nicht mehr. An seiner Stelle hatte sich jetzt die Politik breitgemacht: jenes scharlachfarbene Tier, von dem es in der Apokalypse heißt, daß es von Kopf bis Fuß voll lästerlicher Namen sei, daß es sieben Köpfe und zehn Hörner habe und wer weiß welche Scheußlichkeiten mehr! Und dieses Rom der Politik, dieses neue Rom, war die große Hure Babylon, von der die Schrift berichtet: jenes Weib, das sich den Königen der Erde hingegeben und die Bewohner der Erde mit dem Wein seiner abscheulichen Unzucht trunken gemacht hat. »Es hatte einen goldenen Becher in der Hand, voll Greuel und Unflat seiner Hurerei«, genauso steht es in der Apokalypse, »und an seiner Stirn war geschrieben ein Name, ein Geheimnis: Das große Babylon, die Mutter der Hurerei und aller Greuel auf Erden!«

Die schwüle Hitze machte Bascapè fast wahnsinnig. Von der obersten Plattform des Bischofspalasts aus durchforschte er den Himmel voller Sterne, die Ebene, dunkel, so weit das Auge reichte, und fragte sich beklommen: Wohin gehen? Wohin fliehen? Sterben... War er denn nicht schon gestorben in diesem sumpfigen Land, in dem sein Traum Schiffbruch erlitten hatte? War nicht die ganze Welt ein riesiger Friedhof, wimmelnd von zahnbewehrten Würmchen, und zwang er, Wurm unter Würmern, sich nicht, sie zu lieben, und ertappte er sich nicht dennoch jedesmal, wenn ihm eines davon unter die Augen kam, dabei, daß er sie mit all seinen Kräften haßte? Sie in der Kirche zu lieben oder bei den Prozessionen oder wenn er sie alle um sich geschart sah, war leichter: Sie sangen, verströmten Wohlgerüche, bildeten »die Herde«, die ihm anvertraut war, auf daß er sie weide und auf den Wegen des Herrn leite; aber wenn er irgendeinen allein vor sich hatte, in den Sälen dieses Palastes ... Wenn sie einzeln kamen und sich ihm mit ihrer ganzen Dummheit aufdrängten: dickköpfig, scheinheilig und zutiefst davon überzeugt, in allem und jedem recht zu haben, und ihn dazu bringen wollten, in einer bestimmten Weise zu denken und zu reden, so zu handeln, wie sie ihm sagten, daß er handeln solle, dann gelang es ihm nicht mehr, seinen Zorn zurückzuhalten, wie er es früher getan hatte. Er beschimpfte sie. Ohne die Stimme zu erheben, ohne sie überhaupt anzusehen. Die Worte kamen wie von selbst aus seinem Mund und waren wie Peitschen, die sich um den Unseligen ringelten, ihn entblößten, ihm die Haut abzogen, ihm das Blut heraustrieben. Hinterher reute es ihn. Auch er hätte geliebt werden wollen, von seiner »Herde« und von jedem einzelnen, der zu ihr gehörte. Er fiel auf die Knie, schluchzte: »Mein Gott, vergib mir! Seliger Karl, hilf du mir!«

Von unten, aus der dunklen und öden Ebene, drang der Lärm der Frösche herauf, jenes laute Gequake, das plötzlich und unerklärlich abbrach und kurz darauf auf die gleiche Weise wieder einsetzte, ohne daß ein Mensch auf dieser Welt gewußt hätte warum ... In jenen Momenten der Stille hörte man in bestimmten Nächten von der Seite des Burggrabens her, wo die Weiden standen, eine Nachtigall singen; in anderen Nächten dagegen vernahm man nichts. Bei jeder Wachablösung auf den Mauern des

Kastells wurden Stimmen laut: »Heut nacht ist sie nicht gekommen! Gestern nacht schon!« Worauf eine andere erwiderte: »Dann kommt sie morgen nacht! Halt die Augen offen!« Was mochten diese seltsamen Botschaften bedeuten? Neugierig geworden, hatte sich Bischof Bascapè bei seinen Mitarbeitern erkundigt und vage Antworten erhalten, verlegene Anspielungen: Bis ein junger Priester, Don Delfino, ihm berichtete, worüber man in ganz Novara munkelte – und ob das dann die Wahrheit war, wußte Gott allein! Eine Novareser Edeldame aus einem der ältesten und vornehmsten Geschlechter, die es im ganzen Umkreis gab, pflegte sich, geil geworden durch die Hitze und die Jahre, von zwei alten, mit Laternen ausgerüsteten Dienern bis unter die Kastellmauern begleiten zu lassen und dann die Wachsoldaten in ihren Schilderhäuschen zu besuchen, einen nach dem anderen, bis zum Morgengrauen: Und das war eine Dame, die Bascapè jeden Sonntag bei der Zwölf-Uhr-Messe im Dom sah, in der ersten Reihe sitzend, mit verschleiertem Antlitz, in der durch ein Messingschild ausgewiesenen Familienbank! Eine hochfahrende Dame, berühmt wegen ihrer häuslichen Unerbittlichkeit und ihrer öffentlichen Almosen; eine fromme Frau, die vielen Werken der Andacht vorstand, in der Stadt wie auf ihren Gütern. Eine Hure!

Wohin fliehen? Und unter welchem Vorwand? Und zu welchem Zweck? Viele Nächte lang hatten diese Fragen im Kopf des Bischofs Bascapè gedröhnt wie die Schläge einer Totenglocke: Alles ist eitel, sagten ihm diese Schläge; ob hier oder an einem anderen Ort, welchen Unterschied machte das schon? Alles in der Welt ist Trug, alles ist nichts. Bis eines Abends – am Abend vor der Nacht, von der wir hier erzählen – eine Botschaft aus Mailand eintraf, die dem Bischof von Novara den Tod von Don Pedro Enrique de Azevedo, Graf von Fuentes etcetera, Gouverneur des Staates Mailand, mitteilte; sowie den Wunsch des Kardinals Borromeo – so dringlich, daß er als Befehl gelesen werden mußte –, alle seine lombardischen Bischöfe bei den feierlichen Exequien für den Verstorbenen um sich zu scharen. Diese unerwartete und bestürzende Nachricht hatte in Bischof Bascapè den Willen zu einer neuen Rebellion geweckt: den Entschluß abzureisen, zu fliehen. Und zwar sofort! Sich der Politik zu entziehen. Dazu hatte er jedes Recht, aber auch wenn er es nicht hätte – dachte Bascapè –, würde das nichts ändern: Er würde nicht an den Exequien für den Fuentes teilnehmen, und wenn es ihm der Papst höchstpersönlich befohlen hätte. Um keinen Preis! Jahrelang war er gezwungen gewesen, sich mit jedem Mittel und vor jeder Instanz gegen die Arroganz und die Zudringlichkeit dieses niederträchtigen Menschen zur Wehr zu setzen, der versucht hatte, ihm den Ortasee streitig zu machen, ihn aller seiner Privilegien, ja selbst des Bischofstitels zu berauben ... Dieses Mannes, der über ein Jahrzehnt lang im Po-Tal das wahre Wesen der verfluchten Politik verkörpert hatte. Verrat, Verleumdung, Betrug, Meineid, das war bei ihm an der Tagesordnung, und wenn er jetzt auch tot war – sagte sich Bascapè –, konnte sich das Urteil über ihn und über seine Werke doch nicht ändern: War er als Christ gestorben, so bedurfte es des Kardinals und aller Bischöfe nicht, um ihn unter die Erde zu bringen, dazu genügte der Pfarrer; wenn nicht: Friede seiner Seele; ein Gebet sei niemandem verweigert. Aber die Werke blieben: Sie waren da, vor aller Augen, und schrien im Angesicht Gottes nach Rache ...

Auf dem Glacis der Festung riefen die Posten die zweite Wachablösung aus. Zwei Stunden nach Mitternacht oder wenig später ... Und mit einemmal, als hätte ihn eine plötzliche Raserei ergriffen, trat Bascapè zu einer Wand, an der ein samtenes Klingelband hing, das dazu diente, den Sekretär zu rufen, und er zog heftig und ungeduldig daran, während man ganz oben im Palast ein Glöckchen bimmeln hörte: in einer Dachstube, in der der arme Kerl wer weiß welche Träume träumte, in die jenes Glöckchen hineinbimmelte. Als er lang genug geläutet hatte, fing der Bischof an, im Zimmer auf und ab zu gehen, und beim Gehen redete er mit sich selbst, aber mit lauter Stimme: von dem Gepäck, das fertig sein mußte, noch ehe die Sonne aufging; von den Pferden, die aus dem Stall zu holen, zu striegeln und zur Abfahrt bereitzumachen waren; von der Karosse, die aufs sorgfältigste überprüft werden mußte, damit sie nicht wieder auf der Straße liegenblieb, wie es in der Vergangenheit schon passiert war...

»Wir fahren nach Re!« sagte er zu dem armen Don Delfino, der, im Nachthemd und mit der Kerze in der Hand, unter der Tür des Bischofszimmers erschienen war und reglos dort verharrte, mit verschlafenen Augen und ohne zu begreifen, worum es eigentlich ging. »Wir brechen im Morgengrauen auf, so reisen wir in der Kühle! Kümmere du dich um die Anweisungen für unten und ums Packen. Wenige Sachen... nur das Allernötigste für zwei Wochen, mehr nicht! Hol mir meinen Neffen her... Wo willst du hin?« Don Delfino, der sich bereits zum Gehen gewandt hatte, machte wieder kehrt. »Don Delfino«, sagte der Bischof Bascapè, und seine Worte wollten vielleicht väterlich sein, aber der Ton, in dem sie gesprochen wurden, war scharf. »Geh in mein Schlafzimmer und wasch dir das Gesicht. In meiner Schüssel: Es liegt alles bereit! Ich benütze sie heute ohnehin nicht mehr. Du schläfst ja noch, mein Sohn, aber hier braucht es Leute, die wach sind! Weck mir alle auf: meinen Neffen, meine Vikare, die Domherren... Sie werden mir dann selber sagen, wer mit mir ins Gebirge kommt und wer in Novara bleibt.« Er klatschte in die Hände: »Los, los!«

Er wollte durch sein Vorzimmer auf den Korridor hinaus. Und im Vorbeigehen erblickte er im Spiegel das Bildnis eines Mannes, genauer gesagt eines Bischofs, das aus einem Gemälde von Cerano oder Tanzio da Varallo zu stammen schien: ein graues, hohlwangiges Gesicht, das unter der gespannten Haut bereits den Totenschädel erkennen ließ; ein schütterer Bart; die Hand, die den Leuchter umfaßt hielt, ein Bündel Knochen; ein langes weites Gewand, voller Schatten; ein Gespenst, das die Finsternis dieser Welt durchquerte, wie man eben ein Vorzimmer durchquert: das Vorzimmer Gottes und des Lebens in Gott nach dem Tode, welches das einzig wirkliche ist. Wer an Gott glaubt – sagt die Heilige Schrift –, wird nimmer sterben und Seiner Freude teilhaftig bleiben in alle Ewigkeit: einer so blendenden, so gewaltigen Freude, daß unsere irdischen Leiber sie auch nicht einen Augenblick ertragen könnten; sie würden daran verbrennen, so wie jetzt und vor diesem Spiegel die von der Flamme seines Leuchters angezogenen Mücken verbrannten. Ein winziges Aufflackern, ein kaum wahrnehmbares Zischen, und die Mücke existierte nicht mehr.

Bascapè schüttelte sich, setzte seinen Weg fort: Er trat in sein Studierzimmer, setzte sich an den Arbeitstisch. Noch an diesem Abend oder spätestens am nächsten würde er – und bei diesem Gedanken strichen seine Finger, fast ohne daß er es merkte, in einer stummen, gewohnheitsmäßigen Liebkosung über die Maske des seligen Karl – die Berge »seines« Vigezzo-Tals wiedersehen und die Tannenwälder und die hohen Kiefern, die in das tiefe Blau des Alpenhimmels ragten; er würde wieder das Rauschen der Wasserfälle hören, die von den Gletschern zu Tal stürzten; er würde wieder die Düfte der Erde wahrnehmen und ihre Stille – und auf dem Grund dieser Stille das Wort Gottes. Er, Bascapè, war dessen sicher: Dort oben wohnte Gottes Geist auf immer, und nie würde er sich aus jenem Tempel von Felsen, von dunklen Tannen und ewigem Eis zurückziehen, dessen Schöpfer er selbst war und wo er seine Gegenwart sogar durch ein Wunder hatte enthüllen wollen: In Re, einem winzigen Dorf inmitten der Wälder des Val Vigezzo, hatte im Frühjahr Anno Domini 1494 ein von Frevlerhand geschändetes Madonnenbild zwanzig Tage lang blutige Tränen geweint und damit mehr als alles andere geholfen, den Glauben der Menschen, die damals im Tal hausten, neu zu beleben. Bestürzt über ein so großes Wunder, hatten die Talbewohner das Madonnenbildnis in eine Kirche gebracht, die dann, um die Pilgerscharen aufnehmen zu können, zu einer großen Wallfahrtskirche ausgebaut wurde, eben zum *Santuario della Madonna del Sangue*, zum Heiligtum der Muttergottes vom Blut. Ein mystischer Ort. Dort oben, dachte Bascapè, würde Gott gewiß aufs neue zu ihm sprechen; und auch der selige Karl Borromäus – dessen Abwesenheit er während seines Aufenthalts in Rom geradezu körperlich gespürt hatte, wie das Fehlen eines Gliedes oder den plötzlichen Verlust eines geliebten Menschen – käme ihm wieder auf irgendeinem Pfad entgegen, in dieser fast beiläufigen Art des Schreitens, die allein ihm eigen war – und gerade dann, wenn er es am wenigsten erwartete… »Sein« heiliger Karl!

Mittlerweile hallten der Hof und das Erdgeschoß des Palastes von Schritten, Stimmen, Seufzern wider; auch hinter den Fenstern der oberen Stockwerke sah man Lichter, die sich bewegten; die verschlafenen Monsignori trafen aufeinander, erkannten sich, indem sie sich gegenseitig mit der Laterne anleuchteten, bedauerten sich: »Ihr auch? Auf keinen nimmt man Rücksicht!« »In meinem Alter! Bei meinem Gliederreißen, bei meinen Schmerzen!« »Ein bißchen mehr Liebe für die wirklichen Nächsten würde nicht schaden!«

Man erzählte: »Endlich war es mir gelungen einzuschlafen, da klopft man an meine Tür…«

Man tauschte Informationen aus: »Er will abreisen! Er will nach Re fahren! Und er hat uns mitten in der Nacht wecken lassen, weil er sagt, daß wir von ihm Abschied nehmen oder mit ihm fahren sollen: Und zwar sofort, auf der Stelle! So ist er nun einmal! Wer weiß, was in seinem Kopf vorgeht, was er sich wieder ausgedacht hat, dieser… heilige Mann!«

Man protestierte. »Ich gehe nirgendwohin«, erklärte ein kleiner, dicker Monsignore, die Soutane nicht zugeknöpft und das Hemd über der haarigen Brust eine Handbreit offen. »Nächste Woche erwarten mich meine Neffen in ihrem Haus in Ghemme, und ich rühre mich jetzt nicht vom Fleck, und wenn man mit Kanonen schießt. Bischof hin oder her! Wir sind doch keine Landsknechte, die man vor Tagesanbruch aufscheucht, damit sie in den Krieg ziehen! Wir sind Geistliche, von einem gewissen Alter und auch von einer gewissen Stellung, und wir verdienten ein bißchen mehr Respekt. Jawohl, Respekt!«

Man bemitleidete den Bischof. »Er ist krank«, sagte ein Priester mit hochrotem Gesicht und vorzeitig weiß gewordenem Haar, der sich etwas auf seine medizinischen Kenntnisse zugute hielt. »Die feuchte Hitze dieser Tage läßt die Temperatur seiner Säfte ansteigen, die dann im Lauf der Nacht rapid abfällt und die Ausgeglichenheit der Gemütsstimmung auf gänzlich unkontrollierbare Weise stört: Das Cholerische ergießt sich in das Melancholische, das Sanguinische dringt in das Phlegmatische und führt zu dieser Unstetigkeit, dieser dauernden Unruhe, dieser Unordnung der Gedanken und der Handlungen, die ja gerade ein Wesenszug seiner Krankheit ist.« Doch nicht alle in der Eingangshalle und im Hof zeigten Bereitschaft zur Nachsicht. Viele murrten: »Wenn er krank ist, dann soll er sich kurieren lassen! Dann soll er gehen!« »So kann man nicht weitermachen! An der Spitze einer Diözese braucht man einen ausgeglichenen Mann! Der da ist verrückt!«

Man fragte: »Wo steckt er denn jetzt? Was tut er? Warum hat er uns mitten in der Nacht wecken lassen? Er wird doch wohl nicht annehmen, daß wir mit ihm fahren!«

»Nein, nein«, bemühte sich Don Delfino zu beschwichtigen. »Er will euch nur die Ämter übertragen! Er ist in seinem Studierzimmer und spricht mit den

Vikaren! Gleich wird er herunterkommen ... Bitte geduldet euch noch ein wenig!«

Über dem noch in Dunkelheit liegenden Hof des Bischofspalastes begann sich der Horizont im Osten ganz langsam zu lichten. Es dämmerte. Im dunklen Blau des wolkenlosen Himmels leuchtete ein ganz heller Stern, ein einziger von den Tausenden, die bis vor einer Stunde die Sommernacht hatten pulsieren lassen: Es war der Morgenstern, der Bringer des Tages. Auf dem Hof, der von den Laternen der Diener und der Priester schwach erleuchtet war, erreichte das Durcheinander seinen Höhepunkt. Aus den oberen Geschossen des Palastes wurden die Koffer des Bischofs heruntergeschleppt; unter dem Schreien und Fluchen der Stallburschen rollten die beiden Kutschen an: die kleinere, in der der Bischof reisen würde, und die große für seine Begleiter (immer vorausgesetzt – flüsterten die Boshaften –, daß sich tatsächlich Freiwillige fänden, die bereit wären, Bascapè auch noch zu dieser Stunde und unter diesen Umständen zu folgen, und in diese Gegend am Ende der Welt!). Auf ihren Pferden, die noch vom Stall träumten, kamen die »bischöflichen Soldaten« in Schlangenlinien angeritten: Es waren zwei, die man Hals über Kopf aus ihren Unterkünften im Erdgeschoß der Kanzlei geholt hatte und die, ihren finsteren, mürrischen Gesichtern und den Blicken, die sie um sich warfen, nach zu urteilen, nicht im geringsten davon entzückt schienen, auf solche Weise aufbrechen zu müssen, um diese Zeit und ohne jede Ankündigung ...

»Der Bischof!« rief eine Stimme. »Der Bischof kommt!« Daraufhin beeilten sich die Monsignori, die im Hof geblieben waren, hineinzugehen, und die, die bereits in der Halle standen, wandten sich zur Treppe, auf der sich ein seltsames Paar zeigte: Ein junger und ein alter Mann – doch vielleicht wäre es besser zu sagen: ein lebendiger und ein toter – kamen ganz langsam die Treppe herunter, und der alte, das heißt Bascapè, stützte sich auf den jungen. Hinter ihm ging ein Diener mit einem brennenden Kandelaber in der Hand, und dann kamen noch ein paar Prälaten, die hinaufgegangen waren, um dem Bischof vor seiner Abreise Lebewohl zu sagen und seine Instruktionen für die Leitung der Diözese entgegenzunehmen. Unter ihnen befand sich auch jener Graf und Abt von San Nazario in Biandrate, den wir unter Antonias Richtern wiederfinden werden und der die Gelegenheit genutzt hatte, den Bischof zu fragen, wie man sich im Falle des vom Heiligen Offizium angestrengten Prozesses gegen die »Hexe von Zardino« verhalten solle. »Der Inquisitor möge seines Amtes walten«, hatte der Bischof geantwortet, »und zu Ende führen, was er begonnen, so wie es die göttliche Vorsehung und Gerechtigkeit wollen: Doch die Strafe für die Schuld, so es zu einer Bestrafung kommt, muß an ebendem Ort vollstreckt werden, an dem sich die Ketzerei erwiesen hat, und nicht in unserer Stadt Novara, deren ganzem Wesen diese bäuerischen Riten, diese Weiber, die zum Sabbat gehen, fremd sind.« Und das war alles.

Der junge Mann, auf den Bascapè sich beim Hinuntergehen stützte, war sein dreißigjähriger Neffe – ein gewisser Michelangelo Marchesi, ebenfalls Priester –, der das leichenhafte Aussehen des Bischofs durch den Kontrast mit seinem eigenen noch verstärkte: Denn dieser Marchesi war ein Mann mit schwarzem Haar und dunklen Augen, rosigem Teint und von kräftiger Statur, eine blühende Erscheinung. Keiner von den Anwesenden konnte es damals wissen, doch das Schicksal – unsinnig und zynisch, wie es immer war und immer sein wird – hatte über diese beiden Männer bereits verfügt, daß der lebendige und junge drei Jahre später sterben und der Leichnam, sein Onkel, ihm den Totengottesdienst halten sollte, im Beisein mehr oder weniger derselben Priester, die an diesem Morgen versammelt waren, und an ebendiesem Ort. Eigentlich wäre das für unsere Geschichte nicht mehr von Interesse, wenn es uns nicht wieder einmal Anlaß gäbe, über die außerordentliche Vitalität gewisser Leichname nachzudenken, nicht zuletzt im Vergleich zur Hinfälligkeit der Lebendigen …

An der Tatsache, daß Bascapè nicht viel mehr als ein Leichnam war, zweifelte niemand, und das schon seit vielen Jahren! Sein Aussehen bezeugte es vor aller Augen, und er selbst sprach ja zuweilen von sich als von einem Leichnam: zwar noch nicht wirklich tot und begraben, aber doch ein Leichnam. Vielmehr erstaunte es, daß er fortfuhr, zu atmen und in der Welt herumzureisen und ebenjene Lebendigen zu sekkieren, die sich dann, wenn sie ihn vor Augen hatten, nicht selten dazu hinreißen ließen, ihm zu verzeihen, weil sie dachten: »Der Ärmste! Bei seinem Zustand wird er es nur noch ein paar Tage machen, höchstens eine Woche!«

Und so war es auch an jenem Morgen. Das Murmeln, das sich unter den Monsignori erhob, als der Bischof endlich vor ihnen erschien, war ein Murmeln des Bedauerns und des Mitleids. Irgendeiner schüttelte den Kopf: »Wohin um alles in der Welt will er denn reisen? Er täte besser daran, in seinem Bett zu bleiben und darauf zu warten, daß es unserem Herrn gefällt, ihn zu sich zu holen!«

»Er wiegt höchstens hundertsechzig Mailänder Pfund«, sagte der Geistliche mit dem roten Gesicht, der sich auf Medizin verstand. »Hundertsiebzig mit Kleidern.« (Für die Nachfahren: zwischen zweiundfünfzig und fünfundfünfzig Kilo.) »Wenn sie ihn zur Ader lassen, geht seine Seele gleich mit!«

28. Kapitel

DAS URTEIL

»In civitate Novariae die 12 mensis Aprilis 1610. Processus haeresis contra quendam Antoniam de Giardino. Expeditus die 20 mensis Augustus ejusdem anni. In nomine Patris, et Filii, et Spiritus Sancti amen. Coram Rev.ssimum D.um frater Gregorius Manini de Gozano diocesis Novariensis Inquisitor haereticae pravitatis ...«

Der letzte Akt des kirchlichen Prozesses gegen die »Hexe von Zardino« begann am 20. August um vier Uhr nachmittags, im oberen Stock des Inquisitionsgebäudes von Novara: in ebenjenem Sitzungssaal, in dem der Inquisitor Antonia zum erstenmal befragt und in den er jetzt, des feierlicheren Rahmens wegen, vorübergehend einige Bilder hatte bringen lassen, die für die Kirche des heiligen Petrus Martyr bestimmt waren: eine »Geißelung Christi«, eine »Grablegung«, einen »Heiligen Hieronymus in der Wüste« ... Auch das Erdgeschoß war ausgeschmückt worden: An jedem Eingang standen zu beiden Seiten Stechpalmen und andere immergrüne Pflanzen in Tontöpfen mit Reliefs von Reben, Weinblättern und grotesken Masken; in der Eingangshalle, die Treppe hinauf und durch den Vorraum des Sitzungssaals bis zur Tür hin war ein langer, schmaler Teppich, ein roter Läufer, ausgelegt: gleichsam um die Schritte der illustren Besucher zu leiten und zu dämpfen, jener Persönlichkeiten, die man einberufen hatte, um den Prozeß durch ihre Anwesenheit zu legitimieren und über das Schicksal der Hexe zu entscheiden. Doch ohne daß sie selbst ein vollstreckbares Urteil gefällt hätten, versteht sich: Die Kirche verurteilt nicht und spricht nicht frei, es sei denn in ritueller Form, und vor allem, sie tötet keinen! Das, worüber die Richter der Inquisition bei dieser Art von Prozessen jeweils zu befinden hatten, war – wie soll man sagen? – ein eher technisches Problem: Ob die Hexe noch der Reue fähig sei und man ihr daher die Möglichkeit jenes öffentlichen Schuldbekenntnisses einräumen könne, das es ihr erlauben würde, die Seele (und das Leben!) zu retten; oder ob sie vielmehr ganz und gar verloren sei, auf immer in den Fängen des Teufels. In diesem zweiten Fall übergab man sie dem »weltlichen Arm«, daß heißt der staatlichen Gerichtsbarkeit, die sie zum Tode verurteilte und auch die Vollstreckung des Urteils übernahm.

Von dem Kollegium, das über Antonia urteilte, wissen wir aus den Prozeßakten, daß es um den Inquisitor, der zusammen mit dem Cancellarius Prinetti seinen Platz am Pult eingenommen hatte, versammelt war und daß es sich um ein gemischtes Kollegium handelte, das heißt, daß es sich aus kirchlichen wie auch aus weltlichen Richtern zusammensetzte. Liest man die Namen und die Titel der einzelnen Richter, dann wird deutlich, daß in Kollegien dieser Art alle Gruppen, die in der Gesellschaft jener Zeit zählten, repräsentiert waren, mit Ausnahme der Militärs und der Bankleute – aber freilich, wer weiß, ob das Heilige Offizium überall und immer so verfuhr! Am 20. August jenes Jahrs des Herrn 1610 waren viele von den Mächtigen Novaras im oberen Stock des Inquisitionsgebäudes an der Piazza San Quirico vertreten: ein Hin und Her von gestärkten Halskrausen, von fein ziselierten Silberdegen, von beachtlichen Tonsuren und Theologenbärten, von Kuttenstricken, von ein wenig zerknitterter und schweißgetränkter Seide. Nur verdarb leider die Hitze das Gesamtbild dieser Honoratiorenversammlung, die sich zu jeder anderen Jahreszeit feierlicher ausgenommen hätte, während sie in dieser stickigen Atmosphäre ein wenig erschlafft und ermattet wirkte – aber doch immer noch eindrucksvoll.

Es war anwesend der *magnificus juris utriusque doctor dominus Petrus Quintanus*, also der Doktor beider Rechte Pietro Quintano, Podestà (Stadtvogt) von Novara, der, wie es der Zufall wollte, gerade jenen »weltlichen Arm« verkörperte, dem die Hexe überstellt werden sollte, falls man sie der Reue für unfähig hielt. Es waren anwesend die Vertreter des Magistrats und des Patriziats: ein Giovanni Andrea Castellano, ein Giovan Battista Avogadro, ein Giovan Francesco Caccia, ein Marco Antonio Gozadini, alles *doctores juris utriusque* , das heißt des Römischen wie des Kanonischen Rechts. Es war anwesend, nicht in Vertretung des Bischofs, sondern des bischöflichen Vikars (Bascapè wollte mit dieser Geschichte nichts zu tun haben, ebensowenig sein Vikar Gerolamo Settala), jener hochwürdigste Graf und Abt von San Nazario in Biandrate, dessen Name merkwürdigerweise nicht genannt wird. Es waren anwesend die Repräsentanten der kirchlichen Würdenträger und der Kapitel: ein Kanonikus Pierangelo Brusati, Erzpriester des Doms, ein Alessandro Mazzola, Kanonikus von San Gaudenzio, ein Francesco Alciato, ebenfalls Kanonikus, ohne daß man wüßte, von welchem Kapitel (vielleicht, ja sehr wahrscheinlich, handelte es sich um denselben Alciato, der einst der Erzieher des Caccetta gewesen war), ein Gregorio Tornielli, Kanonikus des Domkapitels. Schließlich waren anwesend die Abgesandten der bedeutendsten Mönchsorden in der Stadt, und zwar ein nicht näher benannter Fra Ottavio, Theologe und Prior des Karmeliterklosters, und ein anderer Fra Giovan Battista da Casale, Theologe vom Orden des heiligen Franziskus. Alles in allem vierzehn Personen, mit dem Inquisitor und dem Cancellarius: Und wer weiß, welcher Trost es für den armen Buelli gewesen wäre, ein solches Kollegium in seinem Namen und in seinem Tribunal versammelt zu sehen! Wenn er diesen posthumen Sieg hätte erleben können, den Sieg eines

Verstorbenen über einen anderen Verstorbenen, der noch am Leben war: den Bischof!

Es war heiß, schrecklich heiß, wie wir bereits gesagt haben und wie es auch durch ein kurioses Detail bestätigt wird: daß nämlich der Inquisitor Manini, gegen alle Gewohnheit, den Richtern und sich selbst ein eisgekühltes Sorbett offerierte, das er aus jenem *Canton Balín* (wörtlich: Ecke zum Hannibal) kommen ließ, welches 1610 das bekannteste Wirtshaus von Novara war, benannt nach dem Eigentümer Annibale Rostiano: das einzige, das einen Eiskeller tief unter der Erde hatte und selbst in den Sommermonaten mit Schnee vom Monte Rosa beliefert wurde. Natürlich findet sich das Sauerkirschsorbett nicht im Prozeßprotokoll verzeichnet, sondern auf einem gesonderten Blatt, wo auf der Seite mit dem Buchstaben »A« die vom Dominikanerkloster übernommenen Spesen aufgelistet sind und auf der mit dem Buchstaben »B« dann die, die von der Stadt Novara getragen wurden, um die »Hexe von Zardino« verurteilen und hinrichten zu lassen; alles fein säuberlich notiert bis zum letzten Centesimo: soundso viel für den Unterhalt der gottverfluchten Hexe im Gefängnis; soundso viel für das vom hochwürdigen Herrn Inquisitor den Richtern offerierte Sorbett; soundso viel dafür, daß man Meister Bernardo Sasso (den Henker) aus Mailand kommen lassen mußte; soundso viel für die *huomini da fatica*, die Arbeitsleute, die den Kastanienbaum auf dem *dosso dell'albera* fällten und in Stücke hackten, aus denen man dann den Scheiterhaufen errichtete; und so weiter. Nach der Vollstreckung des Urteils wurde die gesamte Spesenrechnung von einem offiziellen Steuereintreiber der Stadt Novara den Eheleuten Nidasio präsentiert, mit der Aufforderung, sie binnen dreißig Tagen, gerechnet vom Tag der Übergabe an, zu begleichen: So daß wir mit Fug und Recht annehmen können, daß die Nidasios für immer ruiniert waren, nachdem sie alles verkauft hatten, was ihnen gehörte, und daß sie für den

Rest ihres Lebens umherirren und als Landarbeiter auf fremdem Grund und Boden schuften mußten. Zur beträchtlichen Befriedigung jener, die ihnen übel gesinnt waren, angefangen bei den Zwillingsschwestern Borghesini mit ihrem Hof-Streit, bei den Cucchis mit ihrem Wasser-Streit – und auch beim Pfarrvikar Don Teresio, warum nicht? Auch Priester können ihren Nächsten übelwollen, wie alle anderen Menschen; und ganz besonders jene Priester, die fliegen. Die Gesamtsumme war tatsächlich riesig, siebenhundert Mailänder Lire und vielleicht noch mehr. (Die genaue Umrechnung ist heute nicht leicht: In jenen Zeiten der Teufel und der Hexen war das Dezimalsystem noch nicht eingeführt, und das verkompliziert die Dinge nicht wenig beim Wechsel von einer Münze zur anderen und den damit zusammenhängenden Operationen.) Was die Sorbetts anbelangt (sofern diese Angelegenheit heute noch jemanden interessieren sollte), so kosteten sie zehn Lire und acht Soldi, inklusive Bedienung: Diese Summe, geteilt durch vierzehn, ergäbe für den, der die Rechnung korrekt auszuführen verstünde, den Preis für ein einzelnes Sauerkirschsorbett, bereitet mit dem Schnee des Monte Rosa, in Novara und im August des Jahres 1610.

Es war heiß: unerträglich heiß, eine Hitze, die Menschen wie Tiere um den Verstand brachte und die kollektiven Ängste leibhaftig werden ließ: vor monströsen Ereignissen, wie sie mehr oder weniger überall auftraten, in den Dörfern der Bassa und sogar in der Stadt Novara; vor Ungeheuern oder Teufeln oder wilden Bestien, die sich des Nachts und auch des Tags zeigten, um die Reisenden zu erschrecken; vor Seuchen, die, wie bereits in der Vergangenheit, mit scheinbaren Zufälligkeiten ihren Anfang nahmen und sich dann als die Pest erwiesen: die Schwarze Pest, gegen die es kein Heilmittel gibt! Vor allem diese Angst vor der Pest war in sämtlichen gesellschaftlichen Schichten verbreitet und verschonte niemanden, ob reich oder arm, gebildet oder ungebildet, hoch oder niedrig; sie flammte jedes Jahr zu Beginn des Sommers wieder auf und verstärkte sich dann mit der Trockenheit, schlug um in Panik, tödliche Beklemmung, in die krampfhafte Erwartung eines Ereignisses, dessen Eintreten pünktlich zu registrieren die Stimme des Volkes sich angelegen sein ließ – auch wenn die Seuche ausblieb, die Schrecken stellten sich ein: Es gab immer irgendeinen, der plötzlich mit geheimnisvollen Symptomen erkrankte, bei dem die Gliedmaßen anschwollen, der im Fieberwahn redete, der beulenförmige Schwellungen oder große blaue Flecken am ganzen Körper aufwies ... Und es gab die Gerüchte, die sich von Stadtviertel zu Stadtviertel, von Dorf zu Dorf verbreiteten: Der Hinz ist auf der Straße zusammengebrochen; der Kunz hat gesehen, wie eine Zigeunerin bestimmte Zeichen gegen ihn machte, und kurz darauf bekam er heftige Schmerzen im Rücken und in der Brust ... Und natürlich waren das Nachrichten, die zu jeder anderen Jahreszeit kaum Interesse erweckt hätten, wen kümmerte schon die Gesundheit von Hinz und Kunz? Jetzt dagegen wurden die Leute blaß, wirkten bestürzt: »Der Ärmste! Das tut mir aber leid!« In Wirklichkeit dachte keiner an den Pechvogel, den das Unglück getroffen hatte. Jeder dachte an sich selbst, sagte sich: »Es ist soweit, die Pest ist wieder da! Heiliger Rochus, heiliger Gaudentius, macht, daß sie mich verschont! Heiliger Christophorus, du Beschützer vor jeglichem Unheil, beschütze mich auch vor diesem! Heilige Madonna von der Göttlichen Hilfe, hilf mir!«

Die Stadt, die der Inquisitor bei seiner Rückkehr vom Ortasee vorgefunden hatte, war ein Gewirr von übelriechenden Gassen, voll von Ratten, Unrat, Exkrementen; aber da war auch noch etwas anderes: ein Gemenge aus Ängsten, die Gestalt annahmen und sichtbar wurden in den Statuen der Madonna, des heiligen Christophorus und des heiligen Rochus auf den kleinen, spontan errichteten Altären an den Straßenecken, mit den brennenden Kerzen darum herum und den bäuerlichen Knoblauchkränzen, die man ihnen umgelegt hatte; in den Knoblauchbündeln und in den Heiligenbildern, die man man überall hängen sah, auf den Balkonen, an den Hauswänden, über den Türen... In dem Stadtviertel *delle Erbe*, in *Monte Ariolo* und an anderen Örtlichkeiten der Altstadt verkaufte man für einen Soldo Gewürzsträußchen, die die Leute in der Hand trugen, wenn sie auf der Straße gingen, und die sie immer wieder zur Nase führten, um die herben Düfte einzuatmen, die als Mittel gegen die Ansteckung galten. In den Kirchen flehte man den Regen herab, mit besonderen Gebeten, die jeden Tag während der Gottesdienste mehrmals wiederholt wurden. Und auch außerhalb der Kirchen redete man vom Regen und brachte sein Kommen mit dem Erscheinen bestimmter Vorzeichen in Verbindung oder mit dem Eintreffen bestimmter Ereignisse: zum Beispiel dem – zuerst angekündigten und dann doch wieder abgesagten – Besuch des neuen Gouverneurs von Mailand, Don Fernando de Velasquez, Konnetabel von Kastilien etcetera, in Novara; oder dem Tod des Bischofs (aber nicht einmal der traf ein), von dem die gutunterrichteten Kreise versicherten, er sei nach Re, im Val Vigezzo, gegangen, um dort zu sterben. (Sie seufzten, breiteten die Arme aus, sagten: »Ach ja, seine Stunde ist gekommen!«)

Vor allem auf den Straßen und auf den Märkten fing man an, auch von der »Hexe von Zardino« zu reden (die, in ihrer Eigenschaft als Hexe, ja nichts anderes als Unheil bringen könne) und das Eintreffen des ersehnten Regens von ihrem Tod abhängig zu machen. »Solange die Hexe am Leben ist, kann es nicht regnen!« sagten mit viel Nachdruck und mit viel Überzeugung diejenigen, die die Welt kannten und sich auf Hexen verstanden und überhaupt alles wußten. (An solchen Menschen herrschte wahrlich kein Mangel im siebzehnten Jahrhundert.) Sie führten berühmt gewordene Fälle an, die sich in Turin, in Alessandria oder sonstwo zugetragen hatten: von Hexen, denen es gelungen war, es sechs Monate lang nicht regnen zu lassen, oder umgekehrt von Regenfällen, die so lange gedauert hatten, daß sie die Flüsse zum Überlaufen und die Bergmassen ins Rutschen brachten, und die plötzlich mit dem Tod der Hexe aufgehört hatten. Sie verkündeten: »Je eher sie brennt, desto besser!« Und auch jene, die sich weniger auf ihre Gescheitheit einbildeten, pflichteten bei: »Was für einen Grund gibt es«, sagten sie, »die Sache in die Länge zu ziehen? Wenn eine Hexe da ist und verbrannt werden muß, soll man sie eben verbrennen: Dann regnet es auch wieder!«

Die Verurteilung der Hexe, das heißt der Urteilsspruch, mit dem sie jenem »weltlichen Arm« ausgeliefert wurde, der die Erde von ihrer Gegenwart befreien sollte, vollzog sich nach Art eines Drehbuchs, bei dem jeder Richter seinen Text rezitierte und in dem jeder Part festgelegt und vergeben war, wahrscheinlich nach einem jahrhundertealten Muster. Es ist wirklich jammerschade, daß von den Archiven der Novareser Inquisition – mit Ausnahme ganz kurzer Perioden über ein halbes Jahrtausend in den Händen der Dominikaner! – nichts erhalten geblieben ist, nicht einmal die Akten eines anderen Prozesses, den man mit dem Antonias, dem einzigen dokumentierten, vergleichen könnte! Man würde vielleicht entdecken, daß alle diese Debatten immer oder fast immer gleich verliefen, von Jahrhundert zu Jahrhundert, von Angeklagtem zu Angeklagtem. In Antonias Fall verzeichnet das Drehbuch vor allem das ausführliche Plädoyer des Inquisitors, das die Schuld der Hexe bis ins einzelne zu beweisen sucht: Da selbige Hexe ihre Ketzereien in aller Offenheit und in geradezu schamloser Weise zugegeben habe – so Manini in seiner *conclusio* zu den Richtern –, müsse sie als der Anklage überführt gelten und dem weltlichen Arm überstellt werden.

Auf das Plädoyer des Inquisitors folgte, dem Bericht des Cancellarius Prinetti nach, »eine lange Debatte, in der vor allem der hochwürdigste Graf und Abt von San Nazario, in seiner Eigenschaft als Stellvertreter des bischöflichen Vikars, sowie die hochwohllöblichen *doctores utriusque juris* Giovan Francesco Caccia und Marco Antonio Gozadini das Wort ergriffen, indem sie bekräftigten, daß die Gefangene als Ketzerin und Abtrünnige auf jeden Fall dem weltlichen Arm überstellt werden müsse. Daraufhin sprach der *magnifico Signor* Doktor Pietro Quintano, oberster Richter und Podestà von Novara, und gab zu bedenken, daß die Sache noch nicht so gewiß sei und daß der hochwürdige Herr Inquisitor, der die Angeklagte gesehen und examiniert und Gelegenheit gehabt habe, sie zu beobachten, sowohl wenn sie ihre Schuld gestand wie wenn sie sie leugnete, sagen möge, ob ihm selbige zu wahrer Reue fähig erscheine und damit würdig, zur Abschwörung zugelassen zu werden; so nicht, solle sie dem weltlichen Arm überstellt werden. Und nachdem die hochwohllöblichen Herren Doctores und Professores der heiligen Theologie sich einer nach dem anderen zu Wort gemeldet hatten, bestand Einigkeit darüber, daß die Gefangene im Verlauf der Verhöre nie um Vergebung gefleht habe, und auch wenn sie ihre Schuld gestand, habe sie das ohne jegliche Reue getan, nach dem, was vom hochwürdigen Herrn Inquisitor berichtet worden sei; daß die Angeklagte in ihren Worten und in ihren Handlungen nie auch nur ein einziges Zeichen wahrer Zerknirschung habe erkennen lassen und daß sie daher dem weltlichen Arm zu übergeben sei, wobei man die Entscheidung darüber jedoch ganz dem Herrn Inquisitor anheimstelle. Und so stimmten alle in diesem Urteil überein.«

Das liest sich wie das Protokoll einer Versammlung von Wohnungseigentümern oder Genossenschaftsmitgliedern. Natürlich lautete das Urteil, in dem alle übereinstimmten und das in den kirchlichen Prozeßakten nicht einmal exakt formuliert, sondern lediglich mit dem zitierten vagen Satz umschrieben wird, daß Antonia dem »weltlichen Arm« zu übergeben sei – wie es das Drehbuch vorsah. Was das zweite, im Anschluß daran gefällte Urteil betrifft, mit dem der Richter Pietro Quintano die Art und Weise sowie den Zeitpunkt des Todes der Hexe bestimmte, so ist uns der Wortlaut leider nicht überliefert, doch können wir ihn aus den Fakten erschließen, auf die das Urteil hinauslief. Antonia wurde vom »weltlichen Arm« dazu verurteilt, auf demselben *dosso dell'albera*, der auf Zardino herabblickte und der Schauplatz ihrer Sabbate war, bei lebendigem Leibe verbrannt zu werden; an einem Tag, der mit dem Henker zu vereinbaren sei, auf jeden Fall aber an einem Samstag, damit alle kommen und ihrer Hinrichtung beiwohnen könnten, und zwar zu einer Stunde nach Sonnenuntergang, damit die Flammen des Scheiterhaufens auch von weither und in jedem Teil der Bassa zu sehen seien. Das für den Scheiterhaufen nötige Holz und Reisig sollte von ebendem Baum genommen werden, der dem Hügel seinen Namen gab. Also ordnete man an, den Baum zu fällen, in Stücke zu zerhacken und die Scheite sorgfältig zum Trocknen an die Sonne zu legen, damit sie beim Brennen nicht qualmten. Schließlich verfügte man noch, den Gepflogenheiten folgend, daß hinterher Salz auf die Asche des Scheiterhaufens zu streuen und dann ein Kreuz zum Gedächtnis aufzurichten sei: Im Namen des Vaters, des Sohnes und des Heiligen Geistes. Amen.

Von der Versammlung des Tribunals am 20. August wußte Antonia nichts. Aber schon in den frühen Morgenstunden ebenjenes Tages, an dem man über sie zu Gericht sitzen sollte, hatte sich in dem Verlies, in dem sie eingekerkert war, einiges ereignet, das sie auf irgendwelche große Neuigkeiten schließen ließ. Ihre zwei Kerkermeister waren erschienen, Vater und Sohn, beide mit Eimer und Reisigbesen bewehrt: Sie hatten die Rattenkadaver beseitigt und den anderen Unrat, der die Luft in dem Kellerloch verpestete; sie hatten die Spinnweben weggefegt und das Ganze so hergerichtet, daß es, wenn nicht gerade heimelig, so doch etwas weniger scheußlich wurde, als es bis dahin gewesen war. Natürlich hatte sich

Taddeo die Gelegenheit nicht entgehen lassen, Antonia die Fragen zu stellen, die er ihr immer stellte – über sie und die Teufel und was sie so miteinander trieben –, aber an dieses zotige Geschwätz war das Mädchen nachgerade gewöhnt und hörte überhaupt nicht mehr hin. »Wer weiß, warum sie alles saubermachen«, dachte sie naiv. »Ob etwa eine wichtige Persönlichkeit zu Besuch kommt... Kann es sein, daß jemand bis hier heruntersteigt und sehen will, in welchem Zustand ich mich befinde? Wer weiß, was da oben in der Welt vor sich geht!«

Aus bestimmten Worten und Anspielungen ihrer Wächter glaubte sie verstanden zu haben, daß sie bald das Gefängnis verlassen würde, und für einen Augenblick war in ihrem Herzen ein Funken Hoffnung aufgeflammt. »Du wirst sehen«, hatte Taddeo unter vielem anderen Blödsinn zu ihr gesagt, »daß du dich noch nach hier unten zurücksehnen wirst... Bei der Hitze, die es da droben hat! Und auch nach uns... Stimmt es nicht, Bernardo? Sag doch auch was!«

»Es stimmt«, sagte Bernardo, »da droben hat es eine Hitze, daß man meinen könnte, man brennt!« Und dabei zwinkerte er mit seinem Schielauge dem Vater zu. »Man geht direkt in Flammen auf!«

Am Nachmittag kamen die beiden Schurken wieder. Sie hatten jeder einen Strohsack auf dem Rücken und legten ihn neben den von Antonia in die Zelle, die leer war wie der ganze Inquisitionskerker von Novara: Seit der »sodomitische Kleriker« nicht mehr da war, kamen die einzigen Geräusche, die man dort hörte, von den Ratten, die herumrannten, quietschten, miteinander kämpften oder sich paarten. Diese Tiere waren nach wie vor eine schreckliche Plage für Antonia, aber auch die Dunkelheit und die Stille des Verlieses waren schrecklich... Als Antonia ihre Kerkermeister zurückkommen sah, zu ganz ungewohnter Stunde und mit diesem seltsamen Gepäck, bekam sie Angst: Was ging hier vor? Das

Kommen und Gehen war jedoch noch nicht zu Ende. Nach den Strohsäcken wurden noch andere Dinge nach unten geschafft: Laternen, Weinflaschen, ein Henkelkorb, wahrscheinlich mit Essen, den Bernardo an einen Haken in der Decke hängte, damit die Ratten nicht daran kamen ... Und Taddeo sagte jedesmal etwas, wenn er an Antonias Zelle vorbeiging:

»Kopf hoch, Antonia! Morgen kehrst du in die Welt zurück! Du gehst fort!«

»Wir bereiten dir ein Fest! Freust du dich nicht?«

»Du kannst gern auch deine Teufelsfreunde einladen, nur zu! Wir haben vor niemandem Angst, nicht einmal vor dem Teufel!«

»Wart auf uns! Wir sind bald zurück!«

Es kam die Dunkelheit und dann die Nacht. Eine Stunde nach Einbruch der Nacht erschienen die beiden wieder. Sie sagten nichts. Sie zündeten die Laternen an, sperrten Antonias Zelle auf, begannen sich auszuziehen. Taddeo fuhr sich mit der Zungenspitze über die Oberlippe, und diese Geste was so obszön, so widerlich, daß Antonia einen Schrei ausstieß. Da packte Bernardo sie, hielt sie an beiden Armen fest, und als das Mädchen noch einmal zu schreien versuchte, schob sein Vater ihr ein Folterinstrument in den Mund, das er aus dem Schrank im Erdgeschoß geholt hatte: eine Art Knebel aus Eisen und Leder, dessen Riemen er schnell hinten im Nacken zusammenband. Mit diesem Ding zwischen den Zähnen konnte Antonia höchstens noch wimmern.

Dann rissen sie ihr die Kleider vom Leib, denn inzwischen hatte sie die Gier gepackt. Sie prügelten sie, um ihren letzten Widerstand zu brechen. Dann schleiften sie sie auf einen der beiden Strohsäcke, und dort ergriffen sie von ihr Besitz, abwechselnd und immer wieder, in einem wütenden Crescendo, in dem die anfängliche Gier der Raserei wich, bis die beiden Männer keuchend und schweißgebadet anfingen, aufeinander einzuschlagen, um sich eine Befriedigung streitig zu machen, die bereits außerhalb ihrer Möglichkeiten lag. Schließlich lagen sie erschöpft da, ein Knäuel von Körpern, über denen die Laternenflammen im Dunkeln flackerten, in einem willkürlichen Spiel von Licht und Schatten. Und dazwischen Antonia, wie tot; hingestreckt, wie sie der letzte Angriff der beiden Unmenschen zurückgelassen hatte, und mit einem Rinnsal von Blut, das ihr aus dem Mundwinkel floß, dort, wo das Marterwerkzeug ihr die Haut aufgerissen hatte.

Erst jetzt begannen ihre Schergen zu reden, das heißt wie gewöhnlich redete nur Taddeo, mit vor Anstrengung erschöpfter Stimme. Keuchend sagte er: »Hast du vielleicht geglaubt, du kämst ungeschoren davon, wie, du Hure …? Hast du geglaubt, du könntest dich einfach aus dem Staub machen und uns mit trocknem Maul hier sitzen lassen, nachdem du uns über einen Monat lang hingehalten hast! Wir oben in unseren Dachkammern immer in Gedanken bei deiner Fotze, und du hier unten im Kühlen, um dich mit deinen Teufeln zu vergnügen! Heut nacht vergnügst du dich mit uns, darauf gibt dir Taddeo sein Wort! Bis zum Morgengrauen, und länger …«

29. Kapitel

DER TURM

Der August ging zu Ende, es kam der September, und die Hitze machte immer noch keine Anstalten nachzulassen; der Regen kam nicht. Tag für Tag stieg eine immer blassere und immer verschleiertere Sonne in der Morgendämmerung aus einem Meer von Dunst auf, und man konnte lange Zeit in sie blicken, ohne geblendet zu werden. Wer in der Stadt lebte, bewegte sich wie auf dem Grund eines Aquariums, wie in einer warmen, durchsichtigen Flüssigkeit, die jede Bewegung mühsam werden ließ und die Wahrnehmungen übersteigerte: Die Gerüche, die Geräusche, die Farben, die Gefühle (auch sie ein wenig intensiver als gewohnt) lösten eine Unruhe, eine Ängstlichkeit aus, die zu dem tatsächlichen Maß an erduldetem Ungemach in keinerlei Verhältnis standen; Gedanken und Ideen wechselten jäh, wie es auch im Halbschlaf vorkommt, und hatten Mühe, sich in die logischen Zusammenhänge mit der realen Welt und untereinander zu finden. Diese bläßlichen Sonnenaufgänge, von denen die Rede war, folgten auf schwüle Nächte, in denen man keine Luft bekam und von den Insekten und der Schlaflosigkeit geplagt wurde; und diese Nächte folgten ihrerseits auf sengend heiße Abendstunden, in denen die Sonne in die Dämpfe einzutauchen schien, so wie das glühende Eisen, nachdem man es aus dem Schmiedefeuer genommen hat, ins Wasser getaucht wird: Und fast wunderte man sich, es nicht zischen und prasseln zu hören wie beim Eisen.

Außerhalb der Stadt, auf dem von der Hitze ausgedörrten und von den Stechmücken fast unbewohnbar gemachten Land, bereitete man sich einen Monat früher als sonst auf die Getreideernte vor. Es ereignete sich eine Reihe von Visionen: Am 23. August 1610 sah eine gewisse Assunta Martinetto, verwitwete Brusati, in einem Gehöft bei Sillavengo über einem Ziehbrunnen, aus dem sie Wasser schöpfen wollte, die Madonna lächeln und erhielt von ihr das Versprechen, von dem Knochenleiden, das sie häufig und schmerzhaft heimsuchte, geheilt zu werden – wie es denn auch geschah. Am 3. September begegnete in Morghengo ein junges Mädchen, das Brombeerranken sammelte, mit denen man die Gärten und Saatfelder einzäunte, einem Jüngling hoch zu Roß, mit einem Lichtschein um das Haupt. Dieser sprach sie freundlich an und enthüllte ihr, er sei der heilige Martin und auf die Erde zurückgekehrt, um die Drangsale des Menschengeschlechts zu lindern. Die Bittprozessionen um Regen häuften sich und ebenso die Novenen zur Madonna und zu anderen Heiligen, denen die Volksfrömmigkeit eine besondere Kompetenz in Sachen Dürre und Erntesorgen zuschrieb.

Vor allem aber verdichteten sich überall in der Bassa die Gerüchte, daß es nie mehr auf die von Bränden bedrohten Dörfer und die seit Monaten ausgetrockneten Felder regnen würde, solange die Hexe nicht hingerichtet sei und auch nur das kleinste Zeichen an ihre Existenz auf dieser Erde erinnere. In Zardino machte sich eine aus den kräftigsten Männern des Dorfes rekrutierte Gruppe über den Kastanienbaum her, der Zeuge der Sabbate gewesen war und jetzt auf richterlichen Beschluß in »Großholz und Kleinholz« für den Scheiterhaufen der Hexe verwandelt werden sollte. Diese Kastanie war der größte und älteste Baum des ganzen Sesia-Tals, und er widerstand lange; als er endlich stürzte – wußten die Dorfweiber zu berichten –, sei eine kleine Schlange mit gezacktem Kamm aus seinem Stamm gefahren und im

Gestrüpp verschwunden – und das sei der Teufel gewesen. Dann kam die Reihe an den von Bertolino d'Oltrepò ausgemalten Bildstock. Umsonst versuchte Diotallevi Barozzi, der Eigentümer, ihn vor der Wut der Dörfler zu retten, indem er beteuerte, er wolle ihn noch selbigen Tags übertünchen und dann neu bemalen lassen. Auch die Steine – hielt man ihm entgegen – seien inzwischen mit dem bösen Zauber der Hexe getränkt, und man müsse das Dorf davon befreien! Es kamen vier Bauern – allen voran jener Agostino Cucchi, von dem schon öfter die Rede war –, jeder mit einem Paar Ochsen, und sie umwanden den Bildstock mit Ketten und dicken Strikken, rissen ihn aus dem Erdreich, schleiften ihn bis zum Kiesbett des Sesia und ließen ihn dort liegen: in Erwartung des Hochwassers, das ihn nach dem Tod der Hexe schon irgendwohin forttragen werde... Zu wüsten Szenen kam es auch auf dem Hof der Nidasios und in dem Haus, in dem die Hexe gewohnt hatte. Man zündete eine Vogelscheuche an, der man Antonias Kleider übergehängt hatte, und verbrannte die Möbelstücke aus ihrer Kammer und alles, was man nur von ihr finden konnte. Manch einer hätte am liebsten das ganze Haus in Brand gesteckt (sollten die Nidasios sehen, wo sie blieben!), doch man fürchtete – wegen der Hitze, der Nähe der anderen Häuser und der Strohdächer –, daß, wenn es erst einmal in Flammen stünde, das Feuer nicht mehr aufzuhalten wäre und das ganze Dorf abbrennen könnte. Das »Haus der Hexe« blieb also stehen, wo es stand, aber man redete noch viele Winter in den Ställen darüber: daß man es unbedingt hätte anzünden müssen und daß es noch Unglück bringen werde. Bis an einem unbekannten Tag – einem Tag wie jeder andere in der unendlichen Geschichte dieser Welt! – auch Zardino verschwand und sein Geschwätz verstummte...

Vom »weltlichen Arm« in Gewahrsam genommen, wurde Antonia am 21. August in die *Torre dei Paratici* verlegt; das war der alte Zünfte-Turm des *Broletto*, des

Stadthauses von Novara, ehe dieses so herunterkam, wie es sich heute präsentiert: erdrückt von den Bauwerken, die im Lauf der Jahrhunderte darum herum gewachsen sind, und ohne Turm. Zur Zeit unserer Geschichte war der *Broletto* dagegen ein frei stehender Palazzo, um den die Straßen verliefen; und der Zünfte-Turm, der sich an der Südseite erhob, beherbergte in seinem oberen Teil ein Gefängnis: ein luftiges Gefängnis von zwei übereinanderliegenden Räumen und nur erreichbar über eine ziemlich gewagt angelegte Außentreppe. In beiden Räumen sollten fromme Bilder dem Seelenheil der Gefangenen dienen: im obersten Stock, der für die Frauen bestimmt war, ein toter Christus in den Armen der Madonna, im Stock darunter dagegen, wo die männlichen Gefangenen verwahrt wurden, der Schutzpatron der Eingekerkerten, der heilige Leonhard. Beide Fresken waren jedoch mit Namen, Daten, obszönen Kritzeleien übersät, und beide konnte man nur schlecht sehen, weil es in diesen Räumen keine Fenster gab, sondern lediglich Schießscharten, die im Winter mit Stroh verstopft wurden – und dann gute Nacht! Man saß im Dunkeln. Im Sommer wurden die Schießscharten dann wieder geöffnet, und es drang wieder ein wenig Licht herein. Doch auch wer zu dieser Jahreszeit in den Turm kam, mußte erst eine Weile warten, ehe sich seine Augen an das Halbdunkel gewöhnten; und so erging es auch Antonia. Als sich die Eisentür hinter ihr geschlossen hatte, tastete sie sich ein paar Schritte an der Wand entlang, dann setzte sie sich hin. Erst da bemerkte sie, daß sie nicht allein war, und sie drehte sich zur Wand, um der anderen Gefangenen zu bedeuten, daß sie mit niemandem reden und in Ruhe gelassen werden wolle; doch als sie diese ihren Namen sagen hörte, konnte sie nicht umhin, sich umzuwenden: Rosalina!

Antonia machte eine paar Schritte, um sie aus der Nähe zu betrachten: War sie es wirklich? Rosalina hatte die Haare kurz geschnitten, wie es damals bei den Dirnen, genauer gesagt den Straßendirnen sein mußte. Und sie wirkte vorzeitig verbraucht: Die Nase, gequetscht und verbogen, mußte ihr jemand mit einem Fausthieb gebrochen haben; die Haut an den Wangen war durch zahllose kleine Narben entstellt, Folge irgendeiner Krankheit; und auch der Hals trug das Zeichen einer Verletzung, einer Schnittwunde, wahrscheinlich von einem Rasiermesser: eine ganz lange, schmale Narbe, die unterm Kleid verschwand. Sie war bereits sehr häßlich, Rosalina; vielleicht noch nicht direkt abstoßend, denn sie zählte erst sechsundzwanzig oder siebenundzwanzig Jahre, doch man erkannte, daß sie in kurzer Zeit abstoßend sein würde. Die Tatsache, daß Antonia sich an sie und ihre Vergangenheit erinnerte, ließ sie gleichgültig; vielmehr war ihr das Gesicht der neuen Gefährtin gänzlich fremd, und auch der Name »Antonia« sagte ihr nichts. Sie sei hier – erklärte sie – durch die Schuld eines verdammten spanischen Offiziers, der sie eine Zeitlang unter seinen Schutz genommen habe, ihr Liebhaber und ihr Zuhälter gewesen sei und ihr dann eines Tages ohne lange Vorreden verkündet habe, er hätte sich ein anderes, jüngeres Liebchen genommen und sie, Rosalina, solle sich fortscheren. Ganz nach dem Sprichwort: »Frisches Fleisch und neues Geld!« Es gebe inzwischen zu viele Dirnen um das Kastell von Novara herum – so etwa hatte jener Offizier und Ehrenmann die Freundlichkeit gehabt, sich auszudrücken –, und von Zeit zu Zeit müsse man sie eben ablösen, wie man es auch bei den Soldaten mache: Andernfalls drohe der Garnison die Überalterung, »und auch die Dirnen werden, statt uns in unseren dienstfreien Stunden als Liebchen gefällig zu sein, zu unseren Müttern und Großmüttern«. Aber Rosalina fühlte sich als niemandes Großmutter, und was das Sich-Fortscheren betraf, wohin sollte sie schon? Also – sagte sie – habe sie ihr Gewerbe weiter ausgeübt, ohne Protektion; und die verdammten Spanier hätten angefangen, sie aufzugreifen, weil sie gegen das Gesetz über die Dirnen verstoßen habe. Es gebe eine Verordnung – hätten sie ihr jedesmal wieder vorgehalten –, die es den Dirnen verbiete, ohne den gelben Umhang, ihr Erkennungszeichen, herumzulaufen und sich in der Nähe bestimmter Gebäude blicken zu lassen, nämlich des Rathauses, der Kirchen und der Garnisonsquartiere im Kastell; ferner, sich in belebten Gegenden an den Fenstern zu zeigen oder auf der Straße herumzustehen und *pst! pst!* zu machen, um die Männer anzulocken; und sie hätten ihr die Sätze der Verordnung wortwörtlich vorgelesen, bis hin zu den Geldbußen und zu den Leibesstrafen: Pranger, Auspeitschung, Kerker und Galgen. Dann hätten sie sie in den Zünfte-Turm eingesperrt, so wie jetzt auch: weil sie sich ohne gelben Umhang habe erwischen lassen, weil sie sich in der Nähe des Kastells herumgetrieben habe, weil sie den vorbeigehenden Soldaten *pst! pst!* gemacht habe – »diese Böcke, bei den Hörnern ihrer Mütter und ihrer Schwestern und bei denen, die sie selbst auf dem Kopf haben: einen ganzen Wald voll!«

Aber diesmal – sagte Rosalina – sei alles noch viel schlimmer: Man werde auf der Piazza öffentlich ausgepeitscht. Auch sie, Antonia. Weswegen immer man sie in den Turm geschickt habe, sie sei in einem schlechten Moment gekommen: Man erwarte den Henker! Als Antonia sie verständnislos ansah, erklärte Rosalina: Der Meister Bernardo aus Mailand solle kommen, um eine Hexe zu verbrennen, die alle möglichen Verbrechen begangen hätte, sogar einige Kindsmorde. Und leider sei es in Novara so, daß die Obrigkeit die Anwesenheit des Henkermeisters ausnütze, um alle, die zu diesem Zeitpunkt im Gefängnis säßen, auspeitschen zu lassen, aus welchem Grund auch immer sie eingesperrt seien: Weil der Meister nicht alle Tage komme und die Stadt, die ihm einen festen Preis bezahle, ihn für diesen Preis alle nur mögliche Arbeit verrichten lassen wolle. Auch im unteren Stockwerk – sagte Rosalina – säßen vier arme Kerle, Diebe und Betrüger, die darauf warteten, auf der Piazza ausgepeitscht zu werden, alles wegen dieser Hexe! Sie sah Antonia forschend an. »Und du, was hast du verbrochen?« fragte sie.

»Nichts«, erwiderte Antonia. »Ich hab' nichts verbrochen«; und dann, fast flüsternd: »Ich... ich bin die Hexe!«

Rosalina riß die Augen auf: »Du bist die Hexe?«

»Ja«, sagte Antonia. »Das behaupten sie.« Sie sah Rosalina ins Gesicht, murmelte: »Ich hoffe nur, daß sie mich bald verbrennen und daß endlich alles ein Ende hat! Daß sie schnell machen!«

Die schlimmste Plage im Turm war das Ungeziefer. Vor allem die Flöhe, aber auch die Wanzen und die Läuse; dagegen erschienen die Stechmücken fast erträglich, die sich nicht in Schwärmen so hoch hinaufwagten, wo die Schwalben hausten, sondern zwischen den Häusern blieben, wo die Menschen wohnten. Das Stroh, auf dem die Gefangenen schliefen, wimmelte vor Ungeziefer, das notfalls auch als Zeitvertreib dienen konnte: Man brauchte bloß anzufangen, sich zu kratzen, und die Tage flogen nur so dahin! Gegen Abend hörte man von unten Schläge gegen den Fußboden und Rufe; das waren die männlichen Gefangenen, die versuchten, mit den Frauen Verbindung aufzunehmen, aber die Räume des Gefängnisses waren so gebaut, daß man, wie laut die unten auch schreien mochten, nur selten ein Wort verstehen konnte, etwa das Wort *amore*. Nach einer Weile wurden die Gefangenen still. Des Nachts schwieg die Welt. Und die einzigen Geräusche waren die Rufe der Wachposten auf den Mauern in der Ferne und die Schreie der Eulen und Käuzchen, die ihre Nester in den Mauerspalten des Turms hatten...

Die Tage vergingen: einer nach dem andern, einer wie der andere, ohne andere Unterbrechungen als dem mißtönenden Klang einer Glocke, der *barlocca*, mit dem den Gefangenen einmal am Tag vom Hof aus angekündigt wurde, daß es Zeit sei, das Seil mit dem Essenskorb hochzuziehen. So war das Leben im Turm geregelt; und wenn es unter der Woche keine Neuzugänge gab, öffnete sich die Eisentür, die auf die Treppe hinausführte, nur am Sonntag zum Wechseln der Latrinenkübel. Ansonsten kratzte man sich, man redete, man schaute durch die Schießscharten auf die Welt draußen, man hing seinen Gedanken nach, man schlief. Im Verlies des Inquisitionstribunals hatte Antonia sehr wenig geschlafen, und jetzt im Zünfte-Turm holte sie einen Teil dieses Schlafs nach: Sie schlief so tief und so lange, daß ihr das Gefühl für die Tage und die Nächte abhanden kam und sie Rosalina, die gern eine geselligere Gefährtin gehabt hätte, die Geduld verlieren ließ. Manchmal versetzte sie Antonia sogar Tritte, um sie zu wecken, nämlich dann, wenn sie das Essen im Korb nicht nach ihrem Geschmack fand. »Wenn Euer Gnaden, Frau Hexe, die Güte haben wollen, sich zum Speisen zu erheben« – sagte sie zu ihr –, »so teile ich Euch mit, daß das Kerkermahl serviert ist!« War das Essen dagegen annehmbar, so ließ sich Rosalina herbei, es ohne Gesellschaft zu verzehren. (»Wer schläft, wird im Traum satt!« dachte sie.) Für Antonia bedeutete jedes Erwachen die Rückkehr in eine düstere und feindliche Welt. Sie stöhnte, rang nach Luft. Manchmal stammelte sie auch: »Wo bin ich?«

»Du bist im Loch, mein Herzchen«, sagte Rosalina zu ihr. »Wo hast du denn geträumt, daß du wärst: im Königspalast?«

Tatsächlich träumte Antonia. Große Träume: verwikkelt und flüchtig wie das Leben. Fast immer waren sie schön; bisweilen, wiederum wie das Leben, auch unsinnig. Sic träumte vom Meer als von einem umgekehrten Himmel und von den Schiffen, die es durchzogen, und dann auch von der Stadt, von der ihr Gasparo erzählt hatte: wo die Häuser so hoch waren wie Berge und wo man alles kaufen und verkaufen konnte, was es auf der Welt gibt, die Menschen nicht ausgenommen; wo es eine Allee am Meeresufer gab, durch die des Abends die Damen in ihren Kutschen fuhren, und die Leute gingen hin, um sie zu bestaunen... Sie träumte davon, in einer solchen Kutsche zu sitzen, ganz in Samt und Seide, und in Begleitung eines wunderschönen Jünglings, der Gasparo war oder ihm vielleicht auch nur ähnlich sah, wer weiß? Manchmal drängten sich in diese Traumbilder auch die Feinde: Don Teresio, der Inquisitor, die Leute von Zardino... Öfter jedoch waren Antonias Träume im Zünfte-Turm so luftig wie das Gefängnis: Phantasien, zusammengehalten von einer Handlung, dünn wie ein Spinnenfaden. In diesen Träumen schritt sie durch verzauberte Paläste, voll von Stuck, Gold, Gemälden, Wandteppichen, Dingen, die sie nie im Leben gesehen hatte – es sei denn eben im Traum; sie tanzte mit wunderschönen jungen Männern, ritt mit ihnen über weiße Straßen, die nie endeten, und vor ihr eine Sonne, die auf- oder vielleicht auch unterging... Sie träumte und wußte, daß sie träumte, und fürchtete sich aufzuwachen. »Wenn ich aufwache«, dachte sie, »werde ich wieder zu der, die alle für eine Hexe halten und die man in wenigen Tagen verbrennen wird!«

Bernardo Sasso, »Meister der Gerechtigkeit«, das heißt Henker von Mailand, traf mit seinen Gehilfen Bartolone und Jacopo am Freitag abend, dem 10. September, ein, erhitzt von der Reise und schlechter Stimmung angesichts der Art von Dienstleistung, die man von ihm erwartete. Bei dieser Hitze – hatte er zu seinen Gehilfen gesagt, als sie bei Boffalora den Tessin überquerten – wäre es besser und vernünftiger, die Hexe zu ertränken statt sie zu verbrennen... Hier im Tessin, warum nicht? Wenn er sich dieser Sache mit dem Scheiterhaufen hätte entziehen und die Fahrt nach Novara vermeiden können: Meister Bernardo hätte es getan, auch um den Preis, dabei Geld zu verlieren. Aber er konnte nicht. Genau einen Monat vorher, am 8. August dieses Jahres 1610, hatte er einen regelrechten Vertrag unterzeichnet, in dem er sich verpflichtete, seine Kunst auch in Novara auszuüben, wann immer sich die Notwendigkeit dazu ergebe: die Verurteilten auf der Piazza öffentlich auszupeitschen, sie nach Maßgabe des Urteilsspruchs hinzurichten beziehungsweise nach den Regeln seiner Kunst zu schlachten – wie es unter anderem im Vertrag hieß: »Und so es geboten, zu vierteilen, und so es geboten, die Viertteile an bestimmten Orten aufzuhängen, wird vereinbart, daß *dominus magister Bernardus* gehalten und verpflichtet sei, die Hinzurichtenden in Stücke zu hauen und die Viertteile aufzuhängen, wo es sein muß«, und so weiter. Das Dokument ist bis auf uns gekommen, so daß wir den genauen Wortlaut zitieren können. Man würde diese Bestimmungen freilich allzu wörtlich nehmen, wenn man annähme, daß es in Novara Gewohnheit gewesen wäre, auf dem Stadtplatz gefährliche Schwerverbrecher hinzurichten und alle möglichen Arten von Urteilen zu vollstrecken. Die Realität war wesentlich weniger blutrünstig, und was man letzten Endes vom Henker verlangte, war, daß er hin und wieder zum Auspeitschen kam oder im Höchstfall, um irgendeinen kleinen Missetäter oder Räuber zu hängen; denn die spektakuläreren Hinrichtungen, die Enthauptungen, fanden im allgemeinen in Mailand statt. Aber die Scheiterhaufen, ja die Scheiterhaufen, das war etwas, das Meister Bernardo Sasso als ein barbarisches Überbleibsel der Vergangenheit ansah, als die regelrechte Verleugnung der Kunst, in der er Meister war und die für ihn viel mehr bedeutete als einen Beruf: Sie war eine Mission! »Wenn es für die Vollstreckung eines Todesurteils genügt, ein paar Reisigbündel anzuzünden«, brummte er vor sich hin, während sie sich Novara näherten, »wozu brauchen sie dann einen ›Meister der Gerechtigkeit‹? Warum holen sie sich da nicht lieber einen Koch oder sonst jemanden, der ihnen das Herdfeuer anzündet? Was hat die Gerichtsbarkeit eines modernen Staatswesens mit diesen Gebräuchen aus längst vergangenen Zeiten zu tun? Warum muß man deswegen den Henker kommen lassen?«

Der Henker... Unter den Figuren, genauer: unter den ungeschriebenen Romanen, deren Geschichte sich mit der Antonias verflochten, ist gerade der des Henkers für den, der ihn heute entschlüsseln oder gar schreiben wollte, wohl der ungewöhnlichste oder auch der schwierigste. In diesem September 1610 war Bernardo Sasso ein Mann von bereits mehr als mittlerem Alter, Wangen und Schädel sorgfältig rasiert, und mit einem Gesicht, das man als ganz unauffällig hätte bezeichnen können, wären da nicht zwei blaue, äußerst lebhafte Augen gewesen, die sich in die des Gesprächspartners bohrten und dessen verborgenste Gedanken zu lesen schienen, die jähen Einfälle, die uneingestandenen Versuchungen. Sproß einer alten Henkersfamilie – sein Vater war Henker gewesen, ebenso sein Großvater –, hatte Bernardo Sasso in seinem Leben nie etwas getan, das man als seltsam oder außergewöhnlich hätte bezeichnen können – es sei denn das Henkerhandwerk auszuüben. Doch es waren gerade seine absolute Normalität, seine absolute Ausgeglichenheit, seine fast schon nicht mehr menschliche Weisheit, die aus ihm eine mehr als originelle, eine einzigartige Persönlichkeit machten. Wer ihn von Kindesbeinen an kannte und auch später noch Gelegenheit gehabt hatte, mit ihm in Verbindung zu bleiben, versicherte, daß er sich in über fünfzig Jahren nie betrunken habe, auch nicht ein bißchen oder um es einmal auszuprobieren; daß er nie die Stimme gegen jemanden erhoben, daß er nie einer Frau den Hof gemacht habe. Auch seine Ehefrau hatte er bei der Arbeit kennengelernt: Und zwar insofern – erklärten seine Biographen oder solche, die es werden wollten –, als sie es gewesen war, die ein Auge auf ihn geworfen hatte, während er seine Kunst auf dem Stadtplatz ausübte; und sie war so beeindruckt davon gewesen, daß sie ihn über einen Priester hatte fragen lassen, ob er sie nicht zur Frau nehmen wolle. Und dann hatten sie sich gesehen, und sie hatten geheiratet. Sie war eine aus dem *Deposito di San Zeno*, einer Bewahranstalt für Mädchen, die von zu Hause fortgelaufen waren und die die Eltern dann nicht mehr bei sich aufnehmen wollten; er war ein Meister der Gerechtigkeit, sprich ein Henker, mit dem kaum eine Frau auf der Welt hätte zusammenleben wollen: Daraus war eine glückliche und solide Ehe erwachsen, die nur einen, leider nicht zu behebenden, Schönheitsfehler hatte: das Ausbleiben von Söhnen. Dieser Umstand war der Kummer in Bernardos Leben. Fünf Töchter und keinen einzigen Sohn, der die Kunst und die Mission der Sassos hätte weiterführen können! Mangels Erben, durch die sein Name fortleben würde, hatte sich Bernardos Herz schließlich seinen beiden Mitarbeitern zugeneigt, die ihn jetzt begleiteten: ein bereits reifer Mann namens Bartolone, der zu seinem Nachfolger bestimmt war, und ein jüngerer namens Jacopo, dessen entfernter Verwandter. Beide waren das letzte Glied einer langen Kette von Gehilfen, die sich dann mit der Zeit als unwürdig erwiesen hatten, an der Seite eines so vollkommenen Mannes wie Meister Bernardo zu arbeiten, und sich einen anderen Henker hatten suchen oder den Beruf wechseln müssen. Diese beiden stellten eine ziemlich geglückte Imitation des Meisters dar: Sie hatten das Haupt genauso geschoren wie er; sie trugen sich von Kopf bis Fuß in Grau, wie er; sie waren – fast – völlig frei von Lastern, wie er...

Die drei, die zu Pferd reisten, klopften an der Pforte des Kapuzinerklosters an: Denn kein Gasthaus hätte einen Henker aufgenommen, und kein Wirt hätte ihm zu essen gegeben, weder in Novara noch an einem anderen Ort. Nach einem frugalen Mahl mit den Mönchen und nachdem sie den Besuch des Milizhauptmanns empfangen hatten, der ihnen erklärte, wo dieses Dorf lag, in dem die Hexe hingerichtet werden sollte, und sie dann über die Vorbereitungen unterrichtete, die in der Stadt wie am Ort der Vollstreckung getroffen worden waren, gingen sie schlafen. Bevor er sich jedoch von seinen Gehilfen verabschiedete und ihnen eine gute Nacht wünschte, verteilte Meister Bernardo noch die Aufgaben für den nächsten Tag. Bartolone – sagte er – solle sich dem Geleit der Hexe anschließen, und zwar solle er mit ihr in der Kutsche fahren, um ihre Unversehrtheit zu gewährleisten; Jacopo dagegen möge sich bereits in aller Frühe an das Sesia-Ufer begeben, um dafür zu sorgen, daß alles bereit sei, bis er eintreffe.

»Und Ihr?« fragte ihn Bartolone. »Was macht Ihr?«

Meister Bernardo blickte sich um, ob einer der Mönche ihnen zuhöre. Es war keiner da. »Ich«, sagte er, »muß morgen auf der Piazza die Unglücklichen, die im Turm sitzen, auspeitschen, und dann muß ich auch noch etwas anderes erledigen: Ich muß einen Gewürzhändler aufsuchen und mir von ihm etwas zubereiten lassen, das nur ich bekommen kann und nur ich kenne.« Er bekreuzigte sich, dämpfte die Stimme. »Gott sieht mich und urteilt über mich«, sagte er zu seinen Gehilfen. »Bei lebendigem Leib zu verbrennen ist der schrecklichste Tod, den es gibt, und ich glaube nicht, daß ich der Strafe, die die Richter über die Hexe verhängt haben, etwas nehme, wenn ich der Hexe ein wenig von der Fähigkeit zu fühlen, und das heißt zu leiden, nehme. Gott möge mir verzeihen, wenn ich einen Fehler begehe, und Gott steh' uns bei!«

30. Kapitel

DAS FEST

Als die »Hexe von Zardino« oben auf dem Zünfte-Turm erschien, in den ersten Nachmittagsstunden jenes Samstags, des 11. September, an dem sie sterben sollte, war auf dem Domplatz, unter den Fenstern des Obersten Richters, bereits eine Menge von Gaffern versammelt, die durch die Hitze und die Reden, die geschwungen wurden, allmählich in Rage gerieten. »Gebt uns die Hexe heraus!« schrien sie. »Wir verbrennen sie selbst!« Und dabei schwangen sie drohend Fäuste und Stöcke. Andere, scheinbar ein wenig ruhiger, versuchten, die Wachen vor dem Stadthaus zu überreden, ihnen die Verurteilte auszuliefern. »Warum muß man sie denn in ihr Dorf zurückbringen?« sagten sie. »Wir wollen sehen, wie sie brennt! Hier in Novara!«

»Sonst trauen wir der Sache nicht! Hier, genau auf diesem Platz!«

Geblendet vom Tageslicht, an das ihre Augen nicht mehr gewöhnt waren, kam Antonia, fast ohne etwas zu sehen, herunter, in den Ohren dieses Geschrei der Menge, aus dem hin und wieder einzelne verständliche Wörter herausklangen: »Regen!« »Tod!« »Hexe!« und noch ein paar andere. Von dem, der hinter ihr ging, ein wenig gestützt und indem sie sich an das Eisengeländer anklammerte, langte sie schließlich auf dem Erdboden an. Der Hof des *Broletto* war voller Soldaten, zu Pferd und zu Fuß und in jeder Art von Uniform: italienische Miliz und spanische Söldner, Hellebardiere und Arkebusiere, und sie standen da in Reih und Glied, bereit für alle Fälle, ohne daß sie eine bestimmte Aufgabe gehabt hätten, ausgenommen diejenigen, die sich um die Kutsche geschart hatten und die Hexe zum Hinrichtungsort eskortieren sollten. Da wartete sie, die Kutsche: ein geschlossenes Gefährt, ziemlich abgenutzt, das normalerweise dazu diente, die Richter in den Zivilprozessen zu befördern, wenn sie wegen irgendeines Wasser-Streits einen Augenschein vornehmen mußten. Antonia wurde von denselben Soldaten, die auf den Turm gestiegen waren, um sie zu holen, hineingehoben und -geschoben und mußte sich auf den einzigen freien Platz setzen, neben einen Unbekannten, ganz in Grau, mit kahlgeschorenem Kopf: den Gehilfen des Henkers. Ihnen gegenüber saßen zwei andere Männer. Links der Milizhauptmann, ein großer, hagerer Alter mit zwiefarbigem Haar: weiß an der Wurzel und ansonsten kohlrabenschwarz. Er, der in jedem Augenblick und mit jeder Geste den großen Herrn herauskehrte, warf nur einen flüchtigen Blick auf die Hexe und widmete sich dann wieder dem, was draußen vor sich ging, wobei er den Vorhang hochhielt und durchs Fenster spähte. Rechts dagegen ein Franziskanerpater, kahlköpfig und mit üppigem schwarzem Bart bis zur Mitte der Brust und zwei grauen, fanatischen Augen, der ein Holzkreuz in Händen hielt und Antonia anstarrte, als wäre sie der Teufel selbst, mit einem Blick, der sagen sollte: Ich fürchte dich nicht!

Man hörte eine aufgeregte Stimme, die Befehle erteilte, und die Kutsche setzte sich in Bewegung, wendete und fuhr aus dem Hof hinaus: Die eisenbeschlagenen Räder begannen über den Straßenschotter zu holpern und ließen im Innern die Köpfe und Gliedmaßen der Reisenden auf seltsame, bisweilen groteske Art in die Höhe fahren. Nun blickte auch Antonia hinaus, durch dasselbe kleine Fenster zu ihrer Linken, durch das der Milizhauptmann hinausschaute: denn am anderen Fenster, dem auf der Seite des Franziskaners, war der Vorhang völlig heruntergelassen. Sie sah die Oberkörper und die Profile der Soldaten, die neben dem Wagen herritten, und die Menge, die die Straße säumte: erhobene Fäuste, verzerrte Gesichter, aufgerissene Münder, die schimpften und fluchten und nach Tod schrien, nach ihrem Tod! Während es in Richtung Porta San Gaudenzio ging, merkte Antonia, daß es genügte, einfach nicht auf diese Schreie zu hören, um vor ihnen verschont zu bleiben. Sie betrachtete die Gesichter und die Leiber der Menschen da draußen wie Fische in einem Wasserglas; sie kamen ihr fern und merkwürdig vor, ja sie fragte sich, wieso ihr diese Einzelheiten, die ihr jetzt so absurd erschienen, nie aufgefallen waren; wieso sie sich nie über diese Formen gewundert, sondern sie – wie jedermann – für unvermeidlich und absolut sinnvoll gehalten hatte! Für ganz normal! Diese sogenannten Nasen, diese Ohren... Warum waren sie so gemacht? Diese offenen Münder mit diesem Stückchen Fleisch darin, das sich bewegte... Wie unsinnig! Wie widerlich! Und dieser unaufhaltsame Ausbruch von Haß, ein Haß von Individuen, die bis vor kurzer Zeit nicht einmal gewußt hatten, daß es sie, Antonia, überhaupt gab, und die jetzt ihr Blut forderten, ihre Eingeweide, die verlangten, sie selbst umzubringen, hier an Ort und Stelle und mit eigenen Händen... Lag in all dem wirklich ein Sinn, eine Vernunft? Und wenn nicht, warum geschah es dann? Also, dachte sie, ich bin hier drinnen und weiß nicht, warum ich hier bin; die draußen schreien, und wissen nicht, warum sie schreien. Sie hatte das Gefühl, endlich etwas vom Leben zu begreifen: ein Akt sinnloser Energie, eine monströse Krankheit, die die Welt und die Substanz, aus der die Dinge gemacht sind, hin und her schüttelt, so wie die Fallsucht den armen Biagio geschüttelt hatte, wenn sie ihn auf der Straße überfiel. Auch der vielgepriesene Verstand des Menschen war nichts anderes als ein Sehen und Nichtsehen, ein gegenseitiges Austauschen nichtiger Geschichten, flüchtiger als ein Traum: die Gerechtigkeit, das Gesetz, Gott, die Hölle...

»Verfluchte Hexe! Krepieren sollst du! In den Tod mit dir! Auf den Scheiterhaufen!«

Gleich hinter der Porta San Gaudenzio erschien ein Gesicht am Fenster, noch verzerrter als die anderen, der Mund öffnete sich und spuckte: Speichel rann außen an der Scheibe herab. Der Milizhauptmann ließ den Vorhang herunter, und für einen Augenblick war es im Innern des Wagens finster; dann jedoch schaute er aufs neue hinaus, und die Reisenden konnten einander wieder erkennen.

»Laß es regnen, du Hexenschwein! In den Tod mit dir! Verrecken sollst du!«

Der kahlköpfige Pater mit den fanatischen Augen hatte keinen Moment aufgehört, die Hexe anzustarren, nicht einmal als es finster war. Jetzt beugte er sich plötzlich mit ausgestrecktem Arm vor und hielt Antonia das Kruzifix vors Gesicht. »Wenn du noch zu beten vermagst«, sagte er zu ihr, und seine Augen traten fast aus ihren Höhlen, seine Stimme zitterte, »dann ist es an der Zeit, daß du bereust und daß du betest und Gott um Vergebung bittest für deine unzähligen Sünden, wie furchtbar sie auch sein mögen: Denn die Menschen können dir nicht mehr vergeben, aber Gott schon!«

Als sie sich Borgo San Gaudenzio näherten, wo gerade Markt war, wurde das Geschrei der Leute lauter und heftiger: Es steigerte sich wieder zu einem konfusen und bedrohlichen Gebrüll, einem ununterbrochenen Getöse, begleitet vom Aufklatschen des geworfenen Gemüses, das mit immer größerer Wucht auf das Dach und gegen die Seiten des Wagens prallte, ein Geräusch, das im Weiterfahren zu einer Art Hagel wurde, eine neue, beunruhigende Klangfarbe annahm. »Das sind Steine!« konnte Bartolone gerade noch sagen, als auch schon die beiden kleinen Fenster zerbrachen, das rechte und das linke, fast gleichzeitig, und in Splittern auf den Knien und zwischen den Füßen der Insassen landeten. Genau in dem Moment hielt der Wagen an: ein Zeichen, daß sich auch der Kutscher in Schwierigkeiten befand. Während die Soldaten der Eskorte riefen: »Zurück oder wir schießen! Zurück!«, blieb die Kutsche für einen Augenblick, der ihren Insassen endlos lang vorkam, in der Gewalt der Menge, die an ihr rüttelte, sie anrempelte und von allen Seiten ins Schwanken brachte wie eine Barke auf stürmischer See. An die Stelle des Steinhagels auf das Dach trat jetzt das Trommeln der Fäuste und Stöcke gegen den Wagen; eine der Türen wurde von außen aufgerissen: Gesichter von Wahnsinnigen, schon streckten sich Hände aus, um nach der Hexe zu greifen – doch in diesem Moment feuerten die Soldaten, und der Spuk war in wenigen Sekunden vorüber: Die Leute traten im Fliehen aufeinander, stoben vor Angst schreiend in alle Richtungen davon, während die Soldaten ihre Büchsen aufs neue luden und der Milizhauptmann, den Oberkörper halb aus dem Fenster gebeugt, sie antrieb, schneller zu laden, tiefer zu zielen, noch einmal zu feuern! Eine unsichtbare Hand schloß mit lautem Knall den Wagenschlag, der Milizhauptmann zog sich zurück, der Wagen fuhr wieder an.

Doch nachdem sie die Furt durch den Agogna passiert hatten, mußten sie erneut halten, weil sich bei dem ganzen Durcheinander ein Rad gelockert hatte und man den Schaden, so gut es hier auf der Straße eben ging, beheben mußte. Der Defekt, der sich während der restlichen Fahrt immer wieder bemerkbar machte, führte zu einer beträchtlichen Verspätung: Die Ankunft der Hexe in Zardino war etwa für vier Uhr nachmittags vorgesehen gewesen und erfolgte nun erst kurz vor sieben Uhr, als die Sonne bereits im Begriff stand unterzugehen – und wer weiß, ob Antonia darüber traurig war! Es wird auch berichtet, daß man diesen ersten Aufenthalt in der Nähe des Flusses dazu nutzte, eine Wunde auszuwaschen, die der Milizhauptmann nach dem Angriff der Menge in seinem Gesicht entdeckt hatte und die wahrscheinlich von einem Glassplitter herrührte. Keinerlei Schmerz – aber der Anblick des eigenen Blutes versetzte den großen

Herrn so in Wut, daß er nicht zögerte, den Soldaten der Eskorte unter diesen Umständen strikte und erbarmungslose Befehle zu erteilen: Sie sollten ohne Vorwarnung feuern, in der richtigen Höhe und auf jeden, der sich der Kutsche auf weniger als drei Schritte nähere, auch wenn er unbewaffnet sei; gegen die mit Steinen und Stöcken Bewaffneten sollten sie bereits von weitem schießen, und zwar sofort, wenn sie sie sähen, um sie auch wirklich zu treffen. So es sich schließlich um eine ganze Horde von Angreifern handle, sollten sie einfach in die Menge feuern: Und überhaupt – schimpfte der verwundete Hauptmann, während er ein nasses Taschentuch gegen die verletzte Stelle drückte –, soviel Bauern man auch umbrächte, es gäbe immer noch zu viele auf der Welt...

Auf Schritt und Tritt stieß man auf Gruppen, die zum *dosso dell'albera* unterwegs waren, um die Hexe brennen zu sehen: ganze Familien auf jenen Karren mit niedrigen Wänden (und gezogen von Rössern mit Vorderknien, groß wie Menschenköpfe), die damals in ganz Europa das ländliche Universaltransportmittel waren, sowohl für Lasten wie für Menschen. Wenn die Kutsche sie überholte, wichen die Karren aus oder wurden von den Soldaten gezwungen, ganz von der Straße zu verschwinden, während die, die darauf saßen, vor Begeisterung außer sich gerieten und riefen: »Die Hexe! Die Hexe kommt!« Und wenn es auf dem Karrren Hunde gab, dann fingen auch die zu bellen an, so laut sie konnten; die Kinder drehten mit beiden Händen sogenannte Knarren, hölzerne Geräte, eigens hergestellt, um damit Krach zu machen; die Männer ließen die Ketten aus Blechtöpfen klappern, die einst das Instrument des Teufels gewesen waren, das heißt des Karnevals, ehe Bascapè diesen des Landes verwiesen hatte, und die jetzt umgekehrt dazu dienten, Gottes Sieg über den Teufel zu feiern; die Frauen und die Alten gestikulierten und schrien mit den anderen:

»Die Hexe! Da ist die Hexe! In den Tod mit ihr! Auf den Scheiterhaufen!«

Als man sich dem Sesia-Ufer näherte, tauchten an den Straßenkreuzungen und auf den Ausweichplätzen die ersten Händler auf: mit Wein und anderen Getränken, mit gebratenem Fisch, mit Melonen. Auf den Feldern neben den Straßen, überall dort, wo der Mais und der Roggen bereits geerntet und weggeschafft waren, wimmelte es von Karren, von Pferden, von Kindern, die Fangen oder Verstecken spielten, von Erwachsenen, die sich hier niedergelassen hatten und aßen und tranken und darauf warteten, von weitem dieses großartige Schauspiel des brennenden Scheiterhaufens zu erleben, dessen Flammen – hatte man ihnen gesagt – viele Meilen weit im Umkreis zu sehen wären: Es stand nicht dafür, bis zum *dosso* zu fahren, wo sich die Menge bestimmt so dicht drängte, daß man zum Schluß, obwohl man ganz nahe dran war, doch nichts sah! Lieber ein bißchen weiter weg und ein bißchen bequemer.

Die Schaulustigen kamen aus allen Teilen der Bassa, ja selbst aus den Städten: aus Novara, aus Vercelli, aus Gattinara; mit ihren Familien, mit den Freunden, mit den Altvorderen, mit den Kindern; auf Karren, beladen mit Wein und Essen, um es hoch hergehen zu lassen und lustig zu sein und das Ende des Sommers zu feiern. Das waren keine blutrünstigen oder bösen Menschen! Im Gegenteil, es waren alles brave Leute: die gleichen braven, fleißigen Leute, die in unserem zwanzigsten Jahrhundert die Fußballstadien bevölkern, zu Hause vor dem Fernseher sitzen, zum Wählen gehen, wenn Wahlen anstehen: Und wenn mit jemandem kurzer Prozeß gemacht werden soll, dann tun sie das auch – ohne ihn zu verbrennen, aber sie tun es. Denn dieser Ritus ist so alt wie die Welt und wird fortdauern, solange die Welt besteht. (Oder wie Antonia gesagt hatte: solange es weiterhin Menschen gibt, die die Jesuschristusse und die Jesuschristinnen sind.)

»Die Hexe! Die Hexe kommt! In den Tod mit ihr! Auf den Scheiterhaufen!«

»Zündet das Feuer an! Heizt den Kamin! Die Hexe ist da!«

Meister Bernardo, der zu Pferd von Novara kam, hatte sich der Hexenkutsche angeschlossen und miterlebt, was ihr widerfahren war. Als sie endlich den *dosso* und das Dorf vor sich hatten, dämmerte es bereits. Zardino stand an diesem schwülen Septemberabend zum ersten- und zum letztenmal in seiner Existenz im Licht der Geschichte; auf den Balkonen hatten die Frauen als Festschmuck alle bunten Tücher, die es im Dorf gab, ausgehängt, und fast in jedem Haus leuchtete in den Fenstern eine Reihe von kleinen Lämpchen: gut sichtbar, weil die Sonne mittlerweile schon tief über dem Sesia-Ufer stand und die Schatten in den Höfen länger und in den Gassen dichter wurden. Noch nie hatte das Dorf eine solche Menschenmenge gesehen – und nie wieder würde es eine solche sehen –, die in der Osteria Zur Laterne aus und ein ging, sich in der Kirche und auf der Piazza drängte, um von Don Teresios inzwischen heiserer Stimme schreckliche Predigten über die Fallstricke des Teufels anzuhören und über die vielerlei Arten und Weisen, mit denen dieser den schwachen Willen des Menschen vom rechten Weg zu Gott abbringe und zur Hölle lenke. Die Türen und Fenster der Kirche standen weit offen, und Don Teresio, assistiert von zwei Priestern aus Nachbardörfern, zelebrierte und predigte in einem fort, seit der ersten Morgenfrühe: Er bereitete seine Schäflein und die anderen Gläubigen, die herbeigepilgert waren, um die Hexe zu sehen, auf die feierliche Prozession vor, die von der Kirche aus zum *dosso dell'albera* ziehen sollte, sobald die Sonne ganz hinter dem Horizont verschwunden wäre. Vier Ministranten bewegten sich unaufhörlich durch die Menge, sowohl in der Kirche wie davor, auf der Piazza, um Opfergeld zu sammeln: Und sie machten ihre Sache so gut, daß Don Teresio, als er am nächsten Tag das Sümmchen nachzählte, feststellen konnte, daß die heißersehnte Pfarrei gar nicht mehr in so weiter Ferne lag. Daß vielleicht sogar noch in diesem Jahr...

»Wir sind da, um dich zu verbrennen, Verfluchte! Alles ist bereit! Nur du fehlst uns noch!«

Die Sonne versank schon hinter den beiden Buckeln, und wer seit jeher mit dieser Landschaft vertraut war, bemerkte, daß das Fehlen des Kastanienbaumes eine riesige Leere, eine nicht mehr zu behebende Lücke hinterließ. Wenn man in die Nähe kam, wurde man sich plötzlich einer Tatsache bewußt, die man, solange die Kastanie oben auf dem *dosso* stand, nie wahrgenommen hatte: nämlich daß dieser jahrhundertealte Baum nicht nur eine befriedete, der Stille der Örtlichkeit geweihte Wesenheit war, sondern auch ein bestimmendes Element der Uferlandschaft des Sesia, die ohne ihn nie mehr dieselbe sein würde wie früher. An seiner Stelle befanden sich nun, fast wie um eine Blöße oder eine schmerzliche Wunde zu bedecken, sorgfältig aufgeschichtet Holz und Reisig und oben in der Mitte der Pfahl für die Hexe sowie all das, was die Arbeit des Henkers erleichtern sollte: die Holzleiter, um den Scheiterhaufen zu erklimmen, die Bretter, die so angebracht waren, daß sie eine Plattform bildeten... Auf dem anderen *dosso*, der nicht von den Soldaten bewacht wurde, hatte die nicht mehr zu bändigende und unersättliche Menge mit allen Sagen über das Vorhandensein übernatürlicher Wesen an jenem Ort gründlich aufgeräumt und die ganze Vegetation zerstört. Überall drängten sich Menschen, soweit das Auge reichte, bis hin zum Sesia-Ufer, auf den Hausdächern, auf den Bäumen, auf dem Kampanile, überall sah man Menschen: Hunderte, Tausende, und alle schrien, gestikulierten, obwohl die schwüle Hitze ihre Kleider schweißnaß werden ließ. Alles rannte herum, die Geschlechter musterten einander, man kaute Kürbiskerne oder aß große Melonenstücke; alle vollführten einen schrecklichen Lärm, mit den Knarren oder den Blechtöpfen. Alle feierten diesen glücklichen Tag, an dem sich die Bassa von einer Hexe befreite, die schuld daran war, daß kleine Kinder starben und daß der Regen nicht kam, und an dem heißen Sommer, der kein Ende nehmen wollte...

»Verfluchte Hexe! Brennen sollst du! In den Tod mit dir! Auf den Scheiterhaufen!«

Es war spät geworden. Die rote Sonne, die jetzt über dem Sesia-Ufer unterging, entzündete den Horizont und spiegelte sich, brach sich in den Dämpfen der Erde, eine Naturerscheinung, die die Bewohner dieser Orte sagen läßt: »Wenn die Sonn' nach hinten scheint, am nächsten Tag der Himmel weint«: ein melodramatischer, theatralischer Sonnenuntergang, wie es ihn nur in Italien und nur im September gibt: grelle Farben, pittoreske Szenarien, Abgründe von Licht, Melancholie und Poesie.

Meister Bernardo jedoch hatte, bei all seinen Tugenden, nicht die, ein Bewunderer von Sonnenuntergängen zu sein; oder wenn, dann hätte er an diesem Abend keine Zeit dafür gehabt. Er band eine lederne Bader-Tasche vom Sattel, die einige Instrumente und andere Dinge seiner Kunst barg; dann nahm er die Hexe beim Arm und führte und schob sie bis zum Gipfel des *dosso*, wo die Ritter von Johannis Enthauptung, in schwarzen Hosen und weißen Umhängen mit einem Kreuz darauf, einen Kreis um die Richtstätte bildeten; unmittelbar vor dem Scheiterhaufen blieb er stehen. Antonia neben ihm blickte leichenblaß und mit aufgerissenen Augen um sich, ohne etwas zu sehen, sie hörte nur das Herz, das in ihrer Brust schlug und das Blut in den Schläfen pulsieren ließ, bis in die Ohren hinein...

»Bevor ich dieses Amtes walte«, sagte der Henker und kniete vor dem Mädchen nieder, »das mir Gottes Wille und die Gerichtsbarkeit der Menschen auferlegt haben, bitte ich dich in Demut, mir zu verzeihen.«

Antonias Lippen bewegten sich, aber sie sagte nichts. Statt dessen hörte man vom Dorf her die Stimme Don Teresios, der mit der Prozession aus der Kirche gezogen war und angefangen hatte, die Lauretanische Litanei, die Litanei zur Madonna, zu singen, genauer gesagt zu schreien; dann hörte und sah man schließlich auch die riesige Menge von Gläubigen, die sich von den Häusern über die Felder auf den *dosso* zubewegte. Don Teresio, nach den Anstrengungen des langen Tages inzwischen fast am Ende seiner Kräfte, schritt, wie gesagt, schreiend und schwankend und das Kreuz tragend voran: Und das war fast schon ein Wunder, angesichts des Gewichts, das das Kreuz hatte, und der augenscheinlichen Schmächtigkeit des Mannes. Alle paar Schritte schrie er:

»*Stella matutina!*« – Du Morgenstern!

»*Rosa mystica!*« – Du geistliche Rose!

»*Turris Davidica!*« – Du Turm Davids!

Hinter ihm kamen, die Kapuzen über den Kopf gezogen und ihre jeweiligen Banner hochhaltend, die Christlichen Brüder von Zardino und den anderen Dörfern der Bassa, und dann der Klerus, und dann die frommen Kongregationen, und dann die Gläubigen mit den Fackeln. Sie alle antworteten in einem Donnerhall, dem sich die Menge von den *dossi* und vom Ufer und dem ganzen Tal des Sesia anschloß:

»*Ora pro nobis!*« – Bitt für uns!

Meister Bernardo zog Antonia eine rote Kutte mit zwei großen weißen Kreuzen über, eines auf der Brust und eines auf dem Rücken. Er hätte ihr auch die Haare abschneiden und ihr eine Kapuze ohne Augenschlitze über den Kopf ziehen müssen, aber für diese Formalitäten blieb keine Zeit mehr – und im übrigen handelte es sich um Details, auf die man auch verzichten konnte, zumindest in Italien, wo die Vorbereitung der Hexe für den Scheiterhaufen keinen so strengen Regeln folgte wie in Spanien, sondern je nach Umständen, Ortschaften und dem Ermessen des Henkers variierte. Er nahm ein Glasfläschchen aus der Tasche, goß den Inhalt in einen Becher und flüsterte Antonia zu: »Schnell, trink das! Es wird dich betäuben.« Und während sie trank, hielt er ihre

Hand. Nun trat der Mönch, der mit der Hexe angereist war, vor und schwang das Kruzifix, und die Menschen auf den *dossi* und darum herum zollten ihm stürmischen Applaus, Ermunterungsrufe ertönten: »Heraus mit dem Teufel!« »Wir wollen den Teufel sehen, wie er aus der Hexe ausfährt!« – und anderes törichtes Zeug, das es nicht wert ist, berichtet zu werden. Währenddessen zog die Prozession immer weiter aus dem Dorf heraus, Don Teresio rückte schreiend in der Dämmerung näher, und die Menge respondierte jedesmal mit Donnergewalt:

»*Ora pro nobis!*«

»*Turris eburnea*!« – Du elfenbeinerner Turm!

»*Foederis arca!*« – Du Arche des Bundes!

»*Janua coeli!*« – Du Pforte des Himmels!

Der Franziskaner hob das Kreuz ins letzte Licht der Abendsonne und zeigte es Antonia. »Knie nieder!« rief er ihr zu. »Flehe ihn um Vergebung an!« Antonia verharrte ein paar Sekunden lang reglos, vielleicht schon betäubt von dem, was sie getrunken hatte. Dann machte sie Anstalten, den Mönch zu umarmen, der sie zurückstieß. Sie torkelte wie betrunken. Da verband ihr der Henker die Augen mit einem schwarzen Tuch und führte sie zur Leiter des Scheiterhaufens, auf dem Bartolone stand. Die ganze Szene war nun hell erleuchtet und weithin sichtbar, weil die Ritter von der Enthauptung Johannis, die den Scheiterhaufen umstanden, ihre Fackeln entzündet hatten. Bartolone packte Antonia unter den Achseln, zog sie hoch, als ob sie überhaupt kein Gewicht hätte, und band sie am Pfahl fest: an den Armen, an den Knöcheln, sogar um den Leib. Er steckte das Reisig in Brand und stieg herunter. Genau in diesem Augenblick langte die Prozession am Fuß des *dosso* an, und die Antwort der Menge auf Don Teresios Anrufungen klang wie Sturmgebraus:

»*Ora pro nobis!*«

»*Speculum justitiae!*« – Du Spiegel der Gerechtigkeit! schrie der Priester, so laut er noch konnte.

»*Consolatrix afflictorum!*« – Du Trösterin der Betrübten!

»*Causa nostrae laetitiae!*« – Du Ursache unserer Freude!

Es gab einen großen Qualm, und alle verstummten; dann, während der Rauch sich zu lichten begann, suchten aller Augen dahinter nach der Hexe. Die Flammen schlugen hoch, die Nacht wurde taghell, die Feuerzungen vereinigten sich zu einer einzigen riesigen Stichflamme, die hoch in den noch nicht völlig dunklen Himmel stieg: sogar noch höher – sagten später die Leute aus Zardino und Umgebung –, als der Baum gewesen war, der tausend Jahre auf diesem Hügel gestanden hatte und den es jetzt nicht mehr gab. Man sah die Haare der Hexe im Licht verfliegen und ihren Mund, der sich in einem tonlosen Schrei öffnete. Das rote Gewand löste sich auf, der Leib wurde dunkel und schrumpfte zusammen, die Augen wurden weiß: Antonia gab es nicht mehr.

Der Jubel der Menge brach los: Die Trommeln, die Knarren, die Trompeten, die Ketten aus den Blechtöpfen waren fast nicht mehr zu hören unter dem Lärm der Tausende von Stimmen, die die unwiederholbare Freude dieses Augenblicks und dieser Stunde hinausschrien:

»Evviva! Evviva!«

Die Feuerwerke gingen los: Von Borgo Vercelli bis Biandrate und noch weiter hinauf, mindestens zehn Meilen auf dieser, der »Mailänder« Seite, erstrahlte das Sesia-Ufer im Licht von Kaskaden, Raketen, Feuerrädern – wahre Kunstwerke aus Lichtern und Farben, die sich in den Wassern widerspiegelten und die man bis vom Monferrato und vom Biellese und vom Ufer des Tessin her sehen konnte. Jetzt endlich begann das Fest.

DAS NICHTS

Die ersten Regentropfen fielen im Morgengrauen des nächsten Tages, vereinzelt und schwer wie Hagelkörner, und gleich darauf verdichtete sich der Regen, prasselte auf die ausgedörrte Erde und bescherte all jenen, die sich, atemlos vom vielen Schreien und benommen vom Wein, schließlich in einem Feld oder am Straßenrand zum Schlafen ausgestreckt hatten, ein höchst unangenehmes Erwachen. Und wenn einer sich zu lange damit Zeit ließ, lief er Gefahr zu ersaufen. Ein paar Minuten lang kam der Regen mit einer solchen Heftigkeit, mit einer solchen Wucht herunter, daß man überhaupt nichts mehr sah: eine Wasserwand. Er löschte die letzten Funken des Scheiterhaufens der Hexe, zerstreute im Nu die Asche und vermischte sie mit der Erde des *dosso* oder riß sie in Hunderten und Aberhunderten kleiner Bäche mit sich, die sich, tobend und schäumend wie Flüsse bei Hochwasser, einer in den anderen und zuletzt in den Sesia ergossen. Nach diesem ersten Schwall ließ der Regen nach, bis er schließich ganz aufhörte. Man sah die dicken grauen Wolken, die sich, von Süden kommend, gegen die fernen Berge hin zusammenballten, sie dem Blick entzogen; man sah den Himmel, der ganz schwarz wurde, während die Blitze aus allen Richtungen zuckten und der Donner unbestimmt und ständig dahingrollte, als ob tausend Karren mit eisenbeschlagenen Rädern über die Wolken rollten, alle zusammen, auf einer gemeinsamen Fahrt von Horizont zu Horizont.

Dann kam der Hagel, der richtige, und überzog die Bassa mit einer Schicht von Eiskörnern, die wie Schnee aussah und an manchen Stellen bis zu den Knöcheln eines Mannes reichte; doch richtete er keine allzu großen Schäden an, denn dank der vorzeitigen Reife waren fast alle Früchte der Erde geerntet und eingebracht. Wind kam auf, so stark, daß er die Bäume zersplitterte und die Ziegel von den Dächern riß; die Nacht kam wieder, zur gleichen Stunde, in der sich sonst die Sonne dem Horizont hätte nähern sollen, und man mußte in Zardino und den anderen Dörfern der Ebene die Lichter anzünden, um das Brot zu backen und die Kühe zu melken: Aber dieser ganze Aufruhr – um das gleich zu sagen und keine Mißverständnisse aufkommen zu lassen – war, obschon er sich am Tag nach Antonias Tod ereignete, gar nicht so außergewöhnlich oder so unerwartet, wie jemand glauben könnte, der das Klima in der Bassa nicht kennt und nie in dieser Gegend gelebt hat. Kurz, es handelte sich nicht um den Ausdruck eines übernatürlichen Zorns, sei es von Gott oder dem Teufel: Nicht einmal damals, zu Beginn des siebzehnten Jahrhunderts, wäre jemand auf den Gedanken gekommen, daß es so sein könnte. Es war, alles in allem, ein ganz normales Ereignis. Fast jedes Jahr kam – und kommt – es in der Bassa vor, daß sich der Herbst auf solche Weise ankündigt, mit einem halben Orkan: um so heftiger und von um so anhaltenderem schlechtem Wetter gefolgt, je länger und heißer der Sommer war. In jenem fernen Jahr 1610 hatte die Trockenheit schon vor Ostern begonnen, und der Sommer hatte eine Dürre und eine Hitze gebracht wie seit Jahren nicht mehr, so daß letzten Endes alle damit rechneten, daß das passieren würde, was an jenem Tag eben passierte: Es hagelte, es regnete, an manchen Orten bildeten sich Windhosen, am Nachmittag regnete es noch immer, und dann, zur Stunde des Sonnenuntergangs, sah es aus, als würden die Wolken aufreißen und der Himmel wieder heiter werden: Aber das war eine Illusion. In der Nacht gab es ein neues Gewitter und am nächsten Morgen wieder eines, und dann regnete es, von kurzen Aufklarungen für eine Stunde oder höchstens einen Tag abgesehen, fast bis Ende September: Die Bäche und die Gräben flossen über, der Sesia trat über die Ufer, und dort, wo die Böschung niedrig oder noch nicht angelegt war, wälzte er sich über freies Land, drang bis in die Gassen von Zardino und bis in die Höfe und die Häuser, während die Dörfler sich auf die beiden *dossi* flüchteten, das Schlimmste befürchtend. Schließlich kam die Sonne wieder, und die Wasser sanken, wichen, kehrten in ihr normales Bett zurück. Die ganze Bassa glänzte in einem Meer von Schlamm. Es begann der Herbst.

Ich betrachte vom Fenster aus das Nichts. Dort liegt Zardino, an einem nicht exakt bestimmbaren, aber in bezug auf alles, was man von hier aus sieht oder nicht sieht, zentralen Punkt: in der unmittelbaren Nähe oder sogar direkt auf der Autobahn Voltri–Gravellona, die, einmal mit den Alpenpässen verbunden, Voltri–Sempione heißen wird. Und da war der *dosso* gewesen und Antonia gestorben. Was für ein Ende die anderen Figuren dieser Geschichte nahmen, kann ich nicht berichten, weil ich es nicht weiß. Nur über einige weiß ich noch ein wenig, zum Beispiel über den Bischof Carlo Bascapè oder den Inquisitor Manini.

Bascapè starb fünf Jahre nach Antonia, am 6. Oktober 1615, nachdem er unsägliche körperliche, doch vor allem auch seelische Qualen hatte erdulden müssen; und es ist wirklich schade, daß sein Leben – sein Roman! – später von den Biographen auf erbauliche Histörchen für fromme Leser reduziert wurde. Tatsächlich mußte Bascapè in diesen fünf Jahren äußerst schmerzliche Demütigungen hinnehmen. Unter anderem wurde ihm von Rom ein Neffe des Kardinals Bellarmin als bischöflicher Vikar aufgezwungen, der, ohne die geringsten Skrupel hinsichtlich der Reaktionen seines Vorgesetzten, den man ohnehin für verrückt hielt, anfing, in der Diözese herumzuwirtschaften und sich aufzuführen, als wäre er der Bischof. Gegen diesen Stellvertreter und gegen Rom und gegen die gesamte Welt schlug Bascapè seine letzten, tragikomischen Schlachten. Er reichte beim Papst seinen Rücktritt ein; Paul V. nahm sein Gesuch zunächst an, und erst in einem zweiten Moment – nachdem ihn jemand darauf aufmerksam gemacht hatte, daß der Verrückte tatsächlich im Begriff sei, seinen Geist aufzugeben, und es daher nicht nur barmherziger, sondern auch klüger wäre, einen Skandal zu vermeiden – bat er ihn, im Amt zu bleiben.

Manini dagegen lebte noch viele Jahre und war bis 1623 Inquisitor von Novara. Von ihm weiß man, außer dem, was ich erzählt habe, nur noch, daß er den Höhepunkt seiner Laufbahn gleich nach Antonias Prozeß und Hinrichtung erreichte: 1611 finden wir ihn in Paris auf dem »Generalkapitel« der Dominikaner, wo er höchstwahrscheinlich seine Gaben der Eloquenz und der Klugheit voll entfaltete – aber wer weiß, ob man sie dort gebührend zu schätzen wußte.

Auch wer über Meister Bernardo Sasso, den Henker von Mailand, in den lombardischen Archiven nachforschen wollte, würde sicherlich fündig: Ein Henker ist eine historische Figur. Von allen anderen Figuren, die außerhalb der Historie stehen und daher »Erde, Staub, Rauch, Schatten, Nichts« sind, um es mit den Worten eines der größten Dichter jener Epoche zu sagen, kann man sich nur ausmalen, wie es mit ihnen nach Antonias Scheiterhaufen weitergegangen sein mag: Der *camminante* fuhr fort, herumzuziehen und *risaroli* anzuheuern; die Dirne blieb weiter Dirne, solange sie zahlungswillige Freier fand, und danach überlebte sie irgendwie, als Kupplerin oder als Bettlerin; und so überlebten auch die anderen, jeder auf seine Weise: der Feldhüter Maffiolo, die beiden Büttel beim Inquisitionsgericht, der Pfarrvikar Don Teresio, der es sicherlich zum Stadtpfarrer brachte, die Klatschbasen in Zardino, die Christlichen

Brüder, der Maler Bertolino d'Oltrepò, der Poet Caroelli, die Bauern, der Kanonikus Cavagna und all die anderen Novareser Monsignori, Biagio der Blöde... Sie lebten alle weiter in dem großen Durcheinander und Lärm ihrer Gegenwart, die uns heute so still, so tot vorkommt und die im Vergleich zu unserer Gegenwart nur ein klein bißchen schlechter für die Erzeugung von Lärm ausgerüstet war und dafür ein wenig offener in ihren Grausamkeiten... Schließlich starben auch sie, einer nach dem andern: Die Zeit schloß sich über ihnen, das Nichts nahm sie auf. Und entlaubt von jedem Roman, ist das im großen und ganzen die Geschichte der Welt.

Alles aus?

Alles aus, jawohl. Oder vielleicht auch nicht. Vielleicht muß man noch über eine Figur dieser Geschichte Rechenschaft ablegen, in deren Namen viele Dinge gesagt und viele getan wurden und die in dem Nichts vor meinem Fenster abwesend ist, wie sie überall abwesend ist, oder aber vielleicht ist sie selbst dieses Nichts, wer kann es sagen! Sie ist der Widerhall all unseres vergeblichen Schreiens, der verschwommene Reflex eines Bildes von uns, das viele, auch unter den Lebenden unserer Zeit, dorthin zu projizieren das Bedürfnis haben, wo alles dunkel ist, um die Angst, die sie vor dem Dunkel haben, zu mildern: Der, der das Vorher und das Nachher und das Warum von allem kennt, es uns aber leider nicht mitteilen kann, aus dem einzigen, so einfachen Grund: Weil es ihn nicht gibt. Wie ein anderer Dichter, einer aus diesem zwanzigsten Jahrhundert, schrieb: »Der, der hier anlegte, / war, weil es ihn nicht gab. / Ohne daß es ihn gab, genügte er uns. / Um nicht gekommen zu sein, kam er / und schuf uns.«

HEYNE BÜCHER

Katherine Neville

Gleich ihr erstes Buch, »Das Montglane-Spiel«, wurde ein Weltbestseller. Katherine Nevilles Romane sind »kühn, originell und aufregend...« PUBLISHERS WEEKLY

01/8793

Außerdem erschienen:

Das Risiko
01/8840

Wilhelm Heyne Verlag
München

HEYNE BÜCHER

Ellis Peters

Spannende und unterhaltsame Mittelalter-Krimis mit Bruder Cadfael, dem Detektiv in der Mönchskutte.

»Ellis Peters bietet Krimi pur.« NEUE ZÜRICHER ZEITUNG

Im Namen der Heiligen
01/6475

Ein Leichnam zuviel
01/6523

Die Jungfrau im Eis
01/6629

Das Mönchskraut
01/6702

Der Aufstand auf dem Jahrmarkt
01/6820

Der Hochzeitsmord
01/6908

Zuflucht im Kloster
01/7617

Des Teufels Novize
01/7710

Lösegeld für einen Toten
01/7823

Ein ganz besonderer Fall
01/8004

Mörderische Weihnacht
01/8103

Der Rosenmord
01/8188

Der geheimnisvolle Eremit
01/8230

Pilger des Hasses
01/8382

Bruder Cadfael und das fremde Mädchen
01/8669

Bruder Cadfael und der Ketzerlehrling
01/8803

Bruder Cadfael und das Geheimnis der schönen Toten
01/9442

Wilhelm Heyne Verlag
München

HEYNE BÜCHER

Susan Kay

Die bisher ungeschriebene Lebensgeschichte des »Phantoms der Oper«. »Ein gründlich recherchierter und packend geschriebener Roman, der einen magischen Schleier aus Realität und Phantasie webt.«

NORDDEUTSCHER RUNDFUNK

01/8724

Wilhelm Heyne Verlag
München

HEYNE
BÜCHER

Tariq Ali

Ein lebendiger, ungemein fesselnder historischer Roman voller Wunder, Romantik und Abenteuer.

»Das farbige Porträt der ersten multikulturellen Gesellschaft in Europa.«
ZEITmagazin

01/9405

Wilhelm Heyne Verlag
München